우리가
추락한
이유

우리가
추락한
이유

데니스 루헤인

박미영 옮김

황금가지

SINCE WE FELL
by Dennis Lehane

계단 이후

서른다섯 살이 되던 해 5월의 어느 화요일, 레이철은 남편을 총으로 쏘아 죽였다. 그는 마치 마음 한구석에서는 그녀가 그럴 줄 늘 알았다는 듯이, 드디어 확인되었다는 것처럼 묘한 표정을 하고 뒤로 쓰러졌다.

그는 또한 놀란 얼굴이기도 했다. 그녀 자신도 그런 것 같았다.

그녀의 어머니라면 놀라지 않았을 것이다.

어머니는 한 번도 결혼하지 않았지만, 결혼생활 유지에 관한 유명한 책을 썼다. 각 장의 제목은 엘리자베스 차일즈 박사가 상호 호감 상태에서 시작된 모든 관계에서 확인한 각 단계를 따서 붙였다. 책은 『계단』이라는 제목이었고 너무 큰 성공을 거두어 어머니는 설득에 넘어가 (본인은 '강요당해'라고 했겠지만) 『계단 다시 오르기』와 『계단: 워크북』이라는 후속 저서 두 권을 썼으며, 각 권마다 이전 책보다 덜 팔렸다.

내심 어머니는 세 권 다 '감정적으로 미숙한 허풍'이라고 생각했지만, 『계단』에 대해서는 아련한 정을 갖고 있었으니 그걸 쓸 때는 자신이 실제 아는 게 그렇게 적은 줄 깨닫지 못했기 때문이었다. 어머니는 레이철이 열 살 때 그 얘기를 했다. 바로 그해 여름, 오후 칵테일을 마시며 어머니는 그녀에게 말했다. *"남자란 자기 입으로 하는 이야기가 다인데, 그 대부분은 거짓말이야. 너무 꼼꼼히 들여다보지 마. 네가 그 남자 거짓말을 밝혀내면 둘 다 민망해져. 그 헛소리와 함께 살아가는 게 최선이란다."*

그런 다음 어머니는 그녀의 머리에 입 맞추었다. 뺨을 토닥였다. 너는 안전하다고 말해주었다.

레이철은 『계단』이 출간되었을 때 일곱 살이었다. 그녀는 끊임없는 전화와 연이은 여행, 어머니의 높아진 담배 의존도, 그리고 그녀를 사로잡은 절박하고 뚜렷한 눈부심을 기억했다. 아직 제대로 표현할 수조차 없던 그 기분, 절대 행복하지 못했던 어머니가 성공으로 인해 더욱 힘겨워질 거라는 기분을 그녀는 기억했다. 몇 년 후, 그녀는 명성과 돈이 어머니에게서 불행할 핑계를 빼앗아버린 게 그 이유가 아닐까 짐작했다. 남들 문제를 분석하는 데는 명석했던 어머니는, 자기 자신에 대해선 어떻게 진단을 내려야 할지 하나도 알지 못했다. 그래서 그녀는 자기 안에서 태어나고 자라고 살아가고 죽은 문제들에 대한 해결책을 평생 찾아다녔다. 레이철은 물론 일곱 살 때는 이런 것을 전혀 몰랐고 열일곱 살에도 마찬가지였다. 그저 어머니가 불행한 여자라는 것만 알았고, 그래서 그녀는 불행한 아이였다.

남편을 봤을 때 레이철은 보스턴 항의 보트에 있었다. 남편은 아주 잠깐 그대로 서 있다가—칠 초? 십 초?—선미에서 바다로 떨어졌다.

하지만 그 최후의 몇 초간, 온갖 감정이 그의 눈에 담겨 있었다.

경악. 자기연민. 공포. 너무나 큰 놀라움에 순식간에 삼십 년의 세월이 날아가고 그녀의 눈앞에서 열 살짜리가 되었다.

분노도 물론. 격분.

심장에서 뿜어져 나와 그 위를 덮은 손 너머로 흘러넘치는 피에도 불구하고, 괜찮을 거라는, 무사할 거라는, 이 상황을 이겨내리라는 듯한 갑작스럽고 격한 의지. 아무튼, 그는 튼튼했고, 그의 인생에서 귀한 것은 전부 의지력으로 이뤘고 이것도 의지로 헤쳐 나갈 것이다.

그러다가 점점 깨달음이 자리 잡아갔다. 아니, 불가능하다.

그는 그녀를 똑바로 바라보았고 그 눈에 담긴 무엇보다 이해할 수 없는 감정이 자기주장을 하며 다른 모든 것을 집어삼켰다.

사랑.

말도 안 되는 일이었다.

그런데도……

오해의 여지는 없었다. 격하고, 절박하고, 순수했다. 그의 셔츠에 퍼져가는 핏자국과 발맞추어 퍼져가고 번져가는 사랑.

그는 사람들 붐비는 자리에서 저만치 떨어져 있을 때 종종 그랬듯이 입 모양으로 말했다. *사랑해.*

그런 다음 보트에서 떨어져 어두운 바닷물 아래로 사라졌다.

이틀 전, 만약 누군가 그녀더러 남편을 사랑하냐고 물었다면 그녀는 "그럼."하고 대답했을 것이다.

사실, 누군가 그녀가 방아쇠를 당기던 순간 같은 질문을 했다면 그녀는 "그럼."하고 대답했을 것이다.

어머니의 책에 거기에 관해 다룬 장이 있었다. '13장: 불화.'

아니면 그다음 장─오래된 화법의 죽음─이 더 적절할까?

레이첼은 알 수 없었다. 가끔 그게 헷갈리곤 했다.

제1부

거울 속의 레이철

1979-2010

1장

73명의 제임스

레이철은 매사추세츠 서부 파이오니어 밸리에서 태어났다. 그곳은 5개 대학(앰허스트, 햄프셔, 마운트 홀리요크, 스미스, 그리고 매사추세츠 대학) 지역으로 알려져 있으며, 교직원 이천 명이 이만 오천 명의 학생을 가르치고 있었다. 그녀는 커피숍과 소규모 숙박업체, 넓은 마을 공동체, 그리고 사면에 포치가 달리고 퀴퀴한 다락방 딸린 미늘벽 판잣집들의 세계에서 자랐다. 가을에는 나뭇잎이 한가득 떨어져 거리를 메우고, 인도로 흘러넘쳤으며, 울타리 구멍을 틀어막았다. 어떤 겨울에는 눈이 정적으로 지역을 뒤덮어 그 먹먹함 자체가 소리가 되었다. 7월과 8월에는 집배원이 손잡이에 벨이 달린 자전거를 타고 다녔고, 여름 한정 공연과 골동품을 보러 관광객들이 찾아왔다.

그녀 아버지의 이름은 제임스였다. 그녀는 아버지에 대해 거의 아는 것이 없었다. 아버지가 짙은 곱슬머리에 자신 없는 미소를 짓던 건 기억났다. 아버지가 짙은 녹색 미끄럼틀이 있는 놀이터에 그녀를 데려간

적이 최소 두 번 있었으며 구름이 어쩌나 낮게 깔렸던지 아버지가 그네에 묻은 물기를 닦아내고서야 그녀를 앉힐 수 있었다. 그중 한 번은 아버지가 그녀를 웃게 했지만 어떻게 그랬는지는 기억나지 않았다.

제임스는 대학에서 강의하고 있었다. 강사인지, 조교수인지, 아니면 정식 임용 부교수인지 그녀는 전혀 알지 못했다. 그가 다섯 대학 중 한 곳에서 가르쳤는지도 알지 못했다. 버크셔나 스프링필드 기술대학, 그린필드 커뮤니티 대학이나 웨스트필드 주립대, 또는 그 지역의 다른 대학이나 전문대 중 어느 곳에 있었을지도 모른다.

제임스가 떠났을 때 그녀의 어머니는 마운트 홀리요크 대학에서 강의하고 있었다. 레이철은 만 세 살이 되기 조금 전이었고 아버지가 집을 나가던 그 날 광경을 자기가 실제 목격했는지 아니면 아버지의 부재가 남긴 상처를 봉합하기 위해 상상해낸 것인지 확실히 알 수 없었다. 그해 웨스트브룩 로에 세내어 살던 작은 집의 벽 너머로 들려오던 어머니의 목소리가 떠올랐다. *내 말 들려? 지금 집 나가면, 당신을 지워버릴 거야.* 곧이어, 묵직한 슈트케이스가 계단에 부딪히는 소리가 나고 차 트렁크가 탕 닫히는 소리가 뒤따랐다. 차가운 엔진이 쉭쉭 거리며 작은 차에 생명을 불어넣고, 겨울 낙엽과 언 땅을 타이어가 밟는 버스럭거리는 소리가 나더니 그 뒤로는…… 정적이 이어졌다.

어쩌면 어머니는 그가 정말 떠나리라고는 믿지 않았을지도 모른다. 어쩌면 그가 떠난 후엔, 곧 돌아오겠거니 하고 마음을 다스렸을 것이다. 그가 돌아오지 않자, 그녀의 실망은 증오로 바뀌었고 증오는 한없이 깊어져 갔다.

"아빠는 가버렸어." 레이철이 다섯 살 때쯤 아버지의 행방에 대해 끈질기게 물어대기 시작하자 어머니는 그렇게 말했다. "우리하고 있고 싶지 않아서. 그래도 괜찮아, 아가, 우리를 규정하기 위해 그 사람이 필요한 건 아니니까." 어머니는 레이철 앞에 무릎을 대고 앉아 잔머리를 귀 뒤로 넘겨주었다. "이제 다시는 그 얘긴 하지 말자. 알았지?"

하지만 물론 레이철은 그에 관해 얘기하고 물어보았다. 처음에는 어머니는 답답해했다. 격한 당혹감이 눈에 떠오르고 콧구멍을 벌름거렸다. 하지만 결국에는 당혹감 대신 묘한 작은 미소가 자리했다. 너무나 작아 거의 미소라고 하기조차 어려웠고, 오른쪽 입가를 살짝 올려 고소해하며, 씁쓸해하고, 동시에 의기양양한 표정.

의식적이었는지 무의식적이었는지는 영원히 알 수 없겠지만, 나중에 레이철은 그 미소를 아버지의 정체를 비밀로 감추기로 한 어머니의 결심으로 여기게 되었고, 그게 레이철의 성장기를 점령한 전쟁의 주요 전투가 되었다.

어머니는 레이철이 그걸 감당할 만큼 어른스러워졌다고 여겨지면 열여섯 살 생일에 제임스의 성을 말해주겠다고 약속했다. 하지만 그해 여름, 열여섯 살이 되기 직전, 레이철은 어머니에게 이젠 안 만나겠다고 말한 재러드 마셜과 함께 훔친 차에 있다가 체포되었다. 다음 목표 날짜는 그녀의 고등학교 졸업식이었지만, 그해 학교 댄스파티에서 엑스터시 관련 사고를 일으킨 후로는 졸업한 것만도 다행이었다. 그녀가 대학에 간다면, 일단 지역 전문대학에 가서 학점을 높인 다음, '진짜' 대학에 가야 할 거고, 그때 가서 보자고 어머니는 말했다.

그들은 그 문제를 두고 계속해서 싸웠다. 레이철은 소리를 지르고 물건을 부쉈으며 어머니의 미소는 더 차갑고 작아져 갔다. 어머니는 계속해서 레이철에게 물었다.

"왜?"

왜 알아야 하니? 왜 네 인생에 관여한 적도 없고 경제적 안정에 보탬이 된 적도 없는 남이나 다를 바 없는 사람을 만나야 하는데? 너에게 아무 답도 줄 수 없고 아무런 평화도 주지 못할 사람을 찾으러 세상으로 나서기 전에 그런 불행을 가져온 너 자신의 일면을 먼저 살펴봐야 하지 않을까?

"아버지니까!" 레이철이 그렇게 소리 지른 적이 한두 번이 아니었다.

"아버지가 아니야." 어머니는 짐짓 동정심을 가장해 말했다. "그냥 정자 기증자지."

모녀간의 싸움이 체르노빌 급의 최악으로 치달았던 어느 날 실랑이 끝에 나온 말이었다. 레이철은 패배감에 거실 벽에 기대 주르륵 주저앉아 중얼거렸다.

"엄마 때문에 죽겠어."

"널 위해서 이러는 거야."

레이철은 고개를 들었고, 경악스럽게도 어머니는 진심으로 그렇게 믿고 있음을 알았다. 설상가상으로, 어머니는 그 믿음으로 자신을 정당화하고 있었다.

레이철이 대학 2학년 때, 보스턴에서 1550년 이후의 영국 문학 연구 개론 수업에 앉아 있는 동안, 어머니는 노샘프턴에서 신호를 위반했고, 제한 속도로 달리던 유조차가 그녀의 사브 옆구리를 들이받아 버렸다. 처음에는 유조차 탱크가 사고로 새는 게 아닌가 하는 우려가 있었으나, 그런 경우는 아니었다. 멀리 피츠필드에서부터 온 소방대원들과 구급대원들에겐 다행스러운 일이었다. 유조차는 막 석유를 채운 참이었고 그 교차로는 노인들 집과 지하층 보육원이 많은 지역이었다.

유조차 운전사는 가볍게 목을 삐끗하고 오른쪽 무릎의 인대가 찢어졌다. 한때 유명한 저자였던 엘리자베스 차일즈는 사고로 사망했다. 그녀의 전국적 유명세는 스러진 지 오래되었을지 몰라도, 지역적 명성은 여전히 활활 타오르고 있었다. 《버크셔 이글》과 《데일리 가제트》 둘 다 그녀의 부고 기사를 1면 하단에 실었고, 장례식엔 많은 이들이 참석했다. 다만 끝나고 집에서 열린 모임에 온 사람은 그보다 적었고, 레이철은 결국 음식 대부분을 지역 노숙자 쉼터에 기증했다. 그녀는 어머니의 친구들과 얘기했다. 대부분 여자였으며 남자는 한 명, 앰허스트에서 정치학을 가르치는 자일스 엘리슨이었고 레이철은 오래전부터 그가 어머니와 가끔 사귀지 않았나 의심했다. 여자들이 그에게 특별히 신경을 쓰고 그가 말수가 적은 것에서 그 짐작이 옳았음을 알 수 있었다. 평소 사교적인 사람이지만 그는 무슨 말을 하고 싶은 듯이 입을 벌렸다가 다시 마음을 바꾸곤 했다. 그는 마치 집안이 눈에 익고 한때 마음의 평화를 가져왔던 곳인 양 둘러보고 있었다. 마치 그에게 남은 엘리자베스의 흔적은 그것뿐이고, 다시는 그곳을, 또는 그녀를 보지 못하리라는 사실을 마음에 새기려는 듯했다. 그는 가랑비 내리는 4월의 올드 밀 로가 내다보이는 창문을 등지고 있었으며 레이철은 은퇴할 나이와 쇠락을 향해 빠르게 나이 먹어가는 자일스 엘리슨에 대한 크나큰 동정심이 마음속에서 자라남을 느꼈다. 그는 매서운 암사자 같은 여자를 옆에 두고 인생의 이 단계를 헤쳐 나가리라 여겼겠지만, 이제 혼자서 나아가야 했다. 엘리자베스 차일즈처럼 빛나는 지성과 맹렬함을 갖춘 파트너를 그가 다시 찾기란 힘들 것이다.

그리고 엘리자베스는 그녀 나름의 위압적이고 매서운 방식으로 빛났다. 어디에 가면 그냥 들어서는 게 아니라 그곳을 휩쓸었다. 친구와 동료들과 어울리는 게 아니라 그들을 모아들였다. 절대 낮잠을 자는 법이 없었고 피곤해 보이는 일이 드물었으며 그녀가 아팠던 적을 기억하는 사람은 아무도 없었다. 엘리자베스 차일즈가 자리를 뜨면 그 이후에 도착한 사람들조차 빈자리를 느꼈다. 엘리자베스 차일즈가 세상을 떴을 때 역시 같은 기분이었다.

레이철은 자신이 어머니를 잃을 준비가 얼마나 되어 있지 않았는지 깨닫고 놀랐다. 어머니에겐 딸의 관점에서 보면 긍정적이지만은 않은 점이 많았지만, 늘 전적으로 곁에 있어 주었다. 그리고 이제 전적으로―그리고 급격하게 가버렸다.

하지만 오래된 의문은 여전히 남았다. 그리고 레이철이 답을 확실히 얻을 수 있는 경로는 어머니와 함께 사라졌다. 엘리자베스는 답을 주지 않으려 했을지 몰라도 알고 있는 것만은 의문의 여지가 없었다. 이제는 아무도 모를지도 모른다.

자일스와 그녀의 친구들 그리고 중개인과 출판인과 편집자들이 얼마나 엘리자베스 차일즈를 잘 알았든 간에―그리고 그들이 아는 버전은 전부 레이철이 아는 그 여성과는 약간이지만 중요한 부분이 조금씩 달랐다―그들 중 레이철의 생애가 시작되기 전부터 엘리자베스를 알고 지냈던 사람은 아무도 없었다.

"제임스에 대해 뭐라도 아는 게 있으면 좋을 텐데." 둘이 잔뜩 취해서 레이철이 아버지 화제를 꺼냈던 어느 날, 근방에서 엘리자베스의 가장 오래된 친구 앤 마리 맥카슨은 그렇게 말했다. "하지만 내가 너희 어머니와 처음 어울렸던 건 둘이 헤어지고 몇 달 지나서였거든. 그 사람 코네티컷에서 가르쳤다고 기억해."

"코네티컷이요?"

그들은 코네티컷주 경계선에서 북쪽으로 35킬로미터밖에 떨어지지 않은 집 뒤쪽의 포치에 앉아 있었고, 어째서인지 레이철은 아버지가 지역 5개 대학이나 그 외 매사추세츠의 버크셔 지역 내 대학 열다섯 군데가 아니라 남쪽으로 겨우 반 시간 거리인 코네티컷에서 가르쳤으리란 생각은 한 번도 하지 못했다.

"하트퍼드 대학이요?" 그녀는 앤 마리에게 물었다.

앤 마리는 입술과 코를 동시에 벌름거렸다.

"모르겠네. 그럴 수도 있고." 앤 마리는 그녀의 어깨에 팔을 둘렀다. "도움이 될 수 있으면 좋겠는데. 그리고 네가 이제 털어버렸으면 좋겠어."

"왜요?" 레이철은 말했다(생각해보니 이 '왜요'는 그녀의 평생을 따라다녔다). "그렇게 나쁜 사람이었어요?"

"나쁜 사람이란 말은 한 번도 못 들었어." 앤 마리는 약간 혀가 풀린 채 슬프고 당혹스러운 기색으로 말했다. 그녀는 모기장 너머 잿빛 언덕의 회색 안개를 바라보고 단호하게 결론짓는 말투로 말했다. "그 사람이 떠났단 소리만 들었어."

그녀의 어머니는 유언장에 모든 것을 그녀에게 남긴다고 했다. 레이철이 예상했을 법한 액수보다는 적었지만 스물한 살의 그녀에게 필요한 액수보단 훨씬 많았다. 절약하고 현명하게 투자한다면, 유산으로 십 년은 살아갈 만했다.

그녀는 어머니의 사무실에서 잠긴 서랍 속에 든 졸업앨범 두 권을 찾아냈다. 노스 애덤스 고등학교와 스미스 대학교. 어머니는 존스 홉킨스에서 석사와 박사 학위를 받았으나(겨우 스물아홉 살이었음을 레이철은 깨달았다.), 유일한 기록은 벽난로 옆 벽에 걸린 학위증 액자뿐이었다. 그녀는 달팽이 기어가는 속도를 억지로 유지하며 졸업앨범을 세 번씩

샅샅이 뒤졌다. 어머니 사진을 정식 독사진 두 장과 단체 사진 두 장, 총 네 장 찾아냈다. 스미스 대학은 여대라서 제임스란 이름의 학생은 없었고, 교수진에서 두 명 찾아냈으나 둘 다 나이가 맞지 않았고 검은 머리도 아니었다. 노스 애덤스 고등학교 졸업앨범에서는 제임스란 남학생 여섯 명을 찾았고, 그중 둘은 그 사람일 법했다—제임스 맥과이어와 제임스 퀸란. 사우스 해들리 도서관 컴퓨터로 반 시간 조사한 결과 노스 애덤스 졸업생 제임스 맥과이어는 대학 재학 중에 급류 래프팅 사고로 전신 마비가 되었고, 제임스 퀸란은 웨이크 포레스트 대학에서 경영학을 전공한 후 노스캐롤라이나 주를 거의 떠나지 않은 채 티크 가구점 체인 창업에 성공했음을 확인했다.

집을 팔기 전 여름, 그녀는 버크셔 보안 협회를 찾아가 사설 조사원 브라이언 델라크루아를 만났다. 그는 그녀보다 겨우 몇 살 위였고 달리기하는 사람 특유의 시원시원한 움직임이었다. 그들은 치코피의 산업 단지에 자리한 그의 이 층 사무실에서 만났다. 브라이언과 책상 하나, 컴퓨터 두 대, 서류 캐비닛이 한쪽에 줄지은 성냥갑만 한 공간이었다. 그녀가 '협회원'들은 어디 있냐고 묻자, 브라이언은 자기가 그 협회원이라고 설명했다. 본사는 워스터에 있었다. 그의 치코피 지사는 이제 막 시작한 지점이었다. 그는 좀 더 경력 있는 조사원을 소개해주겠다고 했지만 그녀는 다시 차에 올라 울스터까지 갈 기분이 아니라서, 모험하는 셈 치고 그에게 찾아온 이유를 말했다. 브라이언은 몇 가지 질문을 하고 노란 공책에 받아적었고 자주 눈을 마주쳐서 나이보다 성숙하게 느껴지는 상냥함을 느낄 수 있었다. 그녀는 그가 솔직하며 업계 신참이라 아직 정직하다는 인상을 받았고, 이틀 뒤 그는 그녀에게 자기에게든 누구 다른 사람에게든 굳이 이 일을 의뢰하지 말라고 조언함으로써 그

인상이 맞았음을 증명했다. 브라이언은 그녀 사건을 맡을 수 있겠지만 최소한 40시간 요금을 청구한 후에도 아마 지금과 똑같은 의견을 내놓을 거라고 말했다.

"그 사람을 찾을 만한 정보가 충분치 않습니다."

"그래서 당신한테 의뢰하려는 거잖아요."

그는 의자에서 자세를 고쳤다.

"처음 면담 이후로 조사를 좀 해봤습니다. 크게는 아니고, 청구할 만한 정도는 아니지만—"

"돈 낼게요."

"—판단을 내리기엔 충분하게요. 이름이 트레버나 뭐 재커리, 그랬으면 매사추세츠나 코네티컷의 이십여 곳 넘는 대학에서 이십 년 전에 가르쳤던 남자를 추적할 가능성이 있을지도 모릅니다. 하지만 차일즈 양, 컴퓨터 분석을 잠깐 해봤는데 지난 이십 년간, 가능성이 있다고 추려낸 스물일곱 곳의 대학에, 제임스란 이름을 가진 사람이 73명—" 그는 그녀의 충격받은 반응에 고개를 끄덕였다. "겸임교수, 임시강사, 조교수, 부교수, 그리고 정교수까지 쳐서요. 일부는 한 학기, 일부는 그보다 짧게 있었고, 또 일부는 종신 교수 자리에까지 올랐지요."

"교직원 기록에서 사진을 찾아낼 수 없을까요?"

"어느 정도는 가능하겠죠, 아마 절반. 하지만 그 절반 중에 그 사람이 없다면요, 그리고 얼굴을 알아보지도 못하지 않습니까? 그럼 나머지 35명의 제임스를 추적해야 하는데, 이 나라의 인구통계적 경향을 토대로 판단하자면 50개 주를 전부 돌아다니고, 그 사람들의 20년 전 사진을 구할 방법을 모색해야 합니다. 그러면 40시간 요금 청구로 끝나지 않을 겁니다. 400시간 요금을 청구하겠죠. 그래도 그 사람을 찾는다는 보장이 없습니다."

여러 가지 감정이 스쳤다. 초조함, 분노, 무력감, 그건 더 큰 분노를 낳았고, 결국에는 자기 일을 하지 않으려 드는 이 짜증 나는 남자에 대한 고집스러운 분노로 이어졌다. *됐어, 일 맡아줄 다른 사람을 찾으면 되니까.*

그는 그녀의 눈과 가방을 챙겨 드는 모습에서 그걸 알아챘다.

"다른 곳을 찾아가면 거기선 당신이 최근에 돈 좀 물려받은 젊은 여자라는 걸 알아보고 그 돈을 다 쥐어짠 후 그래도 빈손으로 돌려보낼 겁니다. 제 의견으론 그건 순 도둑질이지만, 전적으로 합법적이죠. 그럼 당신은 돈도 아버지도 없게 되고요." 그는 앞으로 몸을 숙이고 부드럽게 말했다. "태어난 곳이 어디죠?"

그녀는 남쪽을 면한 창문 쪽으로 고개를 기울였다.

"스프링필드요."

"병원 기록이 있습니까?"

그녀는 고개를 끄덕였다.

"아버지는 미상으로 등록되어 있어요."

"하지만 그때는 둘이 함께였죠, 엘리자베스와 제임스."

다시 고개를 끄덕였다.

"언젠가 술 몇 잔 한 후에, 어머니가 말하길 진통이 시작된 밤 둘이 싸웠고 아버지가 나가버렸대요. 어머니는 나를 낳았고, 아버지가 곁에 없었기 때문에, 홧김에 기록에 올리지 않았다고 했어요."

그들은 침묵 속에 앉아 있다가 마침내 그녀가 입을 열었다.

"그럼 의뢰를 맡아주지 않을 건가요?"

브라이언 델라크루아는 고개를 저었다.

"그냥 잊으세요."

그녀는 일어섰다. 양팔이 부들부들 떨렸지만, 그에게 시간 내줘서 고맙다고 인사했다.

그녀는 집 안 여기저기에 처박힌 사진들을 발견했다. 어머니 방 침대 협탁, 다락방 상자, 어머니 사무실 서랍. 족히 85퍼센트는 두 모녀의 사진이었다. 레이철은 어머니의 연한 눈에 얼마나 선명하게 사랑이 담겨 있는지 보고 놀랐지만, 사진에서조차 어머니의 사랑은 마치 그걸 재고하는 과정인 듯 복잡해 보였다. 사진의 나머지 15퍼센트는 학계와 출판계 친구와 동료들이었고, 대부분 명절 칵테일 파티와 초여름 야외 식사 자리에서 찍은 것이었고, 레이철이 알진 못하지만 학자임이 분명한 이들과 술집에서 찍은 사진이 두 장 있었다.

짙은 곱슬머리와 확신 없는 미소를 지은 남자는 아무 데도 없었다.

그녀는 집을 팔았을 때 어머니의 일기를 발견했다. 그 시점에서 그녀는 에머슨을 졸업하고 매사추세츠를 떠나 뉴욕시의 대학원으로 진학하러 떠나려는 참이었다. 레이철이 3학년 때부터 어머니와 살았던 사우스 하들리의 오래된 빅토리안 집은 좋은 기억은 별로 없고 늘 유령이라도 나올 기분이었다. ("하지만 교수 유령들이야." 정체 모를 삐걱거림이 복도 저 끝에서 들려오거나 뭔가 다락방에서 쿵 소리가 나면 어머니는 그렇게 말하곤 했다. "아마 저 위에서 초서를 읽으며 허브차를 마시고 있겠지.")

일기는 다락방에 있지 않았다. 지하실에 있던 여행 가방의 대충 쑤셔 넣은 외국판 『계단』의 밑에 깔려 있었다. 유선 작문 노트에 쓰여 있었으며, 어머니의 일상이 정돈되었던 것과는 상반되게 일기는 산만했다. 절반 정도는 날짜가 표시되어 있지 않았고, 몇 달씩, 심지어 한 번은 일 년 동안 일기를 쓰지 않은 기간도 있었다. 어머니는 두려움에 대해 가장 자주 썼다. 『계단』 이전에는 경제적 두려움이었다―심리학 교수의 수입은 학자금 대출을 갚기에도 모자랐으니, 딸을 좋은 사립 고등학교나 좋은 대학에 보내기엔 어림도 없었다. 책이 전국적 베스트셀러 목록에 올라간 이후로는, 쓸만한 후속작을 쓰지 못할까 봐 두려워했다. 또한 그녀는 다시 책을 내면 벌거벗은 임금님이라는 소리를 들을까 봐, 사기극이 드러날까 두려워했다. 불길한 예감은 현실로 이루어졌다.

하지만 대부분 어머니는 레이철 걱정에 두려워했다. 레이철은 감당하기 힘들고, 밝고, 가끔은 짜증스러운 자부심의 근원에서("놀기 좋아하는 성향은 제 아빠를 닮았다…… 아이가 워낙 마음이 곱고 너그러워서 세상에 나가 무슨 일을 겪을지 두렵다……") 자포자기하고 자기 파괴적이며 반항적인("자해는 차라리 성적 방황보다는 덜 걱정스럽다. 세상에, 겨우 열세 살인데…… 그 애는 시커먼 물에 뛰어들고 나선 깊다고 불평하지만 뛰어든 걸 내 탓으로 돌린다.") 청소년으로 자라났다.

15페이지 뒤에서, 그녀는 "부끄럽지만 인정하지 않을 수 없다―난 부족한 엄마다. 전두엽 미숙한 아이를 도무지 참아주지 못한다. 너무 쏘아붙이고, 본보기로 인내심을 보여야 할 때 싹둑 잘라 버린다. 아이가 무뚝뚝한 외곬으로 자란 것 같아 걱정이다. 그리고 아빠도 없고. 그것 때문에 아이의 마음 한가운데 구멍이 뻥 뚫리고 말았다."라는 대목을 만났다.

몇 페이지 뒤, 어머니는 다시 그 주제로 돌아왔다.

"아이가 그 구멍을 메울 것을 찾다가 인생을 허비할까 걱정이다. 덧없는 것들, 번드르르한 것들, 뉴에이지 테라피, 자기 명상. 자기가 반항적이고 회복력이 있다고 생각하지만, 그들 중 하나에 불과할 뿐이다.

그 애에겐 필요한 게 너무나 많다."

몇 페이지 뒤, 날짜가 적히지 않은 일기에 엘리자베스 차일즈는 이렇게 썼다.

아이는 지금 병이 나서 낯선 침대에 누워 있고, 평소보다도 더 보챈다. 또 그 끈질긴 질문 공세다. 아빠는 어떤 사람이야? 아이는 너무나 연약해 보인다─부서질 듯하고, 감정적이고 연약하다. 내 사랑하는 레이철은 멋진 점이 많지만, 강하지는 못하다. 제임스가 누구인지 말해주면 그를 찾아보겠지. 그는 아이의 가슴을 찢어놓을 것이다. 왜 그에게 그런 힘을 쥐어줘야 하나? 이만큼 시간이 지나고도, 왜 다시 그가 아이한테 상처 주게 돼야 하나? 그 아름답고 상처받은 마음을 망쳐놓게? 오늘 그 사람을 봤다.

지하실 계단 아래에서 두 번째 칸에 앉아 있던 레이철은 숨을 죽였다. 일기장 가장자리를 움켜쥔 손에 힘이 들어가고 시야가 흐려졌다.

오늘 그 사람을 봤다.

그는 나를 보지 못했다. 나는 길에 차를 세웠다. 그는 우리를 버리고 떠난 후 차린 집 잔디밭에 있었다. 그리고 그들이 같이 있었다─대체 아내, 대체 아이들. 그는 머리숱이 많이 줄었고, 벨트 위와 턱 아래 살이 붙었다. 조금 고소했다. 그는 행복하다. 어쩌지. 그는 행복하다. 가능한 모든 경우의 수 중 최악의 결과가 아닌가? 나는 행복이란 것 자체를 아예 믿지 않는다─이상으로서든 실제의 상태로서든. 그건 애들이나 좋을 목표다. 그러나 그는 행복하다. 그는 원하지도 않았던 그리고 태어난 후에는 더욱 원치 않았던 딸로 인해 그 행복이 위협받는다고 느낄 것이다. 그 애를 보면 내가 생각날 테니까.

나를 얼마나 진저리나게 싫어하게 되었는지 생각날 테니까. 그리고 아이에게 상처를 주겠지. 나는 그의 인생에서 유일하게 그에게 애정을 바치지 않은 사람이었고 그는 그 일로 레이철을 절대 용서하지 않을 것이다. 그는 내가 레이철에게 자신에 대한 달갑잖은 얘기를 했으리라 여길 테고, 다들 알다시피 제임스는 그 잘나고 중요한 본인에 대한 비판을 견뎌내지 못한다.

레이철은 평생에 딱 한 번 병으로 자리에 누웠다―고등학교 일 학년 때. 크리스마스 방학 들어가기 직전 전염성 단핵구증에 걸렸다. 타이밍이 다행인 편이었다. 자리에서 일어나는 데 십삼 일이 걸렸고 등교할 만큼 기운을 차리기까지 닷새가 더 걸렸다. 결국은 수업은 사흘만 빠졌다.

하지만 그 시기가 어머니가 제임스를 봤던 때일 것이다. 또한 어머니가 웨슬리언 대학교 초빙교수였을 때였다. 어머니는 그해 코네티컷주 미들타운에 집을 빌렸고 그게 바로 레이철이 앓아누운 '낯선 침대'였다. 자신이 아플 동안 어머니가 딱 한 번, 장을 보고 와인을 사러 갔을 때 제외하면 곁을 떠난 적이 없음을 떠올리고 그녀는 심란한 자부심을 느꼈다. 레이철은 비디오로 막 「프리티 우먼」을 보기 시작했고 어머니가 돌아왔을 때 여전히 보고 있는 중이었다. 어머니는 그녀의 체온을 재보고 줄리아 로버츠의 잇몸 미소가 '어마어마하게 거슬린다'고 한마디 한 다음, 장바구니를 부엌에 가져가 물품을 정리했다.

방으로 돌아왔을 때, 어머니는 한 손에 와인 잔을, 다른 한 손에는 따뜻한 물수건을 들고 있었고, 쓸쓸하고 희망에 찬 표정으로 레이철을 보며 말했다.

"우리 잘 해내고 있지, 응?"

레이철은 이마에 물수건을 놔주는 어머니를 올려다보았다.

"그야 물론이죠."

그렇게 말한 이유는, 그 순간에는 그런 기분이었기 때문이었다.

어머니는 그녀의 뺨을 토닥이고, 티비를 쳐다보았다. 영화 끝부분이었다. 동화 속 왕자님 리처드 기어가 창녀 공주 줄리아 앞에 꽃을 들고 나타났다. 줄리아는 웃음을 터트리며 눈물을 흘렸고, 배경에는 음악이 깔렸다.

"미소는 이제 됐어." 어머니가 말했다.

그러면 일기의 날짜는 1992년 12월이 된다. 아니면 1993년 1월 초. 팔 년 후, 지하실 계단에 앉아 레이철은 아버지가 미들타운에서 50킬로미터 반경 안에 살고 있었음을 깨달았다. 그 이상일 리는 없다. 어머니는 두 시간 사이 그가 사는 곳을 찾아가서 그와 가족들을 살펴본 다음, 장을 보고 주류 판매점에 들러 와인을 사 왔다. 그럼 제임스는 어딘가 근처, 십중팔구 하트포드 대학에서 가르치고 있었을 것이다.

"그 시기에 아직도 가르치고 있었다면 말이겠지요." 그녀가 전화하자 브라이언 델라크루아는 그렇게 말했다.

"맞아요."

하지만 브라이언은 이제 그녀의 의뢰를 맡아 요금을 받고도 스스로 양심의 가책을 느끼지 않을 만큼의 단서가 갖춰졌다는 데 동의했다. 그래서 2001년 늦여름, 브라이언 델라크루아와 버크셔 보안 협회는 그녀 아버지의 신원을 밝히기 위한 조사에 착수했다.

그리고 아무 소득이 없었다.

제임스란 이름으로 그해 북부 코네티컷에 있는 대학에서 교편을 잡은 사람 중에 이미 확인되지 않은 사람은 없었다. 한 명은 금발이었고,

또 한 명은 아프리카계 미국인이었고, 세 번째는 스물일곱 살이었다.

다시금 레이철은 포기하란 말을 들었다.

"전 떠납니다." 브라이언이 말했다.

"치코피를요?"

"업계를요. 그러니까 네, 치코피를 떠나는 것도 맞지만, 그냥 더 이상 사설 조사원을 하고 싶지 않아서요. 너무 우울해요, 아시죠? 일이라곤 전부 사람들을 실망시키는 것뿐이고, 심지어 의뢰받은 일을 해줄 때도 그렇죠. 도움이 되지 못해 미안합니다, 레이철."

그녀는 가슴속 어딘가 뻥 뚫린 기분이었다. 또 다른 이별. 아무리 영향이 적다 해도, 그녀 인생에서 또 다른 사람이 그녀가 원하든 원치 않든 떠나려 하고 있었다. 그녀에겐 아무 발언권이 없었다.

"뭘 하려고요?" 그녀는 물었다.

"캐나다로 돌아가야죠." 그의 목소리엔 힘이 실려 있었다. 마치 평생 가려던 곳에 드디어 도달한 사람 같았다.

"캐나다인이에요?"

그는 낮게 킥킥거렸다.

"그럼요."

"거긴 뭐가 있는데요?"

"집이 목재 사업을 해요. 요즘 어떻게 지냅니까?"

"대학원은 좋아요. 지금은 뉴욕인데, 여긴 그다지." 그녀는 말했다.

2001년 9월 말이었고, 세계무역센터가 무너진 지 삼 주도 채 안 되었을 때였다.

"물론 그렇겠죠." 그가 침울하게 말했다. "당연히. 상황이 좋아지길 바라요. 잘 지내고, 레이철."

그의 입에서 흘러나온 자기 이름이 너무나 친밀하게 들려 그녀는 놀랐다. 그의 눈을, 거기 담긴 다정함을 그려보고, 자기가 그에게 끌리고 있었으면서도 뭔가 해볼 수 있을 만한 때 미처 인식하지 못했음을 깨닫고 짜증이 났다.

"캐나다." 그녀는 말했다. "네?"

그 나직한 킥킥거림.

"캐나다요."

그들은 작별 인사를 나눴다.

뉴욕대에서 그녀가 수강하는 대부분 수업에 걸어갈 수 있는 거리인 그린위치 빌리지의 웨이벌리 플레이스에 있는 지하층 아파트에서, 그녀는 9/11 이후 로워 맨해튼의 재와 먼지 속에 앉아 있었다. 공격이 벌어진 날, 먼지가 그녀 아파트 창틀에 두껍게 자리했고, 모발과 뼛조각과 세포 가루가 싸라기눈처럼 쌓여갔다. 공기에선 탄 내음이 났다. 오후에 그녀는 돌아다니다가, 오지 않는 환자들을 기다리며 이동 침상이 늘어선 세인트 빈센트 병원 응급실을 지나쳤다. 그날 이후로 병원 벽과 담장에 사진들이 붙기 시작했고, 대부분은 '이 사람을 보셨나요?'라는 간단한 메시지가 딸려 있었다.

아니, 그녀는 보지 못했다. 그들은 죽었다.

그녀는 평생 겪었던 것보다 훨씬 더 큰 상실에 둘러싸여 있었다. 돌아보는 곳마다 비애와 대답 없는 기도 그리고 온갖 형태로—성적, 감정적, 정신적, 도덕적—나타나는 기저 혼란이 자리했으며 얼마 안 가 그게 모든 이들을 하나로 뭉치게 했다.

우린 다 부서졌어. 레이철은 깨닫고, 자신의 상처를 최선을 다해 감싸고 절대로 딱지를 후벼 파지 않겠다고 마음먹었다.

그해 가을, 그녀는 어머니의 일기에서 발견한 구절 두 개를 매일 밤 잠자리에 들기 전 주문처럼 외웠다. 어머니는 이렇게 썼다.

제임스는 우리와 함께하지 않을 사람이었다.

그리고 우리는 그와 함께할 사람들이 아니었다.

2장

번개

그녀는 2001년 가을, 추수감사절 직후 처음으로 공황 발작을 겪었다. 그녀는 크리스토퍼 가를 따라 걷다가 아파트 아치형 현관 검은 철제 계단에 걸터앉아 있는 또래 여자를 지나쳤다. 여자는 손에 얼굴을 파묻고 흐느끼고 있었고, 당시 뉴욕시에선 드물지 않은 일이었다. 공원에서 화장실에서 그리고 지하철에서, 조용히 흐느끼는 사람들도 있었고 격하게 소리 내 우는 사람도 있었다. 어디서나 그랬다. 하지만 그래도 묻지 않을 수 없었다. 확인하지 않을 수 없었다.

"괜찮아요?" 레이철은 여자에게 손을 뻗었다.

여자는 몸을 움츠렸다.

"뭐 하는 거예요?"

"괜찮은가 하고요."

"난 괜찮아요." 여자의 얼굴엔 물기가 없었다. 아까는 알아채지 못했지만, 여자는 담배를 피우고 있었다. "그쪽이야말로 괜찮아요?"

"그럼요." 레이철은 말했다. "난 그냥……"

여자는 휴지 몇 장을 건네주었다.

"괜찮아요. 다 털어내세요."

여자의 얼굴엔 물기가 없었다. 눈이 빨갛지 않았다. 얼굴을 가리고 있던 게 아니었다. 그저 담배를 피우고 있던 거였다.

레이철은 휴지를 받았다. 얼굴을 닦아보니 액체가 흐르고 있었고, 인중에 고인 눈물이, 턱선을 따라 턱 끝으로 흐르는 것이 느껴졌다.

"괜찮아요." 여자가 다시 말했다.

여자는 마치 레이철이 괜찮지 않은 것처럼, 전혀 괜찮지 않은 것처럼 쳐다보았다. 레이철을 보고는 다시 누가 구출해주기를 바라는 듯이 그녀 너머를 바라보았다.

레이철은 고맙다고 몇 번 중얼거리고는 비틀비틀 걸어갔다. 크리스토퍼 가와 위호켄 가의 모퉁이에 다다랐다. 빨간색 밴이 신호 대기 중이었다. 운전자가 창백한 눈으로 레이철을 쳐다보았다. 니코틴으로 누레진 이를 드러내며 미소지었다. 이제 흐르는 액체는 눈물만이 아니라, 땀이었다. 목이 콱 막혔다. 그날 아침 먹은 게 없는데도 목이 막혀감을 그녀는 알았다. 숨을 쉴 수 없었다. 도무지 숨을 쉴 수 없었다. 목이 트이지 않았다. 입도 마찬가지였다. 입을 벌려야만 했다.

운전자가 밴에서 내렸다. 창백한 눈과 매 같은 창백한 얼굴 그리고 바싹 깎은 빨간 머리를 한 그가 다가왔고……

그는 흑인이었다. 그리고 약간 둥글둥글했다. 그의 이는 누렇지 않았다. 복사용지처럼 새하얬다. 그는 그녀 옆에 무릎을 꿇었고(그녀는 어쩌다 길가에 주저앉아 있게 되었을까?), 그의 갈색 눈은 휘둥그렇게 겁에 질려 있었다.

"괜찮아요? 누구 연락해줄까요, 아가씨? 일어설 수 있겠어요? 자, 자. 내 손 잡고."

그녀는 그의 손을 잡았고 그는 그녀를 크리스토퍼 가와 위호켄 가 모퉁이에 일으켜 세웠다. 그리고 이젠 아침이 아니었다. 해가 기울고 있었다. 허드슨 강이 밝은 호박색으로 물들었다.

둥글둥글하고 친절한 남자는 그녀를 안아주었고 그녀는 그의 어깨에 대고 흐느꼈다. 그녀는 흐느끼며 그에게 같이 있어 주기로, 절대 그녀를 떠나지 않기로 약속하게 했다.

"이름을 말해줘요." 그녀는 말했다. "당신 이름을 말해줘요."

그의 이름은 케네스 워터맨이었고, 물론 그녀는 그 후로 다시 그를 보지 못했다. 그는 그녀를 빨간 밴에 태워 아파트까지 데려다주었고, 그녀가 상상했을 만한 윤활유와 더러운 속옷 냄새가 나는 커다란 패널 밴이 아니라, 가운뎃줄에는 유아 카시트가 그리고 바닥에는 치리오 부스러기가 널린 미니밴이었다. 케네스 워터맨에게는 아내와 아이 셋이 있었으며 퀸스 프레시 미도우스에 살고 있었다. 그는 캐비닛 제작자였다. 그는 그녀를 집에 데려다주고 누구 연락할 사람 있으면 전화해주겠다고 했지만, 그녀는 이제 괜찮다고 그를 안심시켰다. *그냥 이 도시에선 가끔 그렇잖아요, 아시죠?*

그는 한참 걱정스레 그녀를 쳐다보았지만, 그들 뒤로 줄 지어선 차가 늘어가고 어스름이 깔리고 있었다. 경적이 울렸다. 그리고 또 한 번. 그는 그녀에게 '케니 캐비닛'이라고 적힌 명함을 주고, 언제든 전화하라고 했다. 그녀는 고맙다고 인사하고 미니밴에서 내렸다. 그의 차가 떠나자, 그녀는 밴이 심지어 빨간색도 아니었음을 깨달았다. 구리색이었다.

그녀는 다음 학기 뉴욕대를 휴학했다. 트라이베카에 있는 정신과에 걸어갈 때를 제외하면 거의 아파트 밖으로 나서지 않았다. 의사 이름은 콘스탄틴 프랍캅이었으며 그가 흘린 유일한 개인 정보는 가족과 친구들은 그를 코니라고 부른다는 것뿐이었다. 코니는 그녀가 국가적인 비극을 자신의 깊은 트라우마를 외면하는 데 이용하고 있으며 그게 심각한 해가 된다고 설득하려 들었다.

"내 인생에는 비극적인 일 같은 거 없어요." 레이철은 말했다. "가끔 슬프기야 했죠. 아닌 사람도 있나요? 하지만 좋은 집에서 잘 먹고 잘 보살핌 받고 자랐어요."

작은 사무실 안에서 코니는 그녀를 넘겨다보았다.

"어머님은 가장 기본적인 권리, 아버지를 알 권리를 주지 않았어요. 레이철을 가까이에 붙들어두기 위해 감정적 독재로 지배한 거죠."

"어머니는 날 보호하려 그런 거예요."

"무엇으로부터요?"

"알겠어요." 레이철은 했던 말을 정정했다. "어머니 나름으론 나를 나 자신으로부터 보호하려고 그런 거죠, 내가 그걸 알고 뭘 어쩔까 봐."

"그게 진짜 이유일까요?"

"그럼 달리 뭐가 있나요?"

레이철은 갑자기 코니 뒤의 창문 밖으로 뛰쳐나가고 싶었다.

"만약 어떤 사람이 당신이 그저 원하는 것만이 아니라 진짜로 필요한 무언가를 갖고 있다면, 그 사람에게 절대 하지 못할 일은 뭘까요?"

"미워하지 못한다는 말씀은 마세요, 난 어머니를 충분히 미워했으니까."

"답은 떠나는 겁니다. 절대로 그 사람을 떠나지 못하죠."

"어머니는 내가 아는 중 가장 독립적인 사람이었어요."

"당신이 어머니에게 매달려 있는 한, 그렇게 보일 수 있었겠죠. 하지만 일단 당신이 가고 나자 어떻게 되었나요? 당신이 떨어져 나가는 걸 어머니가 느끼게 되고 나니?"

그녀는 그가 어떤 결론으로 몰고 가는지 알았다. 뭐라 해도 심리학자의 딸이었으니까.

"꺼져요, 코니. 그런 거 아니에요."

"어떤?"

"그건 사고였다고요."

"당신의 말에 따르면 지극히 예민하고, 주의 깊고, 능력 넘치던 여자가요? 사망 당일 알코올이나 약물 성분이 전혀 검출되지 않은 사람이? 그런 여자가 훤한 대낮에 멀쩡한 도로에서 정지 신호를 무시하고 차를 몰았다고요?"

"그래서 이젠 내가 어머니를 죽였다는 거군요."

"내가 하려는 얘기는 그 반대입니다."

레이철은 코트와 가방을 챙겨 들었다.

"어머니가 개업하지 않은 이유는 당신 같은 멍청한 돌팔이들하고 한데 묶이기 싫어서죠." 그녀는 벽에 걸린 자격증에 시선을 던졌다. "럿거스 대학."

그녀는 코웃음 치고 나왔다.

다음 정신과 의사 테스 포터는 좀 더 접근법이 부드러웠고, 다니기도 훨씬 가까웠다. 그녀는 레이철에게 어머니와의 관계에 대한 진실 탐구를 의사의 스케줄이 아니라 레이철의 스케줄에 맞춰나갈 거라고 말해주었다. 테스와 있으면 마음이 편했다. 코니와 있을 때는 늘 그가 공격해올 듯한 기분이 들었다. 그래서 거기 대응하여 그녀도 늘 맞받아칠 듯한 기분이었다.

"그분을 찾으면 뭐라고 말할 건가요?" 어느 날 오후 테스가 물었다.

"모르겠어요."

"무섭나요?"

"네, 네."

"아버지가?"

"뭐라고요? 아뇨." 그녀는 생각해 보았다. "아니에요. 아버지가 아니라. 그냥 그 상황이요. 그러니까, 무슨 말부터 꺼내야 해요? '안녕, 아빠. 씨발 내 평생 어디 있었어요?'"

테스는 킥킥거렸지만 그러고 나서 말했다.

"약간 망설이던데요. 그분이 무섭냐고 물었을 때."

"정말요?" 레이철은 잠시 천장을 응시했다. "그러니까, 엄마는 가끔 아빠에 대해 했던 말을 뒤집곤 했어요."

"어떻게?"

"대부분은 계집애 같단 식으로 묘사했죠. '불쌍하고 상냥한 제임스.' 아니면 '우리 예민한 제임스.' 어이 없단 듯이. 어머니는 외적으로 진보적인 분이다 보니 아버지가 남성적인 면에선 영 자기 성에 차지 못한다는 걸 인정하지 못했어요. 어머니가 몇 번 말했던 게 기억나요. '넌 아버지의 고약한 성미를 닮았어, 레이철.' 그럼 전 생각하곤 했죠. '어머니의 고약한 성미를 닮았겠지 무슨.' 그녀는 다시 천장을 올려다보았다. '그 사람 눈에서 너를 찾아봐.'"

"무슨 말이죠?" 테스가 의자에서 몸을 앞으로 내밀었다.

"어머니가 몇 번인가 했던 말이에요. '그 사람 눈에서 너를 찾아봐.

뭘 발견했는지 말해줘.'"

"어떤 맥락이었죠?"

"술이요."

테스는 가늘게 미소지었다.

"하지만 어떤 뜻으로 하신 말씀이라고 생각해요?"

"두 번 다 나한테 화가 나 있었어요. 그건 기억나요. 내 생각엔……
혹시 나를 보면 아버지가……"

그녀는 고개를 저었다.

"아버지가?" 테스의 목소리는 부드러웠다. "혹시 레이철을 보게 되
면, 아버지가?"

마음을 진정시키기까지 일 분은 걸렸다.

"실망할 거라고요."

"실망?"

레이철은 잠시 의사의 시선을 맞받았다.

"혐오스러워할 거라고."

밖에선 마치 거대한 이세계의 무언가가 태양을 가로막고 그림자를
드리우기라도 한 듯이 거리가 어스름에 잠겨 있었다. 갑자기 비가 오기
시작했다. 천둥소리가 마치 무거운 트럭이 낡은 다리를 건널 때처럼 우
릉우릉 울렸다. 멀리서 번개가 하늘을 갈랐다.

"왜 웃고 있어요?" 테스가 물었다.

"제가요?"

그녀는 고개를 끄덕였다.

"어머니가 하던 다른 말이 생각나서요, 특히 이런 날에." 레이철은
다리를 깔고 앉았다. "아버지 냄새가 그립다고 했죠. 그게 무슨 뜻이냐

고, 아버지에게서 무슨 냄새가 났냐고 처음 물었을 때, 어머니는 눈을 감고 공기 냄새를 맡더니 말했죠. '번개.'"

테스의 눈이 살짝 커졌다.

"당신 기억 속 그분에게서 그런 냄새가 났나요?"

레이철은 고개를 저었다.

"커피 냄새가 났어요." 그녀의 시선이 창문에 퍼져가는 빗방울을 따라갔다. "커피와 코듀로이."

그녀는 2002년 늦봄 첫 공황 발작과 미미한 광장공포증에서 회복했다. 지난 학기에 고급 리서치 테크닉 수업을 같이 들은 남학생과 우연히 맞닥뜨렸다. 그의 이름은 패트릭 매니언이었고, 무척이나 사려 깊었다. 통통한 편이고 불행히도 잘 들리지 않을 때면 눈을 찌푸리는 버릇이 있었는데, 어릴 때 썰매 사고로 오른쪽 귀의 청력 50퍼센트를 잃어서였다.

팻 매니언은 같이 들었던 수업 하나 화젯거리가 다 떨어지고 나서도 레이철이 계속 말을 걸어주는 현실을 믿을 수 없었다. 그녀가 먼저 한잔하자고 제안했다는 사실을 믿을 수 없었다. 그리고 몇 시간 후 그의 아파트에서 그녀가 그의 벨트 버클에 손을 뻗었을 때 그의 표정은 구름 확인하려 하늘을 올려다보았다가 천사가 날고 있는 것을 본 사람 같았다. 그 표정은 그들이 사귀는 이 년 내내 대체로 그 상태였다.

그녀가 결국 그와 헤어질 때, 거의 이건 상호 합의라고 그를 설득할 지경으로 상냥하게 대했지만, 그는 자존심에 타격을 입은 낯선 표정으로 그녀를 마주 보며 말했다.

"네가 왜 나하고 사귀는지 도무지 알 수가 없었어. 그러니까, 넌 멋진 데 나는 너무…… 아니니까."

"너는……"

그는 한 손을 들어 그녀의 말을 중지시켰다.

"그러다가 어느 날, 육 개월 전쯤 퍼뜩 깨달았어. 너에겐 사랑이 아니라 안전이 모든 것을 이긴다고. 그리고 조만간 내가 널 버리기 전에 네가 먼저 나를 버리겠구나 하고 알았지. 왜냐하면, 이게 중요한 부분인데, 나는 절대 너를 버리지 않을 거니까." 그는 아름답고 상처받은 미소를 지었다. "그게 이제까지 나의 용도였던 거야."

대학원 졸업 후, 그녀는 펜실베이니아 월크스배리에 있는 《타임스 리더》에서 일 년간 일하다 매사추세츠로 돌아와 퀸시에 있는 《패트리어트 레저》의 특집 기사 담당까지 금방 올라갔다. 거기에서 힝엄 경찰서의 인종 차별 수사 관행에 대해 쓴 기사가 약간 인정받고 관심을 끌어 다른 사람도 아닌 브라이언 델라크루아에게서 이메일을 받았다. 그는 출장 중이었고 브록튼에 있는 목재 유통업체 대기실에서 우연히 《패트리어트 레저》를 보게 되었다. 그는 혹시 자기가 알던 레이철 차일즈가 맞는지 그리고 아버지를 찾았는지 알고 싶어 했다.

그녀는 그 레이철 차일즈가 맞으며, 아버지는 찾지 못했다고 답했다. 혹시 재도전할 의향이 있는지?

못해요. 일에 치여서. 출장 출장 출장. 잘 지내요, 레이철. 레저에 오래 있진 않겠군요. 큰물에 가게 될 테니. 기사 좋았습니다.

그의 말이 옳았다. 그로부터 일 년 후, 그녀는 주요 언론사 《보스턴

글로브》로 진출했다.

거기에서 어머니의 산부인과 의사 펠릭스 브라우너 박사의 눈에 띄게 되었다. 그가 보낸 이메일 제목은 '어머님의 옛날 친구입니다.'였지만, 일단 답장을 해보니 그는 친구라기보단 엘리자베스 차일즈를 진료했던 의사일 뿐이었다. 브라우너 박사는 또한 레이철이 그런 것을 알 즈음에는 어머니를 진료하지 않고 있었다. 레이철이 사춘기가 되자, 엘리자베스는 딸을 비나 라오 박사에게 데려갔고, 레이철이 알던 여자 어른이나 아이들 대부분 역시 거기서 진료를 받았다. 그녀는 펠릭스 브라우너 얘기를 들은 적이 없었다. 하지만 그는 엘리자베스가 처음 매사추세츠 서부로 왔을 때 담당 의사였으며, 사실 레이철을 받은 장본인이라고 했다. '미끈거리는 아기였죠.' 그는 그렇게 썼다.

이어진 이메일에서 그는 어머니에 대해 그녀에게 알려주고 싶은 중요한 정보가 있는데 직접 대면하고 전달해야 마음이 편하겠다고 썼다. 그들은 보스턴과 그가 사는 스프링필드의 중간 지점에서 만나기로 하고, 밀버리의 식당을 낙점했다.

만나기 전, 그녀는 브라우너 박사를 조사했고, 첫 이메일 때부터 느껴온 직감대로 달갑지 않은 그림이었다. 지난해 2006년, 그는 여성 환자들에 대한 다수의 성폭행 또는 성추행 혐의로 면허 정지를 받았고, 혐의는 의사가 의대를 졸업한 지 겨우 일주일밖에 안 되었던 1976년까지 거슬러 올라갔다.

브라우너 박사는 식당에 바퀴 달린 서류가방 두 개를 끌고 왔다. 예순두 살의 그는 숱 많은 백발은 옆은 짧게 치고 뒷머리를 길러서, 스포츠카를 몰고 지미 버핏 콘서트에 단골로 다닐 듯한 스타일에 가까웠다. 밝은색 청바지와 맨발에 페니 로퍼를 신었고, 검은 리넨 블레이저 안에 하와이안 셔츠를 받쳐입었다. 그는 성공의 증표처럼 배에 십여 킬로그램쯤 살이 붙어 있었고 종업원들을 대하는 태도가 능숙했다. 낯선 이들에게 호감을 받지만 누가 자기 농담에 웃지 않으면 영문을 몰라 하는 유형의 사람으로 보였다.

레이철에게 어머니의 죽음에 애도의 뜻을 표한 후, 그는 그녀가 얼마나 미끈거리는 갓난아기였는지 다시 말을 꺼냈다. "기름에 푹 담갔다 꺼낸 것처럼 말이지." 그러고는 약간 숨가쁘게 자기를 처음 고발한 여자가("이름은 리앤이라고 해둡시다. 그게 라잉(거짓말하다)처럼 들려서만은 아니고, 알지?") 다른 고발자들 몇을 안다고 밝혔다. 그는 그들의 이름을 술술 내뱉었고 레이철은 이내 그가 가명을 말하는 건지 무신경하게 여자들의 사생활을 보호받을 권리를 침해하고 있는 건지 의문이 들었다. 토냐, 마리, 어슐라, 제인, 패티, 다들 서로 아는 사이라고 그는 말했다.

"뭐, 작은 동네니까요." 레이철이 말했다. "서로 알기 마련이죠."

"그럴까?" 그는 설탕 봉지를 흔든 다음에 찢으며 차가운 미소를 쏘았다. "그럴까?" 그는 설탕을 커피에 부스스 뿌리고, 서류가방 안에 손을 넣었다. "거짓말쟁이 리앤은 애인이 많다는 걸 알아냈지. 이혼을 두 번 했고……"

"선생님……"

그는 한 손을 들어 그녀의 말을 막았다.

"그리고 다른 부부의 이혼 건에서 '다른 여자'로 언급되었고. 패티는 혼자 술을 마시지. 마리와 어슐라는 약물 남용 문제가 있고, 토냐는(허허허), 토냐는 다른 의사를 또 성추행으로 고발했지." 그는 짐짓 격분을 가장하여 눈을 희번덕거렸다. "아무래도 버크셔에는 성범죄자 의사가 넘쳐나나 보네. 세상에!"

레이철은 버크셔에 사는 토냐를 한 명 알고 있었다. 토냐 플레처. 미닛 맨 여관 관리인이었다. 늘 딴 데 정신이 가 있고 약간 심란해 보였다.

브라우너 박사는 콘크리트 블록만 한 크기의 서류 더미를 둘 사이의 테이블에 올려놨다. 그녀를 향해 의기양양하게 눈썹을 치켜 보였다.

"뭔가요." 레이철은 말했다. "USB는 안 쓰시나 봐요?"

그는 알아듣지 못했다.

"그 여자들에 대한 자료가 다 있지, 보다시피. 보이지?"

"알겠어요." 레이철은 말했다. "제가 이걸로 뭘 어쨌으면 하시는 거죠?"

"도와줘."

마치 그게 세상에서 유일한 답인 양 그는 그렇게 말했다.

"제가 왜요?"

"나는 결백하니까. 잘못한 거 하나도 없으니까." 그는 손바닥을 펼쳐 테이블 위로 뻗었다. "이 손으로 생명을 세상에 데려왔어. 이 손으로 너를 세상에 데려왔고, 레이철. 너를 처음으로 안은 손이다. 이 손이." 그는 마치 평생의 사랑이라도 되듯 두 손을 응시했다. "그 여자들이 내 이름을 더럽혔어." 그는 두 손을 겹치고 내려다보았다. "그 스트레스와 불화로 가족들이 떠났어. 진료도 못 하게 되었고." 눈물이 그의 눈가에 맺혔다. "이런 일을 당할 만한 짓은 안 했어. 안 했다고."

레이철은 동정하는 것처럼 보이기를 바라며 미소지었지만 아무래도 그냥 역겨워하는 얼굴일 것 같았다.

"저한테 뭘 부탁하시는지 잘 모르겠네요."

그는 몸을 젖혔다.

"이 여자들에 대해 기사를 써 줘. 다른 꿍꿍이가 있었고, 그걸 이루기 위해 나를 택했다고. 나를 파멸시키기로 작정했고 성공했다고. 그 여자들은 속죄해야 해. 고발을 취소해야지. 망신을 줘야 해. 이제 민사 소송을 걸었다고. 아가씨, 민사 소송 평균 변호 비용이 25만 달러라는 거 아나? 그냥 변호 비용만. 이기든 지든, 25만 달러가 날아가는 거야. 그거 알았어?"

레이철은 아직 '아가씨'라는 소리에 어안이 벙벙했지만, 고개를 끄덕였다.

"그래, 그러니까 그 마녀들이 나를 강간한 거라고. 달리 무슨 말로 표현하겠어? 내 명예와 가족관계와 친구관계를 망쳐놨어. 하지만 그것만으로는 충분하지 않았지, 안 그래? 이제 나를 아주 작살 내고 싶은 거야. 얼마 남지도 않은 내 돈을 원한다고. 나더러 남은 생애를 빈곤하게 보내라고. 친구 하나 없이 어디 보호소 간이침대에서 죽으라는 거지." 그는 서류 더미 위에 손가락을 좍 벌렸다. "이 서류에 그 더러운 여자들에 대한 더러운 정보가 다 들어 있어. 그 기사를 쓰라고. 그 여자들의 정체를 세상에 까발려. 퓰리처상을 그냥 안겨주는 거라니까, 내가."

"퓰리처상을 노리고 여기 나온 거 아닙니다."

그의 눈이 가늘어졌다.

"그럼 왜 왔는데?"

"어머니에 대한 정보가 있다고 하셨잖아요."

그는 고개를 끄덕였다.

"나중에."

"나중에 언제요?"

"기사를 쓴 다음에."

"전 그런 식으로 일하지 않습니다." 레이철은 말했다. "어머니에 대한 정보가 있으신 거면, 그냥 말씀해주시고……"

"어머니 얘기가 아니야. 아버지 건이지." 그의 눈이 번뜩였다. "너도 말했다시피, 작은 동네지. 사람들이 수군거리지. 그리고 너에 대해 하는 얘기는, 엘리자베스가 아버지를 알려주지 않으려 했다며. 착한 동네 사람들은 다들 너를 불쌍해했지. 얘기해주고 싶어도 누구 아는 사람이 없는걸. 흠, 하지만 난 말해줄 수 있었지. 너희 아버지를 꽤 잘 알았거든. 하지만 환자 개인 정보 보호법 때문에 너희 어머니 뜻을 어기고 그 사람 신원을 알려줄 수가 없었지. 하지만 이제 너희 어머니는 죽었고. 난 진료를 할 수 없게 되었지." 그는 커피를 홀짝였다. "그래, 레이철, 아버지가 누군지 알고 싶어?"

레이철이 목소리를 낼 수 있기까지는 잠시 시간이 걸렸다.

"네."

"뭐라고?"

"네."

그는 눈꺼풀을 내리깔며 알아들었단 표시를 했다.

"그럼 그 빌어먹을 기사를 쓰란 말야, 아가씨."

3장

JJ

재판 기록과 브라우너 본인이 제공한 서류까지, 레이철이 파볼수록 더 심각했다. 펠릭스 브라우너 박사가 혹시나 연쇄 강간마가 아니라 해도 레이철이 보기엔 정말 더할 나위 없이 그런 인상이었다. 그가 교도소에 있지 않은 유일한 이유는 공소 시효 안에 소송을 건 여자 리앤 페니건이 그의 재판 마지막 주에 자기 증언 차례 직전 옥시콘틴(마약성 진통제 — 옮긴이)을 과용했기 때문이었다. 리앤은 목숨을 건지긴 했지만 증언하기로 한 날에 재활센터에 있었고, 의사 면허 취소, 보호 관찰 6년, 그중 6개월은 이미 채운 것으로 하고, 누설 금지하되 징역은 살지 않기로 한 합의를 검사가 받아들였다.

레이철은 기사를 썼다. 밀버리에 있는 식당에 가져가, 펠릭스 브라우너 박사 맞은편에 앉으면서 가방에서 기사를 꺼냈다. 그는 종이를 내려다보긴 했지만 가만히 있었다.

"뭐야." 그가 말했다. "USB는 안 쓰나 보지?"

그녀는 그 말을 알아듣고 굳은 미소를 지었다.

"기분 좋아 보이시네요."

그랬다. 지미 버핏 스타일은 내다 버리고 빳빳한 흰 셔츠에 짙은 갈색 정장 차림이었다. 머리는 뒤로 벗어넘겨 젤을 잔뜩 발랐다. 송충이 눈썹을 다듬었다. 얼굴색이 돌아왔고 눈은 기대로 번뜩였다.

"기분이 좋거든. 레이철도 근사해 보여."

"고맙습니다."

"그 블라우스를 입으니 녹색 눈이 돋보이네."

"고맙습니다."

"머리가 늘 이렇게 비단결 같았나?"

"방금 드라이를 해서요."

"잘 어울려."

그녀는 환한 미소를 그에게 지어 보였다. 그걸 보고 그의 눈이 꿈틀하더니 자기만의 은밀한 웃음을 지었다.

"허, 그참." 그가 말했다.

그녀는 아무 말 없이, 그저 알겠다는 식으로 고개만 끄덕하고 그의 시선을 맞받았다.

"퓰리처상 냄새를 맡았나 보네."

"저기." 그녀는 말했다. "너무 앞서가지는 말죠."

그녀는 그에게 기사를 건넸다.

그는 의자에 푹 기댔다.

"음료 주문해야지."

그는 무심히 말하고 읽기 시작했다. 첫 장을 넘기며 그는 그녀를 쳐다보았고, 그녀는 격려의 미소를 지었다. 그는 계속 읽어나갔고 기대감이 경악으로, 그리고 절망으로, 마침내 분노로 변모하면서 이마를 구겼다.

"이건." 그는 다가오는 종업원을 손을 내저어 물리며 말했다. "내가 강간범이라는 얘기잖아."

"그런 셈이죠, 아닌가요?"

"그 여자들의 약물 의존과 알코올 남용 그리고 성적 탐닉이 내 탓이라고 썼어."

"사실이 그러니까요."

"여기엔 내가 널 강요해서 이 여자들의 인생을 한 번 더 망치려고 했다고 썼는데."

"그랬으니까요." 그녀는 선선히 고개를 끄덕였다. "그리고 내 앞에서 그 사람들을 모함했어요. 내기해도 좋지만 그 동네 술집 좀 파보면 매사추세츠주 서부 남자들 절반쯤한테도 그 여자들을 모함했겠죠. 보호관찰 조건 위반이 되고. 그러면, 펠릭스, 《글로브》에 그 기사가 나면 당신은 당장 수감된단 뜻이에요."

그녀는 물러앉아, 말문을 잃은 그를 지켜보았다. 마침내 그녀와 눈을 마주했을 때, 그의 눈에는 억울함과 믿기지 않는다는 빛이 가득했다.

"이 손으로." 그는 양손을 들어보였다. "너를 받아 세상 빛을 보게 해줬다."

"손모가지 저리 치우시지. 새로 협상합시다. 네? 이 기사는 내지 않기로 하죠."

"아이고 고맙다." 그는 바로 앉았다. "그 순간부터 알았……"

"아버지 이름 알려줘요."

"그야 알려줘야지, 하지만 먼저 마실 것부터 시키고 얘기하자."

그녀는 그에게서 기사를 받아들었다.

"당장 아버지 이름 알려주지 않으면 이 기사를……" 그녀는 바 쪽을 가리켰다. "저기 전화로 송고할 거예요."

그는 의자에 축 늘어져, 녹슨 끽끽 소리를 내며 머리 위에서 느릿느릿 돌아가는 실링 팬을 보며 궁리했다.

"엘리자베스는 그를 JJ라고 불렀지."

레이철은 손부터 팔꿈치까지 떨리는 걸 감추려고 기사를 도로 가방에 넣었다.

"왜 JJ죠?"

그는 운명에 쫓기는 처지가 되어, 테이블에 손바닥을 펴서 올렸다.

"이제 난 어쩌냐? 어떻게 살면 좋지?"

"왜 JJ라고 부른 거예요?"

그녀는 자기가 이를 악물고 있음을 깨달았다.

"너희 여자들은 다 똑같아." 그가 속삭였다. "남자 피를 말려 죽이지. 선량한 남자들을. 역병 같은 것."

그녀는 일어섰다.

"앉아." 그의 목소리가 커서 식당 손님 두 사람이 그들 쪽을 돌아보았다. "제발. 아니, 아냐. 그냥 앉으라고. 안 그럴게. 얌전히 굴겠다고."

그녀는 앉았다.

펠릭스 브라우너 박사는 슈트 재킷에서 종이 한 장을 꺼냈다. 오래되고 두 번 접혀 있었다. 그는 종이를 펼쳐 테이블 맞은편 그녀에게 건넸다. 그걸 받아드는 그녀의 손은 더 심하게 떨렸지만, 그녀는 신경 쓰지 않았다.

종이 제일 위에는 그의 의원 이름이 인쇄되어 있었다. 브라우너 여성 건강 클리닉. 그 아래에는 '생부 건강 기록'이라고 되어 있었다.

"그는 두 번밖에 안 왔어. 둘이 많이 싸우나 보더라. 여자가 임신하면 겁을 먹는 남자도 있거든. 코 꿰이는 기분이라."

'성'을 쓰는 칸에 깔끔한 파란 잉크로 '제임스'라고 인쇄되어 있었다.

그의 이름은 제러미였다.

4장
B형

제러미 제임스는 코네티컷주 뉴 런던에 있는 소규모 인문계 대학인 코네티컷 칼리지에서 1982년 가을부터 전임 교수로 가르쳤다. 같은 해, 그는 인구 7000명의 마을 더럼에 집을 샀으며, 레이철이 자란 사우스 해들리에서 I-91 고속도로를 타고 약 100킬로미터 거리, 레이철이 전염성 단핵구증에 걸린 해 어머니가 빌렸던 미들타운에 있는 집에서는 차로 10분 거리였다.

그는 1983년 7월 모린 와이더맨과 결혼했다. 둘의 첫 아이 테오는 1984년 9월에 태어났다. 둘째 샬럿은 크리스마스 아기로, 1986년 연말에 태어났다. '나와 배다른 남매들이 있었네. 혈연이.' 레이철은 생각했다. 그리고 어머니가 죽은 이후 처음으로, 세상 어딘가에 연결점이 생긴 기분이었다.

그의 성명을 손에 넣고, 레이철은 제러미 제임스의 일생을 한 시간 안에 다 확보할 수 있었다. 최소한 공공기록에 나온 부분은 전부 다. 그는 1990년 예술사학 부교수가 되었고 1995년 종신 정교수로 임용되었다. 2007년 가을 레이철이 조사할 즈음엔, 그가 코네티컷 칼리지에서 교편을 잡은 지 사반세기였고 학과장이 되어 있었다. 아내 모린 와이더맨 제임스는 하트포드에 있는 워즈워스 애서니엄 미술관의 유럽 예술 큐레이터였다. 레이철은 온라인에서 그녀의 사진을 몇 장 찾아냈고 눈이 마음에 들어 그녀를 통해 접근하기로 마음먹었다. 제러미 제임스도 온라인에서 찾아보고 사진 몇 장을 발견했다. 그는 이제 대머리였고 덥수룩하게 턱수염을 길렀으며, 사진마다 전부 지적이고 당당해 보였다.

그녀가 전화로 모린 와이더맨 제임스에게 자기소개를 하자, 아주 짧은 정적 후 모린이 말했다.

"이십오 년간 언제 전화가 올까 궁금해했어요. 마침내 목소리 듣게 되어 얼마나 마음이 놓이는지 모를 거예요, 레이철."

전화를 끊고 레이철은 창밖을 응시하며 울지 않으려 애썼다. 입술을 어찌나 세게 깨물었던지 피가 났다.

그녀는 10월 초 토요일 차로 더램으로 향했다. 역사적으로 더램은 거의 내내 농업 기반 지역이었으며 그녀가 차를 몰고 간 좁은 시골 도로 길가엔 군데군데 오래된 거목과 색 바랜 붉은 헛간, 그리고 염소가 있었다. 공기에서 나무 타는 연기와 근처 사과 과수원 냄새가 났다.

고럼 레인에 있는 소박한 집에 도착하자 모린 와이더맨 제임스가 문을 열어 주었다. 그녀는 반듯하게 생긴 여자로, 밝은 갈색 눈에 담긴 차분하지만 사람을 꿰뚫어 보는 분위기의 호기심이 커다란 안경 덕에 도드라졌다. 뿌리가 붉고 관자놀이와 이마 가까이에는 새치가 섞인 밤색 머리를 대충 하나로 묶었다. 검정 레깅스 위에 빨간색과 검은색의 작업용 셔츠를 옷자락을 바깥으로 내서 입었고 신발은 신지 않았으며, 미소를 지으니 얼굴에 환하게 빛이 쏟아졌다.

"레이철." 그녀는 통화했을 때와 마찬가지로 안도감과 친숙함이 담긴 어조로 말했다. 지난 이십여 년 사이 그녀가 레이철의 이름을 여러 번 말했으리라는 가슴 떨리는 깨달음이 굳어졌다. "들어와요."

그녀는 옆으로 비켜섰고 레이철은 딱 학자 부부의 집처럼 보이는 안으로 들어섰다. 현관과 거실 벽과 부엌 창문 아래를 차지한 책장, 화사한 색의 페인트가 군데군데 벗겨졌지만 전혀 덧칠하지 않은 벽, 제3세계 국가에서 가져온 제각각 다른 상태의 여러 도자기 상과 가면, 벽에 걸린 아이티 미술품. 레이철은 어머니를 따라 이런 집을 수십 군데 다녀보았다. 거실 붙박이 선반에 꽂힌 레코드판이 무엇일지, 욕실 바구니를 점령한 잡지는 무엇일지, 부엌 라디오는 내셔널 퍼블릭 라디오 채널에 고정되어 있으리라는 것까지 그녀는 다 알았다. 들어서자마자 집에 온 기분이었다.

모린은 집 뒤쪽에 있는 미닫이문으로 그녀를 안내했다. 문틈 사이에 손을 넣고 뒤를 돌아보았다.

"준비됐어요?"

"이런 일에 준비가 될 수 있나요?"

레이철은 자포자기한 웃음소리를 내며 말했다.

"괜찮을 거예요." 모린은 따뜻하게 말해주었지만, 레이철은 그녀의 눈에서 슬픔 또한 읽었다. 그들은 무언가를 시작할 참이었지만, 또한 한편으로는 다른 무언가의 끝에 도달해 있었다. 레이철은 그 슬픔이 거기에서 기인한 것인지 확신할 수는 없었지만 그렇지 않을까 여겼다. 이제 그들의 인생은 무엇 하나 예전과 같지 않을 것이다.

그는 방 한가운데 서 있다가 문이 열리자 돌아섰다. 아내와 별다르지 않은 차림새였고, 다만 레깅스 대신에 회색 진을 입었다. 그의 작업복 셔츠 역시 체크무늬에 밖으로 옷자락을 꺼내 입었지만, 파랑과 검정색이었고 흰 셔츠 위에 단추를 잠그지 않고 걸쳤다. 왼쪽 귓불에 작은 은링 귀고리, 왼쪽 손목에 짙은 색 로프 팔찌 세 개, 다른 쪽 손목에는 두꺼운 검은 가죽 밴드를 단 묵직한 시계를 차서 보헤미안 분위기를 가미했다. 벗겨진 머리가 반들거렸다. 수염을 그녀가 온라인에서 본 사진에서보다 말끔하게 다듬었으며 더 나이 들어 보였고, 눈은 좀 더 패였고, 얼굴이 약간 더 처져 있었다. 그녀의 예상보다 키가 컸지만, 어깨가 처져 있었다. 그녀가 다가서자 그는 미소지었고 바로 그녀가 기억하던 미소, 무덤까지만이 아니라 거기 묻히고 나서도 기억에 간직할 그 미소였다. 인생 어느 시점에서인가 기쁨을 표현하기 전에 허락을 먼저 구하게끔 훈련받은 적이 있는 사람의, 갑작스럽고 자신 없는 미소.

그는 그녀의 양손을 잡고, 그녀의 모습을 흡수하려는 듯이 열심히 살폈다.

"세상에." 그가 말했다. "이렇게 컸구나. 이렇게 다 컸어."

그는 더듬거리며 격하게 그녀를 당겨 안았다. 레이철도 마주 포옹했다. 그는 이제 허리둘레와 팔 그리고 등에 살이 붙어 체중이 나갔지만, 그녀가 어찌나 꽉 껴안았던지 그의 뼈가 자신의 뼈와 맞닿는 게 느껴졌다. 그녀는 눈을 감고 어둠 속의 파도 소리 같은 그의 심장 박동을 들었다.

아직도 커피 냄새가 난다고 그녀는 생각했다. 코듀로이 냄새는 아니었지만. 그래도 커피 냄새였다. 아직도 커피.

"아빠." 그녀가 속삭였다.

그러자 그는 그녀를 아주 부드럽게, 자기 가슴팍에서 밀어냈다.

"앉아라."

그는 레이철에게 소파 쪽을 손짓했다.

그녀는 고개를 젓고, 닥쳐올 거지 같은 상황에 마음을 단단히 먹었다.

"서 있을게요."

"그럼 한잔하지." 그는 바 카트로 가서 세 사람 몫의 술을 따르기 시작했다. "우리가 해외에 나가 있을 때 세상을 떠났어, 네 어머니 말이다. 그해 나는 프랑스에서 안식년을 보내던 중이라 몇 년 동안 엘리자베스가 죽은 줄 몰랐지. 부고 소식을 알려줄 공통의 친구가 있었던 것도 아니니까. 정말 안타깝구나."

그는 그녀를 똑바로 쳐다보았고 그 연민의 깊이에 그녀는 한 대 얻어맞은 듯했다.

어째서인지 떠오르는 질문은 하나뿐이었다.

"어떻게 만나시게 되었나요?"

그는 79년 봄 자기 어머니의 장례식을 치르러 볼티모어에 갔다가 돌아오는 기차에서 그녀의 어머니를 만났다고 설명했다. 엘리자베스는 존스 홉킨스에서 박사 학위를 받고 처음 교직을 맡아 마운트 홀리요크로 향하던 참이었다. 제러미는 25킬로미터 북쪽의 버클리 칼리지에서 삼 년째 파트타임 조교수로 일하고 있었다. 일주일 안 되어 그들은 데이트를 하고 있었고, 한 달 안 되어 같이 살게 되었다.

그는 레이철과 모린에게 스카치위스키를 주고 본인 잔을 들었다. 그들은 술을 마셨다.

"자유주의 시대 끝 무렵의 자유주의 주(州)의 극단적으로 자유주의적인 지역에서 너희 어머니가 일하기 시작한 첫해였으니, 결혼 안 하고 동거하는 게 용인되었지. 비혼 임신은 더욱 그랬고. 그걸 존경스럽게, 사회 지배 패러다임에 정면으로 맞서는 일이라고 보기도 했어. 하지만, 만약 누군지 알려지지도 않은 사람의 아이를 가졌을 뿐이라면? 그러면 그녀가 헤프고 처량해 보이겠지, 자기 계층보다 올라서지 못하는 멍청한 희생자로. 최소한 엘리자베스가 두려워한 건 그거였어."

레이철은 모린이 자신을 조심스레 지켜보고 있음을 깨달았고, 그녀의 위스키는 이미 절반이 빈 상태였다. 제러미는 급히 말을 서두르기 시작했고, 더듬더듬 말이 쏟아져나왔다.

"하지만 이, 일반 대중에게, 같이 일하는 사람들에게 그런 식으로 둘러대는 건 그렇다 치고. 집에서 그러는 건 별개의 문제지. 내 말은, 내가 수학 교수는 아니지만 계산은 할 줄 안단 말이다. 그리고 네 어머니는 두 달이 틀렸어."

그거였다. 그가 드디어 말하고 위스키를 벌컥 들이켰지만, 레이철은 어째서인지 들리지 않았다. 그가 무슨 말을 하는지 알았지만 알지 못했다. 알 수가 없었다. 그럴 수가 없었다.

"남들한테야 기꺼이, 심지어 행복하게 그 지어낸 이야기를 밀어붙일 수 있겠지만, 우리 부엌에서, 우리 방에서, 우리 일상생활에서 그 거짓말을 고수할 생각은 없었거든. 그건 음험하다고."

레이철은 입술이 달싹거리는 것을 느꼈지만 아무 말도 나오지 않았다. 실내 공기가 희박하고, 벽이 조여들었다.

"난 혈액 검사를 받았어." 제러미가 말했다.

"혈액 검사요." 레이철은 천천히 따라 말했다.

그는 고개를 끄덕였다.

"제일 기본적인 걸로. 친자 관계를 확증할 수는 없지만 친자가 아니라는 건 확증할 수 있었지. 넌 B형이지?"

노보카인(국부 마취제 — 옮긴이)을 척수에 주사한 것처럼 무감각이 퍼져갔다. 그녀는 고개를 끄덕였다.

"엘리자베스는 A형이었어." 그는 위스키 잔을 비웠다. 잔을 책상 가장자리에 내려놓았다. "나도 A형이고."

모린이 레이철 뒤에 의자를 놓아 주었다. 레이철은 거기 앉았다.

제러미는 아직 말하고 있었다.

"알겠지? 너희 어머니가 A형이고 내가 A형인데 네가 B형이라면? 그럼……"

레이철은 손을 내저었다.

"그럼 제 아버지일 수가 없으시죠." 그녀는 위스키를 마저 비웠다. "알겠어요."

처음으로 그의 책상과 책장 그리고 사무실 협탁 군데군데 놓인 사진들이 그녀 눈에 들어왔다. 전부 그와 모린의 자녀, 테오와 샬럿을 다년간에 걸쳐 찍은 것이었다. 유아기, 바닷가에서, 생일 파티에서, 졸업식에서. 카메라가 없었다면 잊혔을 기념비적인 순간과 그밖의 순간들. 그러나 탄생에서 대학까지 충만한 삶이었다. 대충 지난 72시간 동안, 그녀는 자기에게 배다른 남매가 있다고 생각했다. 이제 그들은 그저 다른 사람의 자식들이었다. 그리고 그녀는 다시 외동이 되었다.

그녀는 모린과 눈이 마주치고 무너진 미소를 보냈다.

"전화로는 할 수 없는 얘기였겠네요, 그렇죠? 네. 알겠어요. 그래요."

그녀가 일어서자 모린도 자기 자리에서 일어났고 제러미는 그녀를 향해 급히 두 걸음 다가섰다. 그녀는 그들이 자기가 기절할까 봐 걱정한다는 걸 깨달았다.

"전 괜찮아요." 그녀는 어느새 천장을 쳐다보고 있었고, 하고많은 것 중에 구리색임을 깨달았다. "그냥 무척……" 그녀는 적당한 말을 찾아 헤맸다. "슬프달까?" 그녀는 고개를 끄덕이며 자문자답했다. "맞아요. 슬프네요. 피곤하고. 아시죠. 오랫동안 추적해 왔거든요. 가볼게요."

"아니다." 제러미가 말했다. "아냐."

"제발." 모린이 말했다. "가지 말고. 손님방 준비해놨어요. 오늘 밤은 자고 가요. 좀 쉬고. 여기서. 레이철, 제발."

그녀는 잠들었다. 그 수치 속에 그럴 수 있을 줄은 몰랐다. 그들이 얼마나 자신을 동정하는지 알기에 수치스러웠다. 그들은 그녀를 지금 상태로, 고아로 전락시키고 싶지 않아서 이 대화를 최대한 미뤄왔던 것이다. 그녀가 눈을 감을 즈음 멀리서 트랙터 소리가 들려왔고 기억나지 않는 꿈속에도 그 소리가 따라왔다. 구십 분 후 눈을 떴을 때는 왠지 더 기진맥진했다. 그녀는 창가로 가서 두꺼운 커튼을 젖히고 제임스 가의 뒷마당과, 그 옆의 아기 장난감과 짧은 강화플라스틱 미끄럼틀, 핑크색과 검은색의 유모차 등이 널린 이웃집 뒷마당을 내다보았다. 마당 너머로는 연한 색의 슬레이트 지붕을 얹은 작은 집이 있었고, 그 너머로는 농경지였다. 그녀가 아까 소리를 들은 트랙터는 들판에 세워져 있었다.

혼자 된다는 것이 어떤 기분인지 안다고 생각했지만 아니었다. 이제까지는 환상이, 가짜 믿음이 곁을 지켜주었다. 신화적인 아버지. 다시 그를 만나게 되면, 아무튼 완전해질 거라고 세 살 적부터 자신을 타일러왔다. 하지만 이제 그를 다시 만났고, 그는 저 트랙터만큼이나 그녀와 아무런 관계가 없었다.

아래층으로 내려가니 그들이 계단 아래 작은 거실에서 그녀를 기다리고 있었다. 레이철은 문가에 섰고 다시 그들의 동정하는 눈빛을 읽었다. 평생 이 집 저 집 기웃거리며 생판 남에게 구걸하는 감정적 거지가 된 기분이었다. *채워 주세요. 다시 나를 채워 주세요.*

나는 밑 빠진 독이에요. 나를 채워 주세요.

그녀는 제러미의 시선을 마주했고 어쩌면 거기서 본 것은 동정이 아니라 그 자신의 수치일지도 모르겠단 생각이 들었다.

"우리가 혈육이 아니란 건 알았어요." 그녀는 말했다.

"레이철." 모린이 말했다. "들어와요."

"하지만 그렇다고 나를 두고 가버려도 되는 거였나요?"

"난 너를 두고 가고 싶지 않았어." 그가 양손을 내밀었다. "너는 아니었다. 우리 레이철은 아니었어."

그녀는 거실에 들어섰다. 둘이 앉아 있는 소파 맞은편 의자 뒤에 가서 섰다.

그가 손을 내렸다.

"하지만 일단 내가 적이라는 판단이 서자, 엘리자베스는 가차 없었어. 너의 친부에 대한 그녀의 환상을 밀어붙이는 일에 대해 내가 의구심을 보이자마자 그렇게 판단했고."

그녀는 의자에 앉았다.

"넌 누구보다 어머니를 잘 알겠지, 레이철. 그러니 그 분노도 익히 알 거야. 일단 그 분노를 피부을 표적이나 분출할 꼬투리를 찾아내면? 막을 도리가 없지. 거기다 대고 진실을 말해봤자 당연히 소용없고. 그리고 혈액 검사를 하고 나자, 나는 적에서 그 집의 암적 존재로 변모했어. 그리고 그녀는 외골수적인……" 그는 잠시 단어를 골랐다. "광기로 나를 몰아붙였지. 나를 완전히 무릎 꿇리거나 아니면 쫓아낼 참이었어."

"지워버릴 거야."

그는 눈을 깜박였다.

"뭐라고?"

"그날 밤 아저씨한테 어머니가 소리 질렀잖아요. 당신을 *지워버릴 거야.*"

제러미와 모린은 놀란 눈길을 교환했다.

"그게 기억나니?"

레이철은 고개를 끄덕였다. 그들 사이 테이블에 놓인 물주전자에서 물을 따랐다.

"그리고 그렇게 했죠. 어머니가 그냥 아저씨를 쫓아내기만 했다면, 우리 둘 다 괜찮았을 거예요. 하지만 아저씨를 지워버려서, 그냥 사라진 거예요. 죽으면 이름과 묘비라도 남죠. 지워진 사람들은 아예 존재하지도 않게 돼요."

그녀는 물을 홀짝이며 거실을 둘러보았고 책장과 사진 그리고 레코드플레이어와 LP판이 예상한 대로 놓여 있었다. 뜨개질 담요와 2인용 소파 그리고 단단한 나무 바닥의 긁힌 자국과 벽 판자의 쓸린 자국 그리고 그 모든 것이 어우러진 약간 흐트러진 분위기가 눈에 들어왔다. 그녀는 여기서, 제러미와 모린의 아이로 자랐다면 얼마나 좋았을까 생각했다. 고개를 숙이고 눈을 감자 어둠 속에 어머니가, 제러미가 어릴 때 데려갔던 낮게 구름 깔린 놀이터와 젖은 그네가 보였다. 그가 떠난 다음 날 아침 축축한 낙엽 더미가 쌓인 웨스트브룩 로의 집을 보았다. 그러다가 그가 떠나지 않은 대체 현실을, 제러미 제임스가 피가 안 섞인 것만 제외하고 모든 면에서 아버지로서 그녀를 키우고 고민을 들어

주고 중학교 축구 팀 지도를 해주는 삶을 보았다. 그리고 그 대체 현실에서, 어머니는 뒤틀린 인생 이야기에 끼워 맞추기 위해 주위의 모든 사람을 굴복시키려는 갈망에 휩싸인 여자가 아니라, 글과 가르침에서 보였던 객관적이고 이성적이며 겸손한 사람, 단순하고 직접적이며 성숙한 사랑을 할 수 있는 사람이었다.

하지만 그녀와 제러미의 현실에서의 어머니는 아니었다. 복잡하고 공격적이며, 과대한 지성, 과대한 불안감, 과대한 분노가 뒤섞인 유독한 존재였다. 그리고 그 모든 것이 겉으로 보기엔 자신감 있고, 멋지고, 차분한 북유럽 외모 안에 감춰져 있었다.

"지워버릴 거야."

어머닌 아저씨를 지워버렸죠. 그리고 그 과정에서 나와 어머니 자신을 얼마든지 행복할 수 있었던 가족에서 지워버렸고. 그냥 고집만 안 부렸으면 되었을걸, 지독한 악마.

그녀는 고개를 들고 눈을 가린 머리카락을 쓸어올렸다. 모린이 티슈 상자를 들고 곁에 있었고 어째서인지 레이철은 그럴 줄 알고 있었다. 저런 보살핌을 뭐라고 하더라? 맞다. 모성애. 그게 이런 거였구나.

제러미는 그녀 앞 바닥에 무릎을 감싼 채 앉아 있었고, 그녀를 올려다보는 그의 얼굴엔 친절함과 후회가 가득했다.

"모린." 그가 말했다. "잠깐 레이철과 둘만 얘기할 수 있을까?"

"그럼, 물론이지."

모린은 티슈 상자를 수납장에 갖다 두다가, 마음을 돌려 다시 꺼내 테이블에 놓았다. 레이철의 잔에 물을 따라주었다. 굳이 깔개 모서리를 정리했다. 그런 다음 따사로운 분위기를 의도했겠지만 어쩐지 겁에 질린 미소를 두 사람에게 지어 보였다. 그녀는 거실을 나갔다.

"네가 두 살 때, 네 어머니와 나는 같이 있을 땐 거의 일 분도 빠지지 않고 싸웠어. 매일 누군가와 싸우는 게 어떤지 아니? 말로는 충돌을 싫어한다면서 실은 거기 환장하는 사람하고?"

레이철은 고개를 갸웃했다.

"정말 저한테 그걸 물으시는 건가요?"

그는 미소지었다. 그리고 그 미소는 곧 사라졌다.

"영혼을 갉아먹고, 마음에 상처를 주지. 스스로 죽어가는 게 느껴져. 나를 적이라고 규정한 이후로 너희 어머니와 사는 건 끝없는 전쟁이었어. 한번은 퇴근하고 진입로를 따라 올라가다가 토했다. 마당 잔디밭을 덮은 눈 위에다가 게워냈어. 딱히 그때 잘못된 건 없었지만, 내가 집에 들어서는 순간 그녀가 트집 잡으리라는 걸 알고 있었지. 아무거나 말이야. 내 어조, 그날 고른 넥타이, 삼 주 전에 내가 했던 말, 누구 다른 사람이 나에 대해 한 말, 자기 기분, 무슨 계시라도 받은 양 내가 뭔가 잘못했다는 직감이 든다 할 때도 있고, 그런 꿈을 꿨다 할 때도 있고……."

그는 고개를 젓고, 거의 삼십 년이 지난 지금조차 그 기억이 너무 생생해서 놀란 듯 훅 소리를 냈다.

"그럼 왜 그렇게 오래 버티셨어요?"

그는 그녀 앞에 무릎을 꿇었다. 그녀의 양손을 잡아 자기 윗입술에 누르고 그 내음을 들이쉬었다.

"네가 있었으니까. 너를 키울 수만 있다면 밤마다 마당에 토하고 위궤양과 조기 심장병 그리고 온갖 병에 걸리더라도 거기서 버텼을 거야."

그는 그녀의 손을 놓고 그녀 앞의 테이블에 앉았다.

"하지만." 그녀는 간신히 말했다.

"하지만." 그가 말했다. "너희 어머니가 그걸 알았지. 나한테 아무 법적 자격은 없지만 자기가 좋든 싫든 네 인생에 함께하리라는 걸 그녀가 알았어. 그래서 어느 날 밤, 우리가 마지막으로 사랑을 나눈 밤, 일어나 보니 그 사람이 없더라. 네 방으로 달려가 보니 너는 곤히 자고 있었고. 집안을 둘러봤지. 쪽지도 없고, 엘리자베스도 없고. 당시엔 휴대폰도 없었고 어디 전화해서 물어볼 친구도 없었거든."

"그쯤엔 거기서 이 년을 사신 거잖아요. 친구가 없었어요?"

그는 고개를 끄덕였다.

"이 년 반." 그는 테이블 가장자리로 당겨 앉았다. "너희 어머니가 인간관계를 만들려는 시도를 전부 차단했거든. 그때는 깨닫지 못했어. 일과 아기가 생긴다는 것에, 그리고 이후에는 갓난아기가 생기고, 고된 육아에 정신이 없었거든. 그래서 그날 밤 전까지만 해도 우리가 얼마나 동떨어져 사는지도 미처 몰랐던 것 같아. 당시에 난 우스터에 있는 홀리 크로스 대학에서 가르쳤지. 난 통근하기 버거웠고, 너희 어머니는 당연히 우스터에서 사람들과 어울리려 들지 않았지. 하지만 내가 그녀의 동료 교수들이나 그런 사람들과 어울리자고 제안하면, 그녀는 '누구누구는 내심 여자를 혐오해.'나 '누구누구는 너무 위선적이야.' 아니면 '누구누구는 레이철을 보는 눈빛이 찜찜해'라고 핵폭탄을 던졌어."

"저요?"

그는 고개를 끄덕였다.

"그럼 내가 거기다 대고 뭐라 하겠냐?"

"제 친구들에게도 똑같은 방법을 쓰곤 했어요." 레이철은 말했다. "돌려 깎아내리는 거요, 아시죠? '제니퍼는 착해 보이더라…… 그렇게 자기 확신이 없는 애치고는.' 아니면 '클로이는 옷차림만 아니면 참 예쁠 텐데 왜 그러지? 그러면 사람들이 뭐라고 할지 모르나?'"

레이철은 지금은 황당하게 여길 수 있지만, 어머니가 얼마나 많은 우정을 그런 식으로 창피하게 만들었는지 깨닫고 갈비뼈 아래를 칼에 찔린 기분이었다.

제러미가 말했다.

"가끔 그녀는 다른 커플이나 동료들하고 어울릴 계획을 세웠고 우린 갈 준비를 다 마쳤지. 그러다가, 바로 직전에 무산되는 거야. 베이비시터 차가 고장 나고, 엘리자베스가 아프고, 네가 무슨 병이 날 기미가 보이고—'애가 좀 뜨겁지 않아, JJ?—난 전화벨 소리를 들은 적이 없는 것 같은데 다른 커플이 전화로 취소했다 하고. 그 순간엔 핑계가 다 타당해 보였어. 시간이 지나고 나중에서야 그게 쌓여 모인 게 보이더라고. 아무튼, 우린 친구가 없었어."

"그럼 그날 밤 어머니가 사라졌나요?"

"동틀 때쯤 돌아왔어." 그가 말했다. "폭행을 당했더구나." 그는 바닥을 내려다보았다. "그리고 더 심한 일도. 눈에 보이는 상처는 다 몸에 있었지 얼굴은 아니었어. 하지만 그녀는 강간당하고 두들겨 맞았다."

"누구한테요?"

그는 그녀와 눈을 마주했다.

"그게 의문이야. 아무튼 그녀는 경찰에 신고했어. 사진 촬영도 했고. 성폭력 응급 키트 검사에도 응했지." 그는 목 깊이 습한 숨을 들이쉬었다. "경찰에 범인 얼굴은 못 알아볼 거라고 했어. 그때는 말이다, 하지만 일단 집에 오자, 나더러 정신 차리고 진실을 인정하지 않으면……"

"잠깐만요." 레이철이 말했다. "무슨 진실이요?"

"내가 자기를 임신시켰다는 거."

"하지만 그게 아니잖아요."

"그렇지."

"그래서……"

"그래서 나더러 그게 맞다 말하라고 우겼어. 우리가 함께 살 유일한 방법은 내가 거짓말은 그만두고 너의 친부라고 솔직히 털어놓으라는 거지. 난 그랬어. '엘리자베스, 세상에는 내가 레이철의 아버지라고 말할 거야. 관련 서류에도 다 서명할 거고. 혹시 이혼하게 되면 개가 열여덟 살이 될 때까지 양육비를 댈게. 하지만 아이 어머니인 당신 본인한테 내가 그 씨를 뿌렸다고 말하라는 건, 안 해, 못 해, 정신 나간 짓이야. 너무 과한 일이라고."

"그랬더니 어머니가 뭐라고 했어요?" 레이철은 충분히 짐작이 갔지만 물었다.

"나더러 왜 계속 거짓말하냐고 물었지. 나더러 무슨 못된 마음을 먹고 이렇게 중요한 문제를 두고 자기가 비이성적으로 구는 것마냥 굴 수 있냐고 했어. 내가 자기를 미친 사람으로 보이게 하려고 그랬다는 걸 인정하라고." 그는 기도하듯 두 손바닥을 마주했고, 목소리는 마치 속삭이듯 낮아졌다. "그 부당한 조건에 동의하지 않으면 그녀는 내가 자길 사랑한다는 걸 믿지 못하겠는가 보더라. 그 요구의 부당한 측면이 바로 요점이지. 그게 그녀의 최후통첩이었어. 나 자신을 속이고 광기에 합류하든가 아니면 끝인 거야."

"그리고 끝을 택하셨군요."

"난 진실을 택했다." 그는 몸을 바로 세웠다. "그리고 내 정신 건강을."

레이철은 입가에 맴도는 씁쓸한 미소를 느꼈다.

"어머니가 달가워하지 않았겠네요, 그렇죠?"

"나더러 비겁자와 거짓말쟁이로 살기로 마음먹었다면, 다시는 널 만나지 못할 거라고 했다. 그 집을 떠나면 영원히 네 인생에서 빠지는 거라고."

"그리고 떠나셨군요."

"그리고 떠났지."

"그리고 연락할 생각도 안 하고요?"

그는 고개를 저었다.

"결국 그게 그녀의 마지막 수였어." 그는 몸을 앞으로 숙였다. 그녀의 무릎에 살며시 양손을 내려놓았다. "내가 연락하려고 들면, 경찰에다가 자길 강간한 범인이 나였다고 말하겠다고 했지."

레이철은 이 상황을 파악하려고 애썼다. 어머니가 제러미 제임스를—아니 그 누구라도 자기 인생에서 몰아내겠다고 저렇게까지 할 사람이었을까? 아무리 엘리자베스라도 이건 도가 지나치지 않나? 하지만 그러다가 레이철은 자기 어린 시절 엘리자베스 차일즈와 충돌했던 다른 이들의 운명을 떠올렸다. 엘리자베스가 점차 교수진들을 끌어들여 같이 등 돌리게 만들었던 학장, 재계약에 실패한 동료 정신의학 교수, 해고당한 관리인, 일자리를 떠나게 된 동네 제과점 직원. 그들 다 엘리자베스 차일즈를 거슬렀고(또는 그녀가 그렇게 믿었고) 그녀의 보복은 무정하고 계산적이었다. 어머니는 늘 전술적인 관점에서 생각했다는 것을 레이철은 너무나 잘 알고 있었다.

"어머니가 강간당했다고 생각하세요?" 그녀는 제러미에게 물었다.

그는 고개를 저었다.

"나하고 섹스한 후에 나가서 누군가에게 돈을 주든가 구슬려서 자기를 때리도록 시켰을 거야. 몇 년 동안 생각해 본 결과 그게 제일 가능성 높은 시나리오였어."

"아저씨가 집에서까지 거짓으로 살고 싶지 않으려 한다는 이유로요?"

그는 고개를 끄덕였다.

"그리고 내가 그녀의 광기가 얼마나 깊은지 봤기 때문에. 그리고 그녀는 절대 용서를 할 줄 몰랐거든."

레이철은 계속 그걸 머릿속에서 굴리고 또 굴려보았다. 결국 아버지가 되었어야 했을 남자에게 인정할 수밖에 없었다.

"어머니 생각을 정말 자주 하는데, 가끔은 악한 사람이었던가 싶기도 해요."

제러미는 고개를 저었다.

"아니. 그렇지 않았어. 그냥 내가 아는 중에 제일 심하게 망가진 사람이었지. 그리고 자기 뜻을 거스르면 가차 없이 적의를 드러냈다는 건 인정해. 하지만 가슴 속엔 큰 사랑을 품고 있었지."

레이철은 웃음을 터트렸다.

"누구한테요?"

그는 어둡고 당혹스러운 표정을 지었다.

"너한테지, 레이철. 너를 향한 사랑."

5장

루미니즘에 관하여

아버지라고 잘못 알고 있던 남자와의 만남 이후로, 놀라운 일이 벌어졌다. 그녀와 제러미 제임스는 친구가 되었다. 머뭇거림은 별로 없었다. 혈연관계가 아님이 밝혀진 63세 남자와 28세 여자라기보단 오랫동안 헤어졌던 남매처럼 곧장 뛰어들었다.

엘리자베스 차일즈가 죽었을 때, 제러미는 안식년을 맞아 가족과 노르망디에 있었고 오랫동안 관심을 가져왔던 주제인 루미니즘(19세기 미국 풍경화 양식으로, 하늘과 물이 대비되어 투명하게 거울처럼 비치는 느낌의 화풍 — 옮긴이)과 표현주의의 관계 가능성을 연구 중이었다. 이제 그의 학계 경력이 기울어가고 은퇴가 다가오자, 제러미는 종종 표현주의와 혼동되는 미국 풍경화 화풍인 루미니즘에 관한 책을 쓰려는 중이었다. 미술에 대해 무엇 하나 아는 게 없는 레이철에게 제러미가 해준 설명에 따르면, 루미니즘은 허드슨 강 학파에서 파생되었다. 표현주의와 루미니즘이 1800년대 후반 대서양 양쪽에서 각자 독립적으로 발달했다는 게 학계 주류 이론(사실상 정설이라고 제러미는 코웃음 쳤다)이었지만 제러미는 그 두 학파 사이에 연결고리가 있다고 믿었다.

제러미가 그녀에게 말해준 바에 따르면, 컬럼 재스퍼 윗스톤이라는 남자가 유명한 루미니즘 파 화가인 조지 케일럽 빙엄과 앨버트 비어슈타트 밑에서 제자로 있었으나, 1863년 그가 일하던 웨스턴 유니언 은행에서 거액의 돈과 함께 사라졌다. 돈도 컬럼 재스퍼 윗스톤도 다시는 미대륙에서 소식을 들을 수 없었다. 하지만 노르망디의 부유한 과부이자 예술 후원자인 마담 드 퐁텐의 일기에서, 1865년 여름 컬럼 윗스톤이 미국 출신의 훌륭한 매너와 세련된 취향, 그리고 신분이 모호한 신사로 두 번 언급되었다. 처음 이 이야기를 레이철에게 말해줄 때 제러미의 눈은 생일을 맞은 아이처럼 빛났고 바리톤 목소리는 몇 옥타브가 올라갔다.

"모네와 부댕은 같은 해 노르망디 해안을 그렸지. 그들은 마담 드 퐁텐의 여름 별장 바로 옆 골목에서 매일 작업을 했어."

제러미는 표현주의의 그 두 거장이 컬럼 재스퍼 윗스톤과 교류가 있었으며, 사실 그 윗스턴이 미국 루미니즘과 프랑스 표현주의 사이의 잃어버린 고리라고 믿었다. 그걸 증명하기만 하면 되는 일이었다. 레이철은 조사를 거들면서, 둘이 겨우 삼십여 년 전에 어머니에게 자신을 배게 한 남자의 정체도 밝혀내지 못하면서 백오십 년 전에 흙으로 사라진 남자를 찾고 있다는 아이러니를 의식했다.

제러미는 가끔 보스턴 미술관, 보스턴 애서니엄 미술관, 보스턴 공공도서관을 조사차 찾을 때 레이철의 아파트에 들렀다. 그때쯤 그녀는 《글로브》를 떠나 TV로 옮겼고, 채널6 PD 세바스찬과 동거하고 있었다. 가끔 세바스찬이 있을 때면 함께 저녁식사나 술을 함께 했지만, 대부분 그는 일하거나 자기 보트에 가 있었다.

"둘이 참 매력적인 커플이야." 어느 날 밤 아파트에서 제러미가 그렇게 말했고, 그의 입에서 나온 단어 '매력적인'은 매력적이지 않게 들렸다. 그는 세바스찬에 대해 좋은 말만 하면서 — 지성, 덤덤한 위트, 훌륭한 외모, 자신감 — 전혀 진심으로 들리지 않게 하는 재주가 있었다.

그는 세바스찬이 아끼는 보트에서 찍은 두 사람의 사진을 살펴보았다. 장식장에 사진을 돌려놓고 마치 둘에 대해 뭔가 좋은 말을 하나 더 해주려 했지만 떠오르는 게 없는 듯 레이철에게 사람 좋지만 딴 데 정신이 팔린 미소를 지었다.

"세바스찬이 일을 참 많이 하네."

"그렇죠." 그녀는 동의했다.

"언젠가는 지국을 자기가 이끌고 싶어 하겠지."

"방송국 전체를 이끌고 싶어 해요."

그는 껄껄 웃고는 와인잔을 들고 책장으로 가서, 레이철은 거기에 두었던 것조차 잊고 있던 레이철과 어머니의 사진 앞에 우뚝 섰다. 세바스찬은 그 사진이나 액자를 마음에 들어 하지 않아서, 늘어선 책들 끝, 『101가지 물건으로 본 미국 역사』의 그림자 속에 밀어두었다. 제러미는 사진을 살며시 꺼내고 책을 기울여 세워놓았다. 그녀는 그의 얼굴이 꿈꾸는 듯하며 동시에 쓸쓸해지는 것을 보았다.

"이때 몇 살이었어?"

"일곱 살이요."

"그래서 이가 빠졌구나."

"으흠. 세바스찬은 그 사진에서 제가 호빗처럼 보인대요."

"그렇게 말했어?"

"농담한 거예요."

"그걸 그렇게 말해?"

그는 사진을 가지고 소파로 와서 그녀 옆에 앉았다.

위쪽 앞니 두 개와 아랫니 한 개가 빠졌던 일곱 살의 레이철은 사진을 찍을 때 미소짓지 않았다. 어머니는 그냥 넘어가지 않았다. 엘리자베스는 어디서 고무 가짜 송곳니를 찾아내서 사인펜으로 윗니 하나와 아랫니 두 개를 까맣게 칠했다. 그리고 어느 보슬비 내리는 오후 사우스 해들리 집에서 앤 마리에게 부탁하여 자신과 레이철이 카메라 앞에서 뱀파이어 흉내를 내는 사진을 찍었다. 그날 건진 유일한 한 장인 이 사진 속에서, 레이철은 어머니의 품에 안겨 있었고 둘 다 끔찍한 이를 가능한 한 활짝 드러내며 미소짓고 있었다.

"엘리자베스가 얼마나 예쁜지 잊고 있었구나. 세상에." 제러미는 레이철에게 묘한 미소를 지었다. "네 남자친구와 닮았는걸."

"시끄러워요." 레이철은 말했지만, 불행히도 사실이었다. 어째서 이전엔 깨닫지 못했을까? 세바스찬과 그녀의 어머니 둘 다 아리안 족의 이상처럼 생겼다. 바닐라 색보다도 더 하얀 머리칼, 턱선만큼이나 날카로운 광대뼈, 북극 같은 푸른 눈, 그리고 너무나 작고 가늘어 비밀스러워 보일 수밖에 없는 입술.

"자기 어머니 같은 결혼 상대를 찾는 남자들은 아는데." 제러미가 말했다. "하지만 이건……"

그녀는 그의 뱃살을 팔꿈치로 쿡 찔렀다.

"그만 하세요."

그는 웃으며 그녀의 머리에 키스하고 사진을 원래 자리에 돌려놓았다.

"더 있어?"

"사진이요?"

그는 고개를 끄덕였다.

"네가 자라는 모습을 보지 못했잖니."

그녀는 옷장 속에서 사진이 든 신발 상자를 찾아냈다. 그 내용물을 작은 식탁에 쏟자 그녀의 인생이 어지러운 콜라주 형태로 펼쳐졌고 그 상황에 너무 딱 맞았다. 다섯 살 생일 파티, 십 대 때 해변에서 보낸 하루, 고2 때의 학교 댄스 행사, 중학교 때 축구 팀 유니폼 차림, 캐롤라인 포드와 지하실에서 놀던 날(캐롤라인 포드는 아버지가 초빙교수로 와서 딱 한 해 있다 떠났으니 열한 살 때가 틀림없었다), 모양으로 봐서 칵테일 파티에 참석한 엘리자베스와 앤 마리, 돈 클레이, 레이철이 중학교 졸업하던 날의 레이철과 엘리자베스, 윌리엄스타운 연극 페스티벌에서 그리고 이후 야외 파티에서 찍은 엘리자베스와 앤 마리와 그 첫 남편 리처드와 자일스 엘리슨은 뒤쪽 사진에서 다들 머리숱이 줄고 희어져 있었다. 교정기를 빼던 날의 레이철, 엘리자베스와 누군지 알 수 없는 사람들 대여섯 명이 바에서 찍은 사진 두 장. 어머니는 상당히 젊었고 아직 이십 대로 보였으며, 레이철은 거기 나온 사람들이나 배경의 바를 전혀 알아볼 수 없었다.

"이 사람들은 누구예요?" 그녀는 제러미에게 물었다.

그는 사진을 흘끗 보았다.

"모르겠는데."

"학자들처럼 보여요." 그녀는 일 분 미만 간격으로 찍힌 듯한 그 사진 두 장을 집어 들었다. "어머니가 무척 젊어 보이니, 처음 버크셔에 갔을 때가 아닌가 싶어요."

그는 그녀의 오른손에 들린 사진, 어머니가 찍히는 줄 모른 채 포착되어 바 뒤쪽에 있는 술병에 시선을 고정하고 있는 사진을 들여다보았다.

"아니, 내가 아는 사람은 하나도 없어. 이 바가 어딘지도 모르겠는데. 버크셔는 아니야. 적어도 내가 가본 곳은 아니야." 그는 안경을 고쳐 쓰고 몸을 숙였다. "콜츠."

"네?"

"봐봐."

그녀는 그의 손가락이 가리키는 곳을 보았다. 사진 둘 다 구석에 바 너머 보통 화장실 복도로 향하는 문이 있었고, 그 위 벽에 삼각 휘장이 걸려 있었다. 사진에는 절반만 찍혀 있었고, 거기에 팀 로고가 있었다. 짙은 파란색의 말굽 모양이 그려진 하얀 헬멧. 인디애나폴리스 콜츠 미식축구 팀 로고였다.

"어머니가 인디애나폴리스에서 뭘 하고 있었을까요?"

"콜츠는 1984년까지 인디애나폴리스로 이전하지 않았어. 그 전엔 볼티모어에 있었지. 네가 태어나기 전, 엘리자베스가 존스 홉킨스에 있을 때 찍은 모양이다."

그녀는 어머니가 카메라를 보지 않고 있는 사진을 콜라주 위에 올려놓고 두 사람은 인물들이 카메라를 보고 찍은 사진을 들여다보았다.

"우린 왜 이걸 보고 있는 걸까요?" 레이철이 마침내 물었다.

"너희 어머니가 감상적이거나 추억에 잠기는 사람이던가?"

"아뇨."

"그럼 왜 이 사진 두 장을 간직하고 있었을까?"

"좋은 지적이에요."

사진 중앙에는 그녀 어머니를 포함하여 남자 셋과 여자 셋이 있었다. 그들은 바 한쪽 구석에 의자를 끌어당겨 모여 있었다. 함박웃음과 번쩍이는 눈. 가장 나이 많은 사람은 제일 왼쪽의 육중한 남자였다. 마흔 살쯤 되어 보였고, 구레나룻을 길렀으며 체크무늬 스포츠 재킷, 밝은 파란색 셔츠, 단추 풀은 목깃 아래 느슨하게 맨 폭이 넓은 니트 넥타이 차림이었다. 그 옆에는 보라색 터틀넥 차림에 짙은 머리를 말아 올렸고, 코가 너무 작아 찾아봐야 할 정도에 턱이 거의 없다시피 한 여자가 있었다. 그녀 옆에는 머리를 바글바글 펌한 마른 흑인 여자가 있었다. 흰색 블레이저를 검은 홀터톱 위로 옷깃을 세워 입었고, 길고 흰 담배를 귀 옆에 들고 있었으나 불은 붙이지 않았다. 여자는 왼손을 황갈색 스리피스 정장에 두꺼운 각진 안경을 끼고 정직하고 곧은 눈빛을 한 흑인 남자의 팔에 얹고 있었다. 그의 옆에는 벨루어 지퍼 풀오버 아래 흰 셔츠와 검정 넥타이를 입은 남자가 있었다. 갈색 머리를 가운데 가르마를 타고 관자놀이에서 부풀려 드라이했다. 녹색 눈은 장난스러웠고, 약간 선정적이라고 볼 수도 있었다. 그는 레이철 어머니의 어깨를 안고 있었으나, 다들 서로 어깨를 감싸고 모여 서 있기는 했다. 엘리자베스 차일즈는 끝에 앉아 있었다. 하늘하늘한 핀 스트라이프 블라우스 위쪽 단추 세 개를 풀어, 레이철이 평생 본 것보다 더 많이 가슴골을 드러내고 있었다. 버크셔 시절에는 늘 짧게 유지했던 머리가 거의 어깨까지 내려왔으며, 시대에 충실하게 양옆을 부풀렸다. 하지만 당시 흔한 패션 실수에도 불구하고, 어머니의 강렬한 자아에 저절로 눈이 이끌렸다. 사진 속 그녀는 마치 삼십여 년 후 언젠가 딸과 자신이 결혼할 뻔한 남자가 그녀의 영혼을 파악할 단서를 찾아 그녀의 얼굴을 들여다보게 되리라는 것을 아는 듯이 마주 응시하고 있었다. 하지만 실제에서 그랬듯

사진에서도 그 단서는 흐릿하고 아무 성과가 없었다. 그녀의 미소는 여섯 명 중에 가장 환했으며 동시에 유일하게 눈이 웃고 있지 않았다. 그녀는 정말 웃을 기분이어서가 아니라 웃어야 하는 자리라서 웃고 있었고, 포즈 취하고 찍은 사진 몇 초 전후에 찍힌 듯한 다른 사진에서 보면 그 인상이 더욱 두드러졌다.

몇 초 후에 찍힌 거구나, 레이철은 깨달았다. 흑인 여자의 담배가 두 번째 사진에서는 빨갛게 불이 붙어 있었기 때문이었다. 어머니의 미소는 사라지고 도로 바 쪽을 향해 돌아섰으며, 계산대 오른편의 술병에 눈길을 주고 있었다. 어머니가 관심을 보일 만한 보드카가 아니라 위스키병임을 알아보고 레이철은 약간 놀랐다. 어머니는 이제 미소짓고 있지 않았으나 그렇기에 더 행복해 보였다. 그녀의 얼굴은 눈길이 다른 것도 아니라 위스키병에 가 있지만 않았다면 성적으로 흥분했다고 여길 만한 강렬함을 띠고 있었다. 꼭 어머니가 누군가와 그 바를 같이 나가거나 나중에 만날 기대로 황홀경에 빠진 중이었던 듯했다.

아니면 그저 위스키병을 쳐다보며 내일 아침 뭘 먹을지 생각하고 있었는지도 모른다. 레이철은 그냥 이 별것 아닌 사진에서 어떤 의미를 찾고 싶다는 마음에 거의 용서하지 못할 수준의 투영을 저질렀음을 깨닫고 적지 않게 수치스러웠다.

"바보 같은 짓이에요."

그녀는 카운터에 두었던 와인병을 가지러 갔다.

"뭐가 바보 같다고?"

제러미가 사진 두 장을 나란히 내려놓았다.

"여기서 그 사람을 찾고 있는 기분이 들었어요."

"여기서 그 사람을 찾고 있었지."

"어머니가 대학원 다닐 때 바에서 찍은 사진 두 장일 뿐이에요." 그녀는 두 사람의 잔을 채우고 병을 테이블에 내려놓았다. "단지 그뿐이라고요."

"나는 너희 어머니와 삼 년을 살았어. 네 사진 말고는 사진이라곤 없었지. 한 장도. 나와 같이 사는 동안 어딘가 내내 보관해 놨지만 한 번도 내게 보여주지 않은 사진 두 장을 이제 발견한 거야. 왜? 이 사진 속 뭐가 중요해서? 내 생각엔 너희 아버지야."

"그냥 어머니가 즐거웠던 밤일 수도 있죠."

그는 한쪽 눈썹을 추켜세웠다.

"있는 줄도 몰랐던 사진일 수도 있고."

눈썹을 올라간 채였다.

"좋아요." 그녀는 말했다. "찍어 보세요."

그는 어머니와 제일 가까이 있는 남자, 부풀린 갈색 머리에 벨루어 옷을 입은 남자를 가리켰다.

"너와 눈 색깔이 같아."

인정할 만했다. 레이철과 마찬가지로, 남자의 눈은 녹색이었고, 다만 훨씬 선명한 색이었다. 레이철은 많이 옅어서 거의 회색에 가까웠다. 그리고 레이철처럼, 그 역시 갈색 머리였다. 두상도 레이철과 많이 다르지 않았다. 코 크기도 대충 맞았다. 그는 턱이 상당히 뾰족한 반면 레이철은 턱이 좀 더 각이 졌지만, 그건 어머니 역시 턱이 각졌으니 그저 어머니의 턱을 닮고 아버지에게선 눈과 머리색을 물려받았다고 할 수 있는 부분이었다. 포르노 스타 콧수염에도 불구하고 잘생긴 남자였지만, 뭔가 가벼운 구석이 있었다. 그리고 어머니는 가벼움을 선호하는 모습을 보인 바가 없었다. 제러미와 자일스는 레이철이 아는 중에서 제일 남성성이 넘쳐나는 이들은 아닐지 몰라도 둘 다 심지가 단단한 사람들이었고 지성이 뛰어났으며 즉시 알아볼 수 있었다. 반면 벨루어 남자는 미인 대회에 참가하러 가는 길처럼 보였다.

"이 사람이 어머니 타입으로 보여요?" 레이철이 말했다.

"나는 어떻고?" 제러미가 물었다.

"아저씨는 위엄이 있잖아요. 어머니는 위엄에 환장했으니까."

"음, 이 남자는 확실히 아니야." 제러미는 눈이 멀 것 같은 스포츠 재킷을 입은 육중한 남자를 짚었다. "그리고 이 남자도 아니지." 그는 흑인 남자를 손가락으로 짚었다. "혹시 카메라맨?"

"카메라우먼이에요."

레이철은 바 거울에 비친 풍성한 갈색 머리에 알록달록 니트 모자를 쓰고 손에는 카메라를 든 여자를 가리켰다.

"아."

그녀는 의도치 않게 사진에 포착된 다른 사람들을 보았다. 남자 노인 두 명과 중년 커플이 바 중간쯤에 앉아 있었다. 바텐더는 계산대에서 거스름돈을 주고 있었다. 그리고 검은 가죽 재킷을 입은 그럭저럭 젊은 남자가 바 문을 막 들어서고 있었다.

"이 남자는 어때요?" 그녀가 물었다.

제러미는 안경을 고쳐 쓰고 몸을 숙여 사진을 들여다보았다.

"잘 보이지 않는데. 잠깐, 잠깐, 잠깐."

그는 일어나 연구 출장 때는 어디든 가지고 다니는 캔버스 백팩으로 갔다. 돋보기 서진을 꺼내 테이블로 가져왔다. 그걸 가죽 재킷 남자 위에 들이댔다. 남자는 놀란 표정을 하고 있었다. 또한 떨어져서 봤을 때보다 피부색이 짙었다. 라틴계나 미국 원주민. 하지만 어느 쪽이든 레이철의 혈통 구성과는 맞지 않았다.

제러미는 돋보기를 다시 벨루어 남자 쪽으로 옮겼다. 확실히 레이철과 같은 색의 눈이었다. 어머니가 뭐라고 했더라? '그 사람 눈에서 너를 찾아봐.' 레이철은 벨루어 남자의 확대된 눈이 흐릿해질 때까지 골똘히 들여다보았다. 그녀는 눈길을 돌려 시력이 돌아온 후 다시 보았다.

"저랑 눈이 같아요?" 그녀는 제러미에게 물었다.

"색은 맞아." 그가 말했다. "눈매는 다르지만, 넌 어차피 얼굴 골격은 엘리자베스를 닮았으니까. 내가 전화 좀 돌려 볼까?"

"누구한테요?"

그는 돋보기 서진을 테이블에 올려놓았다.

"이 사람들이 그해 존스 홉킨스 대학에서 같이 박사 과정을 밟은 학생들이라고 가정해 보자. 그 가정이 옳다면, 이 사진에 있는 사람들 다 아마 신원을 알아낼 수 있을 거야. 그게 아니라면, 그냥 거기 일하는 친구들에게 전화 몇 통 날리고 마는 거니까."

"좋아요."

그는 사진 두 장을 자기 휴대폰으로 찍어서, 제대로 나왔는지 확인한 다음, 주머니에 휴대폰을 넣었다.

현관에서 그는 몸을 돌리더니 말했다.

"괜찮니?"

"그럼요. 왜요?"

"갑자기 뭐랄까 공허해 보여서."

표현할 말을 찾는 데 잠시 시간이 걸렸다.

"아저씨는 제 아버지가 아니죠."

"아니지."

"하지만 그랬으면 하고 바랐어요. 그럼 다 끝나니까. 아저씨같이 멋진 아빠가 생기는 거니까."

그는 안경을 고쳐 썼고, 그녀는 그가 불편할 때의 습관임을 알아보았다.

"평생 멋진 사람이란 말은 못 들어봤는데."

"그래서 멋진 거예요."

그녀는 그의 뺨에 입 맞추었다.

그녀는 이 년 만에 처음으로 브라이언 델라크루아에게서 메일을 받았다. 딱 석 줄짜리 짧은 메일로, 매사추세츠 보호 관찰 부서의 뇌물과 특혜 의혹에 대해 이 주 전에 썼던 연속 기사에 대한 칭찬이었다. 부서장 더글러스 오할러랜은 자기 영지처럼 부서를 다스렸지만, 레이철과 《글로브》의 예전 동료들의 조사를 근거로 검사가 기소를 준비하고 있었다.

당신이 다가오는 모습을 본 더글러스 표정이 꼭 설사라도 할 것 같더군요. 활약 중인 것을 알게 되어 기쁩니다, 미스 차일즈.

그녀는 문득 미소짓고 있는 자신을 깨달았다. '당신도요.'라고 답장할까 생각했다.

그러다가 추신을 보았다.

다시 국경선 너머로 돌아갑니다. 뉴잉글랜드로 복귀 예정. 혹시 추천하는 지역 있습니까?

그녀는 즉시 구글에서 그를 검색해 보았고, 지금까지는 의식적으로 자제하고 있던 일이었다. 구글 이미지에는 그의 사진은 딱 한 장 있었고, 《토론토 선》에 2002년 자선 갈라쇼 참석에 등장한 약간 흐릿한 사진이었다. 하지만 확실히 그였고, 어울리지 않는 턱시도 차림에 한쪽으로 고개를 돌린 모습으로, '목재 사업 후계자 브라이언 델라크루아 3세'라는 설명이 붙어 있었다. 거기 딸린 기사에서 그는 '눈에 띄지 않게' 그리고 '지극히 사생활 보호에 신경 쓰는', 사람으로 브라운 대학을 졸업하고 와튼에서 MBA를 받았다고 되어 있었다. 그럼 그런 학위를 따고 나서……

매사추세츠 주 치코피에서 일 년 동안 사설 조사원을 했다고?

그녀는 그 성냥갑만 한 사무실에서 가족이 정해준 길을 벗어나려 애쓰지만, 자신의 선택에 갈등을 느끼는 모습이 역력했던 부잣집 도련님을 떠올리고 미소지었다. 너무 진지하고, 너무 솔직했다. 만약 아무 데나 들어가서 아무 사설 조사원에게나 의뢰를 했더라면, 정확히 브라이언이 경고한 대로 그녀한테서 돈을 쥐어짰을 것이다.

반면, 브라이언은 그러지 않겠다고 의뢰를 거절했다.

그녀는 그의 사진을 바라보며 한두 동네 떨어진 이웃에 그가 살면 어떨까 상상했다. 아니면 한두 블록 건너.

"난 세바스찬하고 사귀잖아." 그녀는 소리 내어 말했다.

"세바스찬을 사랑해."

그녀는 노트북을 닫았다.

브라이언의 이메일에는 내일 답장하자고 생각했지만, 실천에 옮기진 못했다.

이 주일 후, 제러미 제임스가 전화해서 혹시 지금 앉아 있냐고 물었다. 아니었지만 그녀는 벽에 기대고 그렇다고 말했다.

"거의 전원의 신원을 알아냈어. 흑인 커플은 아직도 함께 있고 둘 다 세인트루이스에서 개업해서 일하고 있어. 다른 여자는 1990년에 죽었고. 덩치 큰 남자는 교수야. 그 사람도 몇 년 전에 세상을 떠났지. 그리고 벨루어 풀오버 입은 남자는 찰스 오사리스라고, 오아후에서 개업중인 임상심리학자야."

"하와이네요." 그녀가 말했다.

"혹시 그 사람이 아버지라면, 놀러 가기 참 좋겠구나. 나도 초대 기다리마."

"그야 물론이죠."

사흘이 지나서야 찰스 오사리스에게 전화를 했다. 불안하거나 두려워서 그런 건 아니었다. 그 대신 절망에 기인한 것이었다. 마음 깊은 곳에서, 본능을 주관하는 뇌의 한 부분에서, 그녀는 그가 아버지가 아니라는 것을 알고 있었다.

그러나 마음 한구석에선 그 반대를 바랐다.

찰스 오사리스는 엘리자베스 차일즈와 존스 홉킨스 대학 박사 과정 임상심리학 프로그램을 같이 들었다고 확인해 주었다. 같이 이스트 볼티모어에 있는 밀로스라는 바에 몇 번 같이 갔고, 확실히 바 오른쪽 벽에 볼티모어 콜츠 휘장이 걸려 있었다고 기억했다. 그는 엘리자베스가 세상을 떠났다는 소식에 안타까워했다. 흥미로운 여자였다고 했다.

"두 분이 데이트하셨다고 들었어요." 레이철이 말했다.

"누가 그런 소리를?" 찰스 오사리스는 반은 호통치고, 반은 웃는 소리로 말했다. "난 70년대에 커밍아웃한 사람인걸요, 차일즈 양. 내 성 정체성에 대해 착각해 본 적도 없고, 혼란이라면 모를까, 착각은 절대. 여자와 데이트한 적 없고, 키스한 적도 없어요."

"제가 잘못 안 게 확실하네요."

"확실히. 왜 아가씨 어머니와 데이트했는지 궁금해한 건가요?"

레이철은 솔직히 털어놓고, 아버지를 찾고 있다고 말했다.

"누군지 어머니가 말해준 적이 없다고?"

"없어요."

"왜?"

레이철은 해가 지날수록 점점 더 황당무계하게 들리는 설명으로 대답했다.

"어째서인지 어머니는 그게 저를 보호하는 일이라고 생각하셨어요. 비밀 지키는 것과 제 안전을 혼동하셨죠."

"내가 아는 엘리자베스는 인생에서 그 무엇 하나 혼동할 사람이 아닌데."

"그럼 그렇게 중요한 일을 왜 비밀로 했을까요?"

대답할 때 그의 목소리는 새로이 슬픔으로 물들어 있었다.

"아가씨 어머니와는 이 년 동안 알고 지냈지. 근처에서 엘리자베스의 옷을 벗기려 들지 않은 유일한 남자가 나였으니, 아마 누구보다 잘 알겠죠. 나하고 있으면 안전하다고 느꼈으니까. 그런데도 나는 엘리자베스를 전혀 몰랐어요. 사람들한테 곁을 내주지 않았거든. 엘리자베스는 비밀을 좋아해서 인생을 비밀로 하길 좋아했어요. 비밀은 힘이고. 비밀은 섹스보다 나으니까. 난 아가씨 어머니에겐 비밀이 마약이었다고 굳게 믿어요."

찰스 오사리스와의 통화 후, 레이철은 일주일 사이 세 번이나 공황 발작을 일으켰다. 한 번은 채널6 방송국 직원 화장실에서, 한 번은 찰스 강변에서 아침 조깅 중 벤치에서, 세 번째는 어느 날 밤 세바스찬이 잠든 후 샤워 중이었다. 그녀는 세바스찬과 동료들에게 전부 숨겼다. 공황 발작 중인 사람치고는, 그녀는 그럭저럭 자신을 통제하고 있다고 느꼈다. 지금 심장 발작이 일어난 게 아니라고, 목이 완전히 막힌 게 아니라고, 사실 숨을 쉴 수 있다고 내내 명심할 수 있었다.

안에 틀어박혀 있고 싶은 마음이 커져갔다. 몇 주 동안, 의식적인 노력과 반항에서 우러난 내적 울부짖음에 겨우 매일 아침 집을 나섰다. 주말에는 내내 집에만 있었다. 처음 삼 주간 주말엔, 세바스찬은 집을 꾸리려는 본능이겠거니 여겼다. 사 주째가 되자 그는 짜증스러워했다. 그 무렵, 그들은 시내 거의 모든 파티 초청 목록에 올라 있었다. 갈라, 자선행사, 뭐든 취할 핑곗거리라면 전부 다. 그들은 영향력 있는 커플이, 가십 코너의 단골이 되어 있었다. 아무리 애써도 레이철은 그 지위를 즐겼음을 부정할 순 없었다. 부모는 없을지언정, 최소한 이 도시는 그녀를 일족으로 품어주었음을 뒤늦게 깨달았다.

그래서 그녀는 다시 밖으로 나갔다. 시장, 주지사, 판사, 억만장자, 코미디언, 작가, 상원의원 은행가, 레드삭스 야구선수, 패트리어츠 미식 축구 선수, 브루인스 하키 선수, 셀틱스 농구 선수와 감독, 대학교 학장들의 관심 속에서 악수하고 뺨에 입 맞추고 술을 마셨다. 채널6 방송국에서, 그녀는 고속 승진하여 프리랜서에서 교육부, 사회부, 일반까지 16개월 만에 거쳤다. 방송국에서는 그녀의 얼굴을 저녁 뉴스 앵커 셸비와 그랜트와 함께 광고판에 내걸었고, 새로 변경한 로고를 소개하는 광고에 그녀를 주로 내세웠다. 그녀와 세바스찬이 결혼하기로 하자, 마치 학교 홈커밍 왕과 여왕으로 뽑히기라도 한 기분이었고, 시 전체가 그 결정을 환영하고 축복해주었다.

브라이언 델라크루아와 맞닥뜨린 것은 청첩장을 발송하고 일주일 후였다. 그녀는 예산 부족에 대해서 의사당에서 의원 두 명과 인터뷰를 하고 난 참이었다. 제작진은 방송국 밴으로 갔지만 그녀는 걸어서 돌아가기로 마음먹었다. 그녀가 비컨 힐을 막 가로지르던 참에 애서니엄 미술관에서 브라이언이 키 작고 빨간 머리에 턱수염을 기른 좀 더 연배가 있는 남자와 함께 나왔다. 그녀는 보통 거리에서 유명인을 맞닥뜨릴 때 느끼는 전기 충격과도 같은 혼란스러움과 함께 알아보았다. '아는 사람인데. 하지만 정말로 아는 건 아니야.'라는 느낌. 두 남자와 레이철의 거리가 삼 미터쯤 되었을 때 브라이언의 눈길이 그녀를 발견했다. 알아본 눈빛이 이내 지나가고 레이철이 뭐라 파악할 수 없는 감정이 스쳤다. 짜증인가? 두려움? 둘 다 아닌가? 그러다가 그 감정이 스러지고 이어 떠오른 것은 레이철이 나중에 생각해 본 결과 들뜬 기쁨이라고밖에 표현할 수 없었다.

"레이철 차일즈!" 그는 둘 사이의 거리를 단번에 성큼 다가섰다. "이게 얼마 만이죠. 구 년만인가?"

그의 악수는 그녀의 예상보다 강했다. 너무 강했다.

"팔 년이요." 그녀는 말했다. "언제……?"

"이쪽은 잭이에요." 브라이언이 말했다.

그는 한쪽으로 비켜서서 키 작은 남자가 끼어들 자리를 마련해주었고 이제 그들은 점심 인파가 쏟아져나오는 비컨 힐 번화가 인도에 모여 서 있었다.

"잭 아헌입니다."

남자는 그녀와 악수했다. 그의 손힘은 훨씬 가벼웠다.

잭 아헌에게는 유럽 분위기가 물씬 풍겼다. 셔츠 소매는 프렌치 커프스였고 맞춤 정장 소매 아래로 은색 커프 링크스가 살짝 보였다. 보타이를 맸고 턱수염은 깔끔하게 다듬었다. 손은 건조하고 못이 박히지 않았다. 그녀는 그가 파이프 담배를 피우고 클래식 음악과 코냑 대부분을 알고 있으리라고 상상했다.

"둘이 오래된 친구 사이인가요?"

그가 묻자 브라이언이 끼어들었다.

"친구라고 하기엔 좀 무리고요. 10년 전에 알던 사이죠, 잭. 레이철은 여기 채널6의 기자랍니다. 대단하죠."

잭은 절에 가까운 예의 바른 묵례를 했다.

"하는 일 좋아합니까?"

"대부분은요. 어떤 일을 하세요?" 그녀는 물었다.

"잭은 골동품을 다루죠." 브라이언이 서둘러 말했다. "맨해튼에서 오셨습니다."

잭 아헌은 미소지었다.

"제네바를 거쳐서요."

"무슨 뜻인지 잘 모르겠네요." 레이철은 말했다.

"음, 맨해튼하고 제네바를 오가며 살고 있지만, 집은 제네바라고 여기고 있습니다."

"대단한 일 아닌가요?" 브라이언이 말했다. 사실 별로 그렇지도 않았다. 그가 손목시계에 눈길을 주었다. "가봐야 합니다, 잭. 12시 15분 예약이에요. 레이철, 반가웠어요." 그가 몸을 숙여 그녀의 뺨 근처 허공에 입 맞추었다. "결혼한다고 들었어요. 정말 잘 됐습니다."

"축하합니다." 잭 아헌이 다시 그녀의 손을 잡고 정중하게 절했다. "신랑과 둘이 행복하기를 바랍니다."

"잘 지내요, 레이철." 브라이언은 이미 거리감 있는 미소와 지나치게 환한 눈을 하고 멀어져가고 있었다. "만나서 반가웠어요."

그들은 파크 가를 걷다가 왼쪽으로 꺾어 시야에서 사라졌다.

그녀는 길가에 서서 그 만남을 곱씹어보았다. 브라이언 델라크루아는 2001년 이후로 체격이 좋아졌다. 그에게 어울렸다. 그녀가 예전에 만났던 브라이언은 너무 말랐고, 머리에 비해 목이 너무 가늘었다. 광대와 턱선이 조금 많이 부드러웠다. 이제 그의 이목구비는 뚜렷해졌다. 짐작건대 서른다섯, 이제 아버지를 닮아가기 시작하고 누구 아들처럼 보이지 않는 나이에 도달했을 것이다. 옷을 훨씬 잘 입고 2001년보다 두 배는 더 잘생겼으며, 그때도 꽤 잘생겼었다. 그러니 외모 면에서는, 다 좋은 쪽으로 변화했다.

하지만 그에게서 뿜어 나오는 에너지는, 좋은 말로 둘러싸기는 했지만 은근히 어수선하고 초조하게 느껴졌다. 아파트를 팔려 드는 사람의 에너지였다. 그녀는 조사를 통해 그가 델라크루아 목재에서 해외 영업을 맡고 있음을 알고 있었고, 거의 10년 영업일을 하다 보니 반갑게 인사하고 뺨에 닿지도 않는 입맞춤을 하는 쇼맨이 되었다 생각하니 슬펐다.

그녀는 아마 지금 채널6 방송국에서 의자에 기대앉아 연필을 자근자근 깨물며 편집을 하고 있을 세바스찬을 그려보았다. 반듯한 편집왕 세바스찬. 사실, 세바스찬은 모든 면에서 반듯했다. 반듯하고 깨끗하며 정돈되어 있었다. 그가 영업을 하는 모습은 밭을 가는 모습만큼이나 상상할 수 없었다. 세바스찬의 유전자엔 절박하거나 애걸하는 구석이라 곤 없었기 때문에 매력적이었음을 그녀는 그 순간 깨달았다.

브라이언 델라크루아, 삶이 그를 한낱 세일즈맨으로 만들었다니 안 타까운 일이었다.

제러미는 레이철을 데리고 커버넌트 교회에 입장했고, 그녀의 베일 을 들어 올릴 때 그의 눈은 젖어 있었다. 제러미, 모린, 테오, 그리고 샬 럿 다 포시즌 호텔 피로연에 참석했다. 그들과는 겨우 두어 번 만난 사 이였지만, 제러미와는 늘 그렇듯 편안했고 모린과는 늘 그렇듯 어색했 으며 자녀들과는 평소와 마찬가지였다.

처음 만났을 땐 모린은 레이철이 그들을 찾아내어서 순수하게 기뻐 하는 듯했으나, 그 뒤로는 점점 서먹해져 갔다. 마치 레이철이 계속 곁 에 있게 될 줄 몰라서 반가워했던 것 같았다. 어떻게 봐도 무례하거나 쌀쌀맞지는 않았다. 그냥 어떤 면에서든 의미 있게 곁에 있어 주지 않 았다. 모린은 레이철에게 미소지으며 외모나 옷차림을 칭찬하고, 일이 나 세바스찬에 대해 묻고, 늘 그녀가 와서 제러미가 얼마나 행복한지 모르겠다고 하는 말을 빠뜨리지 않았다. 하지만 그녀는 레이철과 눈을 마주치지 않았고 목소리는 의미를 잊은 대사를 떠올리려 애쓰는 여배 우처럼 억지로 밝은 어조였다.

착각 속에서 배다른 남매가 될 뻔했던 테오와 샬럿은 레이철을 경의 와 내색진 않아도 당혹함으로 대했다. 대화는 서둘러 마무리 짓고, 바닥을 보며 고개를 꾸벅거렸고, 레이철에 대해 뭔가 묻기라도 하면 그 녀가 실체가 되기라도 할 것처럼 질문 하나 하지 않았다. 그녀를 신화 속 안개에서 나타나 가차 없이 그들의 집 현관으로 다가오지만, 결코 실제로 도달하지는 않는 존재쯤으로 여겨야 하는 모양이었다.

피로연이 한 시간쯤 진행되고 모린, 테오, 샬럿이 작별 인사를 했을 때, 탈출이 임박했다는 안도감이 너무나 압도적이어서 팔다리에 스며들었다. 제러미 혼자만 가족들이 불쑥 가보겠다고 해서 충격받았다(모린과 샬럿 둘 다 여름 감기가 오는 모양이라 했고, 갈 길이 멀었다.). 제러미는 레이철의 손을 잡고 신혼여행 동안 루미니즘파나 컬럼 재스퍼 윗스톤을 잊어버리지 말라고 당부했다. 돌아오면 할 일이 있을 거라고 했다.

"물론 다 잊어버릴 거예요." 그녀의 말에 그는 웃음을 터트렸다.

나머지 식구들은 밖으로 나가 주차 대행 맡긴 차가 나오길 기다리고 있었다.

제러미는 안경을 고쳐 썼다. 그는 뱃살 주위 뭉친 셔츠 자락을 만지작거렸다. 그녀와 있을 때면 군살을 늘 의식하곤 했다. 그는 그 자신 없는 미소를 보냈다.

"네 친아버지가 식장에 데리고 들어가주기를 바랐겠지만······"

그녀는 그의 어깨를 잡았다.

"아뇨, 아뇨. 제가 영광이죠."

"······하지만, 하지만······" 그는 흔들리는 미소를 그녀 뒤의 벽을 향해 돌렸다가 다시 그녀를 쳐다보았다. 그의 목소리가 더 깊고 힘이 들어갔다. "내겐 참 의미 깊은 일이었다."

"저도요." 그녀는 속삭였다.

그녀는 그의 어깨에 이마를 기댔다. 그는 그녀의 목덜미를 감쌌다. 그리고 그 순간, 그 어느 때보다도 온전한 상태에 가까워진 기분이었다.

신혼여행 이후, 그녀와 제러미는 만나기가 힘들어졌다. 모린이 몸이 좋지 않았는데, 심각한 건 아니고 그냥 나이 탓이리라고 여겼다. 하지만 제러미가 설렁설렁 보스턴 공립 도서관 열람실이나 애서니엄 미술관에서 시간을 보낼 게 아니라 모린 곁에 있어 주어야 했다. 둘은 한 번 시간을 쪼개 뉴런던에서 점심을 먹었고, 그는 얼굴색이 잿빛으로 핼쑥하니 힘들어 보였다. 모린이 상태가 좋지 않다고 제러미가 털어놓았다. 그녀는 이 년 전 유방암을 이겨냈다. 유방 양쪽을 절제했지만, 최근 검사 결과가 불확실했다.

"무슨 뜻이죠?" 그녀는 테이블 너머로 그와 손을 포갰다.

"무슨 뜻이냐면, 암이 재발했을 수도 있다는 거야. 다음 주 추가 검사를 할 예정이고." 그는 안경을 연신 고쳐 쓰더니, 화제를 바꾸자는 의미의 미소를 지으며 그녀를 쳐다보았다. "신혼부부는 어떻게 지내시나?"

"집을 사려고요." 그녀는 밝게 말했다.

"시내에?"

그녀는 고개를 저었고, 스스로도 아직 익숙하지 않았다.

"한 오십 킬로미터쯤 남쪽으로요. 수리하고 개조해야 하니 당장 이사하진 않겠지만, 좋은 동네고 학교도 좋아요, 아이가 있다면. 세바스찬이 자란 곳과 멀지 않고요. 그리고 그이 보트를 두고 있는 곳이기도 하고."

"세바스찬이 그 보트를 사랑하지."

"잠깐, 세바스찬은 저도 사랑한다고요."

"아니라는 말은 안 했어." 제러미는 쓴웃음을 지으며 말했다. "그냥 그 보트를 사랑한다고."

나흘 후, 제러미는 대학에 있는 자기 사무실에서 뇌졸중을 일으켰다. 그는 뇌졸중일 거라고 짐작은 했지만 백 퍼센트 확신할 수가 없어서,

본인이 직접 가까운 병원으로 차를 몰았다. 그는 진입로 절반쯤까지 차로 와서 비틀비틀 병원 정문에 들어섰다. 그는 자기 발로 혼자 응급실까지 왔지만 이내 대기실에서 두 번째 뇌졸중이 일어났다. 제일 먼저 달려간 직원은 제러미에게 가운 멱살을 잡히고 그 부드러운 교수 손에 담긴 힘에 놀랐다.

제러미가 마지막으로 한 말은 직원에게, 아니 그 누구에게도 도무지 이해가 가지 않았다. 그는 직원의 얼굴을 자기 쪽으로 끌어당겼고 눈이 붉거졌다.

"레이철이," 그는 웅얼거렸다. "거울 속에 있어."

6장

분리

모린은 제러미가 입원한 지 사흘째 되던 밤 직원이 한 말을 레이철에게 전해주었다.

"'레이철이 거울 속에 있어'?" 레이철은 되뇌었다.

"아미르가 그렇대." 모린은 고개를 끄덕였다. "피곤해 보인다. 쉬어야지."

레이철은 한 시간 후에 출근해야 했다. 지각하게 생겼다. 또.

"전 괜찮아요."

침대에 누운 제러미는 천장을 응시하고 있었고, 입은 벌어져 있었으며 눈에는 의식의 흔적이 완전히 사라져 있었다.

"운전하기 끔찍할 텐데." 샬럿이 말했다.

"그렇게 나쁘지 않아."

레이철은 창틀에 앉았다. 방에는 의자가 세 개뿐이었고 가족들이 다 차지하고 있었기 때문이었다.

"의사들이 몇 달 동안 이 상태일 거라네." 테오가 말했다. "아니면 더 오래일 수도."

샬럿과 모린 둘 다 흐느끼기 시작했다. 테오가 그들에게로 갔다. 셋은 상실감으로 뭉쳤다. 몇 분 동안 레이철에게 보이는 것은 그들의 들썩이는 등뿐이었다.

일주일 후 제러미는 신경치료 시설로 옮겨갔고 점차 운동 능력과 가장 기본적인 핵심 단어 구사력이 돌아오기 시작했다. 응, 아니, 화장실. 그는 아내를 마치 어머니 보듯, 아들과 딸을 조부모 보듯, 레이철은 누군지 기억해내려 애쓰는 듯이 보았다. 그들은 그에게 책을 읽어주고, 아이패드로 그가 좋아하는 그림들을 보여주고, 애청곡인 슈베르트를 들려주었다. 그리고 그 무엇도 반응이 오지 않았다. 그는 음식을 원했고, 편안함을 원했고, 머리와 몸의 고통을 덜어주기를 바랐다. 영유아 특유의 겁에 질린 자기중심주의로 세상을 대했다.

가족들은 레이철에게 언제든 와도 좋다고 했다. 너무 예의 바른 사람들이라 달리 말하지 못했다. 그러나 대부분 대화에 그녀를 끼워주지 못했고 그녀가 자리를 뜰 때면 안심하는 기색이 역력했다.

집에선, 세바스찬의 불만이 점점 커져갔다. 제대로 알지도 못하는 사람이 아니냐고 따졌다. 그녀가 실제로 존재하지도 않는 애착관계를 감상적으로 포장한다고 했다.

"이제 그만해야 해." 그가 말했다.

"아니, 당신이 그만해." 그녀는 대답했다.

그는 사과의 뜻으로 한 손을 들어 올리고 눈을 감아 크게 싸움을 벌일 의사가 없음을 알렸다. 그는 눈을 떴고 목소리가 좀 더 부드럽고 달래는 어조가 되었다.

"당신을 빅 식스로 발탁하려고 고려 중인 거 알지?"

빅 식스는 뉴욕에 있는 전국 방송 네트워크를 두고 하는 말이었다.

"몰랐어." 그녀는 목소리에 들뜬 티를 내지 않으려 애썼다.

"회사에선 지금 당신을 키우는 중이야. 지금은 고삐를 늦출 때가 아니라고."

"그런 적 없어."

"큰 건으로 당신을 시험하려 들 테니까. 국가적 규모 건으로."

"예를 들면?"

"허리케인, 연쇄살인, 글쎄, 유명인 사망이나."

"우피 골드버그가 세상을 떠난 지금, 우리는 앞으로 어떻게 해야 할까요?" 그녀는 시험 삼아 말해보았다.

"힘들겠지요. 하지만 우피는 우리가 용기를 보여주길 원했을 겁니다." 그가 맞장구쳤다.

그녀는 킥킥 웃었고 그는 그녀를 소파로 이끌었다.

세바스찬이 그녀의 목 옆에 키스했다.

"이제부터 우리 둘이야, 나하고 당신. 서로 연결된. 내가 가면 당신도 같이 가고. 당신이 가면 나도 같이 가고."

"알아. 그런 거."

"맨해튼에 살면 근사할 거 같아."

"어느 지역에?" 그녀가 물었다.

"어퍼 웨스트 사이드." 그가 말했다.

"할렘." 그녀는 동시에 말했다.

그들은 둘 다 웃음으로 넘겼다. 아주 가상의 상황을 두고 한 대화에서 부부 사이의 근본적인 차이점이 드러났을 때는 그래야만 할 것 같아서였다.

가을을 지내며 제러미 제임스의 상태는 완연히 나아졌다. 그는 레이철이 누군지 기억했으나 병원 직원에게 했던 말은 기억하지 못했고, 그녀의 존재에 의존하기보단 참고 견디는 듯했다. 루미니즘 운동에 대한 지식 대부분이 돌아왔으나 서로 동떨어져 있었고 전반적인 시간순 감각이 떨어져서, 1863년 윗스턴의 실종이 제러미가 박사 과정생으로 처음 노르망디에 갔던 1977년 바로 직전인 식이었다. 그는 레이철이 샬럿보다 어리다고 생각했고 가끔은 테오가 자꾸 고등학교 출석을 빼먹고 자신을 찾아온다고 생각했다.

"테오는 애초에 학업을 우선시하지 않아." 그는 레이철에게 말했다. "내가 아픈 걸 핑계 삼아 학업을 더 등한시하진 않았으면 좋겠는데."

그는 11월에 고엄 레인에 있는 집으로 돌아갔고 병원 간호사가 보살폈다. 육체적으로는 점점 기력을 찾았다. 말이 또렷해졌다. 하지만 정신은 여전히 아리송했다.

"딱 잡을 수가 없네." 어느 날 그는 말했다. 모린과 레이철 둘 다 곁에 있었고, 그는 머뭇거리는 미소를 지었다. "꼭 멋진 도서관에 있는데 책이 다 제목이 없는 기분이야."

2009년 12월 말, 레이철은 그녀가 온 지 십 분도 안 되어 시계를 확인하고 있는 그의 모습을 두 번 보고 말았다. 그를 탓할 수는 없었다. 같이 토론할 추리 이야기가 없으니 ― 그는 컬럼 재스퍼 윗스턴이 클로드 모네와 만났다는 증거 찾기, 그녀는 아버지 찾기, 그리고 둘 다 엘리자베스 차일즈 이해하기 ― 대화거리가 없었다. 함께 하는 꿈도, 과거도 없었다.

그녀는 계속 연락하겠다고 약속했다.

제러미의 집을 나선 그녀는 납작한 돌이 깔린 길을 걸어 차로 향했고, 새삼스레 그를 잃은 기분이었다. 지금까지 경험했듯이, 인생은 분리의 연속이라는 오랜 의심이 다시금 떠올랐다. 인물들이 무대에 나오고, 어떤 이들은 다른 사람들보다 더 오래 나오긴 하지만, 결국엔 다들 퇴장한다.

세워놓은 차까지 와서 그녀는 그의 집을 돌아보았다. *지금까지 고마웠어요, 친구로 있어 줘서.* 그녀는 생각했다.

이 주일 후인 1월 12일, 진도 7.0의 지진이 오후 다섯 시에 아이티를 강타했다.

세바스찬의 예측대로, 레이철은 빅 식스 특파원으로 임명되었다. 처음 며칠은 수도 포르토프랭스에서 지냈다. 그녀와 제작진은 대부분 폭동으로 마무리되는 식량과 물자 공중 투하를 취재했다. 종합병원 주차장에 쌓여가는 시체를 취재했다. 시내 거리 구석마다 생겨나는 임시 화장소를 취재했다. 시체가 희생 제물처럼 불타고, 잿빛 유황이 맴도는 기름진 시커먼 연기 사이는 천천히 타들어 가는 건물, 아직 다 타지 않은 가스관에서 피어오르는 다른 모든 연기와 별다르지 않았다. 그녀는 텐트 도시와 의료 지원소에서 보도했다. 한때 쇼핑 명소였던 지역에서, 그녀와 카메라 담당 그레타 킬본은 약탈꾼들에게 총격을 가하는 경찰, 이와 갈비뼈가 툭 튀어나온 남자가 발목이 날아간 채 재와 잔해 속에 누워 있는 장면을 촬영했다. 남자가 훔치려던 통조림 몇 개는 바로 손 닿지 않는 곳에 놓여 있었다.

지진 이후로 포르토프랭스에 질병과 굶주림보다 더 몰려든 것은 기자단뿐이었다. 곧 그녀와 그레타는 기삿감을 좇아 지진 진앙인 해변 마을 레오간으로 가기로 했다. 레오간은 포르토프랭스에서 남쪽으로 사십 킬로미터 거리에 불과했으나, 가는 데는 이틀이 걸렸다. 도착하기 세 시간 전부터 시체 냄새가 났다. 기반시설도, 원조도, 정부 지원도, 약탈꾼을 쏠 경찰조차 없었다.

레이철이 그곳을 지옥에 비유하자, 그레타는 동의하지 않았다.

"지옥에선 누가 지휘라도 하죠." 그레타가 말했다.

이틀째 밤, 시트로 벽과 지붕을 세운 무단거주 캠프에서, 그녀와 그레타, 전직 수녀, 그리고 예비 간호사가 여자애 넷을 이 텐트에서 저 텐트로 옮겼다. 강간할 마음을 품은 자들 여섯이 여자애들을 찾아 칼과 농부들이 흔히 쓰는 날이 휘어진 긴 칼 세르페트를 들고 캠프를 돌아다녔다. 지진 전에는 이들 중 절반은 괜찮은 직업을 갖고 있었다고 레이철은 들었다. 무리의 리더 조슈에 다셀루스는 지진 지역 바로 동쪽의 시골 출신이었다. 크루아 데 부케의 작은 사탕수수 농장의 아홉째인 그는, 절대 농장을 물려받지 못하리라는 것을 절감하자 세상에 대해 삐뚤어졌다. 조슈에 다셀루스는 영화배우 같이 생겼고 록스타처럼 행동했다. 보통 황갈색 카고바지에 녹색과 흰색의 축구 폴로 셔츠를 소매를 걷어 입었다. 왼쪽 허리엔 데저트 이글 45구경 자동권총을, 오른쪽 허리엔 낡은 가죽 칼집에 세르페트를 차고 있었다. 그는 사람들에게 세르페트는 호신용이라고 말했다. 45구경은 사람들을 지켜주기 위한 거라고 윙크하며 말했다. 주위에 나쁜 사람이, 끔찍한 일이, 악인들이 많으니까. 그는 신의 가호를 빌며 하늘로 눈을 향했다.

레오간의 팔십 퍼센트는 지진으로 함몰되었다. 평평해졌다. 법과 질서는 기억 속으로 사라졌다. 영국과 아이슬란드 수색구조팀이 지역에서 목격되었다는 소문이 돌았다. 레이철은 그날 일찍 캐나다인들이 항구에 구축함을 정박했으며, 일본과 아르헨티나 의사들이 남은 시가지로 유입되고 있다는 확인을 받았다. 하지만 지금까지는 어느 나라 구조대도 도착하지 않았다.

그날 오전과 오후는 지진 전 간호사 수련 과정을 밟고 있던 남자 로널드 레볼루스를 도와주었다. 그들은 치명상을 입은 캠프 사람들 세 명을 스리랑카 평화유지군이 운영하는 5킬로미터 동쪽의 의료 텐트로 데려갔다. 거기에서 그녀는 통역가에게 가능한 한 빨리 지원을 보내겠단 말을 들었다. 잘 되면 다음 날 밤, 길어도 이틀 후.

레이철과 그레타는 캠프로 돌아왔고 여자애 네 명이 왔다. 굶주린 조슈에 일당들은 이내 소녀들을 알아챘고, 사람들이 여자애들에게 물을 챙겨주고 다친 데 없나 확인하는 그 사이 그 끔찍한 속셈이 모두에게 차례차례 전해졌다.

현지 상황에 관여하는 바람에 기자로선 실패하고 만 레이철과 그레타는, 그날 밤 전직 수녀와 로널드 레볼루스와 함께 여자애들을 캠프 이리저리 옮겼고, 거의 은신처 한 곳에 한 시간 이상 머무르지 않았다.

날이 밝아도 남자들을 막을 순 없었다. 그들이나 동료들에게 강간은 부끄러울 게 없는 행위였다. 최근 들어 일상이 되어버린 죽음은, 망자가 현지인인 경우에나 애도했고 그것조차 가까운 가족들만 그랬다. 그들은 밤새 그리고 동틀 때까지 계속 술을 마시며 수색했고, 사람들은 그들이 그러다 잠들기만을 바랐다. 결국엔, 여자애 네 명 중 둘은 그날 아침 유엔 트럭이 언덕 아래 무너진 성당에 있는 시체들을 실어가려 불도저와 함께 캠프를 우렁우렁 소리를 내며 지나간 덕분에 구조되었다.

하지만 다른 두 여자애는 다시 모습을 볼 수 없었다. 겨우 몇 시간 전에, 아이들은 갓 부모를 잃고 집을 잃은 채 캠프에 도착했다. 에스더는 색 바랜 빨간 티셔츠와 청반바지를 입었다. 옅은 노랑 원피스를 입은 소녀는 와이들린이었지만, 다들 위디라고 불렀다. 에스더가 부루퉁하고 통 말이 없으며 사람 눈을 잘 마주치지 않는 건 그럴 만했다. 이해가 안 가는 것은 명랑하며 사람들의 가슴을 꿰뚫는 미소를 지닌 위디 쪽이었다. 레이철은 여자애들과 그 하룻밤만 있었을 뿐이었지만 대부분 위디와 함께 있었다. 노란 원피스에 한없이 너른 마음 그리고 아무도 알아듣지 못할 노래를 흥얼거리는 위디.

그들은 경이로울 만큼 완벽하게 사라졌다. 시체와 입고 있던 옷만이 아니라 그 존재마저 사라졌다. 해가 뜨고 한 시간 후, 남은 두 소녀는 친구들에 대해 물으면 입을 다물었다. 세 시간이 안 되어, 레이철, 그레타, 전직 수녀 베로니크, 그리고 로널드 레볼루스를 제외하곤 아무도 그 아이들을 봤다는 사람이 없었다. 이틀째 밤이 저물어오자, 베로니크는 말을 바꿨고 로널드는 자기 기억을 의심하고 있었다.

그날 밤 아홉 시, 레이철은 우연히 강간범 중 하나인 늘 예의 바른 고등학교 과학교사 폴과 눈이 마주쳤다. 폴은 자기 텐트 밖에 앉아 녹슨 손톱깎이로 손톱을 깎고 있었다. 그 시점엔, 혹시 그 여자애들이 캠프에 있었다 해도(말도 안 되는 미친 소리지만), 그날 밤 캠프를 헤매던 여섯 남자 중 셋은 만취해서 존재하지 않았던 여자애들이 사라졌을지도 모르는 시간에는 이미 자러 갔다는 소문이었다. 그러므로 혹시 그 여자애들이 강간당했다면(그리고 그런 일은 없었다. 불가능했다. 여자애들은 존재하지 않았다.), 폴은 관련되어 있었다. 하지만 혹시 그 여자애들이 살해되었다면(그리고 그런 일은 없었다. 불가능했다. 여자애들은 존재하지 않았다.), 폴은 그 시점엔 자고 있었다. 폴 선생은 그저 강간범일 뿐이었다.

혹시 그 여자애들의 운명이 양심에 걸렸는지 몰라도, 겉으로는 내색하지 않았다. 그는 레이철의 눈을 쳐다보았다. 엄지와 검지로 총 모양을 만들었다. 그걸로 그녀의 사타구니를 가리키더니 손가락을 입에 넣고 빨았다. 소리 내지 않고 웃었다.

그러더니 일어나서 레이철에게 다가왔다. 그녀 앞에 서서 그녀의 눈을 살폈다.

아주 예의 바르게, 거의 아첨하듯, 그는 그녀더러 캠프에서 떠나라고 했다.

"당신 거짓말 때문에," 그는 친절히 설명했다. "사람들이 불안해해요. 워낙 예의 바른 사람들이라 그렇게 대놓고 말하지 않는 거지. 하지만 당신 거짓말 때문에 다들 아주 기분이 상했어요. 오늘 밤은……" 그는 한 손가락을 들어 보였다. "아무도 얼마나 기분이 상했는지 티 내지 않을 겁니다. 오늘 밤은……" 다시 손가락을 들었다. "당신이나 친구한테 아무 탈도 없을 거고."

그녀와 그레타는 유일한 교통편인 스리랑카인들의 차를 얻어타고 이십 분 후에 캠프를 떠났다. 스리랑카 구조 센터에서 그녀는 스리랑카인들과 배로 와서 내륙으로 들어가는 중인 캐나다 평화유지군에게 호소했다.

아무도 그녀의 다급함을 알아주지 않았다. 아무도 이해하지 못했다. 여자애 두 명이 사라졌다고? 여기서? 마지막으로 확인한 실종자만 수천 명이고 그 숫자는 날로 늘어날 뿐이었다.

"사라진 게 아니에요." 어느 캐나다인이 그녀에게 말했다. "죽은 거죠. 알잖아요. 유감이지만 현실이 그래요. 그리고 시신을 찾을 여력이나 시간은 아무도 없고요." 그는 텐트 안 동료들과 스리랑카인 몇 명을 둘러보았다. 다들 고개를 끄덕였다. "아무튼 우린 없습니다."

다음 날 레이철과 그레타는 자크멜로 이동했다. 삼 주 후 그들은 포르토프랭스로 돌아왔다. 그 무렵엔, 레이철은 암시장에서 구한 아티반(신경안정제 ─옮긴이) 네 알과 럼 한 잔으로 하루를 시작했다. 그레타는 레오간에서의 첫날밤 털어놓았던 헤로인에 조금씩 손대는 습관에 다시 빠진 게 아닌가 싶었다.

결국, 그들은 귀국하라는 지시를 받았다. 레이철이 항변하자 보도국 담당은 영상통화로 그녀의 기사가 지나치게 거칠고 단조로우며, 불행한 절망의 냄새를 풍기기 시작했다고 털어놓았다.

"우리 시청자들에겐 희망이 필요해." 보도국 담당이 말했다.

"아이티인들에겐 물이 필요해요." 레이철은 말했다.

"또 저러네." 담당이 화면 밖에 있는 누군가에게 말했다.

"몇 주만 시간을 더 주세요."

"레이철, 지금 몰골이 엉망이야. 내가 지금 머리 모양 갖고 하는 얘기가 아니라. 얼굴이 해골이 다 됐어. 취재는 중단할 거야."

"아무도 신경 쓰지 않아요." 레이철이 말했다.

"신경 쓰고 있어." 보도국 담당이 날카롭게 말했다. "미국은 그 섬에다가 15억 달러나 지원하고 있다고. 그리고 우리 방송국은 그걸 보도하고. 뭘 더 바라?"

그리고 레이철은 아티반에 취한 머리로 생각했다. 하나님이요. *TV 전도사들이 말하는 폭풍도 물리친다는 그 하나님을 원해요. 신앙 깊은 자의 암과 관절염을 치유하고, 슈퍼볼이나 월드컵 우승 또는 올해 레드삭스가 치른 162번의 경기 중 87번째에서 나온 홈런에 프로 운동선수들이 감사의 인사를 드리는 그 하나님.* 그녀는 인간들의 일에 개입

하여 천국에서 손을 뻗어 아이티 상수도원을 정화하고 아이티 환자들을 치유하며 무너진 학교와 병원과 집을 돌려놓는 적극적인 하나님을 원했다.

"뭐라고 중얼대고 있는 거야?"

보도국 담당이 화면 속 그녀를 들여다보았다.

그녀는 자기가 소리내어 말하고 있는 줄도 몰랐다.

"돈 내줄 때 얼른 비행기 타. 이 조그만 방송국으로 돌아와야지."

그렇게 그녀는 중앙 방송 진출의 꿈이 사라졌음을 알게 되었다. 뉴욕 진출은 사라졌다. 빅 식스와 그 너머로 나아갈 커리어도 사라졌다.

다시 보스턴으로.

다시 리틀 식스로.

다시 세바스찬에게로.

그녀는 혼자서 아티반을 끊었다. (네 번 시도한 끝이긴 했지만 해냈다.) 아이티 가기 전 수준으로(또는 아무튼 그 비슷한 정도로) 술을 줄였다. 하지만 리틀 식스에선 다시는 그녀에게 주요 기삿감을 맡기지 않았다. 그녀가 자리를 비운 사이, 제니 곤잘레스라는 신입이 들어와 있었다.

세바스찬은 말했다.

"제니는 똑똑하고, 친근하고, 카메라를 들이받을 것처럼 쳐다보지 않아."

슬프지만 세바스찬이 옳았다. 레이철은 제니 곤잘레스를 미워하고 싶었고(정말 노력했다.), 외모와 성적 매력으로 지금 자리를 꿰찼다고 믿고 싶었다. 그리고 그런 점도 물론 손해는 아니겠지만, 제니는 콜롬비아 대학에서 석사 학위를 받았으며, 즉석에서 멘트를 술술 풀어낼 수 있었으며, 늘 완전히 준비를 마치고 카메라 앞에 섰으며, 안내원에서부터 본부장까지 똑같이 존중했다.

제니 곤잘레스는 더 어리고, 더 예쁘고, 더 몸매가 좋아서(비록 그게 다 맞긴 하지만, 젠장.) 레이철의 자리를 가져간 게 아니었다. 자기 일을 더 잘 하고, 더 서글서글한 성향에, 사람들이 같이 얘기하고 싶은 사람이기 때문이었다.

그래도 아직 레이철에겐 기회가 있었다. 건강한 생활로 아이티에서 가속화된 노화를 되돌리고, 점차 쌓여가는 울분을 털어내고, 고분고분 비위를 맞추고, 그들이 애초에 큰 돈을 주고 《글로브》에서 스카우트해온 살짝 섹시하고, 살짝 말괄량이 같고, 살짝 공붓벌레 같고(방송국에서는 그녀에게 컨택트렌즈 대신 빨간 뿔테 안경을 끼게 했다.), 풍부한 지식을 갖춘 일급 리포터로 다시 돌아간다면…… 그럼 리틀 식스에는 그래도 자리를 유지할 수 있었다.

그녀는 노력했다. 멍멍 짖는 고양이 이야기와 보스턴 항에 매년 처음으로 용기 있게 뛰어드는 거의 벌거벗은 남자들의 모임인 L 스트리트 브라우니의 연례 '얼음 깨기' 행사를 보도했다. 프랭클린 공원 동물원에서 태어난 새끼 코알라와 필렌스 베이스먼트 할인점의 웨딩드레스 구매 경쟁을 다루었다.

그녀와 세바스찬은 사두었던 시 남쪽의 집을 고쳤다. 스케줄이 그가 집에 있을 때는 그녀가 직장에, 그가 직장에 있을 땐 그녀가 집에 있는 식이었다. 서로 거의 볼 일이 없는 상황이 너무나 편안해서, 나중에 돌아보니 그 덕분에 결혼생활이 일 년 더 길어졌다고 그녀는 믿었다.

그녀는 브라이언 델라크루아에게서 이메일 몇 통을 받았다. '아이티에서 훌륭한 일을 했더군요. 당신이 마음 써주었기 때문에 이 도시 사람들도 이제 마음 쓰고 있어요.' 그 한 통이 거지 같은 하루를 구제해

주긴 했어도, 그녀는 브라이언 델라크루아는 세일즈맨이며, 아마도 천성과 맞지 않는 잘못된 직업 선택으로 인해 괴상한 에너지를 뿜어내는 사람임을 떠올렸다. 이제 '진짜' 브라이언은 남아 있지 않을 듯해서, 그의 이메일에 대한 그녀의 답장은 선을 긋고 예의 차린 것이었다.

'고마워요. 기사 좋았다니 다행이네요. 잘 지내세요.'

그녀는 이만하면 행복하다고 스스로에게 말했다. 리포터와 아내 그리고 이전의 자신으로 돌아가려고 노력 중이라고 스스로에게 말했다. 하지만 잠을 잘 수 없었고 아이티 소식에서 눈을 뗄 수 없었다. 부활하기 위해 애쓰고 있지만 대체로 그저 죽어가고 있는 그 나라의 모습을 지켜보았다. 아르티보니트 강을 따라 콜레라가 퍼졌다. 유엔군이 그 원인이라는 소문이 따랐다. 그녀는 보도국 담당 클레이 본에게 일주일만 다시 가게 해달라고 애원했다. 그녀가 비용을 대더라도. 그는 요청에 대꾸조차 하지 않고, 방송국 뒤 주차장에서 밴이 기다리고 있으니, 하나님이 알려주신 번호로 엄마가 복권 당첨이 되었다 주장하는 여섯 살 로런스를 취재하라고만 했다.

유엔군이 아르티보니트 강둑에서 새는 파이프를 파내는 장면을 몰래 찍은 영상이 퍼졌을 때, 레이철은 처음으로 펜웨이에서 직접 경기 관람을 하게 된 백 살 먹은 레드삭스 팬을 인터뷰하고 있었다.

콜레라가 계속 퍼져가는 동안, 레이철은 주택 단지 화재와 핫도그 먹기 대회, 도체스터의 갱단 관련 총격 사건과 병뚜껑으로 테이블을 만드는 노인 자매, 클리블랜드 서클에서 벌어진 도가 지나친 음주 파티, 그리고 월스트리트에서의 경력을 버리고 노스쇼어에서 노숙자들을 위해 봉사하는 전직 은행가를 취재했다.

다 쓸데없거나 하찮은 이야기는 아니었다. 레이철이 가끔은 의미 있는 공적 활동을 하고 있는 거라고 스스로도 거의 믿을 즈음 허리케인 토마스가 아이티를 강타했다. 사망자는 겨우 몇 명이었지만, 대피소가 휩쓸려가고, 하수도와 정화조가 넘쳐흘렀으며, 콜레라가 섬 전체로 퍼져나갔다.

그녀가 밤새도록 온라인에 올라오는 영상과 기사마다 찾아보고 있을 때, 브라이언 델라크루아의 이름이 받은 메일함에 떴다. 그녀는 그의 이메일을 열었고 내용은 이것뿐이었다.

왜 아이티에 안 가요? 당신이 거기 있어야 하는데.

마치 누군가 따뜻한 손으로 그녀의 목을 감싸 자기 어깨에 그녀의 머리를 기대게 하고 눈을 감게 해준 듯한 기분이었다. 어쩌면, 애서니엄 미술관 앞에서의 그 엇박자 만남 이후로 그녀는 브라이언을 너무 박하게 평가하고 있었는지도 모른다. 어쩌면 그저 그가 제네바에서 온 골동품상 잭 아헌과의 거래를 성사시키려는 안 좋은 타이밍에 맞닥뜨렸는지도 모른다. 레이철은 목재와 골동품이 어떻게 관련되는지는 짐작이 가지 않았으나, 사실 금융에 대해 아는 바가 없었다. 어쩌면 잭 아헌은 투자자 같은 사람일지도 모른다. 어느 쪽이든, 브라이언이 좀 이상하게 행동했고, 약간 초조해했다 한들, 그게 뭐 잘못일까?

왜 아이티에 안 가요? 당신이 거기 있어야 하는데.

그는 이해했다. 몇 년을 만나지 못했고 온라인상으로나 최소한의 연락이나 주고받은 사이인데, 그녀가 거기로 가는 게 중요하다고 그는 파악했다.

그리고 마치 피자 주문하듯 시킨 것마냥, 반 시간 후 세바스찬이 집에 와서 말했다.

"위에서 당신을 다시 보낸대."

"다시 어딜?"

그는 냉장고에서 생수병을 꺼내 머리 옆에 갖다 댔다. 눈을 감았다.

"당신이 그쪽에 인맥이 있고, 풍습을 아니까 그런가 봐."

"아이티. 나를 다시 아이티로 보낸대?"

그는 눈을 떴고 계속 물병으로 관자놀이를 마사지했다.

"그래, 아이티."

비록 입 밖에 내어 말한 적은 없지만, 그가 아이티 탓에 그녀의 커리어가 내리막을 타게 되었다고 여기는 것을 레이철은 알고 있었다. 그리고 그녀의 커리어가 내리막을 타서 그 자신의 커리어가 정체 중이라고 탓하고 있었다. 그래서 "아이티."라고 말하는 그의 말투는 꼭 욕처럼 들렸다.

"언제?"

그녀의 피가 뜨거워졌다. 밤을 꼬박 새웠는데도 정신이 확 들었다.

"클레이가 늦어도 내일일 거랬어. 이번에는 망치면 안 된다는 거 알지?"

그녀는 얼굴이 확 굳어지는 것을 느꼈다.

"그게 격려하는 말이야?"

"말 그대로야." 그는 지쳤다는 듯 말했다.

그녀는 할 말이 참 많았지만, 그래 봐야 다 싸움으로 이어질 테고 지금 당장은 싸우고 싶지 않았다. 그래서 그녀는 노력했다.

"보고 싶을 거야."

그녀는 얼른 비행기에 올라 떠나고 싶었다.

"나도 보고 싶을 거야."

그는 냉장고 안을 들여다보며 말했다.

7장

이 사람을 보셨나요?

아이티로 돌아가자, 똑같은 더위와 무너진 건물, 지친 절망이 자리하고 있었다. 똑같이 황망한 표정을 한 대부분의 사람들. 황망함이 없는 곳에는 분노가 있었다. 분노가 없는 곳에는 굶주림과 두려움이 있었다. 하지만 대체로 황망함이었다. 이 모든 고통을 겪고 난 사람들의 얼굴은 이렇게 묻는 듯했다. 우리가 그 고통을 감내하는 게 요점인가?

첫 취재 날, 시테 솔레이의 빽빽한 슬럼가에 위치한 쇼스칼 병원 앞에서 제작진들과 만나기로 한 레이철은, 너무 빈곤해서 초행길인 사람이라면 그 지역의 지진 전후 차이를 알아보지 못할 만한 거리를 걸어갔다. 깨진 가로등 기둥과 사용 불능 전봇대와 거리를 둘러싼 낮은 벽에는 사진이 붙어 있었다. 몇몇 경우는 죽은 이의 사진이기도 했지만, 주로 실종자 사진이었다. 대부분 사진 아래에 질문이나 호소가 쓰여 있었다.

에스케 우 테 베 므?

이 사람을 보셨나요?

그녀는 보지 못했다. 아니 어쩌면 봤는지도 모른다. 모퉁이를 돌 때 본 중년 남자 얼굴이 무너진 교회나 병원 주차장에서 본 수많은 시체 중 하나였을 수도 있다. 어느 쪽이든 그는 사라졌다. 그리고 아마 확실히 돌아오지 않을 것이다.

레이첼은 작은 언덕 꼭대기에 올라 아래 펼쳐진 빈민가를, 햇빛에 흑백으로 드러난 강철과 콘크리트 블록 오두막들을 내려다보았다. 남자애가 진흙투성이 자전거를 타고 그녀를 지나쳤다. 열한 살, 기껏해야 열두 살쯤 되어 보였고, 등에는 자동소총이 매달려 있었다. 아이가 고개를 돌려 그녀를 쳐다보자, 레이첼은 여기가 갱단 영역임을 새삼 떠올렸다. 소규모 군벌들이 통제하고 이쪽에서 저쪽 끝까지 영역을 놓고 다투었다. 식량은 이곳으로 들어오지 않지만, 총은 확실히 흘러들어왔다. 이곳을 혼자 걸어 다녀서는 안 되는 일이었다. 탱크와 공중 지원 없이 여기를 걸어 다녀서는 안 되었다.

하지만 그녀는 두려움을 느끼지 못했다. 그냥 무감각했다. 무감각함에 압도된 기분이었다.

최소한 그녀는 그렇다고 생각했다.

이 사람을 보셨나요?

아니, 못 봤어요. 아무도 못 봤어요. 아무도 못 봐요. 아무도 못 볼 거예요. 당신이 천수를 다했더라도. 상관없어요. 당신은 태어난 순간 사라졌으니까.

그게 병원 앞 작은 광장에 들어섰을 때의 그녀 기분이었다. 그다음 벌어진 일에 있어 유일하게 다행인 점은 지역 방송, 이 경우엔 보스턴에만 생방송으로 나갔다는 것이었다. 빅 식스는 나중에 내보낼지 정하기로 되어 있었다. 그러나 리틀 식스는 비극에 대한 피로도로 시청자들의 관심이 식어간다고 여겨 생방송으로 위기감을 불어넣으려 했다.

그래서 그녀는 쇼스칼 병원 앞에 서서 생방송을 했다. 태양이 그녀 머리 위의 시커먼 구름 사이에서 빠져나와 뜨겁게 타올랐다. 리틀 식스의 뉴스 앵커 그랜트는 멍청하게 들리는 목소리로 국제 뉴스 차례를 알렸다.

레이철은 통계를 늘어놓았다―그녀 뒤의 병원에 콜레라 확진 환자 32명이 입원해 있다, 허리케인 후의 침수로 콜레라가 전국적으로 퍼지고 지원이 어렵게 되었다, 상황은 매일 심각해져 갈 전망이다. 카메라 담당 뒤로, 시테 솔레이가 태양신에게 바치는 제물처럼 펼쳐져 있었고 레이철은 내면의 무언가가 툭 끊어지는 것을 느꼈다. 지금 이 순간까지 이 세계에 영향받지 않은 영적인 일부, 아마 영혼의 한 조각이었고, 열기와 상실감이 그걸 감지하자마자 찾아내어 집어 삼켜버렸다. 대신 가슴 한복판에서 참새 한 마리가 날개를 퍼덕였다. 아무런 경고도, 중간 과정도 없었다. 갑자기 그녀 가슴 한복판에서 날개를 한껏 격하게 퍼덕이고 있었다.

"잠깐만요, 레이철." 귓속에서 그랜트가 말하고 있었다. "하지만 레이철……."

왜 자꾸 내 이름을 불러대지?

"네, 그랜트?"

"레이철?"

그녀는 이를 갈 뻔한 것을 의식적으로 자제했다.

"네?"

"이 위험한 전염병에 얼마나 많은 사람들이 감염되었는지 추정하고 있습니까? 병든 사람들이 얼마나 되나요?"

그 질문은 그녀에게 황당하게 여겨졌다.

병든 사람들이 얼마나 되냐고?

"우린 다 병들었어요."

"뭐라고요?" 그랜트가 말했다.

"우린 다 병들었다고요." 레이철이 말했다.

그냥 상상인가, 아니면 방금 말이 좀 어눌하게 나왔던가?

"레이철, 지금 레이철과 우리 채널 식스 제작진들이 콜레라에 감염되었다는 말입니까?"

"뭐라고요? 아뇨."

대니 마로타가 렌즈에서 눈을 떼고 그녀에게 '괜찮아요?'라고 묻는 표정을 지었다. 위디가 그 어린 나이나 원피스에 묻은 피, 또는 웃는 입 모양으로 벌어진 목의 상처와는 어울리지 않는 우아한 걸음으로 그의 뒤에 나타났다.

"레이철." 그랜트가 말하고 있었다. "레이철? 미안하지만 이해가 안 됩니다."

그리고 그즈음엔 레이철은 땀에 흠뻑 젖고 몸이 너무 심하게 떨려 손에 든 마이크가 흔들거렸다.

"우린 다 병들었다고 했어요. 우리 다, 우리 다, 그러니까, 우린 병들었다고요. 알아요?" 찔린 상처에서 피가 흘러나오듯 말이 쏟아져나왔다. "우린 무너졌고 병들었고 다들 아닌 척하지만, 그러다가 다들 사라져. 씨발 우리 다 그냥 사라져버린다고."

해 질 녘엔 레이철이 어리둥절해 하는 앵커에게 "우린 다 병들었다고요."라고 말하는 가운데 손과 어깨는 덜덜 떨리고 이마에서 흘러내리는 땀에 눈을 깜박거리는 영상이 온라인을 뒤덮었다.

레이철이 "씨발."을 말하기 사 초 전에 방송 송출을 중단한 것은 칭찬할 만하나 십 초 전에 끊었어야 했다는 것이 사후 경영진 회의의 중론이었다. 레이철이 정신적으로 불안정한 상태임이 확실해지자마자(그녀가 처음으로 "우리 다 병들었어요."라고 말한 순간이었다고 대부분 동의했다) 끊고 광고로 넘어갔어야 했다.

레이철은 귀국 비행기를 타러 투상 루베르튀르 공항 활주로를 걸어가던 중 전화로 해고 통보를 받았다.

귀국한 첫날 밤, 그녀는 집에서 몇 블록 떨어진 마시필드에 있는 바에 갔다. 세바스찬은 야근 중이었고 당장은 그녀를 보고 싶지 않다는 뜻을 분명히 밝혔다. 그는 '그녀가 저지른 일이 그들 부부에게 미칠 영향을 파악할' 때까지 보트에서 지내겠다고 했다.

그를 진심으로 탓할 순 없었다. 그녀의 커리어가 처한 현실이 실감나기까지는 몇 주가 걸리겠지만, 보드카 잔을 비우다 거울 속 자신의 모습이 눈에 들어왔을 때 너무 겁에 질려 보여 놀랐다. 그녀는 겁이 나지 않았고 무감각했다. 그러나 스카치와 위스키병 너머로 계산대 오른쪽에 비친 여자의 모습은 약간 어머니를 닮았고, 약간 그녀 자신을 닮았으며, 어디를 보나 겁에 질려 있었다.

바텐더는 그녀가 망가진 영상을 보지 못한 게 분명했다. 전 세계의 지루해하는 바텐더들이 아랑곳하지 않는 손님들을 대하는 태도로 그녀를 대했다. 한가한 밤이어서, 열심히 비위 맞추고 미소지어봤자 팁벌이가 되지 않았다. 그래서 그는 둘 다 하지 않았다. 그는 바 저쪽 끝에서 신문을 읽고 누군가에게 문자를 보냈다. 그녀는 자기 폰을 확인했지만 문자 온 것이 없었다. 그녀가 아는 사람들은 다 세상이 얼마나 그녀를 격하게 공격할지 아니면 그냥 씹다 지쳐 뱉어버릴지 정해질 때까지 피해 숨고 있었다. 그러나 이메일이 한 통 와 있었고, 메일 아이콘을 누르기 전부터 누가 보냈는지 그녀는 알았고 브라이언 델라크루아의 이름을 보고 미소지었다.

레이철,

비인간적인 상황에서 인간적으로 행동했다고 벌 받을 일 아닙니다. 잘리거나 비난받을 일 아닙니다. 빌어먹을 훈장을 받아도 될 판에. 그냥 한 사람 의견이에요. 굳게 버텨요.

BD

도대체 어떤 사람일까? (거의) 완벽한 타이밍의 이상한 사람. 브라이언 델라크루아, 언젠가는 당신에게……

어쩌려고?

당신에게 애서니엄 미술관 앞에서의 희한한 만남에 대해 해명할 기회를 주고 싶어요. 방금 이 메일을 보낸 남자와 도무지 연결이 안 되거든요.

바텐더는 그녀에게 보드카를 한 잔 더 가져왔고, 그녀는 집에 가기로 마음먹었고 방금 스친 생각 중 일부를 담은 이메일을 작성할까 싶었다. 바텐더에게 신용카드를 건네고 계산해달라고 했다. 그가 카드를 긋는 사이, 그녀는 기억하는 한 그 무엇보다 강렬한 기시감을 겪었다. 아니, 그냥 기시감이 아니었다. 바로 이 순간을 전에 분명히 겪었다고 확신했다. 그녀는 거울 속에서 바텐더와 눈이 마주쳤고, 그는 그녀가 왜 자기를 그렇게 뚫어져라 쳐다보는지 모르겠다는 듯 묘한 표정을 지었다.

모르는 사람이야. 하지만 이 순간은 알아. 전에 겪었어.

그러다가 그렇지 않다는 걸 깨달았다. 어머니가 겪은 일이었다. 비슷한 모양의 바, 거의 같은 위치, 비슷한 조명에서, 삼십일 년 전에 어머니가 찍은 사진의 재연이었다. 어머니와 마찬가지로 그녀는 멍하니 줄지은 술병을 응시하고 있었다. 사진 속 바텐더처럼, 오늘 밤의 바텐더 역시 그녀를 등지고 결제 처리를 하고 있었다. 그의 눈이 거울 속에 비쳐 있었다. 그녀의 눈이 거울 속에 비쳐 있었다.

그 사람 눈에서 너를 찾아봐. 그녀의 어머니는 그렇게 말했다.

레이철이 거울 속에 있어. 제러미는 그렇게 말했다.

바텐더가 청구서를 가져다주었다. 그녀는 팁을 더하고 서명했다.

그녀는 술을 마저 비우지 않은 채 서둘러 집으로 돌아갔다. 방으로 들어가 사진이 든 신발 상자를 열었다. 이스트 볼티모어의 바에서 찍은 사진은 그녀와 제러미가 이 년 전 여름에 둔 대로 제일 위에 놓여 있었다. 레이철은 어머니의 시선을 따라 위스키병에서 그 뒤의 거울로, 엘리자베스가 진짜로 쳐다보던 것으로, 그 들뜬 표정, 그 황홀경에 빠진 표정을 짓게 한 것을 보았다.

바텐더의 얼굴이 금전등록기 위로 솟아 있었고, 엘리자베스와 눈을 마주치고 있었다. 그의 눈은 녹색이 너무 옅어서 거의 회색으로 보였다.

레이철은 그 사진을 욕실 거울 앞으로 가져갔다. 자기 얼굴 옆에 들어보았다. 눈이 그녀의 눈이었다. 같은 색, 같은 모양.

"와, 젠장." 그녀는 말했다. "안녕하세요, 아빠."

8장
대리석

　그녀는 그 바가 진작에 닫았으리라 짐작했지만, 이스트 볼티모어 밀로스 바를 검색하니 사진까지 곁들여 바로 화면에 떴다. 약간 바뀌긴 했다―거리를 면한 벽돌벽에는 커다란 창문 세 개가 자리했고, 조명은 더 부드러워졌으며, 금전등록기는 전산화되었고, 스툴은 이제 등받이와 장식 팔걸이가 달려 있었다. 하지만 바 뒤에는 여전히 거울이 걸려 있었고 술병이 늘어선 순서도 같았다. 벽에 걸린 볼티모어 콜츠 휘장은 볼티모어 레이븐스로 바뀌어 있었다.

　그녀는 전화해서 사장을 찾았다.

　전화를 받은 그는 말했다.

　"로니입니다."

　그녀는 채널 6의 리포터라고 설명했다. 어느 채널 6인지는 말하지 않았고 어느 특정 기사를 쓰는지도 말하지 않았다. 보통, 리포터라고 밝히면 즉시 환영이거나 아니면 즉시 쫓겨났다. 어느 쪽이 되든 길게 설명하느라 시간을 낭비하는 일은 피하게 되는 경향이었다.

"로니, 전 1979년에 밀로스에서 일했던 바텐더의 행방을 알아보는 중입니다. 혹시 그 시기 직원 기록을 갖고 계시다면 알려주실 수 있을까 해서요."

"79년도에 일했던 바텐더? 그럼 아마 리일 텐데, 아버지에게 확인해 보죠."

"리요?" 그녀는 말했지만, 그는 이미 수화기를 내려놓은 후였다. 몇 분 동안 수화기에서 저만치 떨어진 곳에서 나는 알아듣지 못할 대화 정도 외엔 거의 들리는 소리가 없다가, 전화기로 다가오는 발소리와 수화기를 들어 올리는 덜거덕 소리가 났다.

"밀로입니다." 거친 목소리, 이어서 코로 내쉬는 숨소리가 났다.

"가게 이름 밀로 본인이세요?"

"그래요, 그래. 뭐가 필요하다고요?"

"삼십여 년 전쯤 거기서 바를 맡았던 남자와 연락하려고 합니다. 아드님이 '리'라는 사람 얘기를 하던데요?"

"당시에 여기서 일했지."

"그 사람 기억하세요?"

"어, 그래요, 여기서 이십오 년은 일했거든. 한 팔 년 전에 그만뒀고."

"그리고 그 당시 거기서 일한 바텐더는 그 사람뿐이고요?"

"아니, 하지만 주로 리가 일했거든. 나하고, 죽은 아내, 그리고 바로 그 무렵 치매가 오기 시작한 해럴드 노인이 가끔. 이제 됐습니까?"

"어디 가면 리를 찾을 수 있을지 아세요?"

"왜 찾는지 말해줘야……, 그쪽은 누구시라고?"

"차일즈요."

"차일즈 씨. 왜 리에 대해 묻는 거요?"

딱히 거짓말을 할 이유가 떠오르지 않아서, 그녀는 그냥 말했다.

"그분이 제 어머니를 아실지 몰라서요."

"리가 아는 여자가 한둘인가."

그녀는 그냥 털어놓았다.

"제 아버지일 가능성이 있어요."

한참 동안 그가 코로 숨 쉬는 소리밖에 들리지 않는 바람에 그녀는 순전히 초조함에 다시 입을 열 뻔했다.

"아가씨 나이가?" 그가 드디어 말했다.

"서른하나예요."

"음." 밀로는 천천히 말했다. "그때 리가 잘생긴 놈이긴 했지. 데이트한 여자들이 여럿─한 열 명은 되었지 싶고. 새 거는 푼돈이라도 반짝이는 법이니까."

다시 숨소리가 이어졌다.

그녀는 그가 더 말을 할 줄 알았지만 잠시 후 그게 아니라는 것을 깨달았다.

"그분에게 연락하고 싶어요. 혹시 도와주시겠다면 정말……"

"그 사람 죽었는걸."

작은 손 두 개가 그녀의 심장 양쪽을 감싸고 조여들었다. 찬물이 목덜미를 타고 치솟아 두개골에 흘러넘쳤다.

"죽었어요?" 의도보다 큰 목소리가 나왔다.

"한 육 년 전쯤인가 그렇네. 여길 그만두고, 엘크톤에 있는 다른 술집으로 갔지. 그러고 한 이 년 후에 죽었어요."

"어떻게요?"

"심장마비."

"젊었을 텐데요."

"쉰셋? 아마 쉰넷인가. 그래요, 아직 젊었지." 밀로가 말했다.

"그분 전체 이름이 뭔가요?"

"저기, 아가씨, 내가 그쪽을 모르지 않나. 리의 유족에게 무슨 친자확인소송 이런 걸 하려는지도 모를 일이고. 내가 그런 일에 대해 아는 게 없어요. 하지만 또, 아가씨에 대해서도 아는 게 없으니, 그게 문제요."

"혹시 저를 아시게 되면 도움이 될까요?"

"물론이지."

다음 날 아침 그녀는 백 베이 역에서 볼티모어행 기차를 탔다. 승강장에서 지나친 대학생 또래 여자와 무심히 눈을 마주치자, 그녀를 알아본 여자의 눈이 휘둥그레졌다. 레이철은 고개를 숙이고 승강장 끝으로 걸어갔다. 그녀는 회색 정장 차림의 나이든 신사 옆에 섰다. 그는 슬픈 미소를 그녀에게 보내고 다시 《블룸버그 마켓》을 읽었다. 그녀는 그의 미소에 담긴 슬픔이 자신에 대한 동정에서 우러난 것인지 아니면 그냥 원래 미소가 슬픈 사람인지 구별할 수 없었다.

그녀는 그 이상 별다른 사건 없이 기차에 탔고 반쯤 빈 차량의 뒤쪽에 자리를 잡았다. 기차가 나아갈수록 공공의 웃음거리가 된 자신의 새로운 정체성과 점점 멀어지는 기분이었다. 로드아일랜드를 지날 즈음엔 거의 긴장이 풀려 있었다. 고향은 아니더라도 최소한 자신의 뿌리를 찾아간다는 생각에 이렇게 마음이 편해진 것일까 궁금했다. 또한 어머니와 제러미 제임스가 1979년 봄 매사추세츠 서부로 향했던 행로를 자신이 거꾸로 밟아간다는 것에 묘한 위안을 받았다. 지금은 11월 중순이었고, 30년 이상이 흘렀다. 창밖에 지나가는 도시와 마을은 늦가을과 초겨울 사이에 걸려 있었다. 몇몇 공영주차장은 벌써 도로에 뿌릴 염화칼슘과 모래를 쟁여놓고 있었다. 나무는 대부분 헐벗었고, 하늘에는 태양이 없어 나무만큼이나 텅 비어 있었다.

"여기 이 사람이지."

밀로가 그녀 앞에 액자에 든 바 사진을 내려놓고, 이마가 넓어져 가는 중인 마른 중년 남자의 얼굴 옆을 굵은 검지로 짚었다. 이마가 오뚝하고, 뺨은 푹 꺼졌으며, 그녀의 눈이었다.

밀로는 여든 살쯤 먹었고 허리에 매단 산소통의 도움으로 호흡하고 있었다. 투명 실리콘 튜브가 어깨를 넘어와 귓바퀴와 광대뼈 위를 지나 콧구멍에 삽입된 삽관으로 이어져 있었다. 칠십 대 초반부터 폐기종을 앓았다고 그는 레이철에게 말했다. 최근 저산소증이 진행 중이긴 하지만 하루에 담배 여덟에서 열 개비를 몰래 피우지 못할 정도로 진행이 빠르진 않았다.

"유전자가 좋은 거야." 밀로는 액자에 끼우지 않은 사진을 그녀 앞에 내려놓으며 말했다. "나는 덕을 봤지. 리는 아니고."

액자에 끼우지 않은 사진은 첫 번째 것보다 좀 더 개성적이었고, 모두 포즈를 취하고 있는 직원들이었다. 이 액자 없는 사진은 수십 년 된 것이었다. 리는 숱 많은 짙은 갈색 머리가 덥수룩했고, 눈은 또렷하게 올라가 있었다. 그는 손님이 한 말에 미소짓고 있었다. 다른 손님들이 고개를 젖히고 호탕하게 웃는 반면, 리는 자제하는 작은 미소였다. 사람을 끌어들이는 것이 아니라 철벽을 치고 있었다. 잘해야 스물일곱, 스물여덟을 넘지 않아 보였고, 그녀는 어머니가 뭘 보고 끌렸는지 한눈에 알 수 있었다. 그 작은 미소는 억누른 생명력과 강렬한 과묵함 그 자체였다. 많은 것을 기대하게 하지만, 동시에 거의 아무것도 기대하지 못할 미소. 리는 최악의 남자친구이자 평생 최고의 섹스 상대처럼 보였다.

그녀는 왜 어머니가 그를 '번개' 냄새가 났다고 했는지 이해할 수 있었다. 그리고 혹시 자신이 1979년 여기에 들어왔고 이 남자가 바에 서 있었다면, 술 한 잔만 마시고 떠나진 않았을 것이다. 그는 딱 방탕한 시인, 약에 취한 천재 화가, 대형 레코드 회사와의 계약을 마친 다음 날 교통사고로 죽는 가수 타입으로 보였다.

그러나 사진을 통해 밀로에게서 들은 리의 일생은 대부분 그녀가 앉아 있는 바로 이 바에 한정된 여정이었다. 그의 세계와 그의 선택지 그리고 생기 넘치는 여자들과의 가벼운 섹스 기회가 사진마다 점차 줄어가는 게 보였다. 이내 바 뒤에서의 삶은 꿈꿀 만한 일이 아니라 숨겨야 할 일이 되었다. 한때는 여자들이 그를 쫓아다녔지만, 그가 여자들을 쫓아다녀야 하게 되었다. 그러다가 여자들을 적절한 유머와 알코올로 구슬려야 하게 되었다. 마침내, 어느 순간, 여자들이 그가 자기들을 성적으로 생각한다는 걸 알고 혐오스러워하거나 우스워하는 날이 왔다.

하지만 리의 성적 매력이 한해 한해 줄어가는 동안, 그의 미소는 커져갔다. 그녀가 중학생 나이쯤일 때에 이르자 그는 여전히 밀로가 바텐더들에게 요구한 흰 셔츠 위 검은 조끼 차림이었고, 피부는 칙칙하고 얼굴은 푹 꺼졌으며, 미소는 누레지고 뒤쪽 이가 두 개 빠졌다. 하지만 사진마다 그는 훨씬 느긋하고, 그 도발적인 미소, 그 도발적인 카리스마 뒤에 있던 뭔지 모를 것의 무게에 덜 짓눌려 보였다. 육체가 쇠퇴해 감에 따라 영혼은 피어나는 듯했다.

밀로는 그다음으로 연례행사인 독립기념일 직원 가족 소프트볼 게임과 야유회 사진 묶음을 내놓았다. 리의 곁에 등장했다가 다시 나타나곤 하는 여자가 둘 있었다. 한 명은 마르고 갈색머리에 긴장과 불안으로 딱딱한 얼굴이었다. 다른 한 명은 단정치 못하고 금발에 보통 한 손에는 술잔, 다른 손에는 담배를 들고 있었다.

"이 사람은 엘렌이지." 밀로가 짙은 머리 여자를 가리키며 말했다. "화가 나 있었어. 이유는 아무도 몰랐지만. 생일파티, 결혼식, 추수감사절 분위기를 확 죽여놓을 수 있는 여자였고, 실제로 세 가지 경우 다 내가 봤어. 86년쯤에 리와 헤어졌지. 87년이었나? 그보다 뒤는 아니고. 다른 여자는 두 번째 아내지. 매디. 마지막으로 듣기론 아직 살아 있다던데. 엘크톤에 살고. 매디와 리는 몇 년간 잘 살다 점차 멀어져갔어."

"리에게 자녀가 있었나요?" 레이철은 물었다.

"이 여자들과는 아니야." 밀로는 바 너머에서 그녀를 주의 깊게 지켜보며 등 뒤로 손을 돌려 산소통을 뭔가 조절했다. "리가 아버지인 거 같다고?"

"꽤 확실해요." 레이철이 말했다.

"눈은 닮았어. 그건 확실하네. 내가 웃긴 얘기를 했다고 쳐보세."

"네?"

"웃으라고." 그가 말했다.

"하하." 그녀가 말했다.

"아니, 진짜로."

그녀는 바 안을 둘러보았다. 비어 있었다. 그녀는 킥킥거리며 나름 웃음소리를 냈다. 그게 자연스럽게 들려 놀랐다.

"리의 웃음이네." 밀로가 말했다.

"그럼 확정이군요." 그녀가 말했다.

그는 미소지었다.

"내가 젊었을 때는 워렌 오츠를 닮았단 소릴 들었지. 누군지 아나? 영화배우. 서부물에 많이 나왔지. 「와일드 번치」에 나왔고."

그녀는 민망해서 어깨를 으쓱했다.

"아무튼, 난 워렌 오츠를 닮았더랬어. 이제는 사람들이 나더러 윌포드 브림리를 닮았다고 하지. 그 사람은 아나?"

그녀는 고개를 끄덕였다.

"퀘이커 오츠 오트밀 광고요."

"맞아."

"그 사람 닮으셨어요."

"그렇지." 그는 손가락을 세워 보였다. "그러나 내가 아는 한에선 혈연은 아니야. 워런 오츠와도 아니고." 그는 엄지와 검지를 딱 붙여 보였다. "요만큼도 아니라고."

그녀는 고개를 살짝 끄덕여 그가 말하고자 하는 바를 인정했다. 바에 펼쳐진 사진들 속에 한 남자의 인생이 펼쳐져 있었다. 이 년 전 여름 그녀와 제러미 제임스 앞에 그녀의 인생이 펼쳐져 있던 것과 마찬가지로. 모든 것을 알려주지만 아무것도 알려주지 않는 또 하나의 콜라주. 사람이 평생 매일 사진을 찍어도, 여전히 자기 진실을─핵심을 보는 이들에게서 감출 수 있으리라고 그녀는 짐작했다. 어머니는 그녀 앞에 스무해 동안 매일 섰으나 레이철은 어머니가 보여주려고 마음먹은 것만 알 뿐이었다. 그리고 이제 그녀 앞에 4×6, 5×7, 8×10 사이즈의 초점 맞고, 초점 나가고, 노출 과다, 조명 부족한 사진들 속에서 아버지가 그녀를 마주 보고 있었다. 하지만 궁극적으로 그는 알 수 없는 존재였다. 그녀는 그의 얼굴은 볼 수 있었으나 그 속은 알 수 없었다.

"의붓자식이 몇 명 있었지." 밀로가 말했다. "엘렌은 리를 만나기 전에 낳은 아들이 있고, 매디는 딸이 있고. 리가 정식으로 아이들을 입적했는지는 모르겠네. 리가 아이들을 좋아했는지 아이들은 리를 좋아했는지, 아니면 혹시 반대였는지 전혀 감이 안 오더라고. 아니면 그 중간 어디였는지." 그는 어깨를 으쓱하고 콜라잔을 내려다보았다. "리는 위스키에 대해 잘 알았고, 모터사이클을 좋아해서 여러 해 동안 두 대 있었고, 한때 개를 키웠지만 암에 걸려 그 뒤로는 안 키웠지."

"그리고 여기서 이십오 년간 일했고요?"

"그쯤."

"바텐더 말고 다른 야심은 없었나요?"

밀로는 잠시 당황한 듯, 기억을 떠올리려 했다.

"모터사이클에 진짜 빠졌을 때는 한동안 다른 친구와 오토바이 수리 겸 개조 전문점을 내려고 의논했던 적이 있지. 개가 죽고 나서는 수의사 학교 자료를 엄청 읽었고. 하지만 그걸로 뭘 하진 않았어." 그는 어깨를 으쓱했다. "혹시 다른 꿈이 있었다면 남들에게 내색하진 않았고."

"여기는 왜 그만둔 건가요?"

"아마 로니 밑에서 일하는 게 싫었겠지. 어렸을 때부터 크는 걸 봐온 사람한테 이래라저래라 지시받기 힘들잖아. 통근에 지치기도 했겠고. 엘크톤에 살았거든. 교통 체증이 해마다 심해져."

그는 그녀를 가늠해보는 눈길로 쳐다보더니, 결정을 내렸다.

"좋은 옷을 입었네, 잘 사는 거 같아."

그녀는 고개를 끄덕였다.

"리는 돈은 없었어. 그건 아는 거지? 얼마 있지도 않았지만, 전처들이 가져갔고."

다시 그녀는 고개를 끄덕였다.

"그레이슨."

작은 손이 이번에는 그녀의 심장을 차갑게, 하지만 속삭임보다 가볍게 스쳐 갔다.

"리랜드 데이비드 그레이슨." 밀로가 말했다. "그게 그 사람 이름이야."

그녀는 그의 두 번째 아내 매디를 메릴랜드 엘크톤의 작은 공원에서 만났다. 그 한창때를 기억하는 살아 있는 사람은 아마 없을 듯한 공장과 철강소 폐허가 군데군데 언덕 기슭에 자리 잡은, 버려진 듯한 마을이었다.

매디 그레이슨은 과체중과 비만 사이를 맴돌고 있었고, 대부분의 사진 속에서 짓고 있던 방만한 미소는 떠오르자마자 그 즉시 스러지는 듯한 미소로 바뀌어 있었다.

"내 딸 스테프가 발견했죠. 그 사람은 소파 앞에 무릎을 꿇고 있었는데, 오른쪽 팔꿈치는 소파 위에 있는 상태였어요. 마치 물 마시거나 소변 보려고 일어서다가 그 일이 닥친 것처럼. 그러고 최소한 하루, 아니면 이틀은 있었을 거예요. 스테프는 돈을 좀 빌리려 거기 들렀던 참이었죠, 어, 리가 술에 취했을 때면 물렁한 구석이 있으니까. 쉬는 날에는 좋은 위스키 마시고, 담배 피우면서 옛날 드라마 보기를 좋아했어요. 신작은 절대 아니고. 7, 80년대 드라마를 좋아했죠. 「매닉스」, 「A 특공대」, 「마이애미 바이스」." 그녀는 들떠 벤치에서 몸을 약간 돌렸다. "아, 「마이애미 바이스」를 참 좋아했죠. 하지만 초기만요, 알죠? 크로켓 형사가 가수와 결혼한 후로는 드라마가 망했다고 늘 그랬어요. 그 후로는 영 믿기 어려워졌다고." 그녀는 가방을 뒤져 담배를 꺼냈다. 불을 붙이더니 훅 내뿜은 연기를 눈으로 좇았다. "그런 드라마를 좋아한 이유는 그 시대는 말이 되었기 때문이에요. 세상이 말이 되었으니까. 좋은 시절, 이성적인 시절이었죠." 그녀는 사람 없는 공원을 둘러보았다. "지금 같지 않고."

레이철은 그녀 인생의 이십 년 전이 7, 80년대보다 말이 되지 않는다거나 전반적으로 덜 안정적이고 매정했다고는 상상하기 어려웠다. 하지만 그걸 매디 그레이슨에게 말해봐야 의미가 있을까 싶었다.

"그분이 뭔가 원한 적 없나요?" 그녀는 물었다.

"무슨 뜻이에요?" 매디가 입을 가리고 콜록거렸다.

"뭔가 되고 싶다거나, 뭘 원했다거나?"

레이철은 그 말을 입 밖에 내자마자 단어 선택을 후회했다.

"의사가 되고 싶다거나?"

매디의 눈이 빠르게 차가워졌다. 성나고 혼란스러워 보였으며 혼란스러워서 성이 나 보였다.

"어, 제 말은……" 레이철은 더듬거리며 붙임성 있는 미소를 지어 보였다. "바텐더 말고요."

"바텐더가 뭐가 어때서?" 매디가 담배꽁초를 바닥에 내던지고 레이철 쪽으로 무릎을 돌려 앉았다. 레이철의 절박한 미소를 강철 같은 얼굴로 마주했다. "아니, 내가 궁금해서 그래요. 이십 년 이상 사람들은 리가 바에서 일하는 줄 아니까 밀로스에 갔다고. 손님들이 무슨 얘기를 털어놓든 리는 평가하지 않았어요. 결혼생활이 위태롭고, 실직하고, 애들이 망가지거나 약쟁이가 되고, 망할 놈의 세상이 미쳐 돌아갈 때 왔단 말예요. 리 앞에 앉으면 리가 술을 내주고 얘기하면 들어주니까."

"멋진 분이었나 보네요."

매디는 마치 파스타 그릇에서 기어 나온 바퀴벌레를 보기라도 한 듯 입술을 모으고 몸을 젖혔다.

"멋진 사람 아니었어요. 개새끼였던 날이 많았지. 결국엔 같이 못 살 겠더라고. 하지만 훌륭한 바텐더였고 그 사람과 알게 되어 좋았던 사람들이 많으니까."

"전 다른 뜻으로 드린 말씀 아니었어요."

"하지만 그랬는걸."

"죄송합니다."

매디는 입술 사이로 경멸과 그리움을 동시에 담은 숨소리를 냈다.

"'그 사람이 바텐더 말고 뭔가 다른 걸 하고 싶어 했나요?' 같은 소린 뭐든 자기가 원하는 일을 할 수 있는 사람이나 묻는 거라고. 나머지 우리 같은 사람들은 보통 미국인이고."

나머지 우리 같은 사람들은 보통 미국인이고.

레이철은 그 말에 담긴 천박한 자기학대와 가식적인 겸손을 인식했다. 칵테일 파티에서 그녀가 이 얘기를 들려주면 사람들이 터트릴 웃음소리가 이미 귀에 선했다. 하지만 그 웃음소리를 들으면서도, 그게 부끄러웠다. 결국, 출신과 특권에서 싹튼 성공이란 점에서 그녀는 유죄였으니까. 그녀는 희망을 당연시하고, 기회를 자신의 몫으로 여겼고, 얼굴 없고 목소리 없는 이들의 바다에 휩쓸려 사라질까 걱정해야 했던 적이 없었다.

하지만 그녀의 아버지가 살았던 나라는 그랬다. 얼굴 없고 목소리 없는 이들의 나라. 그리고 죽은 후에는 기억되지 않는 곳.

"속상하셨다면 죄송해요." 그녀는 매디에게 말했다.

매디는 새로 불붙인 담배를 든 손을 휙 저어 보였다.

"댁이 뭐라든 내가 콧방귀나 뀔까 봐." 그녀는 레이철의 무릎을 다정하게 쥐었다. "리가 친부라면 다행이고. 그걸로 마음의 평화를 찾기를 바라. 리를 생전에 알았더라면 좋았을 텐데." 그녀는 담배 재를 떨었다. "하지만 원한다고 다 가질 순 없어, 그저 우리가 감당할 수 있는 것만이지."

그녀는 그의 묘를 찾아갔다. 검은색과 흰색이 점점이 박힌 평범한 대리석 묘비로 표시되어 있었다. 그녀는 그런 대리석을 최소한 두 군데의 동료 집 부엌 싱크대에서 봤다. 하지만 리 그레이슨한테는 대리석을 훨씬 적게 썼다. 높이 사십오 센티미터와 폭 오십 센티미터를 넘지 않았다. 매디 얘기로는 리가 자기 부모님이 돌아가셨을 즈음 그 비석을 사전 주문했고, 죽기 삼 년 전에 지불을 완료했다고 했다.

리랜드 D. 그레이슨

1950년 11월 20일

2004년 12월 9일

뭔가 더 있어야 했다. 더 있어야 했다.

하지만 그녀는 찾을 수 없었다.

그녀는 밀로에게서 들은 얘기, 매디에게서 들은 얘기, 그리고 다른 사람들에게서 들은 이런저런 것들을 끼워 맞춰 그의 대략적인 일생을 그려냈다.

리랜드 데이비드 그레이슨은 메릴랜드 엘크톤에서 나고 자랐다. 그는 유치원, 초등학교, 중학교, 고등학교를 졸업했다. 도로포장 회사, 운송회사, 신발가게, 그리고 꽃집 운전사로 일하다가 볼티모어 동부의 밀로스 바에서 일자리를 구하게 되었다. 그는 최소한 한 번 씨를 뿌렸고 (혹은 그런 듯했고), 결혼했고, 이혼했고, 재혼했고, 그리고 다시 이혼했다. 갖고 있던 집은 첫 이혼 때 잃었다. 그 후로는 더 작은 곳을 세내어 살았다. 평생 그는 차 아홉 대, 모터사이클 세 대, 그리고 개 한 마리를 소유했다. 태어난 바로 그 고장에서 죽었다. 지상에서 오십사 년을 사는 동안, 남들이 기억하는 한에서는 그는 남들에게 거의 기대하지 않았고 대가로 그 정도만큼만 주었다. 울분이 있는 사람은 아니었으나, 대부분은 그를 자극하는 건 멍청한 일이라는 인상을 받았다. 행복한 사람은 아니었으나, 재미있는 농담을 들으면 좋아했다.

언젠가 그를 기억할 이유가 있는 사람들이 모두 세상을 떠날 날이 올 것이다. 리의 친구와 지인들의 건강 관리 상황으로 미루어보면, 그 언젠가는 멀기보다는 가까울 듯했다. 그때가 되면 그의 이름을 아는 유일한 사람은 묘비 근처 잔디를 깎는 사람뿐일 것이다.

어머니라면 그가 자기 삶을 이끌지 않았다고, 삶에 끌려갔다고 할 것이다.

그리고 그 순간, 레이철은 왜 어머니가 리에게 자기 얘기를 하지 않았는지, 자기에게 리 얘기를 하지 않았는지 깨달았다. 엘리자베스는 그의 삶이 어떻게 펼쳐질지 보았다. 그의 욕망이 작고, 상상력이 한정적이며, 야심은 막연하다는 것을 알아본 것이다. 엘리자베스 차일즈는 작은 마을에서 자랐고 작은 마을에서의 삶을 선택했으며, 작은 마을의 사고방식을 혐오했다.

어머니는 애초에 그 남자에게 몸을 주었다고 인정하면 마음 한구석에선 자신이 태어난 그곳을 떠나고 싶어 하지 않았음을 인정하는 게 되기 때문에 레이철에게 아버지가 누군지 말해주지 않은 것이다.

그래서 대신 어머니는 내게서 아버지를, 리에게서 딸을 빼앗았군요. 레이철은 생각했다.

레이철은 그의 무덤에 한 시간 가까이 앉아 있었다. 바람이나 숲 속에서 그의 목소리가 들려오기를 기다렸다.

그리고 목소리가 들렸다, 정말로. 다만 달갑지 않았다.

너는 누군가 이유를 말해주길 바란 거야.

그래.

왜 고통과 상실이 존재하는지. 왜 지진과 굶주림이 존재하는지.

하지만 무엇보다도.

왜 아무도 너한테 좆도 신경 쓰지 않는지, 레이철.

"그만." 아무래도 소리 내어 말한 것 같았다.

그 답이 뭔지 알아?

"그만하라니까."

왜냐하면.

"왜냐하면, 뭐?" 그녀는 조용한 묘지에 대고 말했다.

왜냐하면, 아무것도 아니야. 그냥 그런 거야.

그녀는 고개를 떨구었고 울지 않았다. 아무 소리도 내지 않았다. 하지만 한참 동안 떨림이 멈추지 않았다.

너는 이 답을 얻기 위해 먼 길을 왔어.

그리고 여기 그 답이 있지. 드디어. 바로 네 얼굴 앞에.

그녀는 고개를 들었다. 눈을 떴다. 그것을 응시했다. 높이 45센티미터, 폭 50센티미터.

대리석과 흙.

그 이상은 없어.

그녀는 해가 시커먼 숲을 향해 절반 정도 내려갈 때까지 묘지를 떠나지 않았다. 오후 네 시 가까웠다. 그녀가 도착했을 때는 오전 열 시였다.

그녀는 다시는 그의 목소리를 듣지 못했다. 단 한 번도.

북쪽으로 돌아가는 기차 안에서, 그녀는 창밖을 내다보았으나 밤이라 바깥의 도시와 마을은 빛과 어둠 그리고 그 사이의 어스름으로밖에 보이지 않았다.

대부분의 경우, 아무것도 보이지 않았다. 그냥 자신의 비친 모습뿐이었다. 그냥 레이철. 여전히 홀로인 채.

여전히 거울의 잘못된 쪽에 있었다.

제2부

브라이언

2011-2014

9장

참새

레이철과 브라이언 델라크루아는 마지막으로 이메일이 오가고 여섯 달 후 봄, 사우스엔드의 바에서 다시 우연히 마주쳤다.

그는 그곳이 자기 아파트에서 몇 블록 거리였고 그날 밤, 여름이 다가오는 게 느껴진 첫날, 길거리에서 습기와 희망의 냄새가 났기 때문에 거기에 오게 되었다. 그녀는 그날 오후 이혼을 마무리 지은 후라 용기를 낼 필요가 있었기 때문에 그 바에 갔다. 그녀는 대인공포가 악화되는 것이 걱정되었으며 그걸 극복하고 싶었고, 자신의 신경을 다스릴 수 있다는 걸 증명해 보이고 싶었다. 그날은 5월이었고, 초겨울 이후로 그녀는 거의 집을 나서지 않았다.

그녀는 장을 보러 나가긴 했지만, 마트가 제일 한적할 때만 갔다. 화요일 아침 일곱 시가 이상적으로, 랩으로 싼 상품 더미가 아직 통로 한가운데에 놓여 있고, 유제품 담당이 육가공품 담당들과 잡담을 하고, 계산원들은 자기 가방을 챙겨 넣고 던킨 커피 컵에 대고 하품을 하며,

통근과 날씨, 속 터지게 하는 자식들, 속 터지게 하는 남편 불평을 늘어놓았다.

머리를 잘라야 할 때가 되면, 늘 그날 제일 마지막 차례로 잡았다. 드물게 가는 네일 관리도 마찬가지였다. 대부분의 다른 욕구는 온라인으로 해결할 수 있었다. 곧, 처음에는 흘끔거림이나 평가를 피하려고 사람들 눈에 띄지 않으려 했던 선택이 중독에 가까운 습관으로 자라났다. 공식적으로 헤어지기 전, 세바스찬은 몇 달 동안 손님 방에서 잤다. 그 이전에는, 매사추세츠 만으로 흘러드는 사우스 강 조습지에다가 배를 정박해두고 거기서 잤다. 세바스찬은 아마 그녀를 사랑한 적이 없었을 테고, 아마 어떤 사람도 사랑한 적 없었겠지만, 그 배는 진정 사랑했으니 딱 맞았다. 하지만 일단 그가 떠나자, 집을 나서려는 그녀의 주요 동기—남편과 그 모든 해로운 영향력에서 벗어나고자 하는 의도가 무의미해졌다.

하지만 봄이 왔고, 느긋하고 밝은 목소리가, 아이들이 지르는 소리가, 인도를 굴러가는 유모차 바퀴 소리가, 방충망 문이 삐걱거리는 소리가 길거리에 돌아왔다. 그녀가 세바스찬과 함께 샀던 집은 보스턴에서 오십 킬로미터 남쪽 마시필드에 있었다. 해변 마을이었지만 그들의 집은 내륙으로 1.5킬로미터 들어가 있었는데 레이철은 바다를 좋아하지 않는 편이라 괜찮았다. 물론 세바스찬은 바다를 사랑했고, 연애 초기 그녀에게 스쿠버 다이빙을 가르쳐주기까지 했다. 그녀가 마침내 상어가 저만치 아래에서 지켜보고 있을지도 모르는 물속에 잠수하는 게 싫다고 털어놓았을 때, 세바스찬은 그녀가 자기를 기쁘게 해주려는 마음에 일시적으로 그런 공포를 이겨냈다는 사실에 감동받기는커녕, 그녀가 자기를 '덫'에 걸리게 하려 같은 걸 좋아하는 척했다고 비난했다.

그녀는 먹을 사냥감이나 덫으로 잡는 거고 그한테는 입맛 떨어진 지 오래라고 쏘아붙였다. 가시 돋친 말이긴 했지만 세바스찬과 그녀 사이처럼 빠른 속도로 관계가 무너져내릴 때는, 가시 돋친 말이 일상이 되었다. 이혼이 확정되고 나면, 집을 팔아 나누고 그녀는 다른 집을 찾아야 할 것이다.

잘된 일이었다. 어딜 가든 운전할 필요가 없는 도시가 그녀는 그리웠다. 그리고 그녀의 유명세가 시내에서는 피하기 힘들다면, 편협한 시선이 따라붙는 작은 마을에서는 아예 불가능했다. 바로 몇 주 전, 그녀는 차에 기름을 넣다가 정통으로 걸렸다. 연료통이 텅텅 빈 상태로 주유소에 들어서고서야 셀프 주유소임을 알았다. 푸시업브라에 요가팬츠 차림, 살랑살랑 드라이한 머리, 깎은 듯한 광대뼈를 한 리얼리티 티비 쇼에 나올 듯한 여고생 세 명이 편의점에서 나와 일행인 남자애에게 향하고 있었고, 몸에 딱 붙는 방한 스웨트셔츠와 구멍 난 청바지 차림의 남자애는 말끔한 렉서스 SUV에 기름을 넣고 있었다. 레이철을 알아보자마자 삼인조는 서로 찔러대며 소곤거리기 시작했다. 그녀가 쳐다보자, 한 명이 얼굴이 새빨개지더니 시선을 떨궜으나 다른 둘은 배를 잡고 깔깔댔다. 피치 컬러 부분 염색을 넣은 짙은 머리 여자애가 물통을 들고 꿀꺽꿀꺽 마시는 흉내를 냈고 금발머리 짝꿍은 이목구비를 잔뜩 구겨 흐느끼는 시늉을 한 다음, 마치 손에 감긴 해초를 떨치려는 듯 허공에 손을 휘둘렀다.

세 번째 여자애가 "얘들아, 그만해."하고 말했지만 반쯤은 한탄, 반쯤은 웃음이었고, 이어 셋 다 그 예쁘고 추악한 입으로 금요일 밤에 칼루아 술 토하듯 웃음을 터뜨렸다.

레이철은 그 이후로 집을 나서지 않았다. 식품이 거의 다 떨어졌다.

와인이 떨어졌다. 그다음은 보드카. 구경할 사이트와 볼 티비 프로그램이 동났다. 그러던 중 세바스찬이 이혼 선고가 5월 17일 화요일 세 시 반으로 잡혀 있다고 확인 전화를 걸어 알려주었다.

그녀는 그럭저럭 남들 앞에 나설 수 있게 꾸미고 차를 몰아 시내로 향했다. 북쪽으로 향하는 3번 도로로 들어서고 나서야 고속도로 위에서 운전한 지 육 개월이 되었음을 깨달았다. 다른 차들은 질주하고 가속하고 꺾었다. 쨍한 햇살 속에 차체가 칼날처럼 빛났다. 차들이 그녀를 에워싸고, 튀어나오고 끼어들고 급정지했으며, 붉은 후미등은 성난 눈처럼 빛났다. 불안이 목과 살갗과 모공에 솟구치는 것을 느끼고 그녀는 생각했다. *망했네, 이젠 운전도 무섭다니.*

그녀는 간신히 시내까지 왔고, 이렇게 위태롭고 신경이 곤두선 상태에선 아예 운전을 하지 말 걸 그랬다 싶어 죄를 저지르고 빠져나온 기분이었다. 하지만 해냈다. 그리고 아무도 모르는 일이었다. 그녀는 주차장을 나와 길을 건너 예정 시간에 뉴 차든 가에 있는 서포크 가정법원에 출석했다.

절차는 많은 면에서 결혼 그리고 세바스찬과 비슷했다. 형식적이고 냉담했다. 절차가 끝나고 그들의 관계가 법적으로 해소된 후, 그녀는 그나마 팔다리 멀쩡하게 전장을 떠나게 된 것을 소소한 승리로 여기는 두 군인처럼 시선을 교환하러 새로 생긴 전남편을 돌아보았다. 하지만 세바스찬은 통로 저편에 있지 않았다. 그녀에게 등을 돌리고, 고개를 치켜들고 이미 법정을 성큼성큼 나서고 있었다. 그리고 그가 문을 나서고 나자, 법정에 남은 사람들은 전부 동정이나 혐오를 담아 그녀를 쳐다보았다.

난 이제 경멸조차 아까운 존재가 된 거야. 그녀는 생각했다.

그녀의 차는 길 건너 주차장에 있었고, 우회전 두 번 하고 93번 고속 도로를 타고 남쪽으로 향하면 집이었다. 하지만 끼어들고 속력을 올리며, 브레이크를 밟아대고 운전대를 꺾어 차선을 바꾸는 그 많은 차들을 생각하니 내키지 않아 그녀는 대신 서쪽으로 꺾어 시내로 들어가 비콘 힐을 지나고, 백 베이를 거쳐 사우스엔드까지 갔다. 운전하고 있는 동안은 괜찮았다. 딱 한 번, 고속도로로 향하던 중 닛산 차가 오른쪽으로 지나가려는 줄 알고 손에 땀이 났다. 몇 분가량 운전하며 돌아다니다, 이 지역에서는 드물디드문 주차 자리를 찾아내어 차를 세웠다. 거기서 운전석에 앉은 채 숨을 쉬어야 한다고 되새겼다. 그녀를 막 들어온 게 아니라 지금 나가려는 줄로 오해한 차 두 대를 손을 내저어 보냈다.

"그럼 엔진이라도 끄든가." 두 번째 차 운전자가 고함지르고, 흡연자의 트림 같은 고무 탄 냄새를 남기고 떠났다.

그녀는 차에서 내려 주변을 완전히 정처 없이는 아니지만 그에 가깝게 주변을 배회했다. 기억하기론 근처 어디에 언젠가 즐거운 밤을 보냈던 바가 있었다. 그녀가 아직 인쇄 언론계, 《글로브》에서 일할 때였다. 그녀가 쓴 메리 엘렌 맥코맥 주택 사업 연재 기사가 퓰리처 상 후보로 오를지도 모른다는 소문이 돌았다. 그렇게 되진 않았지만(호레이스 그릴리 상과 펜/윈십 탐사 보도 우수상을 수상하기는 했다), 결국엔 그녀는 신경 쓰지 않았다. 본인이 좋은 기사를 썼다는 걸 알았고, 당시에는 그걸로 충분했다. 문이 빨간색이고 노인이 운영하는 케닐리스 탭이라는 이름의 바로, 드물게도 임대료 상승이 덮치지 않은 블록에 자리 잡고 있었다. 그녀가 제대로 기억하는 게 맞다면, 그 이름 자체가 아일랜드 바가 전부 세인트 제임스 게이트니 엘리시안 필즈니 아일 오브 스태튜즈 같은 식으로 어딘가 문학적으로 들리는 이름을 붙이던 시절의 산물이었다.

그녀는 결국 아까 지나친 블록에서 빨간 문을 찾아냈다. 처음에 알아 보지 못한 이유는 토요타나 볼보 대신 이제 벤츠와 랜드로버 스포츠가 주차되어 있었고, 실용적인 창문 창살이 좀더 미적인 면이 돋보이는 장식 창살로 바뀌었기 때문이었다. 케닐리스는 아직 있었지만, 이제 메뉴가 앞에 걸려 있었고 모차렐라 치즈 스틱과 닭봉 튀김 대신 돼지 볼살과 케일 조림이 올라 있었다.

그녀는 직원 대기석에 가까운 구석진 자리로 곧장 향했고, 바텐더가 오자 보드카 온더록스를 주문하고 혹시 오늘 자 신문 있냐고 물었다. 그녀는 흰색 V자 옷깃 티셔츠에 회색 후드티, 짙은 청바지 차림이었다. 굽 없는 검은색 구두는 흠집투성이였고 나머지 옷차림과 마찬가지로 인상에 남지 않을 물건이었다. 그래 봤자 소용없었다. 진보와 성 평등이 어떻고, 성차별주의는 지나갔다느니 해봤자 역시 여자 혼자 바에 앉아 술을 마시면서 사람들 눈길을 끌지 않을 수는 없었다. 그녀는 고개를 숙이고《글로브》를 읽으면서 보드카를 홀짝이며 혼란스러운 가슴이 다시 파닥거리지 않게 진정하려 했다.

바에는 사람이 사 분의 일도 차지 않아 다행이었지만 손님들이 생각보다 훨씬 젊었고 그건 좋지 않았다. 그녀가 예상했던 옛날 단골들은 뒤 흠집난 테이블에 앉은 네 명의 괴짜들뿐이고 담배 피우느라 자주 자리를 비웠다. 보스턴에서도 제일 유행을 타는 이 지역에서 맥주 파가 싱글 몰트 위스키 파에 맞서 버텼으리라 생각했다니 너무 순진했다.

쉬엄쉬엄 뜸 들이는 시늉조차 않고 낮부터 팹스트 블루 리본 맥주와 나라간셋 맥주 큰 캔을 연달아 비우는 옛날 단골들은 6시 뉴스를 거의 보지 않았다. 젊은 손님층도 안 보기는 마찬가지로, 적어도 실시간으로 보진 않았지만 나중에 노트북으로 다운로드나 스트리밍으로 시청할지도 모른다. 그리고 그들은 확실히 정기적으로 유튜브에 접속할 것이다. 지난 가을 레이철의 방송사고 영상이 온라인에서 화제가 되었을 때 처음 12시간 동안 조회수가 8만 회였다. 24시간이 안 되어 짤방 일곱 개와 비욘세의《드렁크 인 러브》리믹스에 맞춰 레이철이 눈을 깜박이고 땀을 흘리고 말을 더듬고 헐떡거리는 합성 영상이 나왔다. 결론은 그렇게 났다―술에 취한 리포터가 포르토프랭스 빈민촌에서 생방송 중 이성을 잃었다고. 사고가 터지고 36시간 안에, 영상은 27만 조회수를 기록했다.

얼마 안 되는 친구들은 레이철에게 사람들이 공공장소에서 그녀를 알아볼 가능성을 과대평가한다고 말했다. 인터넷 유행 주기의 특성, 끊임없는 콘텐츠 보충 요구로 인해, 그 영상을 본 사람은 많아도 기억하는 사람은 적을 거라 안심시켰다.

하지만 바에 있는 손님 중 35세 미만의 절반은 그걸 봤으리라고 추정해도 될 것이다. 지금은 약이나 술에 취해서, 야구모자를 쓰고 바에서 신문을 읽는 혼자 온 여자를 보고도 연결짓지 못할 가능성이 높을 것이다. 하지만 다시 생각하면, 어쩌면 그중 몇은 취하지 않았고 기억력이 좋을 수도 있었다.

몇 번 눈길을 휙 쳐들어 그녀는 바에 있는 다른 사람들을 대충 파악했다. 뭔가 핑크색 나는 걸 추가한 마티니를 홀짝이고 있는 여자 직장인 두 명. 뭔가 TV에서 하는 경기 중계를 보며 맥주잔을 내리치며 서로 주먹을 마주치고 있는 남자 중개업자 다섯 명. 심지어 취했을 때조차 어깨를 구부정하게 수그리고 있는 이십 대 후반의 IT 업계 혼성 그룹. 삼십 대 초반의 잘 입고 잘 꾸민 커플―남자는 분명히 취했고, 여자는 분명히 그에게 정나미가 떨어졌고 약간 겁먹었다. 그 둘이 레이철과 제일 가까워서 그녀 오른쪽으로 의자 네 개를 사이에 두고 떨어져 있었는데, 한번은 그 의자 중 하나가 반쯤 넘어져 다른 두 개 위로 쓰러지며 의자 다리 앞쪽이 바닥에서 떨어졌다. 여자가 "아휴, 그만해."하고 말했고 목소리에도 눈과 마찬가지로 두려움과 역겨움이 실려 있었다. 남자가 "씨발 너나 조용히 해, 버릇없는 씨발—"하고 말할 때 레이철은 실수로 그 남자와, 다음으로 그 여자와 눈을 마주쳤으며, 다들 그런 일 없던 척하는 사이 남자는 의자를 바로 세웠다.

그녀는 잔을 거의 비워가고 있었고 괜히 왔다고 결론 내렸다. 특정한 사람들, 예를 들자면 그녀가 여섯 시 뉴스에서 대책 없이 공황 발작을 일으킨 것을 본 사람들에 대한 공포에 눈이 멀어 인간 전반에 대한 두려움을 미처 깨닫지 못했고, 이제야 그 커져만 가는 대인공포증의 크기가 가늠되기 시작했다. 법원에서 나온 다음 곧장 집으로 돌아갔어야 했다. 바에 오지 말았어야 했다. 맙소사. 가슴 속에서 참새가 날개를 팔락거렸다. 파들거리진 않았고, 다급하진 않았다. 아직은. 하지만 박자가 빨라지고 있었다. 그녀는 가슴 속에서 혈관에 대롱대롱 매달린 심장을 의식했다. 바에 있는 사람들의 눈길이 그녀에게 쏠렸고, 아무래도 뒤쪽에서 웅성거리는 소리 중 누군가가 "그 리포터야."라고 속삭이는 걸 들은 것 같았다.

그녀는 십 달러 지폐를 바에 놓았고, 잔돈을 도무지 기다릴 수 없을 것 같은 마당이니 그게 있어 다행이라고 안도했다. 단 일 초도 더 이 자리에 있을 수 없었다. 숨이 콱 막혔다. 시야 가장자리가 흐려졌다. 연기가 퍼진 듯 뿌옜다. 그녀는 일어서려 했지만, 바텐더가 그녀 앞에 잔을 놓았다.

"저쪽 남자분이 존경의 뜻으로 보낸답니다."

바 저편의 정장 차림 남자들은 경기 중계를 시청 중이었다. 남학생 클럽 출신 성폭행범들 분위기가 느껴졌다. 삼십 대 초중반으로, 다섯 명 중 둘은 살집이 있었고, 다들 눈이 너무 작고 너무 번뜩거렸다. 제일 키 큰 남자가 그녀에게 턱을 치켜들어 아는 체를 하고 잔을 들었다.

그녀는 바텐더에게 말했다.

"저 사람요?"

바텐더는 뒤를 돌아보았다.

"아뇨. 저 사람들 말고. 다른 남자요." 그는 바 안을 둘러보았다. "화장실 갔나 보네요."

"어, 고맙지만 됐다고……"

젠장. 커플 중 아까 의자를 넘어뜨렸던 취한 남자가 퀴즈쇼 진행자가 경품 당첨자 가리키듯 그녀를 손가락질하며 다가오고 있었다. 정나미가 떨어지고 겁에 질린 여자친구는 아무 데도 보이지 않았다. 가까이 다가올수록 그는 덜 잘생겨 보였다. 몸매도 좋았고 윤기 흐르는 짙은 숱 많은 머리에 도톰한 입술, 희고 눈부신 미소에 움직이는 방식이 문제가 아니었다. 아니, 그 모든 것이 합해졌기에 그랬다. 잉글리시 토피 사탕처럼 진한 갈색의 눈, 하지만 그 아래 있는 것은, 그 눈에 담긴 것은 잔인성이었다. 자아도취적이고, 반성 없는 잔인성.

전에도 저 눈을 봤어. 펠릭스 브라우너. 조슈에 다셀루스. 저소득층 주택 단지와 고급 주택 가릴 것 없이. 자기만족적인 짐승들.

"아, 아까는 미안했어요."

"뭐가요?"

"여자친구요. 이제는 헤어졌지만, 진작부터 조짐이 있었죠. 워낙 드라마 같은 사람이라. 그냥 모든 게 드라마야."

"그쪽이 많이 마셔서 친구분이 걱정하는 것 같던데요."

왜 상대를 해주는 거야, 레이첼? 그냥 자리를 피해.

그는 양팔을 넓게 벌렸다.

"어떤 사람들은 한두 잔 술이 과하면 주사가 있어요, 아시죠? 그건 문제가 있고. 난 그냥 기분이 좋아지죠. 기분 좋아지니 친구 사귀고 즐겁게 지내고 싶은 그런 사람이란 말입니다. 그게 뭐가 문제인지 모르겠네요."

"어, 잘해보세요. 난 이만……"

그는 그녀의 잔을 가리켰다.

"그건 마저 드셔야지. 버리는 건 낭비라고요." 그는 손을 내밀었다. "랜더입니다."

"저기, 난 됐어요."

그는 손을 내리고 바텐더에게로 고개를 돌렸다.

"패트론 실버 데킬라 줘요." 그는 다시 그녀를 돌아보았다. "왜 우릴 보고 있었죠?"

"보고 있던 거 아닌데요."

바텐더가 그가 주문한 음료를 가져왔다.

그는 한 모금 마셨다.

"하지만 보고 있었잖아요. 눈이 마주쳤는데."

"두 분이 좀 시끄러워지기에 돌아본 거예요."

"우리가 시끄러웠나요?" 그가 히죽거렸다.

"네."

"공중도덕에 어긋난다 싶었나 봐요?"

"아뇨."

그녀는 틀린 단어라고 지적하진 않았지만, 한숨을 참지는 못했다.

"재미없으신가 봐요?"

"아뇨, 좋은 분 같긴 한데, 이만 가봐야 해서요."

그는 사람 좋은 미소를 활짝 지었다.

"에이, 그러지 말고. 마저 마셔요."

참새가 이제 세게 날갯짓하기 시작했고, 고개와 부리를 그녀의 목까지 쳐들었다.

"가봐야겠네요. 그럼 이만." 그녀는 어깨에 가방을 멨다.

"그 뉴스에 나온 여자 맞죠."

그녀는 오 분이나 십 분씩 들여 부정하고 또 부정해가며 그에게 결국 시간을 내주고 싶은 기분이 아니었으나, 그래도 역시 대꾸하지 않을 수 없었다.

"누구요?"

"정신줄 놓은 여자." 그는 그녀가 아직 손도 대지 않은 술잔에 눈길을 주었다. "취했어요? 아니면 약을 했나? 어느 쪽이에요? 말해봐요. 나 믿어도 된다니까."

그녀는 딱딱한 미소를 짓고 그를 지나쳐 나가려고 했다.

"어이, 어이, 어이." 그러고는 그녀와 문 사이를 가로막았다. "그냥 궁금해서……" 그는 한 걸음 물러나 미간을 모으고 그녀를 보았다. "그냥 무슨 생각하는지 궁금해서 그래요. 그러니까, 친해지고 싶어서."

"갈래요." 그녀는 오른손으로 비켜달란 손짓을 했다.

남자는 고개를 젖히고, 아랫입술을 말더니 그녀의 동작을 흉내 냈다.

"그냥 물어보는 건데. 다들 날 믿는다고요." 그는 손가락으로 그녀의 어깨를 톡 쳤다. "알아요, 알아, 내가 취했다고 생각하겠지, 그리고 실제로 취한지도 모르고. 하지만 이게 중요한 말이다 그겁니다. 난 재밌는 사람이고, 좋은 사람이에요, 친구들은 날 웃기다고 생각하고. 여동생도 세 명 있어요. 그러니까, 혹시 잘못 꼬여도 안전망이 있으니까 그렇게 일을 개판 쳐도 된다 생각했겠지. 아닙니까? 의사나 벤처 사업가 남편이 있어서……." 그는 무슨 말을 하던 중인지 까먹었다가, 다시 떠올리고는 불그스름한 손으로 불그스름한 자기 목덜미를 짚었다. "나는 그런 건 못하지. 돈을 벌어야 하니까. 부자 노인네가 당신 필라테스니 렉서스 자가용이니 친구들과의 점심식사니 뭐든 다 돈을 대줄 거 아니야. 그 술 마셔, 쌍년아. 누가 사준 거잖아. 고마운 줄 알아야지."

그는 그녀 앞에서 비틀거렸다. 그녀는 그가 다시 어깨를 건드리면 어떻게 하나 생각했다. 바 안의 아무도 움직이지 않았다. 아무도 말하지 않았다. 아무도 도와주려 나서지 않았다. 다들 그저 구경하고 있었다.

"갈래요." 그녀는 다시 말하고 문을 향해 걸음을 떼어놓았다.

그는 다시 손가락 하나로 그녀 어깨를 짚었다.

"일 분만. 같이 한잔하자고. 우리하고." 그는 바를 향해 손짓했다. "나를 싫어한다는 기분 들게 하지 말라고. 싫어하지 않지? 그냥 길에서 흔히 보는 사람이야. 평범한 보통 사람이라고 그냥—"

"레이철!"

브라이언 델라크루아가 랜더의 왼쪽 어깨너머에서 나타나, 그 옆을 슥 지나 갑자기 그녀 옆에 섰다.

"미안해. 발이 묶여서." 그는 랜더에게 무심한 미소를 짓고는 그녀에게로 돌아섰다. "저기, 우리 늦었어, 미안해. 도어즈는 여덟 시야. 가자."

그는 그녀의 보드카 잔을 들어 단숨에 비웠다.

브라이언은 군청색 정장에 흰 셔츠의 윗단추를 풀었고 느슨하게 한 검은 넥타이는 약간 삐뚤어져 있었다. 여전히 꽤 잘생겼지만 매일 아침 욕실 거울 앞에서 한참 미적거리겠다는 생각이 드는 타입은 아니었다. 그의 외모는 더 거칠고 얼굴은 딱 적당하게 울퉁불퉁했으며 미소는 약간 삐딱했고 검은 곱슬머리는 완전히 정돈되진 않았다. 거칠어진 피부, 눈가에 잡힌 주름, 뚜렷한 턱선과 코. 마치 이런 상황에 끼어들게 되어 항상 놀라워하는 것처럼 푸른 눈은 개방적이고 재미있어하고 있었다.

"그나저나 오늘 멋있네." 그가 말했다. "다시 말하지만 늦어서 미안해, 할 말이 없어."

"어이, 어이." 랜더가 잠시 자기 잔을 보며 미간을 모았다. "괜찮아요?"

둘이 짜고 벌이는 사기일 수도 있었다. 랜더가 늑대 역할, 그녀는 멋모르는 양, 그리고 양치기는 브라이언 델라크루아. 그녀는 애서니엄 미술관에서 맞닥뜨린 그 날 그의 기묘한 기운을 잊지 않았고 그녀가 이혼한 날 이렇게 만나다니 우연이라 믿기 힘들었다.

그녀는 맞춰주지 않기로 마음먹었다. 그녀는 양손을 들어 보였다.

"저기, 나는 그냥 가볼……"

하지만 랜더는 브라이언을 밀치느라 듣지 못했다.

"어이, 형씨, 물러나지그래."

브라이언은 랜더가 '형씨.'라고 불렀을 때 그녀를 향해 재미있다는 듯 한쪽 눈썹을 추켜세웠다. 그녀는 비어져 나오는 웃음을 참으려 애써야 했다.

그는 랜더에게 돌아섰다.

"저기, 그러고 싶지만, 안 되겠는데요. 알아요, 알아, 실망했겠지, 하지만 그쪽은 레이철이 나를 기다리는 걸 몰랐으니까요. 그래도 딱 보니 재밌는 친군데. 그리고 밤은 아직 이르고." 그는 바텐더에게 손짓했다. "톰은 나를 알아요, 그렇죠, 톰?"

톰이 말했다.

"알죠."

"그럼…… 이름이 뭐죠?"

"랜더."

"이름 멋지네요."

"고맙습니다."

"자기, 나가서 차 좀 빼놓지?" 그가 레이철에게 말했다.

레이철은 자기 입에서 나오는 "그래." 소리를 들었다.

"랜더." 그는 말하면서 눈은 레이철과 맞추고 문 쪽을 눈짓했다. "오늘 밤엔 여기서 돈 쓸 일 없어요. 뭘 마시든 톰이 내 앞으로 달아 놓을 테니까." 그는 다시 그녀를 향해 좀 더 단호하게 눈짓했고, 이번엔 그녀는 발길을 옮겼다. "저쪽 당구대 옆 여자들에게 술 사고 싶어요? 그럼 그것도 내 앞으로 달아 놓고. 나 들어올 때부터 녹색 플란넬 셔츠에 블랙 진 입은 여자가 계속 그쪽을 쳐다보던데……."

그녀는 문까지 왔고 돌아보진 않았지만 그러고 싶었다. 하지만 그녀의 눈에 마지막으로 비친 랜더의 얼굴은 고개를 쳐들고 간식이나 명령을 기다리는 개 같았다. 일 분도 안 되어, 브라이언 델라크루아는 그를 휘어잡았다.

레이철은 차를 찾을 수 없었다. 이 블록 저 블록을 돌아다녔다. 동쪽으로 꺾었다, 서쪽으로 갔다, 북쪽으로 향했다, 남쪽으로 되돌아갔다.

연철 창살 울타리와 난간 그리고 밤색과 빨간색 벽돌집들 사이 어딘가에 연회색 2010년형 프리우스가 있었다.

코플리 광장의 조명을 향해 옆길로 향하며 그녀는 브라이언의 목소리 때문이라고 결론지었다. 따뜻하고 자신만만하며, 매끄럽지만 장사꾼처럼 능글거리진 않았다. 평생 바라왔던 친구나 아주 오래전 곁을 떠났지만 이젠 돌아온 다정한 삼촌 목소리 같았다. 그리운 목소리, 하지만 현실서 겪었기에 그리운 게 아니라, 추상적인 그리움, 이상으로서의 그리움이었다.

몇 분 후, 그 목소리가 그녀 뒤에서 들려왔다.

"나를 스토커로 여기고 발걸음을 빨리한다고 개인적인 모욕으로 여기진 않을게요. 약속합니다. 그냥 여기 이대로 서서 다시는 당신을 만나지 않을 테니까."

그녀는 멈춰 섰다. 돌아섰다. 그녀가 삼십 초 전에 지나쳤던 골목 어귀에 서 있는 그를 보았다. 그는 두 손을 모으고 가로등 아래 서 있었고, 움직이지 않았다. 정장 위에 레인코트를 걸치고 있었다.

"하지만 오늘 저녁 조금 더 있다 들어갈 거라면, 열 걸음 뒤에서 따라가면서 어디든 당신 원하는 곳에서 한잔 살게요."

그녀는 오랫동안 그를 쳐다보았다. 가슴 속 참새가 파닥거림을 멈추고 굳었던 목덜미가 풀렸음을 깨달을 만큼 오랫동안. 집에서 문을 닫아걸고 안전하게 있었을 때만큼 평온한 기분이었다.

"다섯 걸음으로 해요." 그녀는 말했다.

10장

불이 들어오다

그들은 사우스엔드를 지났고, 곧 그녀는 왜 그가 레인코트를 입었는지 깨달았다. 안개가 너무나 옅게 깔려 머리가 축축해지고 이마가 젖고 나서야 알아챘다. 그녀는 후드를 썼지만, 당연히 그것도 축축했다.

"아까 보드카 보냈어요?"

"그랬죠."

"왜요?"

"솔직히?"

"아뇨, 가짜로."

그는 웃었다.

"화장실에 가야 했는데 내가 나올 때까지 당신을 붙들어 두려고요."

"왜 그냥 오지 않고요?"

"겁나서요. 몇 년 동안 내가 연락했을 때 당신이 기뻐 날뛰는 거 같지도 않았고."

그 말에 그녀는 발걸음을 늦추었고 그가 따라잡았다.

"이메일 받고 반가웠어요." 그녀는 말했다.

"이상하네. 답장은 그렇지 않던데요."

"지난 십 년간 복잡했거든요."

그녀는 주저하면서도 희망을 담은 느낌의 미소를 지어 보였다.

그는 레인코트를 벗어 그녀 어깨에 걸쳐주었다.

"코트 받을 수 없어요." 그녀가 말했다.

"아닌 거 알아요. 빌려줄게요."

"필요 없어요."

그는 물러나서, 그녀를 쳐다보았다.

"그래요. 돌려줘요."

그녀는 미소지으며, 눈을 굴렸다.

"뭐, 굳이 그러시겠다면."

그들은 계속 걸었고, 블록 전체에 들리는 유일한 소리는 그들 발소리
뿐이었다.

"어디로 가는 건가요?" 그가 말했다.

"레일로드가 아직 있으면 좋겠는데요."

"있어요. 한 블록 올라가서, 두 블록 건너."

그녀는 고개를 끄덕였다.

"왜 거길 그렇게 부르죠? 근처에 철로도 없는데."

"언더그라운드 레일로드(실제 철로가 아니라 흑인 노예들을 탈출시키던
비밀 지하 조직 —옮긴이)요. 그 블록을 통해 노예들을 탈출시켰죠. 여기
이 건물은……" 그는 연립주택과 한때 교회였던 건물 사이에 자리 잡
은 붉은 벽돌 저택을 가리켰다. "에드거 로스가 1800년대에 최초의 흑

인 운영 인쇄소를 세웠던 곳이죠."

그녀는 그를 곁눈질했다.

"참 박학다식하네요?"

"역사를 좋아하거든요."

그는 어깨를 으쓱했고 덩치 큰 남자가 그러니 뭔가 귀여웠다.

"여기서 왼쪽."

그들은 왼쪽으로 꺾었다. 거리가 더 오래되고 조용했다. 대부분의 원
룸 아파트들이 한때는 임대 마구간이었다. 창문이 두껍고 창살이 달려
있었다. 나무들이 건국 초기부터 있었을 것처럼 보였다.

"나는 당신의 딱딱한 뉴스 쪽이 가벼운 뉴스보다 좋았어요, 그나저나."

그녀는 킬킬거렸다.

"개처럼 짖는 고양이 기사를 냈을 때는 별로 공부가 되지 않는 기분
이었나 보죠?"

그는 손가락을 딱 튕겼다.

"봐야겠네, 검색하면 나오겠죠."

금속성의 딱 하는 소리가 나더니 거리가 캄캄해졌다. 집안, 가로등,
거리 끝의 작은 사무용 건물까지 전부 불이 나갔다.

근처에 서 있는 높은 건물에서 흘러나오는 잿빛 어스름에 서로를 간
신히 볼 수는 있었으나, 암흑에 가까운 어둠은 낯설었고 모든 도시인들
이 깊숙이 감춰두는 진실을 끌어냈다―우리는 대부분 상황에서 생존
에 무방비 상태라는 진실을. 최소한 세면도구가 딸려 있지 않은 상황
에는.

그들은 약간의 경외심을 갖고 거리를 나아갔다. 오 분 전만 해도 안
그랬는데 그녀 피부의 솜털이 생생하게 살아났다. 귀가 날카로워졌

다. 모공이 전부 확장되었다. 두피가 차갑고 축축하며, 아드레날린이 흘렀다.

아이티가 이런 느낌이었다. 포르토프랭스, 레오간, 자크멜. 몇몇 동네에서는 아직도 사람들이 전기가 들어오길 기다리고 있었다.

길모퉁이 건물에서 여자가 나왔다. 한 손에는 촛불, 다른 손에는 손전등을 들고 있었으며, 여자가 손전등 불빛으로 그들의 상체를 훑자, 레이철은 여자 위의 간판을 보고 레일로드 바에 도착했음을 깨달았다.

"아, 안녕하세요!" 여자가 손전등을 위아래로 흔들자 불빛이 그들을 스치고 무릎께에 멈추었다. "둘이 여기서 뭐 해요?"

"이 친구 차를 찾고 있었죠." 그가 말했다. "그러다가 그냥 여기 오기로 했다가, 이렇게 됐네요."

그는 양손을 어둠 속에 들어 올렸고, 또 한 번 금속성 소리가 나더니 불이 다시 들어왔다.

그들은 창문에서 흘러나오는 맥주 광고판과 문 위의 바 간판의 네온 불빛 속에 눈을 깜박였다.

"재주 좋네요." 바텐더가 말했다. "생일파티 출장 공연도 해요?"

그녀가 문을 잡아주었고 그들은 안으로 들어갔다. 레이철이 기억하는 대로였고, 조명이 약간 어두워지고, 검은 고무에 스며든 맥주 냄새 대신 희미한 히커리 나무 냄새가 풍겨 더 나아진 것 같기도 했다. 그들이 들어설 때 주크박스에서 톰 웨이츠가 흘러나오다가, 그들이 주문할 때쯤 곡이 끝나고, 「파블로 허니」 시기의 라디오헤드 곡이 이어졌다. 톰 웨이츠는 대표곡이 대부분 그녀 이전 세대니 시대를 제대로 파악할 수 있었다. 하지만 라디오헤드가 사운드트랙이던 그녀 대학 시절에 기저귀 차던 아기들이 이제 술 마실 나이가 되어 같은 바에 있다는 생각이 들면 뻔하고 미미하긴 하지만 종종 충격이었다. 남들은 내가 나이 먹는 걸 알아도, 나는 제일 나중에야 아는 법이지. 그녀는 생각했다.

바에는 그들과 바텐더 게일 외에는 아무도 없었다.

첫 잔을 반쯤 마셨을 때, 레이철은 브라이언에게 말했다.

"마지막으로 봤을 때 얘기 좀 해봐요."

어리둥절한 그의 눈이 가늘어졌다.

"당신이 골동품상과 있었을 때요."

그는 손가락을 딱 튕겼다.

"잭 아헌, 맞죠? 잭 맞나?"

"그래요."

"점심 먹으러 가던 길에, 비콘 힐에서 당신과 맞닥뜨렸죠."

"네, 맞아요. 그건 사실이고. 하지만 내가 묻는 건 분위기예요. 그날 이상했다고요, 날 떨쳐내려 안달하고 있었죠."

그는 고개를 끄덕이고 있었다.

"그래요, 미안해요."

"인정하는 거예요?"

"아, 그럼." 그는 자리에서 몸을 돌려, 신중히 말을 골랐다. "잭은 내가 당시 추진하던 소규모 사업의 투자자였어요. 큰 건 아니고, 고급형 목재 바닥과 셔터 제조사요. 잭은 또 굉장히 도덕적이라고 자처하는 사람이라, 그런 면에선 굉장히 15세기적이죠. 루터주의였나 칼뱅주의였나 근본주의였는데 어느 쪽이었는지 기억이."

"나도 헷갈리더라고요."

그는 삐딱하게 씩 웃어 보였다.

"아무튼, 그때 난 유부남이었어요."

그녀는 길게 술을 들이켰다.

"유부남이요?"

"네. 이혼으로 가는 중이었지만 당시엔 유부남이었죠. 그리고 세일즈맨이고, 그 결혼을 도덕주의자 고객에게 팔던 참이었고요."

"거기까진 알겠어요."

"그러던 중 당신이 길거리에서 나를 향해 다가오는 걸 봤고 내가 먼저 선수를 치지 않으면 그가 알아보겠구나 싶다 보니, 진짜 초조할 때 그러듯이 잔뜩 흥분해서 완전 망쳐버린 거죠."

"그가 알아본다는 거요. 뭘 알아봐요?"

그는 고개를 갸웃 기울이더니 그녀를 향해 한쪽 눈썹을 추켜세웠다.

"정말 그 말을 해야 해요?"

"설명을 해야 알죠."

"당신한테 끌리는 내 마음이죠, 레이철. 헤어진 아내가 그걸로 트집 잡곤 했어요. '또 뉴스에 나오는 당신 여자친구 봐?' 친구들도 알았죠. 내가 비콘 가 한복판에서 멍청하게 입 벌리고 있었으면 잭 아헌도 감 잡았을 겁니다. 그러니까, 치코피에서 만났을 때부터요. 왜 이래요."

"당신이야말로 왜 이래요. 난 몰랐는걸요."

"아, 어, 그렇군요. 하기야 당신이 왜 그러겠어요?"

"말을 하지 그랬어요."

"이메일로? 그 그림처럼 완벽한 남편하고 같이 읽으라고?"

"완벽과는 거리가 먼 사람이에요."

"나야 몰랐죠. 게다가, 난 유부남이었고."

"부인은 어떻게 됐어요?"

"헤어졌어요. 캐나다로 돌아갔죠."

"그럼 우리 둘 다 이혼했네요."

그는 고개를 끄덕이고 잔을 들었다.

"건배."

그녀는 그와 잔을 마주치고 자기 잔을 비운 다음, 추가로 주문했다.

"당신 자신에 대해 좋아하지 않는 점을 말해봐요." 그녀가 말했다.

"좋아하지 않는 점? 초기에는 제일 좋은 점만 보이는 게 관건이라 생각했는데."

"초기 뭐요?"

"누굴 만나는 거요."

"데이트? 이거 데이트예요?"

"아직 그렇게는 생각 안 해봤는데요."

"각자 술 마시고, 서로를 마주 보고, 다시 만날 만큼 서로가 마음에 드는지 확인하는 거죠."

"데이트처럼 들리는데." 그는 손가락을 하나 들어 보였다. "미식축구 프리시즌 게임을 데이트라고 하는 게 아니라면."

"메이저리그 야구 봄 훈련을 데이트라고 한다거나. 잠깐, 농구 프리시즌은 뭐라고 해요?"

"프리시즌이요."

"알아요, 근데 뭐라고 해요?"

"그렇게 부른다니까."

"정말? 독창성이 없어 보이는데."

"하지만 그런걸요."

"그럼 아이스하키 리그는?"

"내가 어떻게 안답니까."

"하지만 캐나다인이잖아요."

"그래요. 하지만 나는 잘 못 해서." 그가 고백했다.

둘 다 웃음을 터트렸다. 어머니의 이론에서 첫 단계인 불꽃에 도달했다는 것 외에는 별 이유가 없었다. 들리는 소리라고는 자갈길 골목에 메아리치는 그들의 발소리뿐인 조용한 블록 산책에서부터 그녀의 턱 아래 그의 젖은 레인코트 칼라 냄새까지 그리고 그들을 한 쌍으로 만들어준 바 문턱을 들어설 때 이 분간의 정전과 지금 당장 희미한 코러스 속에 나직이 스러져 가는 톰 웨이츠의 그르렁거림까지, 각자 보드카와 스카치를 마시며 그들은 두 번째 문턱을 지났다. 끌리는 마음이 서로 마찬가지임을 알기 전의 자신을 뒤로 하고, 그 감정을 염두에 두고 나아가고 있었다.

"내 자신에 대해 좋아하지 않는 점?"

그녀는 고개를 끄덕였다.

그는 잔을 들어 안의 얼음을 살짝 찰랑찰랑 유리에 부딪히게 했다. 장난기가 얼굴에서 사라지고 무언가 슬프고 당혹해하는, 다만 쓰라림은 아닌 것이 그 자리를 대신했다. 그녀는 그 쓰라림이 없다는 점이 마음에 들었다. 그녀는 쓰라림으로 가득한 집에서 자랐고, 그걸 완전히 뒤로 하고 떠났다고 확신했을 때, 이번에는 그것과 결혼했다. 쓰라림은 이제 질렸다.

브라이언이 말했다.

"어릴 때 팀에 뽑히지 않거나, 나는 좋아하는데 상대는 나를 좋아해주지 않는다거나, 아니면 당신이 뭔가 저지른 것도 아닌데 부모가 망가지고 해로운 사람들이라 당신을 내치거나 방치한 적 있어요?"

"네, 네, 그리고 네. 무슨 얘기를 하려는지 엄청 궁금하네요."

이제 그가 잔을 들어 마셨다.

"어렸을 때 그런 일이 많은데, 생각해보면 늘 저들이 옳다고 마음 깊이 믿었어요. 나는 팀에 들 만하지 않다, 나를 좋아해 줄 리가 없지, 그럴만하니까 가족이 날 내쳤을 거야." 그는 잔을 바에 내려놓았다. "나 자신에 대해 좋아하지 않는 점은 가끔 정말로 자신을 좋아하지 않는다는 거죠."

"그리고 당신이 얼마나 잘 하든 간에, 당신이 얼마나 좋은 친구든, 얼마나 좋은 아내나 남편이든, 얼마나 훌륭한 인도주의자든 간에, 아무것도, 아무것도……"

"아무것도." 그가 말했다.

"진짜로는 쓰레기에 불과하단 사실을 메울 수는 없지요."

그는 환하게 아름다운 미소를 지어 보였다.

"내 머릿속에 들어갔다 나왔나 봐요."

"하." 그녀는 고개를 저었다. "그냥 내 머릿속이요."

그들은 한동안 아무 말이 없었다. 잔을 비우고, 두 잔을 더 주문했다.

"하지만 그래도." 그녀는 말했다. "자신감 있게 잘 하던데요. 바에 있던 머저리를 마치 최면술사처럼 다뤘잖아요."

"멍청이였으니까요. 멍청이는 따돌리기 쉬워요. 그러니까 멍청이고."

"당신이 같이 꾸민 게 아닌지 어떻게 알아요?"

"뭘 꾸며요?"

"알잖아요. 그 사람은 날 겁주고, 당신이 나서 구해주는 거."

"하지만 나는 당신을 내보내고 뒤에 남았는데요."

"그 사람이 한패라면, 당신은 내 바로 뒤에 따라 나올 수 있었겠죠."

그는 입을 열다 다시 다물었다. 고개를 끄덕였다.

"좋은 지적이에요. 이렇게 교묘한 접근 자주 겪어요?"

"내가 알기론 아닌데요."

"그럼 내가 엄청나게 공을 들여야 했을 텐데요. 그 남자 이전에 여자친구와 있지 않았던가요? 싸우고 있었고?"

그녀는 고개를 끄덕였다.

"정리해 봅시다. 그럼 내가 오늘 밤 당신이 그 바에 올 줄 알고, 친구를 시켜 여자친구와 와 있게 하고, 둘이 싸우고, 여자친구를 보내고, 그런 다음 당신에게 접근해서 수작을 부리게 했단 거죠, 내가 끼어들어 당신이 자리를 피하게끔 시간을 벌어줄 수 있게 하고……"

"알았어요, 알았어요."

"……그런 다음 당신이 바를 나서자마자 쫓아나가서, 이 따각거리는 소리 나는 구두를 신고 조용하고 인적 없는 거리를 당신 뒤를 밟았단 거군요."

"알았어요, 알았다니까요." 그녀는 그의 정장과 흰 셔츠, 멋진 레인코트 쪽을 손짓했다. "이렇게 다 갖추고 있는 사람이 스스로를 좋아하지 않는다니 이해하기가 힘들어요. 당신은 저기, 자신감이 흘러넘치거든요."

"나 잘났단 느낌?"

"아뇨." 그녀는 고개를 저었다.

"대부분 경우 난 자신 있어요. 이성적인 어른으로서의 나? 자기 일알아서 챙겨요. 다만 한밤중에 어두운 바에서 나 자신의 좋아하지 않는 점에 대해 묻는 여자만 접근할 수 있는 아주 작은 일부가 있거든요." 그는 다시 그녀에게로 완전히 몸을 돌리고 기다렸다. "말이 나온 김에……."

한순간 눈물이 나올 것만 같아 그녀는 목청을 가다듬었다. 눈물이 터져 나오려는 게 느껴졌고, 민망했다. 그녀는 이미 대부분 사람들의 상상을 넘어서는 빈곤에 점령된 섬을 덮친 진도 7.0의 지진을 보도했다. 같은 환경에 있는 아이의 시선을 재구성하기 위해 주택 단지에서 무릎 걸음으로 한 달을 지냈다. 한번은 브라질 열대우림에서 지상 육십 미터 높이의 나무에 올라가서 밤을 보내기도 했다. 그리고 오늘은, 교외에서 시내까지 50킬로미터를 간신히 무너지지 않고 운전했다.

"나 오늘 이혼했어요." 그녀는 말했다. "직장도 잘렸…… 아니, 정정할게요. 커리어도 육 개월 전에 날렸죠. 이미 알겠지만 방송 중에 공황 발작을 일으켜서. 사람이 무서워졌어요. 어느 특정한 누군가가 아니라, 그냥 사람이, 그래서 더 심각하죠. 지난 몇 달은 거의 틀어박혀 살았어요. 그리고 솔직히요. 얼른 집에 가고 싶어 죽겠어요. 브라이언, 난 자신에 대해 좋아하는 게 하나도 없어요."

그는 한동안 말이 없었다. 그냥 그녀를 쳐다보기만 했다. 강렬한 시선은 아니었고, 유혹이나 도전처럼 느껴지진 않았다. 마음을 연 눈빛, 너그럽고, 판단에 치우치지 않았다. 무엇인지 헤아리지 못하다가 문득 그게 친구의 표정임을 깨달았다.

그러다가 노래가 귀에 들어왔다. 한 삼십 초쯤 나오고 있었다. 레니 웰치의 초기곡이지만 오래도록 사랑받는 히트곡 「너에게 빠진 이후로」 였다.

브라이언이 노래에 고개를 기울였고, 그의 눈길은 다른 곳으로 향했다.

"어렸을 때 우리가 가곤 하던 호수에서 이 노래가 라디오에서 나온 적이 있었죠. 어른들이 다들 그날 이상했어요, 다들 신나서는. 몇 년이

지나서야 다들 약에 취했던 거구나 하고 알았죠. 왜 자꾸 담배를 돌려 피우나 했어요. 아무튼, 어른들이 호숫가에서 이 곡에 맞춰 춤을 췄죠. 대마에 취한 나일론 수영복 차림의 캐나다인들.”

어디서 그런 말이 튀어나왔을까? 그 충동의 뿌리를 짚을 수 있을까? 아니면 순전히 화학 반응? 신경세포가 지직거리고, 생물적 본능이 지성을 이겼다.

“춤출래요?”

“그럼요.”

그는 그녀의 손을 잡았고 그들은 바를 지나 주크박스 불빛만 비치는 어두운 공간의 작은 댄스플로어를 찾아냈다.

그들의 첫 번째 춤이었다. 처음으로 손과 가슴이 맞닿은 때. 이후 그녀가 늘 브라이언 고유의 냄새로 여기게 될 그 냄새를 맡을 만큼 처음으로 가까이 서게 된 때. 희미한 연기 내음이 무향 샴푸 그리고 옅은 숲과 사향 살내음이 뒤섞인 냄새.

“당신이 바에서 나가지 못하게 붙들어놓으려고 음료를 보낸 거예요.”

“화장실에 가야 해서 그랬다고요, 알아요.”

“아니, 음료를 보낸 직후 겁이 더럭 나서 화장실로 간 겁니다. 모르겠어요, 휴, 당신이 나를 무슨 스토커 보듯 쳐다볼까 봐요. 그래서 뭐랄까, 화장실로 튄 거죠. 거기서 벽에 기대서서 이런 바보가 있나 한탄하고 있었어요.”

“그럴 리가요.”

“그랬어요. 정말로. 뉴스에서 볼 때 당신은 늘 정직했어요. 개인적 의견을 섞지도 않고, 카메라에 윙크하거나 편견을 노골적으로 드러내지도 않았죠. 당신이 하는 말이라면 믿었어요. 윤리의식을 갖고 일했죠.

그게 드러나 보였다고요."

"개처럼 짖는 고양이 보도를 할 때도요?"

그의 얼굴은 심각해졌지만, 어조는 여전히 가벼웠다.

"괜히 당신 평가를 깎아내리려 하지 말아요. 하루종일, 가끔은 일주일 내내 다들 내게 거짓말만 하고, 나를 이용해 먹으려고만 해요. 자동차 영업사원에서부터 상인들, 제약회사 영업사원을 꼬시려고 나한테 필요도 없는 약을 팔려 드는 의사, 항공사와 호텔 그리고 호텔 바에 있는 여자들까지. 출장 다녀와서 채널 6번을 틀면 당신이 나오고…… 당신은 나한테 거짓말을 하지 않아요. 그게 의미가 있었어요. 가끔은, 특히 결혼생활이 망가지고 나서 늘 혼자 있을 때는, 그게 전부였죠."

그녀는 무슨 말을 해야 할지 알 수 없었다. 최근에는 칭찬이 익숙하지 않았고 신뢰는 낯설었다.

"고마워요." 그녀는 간신히 말하고 바닥을 내려다보았다.

"슬픈 노래네요." 그가 잠깐 사이를 두고 말했다.

"그래요."

"그만 출까요?"

"아뇨." 그녀는 등에 닿는 그의 손이 주는 느낌이 좋았다. 절대 추락하지 않을 것 같은 기분이 들었다. 절대 상처받을 일 없을 기분. 절대지지 않을 기분. 절대 다시는 버림받지 않을 기분. "아니, 계속 가요."

11장
식욕

그들의 연애가 시작되며 그녀는 가짜 안정감을 얻었다. 최근 발작이 제일 격심했음에도 불구하고 그녀는 공황 발작이 지난 일이라고 거의 확신했다.

그녀와 브라이언의 첫 공식 데이트는 만난 다음 날 아침 커피 한 잔과 함께였다. 그녀는 전날 밤 운전하기엔 너무 신경이 들떠서 웨스틴 코플리 스퀘어에 강 전망 룸을 잡는 사치를 감행했다. 호텔에 숙박한 건 일 년 만이었다. 엘리베이터에서, 그녀는 룸서비스로 야식을 주문하고 VOD로 영화나 한 편 볼까 생각했지만, 신발 벗고 이불 덮는 사이 잠들어버렸다. 다음 날 아침 10시, 그녀는 뉴베리에 있는 스테파니스에서 브라이언을 만났다. 보드카의 영향이 아직 혈관에 요동쳤고 머리가 은근히 멍했다. 반면 브라이언은 근사해 보였다. 사실 바의 조명보다 낮의 햇빛에 보니 더 나았다. 그녀는 그에게 일에 관해 물었고 그는 그걸로 생계를 꾸리고 좋아하는 여행을 할 수 있다고 답했다.

"그보다는 뭔가 더 있어야 할 텐데요."

"별로요." 그가 웃었다. "내가 하는 일은 이번 달에 목재 생산량이 많은지 적은지에 따라 공급자들과 협상하는 거죠. 호주에 가뭄이 있었거나 필리핀 우기가 너무 오래 끌었다면? 그런 요소들이 목재 가격에 변동을 가져오고, 그게 ─ 어디서부터 시작할까요? ─ 저 냅킨, 이 테이블보, 저 설탕 봉지 가격 변동을 불러오죠. 얘기하다 보니 내가 다 졸리네." 그는 커피를 한 모금 마셨다. "당신은요?"

"나요?"

"그래요. 다시 언론계로 돌아갈 겁니까?"

"누가 써주기나 할까요."

"써준다면요? 그 영상을 못 본 사람이라거나?"

"어디서 그런 사람을 찾아요?"

"차드(아프리카 중앙에 위치한 나라 ─ 옮긴이)가 인터넷 서비스가 엉망이라고 들었는데."

"차드요?"

"차드."

"어, 내가 혹시 다시 비행기에 탈 수 있게 되면, 거기 수도에 있는 방송국에 지원을……"

"은자메나."

"차드 수도요, 네."

"생각이 날 듯 말 듯 했겠죠."

"그랬어요."

"그래요. 당연히."

"나 혼자 기억해냈을 거예요."

"뭐라는 거 아닌데."

"입으로는 아니지만, 눈은 달리 말하는걸요." 그녀는 말했다.

"당신 눈은 근사해요. 그나저나."

"내 눈이요."

"그리고 당신 입도."

"우리 자주 만나야겠어요."

"그럴 참이에요." 그의 얼굴이 약간 진지해졌다. "차드만큼 멀리 가지 않아도 될지도 모른다는 생각 해봤어요?"

"무슨 말이에요?"

"당신 생각만큼 사람들이 알아보는가 궁금해서요."

그녀는 한쪽 눈썹을 추켜세웠다.

"난 거의 삼 년을 이 도시에서 일주일에 5일을 뉴스에 나왔어요."

"그랬죠. 하지만 시청률은? 인구 200만 명 도시에서 5퍼센트쯤? 그럼 10만 명쯤 되겠군요. 시내 중심가 넓이로 나눠서 퍼져 있다고 생각해 봐요. 이 식당에 있는 사람들 전부 조사하면 기껏해야 한두 명이나 당신을 알아볼 거고 그나마 우리가 물어봐서 다시 쳐다봤으니까 알았을 테죠."

"나를 안심시키려는 건지 불안하게 하려는 건지 모르겠네요."

"안심시키려는 거죠. 언제나. 레이철, 내 말은, 그 영상을 본 사람들 중 몇몇은 그걸 기억하고, 그중 일부는 공공장소에서 당신을 봤을 때 연결지어 알아볼 수 있겠지만, 인구통계학으로 줄어들고 있으며 매일 더 줄어들 거라고요. 우리는 일회성 기억의 세계에 살고 있어요. 오래가게 만들어진 건 하나도 없어요, 수치조차도."

그녀는 그를 향해 코를 찡그렸다.

"말 예쁘게 하네요."

"당신도 예뻐요."

"우웨에엑."

두 번째 데이트는 그녀 집 근처 사우스쇼어에서의 저녁식사였다. 세 번째 데이트는 다시 보스턴에서 저녁식사였고, 이후 가로등에 기대어 고등학생처럼 키스했다. 비가 오기 시작했고, 그들이 만났던 밤 같은 이슬비가 아니라 소나기에 얼얼한 추위가 동반되어, 마치 겨울이 마지막으로 기를 쓰며 그들을 물어뜯는 듯했다.

"차에까지 바래다줄게요."

그는 그녀를 자기 레인코트 안에 품었다. 코트 겉면을 조약돌마냥 때리는 빗소리가 들렸지만, 발목을 제외하면 그녀의 전신은 보송한 채였다.

그들은 작은 공원을 가로질렀고 노숙자가 벤치에 누워 있었다. 그는 마치 뭔가 잃어버린 걸 찾으려는 듯이 거리를 응시하고 있었다. 신문을 덮고 있었지만, 머리가 젖어 계속 떨고 있었다. 입술이 바들바들 떨렸다.

"고약한 봄이야." 남자가 말했다.

"거의 유월이 다 되었는데 말이죠." 브라이언이 말했다.

"자정쯤에는 갤 거예요."

레이철은 초조했고 잠자리, 차, 집이 있는 게 죄스러운 기분이었다.

남자는 그 소식에 희망을 갖고 입술을 모으더니 눈을 감았다.

차에서 그녀는 히터를 틀고 양손을 마주 비볐다. 브라이언은 창문 너머로 짧은 키스를 나누려 고개를 숙였다가 긴 키스가 이어졌고 비가 차 지붕을 두들겼다.

"집까지 데려다줄게요." 그녀는 말했다.

"다른 방향으로 열 블록이나 되는걸요. 레인코트가 있으니 젖진 않겠죠."

"모자가 없잖아요."

"믿음이 부족한 자여." 그는 차에서 물러나 레인코트 주머니에서 블루 제이 야구모자를 꺼냈다. 모자를 쓰고는, 손가락으로 모자챙을 탁 튕기더니 삐딱한 미소를 지으며 경례했다. "운전 조심해요. 집에 도착하면 전화하고."

"한 번 더." 그녀는 그를 향해 손가락을 까딱 굽혔다.

그는 차 안으로 한 번 더 몸을 숙여 키스했고, 그녀는 그의 모자 테두리 아래에 밴 희미한 땀 냄새를 맡고 그의 혀에서 나는 스카치 맛을 느낄 수 있었고 그의 레인코트 옷깃을 세게 끌어당겨 키스를 깊게 했다.

그는 왔던 길로 돌아갔다. 그녀는 와이퍼를 켜고 모퉁이에서 차를 빼려 했으나, 창에 뿌옇게 김이 서렸다. 온풍 기능을 틀고 유리가 말끔해지기를 기다렸다가 도로로 나갔다. 다음 코너에서 우회전을 하려고 왼쪽을 돌아봤다가 브라이언을 보았다. 그는 작은 공원에 서 있었다. 레인코트를 벗어 노숙자 몸에 덮어주었다.

그는 공원에서 나와, 빗발에 셔츠 칼라를 세우고 집을 향해 뛰어갔다.

그녀의 어머니는 물론 방금 레이철이 본 것에 대해 한 챕터 전체를 할애했었다. '단계의 도약을 가져오는 행동'

네 번째 데이트는, 그가 자기 아파트에서 저녁식사를 차려주었다. 그가 식기세척기에 설거짓감을 넣는 사이 그녀는 티셔츠와 브라를 벗고 찢어진 보이프렌드 청바지 외엔 아무것도 안 입은 채 부엌에 있는 그에게로 갔다. 그는 막 그녀가 손을 뻗는 참에 돌아보았고 눈이 커지더니 말했다.

"오."

그녀는 전적으로 통제하고 있는 기분이었고(물론 그렇진 않았지만), 그들의 첫 육체관계를 어떻게 진행할지 정할 만큼 편한 마음이었다. 그날 밤 그들은 부엌에서 시작했으나 침대에서 끝났다. 욕조에서 2라운드를 시작해서 2인용 세면대 사이 카운터에서 끝냈다. 그런 다음 침실에서 다시 3차를 했고 놀랄 만큼 좋았지만, 마지막에는 브라이언은 부들부들 떨 뿐 아무것도 나오지 않았다.

그해 여름 내내, 몸을 주고받는 것은 굉장히 좋았다. 하지만 그 외의 모든 것을 나누는 과정은 느렸다. 특히 공황 발작이 돌아온 후로는 더욱. 대부분의 경우, 공황 발작은 브라이언이 출장 간 시기에 덮쳐왔다. 불행히도 그와 사귀면서 받아들여야 할 첫 번째 규칙은 출장이 잦다는 사실이었다. 대부분의 출장은 캐나다, 워싱턴 주와 오레곤 주, 일 년에 두 번 메인 주로의 짧은 2박 일정이었다. 하지만 러시아, 독일, 브라질, 나이지리아, 그리고 인도 같은 다른 출장은 훨씬 오래 걸렸다.

처음 그가 출장 가고 없을 때는 가끔은 그녀 자신으로 돌아갈 수 있어서 좋았다. 자신을 커플의 반쪽이라고 여길 필요가 없었다. 그가 떠난 다음 아침 깨어나면 레이첼 차일즈의 90퍼센트 버전으로 느껴졌다. 그러다가 창밖을 내다보고 세상이 무서워지며 90퍼센트의 자신이라고 해도 자신이 바라는 것보다는 최소한 40퍼센트가 많다는 생각이 들었다.

이틀째 오후쯤 되면, 외출한다는 생각을 하면 그나마 감당할 만한 일상의 두려움에 싸인 간신히 억누른 히스테리가 가득 차올랐다.

바깥 세계를 떠올리면 거기 나아갔을 때 어떤 느낌일지 훤했다. 먹구름처럼 몰려올 것이다. 그녀를 둘러쌀 것이다. 물어뜯을 것이다. 빨대처럼 그녀 몸에 꽂혀 바싹 마르도록 빨아먹을 것이다. 그래놓고 대가는 아무것도 없었다. 세상에 접속하려는, 그 일부가 되어 보상받고자 하는 그녀의 모든 노력을 제멋대로 뒤틀어버렸다. 그 회오리 속으로 그녀를 빨아들여 휘두르고, 그런 다음 소용돌이 밖으로 그녀를 내치고는 다음 희생자를 향해 나아갔다.

브라이언이 토론토에 있을 때, 그녀는 보일스턴에 있는 던킨 도넛 가게에서 얼어붙었다. 두 시간 동안 거리를 내다보는 작은 카운터석에서 움직이지 못했다.

브라이언이 함부르크에서 바삐 돌아오던 중인 어느 아침, 그녀는 비컨 가에서 택시를 탔다. 네 블록쯤 갔을 때 일면식도 없는 사람에게 돈을 주고 시내 저쪽으로 안전히 데려다 달라고 믿고 맡겼음을 깨달았다. 그녀는 차를 세우게 하고, 팁을 과하게 준 다음 택시에서 내렸다. 길가에 서 있자니 모든 것이 너무나 밝고 너무나 선명했다. 귓구멍이 뻥 뚫린 듯 청각이 너무 예리했다. 매스 가 저쪽 편에 있는 사람 셋이 개 이야기를 하는 게 들렸다. 3미터 아래쪽 강변길에서 여자가 아랍어로 아이를 꾸짖고 있었다. 로건 공항에 비행기가 착륙했다. 다른 비행기가 이륙했다. 그리고 그게 귀에 들렸다. 매스 가에서 울리는 자동차 경적 소리를, 비컨에서 자동차 엔진들이 공회전하다가, 스토로 드라이브에서 속도를 올리는 것이 다 들렸다.

다행히도 근처에 쓰레기통이 있었다. 그녀는 네 발짝을 걸어가 거기다 토했다.

브라이언과 사는 아파트로 걸어서 돌아가는 동안, 지나치는 사람들이 경멸과 혐오감, 그리고 그녀로서는 식욕이라고밖에 표현할 수 없는 것이 담긴 눈빛으로 그녀를 대놓고 쳐다보았다. 지나치는 그녀를 보며 한입 물어뜯을까 궁리하고 있었다.

다음 블록에서 사이언톨로지 신자가 다가와서 그녀 손에 전단을 쥐여주면서, 혹시 성격 테스트를 해보겠냐고, 좋은 일이 필요해 보이는 얼굴이라고, 혹시 스스로에 대해 뭘 알게 될지도 모른다고 말을 걸었고……

확신할 순 없었지만, 그녀는 아무래도 그 사람에게 토한 것 같았다. 아파트에 돌아와 보니 신발에 토사물이 튀어 있었는데, 쓰레기통에 토할 때는 확실히 신발은 말짱했다.

그녀는 옷을 벗고 이십 분간 샤워했다. 브라이언이 그날 밤 돌아왔을 때 그녀는 여전히 목욕 가운 차림이었고 피노 그리지오 와인병을 거의 비운 참이었다. 그는 자기 몫으로 얼음 한 개 넣은 싱글 몰트 위스키를 따라, 찰스강을 내다보는 창가에 앉아 그녀의 얘기를 들어주었다. 얘기를 마치고 났을 때, 그녀가 그의 얼굴에서 보리라 예상했던 혐오감은 (세바스찬이라면 분명히 그랬을 것이다.) 없었다. 대신 그녀가 본 것은…… 무엇일까?

맙소사.

공감이었다.

그건 저런 표정일까? 그녀는 생각했다.

그는 손끝으로 그녀의 젖은 앞머리를 넘기고 이마에 입맞추었다. 그녀에게 와인을 더 따라주었다.

그가 킥킥거렸다.

"정말로 사이언톨로지 신자한테 토했어?"

"웃을 일 아냐."

"하지만 웃긴데. 정말이야."

그는 그녀와 잔을 쨍 부딪치고 마셨다.

그녀는 웃었지만, 이내 웃음을 그치고 예전의 자신을 생각했다. 주택 단지에서, 경찰차에 동승했을 때, 권력의 중심부에서, 포르토프랭스 거리에서, 레오간의 피난민 캠프에서 보낸 그 한없이 긴 밤의 자신을. 그리고 그 레이철을 지금의 자신과 연결지을 수 없었다.

"너무 창피해."

그녀는 자기가 아는 그 누구보다도 훌륭하고, 단연코 더 상냥하며, 단연코 더 참을성 있는 그 남자를 쳐다보았고, 눈물이 나는 바람에 더 창피해졌다.

"뭐가 창피해?" 그가 말했다. "나약해서 그런 거 아니야. 알지?"

"저 문밖에 나가지도 못하잖아." 그녀는 조그맣게 말했다. "택시도 못 타고."

"전문가를 만나야지. 당신은 해결해낼 거야. 나을 거고. 그때까진, 어디 가고 싶기에?" 그는 팔을 크게 휘둘러 아파트 안을 가리켰다. "여기보다 나은 데가 어디 있어? 책도 있고, 냉장고도 가득 차 있고, 엑스박스도 있고."

그녀는 그의 가슴에 이마를 가져다 댔다.

"사랑해."

"나도 사랑해. 결혼식도 여기서 올릴 수 있고."

그녀는 그의 가슴에서 고개를 들고 그의 눈을 바라보았다. 그는 고개를 끄덕였다.

그들은 교회에서 결혼했다. 몇 블록 떨어진 곳이었다. 아주 가까운 친구들만 참석했다. 그녀 쪽으로는 멜리사, 유진, 아이티 취재 때의 카메라맨 대니 마로타. 그의 쪽 하객은 사업 파트너 케일럽, 케일럽의 아내로 아직 영어를 배우는 중인 아름다운 일본계 이민자인 하야, 그리고 둘이 만난 바의 바텐더 톰. 이번에는 제러미 제임스가 그녀를 데리고 입장하지 않았다. 그와 소식이 끊긴 지 이 년이었다. 브라이언 쪽으로는, 가족을 초대하고 싶으냐고 그녀가 묻자 그는 고개를 저었고 마치 외투처럼 어둠이 그를 뒤덮었다.

"가족들과 사업은 하지만, 사랑하진 않아. 내 인생의 아름다운 것들을 함께 하는 사이는 아니야."

가족 얘기를 할 때면 브라이언은 줄임말을 쓰지 않았다. 천천히 그리고 정확하게 말했다.

"하지만 당신 가족이잖아."

그녀의 말에 그는 고개를 저었다.

"당신이 내 가족이지."

결혼식 후, 다들 브리스톨 라운지로 한잔하러 갔다. 나중에, 그녀와 브라이언은 코먼 공원과 퍼블릭 가든을 가로질러 집으로 향했고, 그녀는 평생 이보다 행복한 적이 없었다.

하지만 비컨 가에서 신호가 바뀌기를 기다리는 사이, 레이철은 에스플러네이드 공원으로 향하는 고가 도로 한가운데 서 있는 죽은 소녀 두 명을 보았다. 바랜 빨간색 티셔츠와 청반바지를 입은 에스더. 옅은 노랑 원피스 차림의 위디. 두 소녀는 고가 도로 난간에 올라섰다. 스토로 드라이브에서 나온 차들이 그들 아래를 지나는 가운데 소녀들은 난간에서 거꾸로 추락했고 도로에 부딪히기 전 사라졌다.

그녀는 브라이언에게 말하지 않았다. 다른 사건 없이 아파트에 도착했고 그들은 샴페인을 마셨다. 사랑을 나누고 샴페인을 더 마시고 침대에 누워 도시에 떠오르는 보름달을 구경했다.

그녀는 두 소녀가 고가 도로에서 떨어져 사라지는 것을 보았다. 자신의 인생에서 사라진 모든 이들을, 중요한 사람들만이 아니라 평범한 보통 사람들까지 다 기억하고 있었고, 자신이 세상에서 가장 두려워하는 게 무엇인지 퍼뜩 깨달았다. 어느 날 모두가 그녀만 남겨두고 사라질까 하는 두려움. 모퉁이를 돌았더니 대로가 텅 비어 있고 차들은 버려져 있는 것이다. 그녀가 잠깐 눈 깜박하는 사이 모두가 은하계의 뒷문 같은 것으로 몰래 빠져나가고, 그녀 혼자만 살아남게 되는 것이다.

황당한 생각이었고, 순교자 콤플렉스가 있는 아이가 빠져들 만한 것이었다. 하지만 그녀의 두려움의 근원을 이해하기 위해서는 필수적이라는 기분이었다. 그녀는 새신랑을 쳐다보았다. 그의 깜박이던 눈꺼풀이 섹스와 샴페인 그리고 하루의 피로로 무거워지고 있었다. 그 순간 그녀는 세바스찬과 결혼했을 때와는 완전히 다른 이유로 그와 결혼했음을 알았다. 혹시 세바스찬이 떠난다 해도 전혀 신경 쓰이지 않으리라는 걸 잠재의식 중에 알았기 때문에 그와 결혼했다. 하지만 브라이언은 작은 부분에서는 그녀를 떠날지 몰라도—그 모델의 불완전성을 믿을 수 있을 만큼—큰 부분에서는 절대 떠나지 않을 것을 알았기 때문에 그녀는 그와 결혼했다.

"무슨 생각 해?" 브라이언이 물었다. "슬퍼 보여."

"아니야." 그녀는 거짓말했다. "행복한걸."

그것 또한 진실이기에 그렇게 말했다.

그녀가 다시 아파트 밖으로 나선 것은 18개월 후였다.

12장

목걸이

그가 런던으로 떠나기 전 주말, 두 번째 결혼기념일이 다가오고 있었고, 브라이언과 레이철은 그들이 사는 건물 15층에서 엘리베이터를 타고 내려갔다. 비가 오고 있었다. 그 주에는 내내 비가 내리고 있었지만, 빗발이 굵지는 않았고, 뼛속까지 흠뻑 젖기 전에는 비가 오는지도 잘 모를 정도의 이슬비로, 그들이 만났던 밤 날씨와 비슷했다. 브라이언은 그녀의 손을 잡고 매스 가로 이끌었다. 그는 어디로 가는지 말해주지 않았고, 이제 그녀가 준비가 되었다는 말만 했다. 그녀가 감당할 수 있다고 했다.

레이철은 지난 육 개월 동안 십여 번 아파트를 나섰지만, 환경이 최대로 통제 가능할 때만 나갔다. 평일 이른 아침과 저녁, 혹한일 때 자주 갔다. 마트에 갔지만, 전과 마찬가지로 주중 이른 아침만이었고, 주말에는 늘 집에 있었다.

하지만 그녀는 지금 여기, 토요일 오전 늦게 나와 백 베이로 가는 중이었다. 날씨에도 불구하고 매스 가는 붐볐다. 십자로도 마찬가지였고 특히 뉴베리 가가 그랬다. 레드삭스 팬들이 잔뜩이었고, 그 주의 다른 경기는 우천으로 취소되었기에 팀은 홈에서 최소한 1승이라도 올리려 애쓰고 있었다. 그래서 매스 가는 빨강색이나 파란색 티셔츠와 빨강색이나 파란색 야구모자 차림의 사람들이 득실거렸다. 청바지와 플립플랍 차림의 덩치 좋은 남자 대학생들은 이미 술집행이었다. 똥배가 막 상막하인 중년 남녀, 인도에서 투닥거림에 끼었다 빠졌다 하는 아이들, 네 명은 장난감 야구 배트로 칼싸움을 하고 있었다. 교통 체증이 너무 길어져서 차들은 아예 엔진을 꺼놓고 있었다. 경적이 길고 짧게 울려대고 사람들은 그 사이를 누비며 무단횡단했고, 한 남자는 자동차 트렁크를 치며 "우승! 우승!"하고 외치고 있었다. 스포츠 팬들 외에는 여피족과 버피(흑인 여피족 — 옮긴이)족 그리고 버클리 음대나 보스턴 대학교를 갓 졸업하고 암담한 전망 없는 현실로 나온 힙스터들이 있었다. 저만치 뉴베리 가에는 입술을 부풀리고 소형견을 옆구리에 낀 젊은 부잣집 사모님들이 고객센터에서 신청 용지에 한숨을 내쉬다가 매니저 불러오라고 하고 있을 것이다. 레이철은 인파에 끼어들기를 감행한 지 너무 오랜만이라 얼마나 압도적일 수 있는지 잊고 있었다.

"숨 쉬어." 브라이언이 말했다. "그냥 숨 쉬라고."

"매연을?" 매스 가를 가로지르며 그녀가 말했다.

"그럼. 다 경험이라니까."

맞은편 인도에 도착했을 때에야 그녀는 그가 무엇을 염두에 두고 있는지 깨달았다. 그는 하인즈 컨벤션 센터 지하철역으로 발길을 돌렸다.

"잠깐." 그녀는 그의 손목을 움켜쥐었다.

그는 끄는 손길에 돌아서서, 그녀의 얼굴을 쳐다보았다. 미소지었다.

"할 수 있어."

"아니, 못해."

"할 수 있어." 그는 부드럽게 말했다. "나를 봐. 나 좀 봐."

그녀는 그의 눈을 바라보았다. 브라이언에게는 그녀의 기분에 따라 고무적이기도 하고 거슬리기도 하는 부분이 있었는데, 거의 종교적이라 할 만큼 할 수 있다는 태도였다. 그는 어떤 식으로든 현 상황을 긍정하거나 최소한 착한 사람들에겐 좋은 일이 생긴다는 내용의 음악과 영화 그리고 책을 좋아했다. 하지만 그렇다고 순진해 빠진 건 아니었다. 그의 푸른 눈에는 제 나이 두 배는 될 사람의 공감과 지혜가 담겨 있었다. 브라이언은 세상의 나쁜 일을 보았고, 다만 의지의 힘으로 그걸 피할 수 있다고 믿는 쪽을 택했을 뿐이었다.

"패배를 받아들이지 않아야 이기는 거야."

그는 셀 수 없을 만큼 여러 번 그렇게 말했다. 거기에 그녀는 여러 번 대답했다.

"패배를 받아들이지 않으면 지는 거지."

하지만 지금은 그의 그런 면이 필요했다. 빈스 롬바르디(1950-1960년 대 최하위권 그린베이 패커스 팀을 일 년 만에 우승까지 끌어올린 미식축구 감독 — 옮긴이)와 자기계발 강사를 섞은, 그런 끈질긴 낙관주의적(가끔은 그냥 끈질기기만 했다.) 태도에 그녀의 냉소적인 자아는 너무나 뻔하게 남편이 캐나다인이 아니라 미국인인가 보다 여기기도 했다. 그녀는 브라이언이 지금은 브라이언다움에서 벗어나 주었으면 했고, 그는 그렇게 했다.

그는 그녀와 마주 잡은 손을 들어 올렸다.

"놓지 않을 거야."

"아이씨."

미소지으면서도, 자기가 결행할 줄 알면서도 그녀는 자기 목소리에서 억눌린 히스테리를 들었다.

"놓지 않을 거야." 그가 다시 말했다.

그리고 다음 순간, 그녀는 에스컬레이터에 타고 있었다. 현대적인 넓은 에스컬레이터가 아니었다. 하인즈에 있는 에스컬레이터는 좁고 시커멓고 가팔랐다. 요즘 추세는 절대 아니었다. 무슨 이유에서든 그녀가 몸을 숙이면 자신과 브라이언, 앞에 있는 사람들 전부 다 아래로 굴러 떨어질 것 같아 무서웠다. 내려가는 동안 그녀는 턱과 고개를 높이 치켜들고, 등을 똑바로 폈다. 조명이 어두워져 내려가는 과정이 무슨 원시적인 제의처럼, 다산이나 탄생 제의처럼 느껴졌다. 뒤에 모르는 사람들이 있었다. 앞에 모르는 사람들이 있었다. 얼굴과 목적이 흐린 불빛 속에 가려졌다. 심장이 시한폭탄 째깍거리듯 두근거렸다.

"좀 어때?" 브라이언이 물었다.

그녀는 그의 손을 꼭 쥐었다.

"버티고 있어."

땀방울이 그녀의 관자놀이께 머리카락을 타고 왼쪽 귀 뒤로 흘러내렸다. 목덜미 선을 타고 블라우스 안쪽으로 흘러내려 등골에서 스며들어 사라졌다.

그녀가 마지막으로 공황 발작을 일으킨 것은 브라이언과 함께 아파트에서 엘리베이터를 타고 내려오던 중이었다. 칠 개월 전 일이었다. 아니, 팔 개월이구나. 그녀는 깨닫고 조금 자부심을 느꼈다. 여덟 달, 그녀는 생각하며 남편의 손을 다시 꼭 쥐었다.

그들은 승강장에 도착했다. 좁은 에스컬레이터만 지나고 나면 그렇게 붐비지 않았다. 그녀와 브라이언은 승강장을 사 분의 일쯤 걸어갔고 그녀는 자기 손이 마른 채인 걸 깨닫고 놀랐다. 이십 대와 삼십 대 초반까지 그녀는 여행을 많이 다녔다. 낯선 사람들과 어두운 터널로 내려가 더 낯선 사람들로 가득한 지하철에 타는 것쯤은 당시엔 위협 수준에도 끼지 않았다. 콘서트나 스포츠 경기나 영화관에 가는 것도 마찬가지였다. 아이티의 텐트촌과 난민 캠프에서조차 공황 문제는 없었다. 거기에서 그리고 귀국 직후 다른 문제는 잔뜩 있었지만—알코올, 옥시코딘, 아티반이 우선 떠올랐다—공황 발작은 아니었다.

"저기." 브라이언이 말했다. "같이 가는 거지?"

그녀는 킥킥거렸다.

"그건 내가 당신에게 할 질문 같아."

"아, 같이 가야지. 곁에 꼭 붙어서." 그가 말했다.

그들은 벤치를 발견했고 그 뒤 벽에는 지하철 노선도가 붙어 있었다. 녹색 선, 빨간 선, 파란 선, 오렌지, 은색이 핏줄처럼 얽혔다가 제각각 뻗어 나갔다.

그녀는 이제 양손으로 그의 손을 잡고 있었고 둘의 무릎이 닿았다. 누가 보면 서로에게 빠져 있는 호감 가는 커플로 여길 것이다.

"당신은 늘 곁에 있어 줬지." 그녀는 그에게 말했다. "다만……"

"곁에 없을 때만 빼고."

그가 그녀 대신 말을 맺었고, 둘 다 킥킥거렸다.

"곁에 없을 때만 빼고." 그녀는 동의했다.

"그냥 출장이야. 언제든 당신도 같이 가도 돼."

그녀는 그 말에 눈을 굴려 보였다.

"이 지하철에도 탈 수 있을지 모르겠어. 비행기는 당연히 못 타지."

"이 지하철을 타게 될 거야."

"그래? 어떻게 확신하는데?"

"이제 당신이 강해졌으니까. 그리고 안전하니까."

"안전하다?"

그녀는 승강장을 쳐다보고 다시 그의 손과 무릎으로 눈길을 돌렸다.

"그래. 안전해."

브라이언의 제멋대로인 머리를 더 엉망으로 헝클 만큼 거센 바람과
함께 지하철이 역으로 들어오자 그녀는 그를 쳐다보았다.

"준비됐어?"

"모르겠어."

그들은 일어섰다.

"당신은 준비됐어."

"계속 그렇게 말하네."

그들은 승객들이 내린 다음 승강장 가장자리에 발을 디뎠다.

"같이 들어가는 거야." 그가 말했다.

"젠장, 젠장, 젠장."

"기다렸다 다음 거 타?"

승강장은 텅 비어 있었다. 다들 탑승했다.

"기다려도 돼." 그가 말했다.

문이 슉 소리와 함께 닫히기 시작했고 그녀는 브라이언을 끌고 올라
탔다. 그들이 들어서자마자 문이 닫혔지만, 그들은 지하철 안에 있었
고, 나이든 백인 여자 둘이 짜증스런 표정을 했고, 무릎에 바이올린 케
이스를 올려둔 라틴계 소년이 호기심 어린 눈길을 던졌다.

차량이 덜컹 출발했다. 지하철이 터널 안으로 들어갔다.

"당신 해냈어." 브라이언이 말했다.

"내가 해냈어." 그녀는 그에게 키스했다. "이야."

차량이 다시 덜컹거렸고, 이번에는 커브를 트느라 바퀴가 끽끽거렸다. 그들은 지하 15미터에서 금속 차량에 실려 백 년도 넘은 선로 위를 시속 40킬로미터로 이동하고 있었다.

내가 이 깜깜한 지하에 있어. 그녀는 생각했다.

그녀는 남편을 쳐다보았다. 그는 문 위 광고를 올려다보고 있었고, 단단한 턱선이 시선과 함께 치켜 올라가 있었다.

그리고 상상했던 것보다 훨씬 덜 무서워.

그들은 종착역인 레치미어까지 지하철을 탔다. 이슬비 속에 이스트 캠브리지로 걸어가 갤러리아 몰 1층 체인점 식당에서 점심을 먹었다. 그녀는 지하철을 탄 지 오래된 것만큼이나 쇼핑몰에 온 것도 오랜만이었고, 계산서를 기다리는 사이 그녀는 쇼핑몰이 우연이 아니었음을 깨달았다.

"이 쇼핑몰을 돌아다녔으면 해서 온 거야?" 그녀가 말했다.

그는 전혀 뜻밖이라는 태도였다.

"저런, 그런 생각은 못 했네."

"아하. 하고많은 쇼핑몰 중에 여기? 십 대 애들하고 소음으로 가득할 텐데."

"응."

그는 신용카드를 작고 검은 쟁반에 올려 웨이터에게 건넸다.

"당신 참."

그녀의 말에 그가 눈썹을 추켜세웠다.

"만약 내가 지하철에서 오늘 모험은 이걸로 충분하다 했으면?"

"그럼 그 의견을 존중했겠지."

그리고 정말 그랬으리라는 걸 그녀는 알았다. 그는 그랬을 것이다. 그녀에게 남편의 가장 사랑하는 점을 꼽으라면, 그의 인내심이라고 말해야 할 것이다. 최소한 그녀의 고통에 대해서라면 한없는 듯이 보였다. 엘리베이터에서 마지막으로 공황 발작을 일으키고 처음 몇 달 동안, 그녀는 아파트 15층을 계단으로 오르내렸다. 그리고 집에 있을 때면, 브라이언은 그녀가 혼자 그러게 두지 않았다. 끙끙대면서 그녀와 함께 계단을 올랐다.

"밝은 면을 보자면." 어느 날 10층과 11층 사이에서 잠깐 숨을 돌리며, 그가 말했다. 둘 다 얼굴로 땀이 번질거리고 있었다. "우리 그 헌팅턴에 21층 집을 거의 살 뻔했잖아." 그는 고개를 숙이고 심호흡을 했다. "그랬다면 이혼까지 이어졌을지는 모르겠지만, 분명히 숙고중이긴 했을 거야."

그녀는 아직도 계단에 울려 퍼지던 그들의 웃음소리가 선했다. 밝고 힘없는, 옥상을 향해 퍼져가던 웃음소리. 그는 그녀의 손을 잡고 마지막 다섯 층 계단을 이끌었다. 그들은 함께 샤워하고 벗은 채 침대에 누워 수건으로 다 닦아내지 못한 물기를 천장 팬 바람에 말렸다. 당장 사랑을 나누진 않았고, 그냥 누워 손을 잡고 그 상황의 황당함에 낄낄거렸다. 그리고 브라이언은 그걸 그렇게 여겼다. 상황이라고. 그들에게 내려진 신의 뜻이며, 그러므로 날씨를 바꾸려는 것과 마찬가지로 그걸 바꾸는 건 그들의 능력 밖의 일이었다. 세바스찬이나 그녀 친구들 중 몇몇과는 달리, 브라이언은 절대 공황 발작을 레이철이 통제할 수 있는 것으로 여기지 않았다. 그녀는 약하거나 자기밖에 모른다거나 아니면 극적인 걸 좋아해서 공황 발작을 하는 게 아니었다. 독감, 감기, 유행성 수막염 같은 다른 신체의 질병과 마찬가지로 그녀를 괴롭히는 게 있기 때문이었다.

사랑을 나눴을 때는, 침실 창문 밖 마지막 햇살이 어스름 속으로 사라지고 있었다. 강이 붉게 그런 다음 검게 변했고, 브라이언과의 사랑 나누기는 때로 그렇듯이 모든 면에서 연결되어 있는, 뼈의 경계를 넘고 혈관 사이로 새어나가, 둘이 합쳐지는 기분이었다.

그날은 특별한 날이 되었고 그녀는 여덟 달 동안 다른 특별한 날을 하나하나 엮었고, 결혼 상태를 돌아볼 때 나은 날이 못한 날보다 훨씬 많다는 걸 깨닫기에 이르렀다. 그녀는 안전하다고 여기기 시작했고, 자신에 대한 확신이 생겨 석 달 전 어느 날, 아무에게도—브라이언, 친구 멜리사와 유진, 정신과 의사 제인— 알리지 않고 다시 엘리베이터를 탔다.

그리고 이제 그녀는 쇼핑몰에서 에스컬레이터를 타고 인파의 물결 속으로 내려가고 있었다. 그녀 예상대로 대부분 십 대였고, 하고 많은 날 중에 토요일, 거기다 비 오는 날, 쇼핑몰 관계자들이 바라마지 않는 날이었다. 진짜인지 상상인지는 모르겠지만 그들에게 쏟아지는 눈길을, 그리고 지나가는 사람들의 몸의 압박감을 그녀는 느낄 수 있었다. 너무 많은 개별 목소리가, 너무 많은 대화의 일부분이 들렸고…….

"……네가 앞이라고 했잖아……"

"……전화 받아, 좀 받아……"

"……그럼 나더러 모두 다 포기하란 얘기야? 그가 그랬단 이유만으로……"

"……네가 싫다면 안 해도 돼, 물론 아니지……"

"……올리비아가 하나 있는데 걘 아직 열한 살도 안 됐어."

그녀는 이 사람들이 온통 자신을 향해 밀려오고, 지나치고, 위아래로 층층이 쌓여 흘러가는데도 자신이 이렇게나 차분하게 받아들이고 있다는 것에 놀랐다. 상품과 서비스에 대한 가득 찬 탐욕, 갖고 싶다는 근질거리는 욕망, 사람과 닿고 싶고 또 그만큼 떨어지고 싶은 마음(그녀는 한쪽이 다른 한쪽을 무시하고 통화 중인 커플을 스무 쌍까지 세다가 그만뒀다.), 누군가에게, 누구에게라도 자기가 왜 그랬는지, 왜 여기 있는지, 토요일 오후에 3층짜리 쇼핑몰을 배회하고, 어슬렁거리고, 쫓아다니는 모양새가 놀랄 만큼 닮은 저 땅속의 벌레들과의 차별점을 말하고 싶은 욕망.

보통, 이런 종류의 생각을 하면 공황 발작이 뒤따랐다. 가슴 한복판에서 간질거림과 함께 시작되었다. 간질거림은 금방 피스톤이 되었다. 입이 사하라 사막이 되었다. 피스톤이 가둬져 당황하는 참새로 변신했다. 참새가 텅 빈 그녀의 가슴 속에서 파닥파닥 날갯짓하고, 땀이 목을 타고 흐르고 이마에 송송 돋아났다. 숨 쉬는 게 마치 유효기간이 있는 사치품처럼 느껴졌다.

하지만 오늘은 아니었다. 그 비슷하지도 않았다.

심지어 금방 쇼핑몰의 기쁨에 빠져들어 그녀는 블라우스 두 벌과 향초, 과하게 비싼 컨디셔너까지 샀다. 보석상 윈도에 있는 목걸이가 두 사람의 눈길을 사로잡았다. 심지어 처음 일 분 동안은 목걸이 얘기는 꺼내지도 않고, 눈길만 교환했다. 사실 목걸이 두 개로, 큰 목걸이 안에 작은 목걸이가 있었고, 흑마노 구슬을 엮었으며 체인은 백금이었다. 비싼 것은 아니었고, 혹시 그녀와 브라이언이 딸을 낳는다면 물려줄 만한 물건은 아니었지만, 그래도…….

"뭐에 꽂힌 걸까?" 그녀는 브라이언에게 물었다. "어떤 점이 우리 마음에 드는 거지?"

브라이언은 한참 그녀를 쳐다보며, 스스로도 파악해 보려 했다.

"아마 한 쌍이어서?"

그는 가게 안에서 그녀에게 목걸이를 걸어주었다. 잠금장치에 조금 애를 먹었다. 약간 뻑뻑했지만, 점원이 그게 정상이라고, 쓰다 보면 느슨해진다고 했다. 이내 구슬 목걸이가 그녀의 블라우스 위로, 목덜미 바로 아래 드리워졌다.

보석상을 나와, 그는 그녀의 손바닥을 자기 손바닥으로 쓸어보았다.

"보송보송하네." 그가 말했다.

그녀는 고개를 끄덕였고, 눈은 커다랬다.

"가자."

그는 그녀를 에스컬레이터 아래 사진 부스로 데려갔다. 그는 필요한 액수의 동전을 넣고 그녀를 끌고 부스 안으로 들어갔고, 그녀가 커튼을 닫는 사이 그가 그녀의 가슴을 더듬어 웃음을 터트리게 했다. 부스 안에서 플래시가 터지자 그녀는 그와 뺨을 맞대고 웃긴 표정을 짓고, 혀를 내밀거나 렌즈를 향해 키스를 날렸다.

끝나고 나온 네 판의 사진을 확인하니 그녀가 예상했던 만큼 웃기게 나왔으며 처음 두 판은 머리가 절반은 프레임 밖으로 나가 있었다.

"당신 한 판만 더 찍어줘." 그가 말했다. "당신만."

"뭐?"

"부탁해." 갑자기 진지해져서 그가 말했다.

"그래……."

"오늘을 기념하고 싶어. 자부심을 갖고 그 렌즈를 바라봐주면 좋겠어."

혼자 부스 안에 있으니 그녀는 바보 같은 기분이 들었고, 밖에서는 그가 동전 넣는 소리가 들렸다. 하지만 그녀 역시 일종의 성취감을 느끼고 있었다. 그 점에서는 그가 옳았다. 일 년 전, 그녀는 현관문 나서는 것조차 상상할 수 없었다. 그리고 지금은 인파로 들어찬 쇼핑몰에 있었다.

그녀는 렌즈를 응시했다.

아직도 두려워. 하지만 겁에 질려 있지는 않아. 그리고 나는 혼자가 아니야.

그녀가 부스에서 나오자, 그가 사진을 보여주었고 그녀는 마음에 들었다. 사실 약간 터프하고, 함부로 엿 먹일 수 없는 여자처럼 보였다.

"이 사진들을 보거나 그 목걸이를 할 때마다, 당신이 얼마나 강한 사람인지 명심해." 브라이언이 말했다.

그녀는 쇼핑몰을 죽 둘러보았다.

"다 당신 덕분이야."

그는 그녀의 손을 잡아 손마디에 입 맞췄다.

"난 그냥 등 떠밀어준 거지."

그녀는 울고 싶었다. 처음에는 그 이유를 알 수 없었지만, 그러다가 퍼뜩 깨달았다.

그는 그녀를 알았다.

그는 그녀를 알았다. 그녀가 결혼한 이 남자, 그녀가 인생을 함께 걸어가기로 약속한 이 남자는 그녀를 알았다.

그리고 놀랍고도 놀라운 점은―그는 여전히 곁에 있었다.

13장
굴절

월요일 아침, 브라이언이 공항으로 출발하고 몇 시간 후, 레이철은 책 쓰는 일로 돌아가려고 했다. 쓰기 시작한 지 일 년 가까이 되었지만, 아직도 이게 무슨 분야가 될지 확신할 수 없었다. 아이티에서의 경험을 다룬 정통 저널리즘으로 시작했으나, 서술에 자신을 넣지 않고 사건 서술을 하는 게 불가능함을 깨닫고 나자, 원고는 자서전 비슷한 방향으로 흘러갔다. 카메라 앞에서 무너지고 말았던 일을 서술하는 챕터는 아직 시도하지 않았지만, 일단 쓰게 되면 거기에 맥락을 부여해야 하리라는 걸 그녀는 알았다. 그러면 어머니에 대한 챕터로 이어지고, 그러면 73명의 제임스에 대한 다른 챕터로 이어질 테고, 그러면 대충 책의 첫 파트 전체를 차지하게 될 것이다. 현재 시점에서, 그녀는 이 책이 어디로 갈지 전혀 알 수 없었고 혹시 알더라도 어떻게 그 방향으로 나아갈지 전혀 알 수 없었으나, 대개는 쓰는 것이 즐거웠다. 그렇지 않은 날에는, 커피 두 잔째 마실 때까지 고전했다. 오늘은 그런 날이었다.

어떤 날은 적절한 단어를 끌어내기가 수도꼭지를 트는 것 같았고 또 어떤 날은 혈관을 베는 것 같았으나, 그녀는 둘 다 정처 없는 글쓰기 과정의 장단점이라고 여기기 시작하고 있었다. 정말 아무 계획이 없었다. 자연스럽게, 언론인으로서는 엄두를 내지 못했던 더 자유로운 흐름의 접근법으로 가게 되었고, 그녀가 완전히 이해하지는 못하는, 현재로선 구조보다 리듬을 따르는 글쓰기에 자신을 내맡겼다.

그녀는 원고를 브라이언에게 보여주지는 않았으나, 그와 논의는 했다. 그는 늘 그렇듯 흔들림 없이 지지해 주었고, 다만 그녀는 한두 번 그의 눈에서 그 책이 단순한 심심풀이, 완성되어 마무리될 일 없는 취미 이상이라고는 믿기 힘들어하는 눈빛을 보았다.

"제목은 뭐라고 할 거야?" 어느 날 밤 그가 물었다.

"「덧없음」." 그녀는 말했다.

지금까지는 그게 통일된 주제에 가장 가까웠다. 그녀의 인생과 그녀가 만났던 가장 기억에 남는 이들의 인생은 절대 뿌리 내리지 못하는 상태라는 데서 공통점을 찾을 수 있는 듯했다. 부유하는 상태. 무력하게 진공을 향해 빙글빙글 빨려 들어가는 상태.

그날 오전, 그녀는 《글로브》 시절에 대해 몇 페이지 썼지만 영 건조하고 게다가 기계적으로 느껴져서, 일찌감치 접고 오래 샤워를 한 다음 멜리사와의 점심 약속에 나가려 옷을 차려입었다.

그녀는 꾸준한 빗발 속에 백 베이를 가로질렀다. 끝없는 비, 항시 내리는 비. "성경에 나오는 비네. 노아의 비." 브라이언이 어제 말했다. 정말 그렇게 심한 건 아니었지만, 이제 여드레째 비가 내리고 있었다. 호수와 연못이 도로 부지로 범람해서 몇몇 도로가 하천이 되었다. 두 군데에서는 차들이 떠내려갔다. 주말 사이, 상업용 제트기가 활주로에서 미끄러졌다. 부상자 보고는 없었다. 95번 도로의 10중 추돌 사고는 그렇게 운이 좋지 않았다.

그녀는 다른 사람들만큼 걱정할 일은 없었다. 비행기를 타지도 않고, 운전도 거의 안 하고(마지막으로 운전한 지 이 년이었다), 그녀와 브라이언의 집은 지상에서 한참 떨어져 있었다. 하지만 브라이언은 늘 비행기를 탔다. 브라이언은 운전을 했다.

그녀는 코플리 플라자 호텔의 오크 룸에서 멜리사를 만났다. 오크 룸은 이제 그 이름이 아니었다. 레이철의 방송사고 이후로, 그곳은 리모델링을 했고 수십 년간 오크 룸이었던 곳이 오크 롱 바+키친이라는 이름이 되었으나, 레이철, 멜리사, 그리고 그곳을 아는 사실상 거의 모든 이들이 여전히 오크 룸이라고 부르고 있었다.

그녀는 이 년 동안 코플리 플라자에 혼자서 온 적이 없었다. 여러 번 이어졌던 마지막 공황 발작에, 올드 사우스 교회, 보스턴 공립 도서관 본관, 트리니티 교회, 페어몬트 호텔, 웨스틴 호텔, 광장 모습을 그대로 비추는 파란 유리창의 높은 존 핸콕 타워 등 광장을 둘러싼 건물들이 어느 날 더 이상 그냥 건물이 아니라 안쪽으로 기울어져 그녀를 가두는 거대한 벽 같은 인상을 주었다. 이 상황이 특히 안타까웠던 것은 보스턴의 옛것과 새것이 결합한 본보기로서 그녀가 코플리에 늘 감탄했기 때문이었다. 보자르 고전주의와 보스턴 공립도서관과 페어몬트 호텔의 눈부신 석회암 그리고 트리니티 교회의 점토 기와와 중후한 아치로 대표되는 옛것, 그리고 웨스틴과 핸콕 타워의 차가운 실용성과 단단하고 매끄러운 선으로 대표되는 새것은 구조 자체가 역사와 향수에 대놓고 무심하다는 인상을 주었다. 하지만 거의 이 년 동안, 그녀는 그 밖으로 돌아서 걸어 다녔지, 그사이에 들어서지 않았다.

결혼식 이후 처음으로 광장에 들어서며, 레이철은 심장박동이 빨라지고 피가 고동칠 줄만 알았다. 하지만 페어몬트 호텔 차양 아래 깔린 짙은 와인색 카펫을 걸어가는 사이, 그녀는 심장박동이 아주 약간 상승하는 것만을 느꼈고 거의 즉시 정상으로 돌아갔다. 어쩌면 비 덕분에 차분해져서였을 수도 있었다. 우산을 쓴 그녀는 짙은 옷을 비닐 덮개 아래 가린 유령에 가까운 존재들의 도시에서 그저 또 다른 짙은 옷을 비닐 덮개로 가린 유령에 가까운 존재일 뿐이었다. 이런 컴컴한 빗속에선, 살인사건은 미해결로 남고 불륜은 들키지 않을 가능성이 높으리라 그녀는 상상했다.

"흐음." 그 얘기를 꺼내자 멜리사는 말했다. "불륜 생각 중이야?"

"어휴, 아냐. 난 집밖에도 잘 못 나가는걸."

"뻥치네. 여기 나왔잖아. 주말에는 지하철을 타고, 쇼핑몰을 돌아다녔다며." 그녀는 손을 뻗어 레이철의 뺨을 꼬집었다. "이제 다 컸다 이거지?"

레이철은 친구의 손을 찰싹 쳐냈고 멜리사는 뒤로 기대앉아 조금 크다 싶은 소리로 웃었다. 레이철은 양 많은 샐러드를 먹고 화이트와인 한 잔을 천천히 홀짝이고 있었지만, 오늘 쉬는 날인 멜리사는 식사는 거의 건드리지도 않고 마치 자정이 지나면 벨리니가 금지되기라도 할 듯이 벌컥벌컥 들이키고 있었다. 그래서 더 예리해지고 재미있어졌지만 또한 시끄러워지기도 했고, 레이철은 과거의 경험으로 그 유머가 자기혐오로 바뀔 수 있으며 예리함은 둔해질 수 있지만, 목소리는 점차 커져갈 뿐이라는 걸 알고 있었다. 두어 번 레이철은 다른 손님들이 자기들 쪽을 쳐다보는 걸 알아챘지만 멜리사의 목소리가 커서가 아니라 레이철 때문일 수도 있었다.

멜리사는 술을 한 모금 마셨고 레이철은 이제 친구가 조금씩 마시는 걸 알아채고 약간 안심했다. 멜리사는 채널 6에서 수십 번 레이철의 프로듀서를 맡았지만 운 좋게도 아이티 보도 때는 아니었다. 레이철이 시테 솔레이에서 방송사고를 내고 괴로워하고 있을 때 멜리사는 마우이 섬에서 신혼여행 중이었다. 결혼생활은 이 년도 가지 못했지만, 멜리사는 아직 일을 하고 있었고 늘 테드보다 훨씬 더 일을 사랑했다. 그래서 그녀가 환하고 씁쓸한 미소와 함께 양손 엄지를 세워 보이며 말했듯이 윈윈이었다.

"그럼 여기서 바람피울 상대를 고른다면, 누구로 할래?"

레이철은 실내를 휙 둘러보았다.

"없어."

멜리사는 목을 빼고 대놓고 식당 안을 바라보았다.

"참 선택지가 암울하긴 하네. 그래도, 잠깐, 저기 코너에 있는 남자도 아냐?"

"하프 페도라 모자에 턱에 조그맣게 수염 기른 사람?"

"그래. 괜찮은데."

"그냥 '괜찮은' 사람하고 불륜을 저지르고 싶지 않아. 아예 불륜을 하고 싶지 않다고. 하지만 혹시 한다면, 모든 것을 걸 사람, 끝까지 갈 사람하고 하겠지."

"그럼 어떻게 생긴 사람일까?"

"나야 모르지. 그럴 상대를 찾고 있는 게 아니니."

"음, 키 크고 가무잡잡한 낯선 남자는 아니겠지. 넌 이미 그런 사람과 결혼했으니."

레이철은 그 말에 고개를 갸웃했다.

멜리사는 그 동작을 따라 했다.

"나는 그 사람을 모르겠더라." 그녀는 가슴에 손을 댔다. "네 남편 잘생기고 매력적이고 재미있고 지적인 거 인정하는데, 얘기할 때마다 헤어지고 나면 아무것도 말해준 게 없다는 기분이야."

"너희 둘이 반 시간을 얘기하는 거 봤는데."

"그런데도…… 그 사람에 대해 아는 게 없어."

"브라이언은 브리티시 콜럼비아 출신이야. 그리고……"

"그 사람 약력은 알아. 그냥 브라이언을 모르겠다는 거야. 넘치는 매력에 눈 맞추고 얘기하고 나에 대해 그리고 내 희망과 꿈에 대한 질문을 너무 예쁘게 포장해놔서, 번번이 다음날 아침 깨어나서야 브라이언이 내 얘기만 하게 만들었구나 깨닫고 놀란다니까."

"하지만 너는 네 얘기 하기 좋아하잖아."

"내 얘기 하는 거 좋아해, 하지만 그게 요점이 아니야."

"아, 요점이 있어?"

"이년아, 그래 있다."

"이년아, 그럼 말하든가."

그들은 서로 마주보며 미소지었다. 다시 같이 일하는 것 같은 기분이었다.

"그냥 브라이언을 아는 사람이 있을까 궁금해."

"날 포함해서?" 레이철은 웃음을 터트렸다.

"관두자."

"네 말은 그런 뜻이잖아."

"관두자니까."

"그래서 내 남편을 모르는 사람들에 나도 포함되는 건가 물은 거고."

멜리사는 고개를 내젓고 레이철에게 책 쓰는 건 어떻게 되어가는지 물었다.

"모양 잡기가 어렵네."

"무슨 모양?" 멜리사가 가볍게 넘기는 어조로 말했다. "아이티에 지진이 났고, 그 다음 콜레라가 번졌고, 그 다음 허리케인이 덮쳤고. 그리고 너는 그 내내 현장에 있었고."

"그런 식으로 늘어놓으면 꼭 재난 포르노처럼 들려. 그게 내가 제일 걱정하는 거고." 레이철은 말했다.

멜리사는 손을 내저어 그 얘기를 끝냈고, 레이철이 멜리사가 이해할 수 없거나 이해하고 싶지 않은 화제를 꺼낼 때면 대부분 그런 식이었다.

이런 때면 레이철은 왜 계속 멜리사하고 어울리고 있나 싶었다. 다른 사람들이 깊은 의미를 추구한다면 멜리사는 얄팍한 것을 반겨 맞았으며, 복잡한 것을 시도하려 들면 가벼운 경멸의 대상으로 삼았다. 하지만 지난 몇 년간 레이철은 친구들 거의 전부와 멀어졌고, 어느 날 아무도 남지 않게 될까 겁이 났다. 그래서 멜리사가 자기 일에 대해서, 방송국에서 누가 누구와 놀아나고 있다는 최신 정보를 떠들어대는 걸 한쪽 귀로 듣고 흘렸다.

레이철은 필요한 대목에 "와.", "에이 설마."와 "그거 웃기네."하고 추임새를 넣었으나, 그녀의 일부는 멜리사가 브라이언에 대해 했던 이야기를 생각하고 있었고, 짜증이 계속 치밀어올랐다. 아침에 일어났을 때는 기분이 좋았다. 그저 하루 행복하게 지내고 싶을 뿐이었다. 미인대회 출연자나 종교 광신자들의 과장되고 반짝거리는 행복이 아니라, 가끔 바쁠지언정 사랑하는 남편과 함께 주말 동안 자신의 두려움을 극복한 인간이 힘들게 얻어낸 행복 말이다.

내일은 그 모든 의심이 다시 스며들어올 것이다. 내일은 밀려오는 절망과 권태의 흰개미에 다시 몸을 맡길 것이다. 하지만 오늘은, 이 처량하고 질척한 날엔, 처량하고 싶지 않았다. 하지만 멜리사가 그녀의 안온함에 찬물을 끼얹기로 작정한 듯했다.

멜리사가 한 잔 더 주문하러 갔을 때, 레이철은 뉴베리 가에 미용실 예약을 해놨다고 핑계를 댔다. 멜리사가 믿지 않는 걸 알 수 있었지만 별로 신경 쓰지 않았다. 바깥에는 비가 가벼운 보슬비로 잦아들었고 그녀는 퍼블릭 가든을 가로질러 찰스강까지 가서 강을 따라 내려가 클라렌던 가 쪽 보도교를 건너서 집까지 걸어가고 싶었다. 축축한 흙과 젖은 아스팔트 냄새를 맡고 싶었다. 백 베이에서 이런 날씨에서는 파리나 런던, 또는 마드리드를 상상하고, 더 큰 군집의 일부를 느끼기 쉬웠다.

멜리사는 '마지막 한 잔'을 하려고 남았고, 뺨에 입맞춤을 나눈 후 레이철은 그곳을 나왔다. 그녀는 오른쪽으로 꺾어 세인트 제임스 가 쪽으로 내려갔다. 호텔 옆을 죽 따라 걷자니 핸콕 타워 왼쪽 유리벽의 왼쪽 끝에 비친 호텔과 그녀 자신의 모습이 보였다. 왼쪽 유리벽은 인도가 차지하고 있었고 그녀는 그 가장자리를 따라 걸었다. 그녀 왼쪽의 짧은 택시 줄이 벽 끄트머리에 걸쳐 비치고 있었다. 가운데 유리벽은 웅장하고 오래된 호텔의 모습을 비스듬하게 비추고 있었으며, 세 번째 유리벽은 호텔과 핸콕 타워 사이 조그만 거리를 보여주고 있었다. 너무 작은 거리라 대부분의 사람들은 혹시 존재를 알아채더라도 골목으로 여길 것이다. 전용 도로는 아니지만 주로 배달 트럭들이 이용했다. 호텔 뒤쪽 양문 앞에 세탁 차량이 서 있었고, 핸콕 타워 뒤에는 검은 서버번 한 대가 공회전하고 있어, 그 매연이 하수구에서 올라오는 김과 뒤섞여,

거기를 통과하는 빗방울이 은색으로 보였다.

브라이언이 핸콕 타워에서 나와 서버번의 뒷문을 열었다. 브라이언처럼 보이긴 했는데, 그럴 리는 없었다. 브라이언은 비행기에 타고 지금 대서양 위를 날아 런던으로 향하고 있었다.

하지만 브라이언이었다. 마흔을 바라보면서 살짝 넓어지기 시작한 그 턱선이 같고, 이마에 흘러내린 검은 머리칼이 같고, 오늘 아침 집을 나설 때 입었던 검은 풀오버 위 황갈색 트렌치코트가 같았다.

그녀는 그의 이름을 부르려고 했지만, 그 얼굴의 어떤 느낌에 그러지 못했다. 그는 그녀가 전에 보지 못한 표정을 하고 있었다. 뭔가 무정하고 동시에 쫓기는 표정이었다. *아니야, 밤에 내가 자는 모습을 지켜보는 그 얼굴일 리 없어.* 그녀는 그렇게 생각하려 했다. 그는 서버번에 탔다. 그 흐릿하고 굴절된 이미지의 남편의 모습을 한 남자가. 레이철이 모퉁이에 다다랐을 때 유리벽에 비친 자동차의 모습이 막 실제로 나타났다. 창은 검게 선팅되어 있었고 차는 그녀를 지나쳐 세인트 제임스 가로 접어들었다. 그녀가 그 자리에서 빙글 돌았고 입을 벌렸지만 아무 말도 못 하고 있는 사이, 그 차는 가운데 차선으로 들어가서 다트머스 가에서 신호등을 지나 매사추세츠 고속도로로 향하는 진입로로 내려갔다. 거기에서 어두운 터널로 들어가며 그녀의 시야에서 사라졌고 다른 차량들이 뒤따랐다.

그녀는 한참 인도에 서 있었다. 빗발이 다시 거세져 갔다. 빗발이 그녀의 우산을 강타하고 인도에 튀어 발목과 종아리를 적셨다.

"브라이언." 그녀는 마침내 말했다.

그녀는 그의 이름을 다시 불렀으나, 다만 이번에는 확신이 아니라 의문이었다.

14장

버몬트 주 그래프턴의 스콧 파이퍼

그녀는 아파트로 곧장 돌아갔다. 세상엔 거의 똑같이 생긴 사람들이 널렸다고 스스로를 타일렀다. 정확히 얼마나 닮았는지도 모른다. 비친 모습만 본 거니까. 빗속에서 유리벽에 비친 모습. 만약 제대로 볼 기회가 있었다면, 그 사람이 차 문 앞에서 잠깐 멈춰 섰고 그녀가 때맞춰 모퉁이를 돌아 그를 똑바로 봤다면, 모르는 사람이라는 것을 확인했을지도 모른다. 그 사람은 콧등에 간신히 보일까 말까 하게 튀어나온 부분이 없었을 것이다. 아니면 입술이 얄팍하거나 눈이 파란색이 아니라 갈색일 것이다. 브라이언의 광대뼈 아래 있는 옅은 수두 자국이, 너무 옅어서 키스할 만큼 가까이 가야만 보이는 자국이 없었을 것이다. 그 낯선 남자는 빗속에서 자신을 뚫어지게 쳐다보는 여자한테 머뭇머뭇 미소지으며, 혹시 어디가 잘못된 여자 아닐까 의아해했을지도 모른다. 어쩌면 브라이언과 꼭 같지는 않은 그 얼굴에 알아봤다는 표정이 떠오르고 '예전에 채널 6에서 방송 중에 난리를 쳤던 그 여자잖아.'하고 생각했을지도 모른다. 어쩌면 전혀 그녀를 알아보지 못했을지도 모른다. 그냥 차에 올라 출발했을 것이다. 실제로 그렇게 되었다.

확실한 사실은, 브라이언에게 도플갱어가 있다는 사실이었다. 몇 년 동안 그 얘기를 했었다. 버몬트 주 그래프턴의 스콧 파이퍼.

브라운 대학 신입생일 때, 사람들이 브라이언에게 그 또래의 어느 피자 배달원이 꼭 닮았다고 말해주었다. 하도 들어서 브라이언 본인이 보러 가지 않을 수가 없을 정도에 이르렀다. 어느 날 그는 피자가게 앞 인도에 서서 기다렸고 마침내 그와 쌍둥이처럼 닮은 사람이 피자 상자가 차곡차곡 쌓인 빨간색 보온가방을 들고 카운터 뒤에서 나왔다. 브라이언은 옆으로 비켜서서 그가 가게에서 나와 '돔스 피자'라고 쓰인 하얀 밴에 올라 피자 배달하러 페더럴 힐로 가는 것을 지켜보았다. 이유는 설명할 수 없었지만, 브라이언은 스콧 앞에 나서서 인사하진 않았다. 대신, 본인 고백에 따르면 그를 스토킹 '비슷하게' 하기 시작했다.

"'비슷하게'라." 그녀는 그에게서 듣고 말했다.

"알아. 알아. 하지만 얼마나 닮았는지 봤으면 그게 얼마나 섬뜩한지 이해할걸. 나 자신 앞에 나서서 인사를 한다? 너무 이상하다고."

"하지만 그 사람은 당신이 아니잖아. 스콧……"

"……파이퍼지, 버몬트 주 그래프턴에 사는, 알아."

브라이언은 종종 그 사람을 그런 식으로 칭했다. 마치 전체 소개를 붙이면 스콧이 덜 진짜 사람 같고, 코미디 등장인물처럼 여겨지기라도 하는 듯이. 버몬트 주 그래프턴의 스콧 파이퍼.

"그 사람 사진도 잔뜩 찍었어."

"뭘 어째?"

"그렇지? 확실히 스토킹이었다고 내가 그랬잖아."

"당신은 스토킹 비슷하게 했다고 그랬지."

"줌 렌즈를 썼어. 욕실 거울 앞에 서서 그 사진을 내 얼굴 옆에 갖다 대보곤 했지. 정면, 왼쪽 옆얼굴, 오른쪽 옆얼굴, 턱 내리고, 턱 들고. 그리고 진짜 맹세하는데, 유일한 차이점이라고는 그 사람 이마가 한 2밀리미터쯤 더 높고 여기 튀어나온 부분이 없다는 것뿐이야."

브라이언 콧등의 튀어나온 부분은 5학년 때 하키 부상으로 연골 일부가 재배치된 결과였다. 옆에서만 보였고 정면에서는 알 수 없었으며, 그것도 있는 줄 알고 봐야 보였다.

2학년 크리스마스에, 브라이언은 스콧 파이퍼를 버몬트 주 그래프턴의 집까지 따라갔다.

"크리스마스에 집에 안 가면 당신 가족들이 섭섭해하지 않아?"

"들은 바 없어." 그는 덤덤한 어조로, 더 매정하게 표현하자면 죽어 있는 어조로 그렇게 말했다. 가족 얘기를 할 때면 늘 그랬다.

버몬트 주 그래프턴의 스콧 파이퍼는 브라이언이 가까이서 보지 않았다면 아마 절대 탐낼 일 없었을 인생을 살고 있었다. 스콧은 돔스 피자에서 풀타임으로 일하며 존슨 앤 웨일스 대학에서 외식경영학 전공할 학비를 벌고 있는 반면, 브라이언은 브라운 대학에서 국제금융을 전공하고 조부모의 신탁 연금으로 생활하고, 자기 등록금이 얼마인지도 몰랐으며 뭐라 통보받은 바 없으니 부모가 제때 납부하고 있겠거니 할 뿐이었다.

스콧의 아버지 밥 파이퍼는 지역 마트 정육코너 직원이었고, 어머니 샐리는 지역 교통안전지도사였다. 그들은 또한 각각 윈더험 카운티 로타리 클럽의 회계와 부회장을 맡고 있었다. 그리고 일 년에 한 번 차로 두 시간 걸리는 뉴욕 주 새러토가 스프링스에 가서 신혼여행 때와 같은 모텔에 묵었다.

"그 사람들에 대해 얼마나 아는 거야?" 레이철이 물었다.

"사람을 스토킹하다 보면 많이 알게 돼."

그는 그 가족을 지켜보며 스캔들을 바랐다.

"근친상간, 아니면 밥이 공중화장실에서 잠복근무 중인 경찰을 추행한다거나. 횡령도 괜찮지, 다만 마트 정육코너에서 뭘 횡령할지 모르겠지만. 스테이크일까."

"왜 그런 걸 바랐어?"

"그 사람들이 너무 완벽해서. 봐봐, 이렇게 마을 공유지에 깜찍한 식민지풍 집에 살고. 물론 백인에다가, 나무말뚝 울타리, 집을 빙 둘러싼 포치, 그리고 포치에 그네까지 있어. 크리스마스 이브에 작은 난방기를 꺼내다 놓고 스웨터 차림으로 거기 앉아 핫초콜릿을 마셨지. 서로 이야기를 들려주고. 웃고. 열 살쯤 되었을까 싶은 딸이 크리스마스 캐롤을 부르고 다들 박수치더라. 난 그런 거 처음 봤어."

"다정하겠네."

"끔찍했어. 누군가 그렇게 행복할 수 있다면? 그렇게 완벽하게? 그럼 다른 사람들은 뭐가 돼?"

"하지만 세상엔 그런 사람들이 있는걸." 그녀가 말했다.

"어디에?" 그가 말했다. "난 한 번도 못 봤어. 당신은?"

그녀는 입을 열다 말고 다물었다. 물론 그녀는 본 적 없지만, 왜 봤다고 생각했을까? 늘 자신이 대놓고 냉소적이기까진 아니어도, 상당히 회의적인 사람이라고 생각해왔다. 그리고 아이티 이후, 감상주의나 낭만주의는 다 벗어버렸다고 맹세할 수 있었다. 그러나 그녀의 머릿속 깊은 곳 어딘가에는 그 완벽하고 행복한—그리고 완벽하게 행복한 사람들이 이 지상에 존재한다는 믿음이 자리하고 있었다.

그런 괴물은 없어, 어머니는 종종 그렇게 말했다. 행복은 금이 간 모래시계라고 말하곤 했다.

"하지만 당신도 그렇게 말했잖아." 그녀는 브라이언에게 말했다. "그 사람들은 행복했다고."

"확실히 그렇게 보였지."

"하지만 그럼……."

그는 미소지었다. 승리감에 차서 하지만 일말의 절망을 담아.

"밥은 늘 집에 가는 길에 그 동네 작은 스코틀랜드식 펍에 들렀어. 어느 날 그 사람 옆에 앉았지. 그 사람은 물론 날 보고 엄청 크게 헉 숨을 들이쉬고, 자기 아들을 빼닮았다고 하더라고. 난 놀란 척했지. 바텐더가 똑같은 소리 했을 때 다시 놀란 척하고. 밥이 나한테 술을 사고, 나는 밥한테 술을 사고, 그렇게 됐어. 그가 나더러 뭐 하는 사람인지 묻기에 말해줬지. 브라운이란 얘긴 안 하고 포덤 대학교에 다닌다고 했지만, 그밖에는 거의 사실에 가깝게. 밥이 나더러 자기는 뉴욕시를 별로 안 좋아한다 하더라고. 범죄가 너무 많고, 이민자도 너무 많고. 석 잔째 되자, '이민자'가 '남미 밀입국자'와 '머릿수건 두른 아랍 놈들'이 되었지. 다섯 잔째가 되자, '깜둥이들'이니 '호모새끼들'에 대해 떠들었고. 아, 그리고 레즈년들. 레즈비언을 싫어하더라고, 우리 밥은. 내가 맞게 기억하나 모르겠네, 딸이 혹시 그런 게 되면 보지에 본드를 발라버리겠대. 알고 보니 밥은 체벌에 대한 희한한 생각을 몇 년간 품어왔지. 처음엔 스콧에게, 그 다음엔 딸인 나넷에게. 일단 말문이 터지니 밥은 멈출 줄을 몰랐어. 문득 깨달았는데 한 십 오 분간 밥의 입에서 나온 소리라곤 다 혐오스런 것밖에 없더라고. 밥은 흠잡을 데 없는 평범함 뒤에 숨어 있는 겁을 잔뜩 집어먹은 괴물이었던 거야."

"스콧은 어떻게 됐어?"

브라이언은 어깨를 으쓱했다.

"복학하지 않았지. 아마 재정적 형편이 안 되어서일 거야. 마지막으로 확인했을 때가 십 오 년 전인데, 그래프턴 민박집에서 일하고 있었지."

"그리고 당신은 한 번도 직접 대면하지 않았고?"

"절대."

"왜?"

그는 어깨를 으쓱했다.

"그의 인생이 나보다 나을 것 없다는 걸 확인하고 나니, 흥미가 사라져서."

그러니까, 우연에 우연이 겹쳐, 레이철이 방금 버몬트 주 그래프턴의 스콧 파이퍼와 맞닥뜨린 것이다. 어쩌면 그가 식음료 서비스 컨퍼런스가 있어 시내에 나왔을 것이다. 어쩌면 나름 성공해서 뉴잉글랜드 전역에 작지만 괜찮은 숙박업소 체인 사업을 할지도 모른다. 그녀는 아무튼 스콧이 잘 되기를 바랐다. 만나본 적은 없지만, 그는 그녀의 기억의 한 부분이 되었고 그녀는 그의 인생이 잘 풀리기를 바랐다.

하지만 어떻게 둘이 같은 옷을 입었을까?

그게 그녀가 아무리 애써도 떨쳐버릴 수 없는 점이었다. 인구 200만 명의 도시에 브라이언의 도플갱어나 아니면 거의 닮은 사람이 있다는 건 쉽게 받아들일 수 있지만, 두 사람 다 안에 흰 티셔츠를 받쳐입고 검은 면 풀오버에 얇은 황갈색 레인코트를 옷깃 세워 걸치고, 짙은 청바지 차림이라고 믿기란 종교적인 믿음이 필요했다.

잠깐. 그녀는 아파트 건물 쪽으로 접어들며 떠올렸다. *내가 어떻게 청바지를 봤지? 차에 가려 있었을 텐데.*

그의 나머지 부분과 마찬가지로, 유리에 비친 모습을 봤음을 그녀는 깨달았다. 처음 그의 얼굴, 코트 그리고 풀오버를 봤다. 그런 다음, 혼란이 밀려오는 가운데, 차에 타는 그의 뒷모습을, 문틀 아래 고개를 숙이고, 코트자락을 끌어당기는 그의 모습을 포착했다. 그 순간에는 자신이 그 모든 것을 본 줄 미처 몰랐으나, 걸어서 돌아오는 길에 머릿속에서 재조립되었다. 그러니까 맞다, 유리에 비친 남자(또는 버몬트 주 그래프턴의 스콧 파이퍼)는 브라이언이 집을 나설 때와 똑같은 옷차림을 하고 있었다. 똑같은 청바지, 똑같은 레인코트, 똑같은 스웨터, 똑같은 색의 티셔츠.

아파트에서 그녀는 다시 그냥 잊어버리려 했다. 세상에는 우연의 일치가 벌어진다. 그녀는 머리를 말리고 그가 자주 집에서 사무실로 쓰는 방에 들어갔다. 그녀는 그의 휴대폰에 전화했다. 바로 음성사서함으로 넘어갔다. 그럴 만했다. 아직 비행 중이거나 아니면 막 착륙했을 테니까. 확실히 그럴 만했다.

연한 색의 나무 책상이 강 건너 MIT와 케임브리지가 내다보이는 창가에 놓여 있었다. 층이 높아서 맑은 날에는 알링턴과 메드포드의 일부도 잘하면 보였다. 하지만 지금은 빗발에 가려 인상주의파 그림처럼 건물들이 그 형태는 유지하고 있지만 차별점은 전부 사라졌다. 보통은 브라이언의 노트북이 여기 있지만 물론 그가 가지고 출장갔다. 그녀는 자신의 노트북을 놓고 선택안을 궁리했다. 그의 휴대폰에 두 번째로 전화해 보았다. 음성사서함.

그가 주로 쓰는 신용카드인 아멕스와 마일리지 플러스 비자카드는 사업자용이었다. 빗속을 뚫고 케임브리지의 강을 건너 하버드 광장 가장자리까지 가야 하는 그의 사무실에 사용 내역이 있을 것이다.

하지만 개인 신용카드 사용 내역은 쉽게 조회할 수 있었다. 그녀는 화면에 마스터카드 사용 내역을 띄웠다. 석 달 전까지 돌아가 봤지만, 이상한 게 없어서 여섯 달 전까지 돌아갔다. 다 평범한 구매 내역이었다. 뭘 찾을 거라 기대했나? 혹시 불규칙성을, 납득하지 못할 구매, 수수께끼의 웹사이트를 찾았다면, 런던에 있어야 할 그가 오늘 오후 코플리 광장에 있었다는 명백한 증거가 될까? 아니면 그냥 그가 포르노 사이트를 구경하거나 그녀의 생일 선물을 본인 주장대로 한 달 전에 미리 사서 숨겨둔 게 아니라 당일 아침 허겁지겁 샀을 뿐 아닐까?

그녀는 그것조차 발견하지 못했다.

그녀는 영국항공 사이트로 가서 로건발 히스로행 422편 도착 정보를 조회했다.

기상 악화로 이륙 지연

예상 도착 시간: 8:25 pm(GMT+1)

앞으로 15분 후였다.

그녀는 ATM기기 출금 내역을 조회했고 거금 출금 내역은 없었다. 그녀는 그가 마지막으로 한 카드 결제가 매장 구매 내역임을 깨닫고 약간의 죄책감을 느꼈다. 쇼핑몰에서 그녀에게 사준 목걸이.

그녀는 휴대폰을 쳐다보며 진동이 오기를, 발신자 이름 '브라이언'이

뜨기를 기다렸다. 그가 이 모든 일을 말끔하게 풀어줄 것이다. 통화를 끝내며 그녀 자신의 망상에 웃음을 터트리게 될 것이다.

잠깐. 통화 내역. 그렇다. 그의 휴대폰은 회사에서 내준 거라 경비 처리되니 그의 내역은 없지만, 그녀 본인의 통화 내역은 있었다. 그녀는 다시 빙글 의자를 돌려 키보드를 탁탁 두들겼다. 일 분 조금 넘어, 그녀의 통화 내역 일 년 치를 조회했다. 일정 관리 앱을 띄워 그가 출장갔던 날짜와 그녀의 통화 내역을 대조했다.

거기 다 나와 있었다. 그가 놈, 시애틀, 포틀랜드에 있을 때 그에게서 걸려온 통화 내역. 하지만 그걸로는 아무것도 알 수 없었다. 어디에서든 전화는 걸 수 있었다. 그래서 그녀는 브라이언이 모스크바, 베오그라드, 민스크 등 외국에 있었을 때(또는 그가 그렇게 주장했던 때)에 걸려온 내역을 살폈다. 그리고 거기 청구서 다섯 번째 줄에 국제전화 수신 요금이 나와 있었다. 소액도 아니고 꽤 되었다(왜 전화를 받는 쪽에서 비용이 든단 말인가? 통신사를 옮겨야겠다.). 지구 저편에서 걸려온 전화와 일치하는 내역이었다.

다시 영국항공 사이트를 클릭하는데 휴대폰이 진동했다. 브라이언.

"여보세요." 그녀는 말했다.

길게 쉬익 소리가 나고 작게 딱 소리가 두 번 이어졌다.

그런 다음 그의 목소리가 들렸다.

"여보세요, 여보."

"여보세요." 그녀는 다시 말했다.

"나……"

"당신 어디……?"

"뭐?"

"……있어?"

"입국심사 줄 서 있지. 폰 금방 꺼질 거야."

그의 목소리를 들은 안도감이 금방 짜증으로 바뀌었다.

"퍼스트 클래스에 콘센트가 없어? 영국항공은?"

"있는데 내 자리 건 고장 나서. 당신 괜찮아?"

"으응."

"정말?"

"안 괜찮을 이유가 있어?"

"모르지. 당신 좀…… 긴장한 것처럼 들려서."

"연결 상태 때문이겠지."

그는 잠시 아무 말 없었다. 그러다가 말했다.

"그래."

"입국심사 줄은 어때?"

"엄청나. 짐작이지만 스위스 항공편과 에미레이트 항공편이 우리와 같이 도착한 게 거의 확실해 보여."

다시 어색한 정적.

"참, 나 오늘 멜리사 만났어." 그녀가 말했다.

"그래?"

"그 다음에 말이야. 걸어가다가……"

그녀는 이어지는 삑삑 소리를 들었다.

"배터리 다 됐어, 여보. 정말 미안해. 이따가 호텔에서 전……"

통화가 끊어졌다.

배경이 입국심사장처럼 들렸었나? 입국심사장이 어떤 소리가 나더라? 그녀는 외국에 나간 지 꽤 오래되었다. 떠올리려고 애썼다. 심사대

문이 열릴 때 띵 소리가 났다고 거의 확신했다. 하지만 작은 소리인지 큰 소리인지 기억할 수가 없었다. 어느 쪽이든, 대화 중 띵 소리는 듣지 못했다. 하지만 줄이 길고 브라이언이 한참 뒤 쪽에 있다면 심사대에서 나는 띵 소리가 들리지 않을 거리일 수도 있었다.

또 무슨 소리가 났더라? 그냥 일반적인 소음. 뚜렷한 대화는 없었다. 입국심사 줄에서 얘기하지 않는 사람들도 많고 장거리 비행 후엔 특히 그랬다. 다들 너무 피곤하니. 너무 기진맥진해서 그래, 브라이언이 가끔 가짜 영국 억양으로 그렇게 말했지.

그녀는 창 너머 모네 버전의 찰스강과 케임브리지를 내다보았다. 형태가 전부 낯설지는 않았다. 강 하류 쪽 뾰족뾰족한 비정형적의 스타타 센터, 붕괴하는 듯한 형상으로 색색의 알루미늄과 티타늄을 조합한 복잡한 구조물을 그녀는 알아볼 수 있었다. 보통 그녀는 현대적 건축물을 질색했지만 스타타 센터에는 뭐라 설명할 수 없이 마음이 갔다. 그 제멋대로 미친 면이 영감을 주는 듯했다. 상류 쪽으로는, MIT 본관 돔 지붕과, 더 멀리 하버드 야드 공원에 있는 메모리얼 교회의 뾰족탑을 알아볼 수 있었다.

그녀는 브라이언과 함께 하버드 야드에서 점심을 먹은 적 있었다. 그의 사무실에서 몇 블록밖에 안 되는 거리였고, 함께 보낸 첫 여름 그는 거기서 그녀와 만나 가끔 찰리스 키친 버거나 피노키오스 피자를 먹곤 했다. 그의 사무실은 평범하기 그지없었고 윈스롭 가의 특징 없는 삼층짜리 벽돌 건물의 삼 층에 방 여섯 개를 쓰고 있었다. 세계 초일류 대학의 뒷마당보다는 브록턴이나 월섬 같은 오래된 공업 도시에 있을 것 같았다. 정문 바깥에 붙은 작은 금색 명판에는 델라크루아 목재 유한회사라고 되어 있었다. 그녀는 그곳에 서너 번 가봤고, 지사장 브라이언과 부지사장인 케일럽을 제외하면 다른 직원들의 이름을 알지 못했고 젊은 선남선녀에 야심가의 열성적인 눈을 하고 있단 것 외엔 별로 기억나는 게 없었다. 대부분 인턴이며 자기들의 열정을 증명해 보여 밴쿠버 본사 정직원으로 채용되는 게 꿈이라고 브라이언이 말했다.

브라이언이 델라크루아 가와 연을 끊은 건 개인적인 차원이었지, 일 관계로는 아니라고 그는 레이철에게 설명했다. 그는 목재 사업을 좋아했다. 유능했다. 맨해튼 5번가 사무실에서 미국 쪽 사업을 운영하던 삼촌이 어느 날 밤 개를 데리고 센트럴 공원을 산책하다 뇌졸중으로 졸지에 사망했고, 가족들에게 결코 실망의 근원은 아니었으나 다만 늘 혼란을 가져다주는 존재였던 브라이언이 그 자리를 대신했다. 일 년 후, 그는 맨해튼이 번잡스러워서 지사를 케임브리지로 옮겼다.

그녀는 노트북 오른쪽 위 구석에 있는 시계를 확인했다. 4:02 P.M. 아직 사무실에 사람이 있을 것이다. 미친 듯 일하는 케일럽은 최소한 있을 것이다. 레이철이 들러서, 브라이언이 사무실에 두고 간 물건을 챙겨달라는 부탁을 받았다고 케일럽에게 말하면 될 것이다. 일단 들어가면 그의 컴퓨터나 신용카드 명세서를 살짝 볼 수 있을 것이다. 전부 맞아떨어지나 확인하게.

난데없이 남편을 전적으로 불신하는 게 범죄일까? 그녀는 코먼웰스 가에서 택시를 잡으려 하면서 생각했다.

범죄도 아니고 죄도 아니지만, 결혼이 굳은 믿음 위에 자리하고 있다는 의미도 아니었다. 바로 오늘 오후 멜리사에게 남편 칭찬을 그렇게 해놓고 어떻게 이만큼 빨리 남편을 불신할 수 있을까? 많은 친구들과는 달리, 그들의 결혼은 굳건했다.

그렇지 않은가?

굳건한 결혼일까? 좋은 결혼일까? 사람은 형편없는데 결혼생활은 근사한 경우를, 그 형편없음으로 서로 뭉친 경우를 그녀는 알고 있었다. 그리고 하나님과 친구들 앞에서 영원한 사랑을 맹세한 참 훌륭한 사람들이 몇 년 후에 그 사랑을 헌신짝처럼 내던지는 경우도 봤다. 결국에는, 얼마나 좋은 사람이든 ─ 아니면 본인들이 좋은 사람이라고 생각했든 ─ 그렇게 공개적으로 선언했던 사랑에서 남은 것은 쓰라림과 후회, 그리고 걸어온 길이 끝 무렵에는 얼마나 암울한지 깨달은 데서 오는 실망뿐이었다.

결혼의 굳건함이란 다음 부부싸움까지만 유효하다고 어머니는 종종 말했다.

레이철은 믿지 않았다. 믿고 싶지 않았다. 그녀와 브라이언의 경우에는 그렇지 않다고 여겼다. 그녀와 세바스찬의 경우엔 확실히 사실이었지만, 그 결혼은 시작부터 엉망이었다. 그녀와 브라이언의 결혼은 전혀 딴판이었다.

하지만 남편이 런던행 비행기에 있을 시간에 남편과 닮았고 똑같은 옷차림을 한 남자가 보스턴에 있는 건물에서 나오는 것을 맞닥뜨리게 된 상황에서 논리적인 해답이 나오지 않는 상태에서, 그녀는 유일한 논리적 해답을 따를 수밖에 없었다 ─ 오늘 오후 핸콕 타워에서 나온 남자는 브라이언이었다고. 그렇다면 그는 런던에 있는 게 아니란 뜻이 된다. 거짓말을 하고 있다는 뜻이 된다.

그녀는 택시를 잡았다.

15장
젖어 있었다

그가 거짓말하는 게 아니었음 좋겠어. 택시가 보스턴 유니버시티 다리를 건너 로터리를 돌아 메모리얼 드라이브로 들어서는 사이 그녀는 생각했다. *이런 거 믿고 싶지 않아. 저번 주말 같은 마음이면 얼마나 좋을까. 사랑과 신뢰.*

하지만 다른 대안이 뭐가 있지? 그를 보지 못한 척해?

실제 존재하지 않는 것을 본 경험이 처음도 아니잖아.

그건 경우가 달라.

어떻게?

그냥 달라.

택시 기사는 가는 동안 한 마디도 하지 않았다. 그녀는 그의 면허를 흘끗 보았다. 산제이 세스. 사진 속 그는 불퉁스러워 보였고 인상 쓰기 일보 직전이었다. 그녀는 이 사람을 모르지만 그에게 이동을 맡기고 있었으며, 마찬가지로 낯선 사람들에게 음식 준비와 쓰레기 처리와 몸 진

찰과 비행기 운항을 맡겼다. 그리고 그 사람들이 그날 기분 나쁘다고 비행기를 산에 들이박거나 그녀 음식에 독을 타지는 않기를 바랐다. 또는, 이 택시 경우에는 기사가 속도를 올려 그녀를 문 닫은 공업 단지 뒤쪽 인적 없는 곳으로 데려가서 뒷좌석으로 오더니 "부탁드려요."라고 공손하게 말하지 않는 여자들에 대해 자기가 어떻게 생각하는지 말해주겠다고 듣지 않기를 바랐다. 그녀가 마지막으로 택시를 탔을 때는 그런 식의 생각에 그만 도중에서 내려야 했지만, 이번에는 주먹을 허벅지 옆에 꽉 붙이고 버텼다. 너무 깊지도 얕지도 않게 규칙적으로 숨을 들이쉬고 내쉬었으며 창밖 비를 내다보며 지하철과 쇼핑몰을 버텨냈듯이 이것 역시 버틸 것이라고 자신을 타일렀다.

하버드 광장이 가까워져 오자 그녀는 산제이 세스에게 JFK 가와 윈스롭 가 모퉁이에 세워달라고 했다. 윈스롭 가는 반대 방향으로 일방통행이기 때문이었다. 겨우 30미터 더 가까이 내리자고 4:50의 교통 상황 속에 5분 내지는 10분간 블록 하나를 엉금엉금 기어가는 택시를 타고 싶은 기분이 아니었다.

그녀가 건물에 다가가는 사이, 케일럽 펄로프가 나왔다. 그는 문이 제대로 닫히게 당겼고 레인코트와 삭스 야구모자는 다른 사람들과 마찬가지로 젖어 있었다. 그리고 몸을 돌리다가 길에 선 그녀를 보았다.

그의 얼굴 표정에서 그가 두 가지 사실을 연결하지 못하는 것을 그녀는 알 수 있었다. 브라이언이 해외 출장 중에 레이철이 강 건너 여기 케임브리지에, 사무실 앞에 와 있다는 것을.

그녀는 바보가 된 기분이었다. 여기 서 있는 핑계를 뭐라고 댄담? 택시 타고 오는 사이 궁리할 시간이 있었지만, 남편 사무실에 들어갈 그럴싸한 이유를 떠올리지 못했다.

"그러니까 여기가 바로 그 모든 일이 벌어지는 현장이군요." 그녀는 그렇게 말을 던졌다.

케일럽은 특유의 삐딱한 미소를 지었다.

"여기가 거기죠." 그는 목을 쭉 빼서 건물을 올려다보고 다시 그녀를 쳐다보았다. "어제 인도 안드라 프라데시에서 목재 가격이 0.1센트 내린 거 알아요?"

"몰랐어요."

"하지만 지구 반대쪽, 마토 그라소에선……"

"그건 어디예요?"

"브라질." 그는 ㄹ 발음을 굴리며 그녀를 향해 계단을 내려왔다. "마토 그라소에선 가격이 0.5센트 올랐죠. 그리고 모든 징조가 다음 달까지 계속 오르리라는 전망이고."

"하지만 인도는요?"

"그 0.1센트 할인을 받았죠." 그는 어깨를 으쓱했다. "하지만 지금 당장은 상황이 좀 불안정하기도 해요. 그리고 운송 비용이 더 높고. 그럼 어느 쪽과 거래를 할까요?"

"갈등되네요." 그녀는 인정했다.

"그리고 우리가 수출하는 목재는 어쩌고?"

"또 다른 고민거리군요."

"그걸 그냥 썩힐 순 없으니까요."

"그럴 순 없죠."

"벌레가 꼬이고. 비 때문에."

"세상에. 비가."

그는 이슬비 속에 한 손을 들어보였다.

"사실, 지난 한 달 브리티시 콜럼비아 주는 건조했어요. 이상하죠. 그 쪽은 건조하고 이쪽은 습하고. 보통은 반대인데."

그는 그녀를 향해 고개를 갸웃했다.

그녀는 그를 향해 고개를 갸웃했다.

"근처 들렀어요, 레이철?"

그녀는 브라이언이 자기 상태에 대해 남들에게 얼마나 얘기했는지 전혀 아는 바가 없었다. 그는 말하지 않았다고 했지만, 그녀는 그가 누군가에겐 말해야 했을 거라고, 술 마시고 흘리기라도 했으리라고 여겼다. 왜 레이철이 이런저런 파티에 참석하지 않는지, 왜 작년 에스플라네이드 공원에서 있었던 독립기념일 불꽃놀이를 그녀가 빼먹었는지, 왜 밖에서 하는 모임엔 그녀가 거의 안 나오는지 어느 시점서부턴 사람들이 궁금해할 것이다. 케일럽처럼 똑똑한 사람이면 통제된 환경(보통 아파트)에서 소규모 인원하고만 레이철을 만났음을 어느 시점에서인가 깨달았을 것이다. 하지만 케일럽이 그녀가 이 년 동안 운전을 하지 않았다는 걸 그가 알까? 지난 토요일 전까지 지하철을 타지 않은 기간도 그만큼 길다는 것도? 한번은 프루덴셜 센터 몰 푸드코트에서 얼어붙는 바람에, 걱정해주는 경비 직원들에게 둘러싸여 숨 가빠하며 이러다 기절하겠구나 싶은 상태로 앉아 있다가, 결국 브라이언이 데려가려고 왔던 것도?

"근처에서 쇼핑 중이었어요." 그녀는 광장 쪽을 가리켰다.

그는 그녀의 빈손을 쳐다보았다.

"살 게 없더라고요." 그녀는 말했다. "그냥 보기만 했어요." 그녀는 미간을 모아 그의 뒤쪽 이슬비 속의 건물을 쳐다보았다. "남편의 관심을 빼앗아가는 경쟁자를 한번 볼까 싶어서요."

그는 미소지었다.

"올라가 볼래요?"

'잠깐 그 사람 사무실에 들를 일이……'

'그 사람이 서랍에 두고 간 게 있는데……'

'여기가 그 사람 자리군요. 잠깐 여기 좀 있어도 될까요? 나가는 길에 문 좀 닫아주세요.'

"리모델링 했어요?"

"아뇨."

"그럼 볼 필요는 없겠네요. 그냥 집 가는 길에 한번 들러볼까 했어요."

그는 마치 지당하다는 듯 고개를 끄덕였다.

"택시 같이 탈까요?"

"좋죠."

그들은 윈스롭 가로 돌아가서 JFK 가를 가로질렀다. 다섯 시에 가까웠고 하버드 광장으로 향하는 차들이 밀렸다. 광장에서 나가는 택시를 잡으려면, 찰스 호텔까지 한 블록 걷는 게 최선이었다. 하지만 일 분 전까지 잿빛이던 하늘에 구름이 밀려오고 시커메졌다.

"어째 낌새가 안 좋은데요." 케일럽이 말했다.

"그러게요."

그들은 윈스롭 가 끝에 도착했고 저 앞에 찰스 호텔 앞 택시승차장이 텅 비어 있는 게 보였다. 강 쪽으로 향하는 교통 상황은 광장으로 들어가는 교통 체증보다 더 심하면 심했지 덜하지 않았다.

검은 하늘이 우르릉거렸다. 서쪽으로 몇 킬로미터 떨어진 곳에선 번개가 하늘을 갈랐다.

"한잔할까요?" 케일럽이 말했다.

"두 잔도 좋죠." 그녀가 말하는 사이 비가 오기 시작했다. "세상에."

일단 바람이 불어닥치자 우산은 별 도움이 되지 않았다. 비가 무게감 있게 소리 내며 내렸고 빗방울이 인도에 부딪혀 튀는 가운데 그들은 발길을 돌려 윈스롭 가로 뛰어갔다. 오른쪽에서 왼쪽으로, 앞에서 뒤로 빗발이 꽂혔다.

"그렌델스, 아님 셰이스?" 케일럽이 말했다.

JFK 가 저쪽 편에 셰이스가 보였다. 가깝긴 하지만, 그래도 이 빗속에서 오십 미터 가까이 더 가야 했다. 게다가 차들이 움직이면 횡단보도까지 가야 했다. 반면 그렌델스는 바로 그들 왼편에 있었다.

"그렌델스요."

"잘 골랐어요. 우린 어차피 셰이스 가긴 너무 늦어서."

입구에서 그들은 우산을 이미 벽에 기대 세워진 십여 개의 다른 우산들 옆에 두었다. 코트를 벗었고 케일럽은 푹 젖은 삭스 모자도 벗었다. 그의 갈색 머리는 두피에 가깝게 아주 짧게 깎아 손으로 탈탈 물기를 털어냈다. 그들은 안내석 옆에 코트 거는 곳을 찾았고 자리로 안내받았다. 그렌델스 덴은 지하층에 있었고 둘이 첫 잔을 주문하는 사이 밖의 보도 위로는 온갖 종류의 신발들이 달려갔다. 곧 빗발이 너무 거세져 아무도 다니지 않았다.

그렌델스는 생긴 지 너무 오래되어 레이철이 90년대에 가짜 신분증을 갖고 입장하려다가 거절당했을 뿐만 아니라, 어머니가 70년대 초반에 단골이기까지 했다. 대부분 하버드 대학 학생들과 교직원들이 손님이었다. 외지인들은 가게 앞 잔디밭 근처에 테이블을 놓는 여름에나 어슬렁거리는 편이었다.

웨이트리스가 레이철의 와인과 케일럽의 버번을 가져다주고 메뉴를 놓고 갔다. 케일럽은 냅킨으로 얼굴과 목의 물기를 닦았다. 둘 다 아무 말 없이 몇 번 킥킥 웃었다. 정말 몇 년에 한 번 보는 비였다.

"아기는 어때요?" 그녀는 물었다.

그의 얼굴이 환해졌다.

"신기해요. 그러니까, 처음 90일은 아기 눈이 엄마 가슴과 얼굴 외에는 제대로 쳐다보지 않아서 따돌림당하는 기분이 들기 시작했거든요. 하지만 91일째가 되니까 에이비가 나를 똑바로 쳐다보는 바람에 푹 빠졌죠."

케일럽과 하야는 6개월 된 딸 이름을 애너벨이라고 지었지만 케일럽은 두 번째 주부터 에이비라고 불렀다.

"자." 케일럽이 잔을 들었다. "건배."

그녀는 그와 잔을 부딪혔다.

"폐렴은 면할 수 있기를."

"그렇길 바라야죠." 그가 말했다.

그들은 술을 마셨다.

"하야는 어떻게 지내요?"

"잘 지내요." 케일럽은 고개를 끄덕였다. "정말 잘. 엄마가 되어서 좋아하죠."

"말 배우는 건 어때요?"

"TV를 엄청 많이 봐요. 정말 도움이 되죠. 이제는 인내심만 좀 있으면 충분히 대화할 수 있어요. 하야는 아주…… 단어를 신중하게 골라가며 말하거든요."

케일럽은 일본에 갔다가 하야를 데리고 돌아왔다. 그는 떠듬떠듬 일본어를 했고, 그녀는 영어를 거의 하지 못했다. 둘은 석 달 안 되어 결혼했다. 브라이언은 달가워하지 않았다. 케일럽은 자리잡고 안주하는 타입이 아니라고 했다. 그리고 저녁 먹으면서 둘이 무슨 얘기를 나눈단 말인가?

눈부시고 거의 말이 없으며, 고분고분하며 야한 꿈에 나올 듯한 하야와 인사를 나누고 레이철은 케일럽에 대한 인상에 영향이 갔음을 인정하지 않을 수 없었다. 그거 말고 그녀에게 끌린 이유가 달리 뭐가 있을까? 그리고 그들이 함께 있는 모습을 볼 때 느껴지는 주종 관계 분위기는 그가 늘 몰래 추구해온 강한 남자 판타지의 파생물일까? 아니면 케일럽이 영어를 못 하는 여자와 결혼한 반면, 그의 파트너 브라이언은 집에 틀어박힌 폐인과 결혼했다는 사실을 깨닫고 레이철의 심사가 뒤틀린 것뿐일까?

그녀가 예전에 그 얘기를 꺼내자, 브라이언은 이렇게 말했다.

"우리하고는 달라."

"어떻게?"

"당신은 폐인이 아니야."

"내 의견은 다른데."

"당신은 그냥 일시적으로 그런 거지. 다시 일어설 거야. 하지만 케일럽은? 아이를 갖고? 그게 다 무슨 짓이야? 본인이 아이인데."

"왜 그렇게 많이 거슬려 해?"

"'그렇게 많이' 거슬리는 거 아니야. 다만 케일럽에게 지금은 적당한 때가 아니라고."

"둘이 어떻게 만났대?" 그녀가 말했다.

"당신도 알잖아. 일본에 계약 따러 출장 갔다가 데리고 돌아왔지. 그나저나 계약은 따오지 못했어. 다른 데에 밀려서……"

"하지만 어떻게 그냥 일본인을 데리고 '돌아올' 수 있지? 그러니까, 그냥 입국했다가 눌러 살지 못하게 막는 이민법이 있잖아."

"그녀가 합법적 비자로 입국했고 결혼했으면 가능하지."

"하지만 이상하지 않아? 거기서 만난 남자 때문에 그냥 자기 인생을 내던지고 한 번도 가본 적 없고 말도 모르는 나라 미국으로 오기로 결심했다는 게?"

그는 좀 생각해 보았다.

"일리가 있네. 그럼 당신이 미는 이론은 뭔데?"

"인터넷 결혼정보업체?"

"그런 사람들은 다 필리핀이나 베트남 출신 아닌가?"

"다는 아니야."

"흠." 브라이언이 말했다. "결혼정보업체라. 생각할수록 케일럽이 못할 일은 아니다 싶어. 내 의견으로 돌아가네. 케일럽은 결혼하기엔 아직 미성숙해. 그러니까 제대로 알지도 못하고 제대로 소통할 수도 없는 사람을 고른 거야."

"사랑은 사랑이지." 그녀는 그가 줄곧 써먹는 말로 반박했다.

그는 질색했다.

"사랑은 사랑이다는 애가 끼어들기 전까지야. 그 다음에는 경제적 불안정이 보장된 사업 관계가 되는 거고."

그의 말에 일리가 있다는 건 아니지만, 그녀는 그런 때면 혹시 브라이언이 본인 얘기를 하는 걸까, 그들 관계의 위태로움에 대한 두려움과 아이를 여기 끌어들였을 때 벌어질 수 있는 재앙의 가능성을 얘기하는 걸까 궁금했다.

섬뜩한 생각이 미처 제지하기도 전에 뇌리를 꿰뚫었다. *아, 브라이언, 내가 당신을 정말 알기는 하는 걸까?*

케일럽은 테이블 맞은편에서 '무슨 딴 생각을?'하고 묻는 듯이 궁금해하는 표정으로 그녀를 보고 있었다.

테이블 위에서 그녀의 휴대폰이 진동했다. 브라이언. 그녀는 그냥 무시하고 싶은 유치한 충동을 억눌렀다.

"여보세요."

"여보세요." 그가 따뜻하게 말했다. "아까는 미안. 폰이 그냥 꺼지지 뭐야. 그러다 보니 혹시 아답터를 까먹었나 걱정이 되고. 하지만 까먹지 않았더라고, 여보. 이제 다시 됐네."

그녀는 부스에서 일어나, 몇 걸음 떨어졌다.

"이제 다시 됐네."

"어디야?"

"그렌델스."

"어디?"

"당신 사무실 근처 대학생들 바."

"알아, 다만 당신이 어쩌다 거기 갔는지 모르겠어."

"케일럽하고 있어."

"어, 그래. 설명 좀 해줘. 무슨 일이야?"

"아무 일도 없어. 왜 무슨 일이 있어야 해? 비가 퍼붓고 있긴 하지만 그거 말곤 그냥 당신 파트너랑 한잔하는 것뿐이야."

"어, 잘됐네. 무슨 바람이 불어 하버드 광장까지 나왔어?"

"그냥 문득. 한참 됐잖아. 서점 몇 군데 가고 싶은 생각이 들더라고.

그래서 나왔지. 이번에는 어디서 묵는댔더라? 까먹었어."

"코벤트 가든. 그레이엄 그린(영국의 소설가 ─ 옮긴이)이 좋아할 만한 곳처럼 생겼다고 당신이 그랬지."

"내가 언제 그런 말을?"

"저번에 내가 사진 보냈을 때. 아니다, 저저번이네."

"지금 한 장 보내줘."

그 말이 입 밖에 나오자마자, 아드레날린이 양동이로 퍼부은 듯 혈관을 흘렀다.

"뭐?"

"사진."

"밤 열 시인데."

"그럼 로비에서 셀카라도."

"응?"

"당신 사진 한 장 보내줘." 다시 한번 아드레날린이 그녀의 중심에서 터져나왔다. "보고 싶어."

"알았어."

"해줄 거야?"

"응, 그럼." 잠시 뜸을 두고 그 다음. "다 별일 없지?"

그녀는 웃음을 터트렸고 그녀 귀에는 날카롭게 들렸다.

"다 별일 없지. 아무 일 없어. 왜 자꾸 물어봐?"

"그냥 당신 목소리가 이상해서."

"피곤해서 그런가 봐." 그녀가 말했다. "비가 쏟아지고."

"그럼 아침에 다시 얘기해."

"그게 좋겠네."

"사랑해."

"나도 사랑해."

그녀는 통화를 끝내고 부스로 돌아갔다. 그녀가 앉자 케일럽이 올려다보았고 엄지로 휴대폰 키패드를 누르며 그녀에게 미소지었다. 그녀는 대화를 하면서 동시에 다른 사람과 문자를 하는 사람들의 능력에 약간 감탄했다. 보통 컴퓨터광이나, 케일럽 같은 공돌이들이었다.

"브라이언은 어떻대요?"

"괜찮은 거 같았어요. 피곤하지만 괜찮아요. 이런 출장에 혹시 당신도 가나요?"

케일럽은 고개를 저으며 계속 휴대폰을 톡톡 치고 있었다.

"브라이언이 회사의 얼굴이니까요. 브라이언하고 아버님. 그리고 브라이언은 사업적 통찰력이 있어요. 나야 그냥 회사가 굴러가게 하는 사람이고."

"겸손이에요?"

"어이구, 아뇨." 몇 초간 더 정신을 딴 데 팔다가, 그는 휴대폰을 주머니에 넣었다. 손을 테이블 위에 포개고 그녀를 똑바로 쳐다보아 온전히 집중하고 있음을 알렸다. "나 없이 그리고 여기저기 나 같은 사람이 없으면 이백 년 전통의 목재 회사가 육 개월도 가지 못할걸요. 늘 있는 일은 아니지만 가끔은 거래 속도에 이삼백만 달러가 왔다갔다 하기도 하죠. 그만큼 저 세계가 유동적이에요."

그는 손가락을 흔들어 '저 세계'를 표현했다.

웨이트리스가 돌아왔고 그들은 한 잔씩 더 주문했다.

케일럽이 메뉴를 펼쳤다.

"나 뭐 좀 시켜도 돼요? 오늘 아침 열 시에 출근해서 다섯 시에 나올 때까지 자리에서 일어나지도 않고 일했거든요."

"그럼요."

"레이철은?"

"먹죠, 뭐."

웨이트리스가 음료를 가지고 돌아와 주문을 받아갔다. 웨이트리스가 떠나자, 레이철은 브라이언 또래의, 사십 정도 되는 남자가 스타일리시하고 전문적인 분위기를 풍기는 연상 여자하고 앉아 있는 것을 보았다. 여자는 육십쯤 되었을 수도 있겠지만, 엄청나게 섹시한 육십 살이었다. 평소라면 레이철은 여자를 살피며 무엇이 그런 강렬한 인상을 줄까 궁리할 것이다. 옷인가, 앉은 자세인가, 헤어스타일인가, 얼굴에 담긴 지성인가? 하지만 대신 오늘은 남자에 집중했다. 모래색 금발에 관자놀이가 희끗희끗했고 며칠간 면도를 하지 않았다. 맥주를 마시고 있었고 결혼반지를 끼고 있었다. 그는 또한 레인코트만 제외하고 정확히 그녀 남편이 오늘 아침 입었던 것과 같은 복장이었다. 청바지, 흰 티셔츠, 목 깃을 세운 검은 풀오버 스웨터.

너무 틀어박혀 지낸 탓에 이걸 놓친 걸까? 아예 안 나간 건 아니지만 확실히 많이 돌아다니진 않았다. 어쩌면 특정 유행 스타일을 간과했는지도 모른다. 예를 들어, 언제부터 남자들이 전부 사나흘에 한 번씩 면도를 거르기로 했을까? 하프 페도라에 포크파이 모자는 언제 다시 유행이 돌아왔을까? 저 밝은색의 테니스 슈즈는 어디서 튀어나왔고? 언제부터 취미로 사이클 타는 사람들이 딱 붙는 스판덱스를 입기로 결정했을까? 셔츠며 레깅스며 온통 브랜드 이름이 박혀서 무슨 대기업 후원을 받아야 스타벅스까지 페달 밟을 자격이 생기는 것 같았다.

레이철이 대학을 다닐 땐, 남학생 중 삼 분의 일은 체크무늬 셔츠, 브이넥 티, 찢어진 청바지 차림이 아니었던가? 만약 공화당 지지하는 중년 세일즈맨들이 단골인 호텔 바에 지금 들어간다면 그중 몇이나 연한 파란색 옥스퍼드 셔츠에 황갈색 바지 차림일까? 그러니, 그 계산에 따르면 짙은 풀오버, 흰 티셔츠, 청바지 조합은 워낙 기본적이라 아주 유행한 적도 없고 유행에서 벗어난 적도 없을 테니, 같은 날 보스턴 케임브리지에서 세 남자가 같은 차림일 수도 있지 않을까? 지금 당장 쇼핑몰을 돌아다니면 아마 두어 명은 더 발견할 거고, 제이크루나 빈스 매장 앞에 선 마네킹은 두말할 것도 없었다.

음식이 나왔다. 케일럽은 버거를 후딱 해치웠고, 그녀는 샐러드를 먹어치웠다. 얼마나 배가 고픈지 미처 깨닫지 못하고 있었다.

둘 다 접시를 비우고 나서 그들은 은은한 조명과 깔려오는 어둠의 따스함 속에 앉아 있었다. 빗발이 잦아들어 그들 머리 위의 인도에서 밤 외출 나온 이들의 꾸준한 발소리가 다시 들려왔다.

잔을 입가로 들어 올리는 그의 미소가 버번을 머금었다.

그녀도 마주 미소지을 때 와인 기운을 느낄 수 있었다.

그녀가 처음 브라이언과 데이트할 때, 케일럽과 약간 분위기가 묘했던 적 있었다. 펜웨이에 있는 브라이언의 친구 집 창고에서. 레이철은 올리브를 가지러 창고에 들어갔고, 케일럽은 그녀 기억이 맞다면 통밀 크래커를 가지고 나오는 참이었으며, 서로 지나치는 순간 잠시 멈추었다. 눈이 마주치고 둘 다 시선을 돌리지 않았다. 그러다가 뭔가 대결 비슷하게 되었다. 누가 먼저 눈을 깜박일까?

"안녕하세요." 그녀가 말했다.

"안녕하세요." 그의 목 안쪽에서 말이 튀어나왔다.

혈관 수축. 그렇게 생각했던 기억이 났다. 몸 중심 체온을 올리기 위해 피부 모세 혈관이 수축하는 현상. 그에 대응하여 호흡과 심박이 빨라진다. 피부에 홍조가 올라온다.

그녀는 그를 향해 몸을 숙였고 동시에 그도 그녀를 향해 몸을 숙였으며 둘의 머리가 맞닿고, 그녀의 가슴이 그의 가슴에 눌렸으며, 그의 오른손 가장자리가 그녀의 왼손 가장자리를 스치며 그녀의 허리로 향했다. 그들의 몸이 닿은 그 일이 초 사이, 손이 스쳤을 때가 가장 내밀한 순간이었다. 그 손이 그녀의 허리에 왔을 때, 그녀는 몸을 돌려 창고 더 안쪽으로 비켜섰다. 그는 놀라움과 어이없음 그리고 민망함이 뒤섞인 웃음소리를 작게 흘렸고 그녀가 돌아보는 사이 이미 창고에서 사라졌다.

혈관 확장. 몸의 중심 체온이 너무 높을 때, 열기가 몸에서 빠져나가 중심 체온을 회복할 수 있게끔 피부 아래 혈관이 확장되는 현상. 거의 오 분이 걸려서야 그녀는 올리브가 어디 있는지 찾을 수 있었다.

그녀는 와인을 홀짝였고 케일럽은 버번을 홀짝였으며 그들 주위에 점차 사람들이 들어찼다. 곧 문이 보이지 않게 되었다. 예전에는 그러면 곧장 초조함이 혈관을 달렸을 법하지만, 오늘밤엔 그냥 더 포근하고 친밀하게 느껴질 뿐이었다.

"브라이언이라면 이 비에 어떻게 대처했을까요?" 케일럽이 물었다.

"알잖아요. 긍정적인 마음가짐. 비 계속 온다고 아직까지 불평 안 한 사람은 브라이언뿐이에요."

케일럽은 고개를 내저었다.

"사무실에서도 마찬가지예요. 다들 이러다 물에 빠져 죽겠다고 난리인데, 브라이언은 '분위기 있잖아.' 그러죠."

그녀는 말을 받았다.

"집에서도 마찬가지예요. 내가 '무슨 분위기? 비참한 우울?' 그러면 '아냐. 재밌잖아. 섹시하고.'래요. 내가 '여보, 첫날에는 재밌고 섹시하지, 근데 열흘이나 됐잖아.'라고 했죠."

케일럽은 잔에 대고 킬킬거리고 한 모금 마셨다.

"수용소에서도 희망을 찾아낼 사람이에요. '다른 죽음의 수용소엔 이런 고급 철조망 없다고. 게다가 샤워기가 최고잖아.' 이러겠죠."

레이철은 와인을 더 마셨다.

"대단해요."

"대단하죠."

"하지만 지칠 때도 있어요."

"사람 기운 빠지죠. 그렇게 긍정 정신이 필요한 사람 처음 봤어요. 그리고 그게 카드에 적혀 있는 그런 긍정이 아니라, 그냥 할 수 있다 정신인 게 희한해요. 알죠?"

"아, 알죠. 알고말고요."

그녀는 남편 생각에 미소지었다. 결말이 암담한 영화나, 주인공이 패배하는 책, 소외감에 관한 노래를 못 견디는 사람.

"나도 알아." 그가 말한 적 있었다. "대학에서 사르트르를 읽었고, 친구한테 끌려 나인 인치 네일스 콘서트도 가봤어. 세상은 무엇 하나 이치에 닿지 않는 무의미한 혼돈이지. 이해해. 그냥 그런 종류의 사상은 나한테 도움될 게 없으니까 엮이지 않기로 한 거야."

브라이언은 비관하지 않는다는 걸 그녀는 오래전에 깨달았고 감탄 반 짜증 반이었다. 그는 희망을 잃거나 음울해 하거나 징징거리지 않았다. 브라이언은 객관적이고 전략적이었으며 문제를 해결했다. 브라이언은 희망을 가졌다.

한번은, 그녀가 짜증이 나 있던 차에 브라이언이 "무엇이든 이룰 수 있어."라고 말해서 그녀가 대꾸했다.

"아니, 브라이언, 그렇지 않아. 세계 빈곤 해결은 불가능하고, 팔로 퍼덕인다고 사람이 나는 것도 불가능하지."

그의 눈에 기묘한 작은 불꽃이 타올랐다.

"요즘은 장기전을 하려는 사람이 없어. 다들 지금 당장 원하지."

"도대체 무슨 소리야?"

"믿는다면, 진심으로 믿는다면, 그리고 전략이 건실하고, 승리의 그날을 위해 가진 것을 전부 전장에 쏟아붓는다면." 그는 양팔을 넓게 벌렸다. "무엇이든 이룰 수 있어."

그녀는 그에게 미소짓고 그냥 그 방을 나왔다. 자기가 약간 미친 사람과 결혼한 게 아닐까 하는 결론에 도달하는 상황을 피하려고.

한편으로는, 그녀는 남편이 징징대거나 투덜거리거나 트집 잡을까 걱정할 일은 전혀 없었다. 놀랄 일도 아니지만, 세바스찬은 징징이였다. 잔이 반이 비었다고 하는 비관주의자로, 세상이 매일 아침 깨어나 자기를 엿 먹일 방법을 궁리한다고 믿으며 그걸 크고 작게 수없이 표내는 사람이었다. 반면 브라이언은, 매일 어딘가에 숨겨진 선물이 있는 듯한 자세로 접근하는 듯했다. 그리고 자기가 그걸 찾지 못한다면, 투덜거려봐야 소용없는 일이었다.

또 다른 브라이언 사상: "해결책을 찾지 않는 불평은 치료법을 찾지 않는 질병과 같다."

케일럽이 말했다.

"브라이언이 사무실에서 그 소리 잘 하죠. 언젠가는 명판에 새겨서 대기실 벽에다 걸어놓지 않을까 싶다니까요."

"그래도 인정할 건 인정해야죠, 브라이언에겐 진짜 통하잖아요. 브라이언이 기분 나쁜 상태가 몇 분 이상 가는 거 본 적 있어요?"

그는 고개를 끄덕였다.

"그건 그렇죠. 브라이언을 따라서라면 불타는 동굴이라도 들어갈 사람들 있어요. 어떻게든 브라이언이 맞은편 출구로 탈출시켜줄 거라 믿을 테니까."

그녀는 마음에 들었다. 잠시나마 남편을 영웅적이고, 리더로, 영감을 주는 존재로 볼 수 있었다.

그녀는 의자에 기대앉았고 케일럽도 의자에 기대앉았으며 잠시 둘다 아무 말이 없었다.

"좋아 보이네요." 마침내 케일럽이 말했다. "내 말은, 늘 좋아 보이지만, 오늘은……."

그녀는 그가 적당한 말을 찾느라 애쓰는 모습을 지켜보았다.

그는 찾아냈다.

"안정되어 보여요."

누가 그녀에게 그렇게 말해준 적 있었나? 어머니는 그녀더러 하도 급히 돌아다녀서 머리가 붙어 있지 않았다면 그것도 잃어버렸을 거라고 그랬다. 전 남자친구 두 명과 전남편은 다들 그녀더러 '조바심 낸다'고 했다. 이십 대 때는 술, 담배, 그리고 책이 언제나 그녀를 붙들어주었다. 담배를 끊고서는 러닝머신이 대신이었지만, 의사가 그녀 다리의 염증과 애초에 과체중 위험도 없던 판에 현저한 체중 감소를 알아채고 달리기 대신 요가로 바꾸도록 설득했다. 한동안은 잘 되어갔지만 결국엔 환영을 보게 되었고, 아이티 이후로는 환영을 보고 나면 공황 발작이 뒤따랐다.

안정. 그녀에게 그렇게 말해준 사람은 아무도 없었다. 무엇이 레이철 차일즈 델라크루아를 안정되어 보이게 했을까?

그녀의 휴대폰이 팔꿈치 옆에서 진동했다. 브라이언이 보낸 문자. 그녀는 열어보았다. 미소지었다.

오늘 입었던 옷 그대로이고 머리는 여행으로 부스스했지만, 약간 피곤하긴 해도 활짝 미소지은 얼굴을 한 브라이언이 서 있었다. 그의 뒤로는 갈색 웨인스코팅 몰딩 나무벽과 넓은 양문이 있었고, 입구 양쪽에는 커다란 노란색 전등, 그리고 위에는 '코벤트 가든 호텔' 간판이 걸려 있었다. 지난 몇 년 사이 그는 그녀에게 거리 사진 여러 장을 보내왔다. 상점과 레스토랑, 붉은 벽돌과 하얀 테를 두른 휘어진 조그만 런던 거리. 도어맨이나 혹은 누군지 몰라도 사진을 찍은 사람은 호텔 전면을 화면에 잡기 위해 길 바깥으로 물러나야 했을 것이다.

브라이언은 잘생기고 지친 얼굴에 헤벌죽 웃음을 머금고 손을 흔들고 있었다. 마치 이게 그냥 평범한 셀카가 아니라는 것을, 그녀가 그냥 '보고 싶어서' 그러는 게 아닌 줄 안다는 듯이. 이건 일종의 시험이었다.

그리고 그녀는 휴대폰을 주머니에 넣으며 생각했다, *정말 확실히 합격이네.*

그녀와 케일럽은 택시를 같이 타고 가게 되었다. 그는 시포트 지역에 살아서 더 멀리 갔다. 그녀 집까지 가는 길에 그들은 비 그리고 지역 경제에 미치는 영향에 대해 이야기했다. 예를 들어 레드삭스 팀은 우천 취소 메이저리그 야구 기록에 가까워지고 있었다.

그녀 집 앞에 도착했을 때 케일럽은 뺨에 입맞추려 몸을 숙였고 그 입술이 닿았을 때 그녀는 이미 몸을 돌리고 있었다.

아파트에 들어가 그녀는 샤워를 했고 찬 비에 종일 얼음장이던 피부에 뜨거운 물이 닿아 몸이 녹으니 너무 황홀해서 죄스러울 정도였다. 눈을 감자 바에서 그리고 창고에서의 케일럽이 떠올랐고, 바로 며칠 전, 마지막으로 바로 이 샤워 아래 브라이언과 함께 했던 때가 뇌리를 스쳤다. 그는 그녀 뒤로 다가와 양쪽 젖꼭지를 비누로 문지른 다음, 한쪽 목으로 올라갔다가 다른 쪽 목으로 내려와서, 배에다가 비누로 점점 작아져 가는 동그라미를 그렸다.

지금 그녀는 그의 동작을 재연했고, 다리 사이에서 단단해지는 그를 느낄 수 있었다. 그녀 자신의 숨소리가 샤워 물소리와 뒤섞이는 가운데 브라이언이 케일럽이 되고 케일럽이 브라이언이 되고 그녀는 비누를 타일 바닥에 떨어뜨리고 한 손으로 벽을 짚었다. 일전에 샤워 아래서의 브라이언과 코벤트 가든 앞의 브라이언을, 그 헤벌죽 웃음을, 소년 같은 장난기로 가득한 푸른 눈을 생각했다. 케일럽이 사라졌다. 그녀는 손가락 하나로 절정까지 갔고 뜨거운 물이 안으로 들어와 모세혈관이 달아오른 듯한 기분이었다.

나중에, 침대에 누워 가물가물 잠들려던 찰나 이상한 생각이 들었다.

식사를 주문하자고 했을 때, 케일럽은 하루 종일―오전 열 시부터 오후 다섯 시까지―사무실에 있었다고 했다. 밖에 안 나갔다고. 하지만 그녀가 건물 앞에 나타났을 때, 그는 막 나오던 참이었다. 정문 지붕 밖으로 나오지 않은 상태였다.

그러나 그의 레인코트와 모자는 푹 젖어 있었다.

16장

귀가

금요일. 귀국일.

그녀는 공항으로 마중 나갈까 생각했지만, 그녀에겐 이제 차가 없었다. 브라이언과 집을 합칠 때 차를 팔아버렸다. 아파트에는 주차 자리가 하나뿐이었다. 그 이후로, 어디 갈 일이 있으면 집카(Zipcar. 카셰어링 서비스 업체 — 옮긴이)를 이용했다. 아파트에서 한 블록 이내에 있어서 사실 믿어지지 않을 만큼 편리했다. 하지만 그러다가 던킨 도넛과 푸드코트 그리고 사이언톨로지 신자에게 토한 사건이 벌어졌다. 그 후로, 브라이언은 그녀에게 당분간 운전하지 말라고 부탁했다.

면허 갱신할 때가 되었을 때, 그들은 크게 싸웠다. 그녀는 갱신 안 하는 걸 상상할 수 없었으나, 그는 자기에게 마음의 평화를 빚지고 있다고 반박했다.

"당신 일이 아니야." 그녀는 부엌 바를 사이에 두고 외치던 기억이 났다. "왜 모든 게 당신이 상관할 일이라고 생각해? 이것까지?"

평소 흔들림 없는 그 사람이 부엌 바를 손으로 철썩 내리쳤다.

"당신이 푸드코트에서 꼼짝 못 할 때 사람들이 누구한테 전화했어? 그리고 당신이……"

"그러니까 당신 시간을 빼앗았다 그 소리야?"

그녀는 한 손에 행주를 감아쥐었고 너무 꽉 비트는 바람에 피부 아래 벌겋게 피가 몰렸다.

"아니, 아니, 아니. 그렇게 말려들진 않을 거야."

"아니, 아니, 아니."

그녀는 흉내 냈고, 진상처럼 군다는 기분이 들었지만 몇 주 동안 쌓여 왔던 싸움이라 후련하기도 했다.

일순, 그녀는 그의 눈에서 증오에 가까운 분노를 본 것 같았지만 곧 그는 천천히 길게 숨을 들이쉬었다.

"엘리베이터는 시속 백 킬로미터로 움직이지 않잖아."

그녀는 아직도 그 번뜩인 분노에 흠칫한 채였다. *방금 본 게 진짜 브라이언인가?*

결국 그녀는 그게 다시 돌아오지 않으리라는 걸 깨달았다. 적어도 오늘은 아니었다. 그녀는 행주를 카운터에 내려놓았다.

"뭐?"

"엘리베이터나 쇼핑몰, 아니면 글쎄, 공원이나 길거리 걷다가 공황 발작 일으키면 중상 입을 일은 없다고. 하지만 차 운전?"

"그런 식으로 되는 게 아니야. 운전할 때는 공황 발작 일어나지 않는다고."

"그거 시작된 지 몇 년밖에 안 되었잖아. 다음번에는 어떤 식으로 벌어질지 어떻게 알아? 당신이 어디서 전봇대 들이받았다는 전화는 받고 싶지 않다고."

"세상에."

"그게 근거 없는 공포야?"

그의 말에 그녀는 인정했다.

"아니."

"가능성이 없는 일이야?"

"그렇지 않지."

"당신이 호흡 곤란이 오기 시작하고, 땀이 너무 나서 제대로 보이지가 않는 바람에 횡단보도에서 누굴 치기라도 하면?"

"이제 사람 괴롭히네."

"아니, 그냥 묻는 거야."

결국 그들은 타협을 보았다. 그녀는 면허를 갱신했지만, 운전은 하지 않기로 약속했다.

하지만 이제 쇼핑몰을 돌아다니고 지하철을 탔으며 걸어서 올드 사우스 교회를 지나 코플리 광장에 갔고 빗속에 택시도 타고 붐비는 지하 바에 앉아 있는 것까지 심장 박동 하나 빨라지지 않고 다 해냈으니, 로건 공항 도착장에 딱 나타나면 멋지지 않을까? 그는 물론 기겁을 하겠지만 자랑스러움에 걱정도 잊게 되지 않을까?

그녀는 집카 계정 정보 업데이트까지 했지만(처음 썼던 신용카드가 기간 만료되었다.) 그가 공항까지 직접 운전해서 인피니티를 장기 주차장에 두었다는 게 기억났다.

그래서 그걸로 끝이었다. 고민을 미룰 수 있게 된 안도감에 약간의 죄책감이 뒤따랐다. 배짱도 없고 약해빠진 기분이었지만, 조금이라도 의구심이 남아 있다면 운전을 하지 않는 게 나을지도 모른다.

현관을 들어섰을 때, 그는 공항과 룸서비스 그리고 계속 변화가 따르는 생활을 떠나 그 반대의 규칙적 생활로 돌아와 다시 적응하려는 사람의 약간 놀란 얼굴을 하고 있었다. 그는 그녀가 소파 옆에 둔 잡지 바구니가 낯설다는 듯이 흘끗 쳐다보았다. 낯선 게 당연했다. 그가 없는 사이 산 거니까. 그는 수트케이스를 구석으로 갖다 놓고 황갈색 레인코트를 벗은 다음 "안녕." 하고 확신 없는 미소를 지으며 말했다.

"안녕." 그녀는 잠깐 주저했다가 그에게로 갔다.

그가 24시간 이상 떠나 있었던 경우, 귀가했을 때 늘 한두 번 삐걱거림이 있었다. 재결성을 향한 어색한 비틀거림. 그는 그들의 생활을, '우리'를 규정하는 것들을 떠나 있었고 즉 각각 일 주일간 '나'가 되었다는 뜻이니까. 그리고 막 그게 새로운 일상이 될 즈음, 그가 다시 그 틀 안으로 돌아왔다. 그리고 그들은 어디까지가 '나'이고 어디부터 '우리'가 시작되는지 다시 파악하려 애썼다.

그들이 나눈 키스는 건조하고 거의 정숙하기까지 했다.

"피곤해?" 그녀는 그가 그래 보여서 물었다.

"어. 그래." 그는 자기 시계를 보았다. "지금, 그쪽은 한밤중이거든."

"저녁 차렸는데."

그는 활짝 서글서글하게 미소지었고, 집에 들어선 이래 처음으로 본 진짜 브라이언 미소였다.

"웬일이야. 이렇게 다 챙겨주고? 고마워, 여보."

그는 두 번째로 그녀에게 키스했고 이번은 더 열기가 있었다. 그녀는 마음속에서 뭔가 풀어지는 것을 느꼈고 마주 키스했다.

그들은 식탁에 앉아 포일에 싸서 현미와 요리한 연어와 샐러드를 먹었다. 그는 그녀에게 지난 한 주에 관해 물었고 그녀는 런던과 콘퍼런스에 관해 물었고, 잘 풀리지 않은 모양이었다.

"자기들이 환경과 벌목 윤리에 신경 쓴다고 세상에 알리려 위원회를 뽑아놓지. 그런 다음 야심이라곤 지역 매춘부하고 자는 것 말고는 뭐 하나 제대로 해결하지 못하는 기업가들하고 엮어놓는단 말이야." 그는 손바닥으로 눈을 비비고 한숨 쉬었다. "그게 참, 답답하네." 그는 빈 접시를 내려다보았다. "당신은?"

"내가 뭐?"

"통화할 때마다 좀 이상했어."

"아냐, 괜찮아."

"정말?"

"으응."

그는 주먹에 대고 하품을 하며 지친 미소를 지었고, 그녀를 믿지 않는 게 분명했다.

"난 씻어야겠어."

"그래."

그는 접시를 치우고 식기세척기에 넣었다.

그가 침실로 향하자, 그녀는 말했다. "좋아. 알고 싶어?"

그는 문가 바로 직전에서 몸을 돌리고 나직이 안도의 한숨을 내쉬었다. 양손을 내밀었다.

"그럼 좋겠다."

"당신 도플갱어를 봤어."

"내 도플갱어?"

그녀는 고개를 끄덕였다.

"월요일 오후 핸콕 타워 뒤에서 검은 SUV에 올라타고 있더라고."

"내가 비행 중일 때?" 그는 어리둥절해서 그녀를 마주보았다. "잠깐 기다려 봐, 내가 정신이 없어서…… 어, 그러니까 당신이 나 닮은 사람을 보고……"

"아니, 당신 도플갱어를 봤다니까."

"그럼 아마 스콧……"

"……파이퍼를 봤을 거라고? 버몬트 주 그래프턴의? 그 생각도 해봤어. 문제는, 그 남자는 당신이 집을 나설 때 입은 옷하고 정확히 똑같은 옷차림이었거든."

그는 천천히 고개를 끄덕였다.

"내 도플갱어를 봤다고 생각한 게 아니네. 나를 봤다고 생각한 거야."

그녀는 두 사람 몫으로 와인을 더 따라서 그의 잔을 갖다 주었다. 그녀는 소파에 기댔다. 그는 문틀에 기댔다.

"그래."

"아." 그는 눈을 감았고 몸을 누르고 있던 무거운 것이 들려서 올라가는 듯했다. "그러니까 그 이상한 어조하고 셀카 보내달라는 게 전부다……" 그는 눈을 떴다. "무슨 생각을 한 거야?"

"나도 내가 무슨 생각 했는지 모르겠어."

"어, 스콧 파이퍼가 보스턴에 왔다고 생각했거나 아니면 내가 해외 출장 간다고 한 게 거짓말이라 생각했겠지."

"그 비슷해." 지금 말해놓으니 너무 어이없게 들렸다.

그는 인상을 구기고 와인을 더 마셨다.

"뭐야?" 그녀는 물었다. "아니, 뭐야?"

"우리 사이가 그것밖에 안 된다고 생각했어?"

"아냐."

"내가 이중생활을 한다고 생각한 거잖아."

"그런 말 한 적 없어."

"그럼 뭐야? 내가 767기를 타고 어디냐, 그린란드 위쯤을 날고 있을 때 보스턴 거리에서 나를 봤다고 했잖아. 그래서 내가 히스로 공항에서 전화했을 때 어디냐고 캐묻고 폰 충전 안 했다고 들볶고……"

"들볶은 거 아냐."

"아니라고? 그런 다음 내가 정말 거기 있나 증명하게 사진 찍어 보내라 하고, 내 파트너도 들볶으려고 만난 거야?"

"이런 소리 상대 안 할래."

"왜? 진상처럼 굴었으면 실제로 책임을 져야지." 그는 고개를 떨구고 지쳤다는 듯 한 손을 들었다. "저기. 나 피곤해. 지금 당장은 무슨 도움될 말이 안 나오겠어. 그리고 뭐랄까, 이걸 곱씹어볼 시간이 필요해. 괜찮지?"

그녀는 얼마나 화를 내야 할지 그리고 그에게 화가 난 건지 아니면 단지 자신에게 화가 난 건지 판단하려 애썼다.

"나더러 진상이랬잖아."

"아니, 진상처럼 굴었다고 했지." 희미한 미소. "작지만 의미 있는 차이가 있어."

그녀도 그에게 희미하게 미소짓고, 그의 가슴에 한 손을 댔다.

"가서 씻어."

그는 침실로 들어가 문을 닫았고 물소리가 들렸다.

그녀는 그의 레인코트 앞에 섰다. 와인을 사이드 테이블에 내려놓고 왜 죄책감이 들지 않을까 생각했다. 그래야 했다. 그의 말이 맞다. 결혼한 지 이 년 된 남편을 못 믿어 그가 출장 간다고 거짓말했다고 생각하는 모욕을 저질렀다. 하지만 그녀는 죄책감이 들지 않았다. 한 주 내내 그냥 착시 현상이라고 생각하려 했다. 셀카가 그 증명이었다. 그들이 함께한 시간, 그동안 무슨 일이든 그가 거짓말한 적 없다는 게 증거였다.

그럼 왜 착각했단 기분이 들지 않을까? 왜 그를 믿지 않은 데 대한 죄책감이 들지 않을까? 물론 진심으로, 전적으로 믿지 않는 건 아니었다. 하지만 아주 약간, 뭔가 딱 맞아떨어지지 않는다는 감이 들었다.

그녀는 그가 의자 등받이에 걸쳐놓은 레인코트를 챙겨들었다. 그녀가 정말 거슬려 하는 습관이었다. 왜 현관 옷장 옷걸이에다 걸지 못할까?

왼쪽 주머니에 손을 넣으니 항공권이 나왔다. 히스로발 로건행, 오늘 날짜. 그리고 잔돈 약간. 그의 여권도 거기 있었다. 그녀는 여권을 펼쳐 그가 갔던 나라들의 도장이 빽빽이 찍힌 비자 페이지를 펼쳤다. 문제는, 도장이 순서대로가 아니라는 것이었다. 아무 데나 그날 출입국 직원이 펼친 페이지에다 찍는 모양이었다. 그녀는 욕실에서 나는 물소리에 귀를 기울이며 계속 페이지를 넘겼다. 크로아티아, 그리스, 러시아, 독일, 그리고 거기 있었다. 올해 5월 9일 히스로. 그녀는 여권을 레인코트 주머니에 돌려놓고 다른 주머니에 손을 넣었다. 몬마우스 가 10번지 코벤트 가든 호텔 카드키와, 몬마우스 가 17번지에 있는 잡화점의 그녀 엄지만 한 작은 영수증. 오늘 날짜인 05/09/14, 오전 11:12가 찍혀 있었고, 브라이언이 신문과 껌, 오랑지나 탄산음료 한 병을 사고 10파운드 지폐를 내고 거스름돈으로 4.53파운드를 받은 내역이었다.

샤워기 소리가 그쳤다. 그녀는 호텔 카드키를 주머니에 도로 넣고 레

인코트를 다시 의자 등받이에 걸었다. 하지만 영수증은 자기 청바지 뒷
주머니에 챙겼다. 이유는 알 수 없었다. 본능.

17장

개티스

매년 그들이 만난 기념일이 되면, 브라이언과 레이철은 레일로드 바를 찾아가 「너에게 빠진 이후로」에 맞춰 춤을 추었다. 요즘에는 그게 주크박스에 실려 있다면 보통 조니 마티스 버전이었지만, 레일로드 바 주크박스에는 원 히트 원더인 레니 웰치의 원곡이 실려 있었다.

사랑 노래라기보다는 실연 노래로, 결국엔 자신을 파멸시킬 것이 뻔한 무정한 연인에게 중독되어 벗어나지 못하는 이의 한탄을 그린 내용이었고, 버전에 따라 화자는 남자일 때도 여자일 때도 있었다. 그 노래에 맞춰 처음 춤을 춘 이후로, 그들은 거의 모든 버전을 들어보았다. 니나 시몬, 디나 워싱턴, 찰리 리치, 조지 벤슨, 글래디스 나이트, 애런 네빌, 마비스 스테플스. 그리고 그냥 인기 가수들. 레이철이 한번 아이튠스에서 검색해보니 루이 암스트롱에서 캡틴 앤드 테닐에 이르기까지 264가지 버전이 있었다.

올해는 브라이언이 바 뒤쪽 룸을 통째로 빌려 친구들을 초대했다. 멜리사가 왔다. 채널 6에서 레이철의 예전 카메라맨이던 대니 마로타도. 대니는 아내 산드라와 동반했고, 산드라는 동료 리즈를 데려왔다. 레이철이 《글로브》를 떠난 이후로 몇 년 사이 조기 퇴직한 애니, 달라, 로드니가 들렀다. 케일럽은 하야와 함께 왔고, 하야는 몸에 붙는 심플한 면 드레스와 검은 플랫슈즈, 검은 머리를 우아한 목덜미에서 틀어 올린 모습이 황홀했고, 옆에 아기를 끼고 있어 그 모든 것이 어째서인지 더 인간적이고 훨씬 섹시했다. 그나저나 완벽한 아기였다. 부모에게서 가무잡잡한 미모를 물려받아 최고로 균형 잡힌 얼굴, 따스한 검은 기름 같은 눈, 해가 진 직후의 사막의 모래색 피부. 이런 문제에 있어 보통 신중한 브라이언이 하야와 에이비가 지나갈 때 눈이 몇 번 돌아가는 것을 보았다. 마치 창조 신화에서 걸어 나온 판타지적 존재처럼 보였다. 하야는 몇몇 젊은 남자들의 시선도 끌었다. 브라이언과 케일럽의 최근 인턴들로, 이름을 들어봤자 소용없는 게 다음번에는 새 인턴으로 교체되어 있을 것이기 때문이었다. 여자 인턴들이 전부 눈부시게 예쁘고 이십 대 초반 특유의 탱탱하고 매끈한 홍조를 띠고 있었는데도 그랬다.

다른 날이었다면 레이철은 일말의 질투나 최소한 경쟁심이라도 느꼈을 것이다—도대체 바로 얼마 전에 애를 낳은 여자가 당장 란제리 카탈로그 펼침면에 실릴 것처럼 보이다니. 하지만 오늘 밤은 자기가 멋져 보인다는 것을 알고 있었다. 광고 모델로 나설 만한 건 아니었다. 애초에 잘 타고난 비율에다 유전과 필라테스로 이룬 것을 군이 떠벌리고 다닐 필요를 느끼진 않는다고 우아하고 은근한 방식으로 그 자리에 참석한 모두에게 알리고 있었다.

그녀와 하야는 모임 중 에이비가 제 엄마 발치의 카시트에서 잠들었을 때 바에서 마주쳤다. 언어 장벽 때문에 둘은 몇 번 인사 나눈 것 외에는 말 섞은 적이 드물었고 일 년 동안 거의 보지 못했지만, 케일럽이 하야의 영어 실력이 훨씬 발전했다고 했다. 레이철은 용기를 내 보기로 했고 케일럽이 과장한 게 아님을 알게 되었다. 하야는 좀 의식적일진 몰라도, 이제 말을 잘 했다.

"어떻게 지내요?"

"전…… 행복해요. 당신은요?"

"잘 지내죠. 애너벨은 어때요?"

"애는…… 칭얼거려요."

레이철은 파티 한창 중에 카시트에서 곤히 잠든 아기를 내려다보았다. 아까 하야가 안고 있을 때, 아기는 한 번도 소리 지르거나 몸부림치지도 않았다.

하야는 레이철을 마주 쳐다보았고, 그 아름다운 얼굴은 무표정했으며 입술은 꼭 다물려 있었다.

"와줘서 고마워요." 레이철은 결국 그렇게 말했다.

"네. 그는…… 내 남편이니까요."

"그래서 온 거예요?" 레이철은 입가에 작게 미소가 떠올랐다. "남편이라서?"

"네." 영문을 몰라 하야는 눈을 가늘게 떴다. 레이철은 언어와 문화적 장벽을 갖고 사람 놀린 것 같아 죄책감이 들었다. "당신은…… 아주 아름다워요, 레이철."

"고마워요. 당신도요."

하야는 발치의 아기를 내려다보았다.

"아기가…… 깨어나네요."

어떻게 그걸 예측할 수 있는지 모르겠지만, 약 오 초 후에 애너벨이 눈을 반짝 떴다.

레이철은 아기 옆에 쪼그렸다. 아기에게 도대체 무슨 말을 해야 할지
알 수가 없었다. 사람들이 아기에게 말하는 방식은 그녀 눈에는 부자연
스러워 보였다. 사람들은 아기, 동물, 또는 아주 나이 들고 허약한 노인
한테 말할 때 말고는 쓰지 않는 유치한 어조로 떠들어댔다.

"안녕." 그녀는 애너벨에게 말했다.

아기는 제 어머니의 눈으로 그녀를 마주보았다. 너무 맑고, 회의주의
나 냉소에 물들지 않아 레이철은 괜히 평가받는 기분이 들지 않을 수
없었다.

그녀가 애너벨의 가슴에 손가락 하나를 놓자 아기는 자기 손으로 움
켜쥐고 잡아당겼다.

"손힘이 세구나." 레이철은 말했다.

애너벨은 그녀의 손가락을 놓고 올려다봤더니 카시트 덮개가 있어
놀란 듯 약간 삐죽거리는 기색이었다. 아기의 얼굴이 구겨지고 레이철
이 "아냐, 아냐." 하기가 무섭게 애너벨이 울음을 터트렸다.

하야가 레이철과 어깨를 스치며 카시트 손잡이를 잡았다. 카시트를
들어 바 위로 올렸다. 카시트를 앞뒤로 흔들어주니 아기는 이내 울음을
그쳤고 레이철은 민망하고 무능력한 기분이었다.

"아기 잘 보네요." 그녀는 말했다.

"난…… 엄마니까요." 다시금 하야는 영문을 몰라하는 눈치였다. "아
기가 피곤해요. 배고파요."

"물론이죠."

레이철은 보통 그런 말을 하겠거니 싶어서 그렇게 말했다.

"가봐야겠어요. 고마워요…… 파티에…… 초대해줘서."

하야는 딸을 시트에서 들어 품에 안았고, 아기의 뺨이 그녀 목에 닿았다. 모녀 둘이 하나인 듯, 같은 폐를 공유하고 같은 눈으로 보는 듯했다. 레이철의 파티가 하찮아 보였다. 그리고 약간 서글퍼 보였다.

케일럽이 와서 카시트와 핑크색 베이비백 그리고 하얀 모슬린 담요를 챙겼고, 아내와 딸을 차로 데리고 가 둘에게 작별 키스를 했다. 레이철은 창으로 지켜보았고 그들이 부럽거나 하지 않았다. 그녀는 자신이 원하는 게 뭔지 알았다.

누군가, 레이철 짐작에는 멜리사가 주크박스에 1달러를 넣고 B17을 누르자 브라이언이 "이것 봐.「너에게 빠진 이후로」야."하고 말했고, 그들은 그날 밤 두 번째로 춤을 추게 되었다. 그는 벽의 전신거울에 비친 자신들의 모습에 눈썹을 추켜세웠고 그녀는 자신을 정면으로 보았다. 자기 모습을 본 처음 한순간은 늘 그렇듯 이제 스물세 살이 아니라는 데 놀랐다. 다들 마음속에 가진 본인의 이미지는 고정된 나이에 머물러 있다고 누군가 말해준 적이 있었다. 열다섯 살인 사람도 있고 쉰 살인 사람도 있지만, 모두가 갖고 있다고. 레이철의 경우엔 스물셋이었다. 물론 그 뒤 십사 년이 흐르면서 그녀의 얼굴은 길어지고 주름이 늘었다. 눈도 바뀌었다. 회록색 색깔 자체가 아니라, 확신이 줄고 활력이 줄었다. 아주 짙은 체리 색이라 대부분 조명에선 검은색으로 보이는 머리는 한쪽으로 가르마 타고 앞머리를 내려, 각진 하트형 얼굴을 부드럽게 연출하는 스타일이었다.

전에 피디가 머리를 자르고 스트레이트를 하라고 설득하면서 했던 말이었다. 그 대화 이전에는 늘 어깨까지 내려오는 곱슬머리였다. 하지만 그 피디가 "기분 상하지 말고 들어."라고 늘 기분 상할 얘기가 뒤따르는 밑밥을 깔고는 말해주었다. "당신은 미인 소리 듣기엔 조금 모자라지만 카메라는 그걸 몰라. 카메라를 잘 받거든. 그래서 윗분들이 아끼는 거야."

그 피디는 물론 세바스찬이었다. 그녀는 자신을 그만큼 생각했기에 그와 결혼했다.

그녀와 브라이언이 댄스 플로어에서 천천히 춤추는 사이, 그녀는 그가 세바스찬에 비해 훨씬 나은 사람임을 인식했다. 모든 면에서 한 단계 위였다. 더 잘생기고, 더 상냥하고, 더 나은 대화 상대이며, 더 웃기고, 똑똑하고, 심지어 그런 자신의 면모를 겸손하게 깎아내리려 했다. 반면 세바스찬은 늘 더 부풀리려 들었다.

하지만 신뢰의 문제가 있었다. 세바스찬에 대해 개자식이라고 할 수는 있겠지만 그는 순전한 개자식이었다. 그 사실을 숨겨야 한다는 생각조차 안 하는 개자식. 세바스찬은 아무것도 감추지 않았다.

반면에 브라이언과는, 요새 어떻게 된 건지 알 수가 없었다. 출장 이후로 그들 사이는 거슬릴 만큼 예의를 지켰다. 그녀에겐 불신을 뒷받침할 근거가 없었기에 더 이상 밀어붙이지 않았다. 그리고 그는 그걸로 된 것 같았다. 하지만 그들은 탄저병 시험관 주위를 맴돌 듯이 아파트 안에서 서로 겉돌았다. 혹시 말다툼으로 이어질까 봐 그들은 대화를 짧게 끊었다. 어제 입은 옷을 침대 기둥에 걸어놓는 그의 버릇, 화장실에 휴지가 한 칸이라도 마분지 심에 붙어 있으면 새 두루마리로 교체하지 않는 그녀의 성향. 그리고 단어를 극도로 신중하게 골랐다. 곧 분노로 이어질 뿐인 긴장을 유발할 화제는 아예 피하게 되었다. 아침이면 서로 서먹하게 미소짓고, 저녁에 서로 서먹하게 미소지었다. 노트북이나 휴대폰을 하며 보내는 시간이 많아졌다. 지난주에는 한 번 사랑을 나누었고, 서먹한 미소의 육체적 버전이었다. 맹물만큼 밍밍하고, 스팸 메일 만큼이나 미적지근했다.

곡이 끝나자 사람들이 박수 치고 몇몇은 휘파람을 불었으며 멜리사는 포크로 와인잔을 치며 "키스해! 키스해!"하고 외쳐 결국 둘이 따를 수밖에 없었다.

"지금 얼마나 어색해?"

그녀는 브라이언의 팔에 기대 몸을 뒤로 젖히며 물었다.

브라이언은 대답하지 않았다. 그는 그녀 뒤의 뭔가에 정신이 팔려 있었다.

그의 손힘이 빠지는 사이 그녀는 몸을 돌려 그의 품에서 빠져나갔다.

남자 한 명이 룸에 들어왔다. 오십 대 초반으로, 긴 반백 머리를 하나로 묶었다. 꽤나 말랐다. 파란색과 흰색의 하와이안 셔츠와 짙은 청바지 위에 각 잡히지 않은 회색 스포츠 재킷을 입었다. 피부는 메마르고 그을려 있었다. 파란 눈이 너무나 밝아 불꽃 같았다.

"브라이언!" 남자가 양팔을 벌렸다.

브라이언은 케일럽과 얼른 눈길을 교환했다. 너무 빨라서, 레이철이 그의 얼굴에서 팔 센티미터 쯤 떨어져 있지 않다면 놓쳤을 것이다. 그러다가 얼굴에 미소가 피어나고 그 남자에게로 다가갔다.

"앤드루." 그는 남자의 팔꿈치를 한 손으로 잡고 다른 손으로 악수를 나누었다. "보스턴에는 무슨 일로?"

"리릭에서 공연이 있어." 앤드루는 눈썹을 추켜세웠다.

"그거 잘됐네."

"그런가?"

"아니야?"

앤드루는 어깨를 으쓱했다.

"그냥 일이지."

케일럽이 잔 두 개를 가지고 왔다.

"앤드루 개티스, 오랜만에 돌아왔네. 아직도 스톨리 마시나?"

앤드루는 잔을 한 모금에 비우고 케일럽에게 돌려주었다. 그는 두 번째 잔을 받아들고, 고개를 끄덕여 감사 인사를 하고, 조금 홀짝였다.

"이렇게 보니 좋네."

"그쪽도."

앤드루는 킬킬거렸다.

"그런가?"

케일럽은 웃으며 그의 어깨를 탁 쳤다.

"오늘 밤 대사는 그건가 봐."

"앤드루, 내 아내 레이철이야."

레이철은 앤드루 개티스와 악수했다. 놀랄 만큼 매끄럽고, 여리기까지 한 손이었다.

"반가워요, 레이철." 그는 다 안다는 듯한 무모한 미소를 지었다. "똑똑하군요."

그녀는 웃음을 터트렸다.

"뭐라고요?"

"똑똑하다고요." 그는 아직도 그녀와 악수를 하고 있었다. "딱 보이네. 젠장, 누구라도 알겠는걸요. 미모는 짐작했죠. 브라이언은 늘 미인을 좋아했으니, 하지만……"

"좋게 말해." 브라이언이 말했다.

"……두뇌, 그건 새롭네요."

"어이, 앤드루." 브라이언의 목소리는 아주 가벼웠다.

"어이 브라이언."

그는 그녀의 손을 놓았지만 여전히 눈을 마주한 채였다.

"아직 담배 피워?"

"전자담배야."

"나도."

"진짜?"

"나가서 같이 한 대 할까?"

앤드루 개티스는 레이철을 향해 고개를 갸웃했다.

"그래야 할까요?"

"네?"

"댁의 남편하고 전자담배 피우러 나갈까요?"

"그러시죠? 오랜만에 만났으니. 밀린 얘기도 하고."

"흐음." 그는 실내를 둘러보고, 다시 그녀를 보았다. "무슨 곡에 춤추고 있었죠?"

"「너에게 빠진 이후로」."

"누가 그 곡에 춤을 춰요?" 앤드루는 두 사람에게 황당해하는 미소를 지었다. "희망 없는 노래인데. 감정적 속박에 대한 노래."

레이철은 고개를 끄덕였다.

"우린 아이러니를 비웃으려 했던 거 같아요. 아니면 낭만주의를 초월하려 했던가. 어느 쪽인지 모르겠네요. 전자담배 잘 피우고 오세요, 앤드루."

그는 그녀에게 없는 모자를 살짝 기울여 인사하는 시늉을 하고 브라이언과 케일럽 쪽으로 돌아섰다.

세 사람은 문을 향했지만, 앤드루 개티스가 갑자기 돌아섰다. 그가 레이철에게 말했다.

"검색해 봐요."

"네?"

거의 문에 다다른 브라이언과 케일럽이 앤드루가 같이 오지 않은 것을 깨달았다.

"「너에게 빠진 이후로」. 검색해 봐요."

"커버 곡이 이백 개쯤 있죠, 알아요."

"노래 얘기가 아니라."

브라이언이 그들을 향해 다가오고 있었고 앤드루가 알아챘다. 그는 몸을 빙글 돌려 중간쯤에서 브라이언과 만났고 둘은 밖으로 담배 피우러 나갔다.

그녀는 거리에서 증기 연기를 내뿜는 세 사람을 지켜보았다. 오래된 절친처럼 많이 웃었고, 주먹을 부딪치고, 어깨를 치고, 밀치는 형제애가 있었다. 한번은 브라이언이 앤드루의 목덜미를 잡고 끌어당겨 거의 이마가 닿을 듯했다. 둘 다 미소짓고 소리 내어 웃고 있었으며, 브라이언은 입술을 빠르게 놀리고 있었고 둘은 머리가 붙은 샴쌍둥이처럼 고개를 끄덕이고 있었다.

그들이 떨어졌을 때 한순간 미소가 사라졌고, 브라이언은 창문을 보다가 레이철의 시선을 알아채고 '괜찮아, 괜찮아.'라고 말하듯이 엄지 손가락을 들어 보였다.

말 그대로 자기 입은 옷이라도 벗어주는 남자임을 그녀는 새삼 떠올렸다.

돌아왔을 때, 앤드루는 레이철을 제외한 모든 이들에게 관심이 있는 듯했다. 델라크루아 목재 직원 중 한 명에게 잠깐 수작을 부리다가, 멜리사와 수다 떨고, 케일럽과 둘이 매우 진지한 표정으로 꽤 한동안 얘기를 나누었으며, 그러는 사이 그는 비약적인 속도로 취해갔다. 온 지한 시간 안 되어 다섯 걸음 뗄 때마다 옆으로 한 걸음 비틀거렸다.

"술을 이기지 못한다니까."

앤드루가 의자 뒤에 걸린 인턴 가방을 떨어뜨리고 그걸 주우려다가 이번엔 의자를 넘어뜨리고 난 후 브라이언이 그렇게 말했다.

의자가 넘어졌을 때 모두가 웃었지만, 재미있다고 여기는 사람은 거의 없는 듯했다.

"분위기를 깬다니까, 저 사람." 브라이언이 말했다. "늘 그랬어."

"어떻게 아는 사이야?" 레이철은 물었다.

브라이언은 그녀 말을 듣지 못했다.

"내가 처리할게."

그는 걸어가서 앤드루를 도와 의자를 세웠다. 그가 자기 팔에 손을 얹자 앤드루는 홱 팔을 뺐고, 그 바람에 반쯤 찬 맥주잔을 쓰러뜨렸다.

"씨발 나한테 약 먹였어, 브라이언?"

"괜찮아." 케일럽이 말했다. "괜찮아."

바텐더이자 게일의 크로스핏 광 조카 재러드가 다가왔고, 얼굴이 굳어 있었다.

"다들 괜찮아요?"

"앤드루?" 브라이언이 말했다. "여기 이분이 우리 괜찮냐고 물으시잖아. 괜찮아?"

"씨발 끝내주고말고." 앤드루가 바텐더에게 경례했다.

그 바람에 재러드가 화가 났다.

"집까지 가시게 차 잡아드릴 수 있어요. 무슨 말인지 아시겠습니까?"

앤드루는 유창한 영국 억양으로 넘어갔다.

"알겠다네, 선량한 술집 주인 양반. 그리고 오늘 밤은 지역 순경과 마주치지 않았으면 싶군."

재러드가 브라이언에게 말했다.

"친구분 택시 태워드리세요."

"그래야죠."

재러드는 바 뒤로 떨어진 잔을 집어 들었다. 놀랍게도, 깨지지 않았다.

"아직 안 가셨네요."

"갑니다." 브라이언이 말했다.

그쯤에는 앤드루는 인상을 쓰고 있었고, 벌컥 하는 술꾼 특유의 표정이었다. 어릴 때 레이철은 어머니 그리고 어머니 남자친구 중 두 명이 나중에 후회할 짓을 지을 때 그 비슷한 표정을 짓는 것을 보았다.

앤드루가 의자 등받이에 걸린 자기 스포츠 재킷을 집어 들다가, 하마터면 그 의자도 넘어뜨릴 뻔했다.

"아직도 베이커 호수 그 집 있어?"

레이철은 그가 누구에게 말하는지 알 수 없었다. 그의 눈은 바닥을 향하고 있었다.

"가자." 브라이언이 말했다.

"씨발 건드리지 마."

브라이언은 서부극 영화에서 노상강도를 만난 마부처럼 양손을 들어 올렸다.

"거긴 진짜 좆같이 야생 그 자체지." 앤드루가 말했다. "하지만 너는 늘 자연을 좋아했으니까, 브라이언."

그는 문을 향해 비틀거리며 나아갔고, 브라이언은 여전히 팔을 반쯤 쳐든 채 그 뒤를 따랐다.

인도에서 두 가지 일이 거의 동시에 벌어졌다. 택시가 도착했고 앤드루가 브라이언에게 주먹을 휘둘렀다.

브라이언은 가볍게 주먹을 피하고는 비틀거리는 앤드루를 옛날 영화 속 소파에 쓰러지는 여주인공 받아 안듯이 했다. 그를 똑바로 세워 놓고는 얼굴을 갈겼다.

모두들 그 광경을 봤다. 두 사람이 바를 나갔을 때부터 그들은 펼쳐지는 드라마를 보고 있었다. 젊은 인턴 몇이 헉 소리를 냈다. 다른 몇은 웃음을 터트렸다. 젊은 남자 한 명이 말했다.

"야, 사장님 비위 거스르지 말아야겠다?"

그 따귀의 속도와 무심한 태연함으로 인해 두 배로 잔혹해 보였다. 위협하는 사람을 때리는 식이 아니라, 귀찮은 아이를 철썩 갈기는 느낌이었다. 경멸이 들어 있었다. 앤드루의 어깨가 들먹거렸고 고개가 흔들렸으며 울고 있는 게 분명했다.

레이철은 남편이 택시 기사에게 뭔가 말하는 모습을 지켜보았다. 기사는 차에서 내려 손을 내젓고 있었고, 폭력을 저지를 가능성이 있는 술꾼을 태우지 않으려 했다.

하지만 브라이언이 지폐 몇 장을 건네자 택시 기사가 받아들였다. 그 다음 둘이 같이 앤드루를 택시 뒷좌석에 태웠고, 택시는 트레몬트 쪽으로 향했다.

바에 돌아왔을 때, 브라이언은 사람들이 관심을 두고 있었다는 데 놀란 듯했다. 그는 레이철의 손을 잡고 키스한 다음 말했다.

"미안하게 됐어."

그녀의 정신 절반은 아직 그 따귀에, 그 무심한 잔혹성에 놀라고 있었다.

"누구야?"

바에서 브라이언은 스카치를 주문한 다음, 재러드에게 폐를 끼친 보상으로 오십 달러를 찔러주고 그녀를 돌아보았다.

"옛날 친구야. 창피하고, 골치 아프고, 도무지 어른이 되지 못하는 옛날 친구. 당신도 그런 친구 있어?"

"어, 그럼." 그녀는 그의 스카치를 한 모금 마셨다. "예전에는."

"어떻게 떼버렸어?"

"그쪽에서 날 떼버렸지." 그녀는 털어놓았다.

그 말이 그의 가슴을 관통했다. 그녀는 그가 느끼는 아픔을 보았고, 그 순간 너무나 그를 사랑했다.

그는 친구를 때렸던 바로 그 손을 뻗어 그녀의 뺨을 쓰다듬었다.

"멍청이들." 그가 속삭였다. "그 친구들 다 멍청이야."

18장
문화 충격

그녀는 파티 다음 날 아침 브라이언이 강가로 조깅하러 나간 사이 숙취와 함께 검색으로 보냈다.

처음엔 「너에게 빠진 이후로」를 찾아보았다. 예상대로 첫 페이지는 해당 노래의 여러 버전 링크밖에 나오지 않았다. 두 번째 페이지에서 그녀가 초등학교 때 방영한 드라마 「L.A. 로」의 에피소드 언급을 발견했다. 어머니가 그 드라마를 열성적으로 시청했고 한번은 등장인물 중 머리를 잔뜩 부풀리고 옷깃 넓은 여자가 엘리베이터 통로로 떨어지는 걸 손으로 입을 막고 보았던 기억이 났다. 레이철은 IMDB(인터넷 영화 데이터베이스)에서 「너에게 빠진 이후로」를 찾아보았으나 설명 중에 와 닿는 건 없었다.

세 번째 페이지에서 그녀는 로버트 헤이스, 비비카 A. 폭스, 크리스티 게일, 브렛 올든이 출연하고 스티븐 도프와 개리 부시가 특별출연한 2002년 영화 링크를 찾았다. 링크를 클릭하니 더 이상 존재하지 않는 사이트라는 401 메시지가 떴다. 그래서 그녀는 새 창을 열고 '너에게 빠진 이후로 2002 영화'를 검색했다.

설명을 덧붙였음에도 불구하고 대부분의 링크는 노래 관련이었다. 그래도 마침내, '너에게 빠진 이후로/메이 — 디셈버(나이차가 많이 나는 연인 관계에 쓰는 표현 — 옮긴이)(2002) 비디오 이베이' 링크가 하나 나왔다. 클릭하니 이베이로 연결되고 비디오테이프 스크린샷이 나왔다. 확대 보기 기능은 엉망이었지만, 두 주연 배우의 얼굴을 알아볼 수 있을 만큼은 되었다. 남자가 「에어플레인」에 나왔던 사람임을 알아보는 데 시간이 좀 걸렸다. 여자는 「인디펜던스 데이」에 나왔다고 거의 확신했다. 자기 개를 구하느라 모든 사람들을 위험에 빠뜨린 그 머저리를 연기했다. 사진 오른쪽에는 아마 비디오 케이스 뒤에서 뽑았을 설명이 있었다.

홀아비 톰(헤이스)은 자기 나이 절반인 사랑스런 가정부 라토야(폭스)와 사랑에 빠지게 된다. 한편, 톰의 아들(올든)과 라토야의 장애인 룸메이트(게일) 역시 서로 사랑하게 된다. 사랑이 잘못일 수 있는지 묻는 감동적인 드라마 코미디.

레이철은 다시 IMDB로 돌아가 로버트 헤이스와 비비카 A. 폭스의 출연작 목록을 다른 링크나 정보와 상호 대조했다. 아무것도 찾지 못했다. 좀더 부지런을 떨어 스티븐 도프, 개리 부시의 출연작 목록을 확인했고, 그녀가 들어보지 못한 두 배우 크리스티 게일과 브렛 올든도 찾아보았다.

도프와 부시는 그 영화를 자기들 출연작에 올리지도 않았다.

크리스티 게일은 개봉도 못 하고 곧장 비디오로 출시된 영화에서 눈

깜빡할 사이 사라진 경력만 있었으며 주류 극장 개봉 영화에는 딱 하나 「무서운 영화 3」에서 '외발자전거 여자'로 출연했다. 그녀의 페이지는 2007년 이후로 업데이트가 없었으며, 마지막 출연작 「치명적 살인」이라는 영화가 개봉한 때였다(*치명적 살인이라니, 그럼 치명적이지 않은 살인도 있나?* 레이철은 생각했다.).

브렛 올든은 페이지가 없었다. 할리우드 삼류 생활의 쓴맛을 보고 고향 아이오와나 위스콘신으로 도망간 것이 분명했다. 레이철은 열려 있는 이베이 창으로 되돌아가 비디오테이프를 4.87달러에 구매하고 2일 배송을 선택했다.

그녀는 커피를 한 잔 더 마시고 파자마 차림으로 다시 노트북으로 돌아와, 강을 내다보았다. 어젯밤 언제쯤인지 비가 그쳤다. 그리고 오늘 아침 언제쯤인지 해가—그래, 드디어 해가 났다. 모든 것이 그냥 깨끗한 정도가 아니라 반짝반짝 광이 났고 하늘은 얼어붙은 파도처럼 보였으며 강가의 나무들은 비취처럼 선명했다. 그리고 그녀는 머리가 지끈거리고 가슴이 두근거리며 모든 신경이 신호 보낸 후에도 한 박자씩 느리게 반응하는 듯한 숙취와 함께 여기 집안에 앉아 있었다. 그녀는 음악 폴더를 클릭하고 신경이 너무 생생하게 예민할 때 마음을 가라앉히기 위해 만든 플레이리스트를 골랐다. 더 내셔널, 로드 휴런, 아톰스 포 피스, 마이 모닝 재킷, 그 비슷한 종류. 그런 다음 베이커 호수를 검색하기 시작했다.

세 군데가 있었다. 가장 큰 것은 워싱턴주에, 다른 하나는 캐나다 북극 지역에, 세 번째는 메인주에 있었다. 워싱턴주에 있는 건 관광지 같아 보였고, 캐나다에 있는 건 이누이트 족이 주로 거주했으며, 메인주에 있는 것은 야생의 세계로, 가장 가까운 마을까지의 거리가 65킬로

미터였다. 대도시와의 접근성을 보면, 사실 뱅거보다 퀘벡시에 가까
웠다.

"캠핑 가게?"

그녀는 의자를 빙글 돌려 그를 마주했다. 뛰고 들어와 땀에 젖은 브
라이언이, 2.5미터 뒤에 서서 물병을 들이켜고 있었다.

"어깨너머로 훔쳐봐?" 그녀는 미소지었다.

그도 마주 미소지었다.

"막 들어왔다가, 당신 머리 너머로 '베이커 호수' 글자가 보이더라
고."

그녀는 깔개에 발끝을 박고 다시 의자를 돌렸고, 이번에는 앞뒤로 왔
다갔다 했다.

"어젯밤 당신 친구가 말하기에."

"어느 친구?" 그의 말에 그녀는 한쪽 눈썹을 추켜세워 보였다. "어젯
밤 여러 명 왔는데."

"당신이 따귀 갈긴 다른 친구가 있어?"

"아."

그는 한 걸음 뒤로 물러나 다시 물을 마셨다.

"그래. 아. 도대체 무슨 일이었어?"

"그놈이 취해서 우리까지 좋아하는 바에서 쫓겨날 뻔했고, 그 다음
엔 인도에서 나한테 주먹을 휘둘렀지."

"그래, 하지만 왜?"

"왜?" 그는 미묘하게 파충류를 연상시키는 방식으로 그녀를 응시했
다. "폭력적인 술꾼이니까. 늘 그랬어."

"그럼 왜 케일럽이 술을 두 잔이나 한꺼번에 갖다준 거야?"

"케일럽이니까. 난 몰라. 본인에게 물어."

"그냥 이상해서 그래. 폭력 성향이 있는 술꾼에게 들어오자마자 대량의 술을 주다니."

"대량의?"

그녀는 고개를 끄덕였다.

"대량."

그는 어깨를 으쓱했다.

"다시 말하지만, 케일럽에게 물어. 내가 다음에 출장 가고 둘이 만날 때나."

그녀는 짐짓 입을 삐죽여 보였고, 그가 엄청나게 짜증스러워하리라는 걸 알고 하는 행동이었다.

"위기감을 느꼈어?"

"그렇단 말 아냐."

널찍한 어깨를 으쓱하며, 가볍게 넘기려 했으나 방 안 온도는 오 도쯤 치솟았다.

"그럼 당신 파트너를 못 믿어서?" 그녀는 말했다. "아니면 아내를 못 믿어서 그래?"

"둘 다 믿어. 그냥 사실상 지난 이 년 사이 틀어박혀 살던 당신이 택시 타고 케임브리지에 가서 내 사업 파트너랑 우연히 맞닥뜨렸다니 이상해서."

"우연히 맞닥뜨린 거 아냐. 당신 사무실 건물에 갔어."

그는 깔개 위에 쪼그리고 앉아 물병을 손으로 굴렸다.

"왜 그랬는데?"

"당신이 나한테 거짓말하는 거 같아서."

"또 그 얘기야?" 그의 웃음소리는 불쾌했다.

"그런 거 같아."

"당신이 얼마나 정신 나간 소리 하는지 알아?"

"아니. 설명 좀 해줘."

그는 달리기 출발 신호를 기다리며 준비운동 하듯이 일어났다 쪼그리기를 몇 번 반복했다.

"내가 지상 삼만 피트에 있을 때 당신은 나를 보스턴에서 봤다고 생각하는 거잖아."

"당신이 실제 그렇지 않았다면 말이지."

그녀는 그를 향해 코를 찌푸렸다.

그는 눈을 깜박거렸다.

"그래서 내가 실제 런던에 있었다는 걸 몇 단계에 걸쳐 증명시켰잖아. 매 단계마다 성공적으로 통과했고. 하지만 그걸로는 충분치 않은 거네. 당신은……" 그는 갑작스레 어이가 없어 웃음을 토해냈다. "지난 주 내내 내가 무슨…… 비밀 스파이 리더라도 되는 듯한 눈으로 봤어."

"아니면. 가짜 록펠러(80-90년대 크리스티안 칼 게르하르츠라이터라는 독일계 남자가 석유 재벌 록펠러 가문 후예 클라크 록펠러로 행세하다, 정체가 발각되고 이후 이웃도 죽인 것이 밝혀진다 — 옮긴이) 같은 사람일 수도 있겠지."

"그럴 수도." 그는 마치 그게 합당하다는 듯 고개를 끄덕였다. 물병을 마저 비웠다. "그 사람은 사람을 죽였지?"

그녀는 그를 마주보았다.

"그랬을 거야."

"아내는 살려두고."

"참 신사답기도 했네."

그녀는 설명할 수 없는 비웃음이 입가에 비죽거리는 것을 느꼈다.

"자기 아이는 훔쳐갔지만 은식기는 남겨두었고."

"식탁 차림은 중요하니까."

"저기."

"뭐?"

"왜 싱글거리고 있어?"

"당신은?"

"웃기니까."

"말도 못 하게." 그녀는 동의했다.

"그럼 계속 이러고 반복할 거야?"

"모르겠어."

그는 그녀의 발치에 무릎을 꿇고, 그녀의 손을 잡고 눈을 들여다보았다.

"나는 지난 월요일 영국항공 비행기를 타고 보스턴을 출발했어."

"그러지 않아도……"

"날씨 때문에 비행이 75분 지연됐어. 나는 그 동안 E 터미널을 배회하며, 누가 게이트에 두고 간《US 위클리》를 읽었지. 미화원이 그걸 봤고. 공항 미화원한테서 못마땅한 눈길 받아 봤어? 사람 기죽인다니까."

그녀는 웃음 지으며 고개를 저었다.

"진짜, 믿는대도."

"그러다가 던킨 도넛에서 커피 한 잔 마시고, 그쯤에 탑승이 시작되었지. 비행기에 타고, 내 자리 콘센트가 고장난 걸 발견했어. 한 시간쯤 후에 잠들었고. 일어나서, 소용없다는 건 알지만 그래도 위원회 회의

자료를 읽고, 덴젤이 본때를 보여주는 영화를 봤지."

"그게 제목이야?"

"해외 몇몇 지역에선."

그녀는 다시 그와 눈을 마주했다. 그 행동에는 늘 의미가 있었다. 힘을 넘기거나, 빼앗거나, 혹은 함께 나누거나. 그들은 함께 나누기로 상호 동의했다.

그녀는 그의 머리 옆에 가볍게 손을 가져다 댔다.

"믿어."

"당신 행동을 봐선 아니던데."

"나도 이유를 설명할 수 있다면 좋겠어. 아마 다 이 거지 같은 비 때문일 거야."

"비는 그쳤어."

그녀는 고개를 끄덕여 수긍했다.

"하지만 봐, 지난 이 주일 동안 나 많은 걸 해냈어. 지하철, 쇼핑몰, 택시, 코플리 광장에 걸어가기까지 했고."

"알아." 그의 얼굴에 담긴 공감과 사랑이 너무나 순수해서 가슴이 아팠다. "이렇게 자랑스러울 수가 없어."

"당신이 런던에 갔던 거 알아."

"한 번 더 말해봐."

그녀는 맨발로 그의 허벅지 안쪽을 살짝 걷어찼다.

"당신이 런던에 갔던 거 알아."

"다시 신뢰가 돌아온 거야?"

"다시 신뢰가 돌아왔어."

그는 그녀의 이마에 입 맞췄다.

"난 샤워해야겠어."

그는 양손으로 그녀의 허리를 잡고 몸을 일으켰다.

그녀는 의자에 앉아 노트북을, 강 풍경을, 완벽한 날씨를 등지고, 자신이 어색했기 때문에 한 주일 내내 둘 사이가 어색했던 걸까 생각했다. 혹시 자신이 이상하게 행동해서 브라이언이 이상하게 행동한 걸까 생각했다.

방금 그에게 말한 대로, 지난 14일간 그녀는 지하철을 타고, 쇼핑몰에 들어가고, 코플리 광장에 가고, 낯선 사람을 믿고 택시를 탔으며, 전부 이 년 만에 처음이었다. 대부분 사람들에게는 작은 성취겠지만 그녀에게는 기념비적이었다. 하지만 어쩌면 그 성취로 인해 잔뜩 겁에 질렸는지도 모른다. 익숙한 영역에서 한 걸음 뗄 때마다 정신적 건강에 한 걸음 더 가까워지거나 아니면 또 신경증에 한 걸음 가까워지게 된다. 하지만 이렇게 많은 진전을 이룬 후 또 신경증을 일으킨다면 열 배는 더 타격이 클 것이다.

지난 이 년간, 매일 매분마다 그녀의 머릿속에 반복해서 울려퍼지던 말이 있었다. *다시는 그렇게 되지 않을 거야. 다시는 그렇게 되지 않을 거야.*

그러니까 현재 상태에서 자유로워질 수 있지만 동시에 다시 나락으로 떨어질 위험이 따르는 행동을 할 때, 그 부담감을 떨쳐내기 위해 다른 무언가에 집착할 만도 하다. 처음에는 남편이 있을 리가 없는 곳에서 끔찍하리만큼 똑같은 사람을 보았다는 그럴싸한 근거가 있었으나, 이제 이성적인 단계는 지난 게 확실했다.

그는 좋은 남자였다. 그녀가 아는 사람 중 최고. 그렇다고 세계 최고는 아니고, 그녀에게 최고였다. 생각해 보면 도플갱어 목격을 제외하면 그는 그녀가 불신할 빌미를 준 적이 없었다. 그녀가 불합리적일 때, 그는 이해해주었다. 그녀가 겁에 질렸을 때, 그는 달래주었다. 비이성적이면, 그는 알아들었다. 어쩔 바를 몰라 하면, 그는 기다려주었다. 그리고 그녀가 다시 세상으로 나갈 때가 되자, 그는 진작 알아보고, 그녀를 이끌어주었다. 그녀의 손을 잡고, 안전하다고 말해주었다. 그는 곁에 있었다. 가든 가지 않든, 그는 그녀를 지지해주었다.

그녀는 의자를 돌려 창 너머 강과 푸른 강둑 위로 비치는 자신의 모습을 보며 생각했다. *나는 이런 남자를 불신하려 든 거야?*

그가 샤워를 마치고 나왔을 때, 그녀는 욕실 세면대에서 기다리고 있었고 파자마는 발치에 떨어져 있었다. 그는 그녀에게로 손을 뻗는 사이 단단해졌다. 그가 들어오고 난 후 약간 어색함이 있었다. 세면대가 좁고, 습기가 높았고, 뒤의 거울에 맞닿아 그녀의 피부가 뻑뻑거렸으며, 그가 두 번 미끄러져 빠졌다. 하지만 그의 눈빛으로, 놀란 경이감으로, 그처럼 자신을 사랑해 준 이는 아무도 없음을 그녀는 알았다. 가끔은 그 사랑이 그의 안에서 전쟁을 벌이는 듯했고, 그래서 그게 재등장하면 더욱 짜릿했다.

우리가 이겼어. 그녀는 생각했다. *우리가 다시 이겼어.*

그녀는 수도꼭지에 여러 번 골반을 부딪치고 바닥으로 옮기자고 했다. 그들은 그녀가 벗어놓은 파자마 위에서, 그녀의 발꿈치가 그의 무릎 뒤 오금을 파고드는 가운데 끝냈다. 하나님이 보고 있다면, 죽은 사람들이 시간과 우주를 넘어 볼 수 있다면 우스꽝스러운 광경이리라고 그녀는 상상했지만, 신경 쓰지 않았다. 그녀는 그를 사랑했다.

다음 날 아침, 그는 그녀가 자고 있는 사이 출근했다. 그녀가 그날 입을 옷을 고르려 옷방으로 들어가니, 보통은 접어 신발 옆에 세워두는 그의 슈트케이스가 나무 받침대에 펼쳐진 채 놓여 있었다. 그는 짐 대부분을 쌌고, 면도 키트가 들어갈 슈트케이스 한구석만 비어 있었다. 옆의 고리에 슈트 세 벌이 든 의류 보관 가방이 걸려 있었다.

다음 출장은 내일이었다. 그리고 그가 6주 정도마다 가는 장기 출장이었다. 이번에는 모스크바, 크라쿠프, 프라하라고 했다. 그녀는 그의 셔츠 몇 벌을 집어 들었고, 그가 스웨터 한 벌과 지난번 출장 때 입은 레인코트 한 벌만 챙겼음을 알았다. 5월 동유럽 날씨엔 가벼워 보였다. 평균 기온이 영상 10도 전후 아닌가?

그녀는 휴대폰을 확인해 보았다.

사실, 세 도시 모두 거의 20도에 가까울 예정이었다.

그녀는 방으로 돌아가 침대에 벌렁 누워 도대체 자신이 뭐가 문제인 걸까 생각했다. 그는 그녀가 내놓은 모든 테스트를 통과했다. 어제 사랑을 나눈 후 종일, 그는 다정하고 재미있었고 같이 있기 즐거웠다. 꿈의 남편.

그리고 그녀는 그가 출장 간다고 주장한 지역에 맞게 옷을 챙겼나 의심하며 일기예보를 확인하는 걸로 보답하고 있었다.

주장. 또 그랬다. 맙소사. 아무래도 당분간 제인과의 상담을 두 배로 늘려서 이 편집증을 다스려야 하는가 싶었다. 아무래도 누워서 결혼생활이 무너질 가능성을 상상하는 것 말고 달리 시간 보낼 일거리를 찾아야 하는지도 모른다. 책 원고 쓰기로 돌아가야 했다. 의자에 앉아 자크멜 부분에서 뭣 때문에 글이 막히든 간에 그걸 해결할 때까지 일어나지 말아야 했다.

그녀는 침대에서 일어나 빨래바구니를 세탁기와 건조기가 있는 다

용도실로 가져갔다. 그는 늘 동전을 남겨두기 때문에 바지 주머니를 뒤졌고 총 77센트와 꾸깃꾸깃 뭉친 ATM 영수증 두 장을 찾아냈다. 물론 그녀는 영수증을 확인했다. 브라이언이 평균적으로 출금하는 액수인 200달러씩, 일주일 간격이었다. 그녀는 영수증을 작은 쓰레기 바구니에 던져넣고 잔돈을 그 용도로 선반에 두는 금 간 커피잔에 넣었다.

그녀는 자기 옷 주머니를 뒤졌고 줄줄이 비어 있다가 일주일 전 그의 레인코트에서 훔친 영수증이 나왔다. 음, 훔쳤다는 말이 거칠었다. 차출했다. 그게 나아 보였다. 그녀는 세탁기에 등을 기대고 바닥에 앉아 무릎에 대고 영수증을 펴며 왜 이게 마음에 걸리나 다시 궁금해졌다. 그냥 그가 껌 한 통, 데일리 선 신문, 그리고 오랑지나 한 병을 런던에 있는 가게에서 05/09/14의 11:12 A.M.에 총액 5.47파운드에 산 영수증일 뿐이었다. 가게 주소는 몬마우스 17번지로, 코벤트 가든 호텔 바로 근처였다.

또 그러고 있었다. 그냥 영수증일 뿐인데. 그녀는 쓰레기 바구니에 그걸 던졌다. 세탁기에 세제를 넣고 돌렸다. 다용도실에서 나왔다.

그녀는 돌아갔다. 영수증을 쓰레기통에서 꺼내 다시 들여다보았다. 그 날짜가 마음에 걸렸다. 05/09/14. 2014년 5월 9일. 그래, 브라이언이 런던에 있던 날짜가 맞다. 월, 일, 년. 하지만 영국에서는 날짜를 그런 식으로 표기하지 않았다. 월일년 순서가 아니라, 일월년으로 썼다. 만약 이 영수증이 진짜 런던에 있는 가게에서 발행한 거라면 05/09/14라고 나왔을 리가 없다. 09/05/14여야 맞다.

그녀는 영수증을 파자마 바지 주머니에 넣고 간신히 토하기 전에 욕실까지 갔다.

그녀는 그와의 저녁식사를 견뎌냈지만, 거의 말을 하지 않았다. 무슨 문제라도 있냐고 그가 물었을 때, 그녀는 알레르기가 도졌고 원고 작업이 예상보다 훨씬 힘들다고 말했다. 그가 캐묻자 그녀는 말했다.

"피곤해서 그래. 그냥 넘어가면 안 될까?"

그는 고개를 끄덕였고, 단념하고 낙담한 표정, 비이성적인 아내의 적의 어린 변덕을 견뎌내야 하는 순교자의 얼굴이었다.

그녀는 그와 같은 침대에서 잤다. 잠이 들 수 있을 거 같지 않았고, 처음 한 시간 정도는 그냥 옆으로 누워, 그가 자는 모습을 지켜보았다.

당신 뭐야? 그녀는 묻고 싶었다. 그의 위에 올라타 가슴을 주먹으로 내리치며 소리지르고 싶었다.

나한테 무슨 짓을 한 거야?

당신과 결혼하다니 무슨 짓을 저지른 거지? 내 스스로 당신에게 발목 잡히다니?

그 거짓말로 뭘 하는 거야?

당신이 사기꾼이라면, 내 인생은 뭐가 되지?

어찌저찌 그녀는 불편한 잠에 들었고, 다음 날 아침 깨어났을 땐 놀라서 "오."소리가 입 밖에 나왔다.

그가 샤워하는 동안, 그녀는 거실로 나가 창 너머로 어제 집카 주차장에서 빌려온 작은 빨간 포드 포커스를 내다보았다. 이 높이에서도 주차요금 징수원이 오른쪽 와이퍼 아래 끼워놓은 오렌지색 주차증이 보였다. 예상한 바였다. 어제 그녀는 거주자 전용 주차구역에 차를 세워놨고, 오늘 필요한 자리에—차고 문이 보이는 위치에 두려면 그 방법밖에 없었다.

그녀는 운동복과 후디를 입었다. 샤워 소리가 그쳤을 때, 그녀는 욕실 문을 나직이 노크했다.

"응?"

그녀는 문을 열고, 문틀에 기댔다. 그는 허리와 목에 수건을 두르고 턱은 셰이빙 젤에 뒤덮여 있었다. 그는 뺨에 젤을 바르려던 참이었고, 오른손 손바닥에 보라색 젤을 올린 채 그녀를 돌아보았다.

"나 운동하러 나가."

"지금?"

그녀는 고개를 끄덕였다.

"내가 좋아하는 강사 있지? 화요일엔 이 시간에만 있거든."

"그래." 그가 그녀에게로 다가왔다. "일주일 후에 봐."

"비행 조심하고."

그들은 몇 센티미터 떨어진 채 서 있었고, 그의 눈은 그녀의 눈을 살폈으며, 그녀의 눈은 전혀 움직이지 않았다.

"안녕."

"사랑해." 그가 말했다.

"안녕." 그녀는 다시 말하고 문을 닫았다.

19장
올든 광물

어제, 길모퉁이 집카에서 집 근처 주차장으로 차를 몰고 왔을 때, 그녀는 두 블록 거리를 운전했고 그것조차도 약간 신경이 곤두섰다. 이제, 브라이언이 모는 차가 차고를 나와 거리로 향하는 램프를 오르는 것을 지켜보자니, 온몸의 산소가 모두 심장으로 쏠렸다. 브라이언은 코먼웰스 가로 나가서 곧장 왼쪽 차선으로 들어갔다. 그녀는 급히 차를 출발시켰다. 그녀의 왼쪽으로 택시가 휙 지나갔다. 경적소리가 났다. 택시 한 대가 그녀를 비켜 가며, 기사가 운전과 전방주의를 동시에 제대로 못 하는 머저리를 향해 허공에 삿대질했다.

그녀는 반쯤은 주차장에, 반쯤은 차도에 걸친 채 앉아 있었고, 머리와 목으로 열기가 확 올랐다.

그만둬.

다음번에 출장 갈 때 다시 시도해.

하지만 그녀는 그 목소리에 귀를 기울이면 아예 실행하지 못하리라는 것을 알았다. 다음 한 해를(아니면 몇 년을) 집안에서 두려움과 불신, 그리고 후회에 싸여 지낼 테고, 결국엔 그것 자체가 아이러니하게도 상처를 달래는 약이 될 것이다. 그리고 가장 최악인 것은 그쯤에 이르면 그녀 스스로도 그거면 충분하다고 납득하고 있으리라는 점이었다.

그녀는 코먼웰스 가로 나왔고 자기 숨소리가 들리는 것이 결코 좋은 징조가 아니었다. 만약 호흡을 고르게 가다듬지 않으면 과호흡 상태가 올 거고, 브라이언이 언젠가 예측한 대로 정신을 잃고 사고가 날 수도 있었다. 그녀는 입을 모아 천천히 숨을 내쉬었다. 브라이언은 왼쪽으로 꺾어 엑스터 가로 들어갔다. 아까 하마터면 그녀를 칠 뻔했던 택시가 똑같이 좌회전하기에 그녀는 그 뒤로 붙었다. 그녀는 마찬가지로 천천히 숨을 내쉬었고, 호흡이 조금 진정되었다. 반면에 심장은 도끼를 갖고 다가오는 농장 주인을 지켜보는 우리 속 가축처럼 계속 날뛰었다. 그녀는 나이든 할머니나 운전 강사처럼 핸들을 꽉 움켜쥐었고, 목에 잔뜩 힘이 들어가고, 손바닥은 축축하고, 어깨는 움츠러들었다.

브라이언은 웨스틴 호텔을 지나 좌회전했고 그녀는 한순간 그를 놓쳤다. 그를 놓쳐서는 안 되는 곳이었다. 거기서는 선택안이 너무 많았다. 빙 돌아 매사추세츠 고속도로로 올라갈 수도 있고, 곧장 스튜어트로 향할 수도, 또는 우회전해서 다트무스로 빠져 사우스엔드로 갈 수도 있었다. 그녀는 바로 그렇게 쇼핑몰을 오른쪽으로 지나치는 그의 브레이크등을 포착했다. 하지만 택시는 곧장 직진하고, 그녀는 우회전하는 바람에 이제 은폐물을 잃었다. 브라이언은 반 블록 앞이었지만 그들 사이에 차가 없었다. 만약 더 가까이 붙으면 그가 백미러로 그녀를 볼 수 있을 것이다.

그녀는 어제 변장을 고려했지만, 너무 웃긴 것 같았다. 뭘 어쩌면 좋을까? 콧수염 가면? 하키 마스크? 그래서 결국은 잘 안 쓰는 빵모자와 그가 본 적 없는 테 넓은 동그란 선글라스를 썼고, 그가 웬만한 거리에서 보면 넘어갈 수 있겠지만 가까이서라면 절대 아니었다.

그는 콜럼버스에서 좌회전했고, 다른 차 한 대가 끼어들었다. 뉴욕 번호판을 단 검은 스테이션 웨건. 레이철은 그 뒤로 빠졌고 그들은 몇 킬로미터를 나란히 나아갔다. 세 대가 함께 콜럼버스에서 알링턴으로 빠졌고 알링턴에서 알바니로 그리고 93번 고속도로 쪽으로 향했다. 고속도로를 탈지도 모른다는 걸 깨닫자, 그녀는 계기판에 토하지 않을까 겁이 났다. 시내 거리도 힘들기는 했다. 소음, 울퉁불퉁한 길, 공사장에서 도로를 깨는 드릴 소리, 횡단보도를 가로지르는 행인들, 밀어붙이고, 앞에 끼어들고, 뒤에 바짝 따라붙는 다른 차들. 하지만 그건 시속 40킬로미터였다.

생각할 시간은 별로 없었다. 브라이언이 93번 고속도로 하행으로 들어가고 있었다. 레이철은 뒤따랐고, 진입로에 빨려 들어가는 기분이었다. 브라이언은 가속했고 차선 세 개를 가로질러 왼쪽 차선으로 들어갔다. 그의 인피니티가 속력을 올렸다. 그녀도 가속 페달을 밟았지만 결과는 바윗덩이를 밟고 가속되기를 바라는 거나 마찬가지였다. 소형 포드는 찔끔 전진했다가 조금 더 빠르게 찔끔 나아가고 다시 조금 더 빨라졌다. 브라이언이 단숨에 달성한 시속 120킬로미터쯤에 이르렀을 때엔, 그의 인피니티는 오백 미터쯤 앞서 있었다. 그녀는 그의 오른쪽 차선에서 계속 페달을 밟았으며, 곧 도체스터를 지나 밀턴에 들어설 즈음엔 충분한 거리를 따라잡아 그에게서 다섯 대 뒤에 있었다.

그녀는 눈앞의 일에 너무나 집중한 나머지 고속도로 운전에 대한 공포 자체를 까맣게 잊고 있었다. 이제 도로 돌아왔지만, 공포라기보다는 목덜미에서 끈질기게 두근거리는 감각과 두개골이 피부 밖으로 터져 나오리라는 확신이었다.

그리고 락스처럼 독한 배신감과 분노. 애초에 크게 의심한 게 아님에도 불구하고, 이제 브라이언이 공항으로 향하는 게 아님이 너무나 분명해졌기 때문이었다. 로건 공항은 그들에게서 25킬로미터 뒤쪽에 있었다.

93번 고속도로를 떠나 95번 하행 프로비던스 방향으로 접어들었을 때, 그녀는 그가 혹시 로드아일랜드의 유일한 주요 공항인 TF 그린 공항에서 비행기를 탈 가능성을 고려했다. 로건 공항의 인파에 질려 그쪽을 선호하는 사람들이 있는 건 알았지만, 또한 거기엔 모스크바 직항이 없다는 것도 확실했다.

"망할, 모스크바에 가는 게 아니잖아." 그녀는 소리 내어 말했다.

몇 킬로미터 후 그가 공항에서 최소 십육 킬로미터 못 미친 곳에서 깜빡이를 켜고 유유히 차선을 가로지르기 시작하자 그녀가 옳았음이 증명되었다. 그는 프로비던스에서, 컬리지 힐과 페더럴 힐 지역이 만나는 경계인 브라운 대학 출구로 빠졌다. 다른 차 몇 대가 같은 출구를 택했고 레이철을 포함해서 그의 뒤로 세 대였다. 출구 램프에서 브라이언은 오른쪽으로 갔지만 그들 사이 두 대는 왼쪽이었다.

교차로에 가까워지며 그녀는 속력을 줄여 그가 최대한 앞서게 했지만, 시간을 많이 끌 수가 없었다. 포르셰 한 대가 그녀 왼쪽으로 끼어들어 엔진 소리를 울리며 추월했다. 좆만 한 놈이 좆만 한 차를 몰고 좆같이 구는 게 이렇게 반가울 수가 없었다. 다시 그녀와 브라이언 사이에 은폐물이 생겼다.

하지만 오래가지는 않았다. 첫 번째 신호에서 포르셰는 좌회전 전용 차선으로 빠졌고, 속도를 올려 교차로에서 브라이언을 추월한 다음, 굉음을 울리며 그들 앞으로 사라졌다.

좆만 한 차를 모는 좆만 한 게, 젠장. 레이철은 다시 생각했다.

이제 그녀와 남편 사이를 가로막는 건 아무것도 없었고, 그가 백미러를 들여다보고 그녀를 알아보지 못하게 막을 방법이 없었다. 그녀는 교차로를 통과했다. 둘 사이에 차 네 대 거리를 유지했지만, 그녀 뒤차 운전자가 이미 왜 그녀가 앞차 속도에 안 맞추는 용서할 수 없는 죄를 저지르는지 목을 빼고 쳐다보고 있었다.

그들은 연방주의자 판잣집, 아르메니아 제과점, 석회암 교회들이 늘어선 지역으로 들어섰다. 한번은 브라이언이 고개를 오른쪽 위로 들었고―룸미러를 확인하는 게 분명했다―그녀는 당황해서 브레이크를 밟을 뻔했다. 하지만 아니, 그는 다시 도로를 주시했다. 두 블록 더 가서, 그녀가 찾던 게 나왔다. 갓길이 넓어지고 도넛 가게와 주유소가 있었다. 그녀는 깜빡이를 켰다. 도넛 가게 앞에 차를 세우고 다시 도로로 들어설 준비를 하며 녹색 크라이슬러를 앞세워 보냈다.

하지만 녹색 크라이슬러 뒤에는 갈색 프리우스가 있었고 프리우스 뒤에는 황갈색 재규어가 그리고 재규어 바로 뒤에는 어마어마한 바퀴가 달린 도요타 4러너가 있었고, 맙소사, 4러너 다음은 미니밴이었다. 그녀가 다시 도로로 나왔을 때는, 다섯 대 뒤에 있을 뿐만 아니라, 미니밴이 너무 높아서 그 앞을 볼 수가 없었다. 그리고 설령 그게 가능했어도, 그 앞에는 미니밴보다도 높은 4러너가 있었다.

다음 신호에서 차들이 멈췄고 그녀는 브라이언이 빨간불 전에 신호를 실제로 지났는지 알 방법이 없었다.

다시 차들이 움직였다. 그녀는 그 뒤를 따라 직선 도로를 달렸고, 이

길에는 커브가 없었다. 커브 한 번만 나오라고 그녀는 빌었다. 빌어먹을 커브 한 번만 나오면 어쩌면, 어쩌면 그의 모습을 얼핏이라도 볼 수 있을지 모른다.

1.5킬로미터 앞에서 길이 갈라졌다. 프리우스, 미니밴, 4러너는 전부 오른쪽 벨 가로 갔고, 크라이슬러와 재규어는 브로드웨이 쪽 코스에 남았다.

다만 문제가 하나 있었다. 브라이언의 인피니티가 크라이슬러 앞에 없었다. 아무 데도 없었다.

그녀는 악문 잇새로 비명을 지르며 핸들을 뽑아버릴 기세로 움켜쥐었다.

그녀는 유턴을 했다. 생각도 않고 예고도 없었고, 그녀 뒤 차와 반대쪽에서 오던 차 둘 다 성난 경적을 울려댔다. 그녀는 아랑곳하지 않았다. 두려움을 느끼는 게 아니라, 분노와 짜증을 느꼈다. 하지만 대부분 분노였다.

그녀는 다시 브로드웨이로, 그의 모습을 놓친 주유소와 도넛 가게까지 돌아갔다. 그녀는 다시 유턴했다. 이번에는 예고하고 좀더 신경 써서. 그리고 방금 왔던 길로 다시 돌아갔다. 그녀는 시속 50킬로미터로 달리는 차에서 가능한 한 최선을 다해 도로 양쪽을 살폈다.

다시 갈림길에 이르렀다. 또 비명을 지르고픈 충동을 억눌렀다. 울고픈 충동을 억눌렀다. 그녀는 왼쪽으로 가서 해외참전용사회 지사 밖 작은 주차장으로 들어섰다가 다시 돌아 나왔다.

빨간 신호에 걸리지 않았다면, 절대 그를 찾지 못했을 것이다. 하지만 찾아냈다. 오른쪽에 다른 주유소와 허름한 보험사 지점이 있는 신호에 걸린 채, 건너편을 바라보다 잔디밭에 세워진 높은 하얀 간판에 입

주사 명단이 적힌 커다란 빅토리아식 건물을 보았다. 그리고 거기, 건물 옆쪽 철제 비상구 계단 아래 주차장에, 브라이언의 인피니티가 있었다.

그녀는 빅토리아식 건물에서 여섯 집 떨어진 곳에 주차할 곳을 찾았다. 인도로 걸어서 돌아왔다. 거리에는 오래된 떡갈나무와 단풍나무가 줄지어 섰고, 나무 그늘에는 그날 아침 내린 이슬이 아직 축축했으며, 오월 공기에선 썩은 냄새와 새 생명의 냄새가 똑같이 났다. 남편이 진짜 모습을 ─또는 진실의 일부를 감추고 있는 건물로 다가가는 지금에조차, 그 거리와 냄새에 그녀는 마음이 진정되었다.

건물 앞 잔디밭 간판에 따르면 정신과 세 곳, 가정의학과 한 곳, 광물 회사, 부동산, 변호사 사무실 두 곳이 있었다. 레이철은 거목들 그림자에 숨어 건물 옆 골목으로 들어갔다. 골목 쪽 입구의 커다란 표지판에는 주차 공간은 시버 가 232번지 거주자 전용이라고 되어 있었으며, 그 옆에 연달아 붙은 작은 표지판엔 어느 자리가 누구 것인지 표시되어 있었다. 브라이언의 인피니티는 올든 광물 회사에 지정된 자리에 주차되어 있었다.

그녀는 올든 광물 회사에 대해 들어본 적 없었지만, 꼭 들어본 것처럼 희미하게 익숙했다. 하지만 들어본 적 없는 게 확실했다. 모순으로 가득한 일주일에 또 하나가 추가되었다.

올든 광물 회사는 2층 201호였다. 계단을 올라가 사무실에 쳐들어가 거짓말쟁이 남편이 무슨 수작을 부리는지 알아보기에 적당한 시기 같았다. 그러나 그녀는 주저했다. 비상구 아래에서 건물에 기대어 이 상황에 대해 이치에 맞는 해명이 있을까 궁리했다. 남자들은 가끔 깜짝 파티를 계획한답시고 정교한 장난을 꾸미기도 한다.

아니. 그렇지 않다. 적어도 보스턴에 있을 때 런던에 있다고 주장하거나 프로비던스로 오면서 모스크바에 비행기 타고 간다고 주장하는 수준은 아니다. 아니, 이 상황에 납득 가능할 해명은 없다.

다만······

뭐?

다만 그가 스파이라면. 그녀는 생각했다. *스파이는 그런 거 하지 않나?*

그래, 맞아, 레이첼. 꼭 어머니처럼 들리는 냉소적인 목소리가 동의했다. *그리고 바람피우는 남편과 사이코패스도.*

그녀는 건물에 기대어, 아직 담배를 피운다면 얼마나 좋을까 생각했다.

만약 지금 이 순간 그와 맞대면하면, 무슨 이득이 있을까? 진실? 아마도 아닐 것이다, 이렇게 오랫동안 이만큼 성공적으로 그녀에게 거짓말을 해왔다면. 그리고 그가 무슨 말을 하든, 그녀는 어차피 믿지 않을 것이다. 그가 CIA 신분증을 보여주면 그녀는 그가 런던에서 '보낸' 셀카를 생각하고(그나저나 그건 어떻게 조작했을까?) 그 가짜 CIA 신분증을 갖고 꺼지라고 말할 것이다.

그와 맞대면하면, 아무것도 남지 않는다.

물론, 그와 맞대면하면, 그 순간 그가 거짓말을 하든 안 하든 그들의 관계는 엎지른 물이 되리라는 사실을 인정하는 게 더 힘들었다. 그리고 그녀는 아직 그럴 준비가 되지 않았다. 굴욕적인 깨달음이었지만, 현재로선 그녀는 자신의 삶에서 그를 잃는 일을 감당할 수 없었다. 그의 옷, 그의 책, 그의 칫솔과 티타늄 면도기를 치워버린 아파트를, 그가 좋아하는 음식이 냉장고에서 사라지고, 그가 좋아하는 스카치가 양주 진열장에서 없어지거나, 또는 아예 깜빡 두고 가는 바람에 레이철이 싱크대에 쏟아버려야 하는 상상을 했다. 그가 정기구독하는 잡지가 그가 떠난 후에도 계속 날아오고 길고 공허한 낮이 길고 끝없는 저녁으로 이어지는 상상을 했다. 신경증 방송사고 이후로 그녀는 친구 대부분을 잃었다. 멜리사는 있지만, 멜리사는 그녀가 '기운 차리고' '긍정적으로 생각하고' '떨쳐버리기를' 기대한다며 자기 할 말 하곤 웨이터를 불러 칵테일을 추가 주문하는 친구였다. 그 외에 다른 친구들은 친구라기보단 가볍게 아는 지인이었다. 아무래도 사실상 집에 틀어박혀 지내며 사회적 관계를 유지하기란 힘들었다.

지난 몇 년 사이 그녀의 단 하나뿐인 진정한 곁에 있어 주는 친구는 브라이언이었다. 그녀는 나무가 뿌리에 의지하듯 그에게 의지했다. 그는 그녀의 세계를 가득 채워주었다. 그리고 이성적으로는 물론 그에게서 벗어나야 한단 것을 알고 있었다. 그는 사기꾼이었다. 그리고 그들의 관계는 모래성이었다. 하지만 그녀는…….

그가 건물 뒤에서 나와 바로 그녀 앞으로 걸어왔다. 그는 자기 차로 향하며 문자를 보내고 있었고 그녀는 비상구 아래 그와 2미터도 떨어지지 않은 곳에 서 있었다. 그녀는 그가 자신을 보기를 기다렸다. 무슨 말을 할지 생각해내려 애썼다. 그는 진청색 정장과 흰 셔츠, 은색과 검은색 체크무늬 넥타이, 그리고 진갈색 구두로 바꿔 입었다. 갈색 가죽 노트북 가방을 오른쪽 어깨에 메고 있었다. 그는 인피니티에 올라타 가방을 조수석에 내려놓고, 한 손으로는 여전히 문자를 치며 다른 손으로 문을 닫았다. 그는 계속 문자를 쓰며 엔진 시동을 걸었고, 드디어 전송 버튼을 눌렀는지 폰을 조수석에 던진 다음 백미러에 눈을 고정하고 주차장에서 나갔다. 그가 시선을 25센티만 내렸으면 그녀를 정면으로 쳐다봤을 것이다. 그녀는 그가 충격이 너무 커서 후진 중인 걸 까먹고 곧장 골목 저쪽 가로등을 들이받으리라 상상했다. 하지만 그런 일은 벌어지지 않았다. 그는 후진하고, 차를 꺾어서, 시버 가 쪽을 향했다. 골목길에서 나가 좌회전해서 시버 가로 나갔다.

그녀는 '운동' 핑계를 대느라 스니커즈를 신은 걸 다행으로 여기며 차로 뛰어갔다. 차에 타서 방향을 돌려, 거리로 나와 주황색에서 빨간색으로 변하는 교차로를 향해 달렸다. 일 분 후, 브로드웨이에서 차 세 대 앞에 있는 그를 발견했다.

그녀는 콜리지 힐까지 그를 따라갔다. 쇠락과 재건축 사이에 있는 블록에서, 그는 길가에 차를 세웠다. 그녀는 50미터 뒤 창에 판자를 댄 여행사와 폐점한 레코드 가게 앞에 차를 세웠다. 그 너머로는 검은 라커 칠 서랍장 업계를 장악한 듯한 가구 렌탈 상점이 있었다. 다음은 주류 판매점과 그리고 리틀 루이스라는 이름의 카메라 가게였다. 카메라 가게는 레코드 가게와 여행사의 뒤를 따르리라고 그녀는 생각했지만(주류판매점은 세상이 끝날 때까지 유지되겠지.) 리틀 루이스는 아직까진 버티고 있었다. 브라이언이 그곳에 들어갔다. 그녀는 가까이 걸어가서 그가 안에서 뭘 하는지 엿볼까 생각했지만, 너무 예측불가능한 위험이 커서 이내 포기했다. 브라이언이 들어가고 이 분 안 되어 나오면서 역시 그렇다는 게 증명되었다. 만약 충동에 따랐다면, 인도 한복판에서 들켰을 것이다. 그는 차를 몰아 떠났고 그녀는 그 뒤를 따랐다. 카메라 가게를 지날 때, 안이 상당히 어두운 것을 볼 수 있었다. 진열창에는 카메라 사진과 신문 광고를 테이프로 붙여놨을 뿐이었다. 그 가게 안에서 무슨 일이 벌어지는지 짐작할 수는 없었지만, 카메라 판매가 주목적은 아니라는 의심이 들었다.

브라이언은 프로비던스를 벗어나, 집들이 점점 더 허름해지고 여기 저기 농장이 자리한 더 작은 마을들을 통과하여, 비교적 새로 지은 듯한 상점가에 들어섰다. 그는 상점가 끝에 있는 파네라 제과점을 지나 단독 건물인 은행 주차장에 차를 세우고 내렸다. 그는 은행으로 걸어갔고 노트북 가방을 다시 오른쪽 어깨에 메고 있었다.

그녀는 상점가 약국과 페이레스 신발 가게 앞 주차장에서 시간을 보냈다. 기다리는 사이 그녀는 컵홀더에서 폰을 꺼냈고 문자가 와 있었다.

폰을 열어보았다. 브라이언에게서 이십 분 전에 온 문자로 그가 시버가 건물에서 나와 그녀 바로 앞을 가로질러갔을 때였다.

― 여보, 활주로에 있어. 곧 이륙해. 10시간 정도 후 저쪽에 도착이야. 이따 전화할 건데 당신이 안 자고 있으면 좋겠다. 사랑해.

십 분 후, 그는 은행에서 나왔지만 노트북 가방을 갖고 있지 않았다.

그는 인피니티에 올라 차를 주차장에서 뺐다.

그녀는 그를 따라 다시 프로비던스로 왔다. 그는 꽃가게에 들러 흰색과 핑크색 꽃다발을 샀고, 그녀는 속이 뒤집어졌다. 이 상황 진행에 마음의 준비가 되었는지 자신이 없었다. 그는 한 번 더 차를 세우고 주류 전문점에서 샴페인 한 병을 샀다. 이제 그녀는 준비가 되지 않았음을 알았다. 그는 페더럴 힐에서 대로에서 벗어났고, 그 지역은 오랫동안 이탈리아계 미국인들의 본거지이자 뉴잉글랜드 마피아의 권력의 중심지였으나 이제는 그저 세련된 식당과 붉은 벽돌집이 늘어선 경치 좋고 집값 비싼 동네일뿐이었다.

그는 인피니티를 그 중 어느 집 앞에 세웠다. 날씨가 좋아 집 창문은 열려 있었고, 하얀 창틀 너머로 흰 커튼이 펄럭였다. 그녀는 그가 꽃다발을 손에 들고 인도에 서 있는 곳에서 몇 집 떨어진 맞은편 길가에 차를 세웠다. 그는 손가락 두 개를 입에 넣고 날카롭고 큰 휘파람 소리를 냈고, 그간 같이 살면서 그녀가 한 번도 보지 못한 모습이었다. 그냥 휘파람만 새로운 게 아님을 그녀는 깨달았다. 움직임이 달랐고, 어깨가 더 높아졌고, 허리가 부드러웠으며, 댄서의 자신감을 실어 발걸음 가볍게 움직였다.

그는 계단을 올라갔고 현관문이 열렸다.

"어떡해." 레이철은 속삭였다. "어떡해, 어떡해, 어떡해."

문을 열고 나온 사람은 서른다섯쯤 된 여자였다. 곱슬거리는 금발에 얼굴이 길고 예뻤다. 하지만 레이철의 눈에는 그런 건 하나도 들어오지 않았다. 브라이언이 여자에게 꽃과 샴페인을 건네고 무릎을 꿇고 여자의 부른 배에 입을 맞추었다.

20장

비디오테이프

고속도로를 운전해서 돌아온 기억이 나지 않았다. 술 한 방울 안 들어간 상태에서 중간 규모 도시를 운전해서 지나왔는데도 어떻게 기억이 하나도 나지 않는지 남은 평생 의문으로 남을 것이다.

그녀는 브라이언이 안전해 보였기에 배우자로 택했다. 할 수 있다는 정신을 가진 사람이었기 때문이었다. 신경에 거슬릴 만큼 정직했다. 절대 속이지 않을 사람. 거짓말하지 않을 사람. 결코 이중생활 하지 않을 사람.

그러나 그녀는 남편이 임신한 아내(?) 아니면 여자친구(?)의 허리에 팔을 두르고 벽돌집으로 들어가 문을 닫는 모습을 보았다. 레이철은 얼마나 오랫동안 차에 앉아 그 집을 지켜보고 있었는지 알 수 없었지만, 이 층 창틀 페인트가 조금 벗겨졌고, 건물 앞쪽 지붕에 늘어진 위성안테나 케이블이 약간 녹슨 게 눈에 들어올 만큼 오래 있었다. 창문은 말끔하고 하얬다. 보아하니 최근 물청소한 듯한 벽돌벽은 붉었다. 현관문은 검은색이었으며 지난 수십 년간 여러 번 칠한 듯했다. 노커는 백랍이었다.

그리고 그녀는 어떻게 왔는지도 모른 채 고속도로에 있었다.

울음이 날 줄 알았다. 울지 않았다. 떨릴 줄 알았다. 떨지 않았다. 비통함을 느낄 줄 알았다. 만약 그런 거라면 이게 그런 기분이겠구나 싶었다―완전한 무감각함, 무(無)로의 진입. 불로 지진 영혼.

매사추세츠로 들어오면서 고속도로 차선이 세 개에서 둘로 줄었다. 오른쪽의 차가 자기 차선이 없어지니 속력을 올리며 그녀 앞으로 끼어들려고 했다. 지난 3킬로미터 동안 차선 감소 안내가 군데군데 세워져 있었다. 다른 차 운전자는 자기는 편하고 그녀에겐 불편할 때까지 그 안내를 무시했다.

그가 속도를 올렸다.

그녀도 속도를 올렸다.

그는 더 속도를 올렸다. 그녀도 더 속도를 올렸다. 그는 자기 차 앞머리를 그녀 쪽으로 들이밀었다. 그녀는 자기 차선에서 버텼다. 그는 다시 속도를 올렸다. 그녀는 앞을 똑바로 응시하고 액셀러레이터를 밟았다. 그가 경적을 울렸다. 그녀는 차선을 지켰다. 100미터쯤 가서, 그의 차선이 끝났다. 그는 속도를 올렸고 그녀는 포드 포커스로 가능한 한도 내에서 총알처럼 달렸다. 그의 차는 마치 낙하산이라도 펼친 양 시야에서 훅 사라졌다. 몇 초 후 그녀의 꽁무니에 나타났다.

그녀는 상대 차 후드의 메르세데스 벤츠 문양을 알아보았다. 알만했다. 그는 그녀에게 손가락을 세워 보이고 경적을 울렸다. 비싼 선글라스 뒤에는 머리가 벗겨져 가고 있었고, 뺨은 처지기 시작했으며, 얇은 콧날, 입술은 없다시피 했다. 그녀는 백미러 속에서 남자가 욕하고 발광하는 모습을 지켜보았고 '씨발' 몇 번 그리고 '쌍년'도 몇 번 더 확실히 알아볼 수 있었다. 이제쯤 남자 차 계기판은 침범벅이겠지 싶었다. 그는 차를 옆 차선으로 빼서 그녀를 추월해서 앞으로 끼어들고 싶겠지만, 그들 왼쪽 차선이 너무 빡빡해서, 그냥 경적을 연신 눌러대며 가운뎃손가락을 세워 보이고 그녀더러 쌍년이라고, 씨발 쌍년이라고 소리소리 질러대기만 했다.

그녀는 브레이크를 밟았다. 가볍게 밟은 게 아니었다. 한순간 속도를 족히 시속 8킬로미터는 줄였다. 남자의 눈썹이 선글라스 위로 치솟았다. 입이 절박하게 동그래졌다. 갑자기 감전된 듯 운전대를 움켜쥐었다. 레이철은 미소지었다. 레이철은 웃음을 터뜨렸다.

"지랄 마." 그녀는 백미러에 대고 말했다. "넌 아무것도 아닌 놈이야."

그게 말이 되는지 잘 모르겠지만, 그렇게 말하니 기분이 좋았다.

2킬로미터쯤 더 가자 벤츠 운전자가 왼쪽 차선으로 빠져 그녀와 나란히 달릴 만큼 차들이 줄었다. 보통은 그녀는 똑바로 앞을 바라봤을 것이다. 보통은? 보통은 없었다. 사흘 전이라면 차 운전대를 잡지도 않았을 것이다. 하지만 오늘 그녀는 고개를 돌려 남자를 쳐다봤다. 남자는 선글라스를 벗었고 그 눈은 예상에 어긋남 없이 조그맣고 둔했다. 그녀는 고속도로를 시속 110킬로미터로 달리면서 남자를 지그시 쳐다보았다. 그녀가 조그만 남자를 차분하게 바라보고 있자니 그의 눈에 담긴 분노가 혼란스러움으로 바뀌고 그 다음 죄책감, 그러고는 그녀가 귀가 시간을 어기고 슈냅스 술 냄새를 풍기며 돌아온 십 대 딸로 바뀌기라도 한 듯이 못마땅하게 보았다. 그는 고개를 내저어 무력하게 나무라는 몸짓을 하고, 도로로 시선을 돌렸다. 그 마지막 시선 이후로, 레이철도 똑같이 했다.

집에 돌아와서, 그녀는 포커스를 집카 주차장에 반납한 다음 엘리베이터를 타고 15층으로 올라왔다. 집 현관으로 걸어가고 있자니 우주인보다도 외로운 기분이었다. 어디에도 닿지 않고 둥둥 떠다니는 기분. 누가 고리를 걸어 도로 끌어줄 일 없이 유영하고 있었다. 15층에 있는 네 집 중 그녀와 브라이언 집만이 사람이 들어 산다는 사실 때문에 더욱 그랬다. 다른 세 집은 외국 투자자 소유였다. 이따금 나이든 중국인 부부나 독일 금융가의 아내와 아이 셋, 쇼핑백 든 유모와 마주치곤 했다. 세 번째 집은 누구 소유인지 전혀 아는 바 없었다. 위층 펜트하우스는 그들이 금수저라고 부르는 젊은 남자 거였고, 너무 어려서 아마 레이철이 순결을 잃을 때쯤 글자를 익혔을 나이였다. 그녀가 아는 바로는, 그는 펜트하우스를 창녀들 불러들이는 곳으로 썼다. 그 외의 시간엔 레이철과 브라이언은 그를 보지도 듣지도 못했다.

대체로 이곳이 조용하고 프라이버시가 보장되어 마음에 들었지만, 지금 복도를 걸어가고 있는 그녀는 추방자, 호구, 머저리, 무리에서 내쳐진 떨거지, 난데없는 습격에 깨어난 멍청한 몽상가였다. 우주가 자신을 비웃는 소리가 들렸다.

몰랐니, 이 멍청아, 사랑은 너를 위한 게 아닌 줄?

아파트가 숨 막혔다. 모든 벽이, 모든 구석이, 모든 경치가. 여기는 그들이, 그들의 장소였다. 그들이 사랑을 나누고, 이야기하고, 말다툼하고, 같이 밥을 먹은 곳이었다. 그와 같이 고른 그림, 깔개, 식기 세트, 앤티크 램프. 그의 목욕 수건에 밴 그의 체취, 반쯤 끝낸 신문 가로세로 퍼즐. 커튼과 전구와 욕실용품. 그중 몇은 그녀가 쓰던 걸 새로운 생활(그 새로운 생활이 어찌 되든 간에)로 가져온 거지만 나머지 거의 대부분이 너무 '그들의' 것처럼 느껴지고 맘 편하게 '그녀의' 것 같지가 않았다.

좀 떨어져 있을 시간을 가지려고 그녀는 우편물 챙기러 다시 엘리베이터를 타고 내려갔다. 도미닉이 데스크에 앉아 잡지를 읽고 있었다. 아마 입주자 것이겠지. 그녀 것일 수도 있었다. 그는 고개를 들고 그녀에게 묵례하며 절대 아무 의미 없는 환한 미소를 짓고는 다시 잡지로 눈을 돌렸다. 그녀는 그의 뒤에 있는 우편실로 들어가 자기 집 우편함을 열고, 안에 든 우편물을 꺼냈다. 정기회보와 광고물을 바닥에 있는 재활용품 통에 넣고 나니, 청구서 세 통만 남았다.

그녀는 도미닉 의자 뒤로 나오면서 "안녕히 계세요." 하고 말했다.

"들어가세요, 레이철." 그녀가 엘리베이터 앞에 섰을 때, 그가 불렀다. "아, 여기 배달 온 거 있어요, 죄송합니다."

그녀는 돌아왔고 그는 대형 우편물 함을 뒤졌다. 그녀에게 노란 마닐라 봉투를 건넸다. 그녀는 보낸이가 누구인지 짐작 가지 않았다. 펜실베이니아 바넘의 팻츠 책&영화. 그러다가 일전에 주문한 비디오테이프가 생각났다. 그녀는 봉투를 손에 들고 가늠했다. 바로 그게 맞았다.

집으로 올라와서, 그녀는 봉투를 열고 테이프를 꺼냈다. 케이스는 헐었고, 모서리 몇 군데 종이가 빠져 있었다. 로버트 헤이스와 비비카 A. 폭스가 고개를 왼쪽으로 기울이고 행복한 미소를 띠고 그녀를 마주 보았다. 그녀는 보면서 마시려고 피노 누아 병을 따다가 비디오 플레이어가 없다는 걸 깨달았다. 요새 누가 그걸 갖고 있을까? 그녀는 온라인에서 살 수 있을까 뒤지려다가 브루클린에 있는 대여창고에 넣어둔 게 기억났다. 또 집카를 빌려서, 러시아워 시간대에 운전을 해야 한다. 도대체 무엇 때문에? 주정뱅이가 보라고 말해준 영화 때문에. 이제 남편에게 다른 주에 다른 아내가 있다는 걸 알았다. 2002년에 나온 시시한 영화에서 뭘 더 알 수 있을까?

그녀는 피노 누아를 마시며 비디오테이프를 뒤집어보았고, 뒷면 영화 설명이 그녀가 이베이에서 본 것과 일치하는 걸 확인했다. 설명 위에는 작은 사진 두 장이 있었다. 하나는 로버트와 비비카가 인도에서 활짝 미소지으며 이야기하는 장면이었다. 다른 하나는 젊은 남자가 휠체어에 탄 젊은 여자 위로 몸을 숙이고 있었고, 남자 입술이 여자의 목에 닿아 있었으며 여자는 기뻐하며 고개를 젖히고 있었다. 두 조연 배우, 불쌍한 크리스티 게일과 그 남자일 거라고 그녀는 생각했다. 이름이 뭐더라? 그녀는 출연자 명단을 확인했다. 그래, 브렛 올든.

그녀는 잠시 와인잔을 카운터에 내려놓고, 눈을 감았다.

올든 광물 회사.

그래서 익숙했던 거다.

그녀는 오른쪽 위의 섬네일 사진을 더 자세히 들여다보았다. 브렛 올든의 얼굴은 크리스티 게일의 목에 키스하러 몸을 숙이는 각도라 반쯤 가려져 있었다. 그의 머리(짙고, 숱 많고, 부스스한), 이마, 얼굴 왼쪽만—눈 하나, 광대뼈 한쪽, 코 절반, 입술 절반만 볼 수 있었다.

하지만 그녀는 그 입술을, 그 코를, 그 광대뼈를, 그 파란 눈을 알고 있었다. 머리숱은 조금 줄었고, 관자놀이 근처 피부에 주름이 생기긴 했다.

하지만 브라이언이었다. 의심의 여지 없이.

21장

P380

그가 돌아오면 어쩌지?

그녀는 소파에 눈을 감고 누워 있다가 그 생각에 벌떡 일어나 앉았다.

그가 저 문으로 들어와서 그녀가 안다는 걸 알면 어쩌지? 중혼은 불법이었다. 금전적 이득을 노리고 다른 사람을 사칭하는 것도 마찬가지였다. 아는 게 많진 않아도, 레이철은 여러 가지 범죄의 목격자였다. 이중생활을 해온 사람이라면 발각되었을 때 좋게 나오진 않지 싶었다.

그녀는 옷방으로 가서 그가 구두를 두는 높은 선반으로 손을 올렸다. 구두 뒤에 그는 권총을 보관하고 있었다. P380 서브컴팩트로, 휴대폰보다 조금 큰 크기지만 케블라 방탄복을 입지 않은 침입자라면 거뜬히 막아낼 수 있다고 그가 말했다.

권총이 거기 없었다. 그녀는 발돋움하고 선반 뒤쪽 벽에 닿을 때까지 손을 뻗었다.

아파트 앞에서 철컥 소리가 났다. 아닌가? 현관문이 열리는 소리일 수도, 에어컨이 켜지는 소리일 수도 있었다. 아무것도 아닐 수도 있었다.

권총이 없어졌다. 그렇다는 건……

아니. 거기 있었다. 손이 검은 고무 손잡이에 닿았고 끌어내리다가 로퍼 한 켤레를 떨어뜨렸다. 안전장치가 걸려 있었다. 그녀는 클립을 빼서 장전되었는지 확인하고 찰칵 소리가 나게 다시 끼웠다. 그들은 도체스터 프리포트 가에 있는 사격장에서 연습하곤 했고, 브라이언은 시내에서 주민들이 사격이나 피하는 방법을 배울 필요가 없는 곳이 하나 있다면 바로 도체스터라고 농담했다. 그녀는 사격장을, 옆줄에서 들리는 라이플의 철컥 소리를, 권총 탕탕 소리를 좋아했다. 자동화기의 드르륵 소리는 덜 매혹적이었는데 총기난사로 죽은 학생들과 영화관 관객이 뇌리에 떠오르기 때문이었다. 사격장 손님 대부분은 굳이 사격을 연습할 수준을 훨씬 넘어섰다. 몇몇은 그저 정말로 강도를, 폭력적인 전 남자친구를, 집단 강간범을 쏴 죽이는 기분을 상상하고 싶을 뿐이었다. 사격장에선 P380 말고 다른 총을 시험해볼 수 있게 해주었고 그녀는 권총을 잘 쏘았고 라이플은 그보다 떨어졌지만, P380이 완벽한 궁합이었다. 곧 그녀는 일곱 발 전부를—여섯 발은 탄창, 한 발은 약실에—몸통 중앙에 맞힐 수 있게 되었다. 그 이후로, 그녀는 사격장에 가지 않았다.

그녀는 현관에 체인을 걸었음을 확인했고, 그러니 아까 옷방에 있을 때 들은 소리가 뭐든 간에 브라이언이 돌아온 건 아니었다. 부엌에서 그녀는 노트북을 열고 올든 광물 회사를 찾아보았다. 로드아일랜드주 프로비던스에 본사를 둔 광업 회사로, 파푸아 뉴기니에 광산 하나를 보유하고 있었다. 컨설팅 회사 보르주 엔지니어링에서 최근 시행한 해당 광산 평가에선, 400,000,000트로이온스(귀금속 무게 단위로 1트로이 온스가 약 31그램 — 옮긴이)가 넘는 자원이 매장되어 있다고 추정했다. 《월스트리트 저널》 최근 기사에서는, 휴스턴에 기반을 둔 비터맨 & 골드가 올든 광물을 우호적 인수합병 고려 중이란 소문이 파푸아 뉴기니 광산업의 주된 걱정이라고 언급했다.

올든 광물은 브라이언과 니콜 올든의 가족 소유 및 경영 회사였다. 레이철은 그들의 사진을 찾지 못했다. 사진은 필요 없었다. 어떻게 생겼는지 그녀는 알고 있었다.

그녀는 《글로브》의 글렌 오도넬에게 전화했다. 그녀와 글렌은 처음 《패트리어트 레저》에서, 그 다음은 《글로브》에서 함께 일했다. 그녀는 탐사보도 팀에서 일했고, 그는 경제면을 다뤘다. 오 분 동안 근황을 묻는 과정에서 그녀는 그가 파트너 로이와 함께 과테말라에서 딸을 입양했으며, 드라컷에 집을 샀다는 걸 알았고, 그런 다음 글렌에게 올든 광물을 조사해 달라고 부탁했다.

"그래, 그래." 그가 말했다. "금방 연락할게."

"아, 당장 그러지 않아도……"

"괜찮아. 어차피 지금 하는 것도 없어. 곧 전화할게."

피노 누아 한 잔 더 하고 나서, 그녀는 거실 창가에 앉아 알링턴, 케임브리지, 그리고 강에 어둠이 찾아드는 것을 지켜보았다. 세상이 붉게 그리고 푸르게 변하는 동안, 그녀는 그가 없는 자신의 삶이 어떨지 생각했다. 멍한 단계가 지나자마자 공황 발작이 돌아오겠지. 지난 육 개월 동안 이룬 성과는 사라질 것이다. 단지 무위로 돌아갈 뿐만 아니라, 이런 일련의 충격(남편에게 다른 아내가 있었네, 남편이 이중생활을 하고 있었네, 남편의 진짜 이름조차 몰랐네.)으로 인해 한없이 추락하게 될까 두려웠다. 이미 세상과, 사람과, 낯선 이들과, 그녀를 구해줄 수 없는 사람들과, 그녀의 고통을 알아채자마자 도망칠 사람들(약한 건 도태되어야 한다며)과 다시 맞닥뜨릴 생각을 하니 이미 약한 불안감에 숨통이 막혀왔다. 언젠가는 다시 엘리베이터를 타지 못하게 될 것이다. 다음으론 식품을 배달시켜야 할 것이다. 몇 년 후면 마지막으로 건물 밖에 나선 게 언제인지 기억나지도 않게 되겠지. 이젠 스스로를, 두려움을 극복할 힘이 없을 것이다.

그리고 그 힘은 어디서 나왔을까? 물론 그녀 자신에게서 나왔다. 하지만 또한 그에게서 나오기도 했다. 사랑에서 나왔다. 또는 그녀가 사랑이라고 착각했던 것에서.

배우. 그녀의 브라이언은 배우였다. 그는 런던에서 '귀국'한 후의 말다툼에서 클라크 록펠러를 언급하며 사실상 그녀 면전에 그 사실을 들이댔다. 즉 브라이언은 브라이언이 아닐 뿐만 아니라, 델라크루아 가문 사람도 아니라는 뜻이다. 하지만 어떻게 그게 가능할까?

그녀는 다시 온라인으로 돌아가서 '브라이언 델라크루아'를 검색했다. 나온 약력은 브라이언이 말한 것과 일치했다. 40살, 26개국에 지사를 두고 있는 캐나다 목재 회사 델라크루아 목재 직원. 그녀는 '이미지'를 클릭했고 네 장밖에 나오지 않았지만, 그녀의 브라이언이었다. 똑같은 머리, 똑같은 턱선, 똑같은 눈, 똑같은…… 코가 같지 않았다.

그녀의 브라이언은 비중격 바로 아래 코뼈가 시작되는 곳에 튀어나온 부분이 있었다. 정면으로 보면 눈에 띄지 않지만, 옆모습에서는 알아볼 만했다. 옆에서 봐도 있는 걸 알고 보지 않으면 놓칠 수 있었다. 하지만 알고 보면, 논란의 여지가 없었다. 그는 콧등에 튀어나온 부분이 있었다.

브라이언 델라크루아는 아니었다. 사진 두 장이 옆모습이었다. 튀어나온 부분이 없었다. 그녀는 정면 사진을 더 오래 들여다봤고, 브라이언 델라크루아의 눈을 보고 있을수록, 전에 본 적 없다는 깨달음이 커져갔다.

그녀의 브라이언 델라크루아/브렛 올든은 배우였다. 그의 골치 아픈 옛 친구 앤드루 개티스는 배우였다. 케일럽은 두 사람 다 상당히 잘 알았다. 케일럽 역시 배우였으리라는 추측이 상당히 이치에 닿게 여겨졌다.

어둠이 강에 내리깔리는 가운데, 그녀는 케일럽에게 문자를 보냈다.

— 잠깐 들를 시간 돼요?

일 분 후, 그가 답을 보냈다.

— 그럼요. 무슨 일로?

— 힘 쓸 일이 있어요. 브라이언이 돌아오기 전에 몇 가지 옮기느라.
— 15분 후에 봐요.
— 고마워요.

폰이 진동했다. 글렌.
"여보세요."
"여보세요." 그가 말했다. "이 회사하고 무슨 관계야, 레이철?"

"별로. 왜?"

"파푸아 뉴기니에 돈 안 될 광산을 소유하고 있는 돈 안 될 회사야. 하지만……." 그가 마우스를 클릭하는 소리가 몇 번 들렸다. "알고 보니 광산이 돈이 될지도 모르겠는데. 소문으로 컨설팅 회사가 평가했는데 올든 광물 소유 광산에 4억 트로이온스 가치가 있을 수 있대."

"나도 그런 글 읽었어." 그녀가 말했다. "그나저나 트로이온스가 뭐야?"

"금 무게 단위. 미안. 말 그대로 금광이야. 하지만 그 회사엔 별 득이 안 될걸. 그 지역의 주요 경쟁사, 유일한 경쟁사는 비터맨 & 골드인데 수법이 깔끔하지가 못해. 그리고 비터맨은 절대, 절대로 그 지역의 그만한 금광에 자기네 이름이 붙지 않는 꼴을 못 봐. 그러니 어느 시점에선가 적대적 인수를 하겠지. 그러니까 올든은 컨설팅 회사의 발견 소식을 쉬쉬하고 있겠고. 불행히도, 올든은 현금이 더 필요해. 코터 맥칸하고 몇 번 회의를 했네."

"그건 누구야?"

"벤처캐피탈 그룹. 지난주 코터 맥칸이 파푸아 뉴기니 아라와 지역에 상업용도 대지를 몇 구획 임대했어. 이게 무슨 의미겠어?"

레이철은 와인에 너무 취해 무슨 의미인지 파악할 상황이 아니었다.

"모르겠네."

"어, 코터 맥칸이 올든 광물에 그 광산 지분으로 자금을 수혈했단 소리야. 돈이 되기 시작하면, 올든 광물을 밀쳐내고 자기들이 싹쓸이하겠지. 그게 그 사람들 하는 일이야. 상어지. 상어보다 더 독하다고 하는 사람들도 있고. 상어도 배가 부르면 그만 먹는데 말이야."

"그럼 올든 광물은 아마 실패하겠네."

"'실패'는 딱 맞는 표현은 아닌데. 흡수되겠지. 비터맨이든 아니면 코터 맥칸이든. 하룻밤 사이 아마추어에서 메이저리그로 진출한 격이야. 경기를 제대로 하겠어."

"아." 그녀는 하나도 제대로 정리할 수가 없었다. "정말 고마워, 글렌."

"아냐. 아, 멜리사가 네가 다시 세상에 나서려고 한다고 그러던데."

"그랬어?"

레이철은 터져 나오는 비명을 삼켰다.

"집에서 나와서 아멜리아 만나야지. 너네 보고 싶다."

절망의 파도가 그녀를 강타했다.

"우리도 그러고 싶어."

"괜찮아?"

"아, 응. 그냥 감기야."

한순간 그가 더 밀어붙일 듯한 분위기였다. 하지만 결국 이렇게 말했다.

"잘 지내, 레이철."

케일럽이 벨을 울리자 그녀는 출입문 열림을 눌러주었다. 증거를 부엌 카운터 위 스카치 잔과 버번 병 사이에 나열했지만, 그는 처음 들어왔을 때는 알아채지 못했다. 정신없고 지쳐 보였다.

"한잔할 수 있을까요?"

그녀는 버번을 가리켰다.

그는 카운터에 자리 잡고 앉았다. 자기가 직접 술을 따랐으나, 카운터에 놓인 다른 물건들은 알아채지도 못했다.

"지옥 같은 하루였어요."

"아, 당신도 그랬군요." 그녀는 말했다.

그는 길게 술을 들이켰다.

"가끔은 브라이언 말이 옳았다 싶어요."

"무슨 말이요?"

"결혼이요. 아이 가지는 거. 동시에 처리해야 할 일이 너무 많네요."
그는 카운터의 물건들을 흘끗 보았고 어조는 딴 데 정신이 가 있었다.
"그래, 옮겨야 할 게 뭐죠?"

"없어요."

"그럼 왜⋯⋯?"

그는 브라이언의 항공권, 코벤트 가든 가게 영수증, 브라이언이 코
벤트 가든 호텔 밖에서 '찍어' 보낸 셀카 프린트, 「너에게 빠진 이후로」
비디오테이프를 보고 눈을 가늘게 떴다.

케일럽이 술을 마시고 그녀를 건너다보았다.

"당신 날짜를 잘못 썼어요." 그녀는 영수증을 가리켰다. 그는 어리둥
절한 미소를 지었다. "월일년으로 썼잖아요. 영국에서는 일월년 순서
예요."

그는 영수증을 흘끗 보고 다시 그녀를 쳐다보았다.

"무슨 말인지 도무지⋯⋯"

"나 그 사람을 미행했어요."

케일럽이 술을 한 모금 더 마셨다.

"프로비던스로."

케일럽이 숨을 죽였다.

그들 주위의 건물도 숨을 죽였다. 위층의 금수저는 확실히 집에 없었

다. 그랬다면 그의 발소리가 들렸을 것이다. 15층의 다른 거주자들도 집을 비운 상태였다. 마치 지상에서 멀리 떨어진 숲 꼭대기에 앉아 있는 듯했다.

"임신한 아내가 있더군요." 그녀는 자기 몫으로 와인을 더 따랐다. "브라이언이 배우더라고요. 하지만 당신도 이미 알겠죠. 왜냐하면," 그녀는 와인잔으로 그를 가리켰다. "당신도 배우니까."

"무슨 얘긴지 모르겠……"

"개소리, 개소리."

그녀는 와인 반 잔을 비웠다. 이런 속도라면 곧 두 번째 병을 딸 것이다. 하지만 그녀는 상관하지 않았다. 분노를 쏟아부을 대상이 있어서 기분이 좋았으니까. 그녀에게 힘이 있다는 환상을 주었다. 그리고 지금 상황에서라면 두려움을 물리칠 수 있다면 환상을 택하겠다.

"뭘 알고 이럽니까?" 그가 말했다.

"그딴 식으로 말하지 마요."

"어떤 식?"

"사람 내려다보는 식." 그녀의 말에 그는 권총 강도를 만난 사람마냥 양손을 들었다. "브라이언이 프로비던스에 가는 거 봤어요. 올든 광물에서 봤어요. 카메라 가게에 가고 꽃을 사고 은행에 가는 거 봤어요. 그리고 브라이언과 임신한……"

"무슨 소립니까, 카메라 가게에 갔다니?"

"브라이언이 카메라 가게에 갔어요."

"브로드웨이에 있는 곳?"

그녀는 어떻게 자기가 허점을 찔렀는지는 몰랐지만 아무튼 그렇다는 건 알았다. 케일럽은 대리석 카운터에 비친 자기 모습에 인상을 찌푸리고 있었고, 술잔에 인상을 쓰다가 버번을 훌쩍 마셔버렸다.

"카메라 가게에 뭐가 있는 거죠?" 정적이 흐르고, 그녀는 말했다.

"케일럽……"

그는 손가락을 세워 그녀를 조용히 시키고 누군가에게 전화를 걸었다. 그가 기다리는 사이, 그녀는 상대편 신호 가는 소리를 들을 수 있었다. 그녀는 아직 그가 그녀를 조용히 시키려 들어 올린 손가락에, 거기 담긴 경멸에 아직 흠칫한 채였다. 펠릭스 브라우너 박사 생각이 났다. 그도 꼭 그런 식으로 그녀를 입 다물게 한 적이 있었다.

그는 '종료' 버튼을 누르고 곧장 다른 번호를 걸었다. 이번에도 답이 없었다. 그는 다시 '종료'를 누른 다음 폰을 콱 움켜쥐어 그러다 부서뜨릴 기세였다.

그가 그녀에게 말했다. "얘기 좀 더……"

그녀는 그에게 등을 돌렸다. 오븐 옆 카운터에서 와인병을 꺼내, 그에게 등을 돌린 채 잔을 채웠다. 유치한 짓이지만 그렇다고 덜 고소하진 않았다. 다시 그녀가 몸을 돌리자, 그는 노려보던 눈길을 그녀가 알아챈 지 0.5초 만에 지우고 아주 케일럽다운 미소를 지었다. 소년 같고 느른한 미소.

"프로비던스에서 본 것 좀 더 얘기해 봐요."

"당신 먼저."

그녀는 그의 맞은편 카운터에 와인잔을 놓았다.

"나는 말할 거 없는데." 그는 어깨를 으쓱했다. "아무것도 몰라요."

그녀는 고개를 끄덕였다.

"그럼 가봐요."

그의 느른한 미소가 느른한 낄낄거림으로 바뀌었다.

"내가 왜요?"

"당신이 아무것도 모른다면, 나도 아무것도 몰라요, 케일럽."

"아." 그는 버번 병뚜껑을 따서 자기 잔에 손가락 두 마디 높이만큼 따랐다. 뚜껑을 도로 닫고, 잔에 든 액체를 굴렸다. "브라이언이 카메라 가게에 들어가는 걸 봤다고 백 퍼센트 확신하는군요." 그녀는 고개를 끄덕였다. "거기 얼마나 오래 있던가요?"

"앤드루 개티스는 누구죠?"

그는 한 수 인정한다는 듯 고개를 끄덕이고 한 모금 마셨다.

"배우죠."

"그건 알아요. 내가 모르는 걸 얘기해 봐요."

"프로비던스에 있는 트리니티 렙을 다녔죠."

"연기 학교."

다시 고개를 끄덕였다.

"거기서 다들 만났죠."

"그러니까 내 남편은 배우군요."

"그런 셈이죠. 자, 카메라 가게. 브라이언이 거기 얼마나 있었어요?"

그녀는 카운터 너머 그를 잠시 쳐다보았다.

"오 분쯤, 길어도."

그는 입안을 잘근잘근 깨물었다.

"뭔가 갖고 나왔던가요?"

"브라이언의 본명은 뭐죠?"

자기 입에서 그런 말이 나왔다니 믿어지지 않았다. 누가 살면서 남편에 대해 이런 걸 물을 날이 올 거라 생각할까?

"올든." 그가 말했다.

"브렛?"

그는 고개를 저었다.

"브라이언. 브렛은 예명이고요. 이제 내 차례."

그녀는 고개를 저었다.

"아니, 아니, 아니. 당신은 우리가 만난 이후로 계속 정보를 감춰왔어요. 난 오늘 밤에야 시작했고. 당신이 하나 물을 때마다 내가 두 개씩 묻는 걸로 해요."

"그걸로 충분하지 않다면?"

그녀는 그의 뒤에 있는 문을 손가락질했다.

"그럼 꺼지시죠."

"취했군요."

"좀 술기운이 올라서." 그녀는 말했다. "케임브리지에 있는 사무실은 뭐죠?"

"아무것도 아니에요. 쓴 적도 없고. 친구 소유예요. 혹시 필요하면, 그러니까, 당신이 방문하기로 되어 있다 그러면, 꾸미는 거죠. 무대처럼."

"그럼 인턴들은 누구예요?"

"이미 두 가지 질문 했으면서."

하지만 그 순간 그녀는 답을 보았다. 마치 하늘에서 형광 글씨로 쓰여 내려온 듯이.

"배우군요." 그녀는 말했다.

"딩동댕!" 케일럽이 눈앞에서 가상의 상자를 확인해 보는 시늉을 했다. "별 하나. 브라이언이 카메라 가게에서 뭔가 갖고 나왔어요?"

"내가 본 바로는 아니에요."

그는 그녀의 눈을 살폈다.

"은행 간 건 카메라 가게 들르기 전, 후?"

"그건 두 번째 질문이잖아요."

"친절 좀 베풀어요."

그녀는 어찌나 웃어댔는지 하마터면 토할 뻔했다. 홍수 피해자나 지진 생존자들이 웃듯이 웃었다. 뭔가 우스워서가 아니라 아무것도 우습지 않아서 웃었다.

"친절?" 그녀는 말했다. "친절?"

케일럽은 열 손가락 끝을 마주 붙이고 이마를 갖다 댔다. 기도하는 자. 조각 완성을 기다리는 순교자. 조각가가 오지를 않으니, 그는 고개를 들었다. 그의 얼굴은 잿빛이었고, 눈은 어두웠다. 그녀가 지켜보는 가운데 그는 나이를 먹어가고 있었다.

그녀는 와인잔을 빙글빙글 굴렸지만 마시진 않았다.

"런던에서의 셀카는 어떻게 조작했죠?"

"내가요." 그는 버번 잔을 카운터 위에서 360도 돌렸다. "브라이언이 문자로 무슨 상황인지 알려줬죠. 당신은 그렌델스에서 바로 내 맞은편에 앉아 있었고. 그냥 폰으로 버튼 누르고, 여기저기서 이미지 따다가 사진 프로그램에 돌리면 땡이에요. 제대로 된 컴퓨터 화면에서 고해상도로 보면 아마 통하지 않겠지만, 약한 조명에서 찍은 셀카라고 한다면? 쉽죠."

"케일럽." 이젠 확실히 와인 기운이 그녀를 강타했다. "나는 뭔가요?"

"음?"

"오늘 아침까지만 해도, 난 한 남자의 아내였어요. 지금은…… 뭐죠,

그의 여러 아내 중 한 명인가요? 그의 여러 인생 중에 하나에서? 난 뭔가요?"

"레이철은 레이철이죠." 그가 말했다.

"그게 무슨 소리예요?"

"레이철은 레이철이라고." 그가 말했다. "당신은 조작되지 않았어요. 순수하고. 바뀐 것 없어요. 남편은 당신이 생각하던 사람이 아니죠. 그래요. 하지만 그렇다고 당신이 변하는 건 아니니까." 그는 카운터 너머로 양손을 뻗어 그녀의 손을 잡았다. "레이철은 레이철이죠."

그녀는 그에게 잡힌 손을 빼냈다. 그는 카운터에 손을 그대로 둔 채였다. 그녀는 자기 손을, 거기 낀 반지 두 개를 쳐다보았다. 둥근 솔리테어 다이아몬드 약혼반지와 그 아래 둥근 다이아몬드 다섯 개를 더 박은 백금 반지. 그녀는 언젠가 워터 가 보석상(생각해보니 브라이언이 추천한 곳이었다.)에 세척하러 반지를 가져갔고, 가게 주인은 반지를 보고 휘파람을 불었다.

"이런 귀한 보석이라니." 노인이 안경을 고쳐 쓰며 말했다. "이야. 남편분이 정말 무척 사랑하시나 봅니다."

그 손을, 그 보석을 바라보고 있자니 그녀는 손이 떨리기 시작했고, 그녀 인생에서 무엇 하나 진짜인 게 있을까 싶었다. 지난 삼 년간 멀쩡해지기 위해, 회복을 위해 처음에는 기어가다가, 올라가고, 의혹과 두려움의 쓰나미 속에서 걸음마를 뗐다. 들어온 기억도 없는 낯선 건물의 복도를 헤매는 장님이었다.

그리고 누가 그녀를 안내해주러 왔던가? 누가 그녀의 손을 잡고 "날 믿어, 날 믿어."하고 마침내 그녀가 믿을 때까지 속삭였던가? 누가 그녀를 햇빛 가득한 바깥으로 이끌었던가?

브라이언.

브라이언은 다른 모든 사람이 포기한 후에도 그녀를 믿어주었다. 브라이언은 희망 없는 어둠에서 그녀를 끌어내 주었다.

"그 모든 게 거짓이었다고?"

그녀는 자기 입에서 나온 말을 듣고 놀랐고 대리석 카운터와 손에 그리고 반지에 떨어지는 눈물을 보고 놀랐다. 그녀의 코 옆과 광대뼈를 타고 입가로 흘러내렸다. 약간 쓰렸다.

그녀는 휴지를 가져오려 했지만, 케일럽이 다시 그녀의 손을 잡았다.

"괜찮아요." 그가 말했다. "쏟아내요."

그녀는 무엇 하나 괜찮지 않다고, 제발 손 놓으라고 말하고 싶었다.

그녀는 손을 빼냈다.

"가요."

"응?"

"가라고요. 혼자 있고 싶어요."

"혼자 있음 안 돼요."

"아니, 괜찮을 거예요."

"아니." 그가 말했다. "당신이 너무 많이 알아서."

"내가……?"

그녀는 그의 위협을 마저 따라 말할 수 없었다. 위협 맞지?

"당신을 혼자 두면 브라이언이 안 좋아할걸요."

이제 그녀는 따라 말했다. "내가 너무 많이 아니까."

"무슨 뜻인지 알잖아요."

"아니, 몰라요."

그녀는 권총을 창가 의자에다 놔둔 채였다.

"브라이언과 난 이걸 아주 오래 준비했어요." 그가 말했다. "큰 돈이 걸린 일이라."

"얼마나?"

"아주 많이."

"내가 다른 사람한테 얘기할 거 같아요?"

그는 미소짓고 버번을 더 마셨다.

"꼭 그럴 거라고 생각하는 건 아니지만, 그럴 수 있다고 생각해요."

"아하." 그녀는 와인잔을 들고 창가로 향했지만, 케일럽이 따라왔다. 그들은 의자 옆에 서서 케임브리지의 불빛을 내다보았고, 케일럽이 아래를 내려다보면 권총을 보았을 것이다. "그래서 영어 못하는 여자와 결혼했어요?"

그는 아무 말도 하지 않았고 그녀는 의자를 내려다보지 않으려 애썼다.

"이 나라에 아는 사람 아무도 없는 여자와?"

그는 야경을 내다보았으나, 허리를 약간 의자 쪽으로 움직였고 창에 비친 그녀의 모습에 눈길을 고정했다.

"그래서 브라이언이 집에 틀어박힌 여자와 결혼했나요?"

마침내 케일럽이 말했다.

"이건 모두에게 좋을 수 있는 일이에요." 그는 어두운 유리 속에서 그녀와 눈을 마주쳤다. "그러니 망치지 맙시다."

"지금 나 협박해요?" 그녀는 나직이 말했다.

"오늘 밤 협박하는 사람은 당신 같은데."

그리고 그는 그녀를 강간범 폴 선생이 아이티에서 보던 눈길로 그녀를 보았다.

최소한 그 순간에는 그런 기분이었다.

"브라이언 어디 있는지 알아요?" 그녀는 물었다.

"어디 있을 만한지는 알죠."

"나 데려다줄 수 있어요?"

"내가 왜?"

"그 사람은 나한테 해명해야 하니까."

"아니면?"

"아니면 뭐요?"

"그게 내가 묻는 거죠. 안 하면 뭘 어쩌겠다 그겁니까?"

"케일럽." 그녀는 자기 목소리가 너무 절박하게 들리는 게 싫었다. "브라이언한테 데려다줘요."

"싫어요."

"싫다고요?"

"브라이언이 나한테 필요한 걸 갖고 있거든요. 우리 가족에게 필요한 것. 브라이언이 그걸 가지고 있으면서 나한테 말 안 했다니 영 마음에 안 드네."

그녀는 다시 와인 속을 헤엄치려 애쓰는 기분이었다.

"브라이언이 뭘 가지고 있다고요……? 카메라 가게?"

케일럽이 고개를 끄덕였다.

"카메라 가게."

"뭐……?"

"나한테 필요한 걸 가지고 있어요. 그리고 당신은 그에게 필요하고." 그는 몸을 돌려 의자를 사이에 두고 그녀를 마주했다. "그러니 아직은 당신을 그에게 데려갈 수가 없다 이거죠."

그녀는 손을 아래로 뻗어 권총을 움켜쥐고, 안전장치를 풀고 그의 가슴 한복판을 겨냥했다.

"아니." 그녀는 말했다. "날 데려다줘요."

22장
제설기

은색 아우디에 같이 타고 남쪽으로 향하며 케일럽은 말했다.

"총은 치워도 돼요."

"아니." 그녀는 말했다. "갖고 있는 게 좋은데요."

그렇지 않았다. 갖고 있는 게 전혀 좋지 않았다. 도로 살아날지도 모르는 죽은 쥐를 쥐고 있는 기분이었다. 불현듯 손가락 하나 까딱해서 생명을 빼앗을 수 있는 힘이 그녀가 고려해본 중 가장 추악한 개념이 되었다. 그리고 그걸 친구에게 겨냥했다. 지금도.

"안전장치를 채우면 안 될까요?"

"그러면 내가 방아쇠를 당겨야 할 상황에 한 단계가 더 늘어나잖아요."

"하지만 방아쇠 당기지 않을 거면서. 나하고 레이철 사이에. 이게 얼마나 웃기는지 몰라요?"

"알아요. 확실히 웃기죠."

"그럼 이제 나를 쏘지 않을 거라고 의견 일치를 봤으니까……"

"의견 일치를 보진 않았는데요."

"하지만 난 운전하고 있는데요." 그가 지적했고, 그의 어조는 거드는 것과 내려다보는 태도 사이 어디쯤이었다. "그러니까 당신이 날 쏘면 어떻게 되겠어요? 고속도로를 달리는 조수석에 앉아 있으면서?"

"그래서 에어백이 있는 거죠."

"못 믿겠는데."

"총 빼앗으려 들면, 나로선 선택의 여지가 없어요. 쏴버리는 수밖에."

그는 운전대를 확 꺾었고 차는 옆 차선으로 돌진했다. 그는 그녀에게 미소지었다.

"흠, 그거 기분 안 좋네요."

그녀는 주도권이 옮겨가는 것을 느꼈고 주택 사업과 경찰차 동행 취재 그리고 아이티에서의 긴 밤의 경험으로 한번 주도권이 옮겨가면 당장 도로 빼앗아오기 전엔 그대로임을 알고 있었다.

그의 눈이 도로에 가 있는 동안 그녀는 안전장치를 채웠다. 소리는 나지 않았다. 그녀는 자세를 고쳐 약간 몸을 앞으로 숙이고, 총 손잡이로 그의 무릎을 후려갈겼다. 차가 다시 옆으로 확 돌진했다. 경적 소리가 울렸다.

케일럽이 씩씩거렸다.

"젠장. 왜 이래? 그 쌍……"

그녀는 정확히 그 자리를 다시 가격했다.

세 번째로 옆으로 휘청한 차를 그가 되돌렸다.

"그만 해요!"

고속도로의 다른 차가 당장 911에 전화해서 음주운전이라고 케일럽의 차 번호를 신고하지 않는다면 다행이었다.

그녀는 다시 안전장치를 풀었다.

"그만해요."

그가 다시 말했다. 그의 목소리에는 분노와 권위에 대한 도전과 함께 역력한 불안이 실려 있었다. 그는 그녀가 다음엔 무슨 짓을 할지 몰랐지만, 확실히 두려워하고 있었다.

그렇게 다시 주도권이 돌아왔다.

그는 도체스터의 네폰세트 남쪽 끝자락에서 고속도로를 나왔다. 갤리번 대로에서 북쪽으로 향했고, 사거리에서 오른쪽을 유지했으며, 처음 그녀는 다리를 건너 퀸시로 가나 생각했으나, 그는 다시 고속도로로 통하는 램프로 향했다. 막판에 우회전했고, 포장 상태가 엉망인 도로를 달렸다. 덜컹거리며 가다가 오른쪽으로 꺾어 비바람에 초라해진 주택과 반원통형 창고와 조그만 보트가 가득한 선착장이 늘어선 블록으로 들어섰다. 거리 끝에는 샬럿 마리나 항구가 있었으며, 세바스찬이 연애 초 여름에 매사추세츠만을 항해하면서 몇 번 알려줬던 곳이었다. 키를 잡는 방법과 하늘의 별을 보고 항해하는 방법을 알려주던 세바스찬. 바람에 북유럽 금발 머리가 날리고, 그녀가 알기로 그가 유일하게 행복해했던 바다 위의 시간.

레스토랑과 요트 클럽이 거의 텅 빈 주차장을 지나 바로 있었고, 두 건물 다 새로 도색을 했으며 요트라고는 없는 마리나에 희망을 걸고 있었다. 정박되어 있는 가장 큰 보트는 십여 미터쯤 되어 보였다. 다른 배들은 대부분 오래된 목조 랍스터 어선으로 보였다. 새것 몇 척은 파이버글라스였다. 그중 제일 좋은 것은 길이가 십 미터쯤이고 선체는 파란색, 조타실은 하얀색, 갑판은 황색으로 칠했다. 그녀가 그 배에 관심이 간 이유는 남편이 그 배 위에 헤드라이트 불빛을 받고 서 있었기 때문이었다.

케일럽이 얼른 차에서 내렸다. 그는 그녀를 가리키며, 브라이언에게 네 아내가 상황을 잘 받아들이지 못한다고 말했다. 레이철은 케일럽이 보트로 바삐 걸어가면서도 다리를 저는 것을 보고 기분이 좋았다. 반면 그녀는 브라이언에게 시선을 고정하고 천천히 움직였다. 그의 시선은 이따금 케일럽 쪽을 흘끗거릴 때를 제외하곤 거의 그녀를 떠나지 않았다.

그를 죽이게 될 줄 알았다면, 그 보트에 올랐을까?

그녀는 돌아서서 경찰서로 갈 수도 있었다. 남편이 사기꾼이에요. 능글거리는 사건 접수 경사가 "다들 그렇지 않습니까?" 하고 대꾸하는 상상을 했다. 그래, 다른 사람 신원을 도용하고 아내를 두 명 두는 것은 범죄지만, 심각한 범죄인가? 결국에는, 브라이언이 유죄 인정만 하고 풀려나게 되지 않을까? 그녀는 그 어느 때보다도 웃음거리가 될 것이다. 실패한 신문기자가 약물 중독 방송국 리포터가 되고 방송사고로 이야깃거리가 되었다가 그후 은둔생활 하다가, 다른 아내와 다른 삶이 있는 사기꾼과 결혼했다는 게 알려지면 몇 주간 새로 사람들 입에 오르내리고 비웃음을 당할 것이다.

그녀는 케일럽을 따라 보트 램프를 올랐다. 그는 선상에 올랐다. 그녀가 따라 올라가자, 브라이언이 도와주려 손을 내밀었다. 그녀가 그 손을 쳐다보고만 있자 결국 그가 손을 내렸다. 그는 그녀가 들고 있는 권총을 알아챘다.

"내 것도 보여줄까? 더 안전한 기분이 들게?"

"좋을 대로."

그녀는 선상에 올랐다. 그러는 사이, 브라이언이 그녀의 손목을 낚아채 권총을 빼앗아갔다. 그는 셔츠 자락 아래에서 본인의 38구경 소형 권총을 꺼내 선미 쪽 테이블에 두 자루 다 놓았다.

"일단 만으로 나간 다음에, 총을 뽑아 들고 다섯 발짝 걸어가 결투하고 싶으면 말해. 당신에겐 내가 잘못한 게 있으니까."

"당신이 내게 잘못한 건 그보다 많지."

그는 고개를 끄덕였다.

"그리고 앞으로 보상해줄 거야."

그는 밧줄 걸이에서 줄을 하나 풀었고, 그녀가 무슨 상황인지 미처 깨닫기도 전에 엔진 소리가 들렸으며, 케일럽은 가림막 아래 서서 스로틀에 손을 올려놓고 있었고 그들은 통통 소리를 내며 네폰세트 강을 나서 만으로 향하고 있었다.

브라이언은 갑판 한쪽에 있는 벤치에 앉았고 그녀는 맞은편에 앉았다. 그들 사이엔 테이블 앞쪽 모서리가 자리했다.

"당신한테 보트가 있었네." 그녀는 말했다.

그는 몸을 앞으로 숙였고, 무릎 사이에서 손을 마주 잡았다.

"응."

샬럿 항구가 그녀 뒤로 멀어져갔다.

"나 이 배에서 내릴 수 있긴 한 거야?"

그는 한쪽으로 고개를 갸웃했다.

"물론이지. 왜 못 내려?"

"우선 당신의 이중생활을 폭로할 수 있으니까."

그는 뒤로 기대앉아 양손을 벌려 보였다.

"그럼 당신한테 뭐가 남는데?"

"나한테 남는 게 문제가 아니지. 당신을 감옥에 보내는 거야." 그녀의 말에 그는 어깨를 으쓱했다. "안 될 거라고 생각하는구나."

"여보, 당신이 원한다면 당장 보트를 돌려서 도로 데려다줄 수 있어. 그리고 제일 가까운 경찰서에 가서 신고할 수 있겠지. 그런데 솔직히 레이철, 이 도시에서 당신 신뢰도는 좀 위태롭잖아. 혹시 경찰이 믿어준다면 내일이나 아니면 모레, 아니면 다음 화요일쯤, 자기네들이 형편될 때나 형사를 보내겠지. 하지만 그때쯤이면 난 사라진 후일 거야. 경찰은 날 찾지 못할 거고 당신도 날 찾지 못해."

그를 다시 보지 못한다는 생각이 칼날처럼 그녀의 속을 후벼팠다. 브라이언과 헤어진다니, 그가 세상 어딘가에 있지만 다시는 보지 못한다 생각하니, 신장 하나를 잃는 듯했다. 정신 나간 미친 반응이었지만 그랬다.

"왜 진작 사라지지 않고?"

"내 마음처럼 일정표의 모든 부분을 빨리 동기화할 수가 없었거든."

"도대체 그게 무슨 소리야?"

"우린 시간이 별로 없어." 브라이언이 말했다.

"뭐 할 시간?"

"믿어주는 거 말고는 뭐든."

그녀는 그를 응시했다.

"믿으라고?"

"그래."

그녀더러 그를 믿어달라는 황당무계하기 그지없는 소리에 대꾸할 말은 아마 천 가지도 넘겠지만, 간신히 할 수 있었던 말은 "그 여자 누구야?"뿐이었다.

그 말이 입 밖에 나온 순간부터 후회되었다. 그녀가 지난 삼 년간 쌓아 올린 인생의 기반을 그가 모조리 허물어버린 마당에, 그녀는 지금 질투심에 찬 여자애처럼 굴고 있었다.

"누구?" 그가 말했다.

"프로비던스에 있는 임신한 당신 아내."

히죽거림에 가까운 미소를 띠고, 그는 별 없는 하늘로 눈길을 들었다.

"동료야."

"당신 광물 회사의?"

"음, 접점이 있긴 하지, 응."

그녀는 늘 하던 부부싸움 패턴으로 흘러가는 것을 느꼈다. 대개 그녀가 공격하면, 그는 회피형 수비를 해서 보통 그녀로 하여금 점점 더 공격적이 되게 만든다. 털가죽 아래 고기도 없는 토끼를 쫓는 개처럼. 그래서 더 악화되기 전 그녀는 진짜 질문을 했다.

"당신 정체는?"

"당신 남편이지."

"내 남편 아니……"

"나는 당신을 사랑하는 남자야."

"당신은 우리 인생의 모든 것에 대해 거짓말했어. 그건 사랑이 아니야. 그건……"

"내 눈을 봐. 사랑이 보이는지 아닌지."

그녀는 보았다. 처음에는 냉소적으로, 그러다가 신기함이 커져 갔다. 거기 사랑이 있었다. 의문의 여지 없이.

하지만 맞을까? 무엇보다도, 그는 배우였다.

"당신 버전의 사랑이지." 그녀는 말했다.

"어, 그래. 내가 아는 버전은 그것뿐이야."

케일럽이 엔진을 껐다. 그들은 만으로 삼 킬로미터쯤 나와 있었고, 오른쪽으로는 퀸시의 불빛이, 보스턴 불빛은 그들 뒤쪽 왼편으로 보였다. 그들 앞으로는 먹물 같은 어둠을 바탕으로 서쪽에 있는 톰슨 섬의 윤곽이 드문드문 보였다. 이런 어둠에서는 거리가 200미터인지 2000미터인지 분간하기 불가능했다. 톰슨 섬에는 무슨 청소년 시설이 있었지만, 무슨 단체든 간에 밤이라 다들 자는지 불빛 하나 없었다. 잔잔한 파도가 선체에 찰싹찰싹 부딪혀왔다. 그녀는 이런 밤에 세바스찬과 함께 배의 불빛만으로 항해한 적이 있었고 둘은 거의 내내 불안하게 킥킥거렸지만, 케일럽은 그들 발치의 작은 전구만 빼고 모든 조명을 다 꺼버렸다.

달 없는 밤 캄캄한 어둠 속에서, 그녀는 브라이언과 케일럽이 간단히 그녀를 죽여버릴 수 있음을 깨달았다. 사실, 이 모든 것이 그녀가 이 냉담한 어둠 속에 이 바다로, 이 보트로 상황을 조사하러 나왔다고 생각하게끔 만들기 위한 것이고, 실제는 그 반대일 수도 있었다.

갑자기 브라이언에게 꼭 물어봐야 할 것 같았다.

"당신 본명은 뭐야?"

"올든. 브라이언 올든."

"목재 회사 하는 집 맞아?"

그는 고개를 저었다.

"그렇게 근사한 집 아냐."

"캐나다 출신?"

그는 고개를 저었다.

"버몬트 주 그래프턴 출신이야."

그는 그녀를 조심스레 지켜보며 주머니에서 비행기서 나눠주는 것 같은 땅콩 봉지를 꺼내 열었다.

"당신이 스콧 파이퍼구나." 그녀의 말에 그는 고개를 끄덕였다. "하지만 당신 이름이 스콧 파이퍼는 아니고."

"아니지. 그냥 고등학교 동창 이름이야, 라틴어 수업 시간에 날 웃기던 애."

"그럼 당신 아버지는?"

"의붓아버지. 그래. 내가 얘기했던 그 사람 맞아. 인종차별주의자에, 동성애혐오자였고, 자기 인생을 말아먹고 자기가 신념을 가졌던 모든 것을 개판으로 만드는 거대한 음모에 의해 세상이 굴러간다고 겁냈지. 어쩌면 역설적이겠지만, 좋은 사람이고, 울타리 세우기나 빗물받이 수리를 돕는 좋은 이웃이기도 했어. 이웃집 길을 내준다고 눈 치우다가 심장마비로 쓰러졌어. 이웃 이름은 로이 캐럴이었고. 이거 알아? 로이는 의붓아버지에게 잘해주지도 않았지만, 의붓아버지는 그게 좋은 일이고 로이가 너무 가난해서 사람 쓸 형편도 못 되는데다 동네 끝에 살았기 때문에 눈을 치워줬어. 우리 아버지 장례식 다음 날 로이가 뭐 했는지 알아?" 브라이언은 땅콩을 입에 쏙 던져넣었다. "그 길로 나가서 삼천 달러짜리 제설기를 샀더라고."

그는 땅콩을 내밀었고 그녀는 고개를 내저었다. 갑자기 이 모든 것이 멍했고 마치 자신이 가상현실 부스 안에 들어섰고 이게 설정된 배경인 듯만 싶었다.

"당신 친아버지는?"

"잘 몰라." 그는 어깨를 으쓱했다. "우리 둘의 공통점이지."

"브라이언 델라크루아는? 어떻게 그 사람 신원을 알게 된 거야?"

"알잖아, 레이철. 내가 말해줬으니까."

그리고 그녀는 알았다.

"그 사람이 브라운대에 다녔구나." 그녀의 말에 브라이언이 고개를 끄덕였다. "그리고 당신이 피자 배달원이고."

"40분 이내에 배달되지 않으면 반값만 받습니다." 그가 미소지었다. "이제 내가 왜 그렇게 차를 빨리 모는지 알았지."

그는 땅콩을 더 손에 털어냈다.

"왜 아무것도 변한 거 없다는 듯이 거기 앉아 땅콩을 먹고 있어?"

"배고프니까." 그는 땅콩을 하나 더 입에 넣었다. "장거리 비행이었어."

"비행 따위 없었잖아." 그녀는 이를 악물다가, 힘을 뺐다.

그는 한쪽 눈썹을 쓱 치켜보였고 그녀는 그의 얼굴을 쥐어뜯어 버리고 싶었다. 술을 마시지 말 걸 그랬다 싶었다. 지금 당장 머리가 맑아야 하는데 한참 거리가 멀었다. 모든 질문을 완벽한 순서로 정리하고 싶었다.

"비행은 없었어." 그녀는 말했다. "출장 일거리가 없고 당신은 브라이언 델라크루아가 아니니까, 즉 우리 결혼은 법적으로 인정되지도 않고 당신은 내게 거짓말했어……" 그녀는 말을 멈추었다. 어둠이 그녀를 온통 둘러싸고 내부에 자리한 것이 느껴졌다. "전부 다."

그는 손에 묻은 땅콩 가루를 털어내고 빈 봉지를 주머니에 넣었다.

"전부는 아냐."

"그래. 뭐가 진짜였는데?"

그는 둘의 가슴 사이로 손가락을 흔들었다.

"이거."

그녀는 그 동작을 흉내 냈다.

"이건 개소리고."

그는 진짜로 상처받은 얼굴을 했다. 뻔뻔하기는.

"아니. 그렇지 않아, 레이철. 이건 진짜야."

케일럽이 갑판으로 나와 합류했다.

"카메라 가게 얘기 좀 해, 브라이언."

"이게 뭐야, 나쁜 경찰/나쁜 경찰 구도야, 갑자기? 둘 다 날 들볶을 참이야?"

"레이철이 널 미행했더니 리틀 루이스에 갔다던데."

몰인정한 기운이 브라이언의 얼굴에 자리했다. 그는 앤드루 개티스의 따귀를 때릴 때, 빗속에서 핸콕 타워에서 나올 때, 그리고 둘이 싸울 때 한순간 저 표정이었다.

"레이철에게 얼마나 말했어?"

"안 했어."

"아무 말도 안 했어?"

•한순간 그녀는 브라이언의 목소리가 이상하게 들린다고 생각했다. 혀를 깨물거나 뭐 그런 것처럼.

"우리가 배우였다고 말했지."

"그 외엔 아무 말도 안 했어?"

이제 원래 그의 목소리로 들렸다.

"나 바로 여기 있다고." 그녀는 말했다.

브라이언은 그녀를 쳐다보았고 그의 눈은 죽어 있었다. 아니, 죽은 게 아니다. 죽어가고 있었다. 빛이 스러져가고 있었다. 그녀는 그 안에서 아주 미미하게 느껴졌다. 그는 무덤덤하면서도 동시에 욕망 어린 눈으로 그녀의 몸을 훑었다. 자기가 그럴 기분인지도 잘 모르는 채 포르노를 보는 남자의 표정.

"카메라 가게에 왜 갔어, 브라이언?" 케일럽이 말했다.

브라이언은 케일럽에게 손가락 하나를 들어 보였고, 그의 눈은 여전히 레이철을 위아래로 훑고 있었다. 그 무시하는 동작에 케일럽의 얼굴이 일그러졌다.

"아랫사람 다루듯 그딴 식으로 손가락질하지 마. 여권 준비됐어?"

브라이언은 턱이 불끈 굳어지면서도 킥킥거렸다.

"아, 허, 허, 오늘 밤 나 자극하지 마."

케일럽은 브라이언을 향해 한 걸음 다가섰다.

"앞으로 24시간 안에는 준비되지 않을 거라고 했잖아."

"나도 내가 무슨 말 했는지는 알아."

"이 여자 때문이야?" 케일럽이 레이철을 가리켰다. "이 여자와 그 개소리 때문에? 사람이 죽을 판에……"

"사람이 죽을 수 있단 거 알아." 브라이언이 말했다.

"내 아내가 죽을 수 있어. 내 아이가……"

"애초에 아내와 아이를 두지 말았어야지."

"하지만 너는 그래도 괜찮고?" 케일럽이 두 걸음 더 다가섰다. "응? 너는 괜찮다고."

"레이철은 분쟁지역 경험이 있어. 전쟁으로 검증되었다고."

"집에 틀어박힌 폐인이잖아."

레이철은 말했다.

"둘이 도대체 무슨……?"

케일럽이 브라이언에게 다가서서 그의 얼굴을 손가락질했다.

"망할 여권 갖고 거짓말했어. 우리 모두 위험하게 됐잖아. 네가 좆 빼고는 생각을 못 하는 바람에 우린 다 죽게 생겼다고."

그녀의 경험상 폭력이 늘 그랬듯이, 다음 몇 가지는 아주 빠른 속도로 벌어졌다.

브라이언이 케일럽의 손가락을 얼굴 앞에서 쳐냈다. 케일럽이 급히 주먹을 움켜쥐고 브라이언의 옆머리를 후려갈겼다. 브라이언이 자리에서 반쯤 일어났을 때 케일럽이 다시 주먹을 휘둘렀고, 반쯤 그의 목에 맞았다. 브라이언이 케일럽의 명치에 주먹을 꽂았다. 케일럽이 허리를 꺾자, 브라이언이 그의 귀에 주먹을 날렸고 연골 으스러지는 소리가 레이철에게까지 들렸다.

케일럽은 옆쪽으로 비틀거렸다. 그는 한쪽 무릎을 꿇고 잠시 절박하게 숨을 들이쉬었다.

그녀는 "둘 다, 그만 해요."라고 말했고 우스꽝스럽게 들렸다.

브라이언이 케일럽에게 맞은 목을 문지르며 배 옆으로 침을 뱉었다.

케일럽은 테이블을 짚고 몸을 일으켰다. 그러더니 그녀의 총을 움켜쥐었다. 그녀는 그가 엄지로 안전장치를 푸는 것을 보았고, 처음에는 이해하지 못했다. 그날 하루의 초현실적인 측면을 그대로 드러냈다. 브라이언, 레이철, 케일럽, 보통 사람들, 심지어 따분하기까지 한 사람들로, 총기를 휘두르는 그런 사람들 아니었다. 그러나 그 총을 가지고 케일럽을 위협하여 여기까지 차를 몰게 한 사람은 그녀였다.

그리고 이제 그는 그 총을 브라이언의 면상에 겨누고 있었다.

"이봐, 터프가이, 그 빌어먹을 게 어디……"

브라이언이 케일럽의 총 든 손을 쳐냈을 때, 총이 발사되었다. 양쪽으로 가림판이 있는 사격장에서처럼 소리가 크진 않았다. 책상 서랍을 쾅 닫는 소리 같았다. 총구의 번뜩임으로 판단하자면 권총은 그녀 방향을 지나갔다. 하지만 그녀는 비명을 지르지 않았다. 브라이언이 케일럽의 손에서 권총을 쳐내고 케일럽의 다리를 쓸어 넘어뜨리는 능숙함에서 레슬링 경험을 짐작할 수 있었다. 케일럽은 바닥에 나가떨어졌고, 브라이언은 그의 가슴과 배를 걸어차 댔고, 마치 죽일 기세였다.

"내 얼굴에 총을 겨눠?" 브라이언이 소리 질러댔다. "장난해?"

한 문장마다 브라이언은 걸어찼다.

"날 엿 먹이려 들어?" 브라이언이 그의 배를 걸어찼다. "내 아내에 대해 그딴 소리를 해?"

케일럽의 입에서 피가 터져나왔다.

"내 아내를 탐내?" 브라이언이 그의 사타구니를 걸어찼다. "네가 내 아내한테 침 흘리는 거 모를 줄 알았어? 생각하는 거?"

발길질이 시작되었을 때, 케일럽은 그만하라고 애원했다. 이제는 그냥 누워만 있었다.

"브라이언, 그만해."

브라이언은 그녀를 향해 돌아섰고, 그녀의 손에 들린 총에 눈을 가늘게 떴다. 그녀는 그걸 집어든 기억이 나지 않았지만, 그 묵직함을 느낄 수 있었다. 브라이언의 손에 들렸을 땐 장난감처럼 보였지만 그녀 것보다 훨씬 무거웠다.

"그만해?"

"그만해." 그녀는 다시 말했다. "그러다 죽이겠어."

"당신이 무슨 상관인데?"

"브라이언, 제발."

"이놈이 죽는다 한들 당신 인생에서 뭐가 바뀌는데? 내가 죽으면? 아님 그냥 사라지면? 당신은 똑같을 거잖아. 안에 틀어박혀 밖을 내다보겠지. 하지만 당신은 관여하지 않을 거야. 영향 주지 않을 거야. 케일럽은 됐고. 당신이 세상에 있든 없든 무슨 차이가 있지?"

그 말에 그녀만큼이나 그 자신도 놀란 듯했다. 그는 몇 번 눈을 깜박였다. 빛 없는 하늘과 검은 만을 쳐다보았다. 케일럽을 보았다. 다시 그녀를 보았다. 그리고 그녀는 깨달음이 움트는 것을 보았다. 그가 빈 배로 육지로 돌아가면, 아무도 모를 것이다.

그는 그녀의 권총을 들었다. 최소한 그녀는 그가 그녀의 권총을 들어 올렸다고 생각했다. 아니, 그랬다. 그가 총을 들었다. 무릎에서 휙 들어 몸 중심 쪽으로 들어 올렸고, 오른팔이 가슴 절반쯤 올라왔다.

그리고 그녀는 그를 쏘았다.

그녀는 배운 대로 그를 쏘았다. 중심부. 심장에 곧장.

그녀 자신의 입에서 나오는 *브라이언 안 돼 브라이언 안 돼* 하는 말을 들었다. 자신이 *안 돼 안 돼 제발.* 하고 말하는 것을 들었다.

브라이언이 뒤로 비틀거렸고 피가 그의 셔츠에 피어나더니 방울방울 떨어졌다.

케일럽이 그녀를 공포와 감사가 뒤섞인 눈길로 보았다.

브라이언이 그녀의 권총을 떨궜다. 그가 말했다.

"젠장."

"미안해."

꼭 묻는 것처럼 그녀의 입에서 그 말이 나왔다.

그리고 그의 눈에는 너무나 많은 사랑이 담겨 있었다. 그리고 너무나 많은 두려움이. 그의 입에서 나온 말과 함께 한 모금 정도의 피가 턱을 타고 흘렀다. 그리고 그녀는 피와 그의 두려움 때문에 그가 무슨 말을 하고 있는지 알아듣지 못했다.

그는 반걸음쯤 비틀 뒷걸음쳤고, 가슴에 손바닥을 댔다. 보트에서 떨어졌다.

그리고 그녀는 이제 그가 무슨 말을 했는지, 피와 함께 흘러나와 사라진 말이 뭐였는지 분명히 들을 수 있었다.

"사랑해."

잠깐. 잠깐. 브라이언, 잠깐.

그녀는 갑판 위와 난간 옆 벤치의 하얀 쿠션 위에 묻은 그의 피를 볼 수 있었다.

잠깐, 그녀는 다시 생각했다.

우리는 함께 늙어가기로 했잖아.

제3부

세상 속의 레이철

2014

23장
어둠

그녀가 제일 처음 벗은 것은 시계였다. 그다음은 그가 삼 주 전에 쇼핑몰에서 사준 목걸이. 신발을 벗었다. 바람막이를 벗고, 이어 티셔츠와 청바지를 벗었다. 모든 것을 그녀가 쏜 권총과 함께 테이블에 놓았다.

그녀는 케일럽을 지나쳐 선창으로 내려갔다. 문 오른쪽에서 신호용 총과 구급상자를 발견했지만 손전등은 없었다. 하지만 카운터 아래쪽에서 노란 플라스틱과 검은 고무에 싸인 손전등을 찾았다. 시험해 보았다. 제대로 작동했다. 그녀는 밑바닥을 확인했다. 태양에너지였다. 산소 탱크를 찾을 시간만 있다면 저 아래 영원히라도 있을 수 있었다. 그녀는 도로 갑판으로 올라갔고, 난간 옆에서 그녀를 기다리는 케일럽을 발견했다.

"이봐요." 그가 말했다. "그는 죽었어요. 그리고 아니라면······"

그녀는 그를 지나쳤다. 난간을 넘었다. 케일럽이 "잠깐." 하고 말했지만 그녀는 만으로 뛰어들었다. 차가움이 그녀의 심장을, 목을 그리고 내장을 동시에 조여들었다. 냉기가 그녀의 머리에 이르자 관자놀이를 뚫고 산을 부은 듯 파고들었다.

손전등 불빛은 그녀가 바란 것 이상으로 환했으며, 이끼와 해초, 산호와 모래, 원시적인 신들만 한 검은 바윗덩어리로 이루어진 밝은 초록색의 세계를 비추었다. 그녀는 녹색을 뚫고 내려갔으며 이질적인 것, 자연 세계에 들어선 부자연스러운 침입자가 된 기분이었다. 세계 이전의 세계로, 너무나 오래되어 언어, 인류, 의식보다도 앞섰다.

대구 한 무리가 그녀에게서 삼십 센티미터도 떨어지지 않은 곳을 지나쳤다. 대구 떼가 가고 나서 그녀는 그를 보았다. 그는 4, 5미터쯤 아래 바위 옆의 모래에 앉아 있었다. 그녀는 그를 향해 헤엄쳐 내려가 그의 시신 앞으로 갔다. 그녀는 어깨를 들먹이며 흐느꼈고, 그는 초점 없는 눈으로 그녀를 마주 보았다.

미안해.

가느다란 핏줄기가 그의 가슴에 난 구멍 가장자리에서 피어올랐다.

사랑했어, 미워했고, 당신을 전혀 알지 못했지.

그의 몸은 오른쪽으로 기울어진 반면, 머리는 왼쪽으로 갸우뚱한 상태였다.

당신이 미워. 사랑해. 남은 평생 보고 싶을 거야.

그녀는 그를 응시했고 그의 시체 역시 그녀를 마주 보았다. 마침내 폐가 화끈거리고 눈이 따가워 더 이상 버틸 수 없었다.

안녕.

안녕.

헤엄쳐 올라가는 사이, 그녀는 케일럽이 보트 조명을 켜놓은 것을 보왔다. 선체가 수면에서 흔들거렸고, 그녀에게서 6미터쯤 위 그리고 14미터쯤 남쪽이었다. 그녀는 수면을 향해 발차기했고 중간쯤에서 무언가가 그녀의 무릎 바로 위 허벅지를 스쳤다. 그녀는 다리를 찰싹 때렸지만 아무것도 없었고 그러다가 손전등을 떨궜을 뿐이었다. 손전등은 그녀가 올라가는 속도보다 더 빠르게 떨어졌고, 마지막으로 봤을 때는 모랫바닥에 떨어져 세상을 향해 노란 눈을 반짝이고 있었다.

수면 밖으로 나온 그녀는 한껏 산소를 들이마시고 보트로 헤엄쳐갔다. 선상에 오르다가 우현 쪽에 아까는 어두워서 보지 못한 작은 섬이 눈에 들어왔다. 새와 게나 오를 수 있는, 엉덩이 한쪽만 간신히 걸칠 수 있을 크기의 섬이었다. 비실비실해 보이는 가느다란 단풍나무가 비바람에 45도쯤 기울어진 채 서 있었다. 몇백 미터 떨어진 곳에 그녀가 짐작했던 대로 톰슨 섬이 있었고, 아까보단 좀 더 윤곽이 뚜렷했지만 불빛이 없기는 마찬가지였다.

보트에 올라, 그녀는 갑판에 무릎 사이에 손을 걸치고 고개 숙인 채 앉은 케일럽을 무시하고 옷을 챙겨 선실로 들어갔다. 침대 바로 지나 미닫이문이 달린 작은 욕실이 있었다. 그녀가 보지 못한 둘의 사진이 변기 위에 걸려 있었다. 그래도 언제 찍힌 사진인지는 기억났는데, 브라이언이 처음 멜리사를 만났을 때였다. 그들은 노스엔드에서 점심을 먹고, 찰스타운까지 걸어가 벙커 힐 기념탑 근처 비탈진 잔디에 앉았다. 멜리사가 사진을 찍어주었고, 레이철과 브라이언은 서로 등을 맞대고 기념탑이 그들 뒤로 솟아오르는 구도로 앉았다. 그들은 미소 짓고 있었다. 새로울 것은 없었다. 사람들은 늘 사진 찍을 때 미소지으니까. 하지만 그건 순전한 미소였다. 그들은 행복하고 눈부셨다. 그날 밤 그는 그녀에게 사랑한다고 처음으로 말했다. 그녀는 그를 반 시간 기다리게 만든 다음에 사랑한다고 답했다.

그녀는 변기 시트 위에 잠시 앉아 그의 이름을 십여 번 속삭이고 목이 메도록 소리 없이 울었다. 그를 죽여서 미안하다고 그리고 그가 자신을 속여서 미워한다고 설명하고 싶었지만, 진실은 그런 것들은 그에 대한 상실감이나 곁에 있던 사람을 잃은 상실감의 십 분의 일도 안 되었다. 그녀의 근본적 체계 상당 부분은 아이티에서 단절되었다. 공감력, 용기, 연민, 의지, 도덕성, 자존감 — 오직 브라이언만이 회복될 거라고 믿어주었다. 그는 그 끊어진 전선이 다시 연결될 거라고 그녀를 설득했다.

"오, 레이첼." 어머니가 하던 소리가 들렸다. "누군가 허락해줘야만 자신을 사랑할 수 있단 건 슬프지 않니?"

그녀는 거울을 들여다보고 어머니를 너무나 닮은 자신의 모습에 충격받았다. 저명한 엘리자베스 차일즈, 그 울분을 다들 용기로 착각했다.

"꺼져요, 엄마."

그녀는 브라와 속옷을 벗고 선반에서 찾은 두툼한 수건으로 물기를 닦았다. 청바지, 티셔츠, 바람막이를 다시 입고, 빗을 찾아 머리를 최대한 정리하고, 다시 거울을 보자 『계단』이 출간되었을 즈음의 어머니가 거기 있었지만, 또한 새로운 레이첼이기도 했다. 살인자. 그녀는 생명을 빼앗았다. 그 생명이 남편이었다고 해서 더 나을 것도 나쁠 것도 없었다. 누구를 죽였든 그 행위 자체가 실증적으로 중대했다. 그녀는 이 지상에서 인간의 생명을 제거한 행위자였다.

그가 권총을 들어 올리고 있었던가?

그녀는 그렇게 생각했다.

하지만 그가 방아쇠를 당겼을까?

그 순간에, 그녀는 그렇게 확신했다.

지금은? 지금은 알 수 없었다. 비 오는 밤 노숙자에게 코트를 벗어주던 남자가 살인을 저지를 수 있을까? 삼 년 동안 한 번도 다그치는 말이나 갑갑해 하는 눈빛 없이 그녀를 정신적으로 간호해온 남자가? 그 남자가 살인을 저지를 수 있을까?

아니, 그 남자는 그럴 리 없다. 하지만 그 남자는 브라이언 델라크루아, 허상이었다.

반면에 브라이언 올든은, 오만하게 옛 친구의 따귀를 때릴 수 있었다. 파트너이자 제일 친한 친구를 죽일 때까지 멈추지 않을 기세로 분노하여 걸어찰 수도 있었다. 브라이언 올든은 그녀를 향해 권총을 들어 올렸다. 아니, 그녀에게 정통으로 들이댄 것은 아니었고 방아쇠를 당기지 않았다.

그녀가 그에게 그럴 기회를 주지 않았으니까.

그녀는 갑판으로 돌아갔다. 그녀는 침착했다. 너무 침착했다. 그리고 그게 충격 때문임을 인식했다. 육체 안의 자신을 느낄 수는 있었지만 그 육체가 느껴지지 않았다.

그녀는 그가 떨어뜨린 자신의 권총을 갑판 위에서 찾았다. 그걸 바지 허리 뒤쪽에다 찔러넣었다. 브라이언의 권총을 테이블에서 들어 올렸다. 그걸 가지고 케일럽에게 걸어가자 그는 그녀를 향해 눈을 가늘게 모았다. 그녀가 그걸로 뭘 하려 들든 제지하기엔 너무 늦었다.

그녀는 손목을 홱 꺾어 그의 머리 너머로 바다에 권총을 던져버렸다. 그녀는 그를 내려다보았다.

"갑판 위 핏자국 씻어내게 도와줘요."

24장

케슬러

차를 타고 돌아오는 길에, 케일럽은 통증 없이 제대로 숨쉬기 곤란해 했다. 둘 다 브라이언이 최소한 케일럽의 갈비뼈 하나 정도는 부러뜨린 게 아닐까 하는 생각이 들기 시작했다. 시내에 도착하자, 케일럽은 백 베이로 향하는 첫 번째 출구를 지나쳤다. 처음 그녀는 다음 출구로 빠지겠거니 여겼지만, 그가 그것도 지나치자 그녀는 말했다.

"뭐 하는 거예요?"

"운전."

"어디로?"

"안전가옥이 있어요. 거기 가서 상황 좀 파악해야죠."

"나는 아파트에 가야 해요."

"아니, 못 가요."

"갈 거예요."

"지금쯤이면 아주 꼭지 돌아서 우릴 찾는 사람들이 있을 거라고. 우린 이 도시를 떠야 해요, 들어가는 게 아니라."

"내 노트북이 필요해요."

"노트북 따위. 돈 있으니 새 거 살 수 있어요."

"노트북이 문제가 아니라, 거기 담긴 책이요."

"새로 다운로드해요."

"읽는 책이 아니라, 내가 쓰는 책이요."

환한 가로등 몇 개를 지나치는 사이 그는 그녀를 홱 돌아보았고 그의 얼굴은 새하얗고 약간 귀신 같았으며 무력했다.

"백업 저장 안 했어요?"

"안 했어요."

"클라우드에 안 올리고?"

"안 했어요."

"도대체 왜?"

"내 노트북이 필요해요." 출구가 가까워져 오자 그녀는 반복했다. "다시 총 꺼내게 하지 말고."

"당신 손에 들어올 돈이면 책은 필요 없……"

"돈 문제가 아니라고!"

"다 돈 문제지!"

"출구로 나가요."

"망할!"

그는 천장을 향해 소리 지르며 차를 출구 쪽 차선으로 뺐다.

그들은 짧은 터널을 지나 노스엔드 끝자락으로 나왔고 좌회전해서 거버먼트 센터를 지나 백 베이로 향했다.

"책을 쓰는 줄은 몰랐는데요." 그가 말했다. "그러니까 뭐, 미스터리 같은 거? SF?"

"아니. 비소설이요. 아이티에 관한 책."

"그거 팔기 힘들 텐데." 그의 어조는 거의 나무라는 식이었다.

그녀는 쓸쓸한 웃음소리를 흘렸다.

"당신보다 힘든 사람들이 있다는 생각 좀 해요."

그는 미안해하는 미소를 지었다.

"그냥 진실을 말했을 뿐이에요."

"당신 진실이요." 그녀는 말했다.

아파트에 와서, 그녀는 방에 들어가 다시 옷을 갈아입었다. 다른 브라와 속옷을 챙겨 입고, 청바지를 검은 타이츠로 바꿔 입고, 검은 티셔츠와 뉴욕 대학 시절의 오래된 회색 스웨트셔츠를 입었다. 노트북을 켜서 책 파일을 폴더에 넣었다. 진작에 이랬어야 했다. 그녀는 메일에서 내게 쓰기를 클릭한 다음 폴더를 첨부하고 보내기를 눌렀다. 됐다. 그녀의 원고는 이제 어느 컴퓨터를 사용하든 받을 수 있게 되었다.

그녀가 옆구리에 노트북을 끼고 방에서 나와보니 케일럽은 그녀가 생각했던 대로 혼자 술을 마시고 있었다. 사타구니를 채여서 앉기가 불편하다고 그는 말했고, 그래서 키친 바에 서서 버번을 홀짝이다가 그녀가 들어서자 마음이 딴 데 가 있는 눈길을 던졌다.

"바쁜 줄 알았는데요." 그녀가 말했다.

"차로 한 시간 거리는 가야 해요."

"그럼 마음껏 마시든가요."

"무슨 짓을 한 겁니까?" 그가 거친 속삭임으로 말했다. "뭘 어쩐 거예요?"

"남편을 썼죠."

322

그녀는 냉장고를 열었지만 왜 그랬는지 기억이 안 나 도로 닫았다. 잔을 갖고 바로 가서 그녀 몫으로 버번을 따랐다.

"정당방위로?"

"그 자리에 있었잖아요." 그녀는 말했다.

"난 쓰러져 있었어요. 제대로 의식이 있기나 했는지도 모르겠는데."

그 애매모호함에 그녀는 짜증이 났다.

"그럼 상황을 보지 못했다고요?"

"못 봤어요."

애매모호할 여지가 없었다. 그럼 언젠가 증인석에 서면 그는 뭐라고 할까? 그녀가 그와 그녀 자신의 생명을 구하기 위해 행동했다고 말할까? 아니면 자기는 '제대로 된 의식이 없었다'고 할까?

당신은 누구죠, 케일럽? 그렇게 물을 수도 있었다. 일상적인 부분 말고 근본적인 부분에서?

그녀는 버번을 마셨다.

"내 쪽으로 권총을 돌렸고 무엇을 하려는지 얼굴을 보고 알았어요, 그래서 내가 먼저 쐈죠."

"너무 차분한데요."

"차분한 기분 아니에요."

"기계적으로 들리고."

"내 기분하고 일치하네요."

"당신 남편이 죽었어요."

"알아요."

"브라이언이."

"네."

"죽었다고."

이제 그녀는 바 건너편의 그를 쳐다보았다.

"내가 무슨 일을 했는지 알아요. 그냥 실감이 안 날 뿐이지."

"충격 상태인가 보군요."

"그게 내 생각이에요."

경악스러운 깨달음이 뒷골에서 스물스물 맴돌고 있었다. 가슴에 가득 차오른 슬픔에도 불구하고, 신체 나머지 부분은 아이티 이후로 이만큼 살아 있다고 느낀 적이 없었다. 행동을 멈추고 목전의 문제에 집중하는 것을 중지하면 곧장 슬픔이 그녀를 잡아먹을 것이기에, 지금 당장으로선 행동을 멈추지 않고 집중할 범위를 넓히지 않는 게 관건이었다.

"경찰에 갈 겁니까?"

"나한테 왜 쐈는지 묻겠죠."

"브라이언이 나를 죽일 듯 걷어차고 있었으니까."

"왜 그가 그러고 있었는지 묻겠죠."

"그럼 당신이 그의 이중생활을 발견하는 바람에 발광했다고 말하죠."

"그러면 우리 둘이 불륜을 저지르고 있었던 거 아니냐고 묻지 않겠어요?"

"거기까진 가지 않을 겁니다."

"먼저 그것부터 짚을 거예요. 그런 다음 당신 둘이 무슨 사업을 하는지 그리고 최근 돈 문제로 말썽이 있었는지 알고 싶어 하겠죠. 그러니 당신과 브라이언이 무슨 일을 벌였는지 몰라도, 그게 당신이 그를 죽일 동기가 되지 않기를 바라야 할 거예요. 왜냐하면 그 경우 경찰은 우리가 불륜만 저지른 게 아니라, 사업 문제에서도 브라이언을 엿 먹이고 있었다고 결론지을 테니까요. 그런 다음엔 왜 내가 총을 바다에 버렸는지 알고 싶어 하겠죠."

"왜 그랬어요?"

"왜냐하면, 글쎄, 너무 혼란스러워서? 충격 상태여서? 어쩔 바를 몰라서? 맘대로 골라요. 그리고 일단 브라이언의 사망이 밝혀지고 나면, 내가 감옥 가지 않는 결말의 시나리오는 하나도 생각나지 않네요. 삼사 년 정도밖에 안 된다고 해도. 그리고 난 감옥에 가지 않을 거예요." 이제 그녀는 뭔가를 느낄 수 있었다. 히스테리에 근접한 두려움의 퍼득거림. "상자 안에 갇혀 있진 않을 거예요. 절대로 그렇겐 안 한다고."

케일럽은 그녀를 지켜보았고, 입이 작은 타원형을 그렸다.

"알았어요. 알았어."

"그렇게는 안 해요."

케일럽은 버번을 더 마셨다.

"이제 가야 해요."

"어디로?"

"안전가옥. 하야는 이미 아기랑 거기 가 있어요."

그녀는 노트북과 열쇠를 카운터에서 집어 들다가 멈칫했다.

"그의 시신이 떠오르겠죠." 그 깨달음이 그녀 가슴 속 뭔가를 흩트려 놓았다. 갑자기 조금 덜 무감각했고, 조금 덜 차분해졌다. "떠오르겠죠?"

그는 고개를 끄덕였다.

"그럼 다시 돌아가야 해요."

"돌아가서 뭘?"

"시체를 가라앉혀야죠."

"뭘로?"

"몰라요. 벽돌이나. 볼링공."

"어디서 볼링공을 구해요, 지금이……" 그는 전자레인지 위의 시계를 봤다. "밤 열한 시인데?"

"방에 브라이언 바벨 있어요. 두 개."

그는 그녀를 쳐다보고만 있었다.

"역기 양쪽에 다는 거 있잖아요. 하나에 9킬로그램씩이에요. 두 개면 충분할 거예요."

"우린 지금 브라이언 시체를 가라앉히는 얘기를 하고 있어요."

"네, 그래요."

"황당하네요."

황당할 것 하나도 없었다. 이성적으로 그녀는 뭘 해야 하는지 정확히 알고 있었다. 그리고 어쩌면 지금 상태는 충격이 아니라, 두뇌가 필수적인 것만 처리하기 위해 모든 불필요한 정보를 삭제하는지도 모른다. 레오간의 난민 캠프에서 텐트에서 텐트로, 나무에서 나무로 옮겨 다닐 때 딱 이런 기분이었다. 완벽하게 명료한 목적—이동하고 숨는다, 이동하고 숨는다, 이동하고 숨는다. 큰 존재적 담론이나, 애매한 영역 따위는 없었다. 그녀의 후각, 시각, 청각은 욕구 충족이 아니라 생존 추구에 동원되었다. 생각이 옆길로 새지 않았다. 곧장 일직선으로 전진했다.

"황당하네요." 케일럽이 다시 말했다.

"그게 지금 우리가 처한 상황이에요."

그녀는 바벨을 가지러 방으로 향했지만 반쯤 가다 현관 벨이 울리는 바람에 멈춰섰다. 건물 밖에서 누가 울리는 벨 소리가 아니었다. 그리고 경비가 방문객 있다고 알려주는 인터컴 소리도 아니었다. 아니, 이건 누군가 바로 현관문 밖, 3미터 떨어진 곳에서 울리는 벨이었다.

그녀는 문구멍으로 내다보았고 잘 다듬은 염소수염에 갈색 페도라를 쓰고, 짧은 가죽 코트를 흰 셔츠와 가느다란 검은 타이 위에 입은 흑인 남자를 보았다. 그 뒤에는 보스턴 정복 경찰 두 명이 있었고, 둘 다 여자였다.

그녀는 보조 사슬을 건 채 문을 빼꼼 열었다.

"네?"

남자는 금색 배지와 프로비던스 경찰 신분증을 들어 보였다.

"케슬러 형사입니다, 델라크루아 부인. 남편분 계십니까?"

"아뇨, 집에 없어요."

"몇 시에 돌아오십니까?"

그녀는 고개를 저었다.

"오늘 출장 갔어요."

"어디로요?"

"러시아."

케슬러는 아주 목소리가 부드러웠다.

"들어가서 잠깐 말씀 좀 나눌 수 있을까요?"

망설이면 괜히 상황이 꼬일까 봐, 그녀는 문을 열어주었다.

"들어오세요."

그는 문에 들어서며 모자를 벗어 왼쪽에 있는 앤티크 의자 위에 놓았다. 그는 머리를 밀었고(어째서인지 그녀는 그럴 줄 알았다.), 희미한 현관 등 아래 잘 다듬은 대리석처럼 반들거렸다.

"이쪽은 멀런 순경입니다." 그는 금발 머리에 환한 다정한 눈과 머리에 어울리는 주근깨가 있는 경찰을 가리켰다. "그리고 이쪽은 가르자 순경."

그는 짙은 머리에 퉁퉁한 체격, 그리고 굶주린 눈으로 이미 아파트를 뜯어보고 있는 여자를 가리켰다. 그 시선이 버번 병을 들고 키친 바에 서 있는 케일럽에게로 향했다. 레이철은 아까 그녀가 비운 와인병을 바 구석에 놔두었고, 그 옆에는 빈 와인잔과 방금 버번을 반쯤 따른 유리 잔이 놓여 있음을 깨달았다. 영락없이 파티를 벌이고 있는 것처럼 보 였다.

케일럽이 와서 그들과 악수하고, 브라이언의 사업 파트너라고 자기 소개했다. 그런 다음 정적이 뒤따랐다. 경찰 셋은 경찰의 눈으로 아파 트를 둘러봤고, 케일럽은 초조해졌다.

"이름이 트레이본인가요?"

케일럽이 케슬러에게 묻자 레이철은 경악하여 눈을 질끈 감고 싶 었다.

케슬러는 버번병과 빈 와인병을 가늠했다.

"다들 트레이라고 부르죠."

"하지만 플로리다의 그 아이하고 같은 거지요?" 케일럽이 물었다. "자원 방범대원한테 살해당한 애?"(2012년 트레이본 마틴이라는 십대 흑 인 소년이 귀가 중에 자원 방범대원에게 사살되면서 인종차별 갈등을 촉발시킨 사건 — 옮긴이)

"이름만 같죠. 왜, 살면서 이름이 케일럽인 다른 사람 만나본 적 없으 십니까?"

"어, 그렇죠."

"그럼……" 케슬러는 눈썹을 추켜세우고 기다렸다.

"트레이본은 그냥 덜 흔한 이름이잖아요."

"선생님 출신지에선 그렇겠죠."

레이철은 이딴 소리를 단 일 초도 더 참을 수 없었다.

"형사님, 제 남편은 왜 찾으시는 거지요?"

"질문 몇 가지 드리고 싶어서 그럽니다."

"로드아일랜드주에서 오셨죠?"

"네. 프로비던스 경찰입니다. 이쪽 순경분들은 제 현지 연락책을 맡아주고 계시고요."

"제 남편이 프로비던스하고 무슨 관련이 있죠?"

그녀는 자신이 얼마나 무리 없이 어리둥절한 아내 역을 해내고 있는지 깨닫고 놀랐다.

"눈 아래 부었는데요." 케슬러가 케일럽에게 말했다.

"네?"

케슬러가 가리켜 보였고 이제 레이철 눈에도 보였다. 케일럽의 오른 눈 아래가 붉게 긁혀 있었고 점점 더 성이 나고 있었다.

"이거 봐요, 밀런 순경." 금발 경찰이 몸을 약간 숙이고 들여다보았다. "어쩌다 이렇게 되셨습니까, 선생님?"

"우산에요." 케일럽이 말했다.

"우산?" 가르자 순경이 말했다. "우산이 달려들어 물어뜯기라도 했나요?"

"아뇨, 여기 오던 길에 지하철에 우산 가진 남자가 있었어요. 저는 직장이 케임브리지입니다. 아무튼, 그 남자가 우산을 자기 어깨에 걸쳐놓고 있었는데 자기 내릴 역이 되어 급히 몸을 돌리다가 제 눈을 찔렀어요."

"아이쿠." 케슬러가 말했다.

"그러게요."

"이번 주 날씨를 감안하면 곱절로 아프시겠습니다. 그게, 월초에는 미친 듯이 퍼붓긴 했죠. 하지만 최근엔? 마지막으로 비가 온 게 언제였더라?"

"열흘은 됐을걸요." 멀런 순경이 말했다.

"그 쌍놈은 그럼 왜 우산을 들고 다녔답니까?" 다시 케슬러는 딱히 누구에게랄 것 없이 물었고, 마른 얼굴에 황당해하는 미소를 띠고 있었다. "상소리 죄송합니다." 그는 레이철에게 말했다.

"아니에요."

"참 미친 세상 아닙니까, 비도 오지 않는데 우산 들고 지하철을 어슬렁거리고." 그는 바에 놓인 술병과 잔을 다시 쳐다보았다. "그러니까 남편분은 러시아에 계시다고요?"

"네."

그는 케일럽을 돌아보았고, 케일럽은 그러지 않기를 바라는 기색이 역력했다.

"그럼 뭔가 전해주러 들르셨습니까?"

"네?" 케일럽이 말했다. "아뇨."

"서류나 뭐 그런 거?"

"아뇨." 케일럽이 말했다.

"그럼…… 저기, 제가 혹시 너무 사적으로 파고드는 거면 말씀하시고……"

"아뇨, 아뇨."

"그런데 왜 여기 오셨습니까? 남편분은 해외 출장인데, 그 부인하고 한잔하러 들리셨어요?"

멀런 순경이 그 말에 한쪽 눈썹을 추켜세웠다. 가르자 순경은 거실을 돌아다니고 있었다.

레이철은 말했다.

"우린 다 친구예요, 형사님. 남편, 케일럽, 그리고 저. 남편이 없는 사이 여자와 남자가 좋은 친구로 같이 시간을 보낼 수 있는지에 대해 얼마나 고리타분한 생각을 하고 계시든 간에, 그런 생각은 이 집 안으로는 끌고 오지 않아 주셨으면 좋겠네요."

케슬러는 약간 몸을 젖히고, 그녀에게 활짝 미소지었다.

"네, 좋습니다." 나직한 웃음소리에 실려 그의 입에서 말이 나왔다. "좋습니다. 제가 틀렸다는 거 인정하지요. 그리고 기분 상하셨다면 사과드리겠습니다."

그녀는 고개를 끄덕였다.

그는 그녀에게 사진을 건넸다. 한눈에 피가 머리끝까지 치솟고 심장으로 몰렸으며 눈앞이 시뻘게졌다. 브라이언이 오늘 오후 봤던 임신한 여자에게 팔을 두르고 앉아 있었다. 이 사진에선 여자가 임신하지 않았고 브라이언의 머리는 지금보다 새치가 적었다. 그들은 소파에 앉아 있었다. 쿠션은 회색이었고 프레임은 하얀 라탄 소재 같았으며 배경의 하얀 장식 패널 나무 벽에 섞여들었다. 비치 하우스나 최소한, 바닷가 마을 집에 있을 법한 벽이었다. 그들 위에는 모네의 수련 그림 복제화가 걸려 있었다. 브라이언은 아주 가무잡잡하게 그을려 보였다. 그와 여자는 하얗게 이를 드러내며 미소짓고 있었다. 여자는 파란색 꽃무늬 여름 원피스 차림이었다. 그는 빨간 플란넬 셔츠와 카고 반바지를 입고 있었다. 여자의 왼손은 그의 오른쪽 허벅지 위에 무심하게 놓여 있었다.

"갑자기 얼굴이 안 좋아 보이십니다."

"제가 어떻게 보여야겠어요, 형사님, 남편이 다른 여자와 있는 사진을 받은 마당에?"

그는 손을 내밀었다.

"돌려주시겠습니까?"

그녀는 사진을 그에게 건넸다.

"이 여자 아십니까?" 그녀는 고개를 저었다. "전에 보신 적 없고요?"

"없어요."

"선생님은 어떠십니까?" 그는 케일럽에게 사진을 건넸다. "이 여자 아시나요?"

"아뇨."

"아니라고요?"

"아니에요." 케일럽이 말했다.

"흠, 기회를 놓치셨군요." 트레이본 케슬러가 사진을 코트 주머니에 도로 넣었다. "여덟 시간 전쯤 시신으로 발견되었습니다."

"어쩌다가요?" 레이철이 말했다.

"심장에 한 방, 머리에 한 방 맞았지요. 오늘 밤 뉴스를 보고 계셨다면 나왔을 겁니다." 그는 다시 바에 눈길을 주었다. "하지만 다른 걸 하고 계셨으니까."

"뭐 하는 여자예요?" 레이철이 물었다.

"이름은 니콜 올든입니다. 그 외에는 저도 아는 게 별로 없어요. 전과 없고, 원한 관계 알려진 바 없고, 은행에서 일했죠. 하지만 남편분과 아는 사이였습니다."

"그 사진 오래됐어요." 그녀는 그에게 말했다. "제가 남편을 만나기 전일 수도 있겠네요. 그럼 남편이 아직 그 여자와 연락한다는 증거가 있나요?"

"남편분이 러시아에 계시다 했던가요?"

"네."

그녀는 폰을 찾아, 그가 마지막으로 보낸, 로건 공항 활주로에 있다고 한 문자를 열었다. 그걸 케슬러에게 보여주었다.

케슬러는 그걸 읽고 폰을 돌려주었다.

"공항까지 직접 차를 몰고 가셨나요, 아니면 택시를 타고?"

"차 몰고 갔어요."

"인피니티?"

"네." 그녀는 멈칫했다. "어떻게 아시……?"

"차종이요?"

"네."

"남편분 이름 이 주소로 등록된 인피니티 FX 45가 오늘 오후 피해자 집 건너편 길에 주차된 게 발견되었으니까요. 그리고 살인 시간쯤에 남편분이 그 집을 나오는 것을 목격한 증인이 있습니다."

"그럼, 뭔가요, 자기 차는 그냥 거기 두고 걸어서 그곳을 떴다고요?"

"다들 좀 앉을까요?" 그는 바 쪽을 고갯짓했다.

다섯 명 모두 바를 둘러싸고 스툴에 앉았다. 케슬러는 가족 모임에서의 아버지처럼 가운데를 차지했다.

"목격자 말로는 남편분이 인피니티를 타고 왔지만, 한 시간 후 파란 혼다를 타고 떠났다고 하더군요. 혹시 실제 거리 사진을 볼 수 있는 지도 프로그램 사용해 보신 적 있습니까? 두 분 중 누구라도?"

둘 다 고개를 끄덕였다.

"지도 회사에서 밴을 타고 돌아다니며 거리를 촬영하는 거지요. 그러니까 그 사진들은 몇 달이나 몇 주 되었을 수는 있지만 몇 년까지는 안 갑니다. 그래서 부동산 사이트에 들어가 피해자 주소를 넣고 거리뷰로 가서 잠깐 클릭해 돌아봤죠. 뭘 발견했겠습니까?"

"파란 혼다요." 케일럽이 말했다.

"파란 혼다가 거리 동쪽 편 반 블록 떨어진 곳에 주차되어 있더군요. 번호판을 확인해서 조회하니, 브라이언 올든이란 사람에게 등록되어 있었습니다. 올든 씨를 자동차 관리국에 조회해보니 남편분과 똑같은 얼굴을 한 운전면허 사진이 나왔고요."

"세상에." 레이철은 말했고, 그럴싸하게 들리도록 별로 연기할 필요도 없었다. "제 남편이 제 남편이 아니라는 거군요."

"남편분께서 이중생활을 하고 있을지도 모른다는 말입니다. 그리고 그 문제 대해서 당사자와 얘기하고 싶은데요." 그는 바에 손을 포개고 그녀를 향해 미소지었다. "다른 일도 함께."

잠깐 시간이 흐르고, 그녀는 말했다.

"러시아에 있단 것만 알아요."

트레이본 케슬러는 고개를 저었다.

"러시아에 있지 않습니다."

"남편이 말한 것밖에 몰라요."

"그리고 그게 상당 부분 거짓말인 것 같군요. 남편분이 출장을 자주 가십니까?"

"최소한 한 달에 한 번요."

"어디로?"

"주로 캐나다하고 북서부요. 하지만 인도, 브라질, 체코 공화국, 영국도 가요."

"멋진 곳들이네요. 같이 가시기도 하나요?"

"아뇨."

"왜? 저라면 리오 구경도 하고 싶고, 프라하를 돌아보고 싶을 텐데요."

"전 상태가 그래서요."

"상태요?"

"제 말은, 최근까지 그런 상태였거든."

그녀는 다들 자신을 쳐다보는 걸 느꼈고, 특히 두 여경이 그녀 같은 혜택받은 백 베이 공주님에게 무슨 '상태'라는 게 있을까 궁금해하는 기색이었다.

"그것 때문에 집을 나설 수가 없었어요. 비행기도 당연히 못 타고요."

"그럼 비행기 타는 게 무서운 겁니까?"

케슬러의 어조는 협조적이었다.

"다른 일도 함께."

"광장공포증?"

그녀는 그의 눈을 들여다보았고 너무나 지나치게 현명한 눈이었다.

"펜실베이니아 주립대에서 심리학을 전공했습니다."

다시 협조적인 어조였다.

"정식으로 진단받은 건 아니고요." 그녀는 결국 말했고 멀런 순경의 한숨 소리를 들은 것 같았다. "하지만 해당하는 증상이 분명히 있었어요."

"있었다? 지난 일인가요?"

"브라이언이 저를 데리고 노력 중이었어요."

"하지만 출장에 동행할 정도는 아니군요."

"아직은요."

"신변 보호를 원하십니까?"

그가 너무나 덤덤하게 말해서 그녀는 그 말을 이해하기까지 조금 시간이 걸렸다.

"제가 왜요?"

그는 스툴에서 몸을 돌렸다.

"가르자 순경, 그 다른 사진 있죠?"

가르자가 그에게 사진을 건넸고 그는 그녀와 케일럽이 볼 수 있게 바에 놓았다. 금발 여자가 부엌 바닥에 얼굴을 아래로 하고 쓰러져 있었고, 하반신은 사진 프레임 바깥이었다. 피가 여자의 가슴 아래서 퍼져 나와 왼쪽 어깨 위쪽으로 고여 있었다. 왼쪽 뺨과 냉장고 문 일부에도 피가 튀어 있었다. 하지만 최악의 이미지는, 레이철이 남은 평생 꿈에서 볼 듯한 모습은, 여자 정수리의 검게 패인 부분이었다. 누가 여자를 쏜 것처럼 보이지 않았다. 여자의 두개골을 한 입 물어뜯은 것처럼 보였다. 그리고 그 물어뜯은 구멍이 곧장 피로 채워져 머리로 흘러내리고 시커멓게 변색했다.

"남편분이 이런 거라면……"

"제 남편이 그런 게 아니에요." 그녀는 큰 소리로 말했다.

"……그랬다고 단정 짓는 건 아닙니다만 저희가 알기로 여자가 살아 있는 모습을 마지막으로 본 사람입니다. 그러니까 그냥 가정만 해봅시다, 델라크루아 부인, 남편분이 이걸 저질렀다고." 그는 스툴에서 몸을 돌려 가리켰다. "자, 그는 저 문 열쇠를 갖고 있지요."

그는 열쇠를 쓰긴 틀렸는걸요. 그녀는 생각했다.

"그럼 저의 신병을 확보하고 싶으시다고요?"

"신변 보호입니다. 보호요."

레이철은 고개를 저었다.

"멀런 순경, 델라크루아 부인은 신변 보호 권유를 거절했다고 기록해놔요."

"알겠습니다." 멀런이 노트에 끄적였다.

케슬러는 대리석 바 표면을 시험하듯이 손가락으로 톡톡 치다가, 그녀를 다시 쳐다보았다.

"서로 가서 남편을 마지막으로 보셨을 때에 대해 얘기 좀 해주시겠습니까?"

"남편을 마지막으로 본 건 오늘 아침 여덟 시였고 차를 몰고 공항으로 갔어요."

"그는 공항으로 가지 않았습니다."

"형사분은 그렇게 말씀하셨죠. 그렇다고 그게 맞단 뜻은 아니잖아요."

그는 어깨를 작게 으쓱했다.

"하지만 맞는데요."

그는 차분함과 회의주의를 똑같이 반씩 발산했다. 그 기묘한 조합으로 인해 그녀가 입을 열기도 전에 무슨 대답을 할지 그는 전부 알고 있는 것처럼, 그녀의 속을 들여다볼 뿐만 아니라 미래를 볼 수 있는 것처럼, 이게 어떻게 끝날지 알고 있는 것처럼 느껴졌다. 그의 약간 궁금해하는 시선을 마주하고 무릎 꿇고는 봐 달라고 빌지 않는 것만도 힘들었다. 만약 이 사람과 조사실에 들어간다면, 나올 때는 수갑을 차고 있을 것이다.

"피곤해요, 형사님. 자리에 누워 남편이 모스크바에서 걸어올 전화를 기다리고 싶네요."

그는 고개를 끄덕이고 그녀의 손을 토닥였다.

"멀런 순경, 델라크루아 부인이 추가 조사를 위해 서에 가자는 제안을 거절했다고 기록해놔요." 그는 코트 안주머니에서 명함을 꺼내 그들 사이 바에 놓았다. "뒤에 제 개인 휴대폰 번호가 있습니다."

"고맙습니다."

그는 일어섰다.

"펄로프 씨."

등은 케일럽에게 돌린 채였지만, 그의 목소리가 갑자기 더 크고 날카로워졌다.

"네?"

"브라이언 델라크루아를 마지막으로 본 게 언제입니까?"

"어제 오후 브라이언이 퇴근할 때요."

케슬러가 그에게 돌아섰다.

"같이 목재 사업을 하시는 거지요?"

"네."

"그리고 사업 파트너의 다른 생활에 대해선 전혀 모르셨고?"

"몰랐습니다."

"서에 가서 좀 더 얘기하시겠습니까?"

"저도 꽤 피곤한데요."

다시 바에 흘끗 눈길을 주고, 이어 레이철을 좀 더 오래 바라보았다.

"물론 그러시겠죠."

케슬러는 케일럽에게 명함을 주었다.

"전화드리죠." 케일럽이 말했다.

"네, 그러세요, 필로프 씨. 그러세요. 왜냐하면, 말씀 하나 드려도 될까요?"

"그럼요."

"브라이언 델라크루아/올든이 제 생각만큼 더럽다면?" 그는 케일럽 쪽으로 몸을 숙여 모두에게 들릴 만한 소리로 속삭였다. "그럼 당신도 존나 더럽다는 뜻이니까요." 그는 케일럽의 어깨를 철썩 치고 옛 친구처럼 껄껄 웃었다. "그러니까 보이는 데 있으시라고, 알겠죠?"

그들은 문으로 향했고 멀린 순경은 노트에 뭔가를 끄적였다. 가르자 순경은 마치 자기 눈에 들어오는 모든 것이 중앙 데이터베이스로 전송되는 것마냥 천천히 고개를 돌리며 나갔다. 케슬러 형사는 브라이언이 예전 자기 아파트에서 가져온 로스코 작품 인쇄본 앞에 잠시 섰다. 케슬러는 눈을 가늘게 뜨고 그림을 보다가 부드러운 미소를 지으며, 그녀를 돌아보고 취향 인정한다는 듯 눈썹을 치켜 보였다. 그의 미소가 커졌고, 그녀는 거기서 본 게 마음에 들지 않았다.

그들이 문을 나섰다.

케일럽은 곧장 버번으로 직진했다.

"세상에." 그가 말했다. "세상에."

"진정해요."

"도망쳐야 해요."

"미쳤어요? 형사가 한 말 들었잖아요."

"우린 돈만 챙기면 된다고."

"무슨 돈?"

"그 돈." 그는 잔을 쭉 비웠다. "저 망할 것들이 우리를 절대 잡지 못할 만큼 많은 돈. 돈을 챙겨서, 안전가옥으로 갑시다. 세상에. 망할. 씨발." 그는 또 욕설을 쏟아내려 입을 벌렸다가 다물었다. 그의 눈이 커지더니 눈물이 고였다. "니콜. 니콜은 안 돼."

그녀는 그를 지켜보았다. 그는 손바닥으로 눈두덩 아래를 누르고 입술을 모아 숨을 내쉬었다.

"니콜은 안 돼." 그는 다시 말했다.

"그럼 그 여자를 아는군요."

그는 그녀를 노려보았다.

"당연히 알지."

"누구예요?"

"그녀는……" 다시 길게 숨을 내쉬었다. "친구였어요. 좋은 사람이었고. 그런데 이제……" 그는 그녀를 다시 매정하게 노려보았다. "브라이언 그 새끼. 난 기다리지 말라고 그랬어요. 당신이 알아서 따라잡든가 아니면 못 따라올 거라고. 안전해진 다음에 사람을 보내 당신을 데려오거나 아니면 브라이언이 당신을 잊든가."

"잠깐만." 그녀는 말했다. "나? 내가 뭘 어쩌기를 기다린단 소리……"

현관 벨이 울렸다. 그녀는 문을 쳐다보고 그 옆의 의자에 놓인 트레이본 케슬러의 하프 페도라 모자를 알아챘다. 그녀는 문가로 가서 모자를 집어 들었다. 그걸 들고 문을 열었다.

하지만 문지방 밖에 있는 사람은 케슬러 형사가 아니었다.

보험 관리사나 주택 담보 중개업자처럼 생긴 백인 두 명이었다. 중년, 평범하고, 쉽게 잊힐 얼굴.

다만 그들 손에는 권총이 들려 있었다.

25장
무슨 열쇠

남자들은 각각 9밀리 글록을 자기 사타구니 앞에 들고 있었고, 손목을 교차하여 총구는 바닥을 향하고 있었다. 혹시 누가 복도를 지나가도 남자들만 보이지, 총은 보이지 않을 것이다.

"델라크루아 부인?" 왼쪽 남자가 물었다. "만나서 반갑습니다. 들어가도 될까요?"

그는 총구를 그녀를 향해 슬쩍 들었고 그녀는 물러섰다.

그들은 아파트로 들어와 문을 닫았다.

"도대체 누구⋯⋯?" 케일럽이 말을 꺼내다 총을 보았다.

둘 중 작은 쪽, 아까 말했던 사람이 레이철의 가슴에 총을 겨눴다. 큰쪽은 케일럽의 머리에 겨눴다. 그걸로 식탁 쪽을 가리켰다.

"다들 저기 앉읍시다." 작은 쪽이 말했다.

레이철은 즉시 이유를 알았다. 집안에서, 식탁 쪽은 어느 창문하고도 거리가 가장 멀었다. 현관에서 그쪽을 보려면 안으로 들어와서 문을 닫고, 왼쪽을 봐야만 했다.

그들은 식탁에 앉았다. 레이철은 케슬러 형사의 모자를 어째야 할지 몰라 자기 앞 식탁에 올려놓았다. 목이 콱 막혔다. 불개미가 뼈를 따라 발발 기어 다니고 머리로 기어올랐다.

작은 쪽은 서글픈 눈에 옆머리를 길러 대머리 부분을 덮은 더욱 서글픈 스타일을 하고 있었다. 쉰다섯 정도에 투실투실했다. 닳은 하얀 폴로 셔츠에 하늘색 멤버스 온리 재킷을 받쳐입었고, 레이철이 초등학교 다닐 때쯤 인기였지만 그 이후로는 잘 보지 못한 종류였다.

그의 파트너는 다섯 살쯤 아래로 보였다. 숱 많은 반백이고 뺨과 턱에 짧은 수염이 멋있었다. 그는 검은 티셔츠 위에 한 치수는 크고 싸구려로 보이는 검은 스포츠 재킷을 입었다. 철사 옷걸이에 오래 걸어놔서 어깨 양 끝이 치솟았고 옷깃에는 비듬이 하얀 꽃밭을 이루고 있었다.

두 남자 다 허물어진 꿈과 죽은 야심의 냄새를 풍겼다. 아마 그래서 여기까지 떨어져, 평범한 시민을 총으로 위협하게 되었으리라고 레이철은 생각했다. 멤버스 온리 재킷을 입은 쪽은 네드라는 이름이 어울리겠다고 그녀는 정했다. 비듬은 라스로 했다.

그녀는 그들을 인간으로 여기면 공포가 줄어들기를 바랐으나 오히려 역효과였다. 특히 네드가 글록 총구에다가 소음기를 끼우고 라스도 따라 하니 더욱.

"우리는," 네드가 말했다. "시간이 촉박해. 그러니 둘 다 '무슨 말인지 모르겠는데요' 같은 소리는 안 하는 게 본인에게 이로울 거야. 좋지?"

레이철과 케일럽은 그를 쳐다보았다.

그는 콧대를 꼬집으며 잠시 눈을 감았다.

"'좋지?'하고 물었는데?"

"네." 레이철이 말했다.

"네." 케일럽이 말했다.

네드는 라스를 쳐다보고 라스는 네드를 쳐다보았으며 그다음 둘 다 다시 레이철과 케일럽을 쳐다보았다.

"레이철." 네드가 말했다. "레이철, 맞지?"

레이철은 대답하는 자신의 목소리에서 떨림을 들을 수 있었다.

"네."

"레이철." 그가 말했다. "일어나 봐."

"네?"

"일어나 보라고. 진짜로. 여기 내 앞에 서 봐."

그녀는 일어섰고 목소리에 실렸던 떨림이 다리로 내려갔다.

네드의 딸기코가 딱 그녀의 배 높이였다.

"좋아, 좋아. 그대로 서서 움직이지 말고."

"알겠어요."

네드는 케일럽을 더 잘 볼 수 있게 의자에 기댔다.

"당신 그 사람 파트너 맞지?"

"누구요?" 케일럽이 말했다.

"어허." 네드는 글록 손잡이로 식탁을 툭툭 쳤다. "아까 뭐라고 했더라?"

"아, 브라이언이요." 케일럽이 재빨리 말했다. "브라이언의 파트너. 네."

네드가 라스에게 눈을 굴렸다.

"아, 브라이언."

"아, 그 브라이언." 라스가 말했다.

네드는 쓸쓸한 미소를 지었다.

"자, 케일럽, 열쇠는 어디 있지?"

"무슨 열쇠요?" 케일럽이 말했다.

네드가 레이철의 배를 주먹으로 쳤다. 너무 세게 맞아 그녀는 그의 손마디가 기도를 파고들고 몸이 휘청 들리는 게 느껴질 정도였다. 그녀는 바닥에 쓰러져, 숨이 막히고 내장은 활활 불탔고 머릿속은 시커먼 덩어리가 가득 차 아무것도 할 수 없었다. 그리고 다시 공기가 폐로 들어가고 머리가 돌아갈 수 있게 되자, 고통이 커졌다. 그녀는 바닥에 머리를 대고 손과 무릎을 짚고 몸을 일으켰다. 몇 번 헐떡였다. 하지만 고통은 오늘 밤 죽겠구나 하는 깨달음에 비하면 아무것도 아니었다. 금방 아니고. 언젠가 아니고. 아마 오 분 후쯤 아니고. 오늘 밤 확실히.

네드가 그녀를 일으켜 세웠다. 그녀의 어깨를 붙잡았다. 그녀가 쓰러질까 걱정하는 듯했다.

"괜찮아?" 그녀는 고개를 끄덕였고 한순간 토할 줄만 알았다. "말로 대답해."

그의 눈이 그녀의 눈을 살폈다. 네드, 선한 사마리아인.

"괜찮아요."

"좋아." 그녀는 앉으려 했지만 그가 일으켜 세웠다. "미안해. 하지만 다시 해야 할지도 몰라서."

그녀는 눈물을 참을 수 없었다. 애썼지만, 그의 주먹과, 콱 막히는 호흡과, 그리고 너무나 날카로워 즉시 사고 능력이 멈추는 통증의 기억에 압도되었고, 무엇보다 최악인 것은 이 서글픈 눈과 머리 길러 가린 대머리에 걱정해주는 목소리의 남자가 원하는 걸 얻어낼 때까지, 또는 그녀가 죽을 때까지 때리고 또 때릴 걸 미리 알고 있다는 사실이었다.

"쉬이이." 네드가 말했다. "돌아서. 저자가 당신 얼굴 보게."

그는 그녀의 어깨를 잡고 돌려세워 케일럽을 마주하게 했다.

"첫 번째 주먹은 명치였어. 빌어먹게 아프지만 건강에 큰 문제가 되진 않지. 다음 주먹은 신장을 망가뜨릴 거야."

"아무것도 몰라요."

"알지 왜 몰라. IT 담당이잖아. 처음부터 이 계획의 일부였지."

"브라이언이 튀었어요."

"그랬지, 응?"

케일럽의 눈이 바삐 움직였다. 얼굴은 땀투성이고 입술은 씰룩거렸으며 어떻게 봐도 겁에 질린 어린아이 같았고 그녀는 이제 그가 늘 그랬음을 깨달았다. 그는 레이철을 흘끗 보았고 처음 그녀는 그의 눈에 담긴 감정을 공감이라 오해했으나, 다음 순간 민망함임을 깨닫고 경악했다. 창피. 동정. 그는 자기한테 그녀를 구할 용기가 없음을 알기에 부끄러워하고 있었다. 그녀가 죽을 줄 알기에 동정하고 있었다.

내 신장을 망가뜨린다잖아요, 케일럽. 아는 거 말해요.

네드가 소음기로 레이철의 오른쪽 관자놀이를 그리고 목선을 따라 쓸어내렸다.

"이러게 만들지 말라고, 젊은 친구. 나도 딸 있어. 여동생들 있고."

"저기……" 케일럽이 말했다.

"저기 같은 거 없어, 케일럽. '잠깐만요'도 없고, '설명드릴게요'도 없고, '그냥 오해예요'도 없어." 네드는 코로 깊이 숨을 들이쉬어 평정을 유지하려 했다. "질문은 하나 답도 하나뿐이야. 그거라고."

레이철은 왼쪽 골반 뒤에서 그의 남성이 단단해지는 것을 느꼈다. 딸을 둔 아버지, 여동생을 둔 오빠인 그는 흥분해 있었다. *괴물은 괴물처럼 하고 다니지 않아, 사람처럼 하고 다니지.* 어머니는 그렇게 말했고 그녀도 여러 해 동안 경험으로 익혔다. 희한하게도, 본인은 자기가 괴물이라는 걸 아는 경우가 드물었다.

"열쇠는 어디 있어?" 네드가 물었다.

"무슨 열쇠요?" 케일럽이 말했다.

그의 얼굴 전체가 부들부들 떨리고 있었다.

네드가 거기에 총을 쏘는 순간 떨림이 멈췄다.

처음 그녀는 무슨 상황인지 파악하지 못했다. 그녀는 총알이 살을 꿰뚫는 소리를 인식했다. 케일럽이 놀라 헉 하는 소리를 들었고, 알고 보니 그가 마지막으로 낸 소리였다. 최고로 웃긴 농담을 들은 것처럼 그의 고개가 확 뒤로 꺾였다. 그의 고개가 앞으로 홱 되돌아왔지만, 다만 이제는 핏방울 커튼으로 뒤덮여 있었고 레이철은 비명을 지르려 입을 벌렸다.

네드가 소음기를 그녀의 목 옆에 갖다 댔다. 오래 대고 있으면 데일 만큼 뜨거웠다.

"비명 지르면, 죽일 수밖에 없어. 죽이곤 싶지 않아, 레이철."

하지만 그러겠지.

아니, 레이철, 분명히 죽일 거야. 그들이 여기 일을 끝낸 순간. 뭐든 원하는 걸 손에 넣는 순간. 열쇠. 무슨 빌어먹을 열쇠? 브라이언은 열쇠고리에 열쇠가 너무 많아서 거기에 하나 더 늘었다는 걸 알아채려면 수학 천재쯤은 되어야 했다. 하지만 그가 저들이 원하는 그 열쇠를 갖고 있었다면, 아마 거기에 있겠지······ 그의 열쇠고리에.

그가 소지하고 있던.

매사추세츠 만 바닥에 가라앉아 있는.

케일럽의 시체가 의자에서 옆으로 스르륵 미끄러졌고 그대로 바닥까지 떨어지나 했지만, 어깨가 팔걸이에 끼었다. 한동안, 그의 피가 똑똑 떨어지는 소리만 들렸다.

"그러니까 나의 다음 질문에 해야 할 대답은, 절대로 '무슨 열쇠요'는 아니어야겠지." 네드가 말했다.

무슨 대답을 하든, 그는 나를 죽일 거야.

그녀는 고개를 끄덕였다.

"고개 끄덕이는 게 대답을 한다는 뜻이야 아니면 '무슨 열쇠요?'가 큰 실수라는 데 동의한다는 뜻이야?" 그는 그녀의 목에서 총을 치웠다. "말해도 돼. 비명 지르지 않을 거 아니까."

"무슨 말을 하면 되나요?"

식탁 맞은편에서 라스가 일어섰다. 지루해하는 기색이 역력했다. 가려고 하고 있었다. 위협하려 드는 것보다 훨씬 더 사람 불안하게 했다. 여기서 벌어지는 일이 끝나가고 있었다. 그리고 또 다른 얼굴에, 이번에는 그녀에게 총알을 박아넣으며 종지부를 찍게 될 것이다.

"자, 그러니까, 우리가 찾는 대답은 딱 하나고 그게 정답이어야 해, 레이철." 네드가 지극히 배려하며 걱정해주며 말했다. "열쇠는 어디 있지?"

"브라이언이 갖고 있어요."

"그럼 브라이언은 어디 있고?"

"몰라요." 그녀는 말하고, 네드가 총을 쳐들자 다급히 덧붙였다. "하지만 짐작 가는 게 있어요."

"짐작?"

"브라이언한테 보트가 있어요. 아무도 모르는."

"그 배 이름이 뭐고, 어디에 정박되어 있지?"

그녀는 이름을 보지 못했다. 볼 생각도 하지 못했다.

"정박된 곳은……"

현관 벨이 울렸다.

다들 문을 쳐다보고, 그다음 서로를 쳐다보고, 다시 문을 쳐다보았다.

"누구지?" 네드가 물었다.

"전혀 모르겠어요."

"당신 남편?"

"남편이면 벨을 울리지 않겠죠."

다시 벨이 울렸다. 이어 문 노크하는 소리가 났다.

"델라크루아 부인, 케슬러 형사입니다."

"케슬러 형사." 네드가 말했다. "흠."

"모자를 두고 가서요, 델라크루아 부인."

네드와 레이철 둘 다 레이철이 아까 식탁에 놓은 하프 페도라 모자를 내려다보았다.

또 노크 소리가 났다. 끈질겼고, 맞은편에 있는 사람이 그를 들여놓고 싶든 아니든 노크하는 데 익숙한 사람의 노크였다.

"델라크루아 부인."

"가요!" 레이철이 외쳤다.

네드가 그녀를 홱 노려보았다.

레이철은 그를 마주 노려보았다. *나더러 뭘 어쩌라고요?*

네드와 라스는 서로를 쳐다보았다. 무슨 텔레파시로 얘기했는지 몰라도, 그들은 한 가지 결정에 도달했다. 네드가 그녀에게 모자를 건넸다. 그는 자기 손바닥을 그녀 얼굴 앞에 디밀었다.

"손바닥 폭 보여?"

"네."

"그만큼만 문 열어. 그리고 모자 준 다음에 닫아."

그녀는 그에게서 떨어져 발걸음을 옮기려 했으나, 그가 그녀의 팔꿈치께를 붙잡아 돌려세워 케일럽을 마주하게 했다. 그의 얼굴을 덮은 피의 커튼이 짙어졌다. 아이티였다면 파리가 그의 머리를 뒤덮고 있었으리라.

"내 지시에서 한 치라도 어긋났다간, 저렇게 될 줄 알아."

그녀는 떨기 시작했고 그는 그녀를 빙글 문 쪽으로 돌려세웠다.

"그만 떨어." 그가 속삭였다.

"어떻게요?" 이가 딱딱 맞부딪쳤다.

그는 그녀의 엉덩이를 철썩 때렸다. 그녀는 그를 돌아보았고 떨림이 멈추었기에 그는 작게 미소지었다.

"이제 새로운 재주를 배웠지."

그녀는 모자를 받아들고 아파트를 가로질렀다. 문 왼쪽 벽 고리에, 크리스마스 선물로 브라이언에게 받은 작은 갈색 가죽 미니 숄더백이 걸려 있었다. 그녀는 문손잡이에 손을 얹고, 자신에게 생각할 시간을, 그들에게 생각할 시간을 주지 않고, 행동하면서 그때 즉시 결정했다. 그녀는 지시받은 5센티미터쯤을 넘어 문을 열고, 트레이본 케슬러 형사가 그녀의 왼쪽 어깨너머로 확실하게 시야를 확보하도록, 방문과 파우더룸 문, 키친 바로 이어지는 복도가 보이도록 했다. 고리에서 가방을 빼서, 문지방을 넘어서고, 그에게 모자를 건넨다. 거의 한 동작으로.

총알이 그녀의 등으로 파고들어 척추를 절단내고 뼛조각이 혈류로 퍼져가는 가운데 그녀는 케슬러 형사에게로 쓰러지겠지. 그 바람에 형사는 총을 뽑지 못할 것이다. 네드는 계속 총을 쏘아, 케슬러의 머리와 어깨와 팔을 맞히겠고. 그는 레이철과 함께 쓰러질 것이다. 그들은 대리석 바닥에 한데 얽혀 넘어지고, 네드와 라스는 그들의 시체 위에 설 것이다. 그들은 얼굴에 아무 표정 없이 내려다보며 꿈틀거리는 시체에 총을 발사하고……

"형사님." 그녀는 등 뒤로 문을 닫았다. "혹시 가지러 돌아오시려나 하고 있었어요. 휴대폰으로 전화 드리려 했는데."

그는 엘리베이터로 향하는 그녀 한 걸음 뒤에서 따라왔다.

"나가십니까?"

그녀는 왼쪽 어깨너머로 그를 쳐다보았다. 브라이언, 세바스찬, 그리고 전 남자친구 두 명 다 그게 그녀의 가장 섹시한 모습이라고 했다. 마치 저항하려는 듯 눈을 깜박이는 모양을 보고 트레이본 케슬러에게도 먹혔음을 알았다.

"마음 좀 가라앉게 걸으려고요."

"보통 잠을 자지 않나요?"

"뭐 좀 털어놔도 될까요? 비밀?"

"비밀 좋아합니다. 경찰 아닙니까."

그들은 엘리베이터 앞에 도착했다. 그녀는 하행 버튼을 누르고 용기를 내어 자기 집 문을 돌아보았다. 문이 열리면 어떻게 할까? 계단으로 도망갈까?

그들은 그냥 계단참에서 그녀를 죽여버릴 것이다.

"전 몰래 담배를 피워요. 그리고 담배가 떨어졌고."

"아." 그는 몇 번 고개를 끄덕거렸다. "알 겁니다."

"네?"

"남편분이요. 당신이 담배 피우는 걸 알지만 넘어가는 거라고요. 펄로프 씨는 어디 있습니까?"

"거실 소파에 뻗었어요."

"남편분은 그것도 괜찮겠죠, 다른 남자가 자고 가는 거. 그런 면에선 진보적이에요, 남편분. 고리타분한 구석 하나 없이."

그녀는 왼쪽 엘리베이터 위 숫자를 확인했고 3층에서 지체되고 있음을 봤다. 오른쪽 엘리베이터 위 숫자를 보니 불이 들어와 있지 않았다. 밤에는 가동을 중단하는 것이다. 아마 전기료 절약을 위해 타이머를 걸어놓았을 것이다.

빌어먹을 타이머, 그녀는 그렇게 생각하고 자기 집 문을 돌아보았다.

"움직일까 봐요?" 트레이본 케슬러가 물었다.

"뭐가요?"

"현관문. 계속 돌아보시네요."

네드와 라스가 지금 총을 뽑아 들고나온다면, 그들은 케슬러에게 우세를 점할 것이다. 하지만 그녀가 그에게 말한다면, 안에 누가 있고 무슨 짓을 저질렀는지 말한다면, 그는 자기 총을 뽑아 들고 그녀를 지켜주며, 추가 병력을 요청할 것이다. 그리고 이 악몽은 끝날 것이다.

그에게 얘기하기만 하면 된다. 그리고 교도소 갈 준비하고.

"제가요? 지금 제정신이 아니라 그래요."

"어째서죠?"

"남편이 이중생활을 하고 있었다는 걸 알았으니 영향이 있겠죠."

"그게 있군요." 그는 엘리베이터 위를 보았다. "계단으로 갈까요?"

그녀는 그 생각은 해보지 못했다.

"그래요."

"아뇨, 기다려요. 움직이네요."

엘리베이터가 3에서 4로 기어가더니 거기서부턴 속도를 올려 4로 5로 6으로 7로 8로 9로 쏜살같이 올라왔다.

그리고 멈췄다.

그녀는 케슬러를 보았다.

그는 '날 탓하든가' 식으로 어깨를 으쓱했다.

"계단으로 갈래요." 그녀는 그렇게 말하곤 계단 쪽으로 돌아섰다.

"다시 움직이네요."

붉은빛이 9에서 10으로 건너뛰고, 11에서 14까지 질주했다. 그리고 다시 멈췄다. 그녀는 엘리베이터 통로 안에서 나는 웃음소리를 들을 수 있었고, 14층서 내리는 사람들은 화요일에 토요일 밤처럼 취한 듯했다.

트레이본 케슬러가 복도를 등지고 있을 때 네드가 그녀의 집에서 나왔다. 그녀는 비명을 지를까 생각했다. 계단으로 도망갈까 생각했고, 붉은 '비상구' 안내판이 신의 손처럼 부르고 있었다. 케슬러가 그녀의 시선을 따라 몸을 돌렸을 즈음엔 네드는 설렁설렁 복도를 걸어 그들에게로 왔고, 손은 비어 있었으니 권총은 아마 허리 뒤쪽에 찔러넣고 멤버스 온리 재킷 자락으로 덮어 감추었을 것이다.

"레이철." 그가 말했다. "오랜만에 보네요."

"네드." 그녀는 그의 눈에서 어리둥절한 기색이 일순 퍼지는 것을 보았다. "대체로 집안에 박혀서 주문배달 시켰어요."

네드는 케슬러 형사에게로 돌아섰다.

"네드 헴플입니다." 그는 손을 내밀었다.

"트레이본 케슬러입니다."

"프로비던스 경찰이 보스턴에는 무슨 일이십니까?"

케슬러는 잠시 어리둥절해 보였으나, 자기 벨트를 내려다보고 거기 꽂힌 금색 배지를 보았다.

"몇 가지 단서를 확인 중입니다."

엘리베이터가 띵 소리를 냈고 문이 열렸다. 그들은 안에 탔다. 케슬러는 L을 눌렀다.

26장
마우스피스

"다 별일 없어요, 레이철?" 네드가 엘리베이터 안에서 그녀를 보며 물었고, 그의 얼굴은 걱정해주는 이웃 그 자체였다.

"그럼요. 왜요?"

"어, 그냥……" 그는 민망해하는 얼굴로 트레이본 케슬러를 향해 돌아섰다. "전 레이철과 브라이언 옆집에 삽니다. 죄송해요, 입 그냥 다물어야 하는데."

케슬러는 느긋한 웃음을 지었다.

"이분이 입을 다물어야 할까요, 레이철?"

"저 때문에 그러실 건 없어요."

케슬러가 손을 펼쳐 보였다.

"계속하시죠, 헴플 씨."

네드는 흠흠 하더니 잠깐 자기 신발을 내려다보았다.

"몇 분 전에, 어, 고함소리가 좀 들리더군요. 레이철과 브라이언이 잘 지내지 못하나 보다 했습니다. 저와 로즈메리도 그런 일이 있으니까요. 별거 아니죠. 그냥 별일 아니었으면 해서요."

"고함?" 케슬러의 싱글거림이 더 커졌다.

"사람들은 싸우기 마련이죠." 네드가 말했다.

"아, 사람들이 싸우는 건 압니다." 케슬러가 말했다. "그저 레이철이 브라이언과 싸웠다니 놀라워서요. 바로 몇 분 전에, 흠?"

엘리베이터가 7층에 멈추고 펜웨이에 나이트클럽 세 곳을 운영하는 코닐리어스 씨가 탔다. 그는 모두에게 공손한 미소를 지어 보이고 마저 폰으로 문자 보내기를 했다.

네드는 그녀를 케슬러에게 잡아 잡수라고 갖다 바쳤다. 로비에 도착해서 혹시 두 사람에게서 무사히 벗어난다고 해도(어떻게 할지 아무 생각이 나지 않았지만) 케슬러는 이번엔 영장을 갖고 그녀 집으로 돌아올 테고, 안에서 죽은 케일럽을 발견할 것이다. 뻗은 게 아니라. 죽었다.

그녀는 둘 다 자신을 쳐다보며 대답을 기다리고 있음을 깨달았다.

"브라이언이 아니었어요, 네드, 걱정해줘서 고마워요."

"아니에요?"

"브라이언 사업 파트너예요. 몇 번 본 적 있으시죠. 케일럽이요?"

네드는 고개를 끄덕였다.

"잘생긴 친구."

"그 사람이에요."

네드는 케슬러에게 말했다.

"제가 늘 마누라한테 말합니다만, 외모는 스러지기 마련이죠."

"케일럽은 차를 몰고 가겠다고 했는데 제가 말렸어요. 버번을 너무 많이 마셔서." 레이철이 말했다.

"하지만 지하철을 탔는데요." 케슬러가 말했다.

"네?"

"케임브리지에서 지하철을 타고 왔다고 그랬습니다."

"하지만 케일럽은 시포트에 사는데 지하철로 가기 싫어했어요. 제 차를 빌려달라 하더라고요. 그래서 싸운 거예요."

세상에, 얼마나 많은 세부사항을 똑바로 따져 거짓말할 수 있을까?

"아."

"말 되네요." 네드가 전혀 그렇지 않다는 어조로 말했다.

"왜 그냥 택시를 타지 않고?"

"우버." 네드가 거들었다.

"저분이 말한 거." 케슬러가 네드를 엄지손가락으로 가리켰다.

"본인이 술 깨거든 물어보세요." 그녀가 말했다.

이제 코닐리어스 씨는 그들 셋을 쳐다보고 있었고, 무슨 상황인지 알진 못해도 뭔가 면전에서 신경전이 벌어진다는 건 알았다.

그들은 로비에 도착했다.

건물을 나선 순간 케슬러는 가버릴 거라고 그녀는 예상했다. 시간을 끌고, 인도에서 케슬러와 잡담을 나누더라도, 네드는 그냥 걸어가 버리는 척 연기할 것이다. 그리고 케슬러가 진짜로 차로 떠나는 순간, 네드가 다시 나타날 것이다. 아니면 그냥 거리 저편에서 그녀를 총으로 쏘거나.

그녀는 손을 목덜미에 가져가 목걸이 걸쇠를 만지작거렸다. 약간 비틀어 손가락을 튕기면, 줄을 끊어뜨릴 수 있겠지. 구슬이 바닥에 떨어질 것이다. 남자들이 구슬을 주워주려 몸을 숙일 테고. 그러면 그녀는 우편실을 통해 달려나갈 수 있다.

"물렸어요?" 케슬러가 물었다.

"네?"

"가려운가 해서. 목 가려워요?"

이제 네드가 그녀를 쳐다보고 있었다.

그녀는 손을 내렸다.

"네. 조금요."

그들은 로비로 나왔다. 코닐리어스 씨는 오른쪽 복도로 꺾어 쓰레기장 엘리베이터로 향했다. 네드와 케슬러는 계속 앞으로 나아갔다.

책상에 있던 도미닉이 그들을 흘끗 올려다보고, 케슬러와 네드의 존재에 약간 어리둥절해 보였지만, 레이철에게 묵례하고 다시 잡지로 눈을 돌렸다.

"주차장으로 안 가시고요?" 그녀는 네드에게 물었다.

"흐음?" 네드는 그녀의 시선을 따라 주차장 문을 보았다. "아뇨."

"길에다 주차하셨어요?" 그녀는 말했다.

네드는 어깨너머로 그녀를 돌아보았다.

"어, 아뇨, 그냥 산책 나온 겁니다."

"오늘 밤은 모두 산책에 나서나 보네요." 케슬러가 말했다. 그는 배를 두들겼다. "헬스장에 가야 할 것 같은 기분이 드는데요."

그는 정문을 당겨 열고, '먼저 가시죠' 손짓을 그들 두 사람에게 해 보였다. 네드가 문을 나서고, 레이철이 뒤따랐다.

인도에서 레이철은 네드에게 말했다.

"산책 잘 다녀오세요. 로즈메리에게 안부 전해주시고요."

"그러죠." 네드는 케슬러에게 손을 내밀었다. "만나서 반가웠습니다, 형사님."

"저도요, 템플 씨."

"헴플." 네드는 고개를 내저으며 말했다.

"그렇죠. 제가 실수를." 케슬러가 손을 내렸다. "잘 다녀오십시오."

기묘한 몇 초간 아무도 움직이지 않았다. 마침내 네드가 몸을 돌려 동쪽으로 향했고, 손은 주머니에 넣은 채였다. 레이철은 케슬러 형사를 흘끗 쳐다보았고, 그는 뭔가를 기다리는 듯했다. 그녀가 어두워진 거리를 다시 돌아보자, 네드는 아무 데도 보이지 않았다.

"저분이 네드군요."

"네드예요."

"네드와 로즈메리는 결혼한 지 오래됐습니까?"

"몇십 년이죠."

"그런데 결혼반지가 없군요. 반지가 그저 주류 가치체계의 사회적 압박일 뿐이라고 보는 보헤미안 타입 같진 않은데."

"아마 세척 보냈겠죠."

"그럴 수 있겠군요. 뭐 하는 사람입니까, 네드는?"

"그게요, 잘 몰라요."

"왜 놀랍지 않을까요?"

"무슨 제조업 같아요."

"제조업?" 케슬러가 말했다. "이 나라에서 요새 무슨 물건을 만든다고."

그녀는 어깨를 으쓱했다.

"요즘은 이웃 사이가 어떤지 아시잖아요."

"아, 말해주시죠."

"모두 자기 프라이버시를 지키잖아요."

그녀는 빡빡한 미소를 지어 보였다.

그는 짙은 4도어 포드의 조수석 문을 열었다.

"담배 파는 데까지 태워드리죠."

그녀는 거리를 돌아보았다. 6미터마다 가로등 불빛이 동그랗게 퍼져 있었다. 그 불빛 사이사이는 어둠이 자리했다.

"그래요." 그녀는 차에 탔다.

케슬러가 차에 올라 모자를 그들 자리 사이에 놓고 차를 뺐다.

"이런 말 죄송하지만 별 골 때리는 사건 다 다뤄봤지만, 이 사건은 최근 겪은 중에 골 때리기로는 상위권이네요. 로드아일랜드의 죽은 금발 여자, 실종된 이중생활자, 거짓말쟁이 아내……"

"거짓말쟁이 아니에요."

"어허!" 그는 그녀를 향해 손가락을 흔들어 보였다. "아니긴요, 델라 크루아 부인. 거짓말을 얼마나 많이 했는지 다 헤아리지도 못할 판인데. 그리고 그 이웃 사람, 멤버스 온리 재킷과 JC페니 바지에 결혼반지 없는 유부남? 그런 사람은 그런 아파트에 살지 않아요. 씨발 주차장이 어딘지도 모르고, 경비는 그 사람 처음 본 게 분명했고."

"못 봤어요."

"다행히 전 경찰이니까요. 그딴 걸 알아채라고 씨발 월급 주는 거니까."

"씨발 소리 많이 하시네요."

"왜 안 됩니까?" 그가 말했다. "좋은 단어인데. 동사, 명사, 부사, 형용사. '씹'은 끝내주게 유용해요." 그는 좌회전했다. "문제는 당신이 왜 거짓말을 하는지 무엇에 대해 거짓말을 하는지 모르겠다는 겁니다. 아직 사건 초기라. 하지만 당신이 거짓말하는 건 확실히 알죠."

그들은 신호에 멈췄고 그녀는 네드가 케슬러 쪽 차창에 나타나 차 안에 총질을 퍼부을 줄만 알았다.

신호가 파란불로 바뀌고 케슬러는 한 번 더 좌회전하고 프루덴셜 길 건너 보일스턴 가의 테데스키 식품점 밖에 차를 세웠다. 그는 그녀 쪽으로 돌아앉았고 웃음기가 싹 가신 눈에는 그녀가 식별할 수 없는 감정이 대신 자리했다.

"고인이 된 니콜 올든은, 처형 스타일로 살해당했어요." 그가 말했다. "정말 프로다운 일 처리였고, 나는 그런 거 꽤나 본 사람입니다. 그러니 이중생활 중인 댁의 남편은? 사람 생명 끊는 프로일 가능성이 높아요. 그리고 그 사람이나 아니면 동료가 찾아올지도 모르고. 그리고 레이철, 이거 알아요?" 알토이즈 사탕 냄새를 맡을 수 있을 만큼 그가 몸을 가까이 숙여왔다. "그 씨발놈들은 당신을 처형할 겁니다."

그는 그녀를 구해줄 수 없었다. 설령 그가 관심을 가진다 해도 안 될 거고, 어차피 관심도 없을 것이다. 그의 일은 니콜 올든 살인사건 해결이었다. 그는 경찰의 좁은 확신으로 최선의 방법은 브라이언에게 살인을 뒤집어씌우는 거라 결론 내렸다. 하지만 브라이언이 나타나지 않으면, 케슬러는 더 깊이 파고들어 갈 것이다. 어쩌면 희생자가 살해당하기 직전에 그녀가 프로비던스에 있었다는 걸 알아낼지도 모르고. 집카에는 분명 회사가 차 위치를 파악하기 위한 추적 장치가 달려 있겠지 싶었다. 레이철이 니콜 올든 집 앞 거리에 있었음을 밝혀내기는 일도 아닐 것이다. 그다음 나올 시나리오는 뻔했다―아내가 남편에게 다른 아내와 곧 태어날 아기가 있음을 발견하고 죽였다고. 그리고 그 시나리오만도 기가 막히지만, 그녀의 집에는 남편의 사업 파트너 시체가 앉아 있었다. 그리고 검시해보면 레이철이 경찰에게 그 파트너가 멀쩡히 살아 자기 집 소파에 뻗어 있다고 말하기 전에 사망했음이 증명될 것이다.

"이렇게 윽박지르는 거 싫어요." 그녀는 케슬러 형사에게 말했다.

"윽박지르는 거 아닙니다. 사실 나열하는 거죠."

"추측을 나열했죠. 아주 위협적인 방식으로."

"당신이 지금 공포에 질려 있다는 건 추측 아니죠."

"전에도 공포는 겪은 적 있어요."

그는 설레설레 고개를 내저었다. 혜택받고 살아왔으며 고정 직업 없는 여피족을 바라보는 터프한 경찰. 아마 그녀의 옷방에 최고급 운동복, 루부탱 하이힐, 경찰 형편에는 꿈도 못 꿀 레스토랑에 갈 때 입는 실크 비즈니스 슈트가 가득 차 있으리라고 여길 것이다.

"겪은 적 있다고 생각하겠지만 아닙니다. 세상에는 그냥 TV나 보고 책이나 읽어선 알 수 없는 어둠이 있어요."

레오간 캠프에서의 그날 밤, 남자들은 진흙과 열기 속을 드럼통 모닥불 불빛 속에 오락가락 어슬렁거렸고, 손에는 세르페트와 싸구려 술병이 들려 있었다. 새벽 두 시쯤 위디가 그녀에게 말했다. "지금 저를 갖게 해주면, 아마 그냥……" 그녀는 한 손으로 동그라미를 만들고 다른 손 검지를 그 동그라미 안에 몇 번 넣었다 뺐다 했다. "하지만 시간을 끌면 저들이 화가 나서……" 그녀는 그 검지로 자기 목을 그어 보였다.

위디, 전체 이름은 와이들린 진 칼릭스테였고 열한 살이었다. 레이철은 그녀를 설득해서 계속 숨어 있게 했다. 하지만, 위디가 예측한 대로 그 바람에 남자들이 더 화가 났을 뿐이었다. 그리고 해가 뜨고 잠시 후, 그들은 그녀를 찾아냈다. 두 사람 다.

"저도 세상의 어둠은 조금 알아요."

레이철은 트레이본 케슬러에게 말했다.

"그래요?" 그의 눈이 그녀의 눈을 살폈다.

"네."

"그리고 뭘 배웠고요?" 그가 속삭였다.

"어둠이 나를 찾을 때까지 기다리고 있으면, 이미 죽은 목숨이죠."

그녀는 차에서 내렸다. 그녀가 인도에서 돌아보니, 그는 창문을 내렸다.

"저를 피할 작정입니까?"

그녀는 미소지었다.

"네."

"전 경찰입니다. 사람들을 시야에서 놓치지 않는 편이죠."

"하지만 프로비던스에서 오셨잖아요. 여긴 보스턴이고."

그는 살짝 고개를 끄덕여 인정했다.

"다음에 뵐 때는 수색영장을 들고 가죠."

"그래요."

그녀가 인도를 걷는 사이 그는 차를 뺐다. 그녀는 가게 안으로 들어가는 시늉조차 하지 않고, 다음 모퉁이에서 우회전하는 케슬러를 확인한 다음 그냥 보일스턴 가를 건너 호텔 앞 택시 승차장으로 갔다. 첫 번째 택시 뒤에 올라 기사에게 노포크 항구 마리나로 가자고 했다.

마리나 주차장은 비어 있어서, 그녀는 누가 따라왔는지 확인하려고 기사에게 몇 분 기다려 달라 부탁했지만, 주위 전체가 잠들어 보트가 계류장에 퉁퉁 부딪히는 소리와 오래된 목조 건물이 밤바람에 삐걱거리는 소리까지 다 들릴 만큼 조용했다.

보트에 돌아와 그녀는 조리실로 들어가 불을 켜고, 그들이 보트를 묶어두고 떠났을 때 서랍에 넣어둔 열쇠를 꺼냈다. 다음은 밧줄을 풀고 모터 시동을 걸어 항구에서 벗어나며, 조명을 최대로 키웠다. 이십 분후, 별빛 속에 톰슨 섬이 나타났고, 몇 분 후 그녀는 휘어진 나무 한 그루가 있는 초소형 섬에 도달했다. 그녀는 다시 조리실로 돌아갔고, 이번에는 시간 여유가 있었기에 스쿠버 장비를 찾아냈다. 마스크, 오리발, 산소 탱크. 그녀는 좀 더 뒤져 다른 손전등과 중간 사이즈 여자 잠수복을 찾아냈고, 죽은 니콜 올든의 물건이리라 짐작했다. 그녀는 잠수복으로 갈아입고, 산소 탱크와 오리발, 마스크를 착용하고, 손전등을 갖고 고물로 돌아갔다. 그녀는 뱃전에 앉아 하늘을 올려다보았다. 아까의 구름 무리는 지나갔고 별들이 마치 떼를 지어 몸을 지키려는 듯이 한데 뭉쳐 있었으며, 그녀에겐 그 별들이 천상의 존재, 신들이나 신들의 종이 아니라, 버림받은 존재, 추방자, 새카만 하늘에서 길을 잃은 것처럼 보였다. 여기서는 덩어리로 보이지만, 저 위에서는 수백만 킬로미터 거리를 두고 있다. 가장 가까운 별도 몇 광년 거리로, 15세기 사하라 초원의 부족 여인과 그녀의 거리만큼이나 멀었다.

우리가 이렇게 외톨이라면, 무슨 의미가 있을까?

그녀는 알고 싶었다.

그리고 그녀는 뒤로 몸을 젖혀 바다로 떨어졌다.

그녀는 손전등을 켰고 곧 아까 떨어뜨린 손전등이 보였다. 만의 바닥에서 그녀를 향해 깜박거리고 있었다. 내려가는 동안, 그녀는 그 손전등이 브라이언이 누워 있는 바위에서 20미터쯤 떨어진 모래에 놓인 것을 보았다. 그녀는 손전등을 바위 위에 비추고 아래로 아래로 내려 모래에 이르렀다.

시체가 없었다.

그럼 바위를 착각한 것이다. 그녀는 조명을 왼쪽으로 돌렸고 20미터쯤 떨어진 다른 바위를 보았다. 그쪽으로 헤엄치다 절반쯤 가서 모양과 색깔이 다르다는 확신이 커져갔다. 아까 브라이언은 높은 원뿔형 바위에 기대 있었다. 그녀가 내려왔던 근처에 있던 바위처럼 생긴 것. 그녀는 되돌아가며, 손전등으로 계속 좌우를 훑었다. 그리고 왼쪽으로 더. 그리고 오른쪽으로 더. 그녀가 그를 두고 갔던 바위같이 생긴 건 하나도 없었다. 그녀가 떠 있는 바로 앞에 있는 바위만 빼고.

이게 그녀가 그를 두고 갔던 바위였다. 확실했다. 바위 구멍 깊이와 원뿔 모양으로 알 수 있었다.

그가 조류에 떠내려갔을까? 아니면 그보다 더 가혹하게도, 상어에게? 그녀는 정확히 그를 마지막으로 본 곳으로 발차기해 갔다. 모래에 패인 흔적이 있나, 그의 다리나 엉덩이가 남긴 자국이 있나 살폈지만, 물에 쓸려나가 평평했다.

바위보다 더 검은 무언가가 눈에 얼핏 띄었다. 바위 왼쪽 가장자리에 붙은 조그만 피부 조각 같은 게 시야를 스쳤을 뿐이었다. 그녀는 왼쪽으로 헤엄쳐가 손전등을 모퉁이에 비췄고 처음엔 아무것도 보이지 않았다.

그러나 곧 모든 것을 보았다.

마우스피스였다.

그녀는 바위 뒤로 헤엄쳐 돌아갔다. 마우스피스는 튜브에 연결되어 있었고 그건 산소 탱크에 연결되어 있었다.

그녀는 어두운 물 너머로 보트 선체를 올려다보았다.

당신 살아 있네.

그녀는 수면을 향해 발차기했다.

내가 찾아낼 때까진.

27장

그것

그녀는 시동을 걸어 톰슨 섬으로 향했다. 브라이언이 빠진 곳에서 400미터도 안 되는 거리의 선창을 발견했다. 물론 보트는 없었다. 거기에 무슨 보트가 있었든 사라진 후였다.

그리고 그는 거기 타고 있었다.

그녀는 한참 택시를 기다려야 했다. 새벽 네 시였고 배차 담당이 포인트 노포크 마리나가 어디인지 몰랐다. 삼십 초쯤 키보드 두드리는 소리가 나고 그가 꿍얼거렸다. "이십 분이요." 그리고 끊었다.

그녀는 어두운 주차장에 서서 지금 당장 잘못될 수 있는 온갖 것들을 상상했다. 트레이본 케슬러가 영장을 받아올 수 있었다. (아냐, 레이철, 그는 프로비던스로 돌아가, 판사를 찾아, 관할권 문제를 해결해야 해. 어쩌면 해 뜰 때나, 하지만 아마 그때도 안 될 거야. 호흡해. 호흡해.)

호흡? 브라이언이 살아 있었다. 네드는 케일럽의 얼굴을 쐈다. 그녀는 그 순간 그 남자의 얼굴을 봤고, 맹수적 우위를 전적으로 편하게 여기는 늑대 같았다. 1.2미터 떨어져 앉아 있는 같은 인간을 보면서 매가 다람쥐를 발톱으로 찌르듯 아무렇지도 않게 죽였다. 네드에게 그 살인은 즐거울 것 없었지만 아무런 후회도 없었다.

브라이언은 저 어딘가에서 그녀를 피하고 있었다. 살아서. (생존을 관할하는 뇌 깊은 곳에서는 그가 죽지 않았다는 걸 내내 알고 있었을까?) 하지만 브라이언에 대한 복수는, 동트기 직전 빈 주차장에 서 있는 지금 당장으로선 사치였다.

네드와 라스가 어딘가에서 그녀를 쫓고 있다.

스마트폰은 해킹당할 수 있다. 적대 세력이나 정부 기관원들을 위한 추적 장치나 도청 장치로 쉽게 바뀔 수 있다. 만약 네드나 라스가 그녀의 폰을 해킹할 줄 안다면, 그녀가 어디 있는지 알 것이다.

헤드라이트가 테닌 해안 가장자리에서 이어지는 200미터쯤 떨어진 울퉁불퉁한 도로 입구에 나타났다. 두 개의 불빛이 덜컹거리고 흔들거리며 다가올수록 밝아졌다. 택시일 수 있었다. 네드일 수도 있었다. 그녀는 가방에 든 총을, 남편이 그녀를 죽이는 데 쓰려 했던 총을 움켜쥐었다. 아니면 그녀를 죽이는 것처럼 연기했는지도. 손가락을 방아쇠에 걸고 엄지로 안전장치를 풀면서도 소용없다는 생각이 들었다. 만약 저 차에 네드와 라스가 탔다면, 그냥 막판에 가속해서 그녀를 치어버릴 수 있었다. 그녀가 할 수 있는 일은 없었다.

헤드라이트가 주차장을 훑고 차가 곡선을 그리며 그녀 앞에 섰다. 갈색과 흰색이었으며 '보스턴 택시'라고 문에 쓰여 있었다. 기사는 아프로 머리를 한 중년의 백인 여자였다. 레이철은 차에 올랐고, 그들은 마리나를 벗어났다.

그녀는 아파트에서 남쪽으로 두 블록 떨어진 곳에서 택시를 내려 가짜 여명으로 하늘 가장자리가 회색으로 바뀌는 가운데 골목길을 따라 걸었다. 페어필드를 가로질러 주차장 문으로 통하는 비탈을 내려갔다. 문 오른쪽 키패드에 자기 번호를 찍자 철문이 위로 올라가고 그녀는 주차장으로 들어섰다. 엘리베이터를 타고 11층에 내려, 15층까지 계단으로 올라갔다. 곧 집 문 앞에 섰다.

여기가 그녀가 고민한 단계였다. 네드나 라스가 안에 있다면, 아파트에 들어가자마자 사망이었다. 하지만 만약, 아니 트레이본 케슬러가 영장을 들고 돌아와 문을 부수고 돌아왔을 때 이 안에서 뭘 찾아낼지 그녀는 알아야 했다. 만에서 마리나로 돌아오면서 그녀는 이게 위험을 감수할 만한 가치가 있을까 저울질했고 네드와 라스는 그녀가 다시 돌아오지 않을 줄 여길 거라고 결론지었다. 말이 안 되는 짓이다. 하지만 또, 그들은 그녀가 멍청한 짓을 한다는 쪽에 걸지도 모르는 일이라 그녀는 열쇠를 들고 문 앞에 서서 고민했다. 그런 사람들을 상대한 경험은 없지만, 그들은 그녀 같은 어리바리를 많이 다뤄봤을 것이다. 문 저쪽에는 죽음 아니면 단서가 기다리고 있었다. 거기에 브라이언이 바닥 금고에 보관하는 현금 뭉치. 많이는 아니고 이천 정도지만, 혹시 케슬러가 벌써 조치를 취해 그녀의 신용카드를 정지시켰다면 도망 자금으론 충분했다. 한편으로는 그가 그럴 권한이 있을까 의심스럽긴 했지만, 다른 한편으로는, 살인 용의자를 다룰 때의 경찰 절차에 대해 그녀가 아는 게 뭐가 있나? 그리고 지금 그녀는 바로 그 살인 용의자일 것이다. 그리고 오전 중반쯤이면 살인사건 두 건의 용의자가 될 수도 있고.

그녀는 자물쇠를 쳐다보았다. 손에 들린 열쇠를 보았다. 숨을 들이쉬었다. 들어 올리는 손이 떨려서, 다시 내렸다. 몇 번 더 숨을 들이쉬었다.

브라이언은 살아 있다. 브라이언이 그녀를 이 상황에 밀어 넣었다. 어떻게든, 어떤 방법으로든, 그를 찾아내어 대가를 치르게 할 것이다.

또는 삼십 초 후에 죽겠지.

그녀는 열쇠를 구멍에 넣었다. 하지만 돌리지 않았다. 문을 뚫고 그녀의 머리, 목, 가슴에 쏟아지는 총알을 상상했다. 눈을 감고 열쇠를 돌리라고, 열쇠를 돌리라고 스스로를 채근했지만, 일단 돌리고 나면 다음 단계는 나아가는 것뿐이었다. 아파트 안으로. 그녀는 준비가 되지 않았다.

만약 그들이 안에 있고 열쇠 넣는 소리를 들을 만큼 문 가까이에 있다면, 그냥 문 너머로 그녀를 쏴버릴 수도 있다. 하지만 그렇지 않다고 해서 안에 없다는 뜻은 아니었다. 문 저편에서 서로 시선을 교환하며, 어쩌면 히죽거리기도 하면서, 권총에 소음기를 둘려 끼우며 문간을 조심스레 겨냥하며 그녀가 문을 여는 순간을 침착하게 기다리는지도 모른다.

그녀 쪽에서 기다리는 방법도 있다. 저들이 안에 있다면 열쇠 넣는 소리를 들었을 것이다. 그녀가 들어오지 않으면 조만간 그들 쪽에서 문을 열 것이다.

레이철, 이 멍청아, 저들은 지금 당장 문구멍으로 너를 지켜보고 있을 수도 있어. 그녀는 문 오른쪽으로 비켜서서, 가방에서 권총을 꺼내 다시 안전장치를 풀었다. 기다렸다.

그녀는 오 분을 기다렸다. 오십 분 같은 기분이었다. 다시 시계를 확인했다. 아니. 오 분.

어느 시간 연속체에서는, 우리는 모두 태어나자마자 죽는다. 그런 논리에 따르면 그녀는 오래 전 어딘가에서 죽었고, 시간의 문을 통해 바로 이 순간을 돌아보며 물질계의 레이철이 치는 난리에 미소짓고 있을 것이다.

난 이미 죽었어. 그녀는 그렇게 타일렀다. 열쇠를 돌려 문을 확 열어젖히고, 똑바로 아파트 안을 총으로 겨누었다. 라스나 네드가 그녀의 오른쪽이나 왼쪽에 있다면 아무 소용이 없을 터였다.

그렇지 않았다. 케일럽은 여전히 식탁 앞에 앉아 있었으며 그의 피부는 비누처럼 새하얬고 얼굴 한가운데 피가 검붉게 굳어 있었다. 그녀는 들어가 문을 닫고 오른쪽으로 벽을 따라 조심조심 나아가 열려 있는 파우더룸 문까지 왔다. 사람 없어 보였다. 그녀는 경첩 틈새로 들여다보았고 맞은편에 아무도 숨어 있지 않음을 확인했다.

그녀는 침실로 향했다. 문은 닫혀 있었다. 손잡이에 손바닥을 올렸더니 땀 때문에 미끄러졌다. 그녀는 바지에 손을 문질러 닦고, 소매로 문손잡이를 닦았다. 왼손으로 손잡이를 잡고 오른손으로 권총을 잡았다. 문을 안으로 밀어 열었다. 그러는 사이, 침대에 앉아 자신을 기다리는 라스를 상상했다. 작게 퓩 소리가 나고 그녀는 바닥에 쓰러져 피를 흘리게 될 것이다.

그는 거기 없었다. 방은 비어 있는 듯했다. 하지만 그녀가 아파트에 들어올 때 느낀 기분이 더 확실해졌다. 그들이 그녀보다 훨씬 이 일에 능했다. 그들이 여기 있었다면 그녀는 이미 죽었다. 그녀는 부부 침실에 들어간 다음 돌연 체념하고 남편과 자신의 옷방을 확인했다. 레오간 이후로 가장 죽음과 가까운 기분이었다. 그것이 바닥에서 배어 나와 몸을 관통하고, 그녀의 피와 뒤엉켜 그녀를 바닥으로 다음 세상의 지하실로 끌어내렸다. 그게 기다리고 있던, 늘 기다리고 있던 것이었다. 다음 세상. 위든 아래든, 희든 검든, 춥든 따뜻하든, 그건 편안함과 위안과 아는 고난이 따르는 이 세상이 아니었다. 어쩌면 죽음이란 아무것도 아닐지도 모른다. 그저 부재일지도 모른다. 자아의 부재, 감각의 부재, 영혼 또는 기억의 부재.

아이티에서, 심지어 캠프 일 이전에도, 포르토프랭스와 시체가 불타는 거리 그리고 폐차장의 고물차처럼 켜켜이 쌓인 시체가 더위에 부풀어 오르기 시작하던 병원 주차장에서도, 그때부터도 그들의 죽음의 진실이 그녀의 진실이 되었음을 이제 깨달았다. 우리는 특별하지 않다. 우리 안에는 달랑 촛불 하나만 켜져 있을 뿐이고 그 불꽃이 바람에 꺼지면 눈에서 모든 빛이 사라져, 마치 아예 존재하지 않았던 것이나 마찬가지다. 우리는 생명을 소유한 것이 아니라, 그저 빌려 쓸 뿐이다.

그녀는 아파트 나머지를 수색했으나 그들은 없는 것이 분명했다. 그녀의 처음 본능이 맞았다—혹시 그들이 그녀를 죽이려고 기다렸다면, 그녀가 문을 통과한 순간 해치웠을 것이다. 체육관용 가방을 부엌으로 가지고 나와 식칼 하나, 과도 하나, 손전등과 배터리, 파워 바 여섯 개, 물 몇 병, 그리고 카운터에 둔 과일 그릇 내용물을 쏟아담았다. 가방과 배낭을 문가에 두고 다시 침실로 돌아갔다. 카고바지와 보온 긴소매 티셔츠, 검은 후디로 갈아입었다. 머리를 하나로 묶고 뉴베리 코믹스 야구모자를 썼다. 그의 옷방에 있는 바닥 금고를 열고 거기 있는 현금을 꺼내 권총과 함께 욕실로 가져가 카운터 위에 두고 거울을 한참 들여다보았고, 그녀를 마주 보고 있는 여자는 피곤하고 성나 보였다. 그녀는 두려웠으나 그렇다고 마비되진 않았다. 언니가 여동생에게 말하듯 다정한 권위를 담아 스스로에게 말했다.

"그건 네 잘못 아냐."

'그것'이 뭐지?

'그것'은 위디와 에스더 그리고 전직 수녀 베로니크, 그리고 포르토
프랭스의 모든 사망자들이었다. '그것'은 어머니의 유독함과 아버지의
부재 그리고 제러미 제임스의 방임이었다. '그것'은 그녀가 한 거의 모
든 일에 대한 세바스찬의 실망이었다. '그것'은 기억할 수 있는 한 그녀
는 용서할 수 없을 만큼 부족했으며 버림받아 마땅했다는 기분이었다.

그리고 그녀 머릿속의 목소리는 대체로 옳았다 — '그것' 대부분은
그녀 잘못이 아니었다.

위디만 제외하고. 위디는 그녀의 떨칠 수 없는 죄였다. 위디는 죽은
지 4년이 되었다. 그리고 그녀를 죽음으로 몰아넣은 레이철은 네 살 더
나이를 먹었다.

그녀는 서랍장에서 자신과 브라이언의 사진을 집어 들었다. 그들의
비공식 결혼식 사진이었다. 그녀는 그의 거짓된 눈과 거짓된 미소를 보
았고 자신이 그만큼이나 거짓말쟁이임을 알았다. 초등학교부터 고등학
교, 대학교, 대학원, 그리고 직장에 이르기까지, 그녀는 하나의 캐릭터
를 구성하여 거의 평생 매일 연기해왔다. 그 캐릭터가 관객과 더 이상
공감하지 못하게 되자, 그걸 해체하고 새로운 캐릭터를 구성했다. 그렇
게 계속 거듭해왔다. 그러다가 아이티 이후, 위디 일 이후 재구성할 수
가 없었다. 그녀에게 남은 것이라곤 공허하고 만들어진 자아의 쪼가리
와 죄의 무게뿐이었다.

우린 거짓말쟁이야, 브라이언. 우리는.

그녀는 침실을 나왔다. 거실에서 그녀는 바에 놔두었던 노트북이 없
어졌음을 깨달았다. 잠깐 찾아봤지만 이내 라스와 네드가 갈 때 챙겨갔
다는 결론을 내렸다.

상관없다. 스마트폰이 있으니까.

그녀에게 없는 것은 차였다. 케슬러가 그녀의 신용카드를 정지시키지 않았다 해도, 차를 렌트하거나 집카를 썼다가는 금방 추적될 테니 그럴 순 없었다. 그녀는 다시 아파트 안을 둘러보았다. 마치 아파트가 무슨 말이라도 해줄 듯이 온 사방을 보았다. 식탁에 앉은 시체만 제외하고. 그러다가 거기야말로 찾아봐야 할 곳임을 깨달았다.

열쇠고리는 케일럽의 청바지 오른쪽 앞주머니에 있었다. 테이블을 돌아 그에게 가니 불룩 튀어나온 게 보였다. 그의 얼굴은 보지 않았다. 볼 수 없었다.

하야는 어떻게 됐을까? 그녀는 궁금했다. *에이비는?* 바로 나흘 전 파티에서, 케일럽은 딸을 안아 들어 올렸고 아기는 그의 윗입술을 붙잡고 서랍 빼듯이 잡아당겼다. 그는 그렇게 내버려 두었다. 분명히 아플 텐데도 웃었고, 아기가 입술을 놓아주자 그는 아기를 품에 안고 정수리에 코를 묻고 숨을 들이쉬었다.

케일럽은 배우였다. 브라이언과 마찬가지로. 그녀와 마찬가지로. 하지만 연기는 전체의 한 면일 뿐이었다. 그는 아버지를 연기하지 않았다. 사랑을 연기하지 않았다. 그의 꿈과 욕망과 미래의 희망이 무엇인지 거짓으로 꾸미지 않았다.

그가 친구였음을 그녀는 깨달았다. 그녀는 늘 케일럽을 브라이언의 친구로, 브라이언의 파트너로 생각했다. 그가 그녀와 알게 되었을 때 그 역할이(또 그 단어다) 굳게 박혀 있었기 때문이었다. 하지만 시간이 흐르고 어울리다 보니 서로를 친근하고 편하게 여기게 되었고 우정이라고 부를 수밖에 없게 되었다.

그녀는 그의 주머니에 손을 넣었다. 청바지는 뻣뻣했고 시체는 더 뻣뻣했다. 사후 경직이 오기 시작했고, 족히 일 분은 걸려서야 열쇠고리를 빼낼 수 있었다. 그러는 사이 만약 책 원고를 그녀 이메일로 보내기 위해 여기로 돌아오지 않았다면, 그는 아직 살아 있을 수도 있었단 생각이 들었다.

하지만 아니다. 아냐, 아냐, 아냐, 그 언니의 목소리가 귓가에서 속삭였다. 그는 술을 마시겠다고 눌러앉았다. 한 시간 운전을 앞두고 생각을 정리하려 눌러앉았다. 그리고 그것만으로 충분하지 않다면, 그와 브라이언이 무슨 게임을 하고 있었는진 몰라도 이미 오래전에 벌인 판이었다.

그녀는 이제 그를 보았다. 1분간 꼬박.

"당신은 내 잘못이 아니야." 눈물이 후두둑 떨어져 그녀는 손으로 닦아냈다. "하지만 보고 싶겠지." 그녀는 말하고 아파트에서 나왔다.

28장
변기 뚫기

그녀는 케일럽의 아우디에 기름을 넣은 다음 24시간가량 뭘 먹은 게 없단 생각이 나서 찰스 가 파라마운트에서 아침을 먹었다. 배가 고프진 않았지만, 먹는 양을 봐선 그랬다. 그녀는 코플리 광장으로 다시 돌아와 스튜어트 가 길가 미터기에 주차하고 코플리 플라자 호텔과 핸콕 타워 사이 작은 도로를 걸어갔다. 그녀는 브라이언이 빗속에서 나와 검은 서버번에 올라타는 모습을 봤던 하역장과 후문을 지나쳤다. 건물을 빙 돌아, 세인트 제임스 가를 따라 걷다 보니 건물 유리창에 십여 명의 레이철이 비추고 되비쳐졌다. 색지로 오린 줄줄이 연결된 레이철 인형처럼. 그녀가 모퉁이를 돌아서자 전부 사라졌다. 그리고 다시는 보지 못했다.

거의 아홉 시였고 거리에는 출근 인파가 가득했다. 그녀는 마천루 입구에 도착했고 인파를 따라 회전문을 지났다. 경비 책상 오른쪽에 층별 안내가 있었다. A를 다 살폈지만 올든 광물은 없었다. B를 훑었고 그녀의 임무와 맞아떨어져 보이는 건 없었다. 하지만 C에 오니 있었다. 코터 맥칸, 글렌 오도넬이 얘기했던 벤처캐피탈 회사. 확정은 아니었지만, 그날 브라이언이 코터 맥칸 대표들과 만나 광산 권리 일부를 팔려고 했다고 추정해도 무리는 없을 것이다.

그녀는 건물을 나와 한 블록을 되돌아가 보스턴 공립 중앙도서관에 왔다. 맥킴 건물을 통과하여 컴퓨터가 있는 존슨 건물로 들어가서 올든 광물 지분 취득 조사에 나섰다. 《글로브》 경제면에 실린 작은 기사 하나 말고 없었으며, 글렌이 준 정보 출처임이 분명한 게, 새로운 내용이 없었다.

그녀는 베이커 호수를 검색해서 위성사진으로 들어가 줌 아이콘을 클릭 클릭 클릭해서 확대하여, 지역 내의 건물은 호수 북동쪽 캐나다 국경선 따라 있는 지붕 여덟 개와 그보다 약간 서쪽에 하마터면 놓칠 뻔한 세 개뿐임을 확인했다. 그녀는 조금씩 더 줌아웃해가며 해당 지역 사진 몇 장을 인쇄했고, 드디어 이만하면 그 지역을 그럭저럭 파악하게 되었다 싶었다. 프린터 트레이에서 종이를 챙기고, 모든 앱을 종료하고, 사용 기록을 지운 다음 도서관을 나왔다.

아이티 일 직전, 레이철은 방송국에서 주 정부가 할리우드 영화 제작을 매사추세츠에 끌어들이기 위해 제시하는 세금 공제 혜택에 대해 취재한 적 있었다. 세금 공제 혜택이 지역 경제에 미치는 경제적 효과를 파악하기 위해, 그녀는 할리우드 영화사 경영진과 주의회 예산 위원회 대변인뿐만 아니라 지역 배우들, 로케이션 매니저, 그리고 캐스팅 담당까지 인터뷰했다. 그 캐스팅 담당의 이름은 펠리시아 밍이었다. 레이철이 기억하기로, 산전수전 겪은 수다쟁이였다. 레이철이 포르토프랭스로 가기 전 둘은 몇 번 만나 한잔했다. 그 후로 거리가 멀어지긴 했지만, 신경증 방송사고 이후로 펠리시아는 상냥한 말을 담아 이메일을 몇 통 보냈고 레이철에겐 아직 폰에 그녀 연락처가 있었다.

그녀는 도서관 밖에 서서 전화했고 지역 연극에 출연하는 배우를 추적할 방법을 물었다.

"왜 그 사람을 찾으려 하는데?"

레이철은 진실에서 그렇게 멀지 않은 버전으로 말해보았다.

"며칠 전 밤에 바에서 술에 취해 내 남편하고 싸움을 벌였어."

"아, 저런."

"마음이 너무 안 좋아. 그 사람이 제일 크게 다쳐서, 사과하고 싶어."

"자기를 두고 싸운 거야?"

레이철은 자신의 본능이 맞기를 바랐다.

"맞아, 그렇게 됐네."

"자기 이제 살아났나 보네." 펠리시아 밍이 말했다. "세상으로 돌아와서 남자들을 절절 기게 만들고 있구나."

레이철은 억지로 킥킥거렸다.

"그럴 계획이야."

"그 사람 지금 어느 극단이랑 일해?" 펠리시아가 물었다.

"리릭 스테이지."

"이름은?"

"앤드루 개티스."

"잠깐만."

레이철이 기다리는 사이 노숙자가 개와 지나갔다. 레이철은 브라이언이 자기 코트를 공원에서 더 안된 사람에게 기꺼이 주었던 밤을 떠올렸다. 그녀가 개를 토닥이고 노숙자에게는 십 달러를 주는 사이 펠리시아가 돌아왔다.

"디망주에 있네. 베이 빌리지에 있는 단기임대 숙소야." 그녀를 주소를 불러주었다. "언제 한잔할까? 이제 산 사람들의 세상에 돌아왔으니?"

레이철은 거짓말하는 게 미안한 기분이 들었다.

"그러자."

이십 분 후, 그녀는 베이 빌리지 길가에 서서 그의 현관 벨을 눌렀다. 인터컴에서 흘러나온 그의 목소리는 우물거렸다.

"네?"

"개티스 씨, 레이철 델라크루아예요."

"누구?"

"브라이언 아내요." 그 뒤의 정적이 너무 길어 그녀는 마침내 말했다. "개티스 씨, 듣고 계세요?"

"그냥 가세요."

"안 가요." 그녀의 목소리에 담긴 차분한 힘에 스스로도 놀랐다. "나올 때까지 여기서 기다리겠습니다. 오늘 밤 당신 공연에 가서 중간에 난리 칠 거예요. 그러니까……"

문이 삐 소리를 내며 열렸고 그녀는 건물 안에 들어섰다. 로비에선 청소 세제와 리놀륨 냄새가, 2층으로 올라가는 계단에서는 인도 음식 냄새가 났다. 낑낑거리는 프렌치 불도그의 목줄을 잡고 가는 여자를 지나쳤고, 개가 퍼그와 웜뱃이 낳은 것처럼 생겼다고 레이철은 생각했다.

개티스는 24호실 앞에서 기다리고 있었고, 축 늘어진 머리칼은 니코틴으로 누렸다. 그는 머리를 뒤로 묶어 하나로 말면서 그녀를 아파트 안으로 안내했다. 단순한 구조였다. 오른쪽으로는 부엌과 거실, 왼쪽으로는 침실과 욕실. 거실 뒤쪽 창문은 비상계단으로 통하게 되어 있었다.

"커피?" 그가 말했다.

"네. 고마워요."

그녀는 창가 작은 원탁에 앉았고 그는 커피를 각자 앞에 놓고 크림통 그리고 설탕 그릇을 둘 사이에 놓았다. 아침 햇살에 보니 그는 토요일 밤 취했을 때보다도 더 상태가 안 좋았다. 피부는 각질로 부석부석하고 코 옆에는 붉고 푸른 혈관이 번갯불처럼 도드라져 있었다. 눈은 그렁그렁했다.

"한 시간 후에 리허설이 있고 샤워해야 하니까, 얼른 끝냅시다."

그녀는 커피를 홀짝였다.

"당신과 브라이언은 배우였지요."

"케일럽도." 그는 고개를 끄덕였다. "브라이언처럼 타고난 재능이 많은 사람은 그 전에도 후에도 못 봤어요. 제 놈이 망치지만 않으면 스타가 될 줄 다들 알았죠."

"무슨 일이 있었나요?"

"여러 가지겠죠. 인내심이 없었어요. 그리고 글쎄, 본인은 너무 쉽게 얻은 거라 귀하게 여기지 않았나? 누가 알겠습니까? 브라이언은 분노하고 있었어요. 그건 기억이 나. 매력적이고 분노한. 그런 면에선 딱 낭만적 인물상이었지. 여자애들이 환장했더랬어요. 기분 상하진 마시고."

그녀는 어깨를 으쓱하고 커피를 마셨다. 앤드루 개티스에 대해 한 가지 말할 수 있는 사실은, 커피를 잘 끓였다.

"무엇에 분노했는데요?"

"가난. 브라이언은 일을 해야 했거든. 우린 해 뜰 녘부터 해 질 녘까지 학교에 있었어요. 연기 수업에 즉흥 연기 수업에 즉흥 동작 수업. 댄스에 희곡 작문에 무대 연출, 연기 연출 수업. 발성 수업, 화술 수업 그리고 알렉산더 테크닉이라고 자기 몸을 다스려 도구처럼 사용할 수 있는 방법을 가르치는 것도. 자기 의지대로 조종하게. 이게 다 합하면 장난 아니죠. 여섯 시가 되면 눈이 절로 감기고 근육은 비명을 지르고 머리는 지끈거려요. 침대에 드러눕거나 술 마시러 가지. 그런데 브라이언은 아니었어요. 브라이언은 새벽 두 시까지 일했거든. 그러고 일곱 시면 다시 나오고. 거의 대부분 이십 대 중반이니 기운이 넘쳤긴 해도, 그 나이에도 어떻게 그럴 수 있나 다들 궁금해했죠. 그러다 퇴학당했으니 기껏 일해온 거 다 허사였지."

"브라이언이 트리니티에서 퇴학당했어요?"

개티스는 고개를 끄덕이고 커피를 길게 들이켰다.

"이제 생각해보면 아마 그 생활을 유지하려 스피드나 코카인을 엄청 했겠죠. 어느 쪽이든, 2학년 때 브라이언은 점점 더 날카로워지더라고. 학교에 나면서부터 예술가 연하는 나이젤 롤린스라는 진짜 쓰레기 같은 교수가 있었어요. 일단 부서뜨리고 다시 쌓아 올린다는 식의 선생이었는데, 내가 보기엔 쌓아 올릴 줄은 모르고 그냥 사람을 부서뜨리는 것만 좋아하는 게 아닌가 내내 의심스럽더라고. 학생들을 그만두게 하는 걸로 악명 높았어요. 그걸로 명성 날렸지. 어느 날 아침 그 교수가 유일하게 브라이언보다 가난한 학생을 들볶고 있었죠. 이 친구는 브라이언만큼 빈털터리지만 재능은 아니어서, 십 분의 일도 못 되었지. 아무튼, 나이젤 롤린스 수업에서, 그날 오전 남자화장실 배경의 장면을 연습하고 있었거든요? 그리고 이 친구가 막힌 변기 뚫는 독백을 하는

데 영 장면을 전달하지 못하는 거야. 지금까지 기억하는 건 달랑 그 대목 하나군요, 아마 학생 각본이었지 싶고. 솔직히 말해 아주 연기가 개판이었죠. 그래서 나이젤이 발끈한 거고. 그 애를 쓰레기 배우에 쓰레기 인간, 남 보기 창피한 아들에 형제, 재수 없게 친구가 된 사람들에겐 수치라고 퍼부어대더라고. 몇 달 동안 그 애를 들볶았지만, 그날 아침엔 아예 터미네이터더라니까. 계속 까고 또 까고. 그 애가 그만하라고 빌었지만 나이젤은 잔뜩 열이 받아 그 애더러 너는 변기를 막고 있는 똥덩어리니 다른 애들까지 그 변기로 끌고 들어가기 전에 수업에서 쫓아내 버리겠다고 퍼부었어요. 난리통에 브라이언이 무대에서 내려간 줄 아무도 몰랐지만, 아무튼 손에 변기 압축기를 들고 돌아왔더라고요, 무대 소품이 아니었고, 오줌이 뚝뚝 떨어지고 있었죠. 브라이언은 나이젤을 밀쳐 쓰러뜨리고는 그 압축기로 그의 입과 코를 덮더니 그냥…… 눌렀다 뗐다 하며 압축을 시작했어요. 한번은 나이젤이 바닥에서 고개를 들어 브라이언의 다리를 붙들자, 브라이언이 얼굴 한복판을 주먹으로 얼마나 세게 때렸던지 극장 뒷줄에서도 들릴 정도였다니까. 그리고 브라이언은 나이젤이 기절할 때까지 얼굴을 압축기로 계속 눌러댔죠." 그는 뒤로 기대앉아 커피를 마저 마셨다. "학교에선 다음 날 브라이언을 퇴학시켰어요. 한동안은 프로비던스에서 지내면서 피자 배달을 했지만, 같이 파티하고 놀던 친구들한테 피자 배달하고 땀에 젖은 지폐를 받는 게 점차 창피해졌겠죠. 브라이언은 어느 날 그곳을 떠났고, 그 후로 소식을 못 들었어요, 보자, 9년 동안."

그녀는 그 얘기를 곱씹으며, 듣지 않았더라면 하고 바랐다. 잠시나마 또 자신이 거짓말쟁이가 된 기분이 들었기 때문이었다.

"다른 학생은 어떻게 됐어요? 교수에게 욕먹던 애?"

"케일럽?"

그녀는 슬픔과 놀라움에 헛웃음을 흘렸고 개티스는 둘의 잔에 커피를 새로 따랐다.

"지난밤 이전에 브라이언을 마지막으로 본 게 언제예요?"

"십 년, 아니면 십이 년 전." 그는 잠시 창밖을 내다보았다. "정확히 기억이 안 나는데요."

"그가 몸을 숨기고 싶다면 어디로 갈지 짐작 가는 곳 있어요?"

"메인 주에 있는 그 오두막."

"베이커 호수."

그는 고개를 끄덕였다.

그녀는 그에게 위성사진 중 한 장을 보여주었다. 그는 잠깐 들여다보니 창가 컵에서 사인펜을 꺼냈다. 모여 있는 지붕 세 개에 동그라미를 쳤다.

"이쪽에 있는 여덟 채 있죠? 이건 사냥 캠프고요. 이쪽 세 채가 브라이언 겁니다. 2005년쯤 거기서 트리니티 동창 모임을 했죠. 많이 오진 않았지만 재밌었어요. 어디서 돈이 나서 산 건지는 묻지 말아요, 나도 안 물었으니까. 브라이언은 가운데 오두막을 좋아했어요. 내가 갔을 땐 녹색 칠이었고, 문은 빨간색이었죠."

"그게 2005년이라고요?"

"아니면 2004년." 그는 욕실 문을 고갯짓했다. "나 씻어야 해요."

그녀는 위성사진을 가방에 도로 챙기고 시간과 커피 고맙다는 인사를 했다.

"뭐 소용이 있을지나 모르겠지만." 그녀가 문에 이르렀을 때 그가 말했다. "하지만 브라이언이 당신을 보던 눈길은 그 어느 누구를 보던 눈빛과도 달랐어요."그는 어깨를 으쓱했다. "하지만 다시 생각해보면, 그는 아주 뛰어난 배우니까."

그는 욕실 문간에 그대로 서 있었다. 그녀는 그의 시선을 맞받았고, 그의 눈이 바뀌는 것을 보았으며 그 역시 마찬가지로 자신의 눈이 바뀌는 것을 보았으리라 여겼다.

"잠깐."그녀는 천천히 말했다. 앤드루 개티스는 기다렸다. "그가 당신에게 돈을 주고 우리 파티를 파투내라고 했군요, 그렇죠? 그 싸움이며 다 그가 계획한 거였어요."

앤드루 개티스는 수십 년 사이 너무나 여러 번 덧칠해서 문이 제대로 닫히지도 않게 생긴 욕실 문틀을 쓰다듬었다.

"만약 그랬다면?"

"왜 그를 돕는 거죠?"

그의 어깨가 반쯤 으쓱 올라갔다 내려왔다.

"우리가 젊었을 때, 자아 형성에 중대한 시기에, 브라이언과 난 아주 친한 친구였어요. 이제는 브라이언은 그렇게 됐고 난 이렇게 되고 보니……"그는 갑자기 음울하고 하찮아 보이는 방 안을 둘러보았다. "이제 우리가 어떤 사람인지 모르겠더라고요. 다른 사람의 모습으로 너무 오래 있다 보면 스스로도 원래의 자신을 알아볼 수 없게 되고, 어쩌면 분장과 무대 기술 이전의 나를 기억하는 사람에게만 지킬 의리가 있는지도 모르죠."

"무슨 말인지 모르겠어요."그녀는 말했다.

그는 다시 반쯤 어깨를 으쓱했다.

"트리니티에서 본인 목표가 어느 쪽이든 모든 훈련을 다 받았단 얘기 기억하죠? 댄스, 연기, 글쓰기, 뭐 그런?"그는 그녀에게 희미하게

서먹한 미소를 지었다. "말했다시피 브라이언은 대단한 배우였어요. 하지만 본인의 진짜 열정은 뭐였는지 알아요?"

그녀는 고개를 저었다.

"연출."

그는 욕실 안으로 사라졌다. 문을 닫았고, 그녀는 그 문이 제대로 딸각 닫히는 소리에 약간 놀랐다.

29장
충분히

I-95 고속도로로 그녀는 매사추세츠, 뉴햄프셔, 그리고 예전에 그녀가 메인주 깊숙이라고 하던 지역을 지나 워터빌에 이르렀다. 하지만 거기서 고속도로에서 벗어나 201번 국도로 들어서야 했고 그 후로는 모든 것이 처음엔 시골스럽더니 다음엔 황량했고, 이후로는 약간 딴 세상 같은 분위기가 되어 공기와 하늘은 신문지 색이 드리워졌고 땅은 고층 건물들만큼 높은 나무숲에 가려 사라졌다. 곧 하늘이 사라졌고, 그녀에게 보이는 세상은 갈색 나무 둥치와 짙은 나무 꼭대기 그리고 차 바퀴 아래로 먹혀들어 가는 잿빛 도로뿐이었다. 마치 먹구름 아래로 들어간 기분이었다. 곧 밤에 운전하는 기분으로 바뀌었다. 5월 하순 오후 세 시밖에 안 되었는데도.

그녀는 숲 두 곳 사이 공터에 이르렀다. 한참 이어지는 녹색. 농경지일 거라 짐작했지만, 집이나 저장창고는 보이지 않고 잘 가꾼 들판에 소와 양, 그리고 가끔 말이 점점이 보일 뿐이었다. 그녀의 폰은 컵홀더에 놓여 있었고 그녀는 서비스 불가 지역 표시가 뜨나 확인하려 내려 다보았다. 다시 고개를 드니, 양이 —아니면 염소인가, 어느 쪽인진 모르겠지만— 범퍼와 이 미터도 안 떨어진 곳에 서 있었다. 그녀는 운전 대를 확 꺾었고 도로에서 벗어나, 작은 구덩이에 떨어지면서 정수리가 차 지붕에 그리고 턱이 운전대에 부딪힐 만큼 격하게 덜컹거렸다. 바퀴 네 개가 다 공중에 떴다. 차에 로켓이라도 달린 듯 구덩이에서 튕겨 나와 앞범퍼 왼쪽 부분으로 도로에 떨어졌다. 에어백이 터지며 그녀의 얼굴을 강타했고, 혀를 깨물어 입안에서 피 맛이 났다. 차 뒤쪽이 들리고 앞쪽이 다시 바닥에서 떨어졌다. 차가 두 번 뒤집히는 사이 유리 깨지는 소리, 금속 긁히는 소리, 그녀의 비명소리가 이어졌다.

차가 멈추었다.

그녀는 바로 앉아 있었다. 머리를 몇 번 털자 작은 유리조각들이 쏟아졌고, 후두둑 떨어지는 소리가 수십 개는 되지 싶었다. 그녀는 잠시 그대로 에어백을 베개 삼아 턱을 그 위에 괸 채 앉아, 아무 데도 통증이 오진 않고, 부러진 데 없고, 혀 빼고는 피가 나지 않는다는 듯하단 확신이 들 때까지 있었다. 뒤통수가 욱신거리고 목은 뻣뻣했으며 척추 근처 근육은 돌덩이 같았지만, 그 외에는 온전한 것 같았다. 콘솔 박스와 글로브 박스에 있던 물건들은 계기판과 조수석 그리고 발치에 온통 흩어져 있었다. 지도, 보험증, 등록증, 포켓 티슈, 잔돈, 펜, 열쇠.

그녀는 안전벨트를 풀었다.

조수석으로 몸을 숙였다. 깨진 선글라스를 치우고 열쇠를 바닥 매트에서 집어 들었다. 작고 얇은 은색 열쇠였다. 집 열쇠나 차 열쇠는 아니었다. 보관함 열쇠, 아니면 자물쇠 열쇠, 아니면 대여 금고 열쇠.

이게 그 열쇠일까? 그렇다면 브라이언이 아니라 케일럽이 갖고 있었

단 뜻이다. 그렇다면 브라이언은 열쇠를 내주느니 죽음을 택했다는 뜻
이다.

아니면 그냥 열쇠일 수도 있었다.

그녀는 열쇠를 주머니에 넣고 SUV에서 내렸다. 차는 도로 한가운데
에 놓여 있었다. 양인지 염소는 사라진 지 오래였다. 그녀가 남긴 검은
바퀴 자국이 도로 중앙에서 가장자리로 빠졌다가 도로에서 벗어난 지
점서 사라졌다. 유리조각이 차가 도로로 돌아온 지점을 표시해주었
고 길을 따라 쇳조각, 단단한 검은 플라스틱, 빠진 문손잡이가 널려 있
었다.

그녀는 차에 올라 시동을 걸어보았다. 엔진이 걸리고 안전벨트 경고
음이 딩-딩-딩 울려퍼졌다. 그녀는 챙겨온 과도로 에어백을 잘라냈다.
후드를 열어보았다. 안을 확인해 봤지만 딱히 눈에 띄는 위험은 없어
보였다. 타이어를 확인해 봤고 멀쩡해 보였다. 그녀는 라이트를 켰다.
문제가 있었다. 오른쪽 헤드라이트가 깨졌다. 왼쪽은 금은 갔지만 작동
했다. 뒤쪽은 거꾸로였다. 운전석 쪽 브레이크 등이 있던 자리엔 금속
구멍만 남아 있었다. 반면에 조수석 쪽 브레이크 등은 광고 촬영을 해
도 될 것 같았다.

그녀는 끝없이 펼쳐진 농지와 자신의 뒤 그리고 앞에 있는 숲을 보
며 궁리했다. 도움을 받으려면 몇 시간을 기다려야 할 수도 있었다. 아
니면 몇 분. 알 길이 없었다.

마지막으로 그녀가 운행기록계를 확인했을 때는 베이커 호수까지
110킬로미터가 남아 있었다. 그게 사고 십 분 전쯤이었다. 그러니 남은
거리는 100킬로미터쯤. 브라이언은 앤드루 개티스에게 그날 밤 파티에
와서 그녀에게 일련의 단서를 남기라고 돈을 주고 시켰다. 그는 그녀

가 베이커 호수에 대해 알기를 원했다. 그녀를 여기로 유인하여 죽이려는 속셈일 수도 있었다. 그녀는 그 점을 심사숙고했다. 하지만 그녀를 죽이고 싶었다면 보트에서 할 수도 있었다. 대신 그는 자기가 그녀 손에 죽은 것처럼 꾸몄다. 지도 위의 베이커 호수를 볼 때마다 그게 문처럼 느껴졌다. 호수를 건너면 다른 나라다. 브라이언이 그녀를 그 문으로 이끌고 있는 걸까?

그렇든 아니든, 그녀에겐 교도소행이 아닌 다른 대안이 없었다. 이 시점에선, 메인에서 브라이언을 찾거나 아니면 게임 오버였다.

"가자." 그녀는 속삭였다. 다시 차에 올라 길을 나섰다.

하늘에선 해가 달리고 있었다.

그녀는 포크스라는 지점에서 201번 국도를 벗어났다. 북동쪽으로 트레킹으로 자연 속으로 들어가고 싶다면, 지도상에선 X-레이 필름의 혈관만큼이나 희미한 도로들이 201번 국도에서 갈라져 나와 하나씩 사라져가고 또 다른 길의 가지로 합쳐져 결국에는 되돌아가려면 냄새를 따라 오솔길을 따라가거나 기도를 해야 할 판이라 포크스란 이름이 붙은 게 아닌가 싶었다. 이젠 완전히 어두웠고, 독일 민화와 일식의 암흑이었다.

그녀는 그레인저 밀스 패시지에서 꺾어 한참을 주욱 따라갔다. 아니면 겨우 3, 4킬로미터였을 수도. 그러다가 올드 밀 로로 빠지는 길을 놓친 게 틀림없음을 깨달았다. 그녀는 차를 돌려 어둠 속을 운전했고 마침내 말라빠진 가느다란 도로가 왼쪽에 나타났다. 길 이름이나 어디로 향하는지 알려주는 표지판은 없었다. 그 길로 접어들어 400미터쯤 가니, 길이 끝났다. 그녀는 하나뿐인 헤드라이트를 비췄고 보이는 것은 일 미터 남짓한 높이의 축대와 그 너머의 들판뿐이었다. 애초에 도로가 아니라, 진행하다 곧 중단되어 방치된 곳이었다.

차를 돌릴 공간이 없어, 부서지고 삐걱거리는 SUV를 후진시키며 부서진 브레이크등 하나로 칠흑 같은 어둠 속 길을 가늠했다. 두 번 길에서 쿵 하고 벗어났다. 그레인저 밀스 패시지에 이르러, 그녀는 왔던 길을 5킬로미터쯤 되돌아가다 농지를 따라 난 샛길을 발견했다. 그리로 들어가 엔진을 껐다.

그녀는 어둠 속에 앉아 있었다. 오늘 밤은 운전은 그만할 것이다. 그녀는 어둠 속에 앉아 그 역시도 최소한 아침까지는 이동이 불가능하기를 기도했다.

그녀는 어둠 속에 앉아 36시간이 넘도록 잠을 못 잤단 것을 깨달았다.

뒷좌석으로 넘어가, 그녀는 배낭에서 코트를 꺼내 몸에 두르고, 배낭을 베개로 삼았다.

이제 어둠 속에 앉아 있는 게 아니라 누워 있었다. 눈을 감았다.

햇살이 그녀를 깨웠다.

그녀는 시계를 봤다. 아침 여섯 시 반이었다. 들판에는 낮게 안개가 깔렸고, 태양에 타들어가 위쪽 가장자리서부터 김이 피어오르기 시작했다. 느슨한 철조망 맞은편 3미터쯤 떨어진 곳에 소 한 마리가 서서 소 눈깔로 쳐다보며, 꼬리를 철썩 휘둘러 파리 떼를 쫓아내고 있었다. 그녀는 일어나 앉았고 칫솔을 챙겨올 걸 그랬다는 생각이 제일 먼저 떠올랐다. 챙겨온 물을 마시고, 파워바를 먹었다. 차 밖으로 나가 스트레칭을 하고 있자니 건너편 들판에 더 많은 소들이 있었고 안개가 피어올랐다. 해가 났어도 선선해서, 그녀는 코트 자락을 여미고 맑은 공기를 들이마셨다. 메트로놈 바늘처럼 꼬리를 휘두르며 무심하게 물끄러미 바라보는 소의 눈길을 받으며 그녀는 차 옆에서 소변을 봤고, 다시 차에 올라 유턴하고 길을 나섰다.

베이커 호수까지는 겨우 40킬로미터였지만, 세 시간이 걸렸다. 도로라고 부를 만한 것은 전부 후하게 인심 써야 오솔길이라고 할 만한 것으로 넘어갔고, 그녀는 어젯밤 길을 가다 만 게 천만다행이다 싶었다. 안 그랬으면 구덩이나 연못으로 돌진했을 뻔했다. 곧 깊은 대자연 속으로 들어서자 오솔길에 이름이 없어지고 지도상의 몇몇 길은 잡초와 수풀에 먹혀버렸다. 그녀는 SUV의 나침반에 의지하여 계속 북동쪽으로 나아갔다. 바위투성이 흙길이 바퀴 아래서 버석거리고 차대는 아이들 놀이 공원 기구처럼 좌우로 흔들거리는 게, 정확히 그녀가 멀미를 일으키곤 하는 동작이었으나, 운전대를 움켜잡고 다음 급커브나 갑자기 바위가 나타나지 않나 전방을 주시하고 있자니 멀쩡했다.

농지는 웃자란 식물에게 점령된 어마어마한 들판이 되었고 그것은 결국 삼림으로 복귀했다. 브라이언이 자기 가족 역사의 일부이자 이후 사업이 되었다고 늘 주장했던 그런 삼림. 그녀는 이제 브라이언이 실제의 그와 정확히 반대되는 것을 상징하는 표상을 택했음을 깨달았다. 숲은 믿음직하고, 굳건하고, 몇 세대에 걸쳐 신뢰할 수 있었다.

브라이언은 반면 그녀가 아는 중에 제일 엄청난 거짓말쟁이였다. 그리고 기자로서 그녀는 많은 거짓말쟁이를 알았다.

그럼 그가 어떻게 너를 속였지?

내가 넘어갔으니까.

그럼 너는 왜 그랬고?

안전하다고 느끼고 싶어서.

안전이란 아이들이 밤에 잘 자라고 팔아먹는 환상이야.

그럼 나는 아이가 되고 싶어.

길이 작은 공터에서 끝났다. 그 너머로는 다른 길은 없었다. 그저 작은 타원형의 잡초와 모래밭 그리고 그다음 숲으로 이어졌다. 그녀는 지도를 확인했지만 이게 나올 만큼 상세하지 않았다. 위성사진을 확인해서 그중 하나에 나온 희끄무레한 지점이길 바랐으며, 맞다면 사냥 캠프 남쪽으로 5킬로미터쯤이라는 뜻이 되었다. 그녀는 하이킹 부츠로 갈아 신고 P380의 안전장치를 확인한 다음 바지 허리 뒤에 찔러넣었다. 3미터도 가기 전에 그게 등 쪽에서 오르락내리락하는 게 불편해서 코트 주머니로 옮겼다.

숲은 어마어마했다. 천막처럼 태양을 군데군데 가렸다. 그녀는 이런 숲에는 곰이 살겠거니 짐작했고, 최근 생리가 언제였는지 떠오르지 않아 순간 공포에 사로잡혔다. 하지만 그러다가 기억났다. 열흘 전이었으니, 최소한 피가 맹수를 끌어들일 일은 없을 것이다. 이 숲을 보아하니, 그녀의 살 냄새로 충분할지도 모른다. 오랫동안 사람이 지난 적 없는 오솔길이었다. 그리고 지난 세월 어떤 사냥꾼이 길을 냈는지는 몰라도 그녀보다 조용한 사람이었을 것이다. 그녀는 서투른 도시 여자처럼 길을 헤치고 낙엽을 바스락거리며 가지를 뚝뚝 밟고 헉헉 숨을 쉬었다.

호수가 눈에 들어오기 전에 소리가 먼저 들렸다. 땅에 부딪혀 졸졸거리거나 철썩 소리를 내지 않았다. 밀도가 줄어들어 왼쪽 귀에서 압력이 사라졌다. 그 전까지는 존재하는지도 몰랐던 압력이. 곧 나무둥치 사이로 파란색이 점점이 보이기 시작했다. 그녀는 그쪽으로 발길을 돌렸다. 십오 분 후 그녀는 물가에 서 있었다. 모래사장은 없었고, 숲 가장자리서 땅이 뚝 끊기고 바로 2미터 아래는 물이었다. 호숫가를 따라 반 시간 더 나아가자 빛이 그녀 앞에서 변하며 나무둥치가 밝아졌고, 발걸음을 빨리해서 공터로 나왔다.

그녀가 맞닥뜨린 첫 번째 오두막은 유리창 전부와 지붕 절반이 없었다. 벽 하나는 무너졌다. 다음 오두막은 개티스가 말했던 그것이었다. 바랜 녹색 테두리, 바랜 붉은 문, 하지만 분명히 관리가 되고 있었고, 자연에 잡아먹힌 분위기나 토대에 금이 없었으며, 올라가는 계단은 말끔히 비질했고 창문은 뿌옇긴 해도 다 말짱했다.

문까지 이어진 계단 네 개를 오르니 나무가 삐걱거렸다. 그녀는 재킷에서 권총을 꺼내고 문을 시험해 보았다. 문손잡이가 돌아갔다. 그녀는 문을 밀어 열었다. 케케묵은 냄새가 나긴 했으나 곰팡내나 썩은 내는 아니었고, 숲과 소나무 그리고 이끼와 나무껍질 냄새가 났다. 벽난로는 깨끗이 치워져 있었다. 냄새로 미루어보아 한동안 사용하지 않은 듯했다. 조그만 부엌에는 카운터에 얇게 먼지가 깔려 있었다. 냉장고 안에는 물과 기네스 맥주 큰 캔 세 개가 플라스틱 고리로 엮인 채 있었고, 아직 유통기한이 지나지 않은 소스류 몇 가지가 있었다.

서재도 역시 작았고(오두막 전체가 45평방미터가 넘지 않았다.) 가죽이 갈라진 갈색 소파와 모험 소설과 긍정적 사고방식 방법서로 채워진 작은 책꽂이가 있었다. 확실히 브라이언의 오두막이었다. 욕실에선 그가 선호하는 브랜드의 치약과 샴푸를 발견했다. 침실에는 퀸사이즈 청동 침대가 있었고 그녀가 앉자 삐걱거렸다. 좀 더 돌아다녔지만 누가 최근 있었단 증거는 발견하지 못했다. 그녀는 밖으로 나가 오두막 주변에서 발자국을 찾아보았지만 발견하지 못했다.

피로가 뼛속과 머릿속까지 몰려와 그녀는 포치에 앉았다. 손바닥으로 눈물을 닦아내고 또 한 방울 닦았지만, 그다음은 코를 세게 들이마시고 일어나 비 맞은 개처럼 머리를 털어냈다. 차까지 걸어가서 다시 문명 세계로 운전해야 하는데 그 전에 해가 질 테니 아마 하나뿐인 헤드라이트로는 도중에 차를 세우고 다시 길가에서 자야 하기 때문만은 아니었다. 문제는 돌아갈 곳이 없다는 것이었다. 지금쯤이면 케일럽의 시체가 발견되었을 테고 니콜 올든이 살해되었을 때 그녀가 프로비던스에 있었음이 확인되었을 것이다. 정황 증거만으로는 재판에서 유죄를 받기에 충분하지 않을진 모르지만, 재판이 열리기까지는 확실히 감옥에 가야 할 것이다. 일 년이나 그 이상. 그리고 정황 증거만으로 유죄를 받기에 충분하지 않은지 누가 알겠는가? 케일럽 살인사건은 확실했다. 경찰이 피해자가 사망했던 시간에 그녀가 피해자가 자기 아파트에 살아 있다고 거짓말했음을 증언할 것이다. 일단 무엇이든 거짓말을 했던 게 기록에 남고 나면, 배심원에게 그녀가 한 말이 다 거짓말이라고 설득할 수 있을 것이다.

그러니 그녀는 집이 없었다. 그녀를 기다리는 생활도 없었다. 현금으로 2000달러 있었다. 갈아입을 옷이 든 가방 하나가 있고 버스 터미널을 찾을 수 있는 도시가 나오자마자 버려야 하는 차가 한 대 있었다.

하지만 버스를 타고 어디로?

그리고 어디로 가든 간에, 이 나라의 모든 TV와 인터넷 뉴스 사이트마다 그녀의 사진이 나오는 마당에 2000달러를 갖고 어떻게 살아남는단 말인가?

터덜터덜 숲을 걸으며 그녀는 선택안을 궁리했고 겨우 두 개뿐이라는 암울한 결론에 도달했다. 자수하거나 아니면 주머니에 든 권총을 당장 꺼내 자살하거나.

그녀는 바위를 발견하고 앉았다. 호수는 한 시간 전이었다. 보이는 것은 나무뿐이었다. 그녀는 주머니에서 권총을 꺼내 손바닥에 들었다. 브라이언은 지금쯤 아마 다른 대륙에 있을 것이다. 올든 광물 회사와 파푸아 뉴기니의 그 광산으로 무슨 사기를 진행하고 있었든 간에 끝났을 것이다. 그리고 이윤을 챙겨 도망쳤겠지.

그녀는 조종당했다. 그게 가장 최악의 부분일 것이다. 이용당하고 버림당했다. 무슨 목적인지는 전혀 짐작 가지 않았고, 이 모든 일에서 그녀의 역할이 무엇인지 알 수 없었다. 그저 앞잡이, 머저리, 눈 뜨고 못 볼 만큼 순진한 장기판 졸이었다.

숲속에 누운 그녀의 시체가 발견되기까지 얼마나 오래 걸릴까? 며칠? 몇 계절? 아니면 동물들이 포식할까? 지금부터 몇 년 후 누군가 뼈한두 개를 발견하고 주 경찰이 나머지를 찾으러 출동할 것이다. 그리고 두 건의 살인 혐의가 걸린 실종된 기자 사건은 마침내 해결될 것이다. 부모들은 엇나가는 십 대 아이들을 조심시키는 이야기로 써먹을 것이다. *봐, 도망치지 못했잖아. 정의가 이기고, 현 상황은 유지되며, 그 여자는 받아 마땅한 벌을 받았어.*

위디가 15미터쯤 떨어진 곳에 서서 그녀에게 미소지었다. 그녀의 원피스는 피투성이가 아니었고, 목은 멀쩡했다. 말할 때 입을 벌리지 않았으나, 레이철은 그녀의 목소리를 새소리보다 또렷이 들었다.

당신은 노력했어요.

충분히 노력하지 않았어.

그 사람들이 당신을 죽일 수 있었어요.

"그럼 그냥 죽어야 했는데."

그럼 누가 내 이야기를 들려줄까요?

"아무도 네 이야기엔 신경 안 쓸 거야."

하지만 난 살았더랬어요.

레이철은 흙과 낙엽에 눈물을 떨궜다.

"넌 가난하게 살았어. 그리고 흑인이고. 아무도 신경조차 쓰지 않는 섬에."

당신은 신경 썼잖아요.

그녀는 나무 사이로 여자애를 응시했다.

"넌 내가 숨으라고 하는 바람에 죽었어. 네 말이 옳았어. 놈들이 너를 일찍 발견했으면 강간은 했겠지만 목을 긋진 않았을 거고, 너를 살려뒀을 거야."

그게 무슨 삶이죠?

"그래도 삶이야!" 레이철은 소리 질렀다.

나는 그런 삶은 원치 않았을 거예요.

"하지만 난 네가 살기를 바랐어. 네가 살았어야 해."

레이철은 애원했다.

하지만 난 죽었어요. 나를 보내주세요, 레이철 양. 나를 보내주세요.

레이철은 그녀를 똑바로 쳐다보고 있었다. 그리고 다음 순간 나무를 쳐다보고 있었다. 그녀는 소매로 눈과 코를 닦았다. 목청을 가다듬었다. 코로 숲속 공기를 들이쉬었다.

그리고 그녀는 어머니의 목소리를 들었다. 맙소사. 탈수나 탈진 아니면 낮은 혈당 때문이거나 혹은 이미 총을 머리에 쏴서 죽었는지도 모르지만, 엘리자베스 차일즈의 니코틴에 찌든 목소리였다.

누우렴. 어머니가 특유의 피곤이 드러나는 자애로움으로 말했다. *곧 다시 함께하게 될 거야. 그리고 네가 아파서 자리에 누웠고 내가 네 곁을 떠나지 않았던 그 한 주처럼 될 거야. 네가 좋아하는 음식 전부 만들*

어 줄게.

레이철은 고개를 젓고 있는 자신을 깨달았다. 마치 어머니가 자신을 볼 수 있는 것처럼, 마치 나무가 볼 수 있는 것처럼, 마치 자신이 혼자가 아닌 것처럼. 사람이 이렇게 미치는 걸까? 길거리에서 혼자 얘기하고, 문간에서 자고, 피부는 염증으로 뒤덮인 채?

때려쳐.

레이철은 권총을 주머니에 넣고 일어섰다. 그녀는 주위의 숲을 둘러보았다. 그리고 브라이언이나 케슬러 또는 그녀가 이 세상을 살기엔 너무 약하다 여기는 누군가의 삶을 편하게 해 주자고 죽진 않으리라는 걸 알았다.

"난 미치지 않았어요." 그녀는 어머니에게, 나무들에게 말했다. "그리고 사후에 어머니하고 함께하고 싶지 않아요." 그녀는 하늘을 올려다보았다. "살아생전을 함께한 것만으로도 차고 넘쳐요."

그녀가 SUV에 다다랐을 때는 한 시였다. 201번 국도까지는 두 시간 거리였다. 201번 국도를 세 시간 달리면 버스 터미널이 있을 만한 마을이 나온다. 저녁 여섯 시 이후에 작은 마을에 버스가 다니기를 빌어야 했다. 그것도 거기까지 가다 크레인에서 떨어진 몰골의 SUV를 몬다고 경찰이 불러세우지 않을 만큼 운이 좋아야 가능한 얘기였다.

그녀는 운전석에 올라 흙길로 차를 몰았다. 1.5킬로미터쯤 달렸을 때 뒷좌석에 누운 남자가 말했다.

"케일럽 차가 어쩌다 이 꼴이 됐어? 그나저나 당신은 좋아 보이네."

그가 일어나 앉아, 백미러 속에서 그녀에게 미소지었다.

브라이언.

30장
근본 자아

그녀는 브레이크를 밟고, 기어를 주차로 바꾼 다음 안전벨트를 풀었다. 브라이언이 뒷좌석에서 반쯤 일어나 앉았을 때 그녀가 앞 좌석 사이 틈으로 몸을 날려 그의 옆얼굴에 주먹을 날렸다. 그녀는 누군가를 때린 경험이 없었고, 특히 주먹으로는 아니었다. 예상보다 훨씬 더 손마디가 화끈거렸지만, 제대로 맞았다는 건 소리로 알 수 있었고, 그녀의 주먹은 날카롭고 단단한 소리를 내며 브라이언의 얼굴과 맞닿았다. 그녀는 그의 눈에 눈물이 핑 돌고 초점이 풀리는 것을 보았다.

그래서 다시 그를 때렸다. 그의 어깨를 양 무릎으로 눌러 고정했다. 그의 귀와 눈과 옆얼굴에 다시 주먹질했다. 그는 상체를 들썩였지만, 무게 불균형은 전부 그녀 쪽에 실려 있었고 이 시점에서 유일한 규칙은 피치 못할 상황이 오기까지는 멈추지 말아야 한다는 것을 그녀는 알았다. 그만 좀 하라는 그의 목소리를, 그한테 계속 '썹새끼'라고 외쳐대는 자신의 목소리를 들었고, 자신의 주먹질에 찌그러지는 그의 눈을 보았다. 그는 오른쪽 어깨를 꿈틀거려 빼냈고 그 바람에 그녀는 왼쪽으로 갸우뚱하게 쏠렸으며 그는 발로 좌석을 밀어냈다. 그녀는 앞 좌석 사이 공간으로 나가떨어졌으며 그는 뒷좌석에서 몸을 일으켜 그녀에게로 돌진했다.

그녀는 그의 얼굴을 걷어찼다.

아까 주먹보다 더 제대로 맞았다. 뼈 아니면 연골이 으스러졌고, 그는 창문에 뒤통수를 부딪쳤다. 그는 공기를 뻐끔거리듯 입을 몇 번 벌렸다 다물더니, 눈이 허옇게 뒤집히고 의식을 잃었다.

내가, 사람을, 쳐서, 기절시켰어.

브라이언의 눈꺼풀 뒤에서 눈동자가 파르르 떨리는 것을 지켜보고 있자니 작은 웃음이 그녀의 입에서 터져 나왔다. 그녀의 오른손은 이미 부어올랐고 피로 미끈거렸다. 그의 피. 엉망진창이 된 그의 얼굴을 깨닫고 그녀는 충격받고 화들짝 걱정되었다. 그리고 오 분 전에는 저렇게 엉망진창이 아니었다고 확신했다.

내가 저랬다고?

그녀는 차 키와 권총을 갖고 차에서 내려 도로에 섰다. 칠 년 전에 금연한 이후로 가장 간절하게 담배를 피우고 싶었다. 대신 말도 안 되게 맑은 숲 공기를 들이마셨고 바로 몇 시간 전까지의 자신과 자살을 고려했고 다 포기해버릴까 고민했던 사람과 전혀 공감할 수 없었다.

포기는 무슨, 죽을 때 포기하는 거지. 그리고 내 손으로 죽진 않을 거야.

그의 쪽 차 문이 끼익 열리고 그의 손이 창문 위로 나타났다. 그의 몸 나머지는 지붕 아래 가린 채였다.

"끝났어?"

"뭐가?"

"나 두들겨 패는 거."

그녀의 오른손은 이제 고통을 호소하고 있었지만, 그녀는 개의치 않고 권총을 움켜쥐었다.

"응, 아마."

그는 차 지붕 위로 고개를 들었고 그녀는 그에게 총을 겨눴다.

"세상에!"

그는 다시 몸을 숙였다.

그녀는 세 걸음 만에 성큼성큼 차를 돌아가 그에게 총을 겨눴다.

"공포탄?"

그는 머리를 감쌌던 손을 내리고 쪼그리고 있던 몸을 일으켰다. 갑자기 운명에 모든 것을 맡기고 포기했다.

"뭐?"

"이 총에도 공포탄 넣었어?"

그는 고개를 저었다.

그녀는 그의 가슴을 겨누었다.

"아냐, 정말로!" 그는 다시 양손을 들었다. 그럼 그렇게 모든 걸 포기하진 않은 모양이었다. "거기 들은 건 진짜 총알이라고."

"그래?"

그의 눈이 휘둥그레졌다. 그녀의 눈을 볼 수 있었고, 그 눈에 담긴 것을 볼 수 있었기 때문이었다.

그녀는 방아쇠를 당겼다.

브라이언이 땅바닥에 쓰러졌다. 그는 먼저 차에서 몸을 날려, 왼쪽으로 비켜 총알을 피하려 했다. SUV에 부딪히고 바닥에 쓰러졌으며, 양손은 그렇게 효과적이진 않을지 모르지만 전 세계적으로 통하는 '제발 쏘지 마' 자세를 여전히 하고 있었다.

"일어나." 그녀가 말했다.

그는 일어났고, 그녀가 총을 쏘아 날린 자기 오른쪽의 가느다란 소나무 둥치를 쳐다보았다. 피가 그의 코와 입술 위에서 턱으로 뚝뚝 흐르고 있었다. 그는 길가의 풀밭에 붉은 침을 뱉었다.

"그건 진짜 피 같네. 보트에서는 어떻게 입에서 피 나오게 꾸민 거야?"

"맞혀볼래?"

작은 미소가 그의 눈에 떠올랐지만 입술에는 아니었다.

그녀는 기억 속의 보트로, 그들의 대화로 돌아갔다. 그녀가 그의 다른 아내와 다른 살림에 대해 따지고 드는 동안 차분하게 앉아 있던 그가 보였다. 그는 그냥 거기 앉아 먹고 있었다.

"땅콩." 그녀가 말했다.

그는 반쯤 진심 어린 엄지를 세워 보였다.

"두 개는 물감 봉지였지." 그는 총에 경계의 눈길을 던졌다. "여기서 뭘 하려는 거야, 레이철?"

"아직 결정 안 했어, 브라이언."

그녀는 총을 잠시 내렸다. 그는 손을 내렸다.

"날 죽인다 해도 원망하진 않겠지만, 당신 그럼 큰일 나. 돈도 없고, 도망칠 길도 없고, 살인 혐의로 수배당하고……"

"살인 두 건."

"둘?"

그녀는 고개를 끄덕였다.

그는 그걸 생각해보고 말을 이었다.

"그리고 아주 질 나쁜 놈들이 추적하고 있단 말이야. 날 죽이면 자유의 공기를 마시고 입을 옷을 스스로 고를 날은 잘해야 이삼일뿐이야. 그리고 당신이 스타일 꾸미는 거 얼마나 좋아하는지 내가 아는데."

그녀는 다시 총을 들었다. 그는 손을 들어 올렸다. 그녀를 향해 한쪽 눈썹을 추켜세웠다. 그녀도 그를 향해 눈썹을 추켜세웠다. 그리고 그 순간 그에게 공감하고 웃고 싶은 기분이 들었다. 도대체 뭐지? 그 모든 분노와, 그 모든 배반감, 그리고 그녀의 신뢰와 인생을 뒤흔든 그에 대한 격분은 그대로였지만, 거기에 한순간 옛 감정들이 전부 뒤엉켰다.

미소를 짓지 않으려 근육을 단단히 다스려야 했다.

"스타일 얘기 나왔으니 말인데, 당신 지금 멀쩡해 보이지 않네."

그는 자기 얼굴을 만져보았고 피가 묻어났다. SUV 창문에 비친 자기 모습을 살펴보았다.

"당신이 내 코뼈 부러뜨린 거 같아."

"그런 소리 나더라고."

그는 티셔츠 자락을 끌어 올려 얼굴을 닦았다.

"근처에 구급상자 둔 게 있어. 같이 가서 가져올까?"

"내가 왜 당신 사정 봐줘야 할까, 여보?"

"왜냐하면 다리에서 떨어진 꼴 나지 않은 SUV도 한 대 있거든, 여보."

차를 타고 공터로 되돌아갔고 거기서 숲으로 걸어 들어가니 5미터도 안 되어 완벽하게 가려진 녹색 레인지 로버가 있었다. 90년대 초기 모델로, 휠월에 약간 녹이 슬었으며 뒤쪽 옆면에 약간 팬 데가 있긴 해

도, 타이어는 새것이었고 앞으로 이십 년은 달릴 수 있어 보였다. 그녀
는 브라이언이 차 뒤에 실린 캔버스 물품함에서 구급상자를 꺼내오는
동안 총을 겨누고 있었다. 그는 해치백 뒷문을 열고 짐칸 바닥에 앉아
물품함을 뒤져 면도용 거울을 꺼냈다. 이따금 진저리를 치고, 따가움에
얼굴을 찌푸려가며 알코올 솜으로 상처를 깨끗이 닦아냈다.

"어디서부터 시작할까?" 그가 말했다.

"어디서부터 가능한데?"

"아, 그건 쉽지. 당신은 후반부에 낀 거야. 이걸 실행에 옮긴 지는 오
래됐어."

"'이거'가 뭔데?"

"우리 업계 용어로 말하자면, 금 뿌리기야."

"당신 업계라는 게?"

그는 약간 상처받고 실망한 얼굴로 그녀를 올려다보았다. 마치 한물
간 영화 스타가 자기를 알아보지 못하는 사람에게 그러듯이.

"난 설계자야."

"사기꾼."

"나는 설계자가 더 좋아. 좀 더 격이 있잖아. '사기꾼'이라고 하면 뭐
랄까, 깡통 주식이나 암웨이 파는 사람 같이 들려."

"그러니까 당신은 설계자라고."

그는 고개를 끄덕이고 그녀에게 손마디를 소독할 알코올 솜을 건넸
다. 그녀는 고개를 끄덕여 고맙단 표시를 하고, 총을 허리에 찔러넣고
그에게서 몇 걸음 물러서서 손마디를 소독했다.

"오 년 전쯤, 파푸아 뉴기니에 있는 파산한 광산이 매물로 나온 걸
알게 되어서, 회사를 차리고 광산을 샀지."

"광산에 대해 뭘 아는데?"

"아무것도." 그는 면봉으로 콧속의 피를 닦아냈다. "세상에." 그는 경외심에 가까운 감정을 담아 나직이 말했다. "아주 개판을 만들어놨네."

"광산은." 그녀는 또 미소를 억눌렀다.

"그래서 우린 광산을 샀지. 그리고 동시에 케일럽은 컨설팅 회사를 만들어냈어. 완전히 허구지만 남미에서 제법 믿을 만한 뿌리 깊은 역사가 있고 몇 대를 물려온 거로, 너무 꼼꼼히 살피지만 않는다면 말이지. 삼 년 후, 그 컨설팅 회사 보르주 엔지니어링이 광산의 '개별' 연구를 진행하지. 그 시점에서 우린 금 뿌리기를 해놨고."

"금 뿌리기가 뭐야?"

"광산에다가 군데군데 찾기 쉬운 곳에, 그렇다고 너무 뻔한 데는 말고, 금을 뿌려놓는 거야. X퍼센트의 금이 여기서 발견된다면, 광산 전체 매장량이 Y퍼센트라고 추정할 수 있는 거지. 그걸 개별 컨설팅 기업에서……"

"보르주 엔지니어링."

그는 모자를 들어 경의를 표하는 시늉을 해보였다.

"그게 그쪽 탐지 결과야. 우리 광산에 황금 4억 트로이온스가 매장되어 있다고. 400만이 아니라."

"그래서 당신네 주가가 올라갔겠네."

"우리가 주식이 있었다면, 하지만 아니야. 우리가 해당 지역의 경쟁자들에게 위협적인 존재가 되었지."

"비터맨."

"조사 좀 했나 보네."

"나 십 년 동안 기자 생활을 했잖아."

"그랬지. 그래서 또 뭘 알아냈어?"

"아마 코터 맥칸이라는 벤처캐피탈에서 융자를 받았겠지."

그는 고개를 끄덕였다.

"그리고 왜 거기서 우리한테 융자를 줬을까?"

"표면상으로는 회사가 인수되지 않을 만큼의 금을 캐내는 동안 비터 맨의 적대적 인수에 맞설 수 있게 자금을 대주는 거고."

그는 다시 고개를 끄덕였다.

"하지만," 그녀는 말했다. "도는 얘기론 코터 맥칸이 욕심이 많다던데."

"아주." 그가 확답했다.

"그러니 그들은 당신네 조그만 광산과 수익을 전부 먹어치우려 하겠지."

"응."

"그렇지만 수익은 전혀 없겠고."

그는 이제 그녀를 조심스레 쳐다보며, 상처를 마저 닦아내고 있었다.

"융자는 얼마나 돼?" 그녀가 물었다.

그는 미소지었다.

"7000만 달러."

"현금으로?" 그녀는 목소리를 애써 낮춰야 했다.

그는 고개를 끄덕였다

"그리고 스톡옵션으로 4억 5000만 더."

"하지만 스톡옵션은 아무 가치가 없지."

"그래."

그녀는 작은 원을 그리며 걸었고, 발 아래 낙엽과 솔잎이 바스락거렸다. 드디어 이해했다.

"처음부터 당신이 노리던 건 7000만이었구나."

"응."

"그리고 그 7000만을 손에 넣었고?"

그는 피 묻은 마지막 솜을 비닐봉지에 넣고, 봉지를 그녀 앞에 내밀었다.

"아, 그럼. 그랜드 케이먼 섬 은행에서 얌전히 내가 들어가 찾아주기를 기다리고 있지."

그녀도 자신의 피 묻은 솜을 봉지에 넣었다.

"그럼 이 대단한 당신 계획에 뭐가 걸림돌이야?"

그의 얼굴이 어두워졌다.

"우리가 로드아일랜드에 있는 계좌에서 그 돈을 송금한 순간부터, 시간에 쫓긴다는 게 걸림돌이지. 그런 종류의 송금은 빨리 포착되고, 특히 코터 맥칸 같은 부류에겐 더욱. 우리는 실수를 두 개 저질렀어. 송금을 얼마나 빨리 눈치챌지 약소평가한 거야. 그쪽에서 국토안보부에 SAR을 알려줄 사람을 두고 있단 걸 우리로선 알 도리가 없었으니까."

"그게 무슨 뜻이야?"

"의심 거래 보고. 경고 신호가 갈 줄은 알았지만, 보통은 신호가 뜨고 지급인이 통보를 받기까지 시간이 걸리거든."

"당신이 예측 못 한 건 또 뭐가 있어?"

"시간 많아?" 그가 씁쓸하게 말했다. "이런 일을 하려면, 잘못될 수 있는 게 오백 가지쯤 되고 한 가지만 제대로 될 수 있는 법이야. 그쪽에서 내 차에 추적 장치를 달 줄은 몰랐지. 그리고 그 시점에서 의심이 들어서 그런 것도 아니야. 그쪽에선 그게 표준 실행 절차라서 그렇게 한 거지."

"그럼 그들이 당신을 어디로 미행한 거야?"

"당신과 마찬가지야. 니콜 집." 그의 목소리에 무언가가 스몄다. 그가 얼마나 뛰어난 배우인지 몰랐다면, 순수한 애도라고 여겼을 무엇. "아마 십 분 차이로 나와 엇갈렸을 거야. 하지만 그자들이 니콜을 발견했지. 그리고 죽였어." 그는 입술을 모아 차분하게 숨을 내쉬었다. 갑자기 해치백 아래서 나와, 문을 닫고, 짝 하고 박수쳤다. "지금 당장 꼭 알아야 하는 거 또 있어?"

"한 백 가지쯤."

"지금 당장." 그가 반복했다.

"어떻게 그렇게 죽은 것처럼 보였어? 바닷속에서? 피가 당신 입에서 피어오르고⋯⋯"

그녀는 손을 내저으며 말끝을 흐렸다.

"무대 연출." 그가 말했다. "피는 쉬워. 그건 다 물감이야. 가슴에 있던 건 당신이 보트에 타기 전에 달았고. 입에 있던 건 당신도 알다시피 땅콩 봉지에서 꺼냈지. 산소 탱크는 거기에 미리 갖다 놨고. 그나저나 당신 빨리도 뛰어들었더라. 젠장. 연출할 시간이 아슬아슬했어."

"그 표정." 그녀는 초조히 말했다. "죽은 눈과 죽은 얼굴로 나를 똑바로 응시하고 있었다고."

"이렇게?"

마치 누가 스트리크닌을 그의 두뇌에 주사한 것 같았다. 그의 눈에서 그리고 그의 얼굴에서 모든 빛이 빠져나갔다. 얼굴이 불가능할 만큼 꼼짝 안 하는 것만 아니라, 그 혼이 빠져나가고 없었다.

그녀는 그의 눈 앞에서 손을 흔들었고 그 눈은 그대로 초점 없는 채

깜빡이지도 않았다.

"얼마나 오래 할 수 있어?" 그녀는 물었다.

그가 숨을 내쉬었다.

"아마 이십 초쯤 더."

"그리고 내가 그 물속에서 계속 당신을 쳐다보고 있었다면?"

"아, 나는 아마 사십 초, 최대 일 분쯤 있었지. 하지만 당신은 아니잖아. 그리고 뛰어난 설계자라면 늘 그 점에 걸기 마련이야. 사람들은 예상대로 움직인다는 점."

"코터 맥칸은 빼고."

"인정." 그는 다시 짝 하고 박수쳤고 그 귀신 같은 죽음의 기운이 얼굴에서 사라졌다. "자, 아직 시간이 빠듯해. 그러니 나머지는 가는 동안 얘기해줘도 될까?"

"어딜 가?"

그는 북쪽을 가리켰다.

"캐나다. 케일럽이 거기서 아침에 우리와 만날 거야."

"케일럽?" 그녀가 말했다.

"그래. 어디다 따돌리고 온 거야, 안전가옥에?"

그녀는 그를 마주 바라보았고, 무슨 말을 해야 할지 몰랐다.

"레이철." 그는 운전석 문에 손을 얹은 채 멈춰섰다. "제발 보트에서 내린 다음 안전가옥으로 갔다고 말해줘."

"우린 못 갔어."

그의 얼굴에서 혈색이 가셨다.

"케일럽은 어디 있어?"

"죽었어, 브라이언."

그는 양손을 얼굴에 가져갔다. 다시 내렸다가 레인지 로버 창문에 댔다. 그는 고개를 떨궜고 일 분간 숨도 쉬지 않는 듯했다.

"어쩌다 죽었어?"

"그자들이 얼굴을 쐈어."

그는 차에서 떨어져 그녀를 쳐다보았다.

그녀는 고개를 끄덕였다.

"누구?"

"몰라. 열쇠를 찾는 두 남자."

그는 무력하게 보였다. 아니, 더 심각하다고 그녀는 깨달았다. 남겨진 것처럼 보였다. 그는 마치 다시 기절할 듯이, 격한 표정으로 숲을 보다가, 레인지 로버 옆면을 따라 스르륵 미끄러져 땅바닥에 주저앉았다. 부들부들 떨었다. 흐느꼈다.

삼 년 동안, 그녀는 이런 브라이언을 본 적 없었다. 그 비슷한 것도 본 적이 없었다. 브라이언은 굴하지 않았다, 무너지지 않았다, 도움이 필요 없었다. 그녀는 그가 줄어드는 과정을, 그 내면의 필수적인 부분이 잘려나가는 것을 목격하고 있었다. 그녀는 권총 안전장치를 채워 등 뒤에 내려놓은 다음 그의 맞은편에 앉았다. 그는 눈물을 닦고 아직 피가 번들거리는 젖은 콧구멍을 통해 숨을 들이쉬었다.

손과 입술을 떨며 그가 말했다.

"죽는 걸 봤어?"

그녀는 고개를 끄덕였다.

"지금 당신과 나 사이 거리만큼 가까웠어. 그자가 그냥 쏴버리더라고."

"그자들이 누구야?" 그는 입술 사이로 짧게 숨을 내뱉었다.

"몰라. 보험사 직원처럼 생겼어. 잘나가는 사람들 말고, 쇼핑몰에서 보험 권유하는."

"어떻게 도망친 거야?"

그녀는 그에게 말해주었고, 얘기하는 동안 그가 약간 제 모습으로 돌아오는 것을 보았다. 떨림이 멈추었고, 눈이 또렷해졌다.

"케일럽이 열쇠를 갖고 있었어." 그가 말했다. "끝났어. 게임 끝이라고."

"무슨 열쇠?"

"은행 대여 금고 열쇠."

그녀는 주머니에 든 열쇠를 만지작거렸다.

"케이먼 섬에 있는 은행?"

그는 고개를 저었다.

"로드아일랜드. 마지막 날 있지? 안 좋은 예감이 들더라고. 흉한 직감이었겠지. 아니면 그냥 애새끼마냥 겁을 집어먹었든가. 우리 여권을 은행에 갖다 놨어. 혹시 누가 날 붙잡으면, 니콜이 챙겨갈 줄 알았지. 하지만 놈들은 대신 니콜을 잡은 거야. 그래서 열쇠를 케일럽에게 넘겼어."

"무슨 여권?"

그는 고개를 끄덕였다.

"나, 케일럽, 하야, 아기, 니콜, 당신 거."

"난 이제 여권 없는데."

그는 힘없이 일어나서 손을 내밀었다.

"있어."

그녀는 그의 손을 잡고 그가 당기는 대로 일어났다.

"여권이 있으면 내가 알지. 내 건 이 년 전에 만료됐어."

"내가 만들어놨지."

그는 아직 그녀의 손을 놓지 않았다. 그녀도 아직 손을 잡아 빼지 않았다.

"사진이 어디서 나서?"

"그때 쇼핑몰 사진 부스."

제법인데, 그녀는 생각했다. *제법이야.*

그녀는 주머니에서 열쇠를 꺼냈다. 그걸 들어 보이고 그가 십오 분다시 두 번째로 죽음에서 돌아오는 모습을 지켜보았다.

"이 열쇠야?"

그는 몇 번 눈을 깜박이고는, 고개를 끄덕였다.

그녀는 도로 주머니에 넣었다.

"왜 케일럽이 가지고 있었어?"

"케일럽이 여권을 가져오기로 했거든. 케일럽하고 난 잠결에도 서로를 흉내 낼 수 있어. 걔가 쓴 내 서명이 내가 하는 것보다 더 내 것 같아." 그는 모진 하늘을 올려다보았다. "당신과 나는 캐나다로 슬쩍 들어가, 생-프로스페르라는 곳에서 합류하기로 되어 있었어. 거기서, 다함께 퀘벡 시로 가서, 해외로 뜨는 거였지."

그녀는 그의 눈을 들여다보았고 그는 마주 보았으며 둘 다 아무 말없다가 마침내 그녀가 입을 열었다.

"그럼 우리 여섯 명 다 함께 해외로 뜨기로 했던 거야?"

"그게 계획이었지, 응."

"당신, 제일 친한 친구, 친구 아내와 아이, 그리고 당신의 두 아내."

그는 그녀의 손을 놓았다.

"니콜은 내 아내 아니야."

"그럼 그 여자 누군데?"

"내 동생."

그녀는 물러나서 그가 진실을 말하는지 보려고 얼굴을 골똘히 들여다보았다. 하지만 그녀가 뭘 안단 말인가? 그와 삼 년을 살았으면서도 그의 진짜 이름이나 직업 또는 과거사를 몰랐다. 바로 이틀 밤 전, 그는 바닷속 바닥에서 초점 없는 눈으로 응시하며 그녀로 하여금 그가 죽었다고 믿게 만들었다. 보통 사람들처럼 거짓말을 하면 표가 나는 사람이 아니었다.

"당신 여동생 임신했어?"

그는 고개를 끄덕였다.

"애 아빠는 누구고?"

"이럴 시간 없어."

"애 아빠는 누구야?"

"조엘이란 남자, 됐어? 둘이 같이 은행에서 일했어. 애 셋 딸린 유부남. 불장난이었어. 하지만 니콜은 늘 아이를 원해서, 조엘하고 헤어진 후에도 그냥 임신을 유지했지. 조엘의 도움은 필요 없었어. 7000만이 손에 들어올 참이었으니까. 조엘을 만나보고 싶어? 내가 소개해주지. 그 사람한테 죽은 애인이 임신 육 개월에 자기 집 부엌에서 살해당했냐고 물어봐, 왜냐하면 그 오빠가……" 그는 이제 초조히 서성이고 있었다. "멍청한 오빠가 당신한테 충격 줘서 현실로 돌아오게 하느라 자기 차를 그 집 앞에 두고 보스턴으로 돌아간 바람에."

그녀의 웃음소리는 짖는 것처럼 들렸다.

"뭘 어째? 나한테 충격을 줘서 현실로 돌아오게 한다고?"

그는 솔직한 순수 그 자체였다.

"어, 응."

"내가 들은 중에 제일 개똥 같은 헛소리다."

"당신을 도피 준비를 시켜야 했어. 코터 맥칸이 미끼를 그렇게 일찍 물 줄 몰랐거든, 내 생각엔 한 석 달. 여섯 달 후에나? 나는 여섯 달을 바라고 있었지. 하지만 그자들은 공격적이고 욕심 많고 지들 스케줄대로 하길 원해서 일찌감치 물어버린 거야. 그자들이 우리 계좌에 돈을 입금하고 같은 날 개별 컨설팅 회사를 고용해서 광산을 재확인하려들 줄은 몰랐지. 하지만 그렇게 된 거야. 그리고 동시에 나와 내 팀원들에게 2인조 해결사를 붙일 줄도 몰랐어. 하지만 또 그렇게 되었고. 그래서 나는 계획 A를 뛰어넘고, 계획 B는 버리고, 곧장 계획 C로 넘어가 당신에게 충격을 주어 깨어나게 했던 거야. 그리고 봐, 먹혔잖아."

"아무것도 먹히지 않았어. 아무것도……"

"아직도 운전하는 게 무서워?"

"아니."

"택시 타는 거 무서워?"

"아니."

"자연이나 트인 공간이 무서워? 엘리베이터는? 바다 다이빙은? 이 모든 것이 시작된 이후로 공황 발작 일으킨 적 있어, 레이철?"

"어떻게 알겠어? 당신이 런던에 있다고 한 날에 보스턴에서 건물 밖으로 나오는 걸 본 순간부터 난 내내 공황 상태인걸."

"그래." 그는 고개를 끄덕였다. "그리고 당신은 그 이후로 매일 매분 그 공황을 극복하고, 해야 할 일을 했지. 나를 죽이는 것까지 포함해서."

"하지만 당신 안 죽었잖아."

"그래, 어, 사과할게." 그는 그녀의 어깨에 양손을 올렸다. "당신은 이제 자기의 근본 자아 외에는 누구 말도 안 듣기 때문에 두렵지 않은 거야. 당신은 도로 자기 생활로 돌아가 머무르기에 필요한 '증거'를 전부 갖고 있었지. 나는 단서를 확 눈에 띄게 뿌리진 않았어. 당신이 애써 찾게 했지. 당신은 그냥 자기 눈을 믿을 수도 있었지만, 본능을 믿은 거야, 자기. 예를 들자면 그 비자 도장만 해도 충분히 그럴싸해 보였잖아. 당신은 여기로 아는 것을 바탕으로 행동했지." 그는 그녀의 가슴을 가리켰다. "여기가 아니라." 그는 그녀의 머리를 가리켰다.

그녀는 그를 한참 응시했다.

"자기 소리 하지 마."

"왜?"

"당신이 싫으니까."

그는 생각해보았다. 어깨를 으쓱했다.

"사람들은 보통 자길 정신 차리게 하는 대상을 싫어하는 법이지."

31장

안전가옥

그들은 케일럽의 엉망이 된 SUV를 숲에 버려두고 레인지 로버를 타고 로드아일랜드 주 운소켓까지 500킬로미터를 달렸다. 매사추세츠 주 경계 바로 남쪽으로 프로비던스에선 북쪽으로 약 25킬로미터였다. 운전해서 가는 동안 얘기할 시간은 많았지만 필수적인 것을 제외하면 별로 말은 하지 않았다. 라디오를 오래 듣다 보니 두 개 주의 두 건의 사망과 관련하여 경찰이 그들 둘을 요주의 인물로 여기고 있음을 알게 되었다. 프로비던스와 보스턴 경찰은 프로비던스 작은 동네 은행원 살인사건이 어째서 보스턴 사업가 살인사건과 연결된다고 여기는지에 대해 함구하고 있지만, 프로비던스 희생자의 오빠이자 보스턴 희생자의 사업 파트너인 브라이언 올든과, 그 아내 레이철 차일즈 델라크루아를 면담하고자 했다. 두 '요주의 인물'에게 등록된 총기류가 백 베이 자택에서 발견되지 않았기 때문에, 무장한 것으로 여겨지고 있었다.

"기본적으로 내 인생은 망했어." 메인주 루이스턴 근처에서 레이철이 말했다. "혹시 혐의를 벗더라도."

"만에 하나나 될까."

"거지꼴이 되더라도 혐의를 벗고 말겠어."

"어차피 감옥에 있을 건데."

그녀는 그를 쏘아보았지만 그는 도로에 시선이 가 있어 보지 못했다.

"그래도 나를 부수적인 혐의로 걸고 넘어질 수 있겠지."

그는 고개를 끄덕였다.

"수사 방해 정도가 있겠네. 집 식탁에 사람이 죽어 있는데 경찰한테 말을 안 해줬으니. 범죄 현장 벗어난 거, 불법 도피, 운전 부주의, 생각해보면 분명 몇 가지 더 나올 거야."

"안 웃겨." 그녀가 말했다.

그는 그녀를 돌아보았다.

"내가 언제 웃긴댔어?"

"바로 지금. 냉소적으로 굴잖아, 비꼬고."

"난 겁이 나면 그러는 경향이 있어."

"겁이 난다고? 당신이."

그는 눈썹을 추켜세웠다.

"겁이 났다 뿐이야. 만약 아무도 안전가옥을 발견하지 못하고 우리가 가서 필요한 일을 할 수 있고 들키지 않고 프로비던스에 갈 수 있다면, 그리고 은행에 들어가 여권과 도피자금을 둔 대여금고에 접근 가능하다면, 거기에 더해 은행에서 나와 프로비던스를 벗어나 하야와 아기를 데리고 아무도 우리를 찾지 않고 우리 얼굴 사진이 모든 이들의 홈 화면과 CNN을 틀어놓은 호텔 식당 티브이마다 깔리지 않고, 암스테르담에서 누가 우릴 잡으려 기다리고 있지만 않다면, 그래, 아마 살아남을 수 있겠지. 하지만 그 모든 장애물을 성공적으로 피할 가능성은 글쎄, 암담하다에서 제로 정도일까."

"암스테르담." 그녀는 말했다. "은행은 케이먼 섬에 있다고 한 거 같은데."

"맞아, 하지만 분명히 거기서 그자들이 우릴 기다리고 있을 테니까. 암스테르담으로 가면, 그걸 전부 스위스로 송금할 수 있어."

"하지만 왜 암스테르담에 들러?"

그는 어깨를 으쓱했다.

"늘 암스테르담을 좋아해서. 당신도 마음에 들 거야. 오래된 운하가 예뻐. 자전거가 많지, 그런데."

"나랑 관광하러 가는 것처럼 말하네."

"뭐, 그게 계획이잖아? 아냐?"

"우리 사이는 깨졌어." 그녀가 말했다.

"그래?"

"그래, 이 거짓말쟁이 새끼야. 지금부터는 비즈니스 관계야."

그는 자기 쪽 창문을 잠깐 내려, 바람을 얼굴에 맞으며 잠을 깼다. 다시 창문을 올렸다.

"좋아. 당신은 비즈니스 관계로 해. 하지만 난 당신을 사랑해."

"당신은 사랑에 대해 아무것도 몰라."

"그 점에 대해선 서로 의견 차이를 인정하고 넘어가야겠네."

"우리 아버지를 조사해 보긴 했어?"

"뭐?"

"처음 만났을 때, 당신 사설 조사원이었잖아."

"그건 사기였지. 내 첫 사기였어, 사실."

"그럼 진짜 사설 조사원이었던 게 아냐?"

그는 고개를 내저었다.

"그 지역에 매장을 내는 테크 스타트업 기업의 전 직원 배경 조사를 하려고 위장으로 세운 거야."

"왜 그냥 배경 조사하는 데 위장이 필요해?"

"기억이 맞다면 그 회사 직원이 64명이었어. 64명의 생년월일, 64명의 사회보장번호, 64명의 이력."

"64명의 신원을 훔쳤구나."

그는 고개를 끄덕였다. 짧지만 자부심이 가득했다.

"그중 하나가 당신 여권에 올라 있지."

"하지만 내가 당신 사무실에 들어섰을 때는?"

"설득해서 사건을 맡기지 않게 하려 애썼지."

"하지만 몇 달 후에 다시 갔을 때, 당신은 그냥 돈을 받았……"

"당신 아버지 찾아봤어, 레이철. 고생하면서 찾았다고. 제임스가 이름이 아니라 성일 가능성을 고려할 만큼 똑똑했으면 좋았겠지만 그렇지 못해서. 하지만 당신에게 말한 대로 그 지역에서 이십 년 사이 가르쳤던 제임스라는 이름의 교수를 모조리 조사했다고. 내가 사설 조사원으로 유일하게 제대로 한 일이 그거야, 당신을 위해서."

"왜?"

"당신이 좋은 사람이니까."

"내가 뭐?"

"좋은 사람이라고. 내가 만나본 몇 안 되는 좋은 사람 중 하나지. 그리고 싸워 얻을 만한 가치가 있고, 함께 싸울 만한 사람이야. 무엇을 걸어도 아깝지 않을."

"거짓말쟁이 같으니. 지금도 사기 치는 거잖아. 나한테."

그는 생각해보았다. 마침내 그가 입을 열었다.

"그날 밤 바에서 당신을 만났을 때, 케일럽과 니콜은 당신을 버리라고 계속 그랬어. 설계자들은 연애를 할 수 없다고, 그냥 섹스만이지. 나중에 유부남하고 사귀다 임신한 내 동생이 그랬다니까. 나한테 연애 조언을 했어. 그리고 영어 못하는 여자와 결혼한 케일럽이. 그 둘이 내 상담 상대였지." 그는 고개를 저었다. "'사랑에 빠지지 마.' 우리 전부 참 꼴 좋게 됐지."

그녀는 일부러 그를 쳐다보지 않고 창밖을 내다보았다.

"죽을 때 바라보고 싶은 사람이었기 때문에 당신한테 빠졌어. 그리고 계속 빠져들었지. 그리고 정말 운이 좋다면 상대도 나한테 빠질 거고 원래의 자리로는 돌아갈 일이 없을 거야. 그 자리가 그렇게 좋았다면, 애초에 떨어질 일도 없었을 거니까. 하지만 나는 빠질 때 끝까지 떨어져 내리고 말았어. 막 이 사기극을 시작한 참이었거든. 광산 서류 절차 마무리 지은 날 밤에 당신을 만났어. 케일럽이 바에서 만나 함께 축하할 참이었지만, 당신을 보고 문자 보내서 내가 점심에 상한 참치를 먹었다고 했고, 케일럽은 딴 데서 혼자 저녁 먹었지. 그리고 그 바를 가로지르며 생각했어. '저기 레이철 차일즈가 있어. 한때 저 여자 아버지를 찾아주려 했지. 뉴스에서 보곤 했는데.' 당신과 같이 집에 가는 운 좋은 사람이 누구일까 궁금해하곤 했어. 그러던 중 그 주정뱅이가 당신에게 집적대어 내가 구하러 나섰고, 당신이 그걸 사기극일지 모른다고 생각한 게 아이러니였지. 재밌지 뭐야. 잠시나마 신의 존재를 믿게 되더라고. 그리고 당신이 나가고 나는 당신을 찾으러 거리로 나섰지." 그는 그녀를 쳐다보았다. "당신을 발견했어. 그리고 우리는 함께 걷고 정전이 되고 우리의 멋진 바를 찾았지."

"우리가 들어갔을 때 무슨 음악이 나오고 있었어?"

"톰 웨이츠."

"어떤 노래?"

"「롱 웨이 홈」."

"「30.6 라이플에서 나온 열여섯 개의 탄피」여야 했는데."

"그러지 마." 그는 자리에서 자세를 고치고, 손을 다시 운전대 위에 올렸다. "당신은 내 방법이 마음에 안 들지도 모르고, 내가 사기극으로 돈벌이를 하는 게 반갑잖은 소식일 수 있겠지. 그러니까 나를 향한 사랑에서 벗어날지도 모르지만, 나는 당신을 향한 사랑에서 벗어날 수 없어. 어떻게 해야 할지 몰라."

한순간이나마 그녀는 거의 믿을 뻔했지만, 그러다가 이 남자가 누구인지 기억해냈다. 배우, 사기꾼, 설계자, 프로 거짓말쟁이.

"서로 사랑하는 사람들은 상대의 삶을 망가뜨리지 않아."

그는 나직이 킥킥거렸다.

"망가뜨리고말고. 그게 사랑인걸. 하나가 있던 자리에 이제 둘이 있으니 불편하고 어수선하고 덜 안전하지. 당신 인생을 날려서 미안하다고 사과하면 좋겠어? 그래. 미안해. 하지만 내가 뭘 날렸는데? 당신 어머니는 돌아가셨고, 아버지는 애초에 몰랐고, 친구들은 잘해봐야 일시적인 관계고, 아파트 밖에 나가지도 않지. 내가 뭘 날렸는데, 레이철?"

정말 무슨 인생이었나 레이철은 생각했고, 그들은 해 질 녘 운소킷에 들어섰다.

쇠락하고 땜질한 공장지대로 군데군데 희망에 찬 젠트리피케이션 지역도 방치된 분위기를 메울 수는 없었다. 중심가는 빈 가게가 즐비했다. 건물 뒤로 솟아오른 몇몇 공장은 유리창이 깨지거나 아예 없었으며, 벽돌 건물은 낙서로 장식되었고 아래층은 자연에 다시 빼앗겨 기반에 금이 쫙쫙 가 있었다. 미국 산업의 전면적 포기는, 가치 있는 물건을 만드는 문화에서 질이 미심쩍은 물건을 소비하는 문화로의 이동은 그녀가 태어나기 전에 벌어진 일이다. 그녀는 그 부재 속에서, 너무나 연약하여 아마 처음 빚어진 순간부터 파멸할 운명이었던 꿈에 대한 다른 이들의 기억 속에 자랐다. 혹시 국가와 시민 사이에 사회적 계약이 존재했다면 이미 사라진 지 오래였다. 우리 조상이 처음 식량을 찾아 비틀비틀 동굴 밖으로 나섰을 때부터 적용되었던 홉스의 사회계약론을 제외하고. 내 것을 챙기고 나면, 너는 알아서 해.

브라이언은 경사진 어두운 거리를 연달아 지나고, 그다음은 사 층 건물들로 구성된 망한 공장이 강가를 따라 자리했을 뿐 주위에 아무것도 없는 블록이 이어졌다. 벽돌 건물마다 거리를 면한 전면에 창문이 최소한 백 개는 되었고 강가 면한 쪽도 마찬가지였다. 건물 중앙의 높은 창틀은 다른 창문보다 두 배는 컸다. 브라이언이 공장 단지를 빙 돌자 건물 사 층을 서로 연결한 통로가 드러났다. 하늘에서 공장 단지를 내려다보면 H자 두 개처럼 보일 것이다.

"여기가 안전가옥이야?" 그녀가 말했다.

"아니, 이건 방치된 공장이지."

"그럼 안전가옥은 어디야?"

"근처에."

그들은 깨진 유리창과 레인지 로버 높이만큼 자란 잡초 사이를 지났다. 타이어 아래 부서진 아스팔트와 자갈과 깨진 유리 조각이 버스럭거렸다.

그는 폰을 꺼내 누군가에게 문자를 보냈다. 몇 초 후 진동과 함께 답 문자가 왔다. 그는 폰을 도로 재킷에 넣었다. 공장을 두 번 빙 돌았다. 부지 끝자락에서, 그는 헤드라이트를 끄고 작은 둔덕 위로 올라갔고, 소리로 미루어보아 댐 바로 위 상류였다. 둔덕 꼭대기에는 검은 이중 지붕의 이 층 벽돌집이 반쯤 죽은 나무들에 일부 가려져 있었다. 그는 레인지 로버 기어를 주차 상태로 놓았지만 엔진은 끄지 않은 채 두었고 그들은 앉아 집을 지켜보았다.

"야간 경비 집이었지. 공장이 70년대에 엎어진 이후로 시가 이 땅을 전부 소유하고 있어. 대지 대부분은 독성이 있을 테고 검사할 돈은 아무도 없어서, 이 집을 우리한테 푼돈에 팔았지." 그는 자리에서 고쳐 앉았다. "뼈대는 좋아, 사실, 그리고 시야가 확 트였고. 들키지 않고 접근하기 불가능하지."

"누구한테 문자 했어?" 그녀는 물었다.

"하야." 그는 집을 향해 고갯짓했다. "애너벨하고 안에 있어. 내가 오는 중인지 알고 싶어 하더라고."

"그럼 왜 안 들어가고 있어?"

"들어갈 거야."

"뭘 기다려?"

"초조함이 두려움을 이기기를." 그는 집을 쳐다보았다. 안쪽 깊숙이에서 빛이 새어 나왔다. "아무 일 없다면, 하야는 '괜찮아요. 들어와요.'라고 문자 하기로 했어."

"그런데?"

"앞의 절반만 문자 했네."

"음, 자기 모국어가 아니잖아. 그리고 겁에 질렸고."

그는 입안을 잠시 자근자근 깨물었다.

"하야에게 케일럽에 대해 말하면 안 돼."

"말해야지."

"케일럽이 그저 지체될 뿐이고 며칠 안에 암스테르담에서 만날 거라 생각한다면, 하야는 이성을 놓지 않을 거야. 하지만 만약 아니라면?" 그는 자리에서 몸을 돌려 그녀의 손을 만졌다. 그녀는 손을 잡아뺐다.

"말하면 안 돼. 레이철, 레이철."

"왜?"

"이게 잘못되면 그자들이 우릴 다 죽일 거야. 아기까지." 그녀는 어두운 레인지로버 안에서 그를 응시했다. "하야가 지금 이상으로 예측 불가능해질 여지를 주면 안 돼. 암스테르담에서 말하자." 그녀는 고개를 끄덕였다. "당신이 말로 하는 걸 들어야겠어."

"하야에게 암스테르담에서 말하자."

브라이언은 그녀를 한참 쳐다보다 말했다.

"아직 총 갖고 있어?"

"응."

그는 좌석 아래로 손을 넣어 9밀리미터 글록을 꺼내 등 뒤에 찔러넣었다.

"내내 총을 갖고 있었네." 그녀가 말했다.

"맙소사, 레이철." 그는 한숨을 내쉬며 말했다. "나 세 정 있어."

어둠 속에 집 주위를 두 바퀴 돌고 나서 브라이언은 내려앉은 뒷계단을 올랐고 그 끝에는 페인트가 대부분 벗겨진 문이 있었다. 그 끝에는 발 아래 판자가 삐걱거렸고 계절답지 않은, 초여름이라기보단 이른 가을 같은 서늘한 바람에 집 자체도 삐걱거렸다.

그는 포치를 따라 이동하며 모든 창문과 앞문을 점검하고 뒤로 돌아왔다. 자물쇠를 열고 그들은 안으로 들어갔다.

알람이 왼쪽에서 울렸고 브라이언이 그녀의 생일을 키패드에 입력하자 삐삐 소리가 멎었다.

중앙 복도는 뒷문에서 곧게 쭉 뻗어 있었고 떡갈나무 계단을 지나 현관까지 이어졌다. 집에서는 깨끗하지만 텁텁한 냄새가 났고, 아마 수천 번을 청소해도 결코 제거하지 못할 곰팡내일 듯했다. 그는 재킷에서 펜라이트 두 개를 꺼내 그녀에게 하나를 주고, 자기 것을 켰다.

하야는 현관 우편함 아래 앉아 있었고, 광고 우편물이 그녀의 오른쪽에 떨어져 있고 손에는 권총을 꽉 쥐고 있었다.

브라이언은 그녀에게 따스한 미소를 지으며 손을 흔들고 다가갔다. 그녀는 총을 내렸고 그는 어색하게 포옹한 다음 그들은 그녀 앞에 섰다.

"아기는 자요." 그녀는 천장을 가리켰다.

"하야도 자야겠네." 브라이언이 말했다. "지쳐 보여요."

"케일럽은 어디 있어요?"

"하야, 나쁜 사람들이 케일럽을 따라가고 있을지도 몰라요. 그자들을 여기로 끌어들이고 싶진 않아서요. 당신과 애너벨한테로. 알겠어요?"

그녀의 숨이 너무 빨라졌다. 윗입술을 얼마나 세게 깨물던지 레이철은 저러다 피가 나지 싶었다.

"그는…… 살아 있어요?"

맙소사.

"그래요." 브라이언이 말했다. "케일럽은 메인 주를 지나고 있어요.

우리 얘기했던 거 기억나죠? 케일럽은 캐나다로 들어가서 토론토에서 비행기를 탈 거라고. 메인 주에서는 아무도 케일럽을 추적하지 못할 겁니다. 우린 거기 지형을 아니까. '지형'이란 말 알아요?"

그녀는 고개를 두 번 끄덕였다.

"그는…… 괜찮을까요?"

"그럴 겁니다" 브라이언의 단호한 말투가 레이철은 경멸스러웠다.

"그가 휴대폰에…… 응답을 하지 않아요."

"우리가 설명했죠. 그 사람들이 폰을 추적할 수 있어요, 하야. 만약 누구든 미행당한다는 생각이 들면, 전화를 끄기로." 브라이언은 그녀의 손을 잡았다. "괜찮을 겁니다. 아침에 다들 여기서 떠나요."

하야는 레이철을 여자 대 여자로, 언어 장벽을 넘어서는 표정으로 쳐다보았다. *이 남자를 믿어도 될까요?*

레이철은 눈을 깜박여 확답했다.

"가서 좀 자요. 쉬어야죠."

하야는 어두운 계단을 올라갔고 레이철은 따라 뛰어가 그들이 한 말은 다 거짓말이라고 하고 싶은 충동을 억눌렀다. 그녀의 남편은 죽었다. 그녀 아이의 아버지는 죽었다. 그녀와 아기는 그녀에게 거짓말했고 그녀가 탈출 계획을 망칠 수 없게 될 때까지 계속 거짓말을 할 두 얼굴의 타인들과 함께 도피하게 생겼다.

하야는 계단 꼭대기에서 오른쪽으로 꺾었고 레이철의 시야에서 사라졌다.

브라이언이 그녀의 마음을 읽었다.

"하야에게 무슨 말을 하고 싶은 거야?"

"남편이 죽었다고." 그녀는 속삭였다.

"그래. 맘대로 해봐."

그는 요란스레 팔을 휘둘러 계단을 가리켰다.

"매정하게 그러지 마." 그녀는 잠시 후 말했다.

"함부로 판단하지 마, 말 책임질 거 아니면."

그들은 함께 계단을, 방을 하나씩 확인했고 비어 있었다.

그제야 그는 불을 켰다.

"그래도 괜찮을까?" 그녀는 물었다.

"그자들이 여기를 알았다면, 밖의 공장이나 안에 하야와 있었을 거야. 그렇지 않았으니 이 집은 아직 안전하다는 뜻이지. 니콜이 털어놓지 않았어. 아마 그자들이 니콜에게 물을 생각을 못 해서겠지."

"하야는 꼭대기 오른쪽 방이야." 그의 몸이 갑자기 피로로 축 처졌고 그녀는 스스로도 얼마나 기진맥진한지 깨달았다. 그는 총 든 손으로 대충 계단 쪽을 가리켰다. "욕실 밖에 이불장 있어. 왼쪽으로 첫 번째 방 서랍장에 당신 사이즈 옷 꾸러미 있고. 각자 샤워한 다음, 내가 커피 끓일게. 그리고 작업에 착수하자."

"무슨 작업?"

"당신에게 위조를 좀 가르쳐줄게."

32장

고백

아직 젖은 머리에 커피 머그를 들고, 그의 말대로 그녀 사이즈인 티셔츠와 후디, 운동복 바지 차림으로 그녀는 테이블에 남편과 함께 앉았고(아직 남편이라고 하나?) 그는 그녀 앞에 무선지 패드와 펜을 놓았다. 그런 다음 그의 여동생 서명이 있는 서류 몇 장을 내려놓았다.

"내가 니콜이 되는 거야?"

"은행에 들어가고 나오는 데 걸리는 오 분 동안 니콜의 마지막 가명을 써야 해."

그는 체육관용 가방을 뒤져 고무줄로 묶은 신분증과 신용카드 뭉치를 꺼냈다. 그는 로드아일랜드 주 운전면허증을 빼냈다. 니콜 로소비치 이름으로 되어 있었다. 그녀 앞 테이블에 그걸 내려놓고, 브라이언은 뻣뻣하게 고개를 저었다. 그녀는 그가 본인이 그러는 줄 모른다는 느낌을 받았다.

"나하고 하나도 안 닮았어." 그녀는 말했다.

"골격이 비슷해." 그가 반박했다.

"눈이 달라."

"그래서 컬러 렌즈를 챙겨온 거지."

"눈매가 달라." 그녀는 지적했다. "그리고 니콜이 눈이 더 커. 입술이 더 가늘고."

"하지만 코는 비슷하고 턱도 그래."

"누구라도 내가 아닌 줄 알아볼걸."

"이성애자에, 애 둘 딸린 거의 중년 나이의 남자가, 세상에서 제일 따분한 직업에, 안 봐도 확신하는데 세상에서 제일 따분한 아내가 있다면? 석 달 전에 자기 사무실 왔던 화끈한 금발머리에 대해 딱 하나만 기억할 거야. 화끈한 금발머리라는 거. 그러니까 당신을 금발로 만들자. 화끈한 거야 이미 해결됐고."

그녀는 아첨은 무시했다.

"여기에 머리 염색약 있어?"

"가발이 있지. 니콜이 썼던 거."

"은행에는 얼굴 인식 소프트웨어가 있잖아, 요새는."

"이 은행은 아냐." 그가 말했다. "그래서 고른 거고. 이 은행은 삼 대째 존스턴에 있었어. 사 년 전에야 ATM 기계를 들였고 그나마 고객들이 청원을 넣어서야. 당신이 만나게 될 사람이 소유주인데, 은행장이기도 하고 대여금고 업무를 전부 처리하지. 이름은 맨프레드 소프야."

"뻥 치지 마." 그녀는 말했다.

그는 그녀 옆의 의자를 거꾸로 걸터앉았다.

"아니, 진짜로. 맨프레드는 자기 가문에서 천 년을 거슬러간다고 나한테 말했어. 세대마다 아이 한 명을 '맨프레드'라고 이름 짓는데, 본인

말을 빌리자면 자기가 운이 나빴다고 하더라고."

"그 사람을 얼마나 잘 알아?"

"딱 한 번 만났어."

"하지만 그런 걸 다 아네."

그는 어깨를 으쓱했다.

"사람들이 나한테 털어놓길 좋아해. 우리 아버지도 똑같았어."

"당신 아버지는 누구야?" 그녀는 그를 향해 의자를 돌렸다. "진짜 아버지."

"제이미 올든." 그는 밝게 말했다. "사람들은 아버지를 레프티라 불렀지."

"왼손잡이라서?"

그는 고개를 저었다.

"장소든 사람이든 번번이 떠나니까. 말도 없이 군대를 나가고, 직장스무 곳쯤을 나가고, 우리 어머니 이전에 아내 세 명 그리고 이후로 두 명을 더 버리고 떠났지. 내 인생에 불쑥 들어왔다 나갔다 하다가 필라델피아에서 강도질할 보석상을 잘못 골랐어. 상대는 완전 무장을 하고있었고 레프티는 어차피 총잡이가 아니었거든. 보석상이 아버지를 죽였지." 그는 어깨를 으쓱했다. "칼로 살고, 칼로 죽고, 그런 셈이야."

"언제 있었던 일이야?"

그는 천장을 올려다보며 기억을 더듬었다.

"내가 트리니티 다닐 때."

"당신이 쫓겨났을 때?"

그는 그녀가 그 사소한 사실을 꺼낸 것에 고개를 기웃하며 작게 미소지었다. 잠시 그대로 테이블 너머에서 응시하다가, 결국 고개를 끄덕였다.

"죽었다는 걸 알게 된 다음 날, 그래, 나이젤 롤린스 교수를 팼지."

"변기 압축기로."

"손에 들려 있었거든." 그는 그 기억에 갑자기 낄낄거렸다.

"왜?"

"그날 좋았어." 그가 말했다.

그녀는 그를 향해 고개를 내저었다.

"폭행으로 연기 학교에서 쫓겨났다며."

그는 고개를 끄덕였다.

"그랬지."

"그게 어떻게 좋아?"

"난 본능에 따라 행동했어. 그 교수가 케일럽에게 하는 행동이 잘못되었고, 내가 해야 하는 일이 옳다는 걸 알았지. 나이젤은 자리를 지켰고, 어쩌면 아직도 이류 메소드 연기법을 학생들에게 가르치고 있을지도 모르지. 하지만 7000만 중 내 몫을 걸어도 좋지만 다시는 케일럽이나 그 이전의 희생자들에게 했던 식으로 학생들을 함부로 하진 못할 거야. 다른 학생들 중 누군가가 사이코 브라이언 올든처럼 변기 압축기로 얼굴을 쑤셔버릴지 모른다는 생각이 머릿속에 자리잡았을 테니까. 내가 그날 한 일은 해야만 하는 일이었어."

"그리고 난?" 그녀는 잠시 후 말했다.

"당신이 뭐?"

"나는 본능에 따라 행동하지 않지. 세상과 연결되지 않고."

"아니긴 뭘. 그저 실행하지 않았을 뿐이지. 하지만 이젠 돌아왔잖아, 자기."

"자기라고 하지 마."

"알았어."

"이 광산 사기를 그럼, 사 년 동안 진행한 거야?"

그는 생각해보고 머릿속으로 계산했다.

"그쯤 되네, 응."

"하지만 브라이언 델라크루아로 가장한 건 얼마나 되고?"

수치 비슷한 것이 그의 얼굴에 떠올랐다.

"하다 안 하다 거의 이십 년."

"왜?"

그는 한참을 말없이 머릿속으로 그 질문을 궁리했다. 마치 아무도 그에게 물어볼 생각을 못 했던 듯이.

"프로비던스에 있던 시절, 피자 가게에서 일하는데 어느 날 동료가 말했어. '네 도플갱어가 길 건너 바에 있더라.' 그래서 가봤지, 아니나 다를까 브라이언 델라크루아가 자기처럼 돈 있는 집안 친구들 몇하고, 화끈한 여자애들하고 있더라고. 간단히 말하자면, 나는 바 주위를 어슬렁거리며 어느 코트가 그의 것인지 파악한 다음에 훔쳤어. 멋진 코트였지. 검은 캐시미어에 핏빛 안감. 입을 때마다 난……" 그는 단어를 찾아 헤맸다. "……의미 있는 사람이 된 기분이었어." 그의 눈길은 쇼핑몰에서 길을 잃은 어린아이의 그것이었다. "그 코트를 자주 입을 순 없었지, 프로비던스에선 안 돼, 그와 맞닥뜨릴 가능성이 너무 커서. 하지만 트리니티를 그만두고 나서 뉴욕으로 갔고, 그 코트를 어디에나 입고 다니기 시작했지. 일자리 면접을 봐야 하면 그 코트를 입었고, 그럼 일자리를 얻었지. 마음에 드는 여자를 보면 그 코트를 입었고, 그럼 짠, 그녀가 내 침대에 있는 거야. 이내 코트 그 자체가 중요한 게 아니란 걸 깨닫게 되었지. 그걸로 무엇을 가리느냐의 문제였어."

그녀는 눈을 가늘게 뜨고 그를 보았다.

"그 코트는," 그가 설명했다. "날 버리고 간 아버지와 술주정뱅이 어머니를 감춰주었고, 우리 전에 약물 과용으로 죽어 나간 남자 냄새가 늘 조금씩 나던 임대아파트를 감춰주었고, 기념하지 않는 거지 같은 크리스마스와 생일을 그리고 어머니 주변에서 맴돌던 술 취한 쓰레기들과 나도 언젠가 우리 어머니 같은 여자의 인생에서 그런 술 취한 쓰레기가 되겠거니 하는 생각을 감춰주었지. 나도 아마 똑같이 별 볼 일 없는 직업을 갖고 똑같은 주정을 술집서 떠들고 아이들을 세상에 태어나게 하고 방임해서 나를 미워하게 만들겠지. 하지만 그 코트를 입을 때는 내 미래에 그런 일은 전혀 없었어. 그 코트를 입으면 난 브라이언 올든이 아니라, 브라이언 델라크루아였거든. 그리고 브라이언 델라크루아의 최악의 날이라도 브라이언 올든의 최고의 날보다 언제나 나았으니까."

그 고백에 그는 기운이 빠지고 동시에 창피해진 듯했다. 벽 장식 패널을 잠깐 쳐다보고 있더니, 한숨을 내쉬고 자기 여동생이 서명한 서류를 넘겨다보았다. 그는 그중 한 장을 테이블 위에 뒤집어 놓았다.

"서명 위조 요령은 그걸 그림으로 보는 거야, 서명이 아니라. 따라서 그려봐."

"하지만 이럼 위아래가 뒤집히게 되잖아."

"아, 그래, 내가 그 생각을 못 했네. 그냥 그만두는 게 낫겠다."

그녀는 팔꿈치로 그를 찍었다.

"시끄러."

"아야." 그는 갈비뼈를 문질렀다. "일단 뒤집힌 걸 숙달하고 나면 똑바로 그리는 법을 알려줄게. 그럼 됐어?"

"됐어." 그녀는 펜을 종이로 가져갔다.

그녀 방에선 벽 저편에 있는 그의 소리가 들렸다. 처음에는 그가 침대에서 이리저리 뒤척이는 소리, 그다음엔 그가 코를 골기 시작했다. 그래서 그녀는 그가 바로 누워 자고 있다는 걸 알았다. 그때만 코를 골았고, 옆으로 누워 있을 때는 절대 그런 법이 없었다. 또한 입을 벌리고 있단 뜻이기도 했다. 보통은 그녀가 쿡 찌르면 ─ 살짝, 절대 세게 그럴 필요 없었다 ─ 그는 옆으로 돌아누웠다. 그녀는 지금 그러는 자신의 모습을 그려보았지만 그러면 그와 한 침대에 든다는 뜻이고 그러고도 옷을 입은 채 있을 자신이 없었다.

한편으론, 이게 바로 이게 바로 정신이 나갔단 뜻이었다. 그녀의 삶은 내일, 아니 당장 오늘 밤에라도 이 남자 때문에 끝날 수 있었다. 다른 이유가 없었다. 그는 악마를 풀어놓았고 그들은 그녀가 죽거나 감옥에 가기 전까지 멈추지 않을 것이다. 그러니 그에게 성적으로 끌린다는 건 미친 짓이다.

하지만 다른 측면에서 보면, 그녀의 삶은 내일이나 오늘 밤이라도 끝날 수 있고, 그걸 아니 모든 모공과 감각기관이 열렸다. 보고, 냄새 맡고, 느끼는 감각이 모두 변형되고 예리해졌다. 파이프를 흐르는 물소리가 들렸고 강에서 쇠 냄새가 났고 집 토대를 설치고 돌아다니는 쥐 소리가 들렸다. 피부가 마치 오늘 아침 몸에 새로 붙인 듯한 느낌이었다. 침구가 몇 수짜리인지 맞춰보면 근사치는 나올 거라 확신했고, 밤에 사막을 달리는 기차처럼 피가 혈관을 질주했다. 그녀는 눈을 감고 사귀던 초기에 깨어나 보니 그의 머리가 그녀의 허벅지 사이에 있고 그의 혀와 입술이 살며시, 아주 살며시 그녀의 깊은 곳을 핥고 있었고, 그곳은 이미 꿈속에서 목욕했을 때만큼 젖어 있던 기억을 떠올렸다. 그날 아침 갔을 때 그녀는 왼쪽 발꿈치로 그의 골반을 걷어차 멍을 남기고 말았다. 그는 뻣뻣한 턱을 여전히 풀면서 맞은 데를 움켜쥐었으며 너무 우스꽝스러우면서 동시에 너무 섹시해 보였고, 그녀는 킥킥거리면서 여전히 절정으로 떨고 있었고 사실 사과를 하는 중에도 찌릿한 작은 충격이 이어지고 있었다. 그녀는 심지어 그의 입에 묻은 자신의 흔적을 닦아내지도 않고 키스했고, 일단 키스를 시작하자 멈출 수 없었고 결국에 끝나고선 크게 가쁜 숨을 들이쉬어야 했다. 그는 그 키스를 몇 년간 이야기하며 최고의 키스였다고, 그녀가 그 키스로 자기 안으로 깊숙이 파고들어 그의 어둠 속에서 헤엄치는 그녀를 느낄 수 있었다고 말했다. 그리고 그녀가 그를 절정으로 이끈 후 그들은 실없는 웃음을 띠고 이마는 축축한 채 엉망이 된 침대에 누워 있을 때, 그녀는 섹스에도 나름의 작은 삶의 사이클이 있을까 하고 말했다.

"어떻게?" 그가 물었다.

"음, 생각이나 찌릿함 하지만 작은 것으로 시작해서 자라나잖아."

그는 자신을 내려다보았다.

"또는 움츠러들지."

"어, 그래, 나중에. 하지만 내 주장을 이어가자면, 자라고 또 자라나며 힘이 쌓여가다가 폭발이 일어나고 그 후는 일종의 죽음이, 기대감의 소멸이 이어지고, 보통은 눈을 감고 의식을 잃지."

그녀는 이제 낯선 침대에서 눈을 뜨고 현재로선 증오하는 남자와의 섹스를 고려하는 이유를 죽음이 가깝기 때문이라 추측했다. 그리고 그에 대한 분노가 표면까지 끓어오르는데도, 이 침대에서 빠져나가 맨발로 그의 방에 가서 그날 아침 그가 그녀를 깨웠던 식으로 그를 깨우고 싶은 충동을 억눌러야 했다.

그러다가 자신이 원하는 건 섹스가 아님을 깨달았다. 전혀 아니었다. 심지어 접촉조차도 아니었다.

그녀는 복도를 지나 그의 방으로 들어갔다. 그녀가 등 뒤로 문을 닫자 그의 숨소리가 바뀌었다. 그녀는 그가 깨어나 어둠에 눈을 적응하려는 중임을 알았고 티셔츠와 속옷을 벗어 문가에 두었다. 침대에 올라갔지만 방향을 반대쪽으로 해서, 등을 발판 쪽으로, 발은 그의 팔꿈치 쪽으로 뻗었다.

"나 보여?" 그녀가 말했다.

"대부분."

그는 한 손을 그녀의 발 위에 놓았으나 그 외엔 움직이지 않았다.

"당신이 나를 봐주었으면 해. 그것뿐이야, 지금은 그 외엔 아무것도 원하지 않아."

"알았어."

그녀는 잠시 마음을 가다듬었다. 여기서 지금 뭘 하는지 확실한 생각이 없었고, 다만 어떤 면에서 해야만 한다는 것을 알았다. 필수적인 것.

"당신한테 위디 이야기했지."

"아이티에 있던 여자애, 응."

"나 때문에 살해당한 애."

"당신이 아니……"

"내가 죽게 만들었어. 내가 직접 죽이진 않았지만." 레이철은 말했다. "그 애 말이 옳았어. 네 시간, 아니 두 시간 전에만 그 애를 데려가게 두었어도, 그자들이 그렇게 미쳐 날뛰지 않았을 거야. 그 애를 살려줬을지 몰라."

"그렇지만 그게 무슨 삶이야?"

"그게 그 애가 한 말이야."

"응?"

"됐어." 그녀는 심호흡을 했고, 발을 어루만지는 그의 손의 온기를 느꼈다. "그러지 마."

"응?"

"애무하지 말라고."

그는 멈췄다. 하지만 그녀가 바랐던 대로 손은 그 자리에 그냥 두었다.

"그 애는 그놈들에게 가겠다고 했지만 내가 말렸고 나중에 그들이 그 애를 찾아냈다고 당신한테 말했지."

"응." 그가 말했다.

"그럼 그 동안 나는 어디 있었을까?"

그는 말을 하려 입을 벌렸지만 잠시 아무 말도 나오지 않았다.

"말해준 적 없네." 그는 마침내 말했다. "나는 둘이 어쩌다 떨어졌겠거니 했어."

"우린 떨어지지 않았어. 끝나기까지는. 그들이 그 애를 찾아냈을 때 나는 바로 옆에 있었어."

"그럼⋯⋯?" 그는 약간 몸을 일으켜 앉았다.

그녀는 목청을 가다듬었다.

"⋯⋯무리의 리더는 조슈에 다셀루스였어. 무리 말고 다른 말이 없네. 사실 요새는 그쪽에서 상당한 범죄 거물이 되었다고 들었지만, 그때는 그저 젊은 무뢰한이었지."

밤이 오래된 집의 창문을 흔드는 가운데 그녀는 침대 맞은편 남편을 바라보았다.

"그들은 해 뜨기 직전 우릴 찾아냈어. 위디를 나한테서 끌어갔지. 나는 맞서 싸웠지만, 그들은 날 바닥에 떠밀치고 침을 뱉었지. 내 등을 짓밟고 머리를 몇 번 주먹으로 쳤어. 위디는 비명을 지르지 않았고, 그냥 울고 있었어. 그 또래 아이가 애완동물이 죽었을 때 우는 식으로, 알지? 햄스터 같은. 열한 살 여자애라면 그런 일에 울어야 하는 거라고 생각했던 기억이 나. 그들을 제지하려 했지만, 그저 더 성나게 했어. 난 언론사 신분증을 가진 백인 여자라 강간하고 살해하기가 아이티 여자애들이나 전직 수녀를 강간하고 살해하기보다 훨씬 더 위험천만할 수 있겠지만, 내가 계속 그러면 그런 조심성도 내던질 기세였어. 그들이 위디를 끌고 갈 때 난 그 애를 보고 있었어. 그리고 조슈에 다셀루스는 더러운 45구경 권총 총구를 내 입에 밀어 넣고 내 혀와 이 위로 성기처럼 넣다 뺐다 하면서 말했어. '착하게 가만히 있을래? 살고 싶어?'"

잠시 동안 그녀는 말을 이을 수 없었다. 그냥 앉아 있었고 눈물이 몸 위로 뚝뚝 떨어졌다.

"세상에." 브라이언이 속삭였다. "그렇게 안 되는 거 알……"

"그는 나한테 말하게 시켰어."

"뭐?"

그녀는 고개를 끄덕였다.

"내 입에서 총을 빼고 남자들한테 끌려가는 그 애를 보며 말하게 시켰어." 그녀는 뺨을 닦고 동시에 얼굴에서 머리카락을 쓸어올렸다. "나는. 살고. 싶다고." 그녀는 고개를 숙였고 머리로 얼굴이 가려지게 했다. "소리 내어 말했어."

일이 분 후 그녀가 고개를 들었을 때, 브라이언은 움직이지 않았다.

"왠지 당신에게 말하고 싶었어." 그녀는 말했다. "왜인지는 아직 모르겠지만."

그녀는 그의 손에서 발을 빼고 침대에서 일어났다. 그는 그녀가 속옷과 티셔츠를 다시 입는 모습을 지켜보았다. 방을 나서며 그녀가 마지막으로 들은 것은 "고마워."하고 속삭이는 그의 목소리였다.

33장
은행

아기 울음소리에 그녀는 깨어났다.

해 뜨기 직전이었다. 그녀가 복도를 걸어가는 사이 울음소리는 줄어들었고 가보니 하야가 아기침대 옆 기저귀 교환대에서 애너벨의 기저귀를 갈고 있었다. 브라이언인지 케일럽인지 아기침대 위에 모빌까지 걸어놨고 벽을 핑크색으로 칠했다. 하야가 입은 그린 데이 콘서트 티셔츠가 케일럽의 것임을 레이철은 알아보았고, 그 아래엔 체크무늬 남자 사각팬티를 입었다. 침대 시트가 흐트러진 게, 하야가 밤새 이리저리 뒤척인 모양이었다. 하야는 쓴 기저귀와 물티슈를 발치의 비닐봉지에 넣고 교환대 아래 선반에서 새 기저귀를 꺼냈다.

레이철은 비닐봉지를 챙겼다.

"갖다 버릴게요."

하야는 들었다는 기색 없이 애너벨에게 새 기저귀를 채웠다.

애너벨은 제 어머니를 보고 다음으로 레이철을 쳐다보더니 그 따뜻한 짙은 눈으로 계속 바라보고 있었다.

"미국 여자들은…… 남편에게 비밀을 숨기나요?" 하야가 말했다.

"그러는 사람들도 있죠. 일본 여자들은요?"

"나는 몰라요." 그녀는 평소대로 끊었다 다시 말했다. 그러다가 매끄럽게 말했다. "아마 일본에 가본 적이 없어서겠죠."

완전히 변모한 하야가 레이철을 갑자기 마주 보았고, 노련하고 무르익은 지혜로 단련한 하야였다.

"일본인 아니에요?"

"산 페드로(캘리포니아 주 로스엔젤레스의 지역 – 옮긴이) 출신인데요."

하야는 레이철 뒤의 문간에 시선을 둔 채 속삭였다. 레이철은 문으로 가서 닫았다.

"그럼 왜……?"

하야는 입술이 뒤집힐 만큼 세게 숨을 훅 내쉬었다.

"케일럽은 물주였어요. 만난 날 사기꾼이라는 거 알아봤죠. 그래서 내 사기를 알아채지 못하는 게 언제나 놀랍더라고요."

"둘이 어떻게 만났어요? 우린 다들 국제결혼정보업체 같은 거려니 했는데."

그녀는 고개를 저었다.

"난 매춘부였어요. 그는 손님이었고. 소개소 운영하는 여자가 전에 나랑 안 한 사람에게는 내가 이 나라에 온 지 삼 주밖에 안 되었고 이 일을 막 시작했다고 말했거든요." 하야는 어깨를 으쓱했다. 애너벨을 기저귀 교환대에서 들어 올려 왼쪽 가슴을 물렸다. "가격이 올라가니까. 케일럽이 왔는데 딱 보니 말이 안 된다 싶더라고요. 돈 내고 하기엔 너무 잘생겨서. 폭력 성향이 있거나 심각한 변태거나 하면 모르겠는데 그것도 아니고. 그 비슷하지도 않았어요. 교과서적 정상 체위에, 아주 다정했죠. 두 번째 왔을 때 끝나고 나서 나더러 자기한테 딱 완벽한 여자랬어요. 자기 분수를 알고, 자기 역할을 알고, 영어 할 줄 모르고." 그녀는 쓸쓸하게 미소지었다. "'하야, 무슨 말인지 못 알아듣겠지만, 너와 사랑에 빠질 거 같아.'라고 하더군요. 나는 그의 시계와 그의 정장을 보고 말했죠, '사랑?' 진짜 갈구하는, 어쩔 줄 모르는 아이 같은 표정을 하고, 그와 나를 번갈아 손가락으로 가리키고 말했어요. '나 사랑해요.'" 그녀는 아기의 머리를 쓰다듬으며 젖을 빠는 모습을 지켜보았다. "곧 이든더라고요. 두 달 후 그가 업체 주인에게 십만 달러를 주고 나를 빼냈어요. 그때부터 그와 브라이언이 이 사기극을 짜는 걸 지켜봐 왔죠."

"왜 나한테 얘기해주는 거예요?"

"내 몫을 받으려고요."

"난 아무 관련 없……"

"케일럽 죽었어요?"

"아뇨."

레이철은 그 질문이 너무 황당해 거의 모욕적이기까지 하다는 식으로 강하게 말했다.

"흠, 못 믿겠어요." 하야가 말했다. "그러니까, 이런 거예요. 당신네 둘이 날 두고 튀면, 공항 근처에 가기도 전에 신고할 거예요. 그리고 그냥 경찰에만 신고하는 걸로 그치지 않아요. 코터 맥칸에도 연락할 거예요. 그러면 그들이 당신을 찾아내서 후장을 주먹으로 쑤셔 죽여버릴걸요."

레이철은 그럴 거라 믿었다.

"그래서, 왜 나한테 얘기해요?"

"브라이언이 알게 되면 위험을 감수할 테니까. 운에 맡기는 타입이라. 하지만 당신은 그런 자살행위 할 사람이 아니죠."

아니라고? 레이철은 생각했다. *당신이 어제 나를 봤어야 하는데.*

"브라이언이 나를 꼭 데리고 가게 하라고요." 그녀는 아기를 가리켰다. "우리를."

브라이언이 그들이 나간 사이 혹시 누가 오면 어떻게 하라고 일러주는 사이 하야는 다시 역할을 연기하며 브라이언에게 케일럽이 살아는 있는지 물었다.

브라이언은 레이철이 그랬던 것처럼 거짓말했다.

"그럼요. 잘 있어요." 그러고는 하야에게 물었다. "어떤 블라인드를 내리라고 했죠?"

"오렌지색이요." 그녀는 말했다. "저기……."

손가락으로 가리켰다.

"창고." 브라이언이 말했다.

"창고." 그녀는 따라 말했다.

"그리고 언제 내리라고요?"

"당신이…… 문자하면."

브라이언은 고개를 끄덕였다. 식탁 너머로 손을 뻗었다.

"하야? 다 잘될 거예요."

하야는 그를 마주 보았다. 아무 말도 하지 않았다.

컴버랜드 저축신용은행은 광고대로 로드아일랜드 주 프로비던스 카운티에 있는 유서 깊은 가족 사업이었다. 옆의 쇼핑몰 거리는 1980년

대 후반까지만 해도 농지였다. 로드아일랜드 주 존스턴의 거의 모든 땅은 한때 농지였고, 소프 가족은 원래 농부들을 위해 금융업에 뛰어들었다. 이제 쇼핑몰 거리가 농장을 잡아먹었고, 프랜차이즈 카페가 농산물 판매대를 대신했으며, 농부의 자식들은 오래전 트랙터 운전을 버리고 공업 단지 사무실 칸막이와 현대적 주택으로 갈아탔다.

앞에 주차한 차 숫자로 미루어보면 카페는 장사 잘 되고 있었다. 반면 은행은 그녀가 아침 아홉 시 반 주차장에 들어설 때 보니 차가 그보다 적었다. 세어 보니 열한 대였다. 두 대는 정문 근처 지정 자리에 있었다. '은행장' 자리의 검은 테슬라와, '컴버랜드 저축신용은행 이달의 직원' 자리의 흰색 토요타 아발론. 테슬라를 보고 그녀는 멈칫했다. 브라이언이 맨프레드 소프를 묘사했을 때 그녀는 투실투실한 시골뜨기를 떠올렸고 황갈색 스포츠 재킷에 파란 타이, 살찐 가슴에 이중 턱을 상상했다. 하지만 테슬라는 그 이미지에 맞지 않았다. 그녀는 혹시 누가 보고 있을까 봐 코를 긁는 척하며 입을 가렸다.

"맨프레드가 테슬라를 몰아?"

뒷좌석에 누워 방수 캔버스천을 뒤집어쓰고 있는 브라이언이 말했다.

"그래서?"

"그냥 어떤 사람일지 그려보는 중이야."

"짙은 머리, 젊고, 운동한 몸."

"중년이라며."

그녀는 다시 코를 긁으며 손바닥에 대고 말했고 바보가 된 기분이었다.

"거의 중년이랬지. 그러니까, 삼십 대 중반. 주차장에 뭐가 보여? 폰으로 통화하는 척하고 말해."

아. 그가 말했었지.

그녀는 폰을 귀에 가져가 거기 대고 말했다.

"정문 근처 차 두 대. 주차장 가운데 네 대. 저쪽 끝 경사면에 직원 차 다섯 대."

"직원 차인 줄 어떻게 알아?"

"더 가까운 자리도 많은데 가장자리에 한데 모여 있잖아. 보통 직원용 주차 자리라는 뜻이야."

"하지만 맨프레드 차는 정문 가까이 있고?"

"응. 이달의 직원 자리 옆에."

"직원 차가 일곱 대? 이렇게 작은 은행치곤 너무 많은데. 그 차들 중 사람 머리가 보이는 건?"

그녀는 살펴보았다. 둔덕 뒤에는 아마 청교도인들이 미국 땅에 왔을 때부터 그 자리에 있었을 단풍나무 거목이 있었다. 가지가 길고 잎이 무성했으며, 나무 아래 주차한 다섯 대는 다리 아래 있는 거나 마찬가지로 햇살이 들지 않았다. 혹시 저 중에 수상한 차가 있다면 그녀는 제일 가운데 차를 꼽을 것이다. 운전자가 후진해서 주차했다. 다른 네 대는 전진 주차했다. 그릴의 엠블렘을 보니 쉐보레였다. 길이로 미루어보면 4도어였지만, 나무 그늘에 가려 실내는 알아볼 수가 없었다.

"알아보기 힘들어." 그녀는 브라이언에게 말했다. "그늘에 있어서." 그녀는 기어로 손을 뻗었다. "가서 봐?"

"아니, 아니. 이미 주차했잖아. 이상해 보일 거야. 차 안이 정말 안 보여?"

"거의. 그리고 너무 오래 쳐다보고 있는데 저기 안에 누가 있다면, 수상해 보이지 않겠어?"

"좋은 지적이야."

그녀는 길게 차분히 숨을 내쉬었다. 피가 혈관을 달렸다. 쿵쿵대는 심장박동이 귓속에서 울렸다. 비명을 지르고 싶었다.

"이 시점에서는 내리는 것밖에 방법이 없네." 그가 말했다.

"좋네." 그녀는 폰에 대고 말했다. "좋네, 좋아, 끝장나게 좋아."

"누가 은행 안에 있을 가능성도 있어. 진 치고 앉아 브로셔나 뭐 그런 걸 넘겨보면서. 가짜 배지를 들이대며 은행에다가 무슨무슨 일로 잠복한다고 말했을 수 있겠지. 나라면 그렇게 할 거야."

"은행 안에 있는 사람이 가발을 알아볼 만큼 똑똑할까?"

"모르지."

"변장을 꿰뚫고 나를 알아볼 만큼 똑똑할까?"

"나는. 모른다고. 했잖아."

"그것뿐이야? 운과 난 모른다?"

"대부분의 사기는 그렇게 하는 거야. 회원 가입 환영해. 회비는 매달 정산이고 잔디에는 주차하지 마."

"닥쳐." 그녀는 차에서 내렸다.

"잠깐."

그녀는 가방을 꺼내려 손을 뻗었다.

"왜?"

"사랑해." 그가 말했다.

"개자식." 그녀는 어깨에 가방을 둘러메고 문을 닫았다.

은행을 향해 걸어가며 그녀는 단풍나무 아래 주차된 다섯 대가 있는 쪽을 쳐다보고 싶은 충동을 억눌렀다. 해의 위치상, 정문까지 가면 빛이 딱 들 거라 짐작했지만, 자연스럽게 그렇게 왼쪽을 돌아볼 방법이 떠오르지 않았다. 정문에 비친 자신의 모습이 눈에 들어왔다. 어깨까지 내려오는 밝은 금발이 그녀에겐 완전 부자연스러워 보였지만, 브라이언은 그냥 눈에 익숙하지 않아 그렇다고 장담했다. 밝은 파란색의 낯선 눈, 짙은 청색 스커트, 복숭앗빛 실크 블라우스, 검은 단화, 중간 규모 소프트웨어 회사의 관리자 복장으로, 그게 니콜 로소비치가 써낸 직업이었다. 브라는 블라우스 색깔과 맞췄다. 그들은 가슴골이 살짝 보이는 푸시업 브라로 정했다. 너무 노골적이진 않게, 하지만 맨프레드 소프가 이따금 슬쩍슬쩍 훔쳐보지 않을 수 없을 만큼은 드러나게. 혹시 그가 그녀의 얼굴이나 다른 데를 잘 보지 못하게 하는 데 도움이 된다면, 그녀는 벌거벗고 왈츠를 추며 들어가기라도 했을 것이다.

이제 정문까지 열 걸음 남았고 그녀는 돌아서서 도망가고 싶은 마음뿐이었다. 공황 발작 전력이 있으니 최소한 신경증에 대한 몸의 반응에 대한 마음의 준비는 되었다. 사막처럼 메마른 혀, 경련하는 심장, 질주하는 피, 모든 시각이 너무나 또렷하고, 모든 소리가 너무나 컸다. 하지만 공황 발작을 겪으면서 정상적으로 행동해야 했던 적은 없었다. 그러나 지금 오스카상 급으로 평온함을 연기하지 못하면 죽거나 체포될 것이다. 제3의 대안이랄 것이 보이지 않았다.

그녀는 은행에 들어갔다.

은행 역사가 정문 바로 안 현판에 기록되어 있었고 은행 안에서 찍은 일련의 사진들이 걸려 있었다. 은행이 1918년도 아니라 1948년도에 창립되었음에도 불구하고 대부분의 사진은 세피아톤으로 채색되어 있었다. 잘 맞지 않는 정장과 너무 짧고 붉은 넥타이를 한 남자 둘이 리본을 커팅하고 있었다. 사진 속에서 은행은 드넓은 농지에 둘러싸여 있었다. 무슨 명절처럼 보이는 사진 속에선 트랙터와 다른 농기구에 둘러싸여 있었다.

맨프레드 소프의 사무실 문은 첫 사진만큼이나 오래되었다. 나무는 두껍고 불그스름한 갈색으로 칠했다. 사무실의 유리벽은 나무나 또는 인조목 블라인드가 덮고 있었다. 맨프레드가 안에 있는지도 알 수 없었다.

은행에는 안내 데스크가 없었다. 그녀는 한숨을 엄청 내쉬는 나이든 여자 뒤에 서 있어야 했고 행원 두 명이 거의 동시에 앞 고객 업무를 끝냈다. 짙은 색의 가느다란 타이를 붉은 체크무늬 셔츠 위에 맨 남자 행원이 노인에게 고개를 끄덕했다. 여자 행원이 말했다.

"도와드릴까요, 고객님?"

레이철이 다가가자 그녀는 흐릿한 미소를 지었고 대화에 제대로 몰입하진 않지만 그러는 척 흉내 낼 수 있을 만큼 대사를 외운 사람의 분위기가 풍겼다. 서른 살쯤 되었고 건강하게 근육 잡히고 스프레이 태닝 제품을 뿌린 팔을 과시하기 위한 슬리브리스 상의 차림이었다. 갈색 직모가 어깨선까지 내려왔고, 자동차만 한 보석 반지를 왼쪽 약지에 꼈으며, 얼굴 피부가 너무 팽팽해서 절정에 도달했던 중에 벼락 맞은 사람처럼 보이지만 않았더라면 예뻤을 것이다. 눈을 반짝였지만 그 안엔 아무 감정이 없었다.

"무엇을 도와드릴까요?"

명찰에는 애슐리라고 되어 있었다.

"제 대여금고를 쓸 일이 있어서요." 레이철은 말했다.

애슐리는 코에 주름을 잡았다.

"신분증 있으신가요?"

"네, 네."

레이철은 니콜 로소비치의 운전면허증을 꺼내 유리 파티션 사이 트레이에 놓았다.

애슐리는 손가락 두 개로 그걸 다시 밀어냈다.

"저한테 안 주셔도 돼요. 소프 씨한테 보여주시면 됩니다, 그분이 시간 되실 때."

"그게 언제죠?"

애슐리는 다시 그 무의미한 미소를 지었다.

"네?"

"소프 씨가 언제 시간이 되시나요?"

"오늘 첫 고객님도 아니시잖아요."

"그렇다고 한 적 없어요. 그저 소프 씨가 언제 시간이 나느냐고 물은 것뿐인데요."

"흐음." 애슐리가 다시 미소를 지었고, 이번은 인내심이 희박해져 가 딱딱한 미소였다. 다시 코에 주름을 잡았다. "금방요."

"십 분인가요? 십오 분? 금방이 얼마나 돼요?"

"대기석에서 앉아 기다려 주세요. 오셨다고 소프 씨에게 알리겠습니다." 그녀는 레이철 어깨너머를 보고 "도와드릴까요, 선생님?" 하고 말하는 걸로 레이철 차례를 끝내버렸다.

레이철의 자리는 백발에 수줍고 미안해하는 눈빛을 한 남자가 차지했고 레이철이 카운터에서 물러나자마자 그 눈빛은 사라졌다.

그녀는 대기석에 앉아 있었고 검푸른 염색 머리에 목과 손목에 뉴에이지 문신을 했고 사파이어 눈을 한 이십 대 여자가 하나 있었다. 명품 바이커 부츠에 명품 찢어진 청바지와 하얀 탱크톱 위에 검은 탱크탑을 입었고 그 위에는 완벽하게 다림질된 흰 셔츠를 입었는데 두 사이 즈 정도 컸다. 몇 번 훔쳐보고, 레이철은 그녀가 염색에 가려져 그렇지 상당히 예쁘고 자세가 슈퍼모델이나 예절학교 졸업생처럼 꼿꼿하다고 결론지었다.

코터 맥칸에 고용되어 은행에서 잠복근무할 법한 부류의 사람은 아니었다. 사실 그녀는 레이철 쪽은 거의 보지도 않았고 눈은 부동산 잡지에 고정되어 있었다.

하지만 교외 부동산 잡지였고, 표지의 집들은 바닷가의 처음 장만하는 집 종류로, 이 여자는 그런 분위기가 전혀 아니었다. 머리끝부터 발끝까지 시내 원룸 아파트였다. 하지만 다시 생각해보면, 레이철 본인도 다년간 온갖 대기실에서 평소라면 절대 집어 들지 않을 종류의 책자를 넘겨보곤 했다. 한번은 자동차 수리를 기다리며 할리 데이비드슨을 위한 최고의 크롬 장식물에 대한 기사 한 편 전체를 읽으며, 몇 주 전 미용실에서 읽은 봄철 의상 최고의 액세서리 기사와의 유사점에 흥미로워했던 적 있었다.

그렇다 해도, 이 여자는 이마를 찌푸리고 페이지에 열중해서 보란 듯이 시선을 고정하고 읽고 있어서 왜 여기 앉아 있는 걸까 레이철은 궁금해졌다. 제시 슈워츠 스톤 과장이 흔한 유리로 둘러싸인 사무실에 앉아 데스크톱 키보드를 연필 끝에 달린 지우개로 톡톡 치고 있었고, 행원 둘은 현재 응대하는 손님이 없었다. 부행장 코리 마제티의 사무실 역시 유리로 둘러싸여 있었고, 비어 있었다.

나하고 똑같은 사람을 기다리고 있겠지. 레이철은 그렇게 생각하려 했다. 어쩌면 저 여자도 대여금고가 있는지도 모른다. 중소도시에서 30킬로미터 떨어진 시골 은행에 이십 대가 갖고 있을 만한 건 아니지

만, 몇 대째 물려온 대여금고일 수도 있다.

누가 몇 대씩 대여금고를 물려준다니, 레이철?

그녀는 다시 여자한테 눈길을 주었다가 자신을 똑바로 쳐다보고 있는 상대와 눈이 마주치고 말았다. 여자는 레이철에게 미소를 짓고—확인? 승리? 아니면 그냥 인사?—다시 그 웃긴 잡지로 돌아갔다.

갈색 문이 열리고 맨프레드 소프가 옅은 핀스트라이프 셔츠, 가느다란 붉은 타이, 짙은 정장 바지 차림으로 서 있었다. 브라이언이 말했듯이 꽤 몸매가 좋았다. 짙은 머리에 짙은 눈은 그녀가 좋아하지 않는 무겁게 처진 눈매였지만, 어쩌면 얼굴에 비해 눈두덩이 약간 커서 그럴지도 모른다. 그는 대기석의 두 여자를 보고 말했다.

"미스……." 그는 서류를 내려다보았다. "미스 로소비치?"

레이철은 일어나 스커트 뒤를 쓸어내리며 생각했다. *좋아, 그럼 저 여자는 도대체 누굴 기다리는 거지?*

그녀는 맨프레드 소프와 악수를 나누었고 그는 그녀를 사무실로 안내했다. 그가 문을 닫자 그녀는 대기석 여자가 가방을 뒤져 휴대폰을 꺼내 네드나 라스에게 문자 보내는 것을 상상했다. '여자가 은행에 왔어요.'

네드와 라스가 단풍나무 거목 아래 주차된 차 안에서 지켜보고 있었다면, 이제 주차장을 수색할 것이다. 브라이언을 쉽게 찾아낼 것이다. 차 뒷좌석에 캔버스천을 덮고 누워 있는 건 딱히 가장이라 할 것도 없으니까. 둘 중 한 명이 문을 열고, 소음기 단 총구를 그의 이마에 대고 픽! 하면 뒷좌석에 온통 그의 뇌수가 튀겠지. 그런 다음 남은 일은 그녀가 은행을 나오기를 기다리는 것뿐이다.

아니, 아니, 레이철. 돈을 다시 자기네 계좌로 송금하려면 브라이언을 살려놔야 해. 그러니 그자들이 브라이언을 죽이진 않을 거야.

하지만 그녀는 어디에 필요할까?

"자, 뭘 도와드릴까요?"

맨프레드가 그녀를 이상하다는 듯 쳐다보며 대답을 기다리고 있었다.

"제 대여금고를 써야 해서요."

그는 서랍을 열었다.

"그렇군요. 운전면허증 좀 보여주시겠습니까?"

그녀는 가방을 열고, 지갑을 찾아 뒤적거렸다. 지갑을 꺼냈다. 열었다. 가짜 면허증을 꺼내 책상 맞은편 그에게 건넸다.

그는 면허증을 보지 않았다. 그녀를 쳐다보느라 바빴다. 그의 눈에 대한 그녀의 인상은 틀리지 않았다. 잔혹하진 않을지 몰라도, 무감각하고 특권을 당연시했다. 본인이나 세상에서의 자기 위치에 대해 기분 나쁜 의견이라고는 떠올려 본 적 없을 것이다.

"전에 뵌 적이 있던가요?" 그가 말했다.

"그랬겠죠." 그녀는 말했다. "남편과 제가 육 개월 전쯤 여기 금고를 대여했어요."

그는 키보드를 두들기고 컴퓨터 화면을 봤다.

"오 개월 전이군요."

말했잖아, 육 개월 전'쯤'이라고, 멍청아. 그녀는 생각했다.

"그리고 전체 접근 이용권을 갖고 계시군요." 다시 키보드를 타닥거렸다. "그러니 확인해 보고 모셔다드리겠습니다."

그는 그녀의 면허증을 화면 가까이 가져갔고(서명 비교라고 그녀는 짐작했다) 눈이 가늘어졌다. 의자에 뒤로 기대앉더니 3, 4센티미터쯤 뒤로

450

의자를 밀었다. 그녀를 향해 눈을 껌벅거리고 화면을 보더니 손에 든 면허증을 내려다보았다.

그녀는 목이 콱 막혔다.

이어 코가 막혔다.

산소가 들어오지 않고, 나가지 않았다.

사무실이 말도 안 되게 더웠다. 활화산 분화구 위에 얇은 돌판을 얹고 앉아 있는 것처럼.

그가 면허증을 바닥에 떨어뜨렸다.

그는 의자에서 옆으로 몸을 숙여 도로 집어 들어, 자기 무릎에 툭툭 쳤다. 그가 전화기로 손을 뻗었고 그녀는 가방에서 총을 꺼내 그에게 겨누고 지금 당장 대여금고로 안내하라고 말할까 생각했다.

그 시나리오가 잘 마무리될 가능성을 상상할 수 없었다.

"니콜." 그가 전화기를 손에 들고 말했다.

그녀는 자기 입에서 나온 "네—네?" 소리를 들었다.

"니콜 로소비치."

그녀는 아랫입술을 너무 깊이 입안으로 빨아들여 아마 턱을 삼키려는 것처럼 보이겠다고 깨달았다. 그녀는 입을 벌리고 책상 맞은편의 그를 쳐다보며 기다렸다.

그가 어깨를 으쓱했다.

"멋있는 이름이네요. 센 발음이 들어서." 그는 전화기 버튼을 눌렀다. "운동하세요?"

그녀는 미소지었다.

"필라테스요."

"티가 나네요." 그는 수화기에 대고 말했다. "사무실로 열쇠 가져와

요, 애슐리." 그는 전화를 끊었다. 그녀에게 면허증을 돌려주었다. "잠
깐이면 될 겁니다."

안도감이 파도처럼 그녀의 몸을 휩쓸었으나 그가 서랍 안에 손을 뻗
으며 말했다.

"서명 하나만 해주시면 됩니다."

그는 책상 맞은편 그녀에게 서명 카드를 내밀었다.

"아직도 이런 걸 쓰세요?" 그녀는 가볍게 말했다.

"아버지가 은행에 계실 때까진요." 그는 천장을 올려다보았다. "그리
고 매일 주님께 감사드리고 있지요."

"음, 그분이 이 모든 걸 이루셨으니까요."

"아버지가 이루신 건 아닙니다. 할아버지가 지으셨죠. 아버진 그
저⋯⋯" 그의 목소리가 사그라들었다. "아닙니다." 그는 셔츠 주머니에
서 몽블랑 펜을 꺼내 책상 맞은편 그녀에게 건넸다. "서명해주시죠."

다행히 그녀는 면허증을 지갑에 넣지 않았다. 팔꿈치께 책상 위에 놓
여 있었다. 그녀는 어젯밤 두 시간의 연습을 거쳐 서명이 똑바로 놓여
있어도 위조하는 방법은 그걸 그림으로 보는 것뿐임을 익혔다. 어젯밤,
그녀는 원본 서명을 한번 흘끗 본 다음 곧장 위조할 때 제일 잘 했다.
하지만 그건 어젯밤 운소켓의 부엌 식탁에서, 아무것도 걸려 있지 않을
때였다.

난 괜찮아.

그녀는 면허증을 보고 서명을 눈에 담은 다음, 몽블랑 펜 끝을 서명
카드에 가져갔다. 반쯤 서명했을 때 뒤에서 문이 열렸다.

그녀는 돌아보지 않았다. 서명을 마쳤다.

애슐리가 맨프레드의 책상 옆으로 다가와서 그에게 열쇠고리를 건

넘다. 그의 옆에 그대로 서서 레이철을 마치 그녀 이름이 니콜이 아닌 줄 안다는 듯이, 그녀의 가발을 고정한 핀이 보이는 듯이 쳐다보았다.

맨프레드는 열쇠고리를 뒤적거리다 원하는 것을 찾아냈다. 그는 애슐리가 옆에 있음을 알아챘다.

"쉬는 시간인가?"

"네, 매니?"

애슐리의 미소에 레이철은 그가 나중에 혼나리라는 것을 알았고, 그걸로 또한 둘이 바람을 피우고 있음을 알았다. 사진 속 무표정한 얼굴의 아내는 알 수도 있고 알지 못할 수도 있겠지만, 아마 그 사진 속 희망에 부푼 통통한 남자애들은 모를 것이다. 애슐리가 나가자, 레이철은 매니가 아내는 무덤덤해서 배신했겠지만, 아들들은 뚱뚱하기 때문에 배신했다고 결론지었다. *그리고 당신 자신은 그걸 알지도 못하겠지? 개자식. 당신에겐 도덕성이라곤 없으니까. 그러니까 교회에서 한 서약이나, 스스로에게 한 서약 따위는 아무 의미도 없겠지.*

그는 서명 카드를 쳐다보지도 않고 책상 뒤에서 나왔다.

"그럼 가볼까요?"

사무실을 나와보니 대기석에 있던 여자는 가고 없었다. 남자친구나 여자친구를 기다리고 있었을까? 애인이 은행에 볼일이 있어서 길 건너 칠리스에 가기 전에 여기서 만나기로 했는지도 모른다. 그 여자는 최소한 레이철 눈에 보이는 한에선 이제 은행 안에 없었다. 그러니 남자친구인지 여자친구가 와서 둘이 만나 이제 길 건너에서 테킬라 라임 치킨을 시키고 있을 것이다.

아니면 시나리오 2번: 여자가 레이철을 알아보고, 네드, 라스, 아니면 그런 사람에게 문자를 보낸 다음, 만에 하나 경찰이 아침 10:15쯤 주차장에서 살해당한 금발 가발을 쓴 여자에 대해 조사할 경우 충분한 알리바이가 확보되도록 집으로 차를 몰고 가고 있을지도 모른다.

매니가 2.5미터짜리 금고문 앞에 섰다. 그는 키패드에 가까이 다가가 숫자를 눌렀다. 한 걸음 왼쪽으로 가서 엄지를 다른 패드에 눌렀다. 금고문이 철컹 열렸다. 그는 문을 당겼다. 이제 창살문을 면하고 있었다. 그는 열쇠고리의 열쇠로 그걸 열고 금고 안으로 그녀를 안내했다.

그들은 대여금고에 둘러싸여 거기 서 있었고, 그녀는 브라이언에게 번호를 안 물어봤다는 걸 깨달았다.

그리고 그는 말해주지 않았다.

몇 시간을 들여 서명 위조 방법을 가르치고, 몇 달은 아닐지 몰라도 몇 주를 이 최악의 사태에 대비해 가짜 신분증, 가짜 여권을 만들고, 완벽한 은행을 골라 놓고선…… 아내에게 대여 금고 번호를 말 안 했다고?

남자란.

"……혹시 프라이버시를 원하신다면."

매니가 그녀에게 말하고 있었다. 그녀는 그의 시선을 따라 왼편의 검은 문을 보았다.

"지난번 오셨을 때 개인실을 쓰셨던가요?"

"아뇨." 그녀는 말하고 있었다. "안 썼어요."

"오늘 필요하십니까?"

"네."

여기에 상자가 육백 개는 되어 보였다. 예전에 농사짓던 작은 동네에? 여기다 뭘 넣어두나? 복숭아 코블러 요리법? 아버지의 타이멕스 시계?

"그럼." 매니가 말했다.

"그럼."

그는 가운데 벽으로 그녀를 안내했다. 그녀는 열쇠를 꺼내려 가방에 손을 넣었다. 엄지와 검지로 잡으니 번호가 느껴졌다. 손바닥에 꺼내보니 865였고, 매니가 자기 열쇠를 865라고 표시된 상자에 꽂았다. 그녀는 자기 열쇠를 다른 구멍에 넣었고 그들은 함께 열쇠를 돌렸다. 그는 상자를 빼내 왼쪽 팔에 얹었다.

"개인실 필요하다고 하셨죠?"

"네."

그는 턱으로 문을 가리켰고 그녀는 문을 열었다. 방은 작다는 말로도 부족했고, 사면의 금속 벽 안에 테이블 하나, 의자 두 개, 그리고 희미한 가느다란 하얀 형광등뿐이었다.

매니는 상자를 테이블에 놓았다. 둘의 몸이 겨우 몇 센티미터 떨어진 상태에서 그는 그녀를 쳐다보았고 그녀는 그 개새끼가 진짜로 '한순간'을 바라고 있음을 깨달았다. 마치 자기 매력이 그렇게나 보편적이고 흡인력이 있어 여자들이 자기랑 있으면 포르노 스타처럼 행동할 수밖에 없다는 듯이.

"몇 분 후에 나갈게요."

그녀는 테이블 반대쪽으로 돌아가서 가방을 내려놓았다.

"그럼요, 그럼요. 밖에서 뵙겠습니다."

그녀는 들었다는 내색조차 하지 않았고 그가 나가서 문을 닫은 후에야 다시 고개를 들었다.

그녀는 상자를 열었다.

안에는 약속대로, 나흘 전 그녀가 브라이언이 은행에 메고 들어가는 모습을 본 메신저 백이 있었다. 겨우 그것밖에 안 되었던가? 돌아보면 천 년은 된 기분이었다.

그녀는 가방을 빡빡한 상자에서 빼내어 손잡이를 잡았다. 현금은 그가 말한 대로 제일 위에 있었고, 백 달러짜리 묶음들이, 그리고 천 달러 묶음 하나가 깔끔하게 고무밴드로 묶여 있었다. 그녀는 그걸 자기 가방에 옮겨 담았다. 남은 것은 여권 여섯 개뿐이었다.

그녀는 안에 손을 넣어 꺼냈고 여권이 다섯 개뿐임을 보고 쓴 물과 구토가 치밀어올랐다.

아냐.

아냐, 아냐, 아냐, 아냐.

그녀는 희미한 조명과 차가운 금속 벽에 애원했다. *제발, 아냐. 나한테 이러지 마. 지금은 안 돼. 이만큼까지 왔는데. 제발.*

정신 챙겨, 레이첼. 희망을 다 버리기 전에 우선 여권을 살펴봐.

그녀는 첫 번째를 펼쳤다. 브라이언의 얼굴이 그녀를 마주 보았다. 그의 최신 가명도 나와 있었다. '휴이트, 티모시'.

그녀는 다음 것을 펼쳤다. 케일럽. 그의 가명은 '브랜치, 세스'였다.

세 번째 여권을 집어 드는 손이 떨렸다. 너무 심하게 떨려서 잠시 멈추고 주먹을 쥐었다가 두 주먹을 꽉 마주 대고 호흡을 가다듬었다.

세 번째 여권을 펼쳐, 이름을 먼저 봤다. '카마이클, 린지'.

그다음 사진을 봤다.

니콜 올든.

그녀는 네 번째 여권을 펼쳤다. '브랜치, 키요코'. 하얀 사진이 그녀를 마주 보고 있었다. 그녀는 다섯 번째이자 마지막 것을 펼쳤다—아기 거였다.

비명을 지르거나 뭔가 던지거나 의자를 걷어차지 않았다. 그녀는 바닥에 앉아 양손으로 눈을 누르고 자신의 어둠 속을 응시했다.

내 인생이 흘러가는 걸 지켜봐 왔어. 매번 행동에 나서지 못했고, 나는 그저 목격하기 위해 있을 뿐이라고 정당화했지. 하지만 현실에서는 그저 행동하지 않는 쪽을 선택했을 뿐이야.

지금까지는.

그리고 어떻게 되었나 봐. 난 혼자야. 그리고 이제 죽어. 그 밖의 모든 것은 진열장 장식이야. 포장지. 판매 마케팅.

그녀는 가방 밑바닥 현금 뭉치 아래서 크리넥스 한 팩을 찾아내, 휴지로 얼굴을 닦았다. 가방 안을 응시하고 있는 자신을 발견했다. 현금 뭉치는 왼쪽을 차지했고, 오른쪽에는 열쇠, 지갑, 권총이 있었다.

그리고 바라보고 있는 사이 일 분이 지났는지 십 분이 지났는지는 알 수 없었지만, 결국에는 그에게 두 번째로 총을 겨누고 방아쇠를 당길 수는 없음을 알았다. 그럴 수 있는 사람이 아니었다.

그를 보내줄 것이다.

여권 없이. 그리고 현금 없이. 그건 그녀가 가지고 떠나버릴 테니까.

하지만 그를 죽일 순 없었다.

왜?

왜냐하면, 세상에, 그를 사랑하기 때문이었다. 최소한 그의 환상을 사랑했다. 최소한 그것만은. 그가 그녀에게 느끼게 해준 환상을 사랑했다. 그리고 그저 거짓된 행복의 결혼 기간만이 아니라, 지난 며칠 사이에도. 그녀 인생의 다른 모든 진실보다 차라리 브라이언이라는 거짓을 원했다.

그녀는 티슈팩을 도로 가방에 넣고 그 위로 현금 뭉치를 밀어 넣다

가 진청색 비닐을 언뜻 보았다. 두 개의 현금 뭉치 사이에서 그게 빠져
나왔다.

그녀는 가방에서 그걸 꺼냈다. 미합중국 여권이었다.

열어보았다.

그녀 자신의 얼굴이 마주하고 있었다. 삼 주 전 비 오는 날 갤러리아
몰에서 찍은 사진. 강해 보이려고 애쓰고 있지만 아직 거기까진 도달하
지 못한 여자의 얼굴.

하지만 그녀는 노력하고 있었다.

그녀는 여권 여섯 개를 다 돈과 함께 가방에 넣고 방을 나왔다.

34장

춤

은행을 나서면서 그녀는 목 문신과 자세 완벽한 여자를 찾아보았지만, 혹시 건물 안에 있는 거라면 레이철 눈이 닿는 곳에는 없었다. 그녀는 오른쪽으로 꺾어 대기석을 지났고 맨프레드가 창구 유리 뒤에서 애슐리의 어깨 쪽으로 턱을 기울이고 이야기하고 있는 것을 보았다. 그녀가 문을 향하자 둘 다 고개를 들어 쳐다보았고, 맨프레드는 마치 그녀를 부를 듯이 입을 움직였지만, 그녀는 정문을 지나 주차장으로 나섰다.

이제 나무 아래 주차된 차들이 보이는 각도였고 태양도 협조하고 있었다. 남아 있는 네 대중, 하나만 분명히 사람이 있었다. 후진해서 주차한 쉐보레였고, 남자가 운전석에 앉아 있었다. 아직 이목구비를 보기엔 너무 그늘이 졌지만, 확실히 남자의 머리였다. 턱이 각졌고, 귀가 동전 지갑만 했다. 그녀를 죽이거나 아니면 설문을 하기 위해 거기 있는지, 아니면 일을 땡땡이치는 중간급 관리자인지, 오럴섹스를 받고 있는 성

구매자인지, 아니면 프로비던스의 I-95 도로가 꽉 막히는 여덟 시에서 열 시 사이를 피하기 위해 약속 시간보다 일찌감치 온 외지 영업사원인지 알 도리가 없었다.

그녀는 곧장 앞을 바라보며 이달의 직원 차와 장애인 주차구역의 밴 사이를 지나갔다. 이제 돌아서긴 너무 늦었고, 슬라이딩 문이 그녀의 왼쪽 어깨 옆에 있었다. 그게 확 열리며 손이 뻗어 나와 그녀를 안으로 끌어들이는 상상을 했다.

그녀는 밴을 지나쳤고 기다란 검은 SUV가 그녀 오른쪽에서 다가왔다. 그녀가 묘하게 실감 없이 흥미를 느끼며 바라보는 사이 운전석의 색 입힌 창문이 내려가고 운전자가 창문이 끝까지 내려가기도 전에 팔을 쑥 내밀었다. 남자는 짙은 정장에 하얀 셔츠 소매가 빠져나와 있었다. 그녀가 가방에서 권총을 꺼내거나 최소한 밴 뒤로 몸을 피할 생각도 하기 전에 남자의 팔이 완전히 뻗어 나왔고 검지와 중지 사이에 담배가 끼워져 있었으며 남자는 머리 받침대에 고개를 기댄 채 달갑게 담배 연기를 내뿜었다. 그는 다 이런 잔재미에 사는 거지요, 안 그래요? 하고 말하는 듯이 그녀에게 느긋이 웃음 지으며 지나갔다.

남자가 지나가고 나서, 그녀는 가방에 손을 넣어 P380의 안전장치를 풀고 손을 넣은 채 레인지 로버까지 갔다. 그녀는 왼손으로 문을 열고 차에 올랐다. 가방을 앞 조수석에 놓고, 안전장치 풀고 방아쇠에 손가락을 건 채 총을 옆의 콘솔에 놓았다. 그녀는 말했다.

"아직 거기 있어?"

"간 사이 몇 살 더 먹었네." 그가 차분히 말했다. "뭐 하고 자빠졌다 이제 와?"

"진담이야?" 그녀는 방아쇠에서 손가락을 떼고 안전장치를 채운 후,

총을 좌석과 콘솔 사이에 놓았다. "그게 인사라고 하는 거?"

"와, 여보, 아름다워. 새로 뭐 했나? 살도 빠진 거 같은데. 그럴 필요가 있었단 얘긴 아니고."

"지랄하지 마." 그녀는 말했고, 웃음기를 듣고 놀랐다.

그는 웃었다.

"내가 잘못했어. 어떻게 됐어? 그나저나 이제 시동을 걸어야 할 거 같은데, 계속 얘기할 거면 전화 거는 시늉하고."

그녀는 시동을 걸었다.

"내가 핸즈프리로 통화한다고 짐작하지 않으려나?"

"당신은 헤드셋을 안 꼈고 1992년 생산된 차를 몰고 있잖아."

그녀는 폰을 귀로 가져갔다.

"인정."

"은행에 감시자 있었어?"

그녀는 주차 자리에서 차를 빼 출구로 향했다.

"잘 모르겠어. 대기석에 젊은 여자가 있었는데 아직도 확신이 안 서네."

"주차장은?"

"직원 주차구역 차 안에 남자가 한 명 있었어. 우리를 지켜보는지는 모르겠고."

그녀는 도로에 다다랐다.

"우회전해." 브라이언이 말했다.

그들은 완만한 경사를 올라 목조 주택들이 모여 있는 곳을 지났다. 대부분 빨간색이고 몇 채는 파란색이었으며 나머지는 오래된 야구공처럼 회갈색으로 바래 있었다. 일단 집들을 지나고 나자 초원 사이로 직선로가 몇 킬로미터 뻗어 있었다. 앞에 펼쳐진 하늘은 꿈과 오래된 컬러 영화에서나 본 파란색이었다. 하얀 구름이 남동쪽 구석에서 뭉게뭉게 피어오르고 있었으나 들판에는 그림자를 드리우지 않았다. 왜 브라이언이 이 길을 택했는지 알 수 있었다. 몇 킬로미터 동안 갈림길이 없었다. 존스턴의 남은 농업 기반은 바로 여기인 모양이었다.

"자." 브라이언이 3킬로미터쯤 가서 입을 뗐다.

"자 뭐?" 무슨 이유에서인지 그녀는 웃음이 나왔다.

"백미러에 누구 보여?"

그녀는 올려다보았다. 뒤쪽 도로는 아무것도 없는 진회색 리본이었다.

"아니."

"얼마나 멀리까지 보이는데?"

"대충 3킬로미터쯤."

일 분이 더 지나고 그가 말했다.

"지금은?"

그녀는 다시 봤다.

"아무것도. 아무도."

"레이철."

"브라이언."

"레이철." 그가 다시 말했다.

"브라이언……."

그는 뒷좌석에서 일어나 앉았고 얼굴에는 그야말로 함박웃음이 만개했다.

"오늘 본인에 대해 어떻게 생각해?" 그가 물었다. "지금 당장? 존나

나빠 아니면 존나 좋아?"

그녀는 백미러에서 그와 눈이 마주쳤고 자신의 눈도 그만큼이나 아드레날린으로 들떠 있겠거니 싶었다.

"나는⋯⋯."

"말해."

"존나 좋아."

그는 박수를 치며 환호했다.

그녀는 가속 페달을 밟고 고함을 내질렀다.

십 분 후, 그들은 또 다른 작은 상점가에 다다랐다. 그녀는 아까 들어가는 길에 눈여겨봐 두었다. 우체국, 샌드위치 가게, 주류전문점, 마셜즈 의류 할인점, 그리고 세탁소가 있었다.

"여기서 뭘 하려고?"

브라이언이 고만고만한 낮은 건물들을 내다보았다. 흰색이 계란 껍질 색으로 바래가는 마셜즈만 빼고 다 회색이었다.

"잠깐 들를 일 있어."

"지금?"

그녀는 고개를 끄덕였다.

"레이철." 그는 나무라는 투를 목소리에서 지우지 못했다. "우리 지금 그럴 시간이⋯⋯"

"말다툼할 시간?" 그녀가 말했다. "맞아. 금방 다녀올게."

그녀는 차에 열쇠를 꽂아두고 은행에서 가져나온 가방을 그의 발치에 둔 채 내렸다. 마셜즈에서 니콜 로소비치 차림을 청바지와 진홍색 브이넥 티, 검은 캐시미어 카디건으로 바꿔 입는 데 십 분 걸렸다. 그녀는 꼬리표를 계산대에 넘기고, 입고 왔던 옷을 가게 비닐봉지에 넣은 다음, 돈을 내고 나왔다.

브라이언은 그녀가 나오는 걸 보고 몸을 일으키다가, 그녀가 손가락 네 개를 세워 흔들어 보이고 우체국으로 들어가자 얼굴이 어두워졌다.

그녀는 오 분 후에 나왔다. 운전석에 그녀가 올랐을 때 브라이언은 훨씬 창백해져 있었다. 작아지기도 했고, 약간 아파 보였다. 그녀의 가방은 여전히 그의 발치에 있었으나, 뒤져본 게 분명했다. 지폐 뭉치가 지퍼 사이로 삐죽 보였다.

"내 가방 뒤졌네." 그녀는 말했다. "참 신뢰가 크기도 해라."

"신뢰?" 딸꾹질처럼 날카롭고 높은 소리였다. "내 여권 거기 없던데. 당신 것도."

"없어."

"그럼 어디 있어?"

"내 건 있어." 그녀는 말했다.

"잘됐네."

"그런 거 같아."

"레이첼."

"브라이언."

그의 목소리는 거의 속삭임에 가까웠다.

"내 여권 어딨냐니까?"

그녀는 마셜즈 쇼핑백에 손을 넣어 송장을 꺼내 그에게 넘겨주었다.

그는 허벅지에 펴놓고 한동안 들여다보고 있었다.

"이게 뭐야?"

"송장이야. 국제 특급. 미국 우편 서비스가 보증하는. 거기 오른쪽 위에 나온 게 송장 번호고."

"그건 봐서 알아." 그가 말했다. "그리고 당신이 암스테르담 인터콘티넨탈 호텔 숙박객인 당신 앞으로 보낸 것도 봤고."

그녀는 고개를 끄덕였다.

"좋은 호텔이야? 거기 숙박해본 적 있어? 웹사이트에선 괜찮아 보이기에 거기로 했어."

그는 마치 뭘 한 대 칠까 생각하는 듯이 그녀를 쳐다보았다. 아마도 그녀를. 어쩌면 그 자신을. 계기판일 수도 있었다.

그러나 아마 그녀일 것이다.

"암스테르담에 있는 인터콘티넨탈 호텔에 뭘 부쳤어, 레이철?"

"당신 여권."

그녀는 레인지 로버 시동을 걸고 주차장에서 빠져나왔다.

"무슨 말이야, 내 여권이라니?"

그의 목소리는 더욱 조용해졌다. 그는 말다툼할 때 폭발 직전 그랬다.

"내 말은." 그녀는 아주 어린 아이들에게 하듯 천천히 말했다. "당신 여권을 암스테르담으로 부쳤다고. 나는 내일 밤 거기 갈 계획이고. 하지만 당신은 여기 미국에 있을 거고."

"이럴 수 없어."

그녀는 그를 넘겨다보았다.

"이미 했는데."

"이럴 수 없어!"

이번에는 고함쳤다. 그런 다음 천장을 주먹으로 쳤다.

그녀는 그가 다른 것을 치려는지 보려 기다렸다. 1, 2킬로미터쯤 가고 나서 그녀는 말했다.

"브라이언, 당신은 우리가 사귀고 결혼해서 사는 내내 나한테 거짓말했어. 내가 정말 그걸 그냥 넘어갈 줄 알았어? '어머, 여보, 날 보살펴줘서 고마워.' 이러고 말 줄?"

그녀는 95번 도로 방향 표지판에서 좌회전했고, 아직 15킬로미터쯤 떨어져 있었다.

"당장 차 돌려." 그가 말했다.

"뭐 하게?"

"여권 돌려받게."

"우편물은 일단 발송하고 나면 돌려받을 수 없어. 공무원의 지정 업무 방해 뭐 그런 게 되거든."

"차 돌려."

"뭘 어쩔 건데?" 그녀는 자기 말에서 웃음기를 듣고 놀랐다. "돌아가서 권총 들고 우체국 털 거야? 거기 감시 카메라 있을걸, 브라이언. 여권은 찾을지 몰라도 그때쯤이면 코터 맥칸, 지역 경찰, 주 경찰, 그리고 연방 범죄가 될 테니 FBI도 당신 꽁무니에 달라붙겠지. 정말로 지금 그게 당신이 제일 원하는 해결책이야?"

그는 레인지 로버 저쪽 편에서 그녀를 노려보았다.

"지금 나 미워하지." 그녀가 말했다.

그는 계속 노려보았다.

"뭐," 그녀는 말했다. "사람들은 자길 정신 차리게 하는 대상을 싫어하는 법이거든."

그는 다시 천장을 주먹으로 쳤다.

"닥쳐."

"아, 다정도 해라." 그녀는 말했다. "다른 해결책들을 내가 제시해 볼까?"

그는 주먹으로 글로브 박스를 툭 쳐서 열고 담뱃갑과 라이터를 꺼냈다. 담배에 불을 붙이고 창을 열었다.

"당신 담배 피워?" 그녀가 말했다.

"다른 해결책들이 있다고 했지."

그녀는 손을 내밀었다.

"나도 한 대 줘."

그는 그녀에게 자기 담배를 주고 다른 담배에 불을 붙였으며 그들은 텅 빈 도로를 달리며 담배를 피웠다. 그녀는 잠시 아주 커진 기분이 들었다.

"나를 죽일 수 있겠지." 그녀가 말했다.

"난 살인자 아냐."

기운 없이 분개하는 그 말투가 매력과 모욕 사이 어디쯤에 걸쳐졌다.

"하지만 날 죽이면 여권은 절대 못 가져. 당신에게 쏟아지는 관심을 감안하면, 어디서 다시 여권을 새로 만든다 해도 어마어마한 금액을 요구할 거고, 그래놓고도 당신을 코터 맥캔에 팔아넘길지 몰라." 그녀는 그의 눈을 들여다보고 자신이 정곡을 찔렀음을 알았다. "믿을 사람 하나도 안 남았구나, 그렇지?"

그는 창문 틈새로 담뱃재를 털었다.

"그게 당신이 제시하는 거야? 믿음?"

그녀는 고개를 저었다.

"내 요구사항이지."

잠시 후 그가 물었다.

"그게 어떻게 하면 되는데?"

"당신은 모든 이들에게 쫓기며 며칠을 쥐새끼마냥 돌아다니는 사이, 나와 하야, 에이비는 암스테르담 운하를 돌아보겠지."

"그런 모습 좋아하는군." 그가 말했다.

"그리고 정해진 시간과 장소에서, 당신은 내가 다시 미국으로 부친 여권을 수령하는 거야."

그가 너무 세게 빨아 담배 끝이 타들어 가며 부스러졌다.

"나한테 이럴 순 없어."

그녀는 자기 담배를 창 너머로 털었다.

"하지만 벌써 그랬는걸, 여보."

"내가 당신을 구출했어."

"뭘 어째?"

"당신이 스스로 지은 감옥에서. 몇 년을 공들여 당신을 준비시켰단 말야. 그게 사랑이 아니라면, 뭐가……"

"당신이 날 사랑한다고 믿으라고?" 그녀는 길가에 차를 대고 세웠다. "그럼 날 이 나라에서 빼주고, 은행 돈을 뺄 수 있게 해주고, 내가 여권 보내줄 거라고 믿어봐." 그녀는 그에게 삿대질하며, 갑자기 드러난 자신의 한없이 깊은 분노에 놀랐다. "왜냐하면 그 외에 다른 거래는 없거든."

그는 시선을 떨구고 회색 도로와 파란 하늘 그리고 다가올 여름을 맞아 노란 들판을 내다보았다.

이제 그가 위협할 차례라고 그녀는 생각했다.

"좋아." 그가 말았다.

"뭐가 좋아?"

"당신이 원하는 걸 줄게."

"그게 뭔데?"

"보아하니 전부 다네." 그가 말했다.

"아니, 그냥 신뢰만이야." 그녀는 말했다.

그는 창에 비친 자기 모습에 씁쓰름한 미소를 지었다.

"말했다시피……"

브라이언은 고속도로에서 하야에게 문자를 보냈다. 24시간 사이 두 번째로, 그는 그녀의 답 문자를 마음에 들어 하지 않았다.

미리 약속한 대로, 그는 이렇게 썼다.

— 다 어때요?

다 별일 없다면, 그녀는 이렇게 답 문자를 보냈어야 했다.

— 완벽해요.

혹시 뭐 하나라도 잘못되었다면 그녀는 이렇게 보내기로 했다.

— 다 좋아요.

십오 분 후, 그녀는 문자를 보내왔다.

— 전부 괜찮아요.

운소켓에서 그는 그녀에게 중앙 언덕으로 올라간 다음 남쪽으로 몇 블록 가라고 지시했다. 그들은 부서진 석고보드와 구부러진 철근이 널린 쓰레기 매립지 둔덕의 막다른 거리에서 차를 돌렸다. 거기에서는 강과 공장 그리고 야간 경비 집이 고스란히 시야에 들어왔다. 그는 글로브 박스에서 쌍안경을 꺼내 초점을 조절하고 집을 내려다보았다.

"창고 블라인드는 올라간 채 있어." 그가 말했다.

그녀의 가슴 속에서 참새가 두 번 날갯짓했다.

그는 쌍안경을 그녀에게 넘겼고 그녀는 직접 보았다.

"하야가 잊었나 보지."

"어쩌면."

"하지만 당신은 지시를 분명하게 했지."

"난 지시 분명하게 했지." 그가 동의했다.

그들은 앉아서 쌍안경을 주고받으며 한동안 집을 지켜보았고, 뭐든 움직임이 있나 살폈다. 한번 레이철은 이 층 제일 왼쪽 블라인드가 움직이는 걸 봤다고 생각했지만, 확신할 순 없었다.

그래도, 그들은 알았다.

그들은 알았다.

그녀의 속은 요동쳤고 한순간 공기가 희박하게 느껴졌다.

조금 더 지켜본 후, 브라이언이 운전대를 잡았고 그들은 다시 동네를 통과하여 어젯밤보다 조금 더 멀리 가서 몇 블록 더 북쪽에서 공장에 접근했다. 그들은 기찻길과 평행으로 뻗은 옛 운송로를 따라 공장 대지에 들어섰고, 햇빛 아래 공장 골조는 더욱 처량하고 더욱 매혹적이었다. 신격화된 왕과 한때는 위세 당당하던 수행원들이 살해당하고 그 뼈만 남아 하얗게 햇빛에 바랜 것처럼.

그들은 강에 제일 가까운 건물 폐허 몇 미터 안에 주차된 픽업트럭을 발견했다. 북쪽 벽은 다 없어졌고 이 층도 거의 사라졌다. 트럭은 크고 검은 시에라로, 튼튼하고 기능적이었으며 바퀴와 옆면에는 진흙이 튀어 말라 있었다.

브라이언은 후드에 손을 얹었다.

"뜨겁진 않지만 약간 따뜻해. 여기 오래 있진 않았어."

"몇 명이나?"

그는 안을 들여다보았다.

"알기 힘들지. 5인승이네. 하지만 다섯 명을 데려오진 않았을 거야."

"왜?"

그는 어깨를 으쓱했다.

"인건비가 비싸니까."

"7000만 달러 날리는 것보다야." 그녀는 말했다.

그는 잠시 공장을 둘러보았고 그녀는 이게 그가 행동하는 방식임을, 실제로 보지는 않은 채 눈으로 주위를 훑고 있음을 알 만큼 그를 잘 알았다.

"그자들하고 맞대면하고 싶어?" 그녀는 말했다.

"안 그러고 싶어." 그는 눈을 크게 떴다. "하지만 선택의 여지가 없네."

"집에 안 돌아가고 그냥 여기서 도망칠 수도 있어."

그는 고개를 끄덕였다.

"하야와 아기를 두고 가겠다고?"

"경찰에 전화하면 되지. 하야는 아무것도 몰라. 무관하다고 주장하기 쉬울 거야."

"경찰이 나타나면 안에 있는 자들이 하야와 아기에게 총질하지 못할 이유가 뭐 있을까? 아니면 경찰에게 총질하거나? 아니면 인질극을 벌이거나?"

"없지." 그녀는 인정했다.

"그래도 튀고 싶어? 둘을 버려두고?"

"당신은?"

"내가 먼저 물었잖아." 그는 희미하기 그지없는 미소를 날렸다. "아이티에서 그 개새끼가 당신한테 뭐라고 했지?"

"'착하게 가만히 있을래? 살고 싶어?'"

브라이언이 고개를 끄덕였다.

"여기서 우릴 빼낼 수 있어?" 그녀는 물었다.

"당신은 빼낼 수 있지. 나는 당신이 해놓은 일 때문에 못 빠져나가지만, 당신은 빼줄 수 있어, 자기."

그녀는 시비를 무시했다.

"지금 당장?"

그는 고개를 끄덕였다.

"지금 당장."

"우리 확률이 얼마나 돼?"

"우리 확률?"

"내 확률." 그녀는 말했다.

"오십 대 오십쯤. 한 시간마다, 오 퍼센트씩 코터 맥칸에게 유리한 쪽으로 흘러가지. 겁에 질린 여자와 아기를 더하면 우리 성공률은 훨씬 더 떨어지고. 그것도 우리보다 총기를 훨씬 더 잘 다루는 놈들에게서 둘을 빼낼 수 있다면 말이지만."

472

"그럼 지금 당장은 확률이 반반이네. 하지만 저 집으로 올라가면……" 그녀는 공장 맞은편 끝을 가리켰다. "우린 십중팔구 죽어."

그의 눈이 조금 더 커졌고 연신 고개를 끄덕였다.

"십중팔구지, 맞아."

"그리고 내가 도망치고 싶다 하면, 당신은 그냥 지금 여기서 날 빼주 겠다고?"

"그렇게 말하진 않았어. 그런 선택안도 있다고 했지."

그녀는 시커먼 서까래와 조각난 지붕 사이로 파란 하늘을 올려다보 았다.

"선택안은 없어." 그녀의 말에 그는 기다렸다. "우리 넷 다 같이 가는 거야." 그녀는 받은 숨을 몇 번 들이쉬었고 그 바람에 머리가 어찔했다. "아니면 아무도 못 가."

"좋아." 그는 속삭였고 그녀는 그도 자신만큼이나 겁에 질렸음을 볼 수 있었다. "좋아."

그녀는 폭탄을 터트렸다.

"하야는 영어 멀쩡하게 해." 그가 그녀를 쏘아보았다. "캘리포니아에 서 자랐대. 케일럽한테 사기 치고 있었던 거야."

그는 어이가 없어 헛웃음을 흘렸다.

"왜?"

"케일럽이 자기를 거지 같은 삶에서 구해주기를 바라서 그런 거 같 던데."

브라이언은 머리를 어찌나 흔들어대던지 목욕하고 나온 개 같았다. 그러더니 미소지었다. 예전 브라이언의 미소―세상 돌아가는 일이 놀 랍다는 것에 놀랐지만 그래도 동시에 우스워하는 모습이었다.

"어, 젠장." 그가 말했다. "이제야 하야가 좋아지네." 그는 고개를 끄덕 했다. "본인이 얘기했어?" 레이철은 고개를 끄덕였다. "왜?"

"자기 버리지 말라고."

"나 하야를 못 버리고 갈 인간은 아냐." 그는 터놓고 말했다. "하지만 케일럽의 아기를 저기서 죽게 둘 순 없어. 7000만 달러가 걸렸어도."

그는 레인지 로버의 도구함 뚜껑을 열고 짧고 흉측하며 권총 손잡이가 달린 산탄총을 꺼내왔다.

"총이 몇 정이나 필요해?" 그녀는 물었다.

그는 집 방향을 쳐다보며 총에 장전했다.

"내가 쏘는 거 봤잖아. 개판이야. 산탄총이면 형세가 조금 비슷해지 겠지."

그는 해치백 문을 닫았다.

케일럽의 딸을 두고 갈 순 없다고 했다 한들, 그가 지금 당장 저 흉측한 무기로 그녀를 죽일 수 있다는 사실이 바뀌진 않는다. 딱히 이성적인 선택은 아니겠지만, 지금 시점에서는 이성적 선택이란 흘러간 사치였다.

그래도 그의 머릿속에 그게 우선순위 같진 않아서, 그녀는 트럭 운전석 문을 열었다. 바닥 매트는 마른 진흙이 엉겨 붙어 있었다. 좌석 너머로 목을 길게 빼 보니 조수석 시트도 마찬가지였다. 그들이 최근 어디서 그녀나 브라이언을 찾아다녔든 간에, 어딘가 흙바닥인 곳을 다녔다. 그녀는 운전석 쪽 뒷좌석 문을 열었다. 뒷좌석 바닥 매트는 깨끗했다. 아직도 새 차 냄새가 났다.

그녀는 브라이언에게 그걸 보였다.

"두 명뿐이야."

"다른 차가 어디 딴 데 주차되어 있지 않다면."

그녀는 그 점은 생각지 못했다.

"당신은 긍정왕인 줄 알았는데."

"그럼 오늘은 그럴 기분이 안 나는 날이라고 해두지."

"내 말은……" 그녀는 입을 열었으나 마저 생각이 나지 않았다. 그녀는 손을 내렸다. 최근 이렇게까지 토할 듯한 기분이 되기는 처음이었다. 그녀는 브라이언에게 그 얘기를 했다.

"이럴 때 사이언톨로지 교인이 있어야 하는데 말야." 그는 구리선을 훔치러 온 자들이 뜯어낸 벽 조각과 흙, 쓰레기 더미 너머 건물 끝쪽을 향해 산탄총을 겨눴다. "바로 저쪽 끝에 계단이 있어. 거기 내려가면 정말 작은 터널이 나와."

"터널?"

그는 고개를 끄덕였다.

"케일럽과 내가 지난 몇 달 동안 팠어. 해외 출장 갔다고 했던 동안."

"잘했네."

"우리가 저 집에 있다가 혹시 상대가 오는 걸 제때 본다면, 터널로 들어가 이리로 와서, 서둘러 도망칠 수 있을 줄 알았지. 당신이 저기 터널로 들어가서……"

"들어갈 수 있어?"

"그래. 저기로 기어서 들어가서……"

"그 터널 얼마나 좁아?"

"아, 심하지." 그가 말했다. "땅굴에 가까워. 지금 당장 피자를 먹으면, 나는 아마 끼어서 옴짝달싹 못할걸."

"난 그렇겐 못 해." 그녀가 말했다.

"차라리 죽겠다고?"

그는 산탄총을 팔에 이어진 것처럼 휘둘렀다.

"땅속보다는 차라리 땅 위에서 죽겠어."

"더 나은 수 있어?" 날카롭게 말이 튀어나왔다.

"당신 생각도 아직 못 들었는데. 내가 들은 거라곤 '터널'뿐이야. 그리고 그 빌어먹을 것 좀 아래로 겨눌래?"

그는 산탄총을 쳐다보았다. 사과로 어깨를 으쓱하곤 총구를 아래로 향했다.

"내 계획은," 그가 차분히 말했다. "집 아래 터널로 들어가는 거야. 일층 뒷방으로 나가게 되어 있어. 그자들이 창밖으로 우리가 오나 살피는 사이 집 안으로 들어가는 거지."

"그럼 그자들이 총 쏘는 건 어떻게 막으려고?"

"우리가 먼저 제압할 테니까?"

"제압?" 그녀가 말했다.

"그래."

"그자들은 프로야. 양쪽 다 총을 가졌다 한들 그 사람들은 폭력적인 대결 구도에 익숙하고 우린 아니잖아."

"좋아. 당신 차례야." 그가 말했다.

"뭐?"

"당신 차례." 그가 되풀이했다. "더 나은 수를 말해보라고."

그녀는 잠시 망설였다. 공포를 이기고 생각하기 힘들었다. '도망' 말고 다른 단어가 머릿속에서 자리를 찾기 힘들었다.

그녀는 자기 계획을 말했다.

그녀가 말을 마치자 그는 아랫입술을 잘근거리다 입안을 잘근거리고 다음으론 윗입술을 잘근거렸다.

"좋네."

"그래?"

그는 마치 얼마나 솔직하게 말해도 될지 가늠하는 듯이 그녀를 응시했다.

"아니." 그가 마침내 털어놓았다. "좋진 않아. 하지만 내 것보단 나아."

그녀는 그에게로 다가섰다.

"큰 문제가 하나 있어."

"뭔데?"

"당신이 당신 몫을 하지 않으면, 난 일 분 안에 죽어."

"그보다 짧을지도." 그는 말했다.

그녀는 한 걸음 물러나 가운뎃손가락을 세워 보였다.

"그럼 당신이 자기 몫을 할 줄 어떻게 알고?"

그는 재킷 주머니에서 담뱃갑을 꺼내 그녀에게 하나 권했다. 그녀는 손을 내저었다. 그는 입술에 담배를 물고 불을 붙인 다음, 담뱃갑을 다시 주머니에 넣었다.

"이따 봐, 레이철."

그는 어깨를 으쓱하고 뒤돌아보지 않은 채 공장을 지나 야간 경비 집으로 향했다.

35장

가족 사진

그녀는 공장과 강 사이를 지나는 기찻길을 따라 레인지 로버를 몰았다. 마지막 붉은 벽돌집에서 기찻길을 벗어나 콘크리트 블록과 돌덩이 위를 덜컹거리며 나아갔고, 차 아래를 긁는 저것들이 연료 탱크에 구멍을 내지 않기를 바랐다. 덜컹덜컹 가다 브라이언이 설명한 작은 도로를 발견했고 언덕 뒤쪽으로 해서 야간 경비 집을 향해 올라갔다.

거의 꼭대기에서 그녀는 가속 페달을 밟아 돌진해서 능선을 넘었고, 레인지 로버가 왼쪽으로 심하게 기울어 이러다 확 넘어갈까 겁이 났다. 본능을 무시하고 더 세게 가속 페달을 밟자, 다시 쾅당 네 바퀴가 땅에 닿았고 집 뒤 공터를 향해 돌진했다.

네드와 라스 둘 다 뒷문 포치로 나왔다. 그들은 무장하고 있었다. 네드는 그녀를 향해 놀랍지만 또한 의기양양하게 고개를 갸웃했고, 그의 작은 눈에 떠오른 표정은 그녀가 평생 수없이 보아온 것이었다. 그녀를 움츠러들게 하면서 동시에 분개하게 만드는 표정.

멍청한 여자.

그녀는 레인지 로버를 주차하고 내려서, 그녀와 포치 사이에 차가 자리하게 했다.

"도망치지 마." 네드가 말했다. "그냥 쫓아가면 그만이니. 그리고 이야기 결말은 똑같은데 우리가 좀 더 빌어먹게 심란해질 뿐이야."

네드는 케일럽을 죽였던 글록을 손에 들고 있었고, 소음기가 이미 부착되어 있었다. 죽음의 배경음이 나직한 퓩 소리가 될까 그녀는 두려웠다. 그렇지만 라스는 커다란 사냥용 라이플을, 곰이라도 잡을 수 있을 만한 걸 들고 있었으니, 그녀의 죽음은 요란할 수도 있었다.

둘이 동시에 포치에서 걸어 내려왔다.

그녀는 후드 너머로 권총을 겨누고 말했다.

"그 자리에 있어."

네드는 양손을 들고 라스를 쳐다보았다.

"저 여자한테 당하게 생겼는데."

브라이언은 어딘가 안전한 곳에서 얼굴에 미소를 띠고 이 장면을 지켜보고 있을까?

라스는 레인지 로버를 향해 계속 걸어왔다. 하지만 비스듬하게 사선으로 다가오고 있었다. 그리고 네드도 마찬가지였다. 하지만 반대 방향에서. 그래서 각자 걸음을 뗄 때마다 그녀에게 가까워지지만 서로의 거리는 멀어졌다.

"젠장 멈추라고."

라스는 몇 걸음 더 슬슬 다가와서 멈췄다.

브라이언이 예비 여권을 갖고 있을 가능성도 충분히 있었다. 그냥 그녀가 죽게 내버려 두고 그 돈을 쓰러 떠날 수도 있었다.

"이게 뭐야?" 네드가 말했다. "신호등 놀이?"

그는 그녀를 향해 두 걸음 다가왔다.

브라이언, 브라이언! 그녀는 소리 지르고 싶었다.

그녀는 후드 위로 팔을 뻗었다.

"멈추라고 했지."

"빨간불이라고 말 안 했잖아." 그가 한 걸음 더 떼었다.

"멈춰!" 그녀의 목소리가 집에 부딪히고 언덕에 울려 퍼졌다.

네드의 목소리는 차분하고 침착했다.

"레이철, 총 든 여자애가 덩치 큰 악당을 권총으로 제압하는 그런 영화 꽤나 봤겠지. 하지만 현실에서는 그런 식으로 풀리지 않아. 당신은 우리가 포치에서 내려오게 뒀어. 그리고 서로 멀어지도록 내버려 뒀지. 그러니까 이제 우리 현실에서는, 우리 중 한 명이 당신을 쏘기 전에 당신은 우릴 동시에 쏠 수 없단 거지. 나나 저 친구가 어렵지 않게 당신을 쏠 수 있단 말이야."

브라이언, 맙소사. 도대체 어디 처박혔어? 날 버린 거야?

그녀는 떨리는 손을 고정시키려고 레인지 로버 후드에 팔꿈치를 댔다. 총을 네드에게 겨눴으나, 그러면 라스를 방어할 수 없었다.

네드가 후드 위에서 떨리는 그녀의 팔꿈치에 한쪽 눈썹을 추켜세웠다.

"내가 한 말 알겠지?"

아 젠장. 젠장. 젠장. 날 저버렸어?

시야 한구석에서 그녀는 라스가 두 걸음 더 내딛는 것을 보았다.

"제발, 그냥 움직이지 마요." 그녀가 말했다.

네드가 그 말에 미소지었다. 체크메이트.

위층에서 아기가 울었다.

그 소리에 라스가 올려다보았다. 네드는 레이철에게 시선을 고정한 채였다.

그리고 브라이언이 포치에서 걸어 나와 산탄총을 겨누고 방아쇠를 당겼다.

탄환은 라스의 등으로 들어갔다. 라이플이 아직 그의 손에 들려 있는 사이 관통하고 몸 앞쪽으로 나왔다. 산탄 조각과 라스의 조각이 레인지 로버 조수석 쪽으로 쏟아졌고 라이플이 그의 품을 떠나 후드에 떨어졌다. 라스는 무릎을 털썩 꿇었고, 그녀는 네드를 쐈다.

그녀는 방아쇠를 실제로 당긴 기억이 나지 않았으나 분명히 그랬던 모양으로, 네드가 마치 스포츠 경기에서 심판이 오심을 내리기라도 한 듯이 실망스러워 넌더리 내는 "어어어억." 소리를 지르더니 휘청하고 포치 계단에 쓰러졌고 그녀는 권총이 이제 그의 손에 들려 있지 않은 것을 보았다.

그녀는 그에게 총을 겨눈 채 레인지 로버를 빙 돌아갔다. 그는 그녀가 다가오는 것을, 브라이언 역시 산탄총을 겨누고 다가오는 것을 보았다. 브라이언의 팔은 떨렸지만, 산탄총일 경우엔 별로 상관이 없었다. 그녀 팔은 놀랍게도 이제 떨리지 않았다.

라스의 얼굴이 바닥에 부딪히며 작게 쿵 소리가 났다.

그녀는 네드의 권총을 집어 들었다. 그걸 들고 자기 것은 청바지 허리에 찔러 넣었다. 그런 다음 둘 다 그의 앞에 서서, 이제 어떻게 해야 하나 생각했다.

그녀가 네드를 쏜 총구멍은 어깨에 나 있었다. 왼팔을 더 이상 지탱할 수 없다는 듯이 떨구고 있었기에, 그녀는 총알이 쇄골을 박살 냈다고 짐작했다.

그는 입으로 얕은 숨을 쉬며 그녀를 쳐다보았다. 그는 쓸쓸하고 막막해 보였다. 운 나쁜 한 주의 끝을 맞이한 세일즈맨. 피가 그의 새하얀 셔츠에 번지고 재킷 왼편을 물들였다. 공사장 인부들이 많이 입는 플리스 안감을 댄 체크무늬 셔츠형 재킷이었다.

"휴대폰은 어딨어?" 브라이언이 물었다.

네드는 얼굴을 찡그리며 코듀로이 바지 오른쪽 주머니에 손을 넣었다. 브라이언에게 폴더폰을 건넸다.

브라이언은 폰을 열어 통화목록을 그리고 다음으로 문자를 훑었다.

"언제 왔어?" 그가 물었다.

"아홉 시쯤." 네드가 말했다.

브라이언은 문자 하나를 열었다.

"여기 누구한테 'C를 잡았음.'이라고 했는데. 무슨 뜻이지?"

"펄로프의 아내가 목표 C야. 당신이 목표 A고." 그는 레이철을 향해 힘없이 고갯짓했다. "저쪽이 B."

아기가 다시 울어댔고, 유리와 거리 때문에 소리가 멀었다.

"하야는 어디?" 레이철이 말했다.

"위층에 묶여 있지." 네드가 말했다. "아기와 같은 방에. 아기는 아기 침대에 있고, 아직 기어 나올 나이가 아냐. 아무 데도 못 가."

브라이언은 다시 통화목록을 그리고 문자를 확인했다. 그는 폰을 주머니에 넣었다.

"아홉 시 반 이후로 문자나 전화가 없는데. 왜?"

"보고할 게 없으니까. 우린 브라이언 당신을 기다리고 있었지. 나타날 거란 생각은 안 했고."

"이름이 뭐지?" 레이철이 물었다.

"그게 무슨 상관이야?" 네드가 말했다.

레이철은 어떻게 반박할 말이 없었다.

브라이언이 말했다.

"이곳은 어떻게 찾았고?"

네드는 몇 번 눈을 껌벅이고, 계단에서 자세를 고치느라 고통에 훅 소리를 냈다.

"유령회사 서류가 당신 파트너 노트북에 있었어. 자카르타에서 이 년 전 광산 탐지 기구를 렌트한 회사가 이 집을 샀더라고."

"또 어딜 찾아봤어?"

"미안." 네드가 말했다. "지금 같아선 물 한 통만 주면 아마 몽땅 털어놓겠지만, 내 프로젝트와 부서에 해당되는 것만 통보받거든. 다른 사람들 일은 몰라."

레이철은 레인지 로버에서 물 한 통을 가져와 네드에게 주려고 했지만, 그는 한 손으로 지갑을 꺼내 사진을 빼내려고 애쓰고 있었다. 지갑을 포치에 떨어뜨렸다. 이제, 정말 알고 싶다면 지갑을 주워들어 그의 면허증을 보면 이름을 알 수 있었다. 그녀는 그냥 내버려 두었다.

그는 그녀에게 사진을 건네며 물통을 받아들었다.

열한 살이나 열두 살쯤 되었을 금발 소녀로, 넓은 턱에 큰 눈, 자신 없는 미소를 짓고 있었고, 두어 살 어린 갈색 머리 소년의 어깨에 팔을 두르고 있었다. 소년은 네드의 작은 입술과 넓적한 코를 하고 있었고, 누나보다 더 크고 자신 있는 미소를 짓고 있었다.

"내 아이들이야."

브라이언이 쳐다봤다.

"그 빌어먹을 것 저리 치워."

네드는 레이철과 눈을 맞추고, 브라이언의 말은 들은 척도 않고 말을 이었다.

"딸은 케일리라고, 진짜 똑똑해. 학교에서 어린 친구 돕기 프로그램이란 걸 만들었어. 그게 뭐 하는 거냐면……"

"그만." 레이철은 말했다.

"……케일리처럼 고학년 아이가 일이 학년 애들하고 짝을 짓고 멘토를 해줘서 겁을 먹지 않게 돕는 거야. 케일리의 아이디어였지. 정말 마음이 따뜻한 아이야."

"그만." 레이철은 다시 말했다.

네드는 물을 들이켰다.

"그리고, 어, 아들은 제이콥이라고, 걔는……"

브라이언이 산탄총을 네드에게 겨눴다.

"입 닥쳐!"

"알았어!" 네드는 물을 무릎에 왈칵 쏟았다. 브라이언이 방아쇠를 당길 줄 안 것이다. "알았어, 알았어."

그녀는 그가 떨면서 물을 더 마시는 모습을 지켜보았고 마음을 차고 단단하게 굳히려 했지만 실패했다.

네드는 물을 좀더 마시고 입술을 몇 번 핥았다.

"고마워, 레이철."

갑자기 그녀는 그와 눈을 마주치고 싶지 않았다.

"내 이름은……" 그가 그녀에게 말했다.

"이러지 마요." 그녀는 속삭였다. "그만."

이제 그녀는 그와 눈을 마주했고 그는 그녀를 한참 쳐다보았다. 그

안의 어린 소년과 겁에 질린 남자를 그녀가 볼 수 있을 만큼 오래. 그런 다음 그는 순응하고 눈을 깜박였다.

브라이언은 언덕 가장자리로 걸어가, 네드의 폰을 멀리 던져버렸고 폰은 높은 포물선을 그리고 강에 풍덩 빠졌다. 그는 그들에게 등을 돌린 채 말했다.

"우리가 그쪽을 어쩌면 좋을까?"

"내가 생각해 봤는데."

브라이언이 돌아섰다.

"그랬겠지."

"당신들은 살인자가 아니야."

브라이언은 라스 쪽으로 고개를 기웃했다.

"저쪽 당신 똘마니는 그 의견에 반대할지도."

"그 친구는 당신 아내에게 총을 겨누고 있었지. 당장 직면한 위협이었어. 당신은 해야 할 일을 한 거고. 그건 누굴 처형하는 것과는 달라. 아주 다르지."

"당신이 우리 처지라면 어떻게 할까?" 레이철은 물었다.

"아, 그럼 당신들은 이미 죽었지." 네드가 말했다. "하지만 나는 영혼을 오래전에 팔아넘겼으니까. 레이철, 당신에겐 아직 영혼이 있고." 네드는 계단에서 다시 자세를 고쳤다. "나를 죽이든 묶어놓고 가든, 결국엔 마찬가지가 될 거야. 회사는 두 번째 팀을 보내겠지, 이미 보냈거나. 나 같은 건 신경도 안 써. 그냥 노가다꾼일 뿐이야. 그들이 찾아냈을 때 내가 살았든 죽었든, 이야기는 어차피 똑같아. 계속 당신들을 추적하겠지. 날 병원으로 데려가든 아니든, 계속 당신들을 쫓을 거야. 내 말은, 나를 살려둔다 해도 당신네 입장선 죽일 때와 결과는 마찬가지라고. 다만 냉정한 상태서 날 죽인다면 매일 밤 거울 볼 때마다 괴로울 거야."

브라이언와 레이철은 그 점을 궁리하고, 서로를 고려했다.

네드는 오른쪽의 부서진 난간 기둥에 몸을 지탱하며 천천히 일어 섰다.

"이봐." 브라이언이 말했다.

"죽을 거라면 서 있고 싶어."

브라이언은 다급히 레이철을 쳐다보았고 그녀도 다급히 마주 보았 다. 네드 말이 옳았다. 생각할 시간이 없을 때 그와 라스를 쏘기는 쉬웠 다. 하지만 지금은⋯⋯

위층에서 아기가 울어댔다. 이번에는 더 날카롭고 더 다급했다.

브라이언이 말했다.

"소리가 심상치 않은데. 당신이 확인해 보고 올래?"

레이철은 아기 상태를 뭘 어떻게 확인할지 아는 게 없었다. 아기 돌 보기 아르바이트조차 한 적 없었다. 그리고 저 위에 올라갔다가 혹시 아래에서 뭔가 잘못되면 갇히는 꼴이 된다는 생각이 감시 역할보다 무 서웠다.

"내가 여기 있을게."

브라이언이 고개를 끄덕였다.

"움직이면 사정 봐주지 말고 쏴버려."

말하긴 쉽지.

"그럼." 그녀는 말했다.

브라이언은 계단을 올라가며 산탄총 총구를 네드의 턱 밑에 갖다 댔다.

"수작 부리지 마."

네드는 아무 말 없이, 그저 무너진 공장 방향 쪽 어딘가에 시선을 고정하고 있을 뿐이었다.

브라이언이 집에 들어갔다.

그가 사라진 순간 그녀는 두 배로 약해진 기분이었다.

네드가 기둥에 기댄 채 비틀거렸다. 물통을 떨어뜨리고 무릎을 털썩 꿇을 듯이 보였지만 막판에 손을 짚어 균형을 잡았다.

"피를 너무 많이 흘렸어." 레이철은 말했다.

"피를 너무 많이 흘렸지." 네드가 수긍했다. "물 좀 부탁해도 될까?"

그녀는 물통을 집으려 다가가다 멈춰 섰다. 자신을 지켜보는 그를 알아챘고, 한순간 훨씬 덜 무력해 보였다. 그는 허기지고 덤벼들 듯이 보였다.

"물." 그가 말했다.

"직접 집어."

그는 신음을 흘리고 물통으로 손을 뻗었으며, 손가락이 그 바로 위의 계단 세로판을 헛짚었다.

그들 위에서 창문이 열리고, 이삼 초 사이 여러 가지 일이 동시에 벌어졌다.

브라이언이 외쳤다.

"그놈들이 하야를 죽였어!"

네드가 포치에서 돌진하여 머리로 그녀의 가슴을 들이받았다.

네드는 그녀의 총으로 손을 뻗었다.

레이철은 총 든 손을 홱 젖혔다.

네드가 멀쩡한 어깨로 레이철의 턱을 쳐올렸다.

브라이언이 외쳤다.

"쏴!"

레이철은 방아쇠를 당겼고 바닥에 쓰러졌다.

네드는 그녀의 몸 위로 쓰러졌고 그녀는 그가 끄응 하는 소리를 듣고 다시 권총을 쐈다. 처음에는 아무것도 겨냥하지 않은 채 쐈다. 순전히 방어였다. 다음 발은 몸을 굴리며, 그녀에게서 멀어지려 버둥거리는 네드의 다리 쪽을 겨냥했다. 마지막 발은 무릎을 대고 일어나며, 비탈꼭대기에 이른 그의 엉덩이 쪽에다 쐈다.

그는 언덕 너머로 몸을 날렸고 그녀는 세 번째 쏠 때 그가 내는 소리를 들은 듯도 싶고 아닌 듯도 싶었다. 아마 억 하는 소리. 아니면 상상일 수도 있었다.

그녀는 일어서서 언덕 가장자리로 달려갔고 그가 저 아래에 무릎을 대고 있는 것을 보았다. 그녀는 수풀과 웃자란 풀 그리고 잡초와 병과 오래된 햄버거 포장지 사이로 뛰어들었고 권총을 오른쪽 귓가에 높이 들고 언덕을 내려갔다.

네드는 이제 일어서 있었고, 비틀거리며 첫 번째 벽돌 건물로 향하고 있었다. 그녀가 언덕 아래에 이르렀을 때쯤 그는 손으로 배를 누르고 컥컥거리며 걸어갔고 다리와 프레임이 녹슨 오래된 사무실 의자까지 갔다. 누군가 시트를 가로로 좍 그어놨고 삐져나온 충전재는 갈색이었다. 네드는 그 의자에 털썩 앉아 그녀가 다가오는 것을 지켜보았다.

그녀의 폰이 진동했다. 귀에 가져다 댔다.

"괜찮아?" 브라이언이 물었다.

"응."

언덕 위를 올려다보니 그가 뒷문 포치에 서 있었고, 아기는 그의 품에, 산탄총은 다른 손에 들려 있었다.

"내가 갈까?"

"아니." 그녀는 말했다. "괜찮아."

"놈들이 하야의 머리를 쐈어." 브라이언은 목이 메어 있었다. "아기가 있는 방에서."

"알았어." 그녀는 말했다. "괜찮을 거야, 브라이언. 금방 갈게."

"얼른." 그가 말했다.

"왜 하야를 죽여야 했지?" 그녀는 네드에게 다가가 물었다.

그는 관통상을 손으로 누르고 있었다. 그녀가 쏜 총알 중 하나가(어느 것인지 짐작도 안 가지만) 그의 뒤쪽 어디에 맞아 오른쪽 골반으로 나왔다.

"성과 보너스." 그가 말했다.

그녀의 입에서 나온 소리는 웃음처럼 들렸다.

"뭐라고?"

그는 고개를 끄덕였다.

"우리 시급은 거지 같아. 인센티브 위주거든." 공장 폐허를 둘러보는 그의 고개가 휘청였다. "우리 아버지가 로웰에서 이런 데서 일하셨지."

"코터 맥칸이 여기를 아파트 단지나 쇼핑몰로 바꿀 수 있겠지." 그녀는 말했다. "카지노나. 7000만 달러야 일 년이면 메울걸."

그는 힘들게 눈썹을 추켜세웠다.

"땅이 아마 독성이 있을 거야."

"그 사람들이 왜 신경 쓰겠어?" 그녀는 계속 얘기하다 보면 그가 자기 앞에서 출혈로 죽어주기를 바랐다. "사람들이 병이 날 때쯤이면 그들은 투자금 뽑고 사라진 지 오래일걸."

그는 생각해 보고는 반쯤 고개를 끄덕하고, 반쯤 어깨를 으쓱했다.

"하야는 아무것도 몰랐어. 영어도 제대로 못 하는데."

"경찰에는 통역이 있어." 그가 말했다. "그리고 마지막 몇 분은 영어 잘만 하더만. 진짜야." 그는 잿빛으로 변해가고 있었으나 상처를 누른 손은 아직도 단단하고 강해 보였다. 그는 미안한 기색으로 가득한 호소하는 눈을 했다. "내가 규칙을 만드는 게 아니야, 레이철. 난 아무것도 정할 수 없어. 그냥 가족 먹여 살리려 일하고 여느 부모들처럼 가끔은 밤에 잠 못 이루고 내 아이들 인생은 나보다 낫기를 바랄 뿐이야. 그 애들은 나보다 선택의 범위가 넓기를 바라면서."

그녀는 그의 시선을 따라 공장을 둘러보았다.

"애들이 그렇게 될까?"

"아니." 그는 고개를 저었다. 무릎을 적시는 피를 내려다보았고 목소리가 갈라졌다. "그런 시절은 지나갔다고 생각해."

"우습네." 레이철이 말했다. "난 그런 시절이 존재하긴 했을까 하던 참이었는데."

네드는 그녀의 목소리에서 뭔가를 포착하고 올려다보았다. 그가 마지막으로 한 말은 "잠깐."이었다.

그녀는 1미터 거리에서 그의 가슴팍을 겨냥했으나, 방아쇠를 당길 때 팔이 너무 심하게 떨려 총알은 그의 목에 맞았다. 그는 잠시 의자 등받이에 뻣뻣이 기대고 목마른 개처럼 헐떡이며 하늘을 향해 눈을 깜박였다. 입술이 움직였으나 아무 소리도 나오지 않았다. 피가 그의 목에 난 구멍에 고이고 의자 프레임과 쿠션 사이 틈으로 뚝뚝 떨어졌다.

그의 눈 깜박임이 멈췄다. 입술이 움직이지 않았다.

레이철은 언덕을 올라갔다.

브라이언은 애너벨을 안고 서 있었다. 아기는 눈을 감고 입술은 살짝 벌어져 있었다. 자고 있었다.

"당신 아이 갖고 싶어?" 그녀는 그에게 물었다.

"뭐?"

"간단한 질문이야."

"그래." 브라이언은 그녀에게 말했다. "아이 갖고 싶어."

"이 아이 외에도? 이제 얘는 우리 아이가 된 모양이니까, 브라이언."

"우리 아이?"

"그래."

"나는 여권이 없어."

"응, 없지. 하지만 우리 아이가 있어. 아이를 더 원해?"

"내가 살면?"

"당신이 살면." 그녀는 말을 받았다.

"그래." 그가 말했다.

"나와 아이를 갖고 싶어?" 레이철이 물었다.

"어, 달리 누구랑?" 브라이언이 말했다.

"말로 해."

"당신과 아이를 갖고 싶어." 브라이언이 말했다. "다른 사람 말고."

"왜 다른 사람 말고?"

"다른 누구도 사랑하지 않으니까, 레이철. 한 번도."

"아."

"사실 여럿 갖고 싶어." 브라이언이 고개를 끄덕였다. "애들."

"여럿?"

"여럿."

"당신이 낳을 거야?"

"벌써부터 위세가 대단한데." 그는 품의 아이에게 말했다. "잘 들어 둬."

그녀는 집을 쳐다보았다.

"하야에게 작별 인사하고 올게."

"들어갈 거 없어."

"해야지. 조문은 해야."

"그자들이 머리를 날려 버렸어, 레이철."

그녀는 몸서리쳤다. 하야는 세상이 정해준 운명 외에 무엇이라도 되고 싶은 소망을 무척이나 강렬한 결의로 추구했고, 그래서 바로 몇 시간 전에야 '진짜' 하야를 만난 레이철은 그녀의 얼굴이 반은 조각나 시커먼 핏속에 누워 있는 모습을 보고 싶지 않았다. 하지만 보지 않으면, 하야는 레이철의 인생에서 그저 사라져버린 또 한 사람이 되고 만다. 곧 그녀가 아예 존재하지 않았다고 여기기가 너무나 쉬워질 것이다.

만약 선택할 수 있는 문제라면, 죽은 지인을 봐야 하는 거라고 브라이언에게 말할까 생각했다.(하지만 하지 않았다.) 그래야만 한다. 그들의 영, 그들의 혼, 그들의 본질이 남긴 기운의 영역에 들어가 나의 몸을 통과하도록 해야 한다. 그리고 그 지나는 과정에서 일부가 나에게 남아 내 세포에 접목될 수도 있다. 그리고 이 영적 교감 속에서 죽은 이는 계속 살아가게 된다. 또는 그러고자 한다.

대신 그녀가 브라이언에게 한 말은 "보기 좋지 않다고 해서 피해야 한단 뜻은 아니지."

그는 마음에 들어 하지 않았으나 그냥 "그러고 나서 가자."고만 했다.

"어떻게?"

그는 강을 손짓했다.

"저 아래 보트 있어."

"보트?"

"큰 보트. 핼리팩스까지 타고 갈 거. 아기하고 당신 둘이 이틀이면 출국할 거야."

"당신은 뭐 하고?"

"빤히 보이는 데 숨어야지." 그는 아기 정수리를 손바닥으로 덮고 귀끝에 입 맞췄다. "내가 그쪽에 재주 있다는 거 알지도 모르겠네."

그녀는 고개를 끄덕였다.

"어쩌면 지나치게."

그는 서글프게 고개를 갸웃하며 아무 말도 하지 않았다.

"강에서 시간이 너무 걸리면?" 그녀는 물었다. "아니면 우리 중에 누가 다치거나, 발목이 부러지거나 뭐 그러면?"

"대책 있어."

"대책을 얼마나 세워둔 거야?"

그는 생각해 보았다.

"꽤."

"나는?"

"응?"

"나에 대한 대책도 있어?"

그는 잠든 아기를 품에 안은 채 그녀의 맞은편에 서서 산탄총을 땅에 떨구고 엄지와 검지로 그녀의 흘러내린 머리칼을 어루만졌다.

"당신에 대한 대책은 없어."

마침내 그녀는 그의 뒤 집을 바라보았다.

"가서 조문하고 올게."

"기다릴게."

그녀는 그를 떠나 집 안으로 들어갔다. 하나만 빼고 블라인드가 전부 내려져 있어 집안은 서늘하고 컴컴했다. 그녀는 계단 아랫단에서 잠시 멈추었다. 하야의 시신을 그려보고 결의가 흔들렸다. 거의 돌아설 뻔했다. 하지만 그러다가 그날 아침 방에서 봤던 하야를, 첫날밤 혹은 마지막 밤만큼이나 짙은 검은색의 눈으로 처음 그녀를 마주 보았던 진정한 하야를 떠올렸다. 그녀는 하야의 의지에 감탄했다. 완전히 다른 사람이 되기 위한 결의가, 강단으로 인해 사로잡힌 자아와 사로잡은 자아 사이의 주도권 전쟁이 이기지 못할 것이 될 수밖에 없었다. 각각의 자아가 영원한 전쟁에서 상대를 분명 집어삼키려 들 것이다. 그리고 어떻게 끝나든, 어느 한쪽도 무사히 귀환하지 못할 것이다.

브라이언 올든도 마찬가지였음을 그녀는 깨달았다. 그가 브라이언 델라크루아에게서 훔친 코트를 걸친 순간부터. 그리고 엘리자베스 차일즈와 제러미 제임스와 심지어 리 그레이슨까지도 마찬가지였다. 때때로 삶에서 그들은 한 가지 버전이었다가 다른 버전이 되기도 했고 그 버전의 일부가 레이철과 스쳐 그녀의 인생을 바꿔놓거나 심지어 그녀의 생명을 주기도 했다. 하지만 그러고 나선 그들은 또 다른 버전으로 나아갔다. 그리고 그 너머의 다른 사람들에게로. 엘리자베스와 리는 더욱 멀리, 지금 하야가 있는 곳으로 가버렸다. 또다시 변모했다.

그리고 레이철 자신은? 영원히 이동 중이 아니라면 무엇일까? 영원히 길 위에. 누구보다 여행에 잘 적응할 수 있겠으나, 결코 끝은 없다.

그녀는 계단을 올랐다. 그러는 사이 청바지 앞주머니 자기 여권 뒤에 찔러넣은 그의 여권이 느껴졌다. 그리고 깊어지는 주위의 어둠을 느꼈다.

이게 어떻게 끝날진 모르겠어. 내 진짜 위치를 모르겠어. 그녀는 어둠에게 말했다.

하지만 그녀가 받은 유일한 답은 더 깊은 어둠뿐이었다.

하지만 위층에는 빛이 있을지도 모르고 다시 밖으로 나가면 분명 빛이 있을 것이다.

그리고 어떤 운명의 장난으로 빛이 없다면, 세상에 남은 것이 밤뿐이고 빠져나갈 길이 없다면?

그렇다면 그녀는 밤과 친구가 될 것이다.

〈끝〉

감사의 말

댄 핼편과 재커리 워그먼에게 편집과 인내심에 감사드립니다.

앤 리튼버그와 에이미 쉬프먼에게 추가 지도(그리고 인내심)에 감사드립니다.

독자 모니터 알릭스 더글라스, 마이클 코리타, 앤지 루헤인, 제리 루헤인, 그리고 방송과 언론계에 대해 빠진 부분을 메꿔준 데이비드 로비쇼에게 감사드립니다.

여러 가지 일을 빠짐없이 챙겨주고 제때 돌아가게 해준 매켄지 마로타에게 특별히 큰 감사를 드립니다.

옮긴이 | 박미영

이화여자대학교 영어영문학과를 졸업한 후 KBS 방송아카데미 영상번역작가 과정을 수료한 기획자 겸 번역가. 프리랜서로 일하며 다양한 책을 기획하고 번역하고 있다. 옮긴 책으로는 『바람과 그림자의 책』, 『프레셔스』, 『굿 메이어』, 『셜록의 제자』, 『뉴욕 미스터리』(공역), 『밑바닥』, 『블랙 머니』 등이 있다.

우리가 추락한 이유

1판 1쇄 펴냄 2018년 10월 5일
1판 2쇄 펴냄 2018년 11월 6일

지은이 | 데니스 루헤인
옮긴이 | 박미영
발행인 | 박근섭
편집인 | 김준혁
펴낸곳 | 황금가지

출판등록 | 2009. 10. 8 (제2009-000273호)
주소 | 06027 서울 강남구 도산대로 1길 62 강남출판문화센터 5층
전화 | 영업부 515-2000 **편집부** 3446-8774 **팩시밀리** 515-2007
홈페이지 | www.goldenbough.co.kr

도서 파본 등의 이유로 반송이 필요할 경우에는 구매처에서 교환하시고
출판사 교환이 필요할 경우에는 아래 주소로 반송 사유를 적어 도서와 함께 보내주세요.
06027 서울 강남구 도산대로 1길 62 강남출판문화센터 6층 민음인 마케팅부

한국어판 ⓒ ㈜민음인, 2018. Printed in Seoul, Korea
ISBN 979-11-5888-454-3 03840

㈜민음인은 민음사 출판 그룹의 자회사입니다.
황금가지는 ㈜민음인의 픽션 전문 출간 브랜드입니다.